妇妌传

3200年前的殷商时代一位英雄母亲的传奇故事

苗庭宽
苗　琳 ◎著

花山文艺出版社
河北·石家庄

河北出版传媒集团

图书在版编目（CIP）数据

妇妍传 / 苗庭宽，苗琳著. —石家庄：花山文艺出版社，2021.1
ISBN 978-7-5511-5377-5

Ⅰ.①妇… Ⅱ.①苗… ②苗… Ⅲ.①长篇历史小说—中国—当代 Ⅳ.①I247.5

中国版本图书馆CIP数据核字(2020)第211561号

书　　名：	妇妍传
	Fujing Zhuan
著　者：	苗庭宽　苗　琳
责任编辑：	卢水淹
责任校对：	李　鸥
装帧设计：	王爱芹
美术编辑：	胡彤亮
出版发行：	花山文艺出版社（邮政编码：050061）
	（河北省石家庄市友谊北大街330号）
销售热线：	0311-88643221
传　　真：	0311-88643234
印　　刷：	石家庄众旺彩印有限公司
经　　销：	新华书店
开　　本：	710mm×1020mm　1/16
印　　张：	36
字　　数：	580千字
版　　次：	2021年1月第1版
	2021年1月第1次印刷
书　　号：	ISBN 978-7-5511-5377-5
定　　价：	89.00元

（版权所有　翻印必究·印装有误　负责调换）

妇妌赋

□ 苗庭宽

商代妇妌，王者之妻。生于邢台古地，贵为伯侯嫡女。鞠躬王室，尽瘁武丁中兴；宽宥孤小，华夏慈母第一。教授孝悌，子孙八人为王；国人尊崇，敬铸青铜重器。三千岁月，斗转星移。后母戊鼎惊艳世界，妇妌精神永驻故里。

黄帝始封九州，大禹规划邦畿。凿地穴作井，润泽禾苗；登台地筑邑，兴隆井方。煌煌开华夏之先，楚楚载大地之德。昭明农耕，先贤之东留润土；相土乘马，泜水南下到商丘；王亥服牛，重归井方好交易；商汤建国，沙丘遗梦舞桑林。祖乙迁都邢邑，万年修历度春节；南庚移师奄阜，井方王城是邢墟。

少女岁月，百泉踏柳。山前跃马加鞭，青界朝花夕拾。执手子昭，夫妻同志共擎华盖；怜悯孤小，慈母胸怀情满天下。躬身畿邑司农，身先士卒稼穑。生育二子，教导兄亲弟敬；周详国事，家国和睦优先。大业中兴时，国泰需民安。王族多秋，不恋王妃之位；北疆生乱，奉命出使平叛。一路北行，历经千辛万苦；母仪天下，北疆终归和平。一生为国几多艰辛，华夏国母谁人能当？

悠悠千古岁月，巍巍春秋太行。史海钩沉，远古闺女回娘家；书写新篇，慈母精神满邢襄。先商之渊，人杰地灵；家国情怀，亘古流长。

主要人物表

武　丁　子昭，商代第二十三位王，在位五十九年。
妇　好　武丁第一位正妻，中国历史上第一位女将军。
妇　姘　子英，武丁第二位正妻，后母戊鼎的主人。
妙　妃　妇癸，武丁第三位正妻。
孝　己　祖己，武丁与妇好之子，商朝被废世子（太子）。
子　妥　武丁与妇好长女。
子　媚　武丁与妇好次女。
子　颂　武丁与妇好三女。
祖　庚　子跃，武丁与妇姘之子，商代第二十四位王，在位七年。
祖　甲　子载，武丁与妇姘之子，商代第二十五位王，在位三十七年。
云　朵　子云，武丁与妇姘之女。
傅　说　武丁时期伊相（国相）。
甘　盘　武丁时期战将。
　　禽　武丁时期战将。

FUJINGZHUAN

傅云策　伊相傅说之子。
甘墨琚　甘盘将军之子。
子庆王　妇姘之父，井方国伯侯王。
仪狄正妃　妇姘之母，井方国子庆王之正妻。
子　灰　子庆王之弟，妇姘之叔。
子　贻　妇姘胞兄。
子　平　妇姘庶兄。
巫　姆　井方国师。
巫　杏　巫姆外甥女，子平之妻。
巫　桃　巫杏之姐，孝己之妻。
贺兰儿　妇好陪家女，商朝纳罕之妻。
纳　罕　商朝将军

目 录

第 一 章	出世之夜	001
第 二 章	神秘的巫氏之族	010
第 三 章	告别父王	020
第 四 章	狼烟起	031
第 五 章	仪狄正妃的往事	039
第 六 章	司马爷出走	049
第 七 章	山地遇险	057
第 八 章	仪狄正妃挂帅出征	064
第 九 章	少女巫杏的心事	071
第 十 章	山地阻击战	080
第十一章	偶遇妇好大将军	088
第十二章	貔貅之战	096
第十三章	钟情子昭王	103
第十四章	增援	111
第十五章	征服土方国	120
第十六章	貔与度娲的婚事	128
第十七章	迎驾妇好	136
第十八章	请罪	144

第十九章	夜访纳罕	154
第二十章	仪狄山寨夜宴	162
第二十一章	井方新主	170
第二十二章	子庆王辞世	178
第二十三章	殉情	186
第二十四章	朝拜子昭王	193
第二十五章	妇好设宴	202
第二十六章	西北狼烟	212
第二十七章	联姻之议	221
第二十八章	获封井妃	231
第二十九章	世子救母	239
第三十章	相逢牵屯山	247
第三十一章	仪狄太正妃大义灭亲	255
第三十二章	盗仙草	264
第三十三章	决战乞伏山	272
第三十四章	妇好战地托孤	281
第三十五章	凯旋之路	289
第三十六章	纳罕与贺兰儿	299
第三十七章	后母辛祭	308
第三十八章	妙儿的肺腑之言	316
第三十九章	巫杏逼婚	325
第四十章	子昭王的承诺	333
第四十一章	纳罕大婚	341
第四十二章	井妃加冕的日子	350

第四十三章	世子孝己的初恋	362
第四十四章	妇妌的母妃之嘱	370
第四十五章	寝宫夜宴	380
第四十六章	井田策	388
第四十七章	狩猎之夜	397
第四十八章	子昭王儿女的婚事	405
第四十九章	巫桃的烦恼	413
第 五 十 章	丘商省亲之行	421
第五十一章	妇妌有了身孕	428
第五十二章	子央之死	437
第五十三章	子昭王夜访京畿地	445
第五十四章	大邑商新政	453
第五十五章	秋社	462
第五十六章	月食之夜	469
第五十七章	王室的尸祭之争	478
第五十八章	王子出世	486
第五十九章	大会友邦之客	495
第 六 十 章	东宫风波	502
第六十一章	整治京畿王族	510
第六十二章	世子孝己被贬	519
第六十三章	妇妌归隐	530
第六十四章	受命出使	539
第六十五章	降服北疆之地	547
第六十六章	后母戊鼎	556

第一章　出世之夜

这是一个难忘之夜，至今三千三百年。

三千年前的夜色，一如今时，那夜大雪纷飞。

傍晚时分，一支由百人侍卫的车队逆风北行，尽管车队尽了最大努力，旗车上的司徒姬泽仍然焦虑不安。他从车舆①内钻出来，龟缩在驭手身后，用手遮拦着迎面的飞雪扯着嗓门儿大声喊叫："马亚②，马亚！"负责车马调度的马亚官赶到司徒姬泽车前，声音沙哑地回答："司徒大人，小的在。"马亚官整个人被雪花儿包裹着，除了胯下的马匹仍可认出是黑色的外，他的眉毛、胡须上堆积着厚厚的雪儿。司徒姬泽气急败坏地说道："我的马亚大人，你能不能让车队再快一些啊！"马亚官用手挡住风雪，把嘴凑到姬泽耳边说道："司徒大人，已经尽力，从大邑商③京都殷城出来，我们在雪路上连续奔波了五天五夜，已经人困马乏支撑不住，好在已经过了漫漫水④，再走三里路就是我们井方⑤国王城，快到家了。"

"屁话，我不是瞎子，认得回家的路，我知道快到家了。我问你，能否再快些？"

"如此大气马疲路滑，若是……若是子庆王的车辇出了意外，小臣我就是

---

① 车舆：古代车乘的车厢。
② 马亚：古代负责战车的武官。
③ 大邑商：商朝的古称。
④ 漫漫水：邢台市大沙河的古称。
⑤ 井方国：邢台古地上的一个方国。

掉了脑袋也担当不起。"马亚官回话道。司徒姬泽用手捶着车舆，骂道："狗东西，难道我的脑袋还不及你一个小小的马亚的脑袋值钱吗？仪狄正妃正待生产，子庆王焦虑万分，你……你马上下令让车队再快些。若有事，我司徒姬泽担当。"

撕心裂肺的惊叫声，把子庆王从梦中惊醒。子庆王起身撩开车辇的布帘眺望车外，心急如焚。车外大雪飞舞，天地一色，雪夜下的大行①山若隐若现，像负重行走在雪原上的老者，步履蹒跚。子庆王长叹道："老天啊，五天五夜大雪就不曾间断，可我的仪狄正妃正值临盆，我子庆到底做错过什么？受这般的惩罚！"泪水挂满子庆王的脸颊。

依偎在子庆王身边的巫姆轻轻地把子庆王拉回原处，替他擦去脸上的泪水，温柔地说道："马上到家，再闭目歇息一会儿。"子庆王哀叹："哪儿还有心思歇息，现在闭不得眼睛，一闭眼就是仪狄正妃撕心裂肺的哭叫声。"巫姆说："刚才我为仪狄妹妹占卜过，有惊无险，她会平安生产。"子庆王摇头叹息，满脸的哀愁之色。

子庆王的仪狄正妃，生有一子，名子贻，年七岁，时下井方国的嫡王子。时隔七载，仪狄正妃再怀身孕，年纪三十五岁的子庆王自然是欣喜若狂，期待已久，早就做了周致的筹划，摆好架势要亲自守候在仪狄正妃的身边迎接新生命的到来。然而世事难料，大邑商小乙二十一年，商王朝第二十二位王子敛病故，大邑商王朝诏告天下，邀请各友邦方国到大邑商京都殷城②悼念先王小乙并参加第二十三位王子昭的继位大典。

接到邀请，子庆王犯了嘀咕。从国势上说，大邑商是天下大朝，井方是小方之国，虽然小乙执政的二十余年中国势衰落，但大邑商依旧地广人众，居天下霸主之位，作为小方之国，不得不考虑自家的势力；从地理上说，井方王城距离商都殷城三百里之遥，距离近又曾是大邑商先朝的故都，按夏商"五服"③区划，井方属京畿甸服之地，京畿之位，毗邻之居，远亲不如近邻，礼节至关重要；从血脉上说，子庆王一族与大邑商王族同出子姓之族，尽管支脉疏远，但都是大邑商始祖契的后人，血缘大于亲缘，礼尚往来必不可缺。但在

---

① 大行山：太行山的古称。

② 京都殷城：商国都安阳。

③ 五服：以京都为轴心，按亲疏远近划分的行政区域，五百里为一服，共五服。

时间上，正值正妃临产分娩，去商都殷城不是一天两天时间，参加完小乙王的葬礼，还要参加子昭王的继位大典，前前后后加上路途之用，需要半月以上光阴，正与仪狄正妃分娩时间相冲。

子庆王左右权衡踌躇不决，便与仪狄正妃、巫姆商议此事。仪狄正妃个子不高，生得花容月貌，已然有孕在身。她坐在榻上，微微地扣着玉笋般的手指，和颜悦色地安慰道："亘古以来，先王丧事和新王继位乃改朝换代惊天动地的朝国大事，也是邦国之间改善关系笼络情感千载难逢的机会，子庆王如若不去，得罪新王不说，也会在邦国之间自降尊严，此事事关国体和井方百姓福祉，夫君必去不可。"巫姆说："这些道理子庆王比你我清楚，他放心不下你，担心你生产之事，所以一直忧心忡忡决定不下，因为你岁数不小了，毕竟三十岁了。"

仪狄正妃柳叶眉下一双会说话的大眼睛，闪烁着智慧、温情与善意，她的笑总能征服子庆王，让子庆王陶醉，从他们成婚到现在十五年中依然如是。仪狄正妃挽起长发，挪移着笨重的身躯，说道："不用担心我。女人生孩子受些罪难免。"她小心地搬起一只脚放在榻上，继续说道，"去殷都是国之大事，不单单子庆王去，大臣们也应该多去几位，方显得我们井方国与大邑商王朝的关系非同一般，新王看了高兴，就是别的方国看了也会敬重咱井方国几分。邦交无小事，何况我们近邻大邑商京都，行走便利，没有长途的舟车劳顿之苦。"

听了仪狄正妃之言，子庆王放心许多。国师巫姆对子庆王说："放心了吧，正妃妹妹站高望远洞察时事，所言之理多是国政之道，绝非一般女子所及，不弱于你们男子。如正妃妹妹所说，你自管去大邑商京都，我替你照顾你的仪狄正妃。"仪狄正妃一手按着后腰，一手挥动着："不行，你是国师，是当今世上巫士的名门之族，巫术、医术、礼仪、邦交无所不通，你去了既能提升子庆王的身价地位，又能辅佐子庆王处理邦交事情，还能替我照顾他，别人去我不放心，你必须去！"

巫姆出身巫族精通巫术之道，虽然比仪狄正妃大三岁，依然是面如桃花，秀色楚楚。巫姆低首在仪狄正妃的耳边说道："那我就和他住在一块儿了。"仪狄正妃微笑道："你和子庆王睡在一块儿也不是一天两天一次两次的事了，有什么好显摆的？此次南行出使，你在子庆王身边，我倒是放心。"巫姆三十有三，她与子庆王之间的情感之事，始自仪狄正妃与子庆王成婚之前。仪狄正妃对此清楚，也不在意。

巫姆想起临行前的这些事情，仍对仪狄正妃心生感激，同时她也担心仪狄正妃的安危。

巫姆抚摸着子庆王的手，安慰道："正妃妹妹生养过王子子贻，非头胎生育能渡过这一关。"子庆王苦笑："但愿天帝和先祖保佑她，让她平安无事。"

正行进中，车队突然停下，司徒姬泽深一脚浅一脚地跑过来隔着布帘向子庆王禀报，说是王城南面的河桥被毁，车辇无法通行。子庆王说："隆冬之季有雪无雨，更无洪水巨流，王城的河桥缘何被毁，监国司马子灰他是如何司守的呢？"司徒姬泽心情复杂地跪在地上，他身后是马亚等随从。

巫姆闻听此事，料知事情蹊跷，她披上斗篷跳下车辇，搀扶起司徒姬泽。众人见巫姆下车慌忙叫道："国师！"巫姆吩咐道："把子庆王、司徒和我的马骑牵来，此地不能久留，士卒们快快起身各司职守。"之后对司徒姬泽说："你我二人带一百名士卒护卫子庆王回归王城，让马亚殿后。司徒大人，你看如何？"姬泽说："别无选择，唯有如此。"

子庆王下车穿戴好衣饰，跃身上马，督促道："快走！"姬泽跟随其后。巫姆上马前把马亚叫到一边，在他耳边嘀咕了几语，马亚诺诺叩拜。巫姆上马后接过马亚手中的松明[①]，用脚镫轻磕马身飞奔而去。雪夜中，巫姆飞舞的红色斗篷与燃烧的松明遥相呼应。

寝宫内，仪狄正妃昏死过多次，每次醒来她都叫着子庆王的名字，刺心的叫声让人心碎、颤悸。子庆王和巫姆去商都殷城前，曾为仪狄正妃安排了两个稳侍[②]以备接生。在家监国的司马子灰，以稳侍身带污浊之气有亵渎王宫圣地之嫌将其赶出王城。又以恶魔之妖危害仪狄正妃母子平安为由，将顶撞他的仪狄正妃的贴身侍女荷花儿抓去正法以除妖孽。仪狄正妃胞浆已破，正待临盆，无力保护荷花儿，唯有痛和恨。在生命的绝望中，她呼唤着子庆王的名字，期盼他早点儿归来，救她，救荷花儿。

[①] 松明：松枝和松油做成的火把。

[②] 稳侍：又称稳侍，负责接生的人，后世叫收生婆。

傍晚时分，王宫外广场上神坛高筑，幡旗猎猎，鼓乐呜呜，篝火熊熊，雪花儿幽灵般飘舞着，围满踏雪而来看热闹的人，荷花儿被绑在神坛台阶的木柱上，她头低垂，头发凌乱如瀑布覆盖着她整个面孔。她的舌头已被割去，整个人已经没有了气息，她在等待巫史的审判，最后将被大火焚之一炬。

细心人会发现荷花儿手上死死攥着的随风摇曳的红色丝麻方巾，在火光中愀然舞动，仿佛在诉说什么或是蔑视着什么，这是仪狄正妃用过的一方丝麻方巾。荷花儿在被司马子灰确切地说被临时代行的国师巫嫫抓来的时候，她就把它带在身上，她想把它作为一种礼物，一种信物，或是纪念物，永久地与她荷花在一起，虽然她再也见不到仪狄正妃了，有它在也是一种安慰一种鼓励，她就不会感到孤单。在巫嫫下令割掉荷花儿舌头的时候，荷花儿把丝麻方巾紧紧地攥在手中，她认为丝麻方巾比她的舌头重要，她知道为了仪狄正妃顺利生产她私下挽留两个稳侍得罪了王的弟弟司马子灰，司马子灰若要找她的事儿她荷花儿必死无活。好在她是为了仪狄正妃而死，一个下人奴仆，能为保护仪狄正妃去死，她无怨无悔。

司马子灰洋洋自得地坐在显示权贵和身份的高台上，监视这场巫祭，平常日这是他王兄坐的位置。王兄子庆受邀出使，国一日不可无君，他受命监国，代替王兄理政，既然有其实就要有其名，能够在昭示权威的场合让国人认识他子灰，富有心计的子灰自然不会错过。

七岁的侄儿子贻，是王兄的嫡子当今的小王子。子灰让子贻坐在他的身边，故意摆出架势给国人们看，逢场作戏是他做人的一贯手段。亚父①与侄儿亲近，彰显王室团结，子灰深谙其奥，特别在他实施野心谋略的时候，用他的侄儿子贻做道具掩人耳目，需要也必须。

提起侄儿子贻，子灰心中酸溜溜的。祖制规矩兄没弟及，子贻辈分比他小，照规矩子贻抢不了他的王位，但子贻会影响到他的后人。子灰妻妾数十人，正妻没有生养过男儿，现有的男儿都为妾人所生，庶子之辈难继大位，子贻的存在让他的后人失去了做王的机会，他为此不开心。老天的安排子灰无能为力，但他聪明，他知道如何破局，如何为他的后人创造良机。他主动把子贻带在身边儿，百般地调教，该学的特别是那些不应该学的粗暴无礼或是伤风败

---

① 亚父：叔叔，父亲的兄弟。

俗的东西他都不遗余力地教导给子贻，让子贻学无良艺成为一个废人，一个自毁前程无法担当大任的人。眼看此计正在奏效，可王兄的仪狄正妃又有身孕，子灰有些怕，怕王兄的仪狄正妃再生出一个王子来，两个嫡王子屹立于朝中或是把持朝政，子灰的后人就无缘君王之位了。为此，他对仪狄王妃的生育之事格外上心，他不想让仪狄王妃顺利生育。

"哎，子贻，你看那儿是什么？"子灰指着荷花儿手中飘动的红丝麻方巾说道。子贻把目光投向荷花儿，盯了一会儿，嘿嘿一乐，把小脑袋凑到子灰的耳边儿，说道："亚父，贱仆之人身子不错耶。"子灰伸出拇指赞道："王子好眼力。"子灰见子贻仍坐在原处，鼓动道："自古男儿多风流，你不下去看看。"子贻仰面问道："巫祭之时，小子岂敢妄动。"子灰笑道："你是嫡王子，谁人能与你比，但若有所禁忌，有亚父的监国之尊，我们无人可畏。"子贻佩服道："亚父大英雄矣。"子贻站起来，拿着子灰的短剑，摇摇晃晃一步步地走下台阶，在众目睽睽之下摸了荷花儿的身子，还把荷花儿手中的红丝麻方巾割下一半儿，耀武扬威地回到子灰的身边儿，把短剑还给子灰，拿着半块红丝麻方巾在手玩弄。子灰看在眼中，十分惬意。子贻仰脸问道："亚父，侄儿如何？"子灰收起短剑，夸奖道："侄儿可教矣。"

戌时已到，巫祭开始，巫嫫头插锦鸡翎，脸涂粉釉，两只眼睛画得如鬼似魔，她身着黑色巫衣，项前挂满了叮当作响的贝壳、鸟骨和宝石等，手持一兽骨，兽骨上绑了些红红绿绿的东西，登场前她尖叫了一声，声音凄厉，让人毛骨悚然，偌大的广场上鸦雀无声。借着篝火之光，巫嫫脚踏鼓乐，跃上祭台，她弓着身子，右手高挚兽骨，左手前伸似抓捕着荷花儿的魂魄。"天帝呀……妖魔呀……"巫嫫时而引吭高歌，时而念念有词，舞动的节律，激昂的鼓乐，让人怦然心动的歌诵，很快搅动了观者的心，人们情不自禁地随乐起舞，为巫祭呐喊。祭台上下，同时舞动，人们高呼着"除妖，除妖，除妖……"鼓点、脚步、呐喊声，地动山摇，涌动天外。舞动中，兴奋不已的巫嫫不时地把目光投向监台上的司马子灰，子灰也不失时机地回馈一瞥，俩人眉来眼去，含情脉脉，传递着不尽的心语。半个时辰后，巫嫫做完了舞祭之礼，她停下舞步，用一个祭拜天神的手势，让整个广场上的呐喊声戛然而止。她宣布，妖女荷花儿已被天神收去魂魄，禁锢在天神的镇魔钵内，现在只剩下了一副皮囊，王宫和仪狄正妃的灾难已经消除，福祥正在降临，现奉天神之命将妖女的皮囊之躯付之一炬。在众人欢呼雀跃中，两个巫者打扮的人走上祭坛取了荷花儿的尸体，准备放入篝火焚化。

"住手！"马蹄飞奔，巫姆利箭一般冲了过来，她用力勒住马缰，马儿前蹄腾空而起，在半空中打了一个圈儿，驻足在祭坛之前。巫姆下马，把马缰交给士卒，以国师的礼仪向众人致意。众人见是国师巫姆，纷纷跪拜于地，齐声叫道："国师安好，吉祥！"巫姆声音缓和地对众人说道："感恩天神护佑，我们的子庆王已经从大邑商殷都之城平安归来。天神与我井方同在，平安与我君民同在，吉祥与我们的仪狄正妃同在，让我们衷心欢呼至高无上的天神荣耀！"众人随声应和。巫姆健步登上祭坛，凝视天空，默默祝语，朗朗诵颂："井方福地，天子仁善，万神驾临我土，护佑仪狄正妃母子平安无恙，呜，祈降祥瑞！"众人跟随国师巫姆齐声诵颂："护佑仪狄正妃母子平安，祈降祥瑞！"诵毕，巫姆示意人们悄悄离去。

巫姆突然而至，子灰始料不及，闻之王兄平安归来，已进住王城，他开始惶恐不安，担心这段时日他做的事情会东窗事发，担心为他做事的那些幕僚们被抓去招供，他的头皮一阵阵发麻。他想离开这里，并且想好了应对巫姆的托辞。突然小王子子贻抓住他的胳膊，指着祭祀天神的巫姆说："亚父，这个不好玩，还有什么好玩的吗？"受到惊吓的子灰顿时暴怒起来："啪"一记耳光打在小王子子贻的脸上，"没出息的东西，国师和国人都在为你的母妃祈降祥瑞，你竟然说不好玩。"子贻盯着翻脸不认人的亚父，生气道："子灰，你算个什么东西，居然敢打本嫡王子。"子灰心想，狗屁嫡王子，谁没做过，爷做嫡王子的时候你在天涯海角喝西北风呢。子灰想惩罚子贻，伸出手后转而一想，老子灭你的想法都有，打你又有何用？现在要对付的是巫姆和已经归来的你的父王。

子灰起身走下台阶，望着瘫坐在祭坛上的巫嫫，心中一阵窃笑。是啊，我看你们姊妹俩如何收场。子灰刚下台阶，就被一队士卒包围起来。

巫嫫不知所措地跪在巫姆的面前，哀求道："姐姐救我，我错了。"巫姆绕开妹妹巫嫫，径直走到荷花儿的身旁，命士卒解开荷花儿脚上的绳索，亲自为荷花儿梳理凌乱的长发，她见荷花儿睁着眼睛，望着她或是望着夜空，巫姆落泪道："瞑目吧荷花儿，我和仪狄正妃没有保护好你，让你受委屈了。"巫姆站起来，命士卒把荷花儿的尸体抬走并叮嘱他们好生看守，之后命令士卒，

"把刚才那两个抬荷花儿尸体的巫人砍了,把司马子灰和巫嫫抓起来!"子灰急了,追着巫姆说道:"你敢关我,我可是监国。"巫姆停下脚步怒视着子灰,说道:"知道吗,你的王兄井方国的子庆王回来了,他是平平安安地回来的,他毫发未损,你高兴还是不高兴呢?井方国有你的王兄在,你子灰什么都不是,也好,既然你追问我,我想提请司马爷记住三件事儿。第一我是国师,是天帝神的使者,我有权力代表神祇解释天条戒律;第二我有司寇、典司之职,有权对刑责之事刑责之人进行纠察,你司马爷也不例外;第三有商以来王室的罪臣叛逆多是由国师按天律惩罚的,你是王弟,应当知道我们井方国对叛逆之臣处罚的祖制,我劝你别侥幸自恃自欺欺人。"巫姆说完,心里想着正妃生育的事,急着要回王宫。一个小臣跑过来问道:"国师,你妹妹说她是代行国师,我们无权关她。"巫姆头也不回:"你告诉她,国师我已经回到井方国,有我在,没有代行国师这一说。另外,你再告诉她一句,国有国法,家有家规,巫士家族的家法要严过国法,让她自个儿掂量。"

巫姆赶到王宫,见满朝的文武臣史们都在宫门外跪拜着。"仪狄正妃生了吗?"巫姆走到司徒姬泽面前问道,姬泽抬起头茫然地望着巫姆没有言语,巫姆知道仪狄正妃依然在危险中。

巫姆走进宫内,刚到仪狄正妃的寝宫,听到了婴儿清脆的哭叫声。巫姆一阵惊喜,快步如飞奔到屋内,见子庆王怀抱婴儿喜极而泣。"正妃妹妹呢?"巫姆问道。一个侍仆回答:"回国师话,母女无恙,仪狄正妃正在歇息。"

巫姆放下心来,凑到子庆王身边看望婴儿,她问道:"是王子还是小主①?"子庆王连连说:"是个小主……"巫姆揉搓着手说:"小主好啊,正妃妹妹有孕的时候曾经答应过我,若是生个王子,按其祖制命名,若是生个小主由我来命名,我王意下如何?"

子庆王说:"你与仪狄正妃亲如姊妹,倘若有约我怎好改弦易辙,君子不食言,你们如约行事最好。"巫姆得到允许,脱口说道:"叫她子英如何?"

"叫子英好,我同意。"他们身后传来仪狄正妃弱弱的声音。巫姆见仪狄正妃醒来,慌忙过去俯在仪狄正妃榻前,拥着仪狄正妃流泪道:"妹妹辛苦,辛苦了。"仪狄正妃也在流泪,她有些不如意地说:"可惜不是小王子,是个

---

① 小主:王的女儿,公主的古称。

小主。"巫姆不高兴了："小主怎么了？我喜欢小主。诺，别忘记了我们是有约定的，生下小主归我，是我的女儿。"仪狄正妃抗辩道："不行，虽然是个女儿，但也是我身上的肉，看在我九死一生和你对子英喜欢的分儿上，子英是我们两个人共同的女儿。"巫姆不满意地说："那得以我为主。"仪狄正妃咬咬牙："依你。"巫姆从被窝中掏出仪狄正妃的手，双手相贴，叫子庆王抱子英过来。巫姆说道："你我贴手相约，有子庆王作证，子英见证，从今日今时起子英就是我和正妃妹妹共同的女儿。"子庆王笑道："区区小事，何必这般认真。"巫姆落泪道："仪狄妹妹什么都有了，先是有小王子，现在又有小主，可我呢孑然一身无所依倚，我总得跟她抢一样，不是吗？"

提起小王子子贻，仪狄正妃气昂昂地说："别提子贻那个浑儿，提他我心里难受。我有病以来，这混账儿就不曾看过我。"说起子贻，巫姆自然想起了司马子灰和她的妹妹巫嫫，心里一阵堵。仪狄正妃刚刚生育需要静养，巫姆不想在仪狄正妃面前谈及司马子灰和妹妹巫嫫假借巫祭迫害荷花儿的事情，借口众臣在宫门外等候为由，让仪狄正妃歇息养神，督促子庆王离开仪狄正妃的寝宫。

在路上，巫姆诉说了司马子灰和巫嫫联手作恶的事情，子庆王气得捶胸顿足，他说道："只怕事情远不止这些。"稍后，子庆王平静下来，他叮嘱道，"家丑不外传，但不等于不算账，你要亲自审问他们，认错轻饶，不认错家法处置，他们在哪儿？"

"为防止传扬出去，我让士卒们把子灰和巫嫫关在了宫内。两个假扮巫士者，我已命士卒杀掉了。"

"好，等会儿见过朝臣，你连夜去审，我在主殿等你。此事要速决，免得夜长梦多，引发朝野议论。"

"是，我知道了。众臣们等着向你恭贺呢，咱们走吧。"巫姆督促道。

子庆王把众臣们聚到王宫的主殿，诏宣了仪狄正妃诞下小主的喜讯，并通告了小主的子英之名。众臣欢喜，一同朝贺，同时祝子庆王南访大邑商平安而归。

是夜，井方国王城内外张灯结彩，庆贺小主子英诞生。

第二章　神秘的巫氏之族

夜至亥时，雪停止了脚步，西北方向的星儿抢先露出面孔，调皮地探视人间。

好事传百里，回到家中的臣子们很快把仪狄正妃顺利诞下小主的消息传给亲朋好友，井方王城顿时沸腾起来，王城百姓们走出茅舍，擂响兽皮之鼓，倾城而庆，子英的诞生之夜，成了井方王城的不眠之夜。

王宫里的子庆王万分欢喜，命人拿来仪狄酒，小酌两碗。万事难如人意，没有胞弟子灰和巫姆妹妹巫嫫弄出这鸡飞狗跳之事，今夜的时光该是多么美妙啊。子庆王在殿内踱步，想着子灰之事，心中不免伤感，于是走出殿门，想在星夜中换换心情。举步殿外，发现司空南一人跪在雪地上，雪夜寒冷，司空南被冻得身体僵硬口齿不清。子庆王把司空南背到殿内，放到地炉旁边，给他加了一件自己的衣饰①。子庆王问道："为什么不回府歇息？"司空南哆哆嗦嗦地说道："小臣有罪，罪该万死。"

"你有什么罪？"子庆王知道司空南要说什么，有心不想听，怕听了后自己心里难受，但司空南是王朝重臣中唯一与司马子灰一块儿留住王城的人，这半月王城内到底发生了什么，作为井方之王及王室的掌舵人，他不能不有所洞察。司空南双手抱头，一脸沮丧："小臣不敢说。"子庆王怒道："不就是我胞弟司马子灰的事嘛，照说无妨。"

子庆王带领国师巫姆、司徒姬泽等一帮重臣南去大邑商国都殷城出使后，

---

① 衣饰：衣服、衣裳的古称。

在王城留守的臣属就剩下司马子灰和他司空南俩人。司马子灰管理军事,司空南管理水利、工程,两个官职本是不相属的,但司马子灰以监国自居,把司空南指派到百里之外的大陆泽广阿①一带督察水利。冬日歇工,并无水利工程可施,司马子灰的用意,就是要把司空南打发出王城,离他远一些,少些耳目,他可以在王城为所欲为。

十余天后,从广阿归来的路上,司空南得知王城南桥被人毁坏,大惊失色。南桥是子庆王归来的必经之路,桥坏路毁,子庆王的车辇无法从南桥入城,即使入城也要面临车毁人亡的险境。路桥水利是司空南的职责,回到王城,他不曾回家就调集人力全力抢修,可是运来的树木一夜之间不见了踪影,再次调集,树木依然丢失,连看守树木的匠人也被杀害,所以一直拖延至今,城南之桥仍未畅通。"你知道是谁在作恶吗?"子庆王坐在木榻上,望着胆战心惊的司空南问道。司空南回答:"知道,是司马子灰府内的幕僚所为,树木被盗匠人被杀后,我曾让手下捕获过两个小民,但未等我审问就被司马子灰放走了。"

子庆王给司空南盛了一碗热水,坐在司空南对面拍着司空南的肩膀:"你想过没有,子灰他为什么要毁城南之桥而不毁城东、城北和城西的那三座桥,南桥坏了,我可以绕转到城东或是城西,他阻止不住我进城啊?"

司空南说:"毁桥之意不是为了阻止我王回归,应该是巫人的一种道术,似乎是借此破局诅咒,毁我王城吉运,归根到底还是针对我王你的。"司空南的说辞,让子庆王松了一口气。知弟莫如兄,胞弟子灰性情孤僻,心量小又无胆识,素日喜欢占卜迷信神鬼,经常做些吓唬别人给自己壮胆儿的事情,是个心计有余魄力不足干不成大事的人。王室内的龌龊之事自古不绝,人各有志奈何不得,说多无益,不利王室和气,传扬出去,损伤王家门面,眼下事需静而待之酌情而行。当罚则罚,不罚纵容罪孽助长邪气;而罚之过当,又会伤及手足埋下怨恨之种,辜负先王生前教导。子庆王始初考虑让司空南和国师巫姆一块审问子灰和巫媸,现在觉得没有必要,宫闱之事少一个口舌就会少一扇是非之门,尽量不让外姓人涉足。子庆王安慰司空南一阵送他归去,之后,独自在殿内等候巫姆消息。

---

① 广阿:古县名,在巨鹿县境内。

巫嫫坐在巫姆对面，笑嘻嘻地望巫姆，在巫族部落内，巫嫫有姊妹数十人，由她阿母①生养的只有姊妹三人。阿母是巫族部落②的大首领和井方国的国师，姊妹三人在巫族部落内称得上嫡亲之女，享有部落大首领的承袭权。长姐叫巫娅，二姐叫巫姆，她巫嫫是年纪最小的一个。阿母在世的时候，她由阿母管教着，阿母仙逝后，由接任部落大首领的长姐巫娅管教着。今日之事虽然闹出了风波，但二姐巫姆毕竟是一母同胞的姊妹，她又能把她巫嫫怎样了呢？巫嫫现在的心情要比士卒刚刚抓她时好了许多。

她注视着巫姆的目光，想猜测些什么，巫姆的目光平和而又忧虑。她估摸着巫姆肯定会问她为什么又和司马子灰搅和在一块儿，她做了准备，想好了借口，她想她的回答一定会让她的胞姐哑口无言。女人喜欢男人，男人需要女人，男欢女爱你情我愿，自夏启以来的九百年已是民风习俗，不稀罕也不见怪，更无非议之虞。

巫族人为了传袭巫术之业，一直沿袭母系之制，习惯了走婚，但也不拒绝嫁婚。至于今日，巫嫫和司马子灰走到一块儿，也是前世缘分，想当初巫嫫情窦初开，迷恋的就是这位帅气的司马爷，他们俩相差十岁，她为他疯狂，一直在追求。当时阿母健在，她以母亲、部落大首领和井方国老国师的身份断然反对。一不准巫嫫与子灰来往；二不准巫嫫与子灰发生媾和之事；三若是与子灰媾和有了身孕，依照巫族之戒，处以火刑灭其肉身，割断母女之情。迫于阿母的威严以及巫族之戒，巫嫫被迫熄灭了初恋之火。她为此痛哭过，抗争过，甚至自残过，但抵不住阿母的坚持，她不得已而放弃。

阿母之所以反对巫嫫与子灰交往，有巫族戒律的原因也有子灰人品不正的原因。

巫姓源自甘姓。夏朝初年甘姓人因举兵反对启的家天下制惨遭灭族之灾，五百年中为逃避迫害，甘姓人以巫为姓隐姓埋名，习练观象、星术、医病、占卜等巫术之道求取生存之计。商汤灭夏后，甘人得以昭雪，一部分人恢复了甘姓，一部分人继续以巫术为业坚守巫姓。为前车之鉴，巫姓部落定下规矩，从事巫术者要视天下君王为正君之主，助君不助臣，忠君不二，把维护君王之权

---

① 阿母：古时候对母亲的称呼。
② 巫部落：商代中后期居住在邢台古地一个从事祭祀、占卜等巫术的部落族群。

与君王共生存定为巫族戒律，世代遵守不得有违。

阿母年纪大了，考虑到来日不长，一直在安排后事。长女巫娅，信奉巫道，坚守巫之戒律，深谙巫道之术，深受巫族人敬重，但因巫娅出生时就是一个瞽者①，目盲之人外出受限，行事不便，在国朝祭祀大庭广众之下出头露面也不体面，阿母掛酌再三，决定把部落大首领和井方国师之职一分为二，依照巫族部落大首领德艺双全的规矩，召开部落首领大会通过首领们的推举，将大首领之位传袭给长女巫娅，依照国师退位需要向现任君王推荐新国师的程序，将二女儿巫姆推荐为井方国新任国师。

对于小女儿巫嫫，阿母一直心存愧意。巫嫫出生时，阿母已经四十有余，老来得女，视若宝贝，难免心生娇惯之情，平常日娇惯溺爱百般呵护，偏偏在溺爱中毁了巫嫫。巫嫫自私任性，生性娇惰，既胸无正义又喜是非，阿母懊悔之中不止一次地告诫长女巫娅，任何时候，任何场合，不得让巫嫫以巫者的身份参与巫事，否则肆意妄为的巫嫫要做出玷污巫士之族的大事。对于子灰之人，阿母嗤之以鼻。子灰身为王弟又为储君，自幼行为刁蛮，处事不端，朝野上下不得人心，恶评如潮。巫嫫若与子灰结缘，子灰定会借助巫士之族的巫术之力，蛊惑人心，助长其野心，增加子灰与他的王兄争夺权力的筹码，损及王室，贻害家国百姓。如果任由巫嫫与子灰来往助其作孽，整个巫士之族就背离了助君不助臣、忠君不二的天条戒律，让巫士之族积聚了九百年的功德和清规戒律由巫嫫一人毁于一旦，巫士之族因此就会失去立足之地，被万世唾骂，这是阿母至死都在提醒巫娅注意和担心的事情。

另外一个原因，阿母没有讲出口，但巫娅和巫嫫都清楚，就是子庆王与巫姆之间除了青梅竹马的关系外还有一层夫妻的关系。子庆王的父王活着的时候，考虑到王子子庆与老国师之女巫姆自幼相识青梅竹马，想让王子子庆纳娶巫姆为妻，成全了两人的姻缘。而阿母想让巫姆承袭国师之位，国师与王妻兼之，神权与王权混同，在以往的王室祖制上没有先例，巫士之族中也不多见，阿母心犯嘀咕。习惯走婚之俗的阿母是个开通之人，她知道青春之年男女之爱是烈火之焰，她体谅王子子庆与女儿巫姆的感受，她清楚巫者直接与君王结合并不背离巫士之族助君不助臣、忠君不二的天条戒律相反会让君权与权神一

---

① 瞽者：盲人的古称。

体。但为了不开国师与王妻兼之的先例，阿母与子庆王的父王之间有一个秘密约定。

巫姆望着妹妹巫嫫，心头的怒火一直想往外冲，她压抑自己不让自己发火，她知道大祸已铸，此时发火毫无用处。巫姆长长地叹了口气，伸手抚摸着巫嫫的长发，泪水潸然而下。她和蔼地问道："想孩子了吗？"巫嫫似乎没有听清楚，"啊……"巫姆继续说："想巫桃和巫杏了吗？"

听到姐姐问她的两个孩子，巫嫫的眼睛湿润了，说了一声"想"，便伏膝痛哭起来。巫嫫有一对双胞胎女儿，出生在桃花杏花盛开的时节，故名为巫桃和巫杏。巫姆安慰道："我喜欢两个孩子，大姐也喜欢她们。"

"我知道，大首领也喜欢，她们九个多月了，年后就满一岁。"巫嫫低吟道，用手抹去脸上的泪水，她对大长姐巫娅畏而敬之，因为大长姐巫娅对人对事总是那般严厉，相比较而言巫嫫不惧怕她的阿母而惧怕大长姐巫娅，所以此时她称呼巫娅为大首领而不敢叫大长姐。想到大首领的严厉，巫嫫害怕起来，她抓住巫姆的手，跪在巫姆面前，"二姐我怕了，救救我，我离不开我的两个孩子。"

巫姆攥住巫嫫的手，"你是冒充大首领的指令做代行国师的吗？"

"是。"

"是谁让你这样做的，为什么这样做？"

巫嫫说："两个月之前我跟司马子灰好上了，并且怀上了他的孩子，他答应我，等他继承了王位，他让我做他的王妃。你和子庆王去大邑商京都后，他去部落找我，让我到王城来。"

"他为什么让你来王城？"

"他说子庆王的仪狄正妃马上临盆，他怕再生出个小王子来，他让我以代行国师的身份，想办法把仪狄正妃身边为她助产的两个稳侍撵走，仪狄正妃没有了稳侍就会心思不宁，造成难产或因此患病去世。当时我有些怕，他鼓励我不要怕，若是仪狄正妃死了，他会想法灭掉子庆王。"

"你都做了些什么？"

"我怕他说我不懂巫术，看不起我，我就借故胡说，说是天神说了，城南之桥是通阳之道，利当下君王，不利储君。司马子灰便信以为真，让人毁桥，还杀了看桥的匠人。"说完后，巫嫫看着巫姆说，"二姐我知道的都说了，我知错，等我把肚子里的孩子生下来，大首领怎么惩罚我都行，行吗？求求你二姐……"

"你为什么要杀害荷花儿？"

"司马子灰为了不让仪狄正妃顺利生产，想借故撵走两个稳侍，可是荷花儿死活不同意，还把稳侍藏起来，因此惹恼了司马子灰，子灰让我以除妖为名杀死荷花儿。"

巫姆气愤道："小妹呀你好糊涂，你忘记了我们巫士之族助君不助臣、忠君不二的天条戒律了吗？子灰与他哥哥血缘再亲，他也是个臣子，即使是明日之君的储君，也非为当下之君，距离君王还差一步呢。我们已故的阿母不止一次地告诫我们，司马子灰终归会一事无成，你是巫士家人，应该知道什么叫终归。阿母巫术高深已经看到了子灰的终局，子灰为人不仁，他最终做不成井方的君王反而会有灭顶之灾。对于这种变故，子灰比你我都清楚，所以他着急不停地做事折腾，若让其灭亡必先让其疯狂，天帝之咒，他怎会逃过。一个连他自己都保护不了的人，他又怎能保护你呢？"

"那我怎么办……我肚子里的孩子怎么办……"巫嫫绝望道。

"我救不了你，妹妹我再说一遍，我巫姆救不了你。你触犯的是巫之戒的天条啊！你不要说肚子里的孩子，阿母生前提醒过你，你若与子灰媾和有了身孕，依照巫族之戒，是要处以火刑的。你……你为什么非要走这条死亡之路啊……"巫姆擦去眼泪。"好了，碍于我们巫士之族的门面，我不会把你交给子庆王处置，明日我把你送回，交由巫族部落大首领处置。"

巫嫫求饶道："那你把我放了，我躲进深山老林一辈子不出来。你知道，大长姐她六亲不认。"巫姆痛苦地摇头："你的话没人相信，你冒犯的几条罪都是大罪，如果我是大首领，也要按戒律办事。现在你能做到的，就是多想想两个孩子的后事，其实有我和大姐在，你的两个孩子不会受委屈……"巫嫫绝望地匍匐在地，一声悲叫，如鬼哭狼嚎。

问完妹妹巫嫫，真相已经大白，再问司马子灰，不管他承认与否，已没有更多意义，巫姆目前担心的是子庆王的身体。子庆王冒雪回归，一路担惊受怕，不曾很好歇息，归来之后又照顾仪狄正妃，劳累到将近子夜，巫姆不忍心让子庆王再熬夜费心等候自己，便照直向主殿走去。

见到子庆王，俩人步入内室，巫姆向子庆王讲述了司马子灰让巫嫫冒充大首领的指令做代行国师的事情，讲述了司马子灰与巫嫫合谋赶走两个稳侍以及谋害仪狄正妃贴身侍女荷花儿的事情，讲述了子灰让人破坏城南木桥并杀害修桥匠人的事情，唯独没有讲述巫嫫怀上子灰孩子的事情。她担心心慈手软宽厚待人的子庆王知道此事后会想法保护巫嫫和她腹中的胎儿，延续子灰的血脉。若是巫嫫真的把子灰的血脉生下来，就会成为轰动朝野的大事，巫士之族自违天戒的事情将大白天下，巫士之族犹如阿母生前诅咒的那样就会彻底的名声败落坠入万劫不复之地。巫姆想象得到，一旦出现巫士之族被世人唾骂的事情，视清规戒律为生命的大长姐巫娅会以最严厉的方式惩罚自己，以死谢罪世人。想到此，巫姆脊背发凉，浑身战栗。

听了巫姆的讲述，子庆王沉思良久，问道："依巫士之族的戒律，会如何处置巫嫫？"

"火刑。"

"她虽有错，但罪在子灰呀？"

"我们巫士之族只能处置族内人，处置不了国朝的司马。"

"若是我向你们大首领求情呢，她会否手下留情？"

巫姆摇头："不会。"

"她不念姊妹之情？"

"巫嫫走得太远了，已经危及整个巫士之族的声誉，大长姐巫娅她也无能为力。"

子庆王犯愁地拍着自己的额头："你们巫族做到的事情我做不到，我母妃去世早，小时候我与子灰相依为命，他跟着我吃过不少苦，我不可能把他治罪，不可能……尽管他让我失望，让我愤怒，让我……"说到最后，子庆王泣不成声。

巫姆握住子庆王冰凉的双手，心疼道："我知道你的心情，但是患难之交的手足如此无情地加害自己王兄的正妃挑战王兄权威的底线，害了匠人和荷花儿的性命，也害了我妹妹巫嫫的性命，可我们总不能任其继续作恶吧？"

昏暗的灯光下子庆王脸色凝重，他与巫姆商议了一会儿，最后说道："训斥他一通，或是罢了他的司马之职能有用吗？我对他已经失去了信心。"巫姆说："训斥可以，罢职不可取，训斥传播不到朝野，罢职则要诏告国人，得有一个罢职的理由，如果理由说得不疼不痒，倒让国人生疑，子灰毕竟是你的亲兄弟。其实，留着他的司马之职也无大碍，现在井方之国疆土安稳，百姓乐业，多年和平没有战事，司马之职是个摆设而已，让他继续挂着这个官职，撑门面是个理由，关键是我们能随时掌握他的行踪。"

子庆王仰卧在铺着兽皮的木榻上，疲惫地眯着眼睛，一筹莫展。他突然问起巫嫫的两个孩子，巫姆介绍后，子庆王叹惜道："可怜两个孩子了，如此幼弱将要失去母亲，我是饱尝过失母之痛的啊……我记得你说过，她的两个女儿生在年初春季，和我今日的子英是同年之人。同年不同命，可怜之至啊。她关在什么地方？"

"我妹妹巫嫫？"

"对。"

"她和子灰分别关在宫内西北角的两个房间内。"

子庆王缓缓地坐起来，对巫姆说："子灰的事，还是你去给他讲，怎么严厉就怎么说，保住他的性命不能再顾及他的脸面，我不想见他，我怕见到他看到他的样子后心里难受，到那时我什么话也讲不出来了。"巫姆心想，子庆王心肠软，由她出面教训子灰更有力，于是别了子庆王来见子灰。

子灰见到巫姆，心中胆怯又装得若无其事，他声音强硬地说："快把我放了。"巫姆坐在子灰的对面望着子灰，说道："巫嫫有了你的孩子。"

子灰犟着脑袋，"不可能。"稍后又说，"有了又怎样？"

"她将被处以火刑。"

"啊，火刑？那……那我呢？"

"你俩一块害死匠人，害死仪狄正妃的贴身侍仆荷花儿，一块作谋拆毁城南之桥，我妹妹巫嫫被处火刑，你想你能好到哪儿去。"

子灰瞪大眼睛，惶恐失措："我和她不一样，她是巫士之人，我是王者之弟当朝的司马，我怎么能与一个巫士妇人为伍呢？"

巫姆跺脚道："你简直没有廉耻！当初你与巫嫫媾和的时候，为什么不说你与她的地位不一样？现在大难临头你丢下她不管了，当初你对她的表白和承诺，你对她的卿卿我我都到哪儿去了？"子灰不语，浑身颤抖不止。巫姆喝道："子灰看着我！我身为井方国的国师兼任司寇，现在我郑重地告诉你。巫嫫冒传巫族指令，蛊惑民心，伤害无辜，扰乱宫阙，巫族以其戒律定其死罪，实行火刑，她将连同她腹中你们俩的骨肉一同化为灰烬，这对我妹妹巫嫫来讲，罪有应得。你身为王弟，又居司马之位，心生邪念，叛逆祖上，加害王兄的正妃，其罪其恶要远比巫嫫深重，以国法论之，要坑其族。这种罪罚之律，你应当清楚。"

子灰听后吓得魂不守舍，跪地哆嗦道："我……我要见我的王兄，让他来……让我的王兄来。"巫姆站起来，怒视着子灰："你身居司马多年，熟知王家之法，应当知道在执行国法之时王权服从神权，国师奉天神之命生杀予夺，你王兄能救你的命吗？"

子灰没了主意，面如土色，吓得尿湿了衣饰，开始向巫姆求饶。巫姆在室内走了几步，踱到子灰面前，严厉道："子灰听着，念你与子庆王一母同胞，本国师给你个赎罪之路。一、由你亲自主持在我监督之下，以滋扰王城罪将你府上参加破坏城南之桥的幕僚仆人公开正法，不得漏网一人；二、你要对府上人管教不严承担失察之责，削发代罪，向国人以表悔改之心。你认为如何？"

子灰为难道："这不是让我自受其辱吗？"巫姆也不客气，斩钉截铁地回答："就是这个意思，让你自受其辱，这起码能保住你一条性命。"

子灰为保性命，答应照巫姆之策赎罪。在释放回家前，巫姆告诉子灰，她妹妹巫嫫今晚要押回巫族内禁锢，等待子灰完成赎罪后再处以火刑。若子灰言而无信，将会把巫嫫带回王城与子灰一块儿受审处刑。子灰吓得半死，誓言第二天就兑现承诺，之后趁着夜深人静，惶恐地回家去了。

次日早上，士卒急报，罪犯巫嫫不见了踪影，说着呈上一个龟甲辞文。上书："姊，妹罪该万死。桃、杏二女托付于你与长姊，二女将来婚事请尊重她们意愿，切莫重现我之悲剧。永别。"巫姆问士卒何时不见了巫嫫，士卒吞吞吐吐似有难言之隐，巫姆细看龟甲，龟甲磨制精细；端详辞文，辞文书写工整。心想好啊，子庆王也学会明一套暗一套了，当面不动声色背后做事，还替人修书。但细心一想，又感激子庆王的良苦用心。巫姆眼睛湿润了，她喃喃自语，仁慈也是一患啊。她叮嘱士卒不得多语，士卒保证道："奴仆以命保证！"

巫嫫没了下落，巫姆也省去了向她大长姐禀报的必要。在巫嫫的事上，巫姆与子庆王各自心知肚明互不问及。子灰迫于国师巫姆的压力，以滋扰王城之罪忍痛斩杀了自己府上的两个幕僚和十个仆人，并以管束不严削发谢罪国人，天下人满意，子庆王也满意。唯一不满意的是仪狄正妃。

数月之后，春暖花开，恢复体力的仪狄正妃，与巫姆一起带着女儿子英，捆绑着子贻前来为荷花儿扫墓祭祀。仪狄正妃让仆人替她向荷花儿施礼致意，后又让仆人抱女儿子英向荷花儿致礼。所有礼节完成之后，她喝令士卒把子贻押到荷花儿墓前，让他跪下。仪狄正妃用剑指着子贻骂道："我怎么生下你这个孽子，他们杀害你母妃的侍仆荷花儿你不出面保护罢了，你竟然当众侮辱她的尸体，小小年纪，你的人伦良知去哪里了？你是人还是畜牲？我今日非杀了你不可！"说着剑起发落，削去了子贻头上大半长发。

巫姆惊叫一声，抱住仪狄正妃，怕她真的杀了小王子子贻，同时示意侍仆为小王子子贻松绑。子贻被松绑后，一溜烟地跑了。

第三章　告别父王

春日的清晨，阳光照射到子英的床头，子英想起昨日的事情，起身下床招呼仆人为她梳洗打扮。她换上一身白色衣饰，吃了些食物，稍后又在铜镜前审视了一下自己的模样，便急促地向王宫的殿堂走去。十六年来，她在父王、母妃和国师巫姆的关爱中长大成人，享受着亲情，沐浴着阳光雨露。

此时子英站在王宫殿堂之前，眼睛里含着泪水，身体打着寒颤，她不知道接下来会发生什么，或者已经发生了什么，她极度害怕。

王城西面的远山近峰，巍峨依旧，晨曦中，被春色染绿的大行山，没有了昔时的安逸和俊美，如同军阵一般，列列前行，猛兽似的青面獠牙，大敌当前的井方国，弥漫着慌恐的气氛。一向天真活泼的子英坠入了忧虑的深渊，她担心病入膏肓的父王，会被突如其来的战争彻底的击垮；她更担心反目成仇兵戈相见的土方国①要吞并她的国家，让立国数百年的井方不复存在。

身披墨色斗篷披戴墨色头巾的巫姆，手持一柄巫杖，在子英父王居住的殿堂前缓缓而行，从子英父王患病的那天起，巫姆就环绕着父王居住的殿堂沿着一成不变的方向一直地走，日复一日，不曾间断，巡守着巫姆心中的圣地。巫姆相信，恶魔正在靠近子庆王的殿堂，想夺走子庆王的一切，她要以天帝之意为子庆王护法，不让恶魔靠近子庆王。

四十八岁的巫姆身体开始发胖，岁月无情，正在泯灭她少妇的妩媚。从她记事起，她就与子庆王和子灰在一起，当时的子庆王兄弟俩是失去母亲的遗孤

---

① 土方国：西北地区的古国。

王子，她是井方国师的女儿。童年的缘分，朝夕相处的美好，在喜乐同忧中他们长大成人。十五岁那年，她跟了王子子庆，尽管她与王子子庆没有夫妻的名分，但经过了子庆的父王和自己母亲的认可，有那么一个不能对外人说的仪式和约定。她喜欢子庆王，子庆王也喜欢她，俩人的喜欢来自青梅竹马，来自心底，四十多年了如影随形，子庆继任王位之后，她一直以国师身份留在子庆王的身边。现在有了年纪，人的模样变了，可她的身子骨依然硬朗，像一只精神抖擞的猛狮，毫不懈怠地看守着子庆王的领地和领地上的主人。

子英的印象中，巫姆不是父王的多帛①，起码在册封的妻妾名单中没有巫姆的名字，但子英心里清楚，巫姆是父王生命中不可缺少的一个女人，巫姆在父王心目中的地位可以与自己的母亲仪狄正妃②的地位并重。子英知道，巫姆从不掩饰对父王的忠诚，父王对她来讲，是她生命的全部，父王每一次灾难过后，巫姆的臂或是在她的胸上都会烙下一块为父王祈祷平安而增加的灼痕。巫姆用自己的肉体代替上天对父王的惩罚，她心甘情愿乐意为之，子英不止一次地见证过这样的场面，她感动得流泪，默默地为巫姆祈福。情窦初开的子英以一个初入世事的少女之心揣测过，这个年纪小于父王的女子除了对父王的忠诚之外还有别的情思之念吗？她坚信巫姆是有的。她曾问过她的母妃，母妃说："母亲拥有的正妃之位应该是巫姆的。"子英糊涂了，既然正妃之位应当是人家巫姆的，可母妃仪狄为何非要夺为己有呢？人世间的事儿唯情最真，而最真的东西，总是让人看不透表里。

"国师好。"子英亭亭玉立，似仙使从天而降，她站在巫姆面前，驻足揖礼。

"啊唷，小伯主好！"巫姆说道。巫姆四下看了看，见无外人，她停下脚步批评道："我也是你的阿母，叫阿母才对。"子英目含歉意，亲亲地叫了一声"巫阿母"。巫姆甜蜜地笑了，她俊俏的面孔在阳光的辉映下又多出几分的美润，目光中流淌着款款的爱意，子英望着巫姆，想起了国人中流传已久的故事。故事说国师巫姆是一个长着三只眼睛的上帝之神，她平时走路从来不用睁开眼睛，用心就可以游走四方。

巫姆从不掩饰对子英的喜爱："我的小天使，你想问些什么呢？"

---

① 多帛：帛指妇女，多帛指君王妻妾。
② 正妃：又叫正妻，是王后的古称。

子英想了想似乎不曾想问而又曾想问些什么，她调皮地按着自己的天目穴。

巫姆笑了，笑得灿烂。"小天使，我在这儿居住了几十年了，每块石头儿，每株小草儿，甚至生活在这儿的每只小鸟儿，都与我相熟相识，走这段路还用我睁开眼睛指挥我的脚吗？"

子英说："你是用心走路，你的慧光能看到人的心房，你总是让一些人惴惴不安。"

巫姆笑道："那是他们心中有鬼。"

子英感叹，"我若是能有一只慧眼就好了。"

"你会的，一定会的。"巫姆安慰子英，并把手中的巫杖送到子英面前。子英惶恐地晃动着纤纤之手，不敢接受。巫姆指指自己的头顶，意思是她要整理头巾。子英合掌、揖礼，不安地接过巫杖，捧在手中。

巫姆转向东方，面向太阳，托起双手："啊，仁慈的天帝呀，你这般的美好，几片乌云岂能覆盖你广大无边的天宇，让你的昭光普照吧，护佑我的国、我的王和我们慧力无边的美丽的小伯主！"她将一双白皙的手搭子英的肩上，轻轻地按着子英的肩头，"美丽的小伯主啊，天帝大任，就靠你这副肩膀了，勇敢再勇敢些，你看到了吗？"巫姆的眼睛大而清澈，炯炯有神，她指向南方在空中画了一个圈儿，"那个地方是你的，哦，也包括我们这里。"

尽管巫姆年纪大了但她很美，美得像一座雕塑。子英憨憨相视，不知如何答对，她羞涩地低下头："这个呢……"子英托起巫杖问道。巫姆让子英握紧巫杖，双臂上擎，齐于眉高，她在子英耳旁说道："孩子，把巫杖举高一点仰视天空，你看哪……天帝……天帝在俯视你……俯视他的子民……"子英热血沸腾，一股强大的力量充注于身。她手持巫杖昂首挺胸，高执于天际之间，整个世界一片光明。于是天地之间，定格了一个婀娜多姿的白衣女神！巫姆哭了，泪水晶莹。子英哭了，满是幸福的喜悦。

子英恭敬地将巫杖送给巫姆，感激万分："这是我第一次手握巫杖，没有想到它竟然有如此的神力，让人与天帝相近，聆听天神的教诲。"巫姆接过巫杖，握在右手，巫杖的底端支撑于地。她说："你不是第一次手握巫杖了。"

"那是什么时候，我为什么不记得？"

巫姆送来微笑："你出生的时候，我拿着你的手抚摸来着，你如何记得。"

子英见巫姆脸上满是泪水，惊讶道："国师，你也会掉眼泪？"

"怎么不会，我是人，更是女人。"

"对的，女人爱流泪。"子英默默想着，不再说什么。之后，她转移话题，说道："国师，以后不要叫我小伯主了。"巫姆悄悄地用头巾擦去泪水，"不好听吗？"

"好听是好听，只是不知道什么意思，怕姊妹们耻笑。"

"难道你的姊妹们知道什么意思？"

"不不不……他们怎会知道。"

"他们都不知道什么意思，干吗会耻笑呢？"巫姆拉着子英往前走，"子英啊，这个世界上好多事情是说不清楚的，但要记住一点，要像你的父王和你的母妃一样，不要怕困难，不要怕黑暗，要相信天帝，天帝护佑着你，你会所向无敌。"

这时殿堂内传出激烈的争吵声，俩人停下脚步，巫姆柳眉微蹙，叹道："你这个亚父子灰啊，哪儿有手足兄弟的样子啊。"

子英生气地说："他就是心坏，故意在我父王病重的时候找事儿，想让父王早点儿给他腾出王位。人们都说我亚父的心是黑的，国师你是慧眼，他的心真的是黑色的吗？"巫姆说道："又忘记了，叫我巫阿母。你的亚父的心哪，与我们是一样，若真的是黑色的，他早就死去了。人们用此比喻，是说他的品德不好。"

子英落泪道："真的不清楚，我父王怎么会有这样一个弟弟，若父王一个人多好。"巫姆纠正道："兄弟多是好事，人多力量大，家业兴盛，自古以来人们期盼的就是多子多孙，后继有人。坏就坏在兄终弟及的祖制上，王位就一个，兄弟们都想争，争来争去，就让人开始学坏，开始琢磨着如何坑人害人或是杀兄害弟。你亚父子灰呀已经生了不安分的心思，难免着魔。"

子英说："亚父心急抢王位也就算了，还有我的那位胞兄子贻，没头没脑与亚父搅和在一块儿，做尽了坏事。我想不明白，若是亚父做了井方之王胞兄他能得到什么好处？我替他感到羞耻。"见子英如此评价自己的胞兄子贻，巫姆有些释然，她解释说："你的胞兄只是人世间的一个短客，不要过多在意他。"

"短客？好新鲜，那我们是什么？"

"我们是人间过客。"

"短客和过客有什么不同吗？"

"当然有了，短寿者都是短客之人。"

"可我看他身壮如牛，并没有病态之状。"

"傻孩子，命在天帝手中攥着，你如何看得懂？"

"国师……哦不对巫阿母，你怎么与我的母妃说的一样啊。我母妃说，胞兄子贻是个吃饭的命，吃够了也就走了，子贻他什么事情都做不成，不如任妃生的那位子平哥哥有出息。"

巫姆望着子英："你母妃果真是这样说的？"

"当然，我母妃处事公道，不管是她生的孩子还是别的妃妾生的孩子，她都一视同仁。她要求兄亲弟敬，和睦和气。"子英语速很快，秀发在风中舞动，透着光影，像个小精灵。

巫姆自然清楚子英母妃的为人。巫姆脸上带着笑意和满足，仿佛子英赞美的不是她的母妃而是她巫姆本人，许多年以前子英的父王就曾经说过，子英的母妃与巫姆是天帝同时造的两个女人，模样儿不一样，给的魂儿却是一路，还说她们俩是天帝送给他的宝贝，唯有她们俩在他的身边，他才不辜负一生。子英父王的话让巫姆感动了一辈子。现在他们之间又多出一个默契的小人儿子英，这让巫姆由衷高兴。其实在子英来到人世间那一刻，巫姆就已经预感到这个小女娃将来的命运绝对是一个影响天地的大星运的人物，由此她一直关注着她护佑着，把她当作自己身上的一块血肉，一块天赐的玉佩倍加珍护。随着年纪的增大和国家命运的多舛，没有生育过的巫姆愈发喜欢子英并寄希望于子英，冥冥之中她似乎感受到子英重大命运的来临。

"你说的你那位庶兄子平，虽然有德有才面貌也英俊，只可惜他不是你的母妃所生，庶子身贱，不能承袭国制。"巫姆解释道。

"母妃也这样说过，可是我认为……"

"你认为什么，你想让子平接任王位么？不不不，你小小年纪，可不能这样想，你的胞兄子贻不行，不是还有你吗？目前方国之中被封伯侯的女子不在少数，伯侯就是一方之国的王者，也叫伯主，这也是我叫你小伯主的意思。走，不说这些了，我们去把你不喜欢的亚父赶走，他若再胡作非为地闹下去，你的父王会被他活活气死。"巫姆拉起子英的手，向殿堂走去。

"让我去说他吗？"子英问道。

"你是晚辈，怎会让你去做这种不合礼度的事情呢，记住现在不能，以后也不能。虽然娲皇造就了人类世界,让我们女人曾经成为天下的主宰,但在男人面前特别是长辈的男人面前,我们女人还是要谦让、尊重和宽容。女性的宽容,能让世界变得安宁。"

"女性的宽容,能让世界变得安宁。"子英重述了一遍,似乎有些理解,继续问道,"是吗,巫阿母?"

巫姆回答:"是的,男人是天,女人是地,地承载着天,承载着天上的日月星辰,若没有了地,天就坍塌了,日月星辰就变成了灰尘。所以女性宽容,世界才会变得安宁,这句话你要记住,要记在心上。"

子英应诺着迈向殿台,之后停下脚步,站在门外,目送着巫姆缓缓地走进殿堂。

殿堂议事厅内,有些幽暗,王位空着并不见王在其位,巫姆略有些放心。她见子英的母妃一脸怒气地堵在去内庭的廊道上,不让子灰入内,巫姆仿佛知道发生了什么。她从容地走到子灰的身旁,行进中高高举起手中的巫杖,对子灰微微点头:"司马将军早安,巫姆有礼了。"巫姆声音不大,缓慢而有力。

子灰见是巫姆到来,慌忙躲在一旁:"国师早安。"

"司马将军,依据天帝的旨意,到了给子庆王祈福的时候了,你是不是和我一块儿为你的父母先祖们祈福,保佑你兄长平安吉祥呢?"巫姆说话的当儿有意晃动着巫杖,巫杖上的金环儿叮当作响,巫杖顶端的宝石放射出明亮的辉芒。

子灰脊背发凉,脸上浸出汗珠,哈下腰忙说:"国师请……我还有些事情要办,多劳国师为我兄长祈福,不陪了。"说毕忙不迭地走了。

"真是一个泼皮无赖。明明知道自己的哥哥病重不能生气,却偏要找他哥哥说事儿,不让见他就在这儿大喊大叫,故意让他哥哥听到,你说这人有多坏。"仪狄正妃离开坐垫,一边儿整理自己的衣饰,一边儿向巫姆诉说。巫姆注视着仪狄正妃,笑而不语。仪狄正妃推了巫姆一把,"你倒是说句话呀?"

"不说。"

"说!"

"你让我说什么?说你是个母老虎,堵着门口不让弟弟看他的哥哥。你呀,霸气四射。"

"咦……你是什么人哪,帮着不懂事的人说话,你说我是母老虎?对,我就是一只母老虎,我就是不让他见我的夫君——井方国之王。对他这样的不忠不孝不仁不义之人，不来点儿狠招天下不大乱了嘛。"仪狄正妃说话气壮，脸上却流淌着委屈的泪花儿。

"嘴硬心软，竟然流泪了。好了，别委屈了，碰到这样的人你就得硬气一点儿。子庆王怎么样了？"巫姆安抚仪狄正妃。

仪狄正妃擦着泪，"不好，仍然不吃不喝。"

巫姆自言自语，"天意，天意难违呀。"

仪狄正妃"哇"的一声想要痛哭，巫姆马上制止道："子庆王在内庭躺着呢，不可造次。"

仪狄正妃哭泣道："天道无常，灾祸双至，子庆王身体不好，偏偏遭遇土方国来袭，这个亚父子灰，身为君王之弟方国司马将军，大敌当前，本应该身先士卒卫国御敌，为国为民为他的胞兄分忧，不辜负他胞兄对他多年的厚爱和信任，可他置国家的生死存亡而不顾，放弃前线御敌跑到王宫让他哥哥正式诏命他为井方代王不可，真是天良丧尽！他的哥哥还没有死呢，他就准备夺王位了。"

巫姆听后两眼冒火，把巫杖重重地戳在地上："嚯，真小看这小子了！妹妹你抬举他了，他根本就没有去西部的景山[①]抗敌，天下太平的时候，他在溹水[②]西岸建造城池，以备做王后荣登他的王宫新殿，近日土方军队进犯，他担心建造在溹水西岸的王宫新殿不安全，准备带着家室另择新处，这小子贪生怕死，岂敢上前线打仗。"

仪狄正妃沉思道："也是，作亚父的尚且如此，我那个宝贝儿子也好不到哪儿去，他们叔侄俩经常搅和在一块儿，简直是一丘之貉。这天帝也真是开我的玩笑，让我有这样的王弟不说还生养出与王弟一样的逆子，真愁死我了。"她无奈地望着巫姆。巫姆不语，摇头叹息。

仪狄正妃心情沉重地在殿堂内踱着步子，想放松心情。她问道："西面的战事怎么样了？"

巫姆说："从龙侯山[③]逃难下来的百姓说，土方国军队越过大行山之后，在龙侯山一带扎下了根，他们步步为营，不断向东推进，大有吞并井方国之势，我前方将士虽然英勇，但四十年不打仗了，毕竟弱不御敌，死伤无数。"

---

① 景山：邢台紫金山古称。
② 溹水：邢台市白马河古称。
③ 龙侯山：邢台五指山古称。

仪狄正妃着急，上前握住巫姆的手，"若是男人们不行了，我们女人上，我们要杀出一条血路，誓死保卫我们的子庆王和我们的井方国。"

"没错，我与你的想法一样，宁可站着死不会跪着生，我们女人也是有血性的人。"巫姆用一只手拍着仪狄正妃的肩膀。这时子英走了进来向仪狄正妃请安："阿母好。"仪狄正妃示意女儿子英坐下。子英年纪小，仪狄正妃不想让子英知道太多，怕加重她的负担，于是绕开话题对巫姆说道："这也奇怪了，刚刚走的那个泼皮无赖，为什么见到你就软塌了，他是否有什么见不得人的把柄在你手里攥着呢？"

"当然有了，他做的那些见不得人的事儿都在我这儿装着呢。"巫姆指着自己的心口，说明事情很严重。

"哼，想不到你也会藏着掖着。"

巫姆说："不藏着掖着又怎样，子庆王身体好的时候，我不敢说，哥俩反目朝野看笑话，说了怕伤子庆王的心。子庆王身体有病了，我更是不敢说，说了岂不是加重他的病情。再说了，我是巫者，居国师之位，总理着国家的巫事，我总会有办法调治他的。"

"那……那我也是巫者出身，为什么不能调治他呢。"仪狄正妃有些无奈，也有些气急败坏。巫姆侧脸望着母妃："清楚人净说糊涂话，他为什么不服你敢顶撞你，因为你是王的妻妾，是国之正妻，更重要的你是他的兄嫂。"仪狄正妃知道巫姆说的是实情，理穷无言答辩，静思片刻，转念一笑："难道你不是他的兄嫂……"

"不要胡说，子英在这儿呢。"巫姆打断仪狄正妃。子英不好意思地站起来："母妃，巫阿母，我去看父王了。"子英说着向内庭走去，身后传来窃窃的笑声。

子英原以为父王会休息，走进内庭，见父王侧卧床头，正在看一片龟甲卜辞。内庭里的灯光，若明若暗，父王脸色蜡黄，没有丝丝的血色。施礼后，子英坐在父王的身边，拉过父王的手："父王……"语塞。父王转过身慈祥地望着子英："孩子不要替我担心，人总是要死的，世上没有长寿不死的人。"

"可父王，我怕。"

"你怕什么，怕我死？"

子英点头。她说道："我担心父王不在了，我们的国家，我们国家的子民会遭受苦难,我的亚父他们根本不是管理国家的人,有些事情你是知道的。"

父王闭目良久,之后有气无力地说:"相信父王,相信我们的井方国之民,井方国不会因父王的离世而败落,也不会因你的担心而灭亡。孩子啊,父王一直认为你是大智慧之人,有登高远望放眼天下的能力,任何时候不能被眼前的乱象所迷惑。有些人如同殿堂前面的树木,虽然长在王室榭台,看似高大无比或是繁花似锦,但它仅仅是棵树木,做不了高山上的青松。你若非要它冰清玉洁或是玉树临风,它骨骼脆弱做不来上不了山峰,做不来的事儿你非要它做,岂不是在为难它害它吗?与其说害它,不如找一个能够站立在高山之巅的青松之树担当此重任。"父王的手似乎很有力,拨动着子英的心弦,缓缓地打开她的心扉。

子英似乎明白了父王的意思,但仍想知道得更清晰一些,她脸上荡漾着兴奋:"女儿知道了,但我还想问一下,谁是我们井方国的青松之树呢?"

父王吃力地坐起来,会心地笑道:"救人靠时运,救己靠自己。你想一想在父王的身边谁符合父王说的那种人。"

子英扳着指头默默地数点了一遍,说道:"母妃?"

"你母妃是高山上的青松,是号令天下的人,但井方国的时运与她无缘,若是她做井方之君,你亚父子灰何为,井方的臣民又如何评说我呢?井方国是子姓氏族的,我不可能把王位交给子姓之外的人,当然也不会交给你那位不争气的胞兄子贻。"

"是国师巫姆?"

"她在我们王族内没有身份,她是巫氏不是子氏,怎么可能?"

"哦,我想起来了,一准是子平哥哥。"

"这么确定?"

"当然。"

"我女儿果然是聪明慧气。"

子英拍手道:"我总算是猜对了。真的父王,子平哥哥他仁慈、本分,还有一身的武艺,我相信他能够胜任。"

"他是庶出,不是嫡子,祖制上没有这个先例,你聪明一世糊涂一时,连祖制都忘记了。"

"那么是谁呢?"子英道。

"不要猜了，父王说的就是你。父王要把井方国的王位交给你。你的子平哥哥是个好帮手，但他不及你。"父王坚定地说道。

子英腼腆地低下头："父王，女儿不行，女儿不是你说的那种伟岸之人。"

父王示意子英把他的后背垫高，稍微坐直身子，并让子英坐在他的面前，用瘦若枯柴的手拿起放在床头的龟甲卜辞。他心情沉重地说："子英啊，父王不行了累了，往前走不动了，天帝已经来看我了，对我说，他那里需要我子庆并为我安排了位置，我不久将随他而去。父王临终前最放心不下的是这个国家和这个国家的百姓，父王的孩儿有数十个，真正能挑起挽救国家命运这副担子的除了你再无别人。父王与你母妃、巫姆，还有几个伊臣商量过了，决定把王位交给你并由你去大邑商殷城拜见子昭王①，请他派兵解救我们，唯有如此，唯有你去。"

"我亚父和我的胞兄子贻他们怎么办？"子英问道。

"他们一个是我的胞弟，一个是我的嫡子，我不会难为他们的。但我怎么对待和处置他们，那是我的事儿，你不要问，也不要去想。"

"父王既然这么器重孩儿，孩儿无话可说，遵命便是。"

"不仅是父王器重，我们先祖，我们国民都器重你。"

"先祖吗？"子英问。

父王悦色于面："国师巫姆昨日占卜问过先祖，大吉，孩儿你是我族之大幸，国家之大幸，父王之大幸，父王为你欣慰啊。"

子英起身跪拜于地，涕零道："女儿不负父王重托，不负先祖所盼，甘愿为井方国社稷平安赴汤蹈火！"

"父王要的就是这句话，来！"父王从项上摘下龙形玉佩，亲手戴在子英项上，语重心长地说道："这块龙形玉佩，是我们子姓家族和井方国的象征，你戴着它朝觐商王子昭，他就会知道我们和他一样都是来自丘商封邑的子姓族人，他没有拒绝我们的道理。"

父王又把枕边的龟甲卜辞小心地包裹好，交给子英："这是父王写给子昭王的信件，千万不可丢失，它维系着整个井方国万众国民的性命，你要亲手把

---

① 子昭王：商王武丁，幼名子昭。

它交给子昭王。"

"父王的嘱托，女儿铭记在心！"

"好，起身吧。"父王如释重负地后仰在床上，休息了一会儿，他用尽平生力气喊道："子平过来！"子平应声从侧门里转了出来匍匐于地。父王继续说道："吾女子英领命，子庆三十五年卯月己巳日，命女子英以井方国代伯侯①之职密使大邑商朝觐子昭王，命吾儿子平以亚服②之职率卒二十伴子英随行庇护左右，不得有失。望儿等隐蔽行踪昼夜兼程，速去速回，完成拯救井方国之大任。"

"儿臣领命，叩谢父王，定不辱使命！"子英、子平跪拜道。

父王倒在床上筋疲力尽，说话已无力气，他挥动手让他们起身，声若游丝地说道："去吧，越快越好，你的母妃为你们准备妥当了……"

子英跪在床头，拽住父王的手，泪水扑面，她俯在父王的耳边，把唇贴在父王的耳上，倾心地说道："父王，女儿爱你，永远爱你……"

两颗硕大的泪珠在子庆王脸颊上滚动。

是夜，子英在兄长子平等人的簇拥下，悄悄离井方国，南下大邑商京都殷城。

---

① 伯侯：方国的国君。

② 亚服：军队统帅，武官古称。

第四章　狼烟起

子英离开井方国的第二天，井方国军情危急。

土方国军队突破井方边境，乘势东进，气势如虹。井方国西线失守，边塞士卒溃退，战争殃及边地，百姓们逃离家园向王都方向溃散。前方差报接二连三，各种音信从西部山区涌向王都。

一会儿飞差[1]禀报土方军队越过了龙侯山；一会儿又报松山[2]关塞抗敌将士死伤过半，亚服姚将军阵亡；一会儿报前线多伍士卒归降土军；一会儿又报土方军队抵达敦与山[3]。战争来了，世道乱了，战报来自不同地方，有些是民间揣测，有些是溃败将士为推卸责任编撰的故事，真真假假，莫衷一是。奔波辛劳的，是驿路上的飞差。

井方都城南门外，一改平日里的清静，聚集着熙熙攘攘探听消息的王室达贵。他们神情不安地目送着一个又一个进出王宫的飞差，祈盼着飞差们能够给病重的君王带来好消息。他们放眼西望，通往大行山地的官路上，虽然车水马龙但都是慌不择路的景象，直观告诉他们太平了几十年的井方国，灾祸临头。

西部山区之地，狼烟四起，距离王城百八十里的景山王室御苑桃花坞，已被土军付之一炬。通往王城的路上，飞沙走石，尘埃蔽日，逃亡的百姓路塞于途，如惊弓之鸟，不知路在何方。

宿居山林里的生灵们，有翅膀的都从天上飞走了，有腿儿的选择南北两个

---

[1] 飞差：古代信使。

[2] 松山：邢台西部古山名。

[3] 敦与山：内丘县阴山。

方向夺路逃命。生灵们比人类灵透，狼烟起灾难降临，它们很快嗅到了危险，本能告诉它们，迁徙才是活路。生灵们为何选择南北两个方向逃离，为何能在短时间内完成整体迁徙？因为生灵世界的族群远比人类庞大，它们的嗅觉和感知远超于人类，它们对危险信息有先知先觉的能力。

龙侯山有一位长者，童颜鹤发，年八百岁。他身边有一只神兽，名叫辣辣[①]，又称仙麒麟。其物形状似羊，头顶一角，眼睛长在耳的后面，平日里辣辣没有声息，只是跟随在长者的身边，像一个友善的使者，它和长者出现在哪里，哪里就丰衣足食，喜庆吉祥。井方国人视它为天帝的信使，崇拜至极，尊为大行山之山神。民间盛传，山上的生灵们正是收到了辣辣的指令，才结队逃生的。

此消息传到王宫，国师巫姆笑而不语，天道自然，万物皆有规律。她去过龙侯山，见过那位长者，也见过那只神兽。不久前的一个夜晚，长者和神兽来了，他们来看望子庆王，为子庆祈福。长者对子庆王说："此兽为大行山独有，乃我井方国之幸，近时我井方国命运多舛，磨难重重，皆因新的国君降临所致。当下井方国虽有磨难，不会伤及国本母体，如日出震旦需要雷鸣震动，但不会长久，须臾便是光明。此兽名曰辣辣，是山民所称，依据其叫声而为之。"

当然，巫姆也有不解之事，子庆王生病并未声张，长者和神兽如何知晓？山路迢迢行走不便，这长者和神兽又是如何来去自如，好在长者已经告知，苦难过后井方国运无虞并有新君出现，这让巫姆和子庆王深感欣慰。

由于近日坏消息犹如洪水猛兽滚滚而来，朝野上下心神不定，子庆王命其弟司马将军子灰在王宫主殿主持召开国政紧急会议，商议救国之策。巫姆守在子庆王之侧，听着外面议事的动静，她知道这是一场暴风骤雨，她不担心议事的结果，担心议事的走向。她回望病榻，仰面而卧的子庆王似睡似醒地躺在那里，一副安详自若的神态。

"我的国君，你在与天帝对话吗？"巫姆调皮起来。子庆王噗嗤一声笑了。

"好啊，你竟然在笑。病了一年了没有见你笑过。"巫姆撒娇道。

"笑过的，一直笑在梦中。我子庆十五岁继位做王，三十五年中风生水起，要山得山要水得水，可谓天遂人愿一帆风顺，都是天帝对我子庆的恩赐，

---

① 辣辣：《山海经》中记载的太行山神兽，邢台的山神。

我子庆一生无怨无悔心满意足矣。现在心里期盼的就是早点儿跟随天帝去，天帝需要我，我也需要天帝啊。"子庆王侃侃而谈，脸色平静而安详。

"有天帝的偏爱，你倒是乐意撒手人间事，你若去了，我和子英的母妃又将如何？"

"子英需要你们，你们要陪伴她。"

"子英有她的母妃，我呢？我没子嗣，一个独身巫师，没有留的必要。先说好，你若走了，我要随你而去！"巫姆落泪。

子庆王拉住巫姆的手说："不要任性，我想着你，天帝想着你，你就安稳一些帮正妃和子英打理国政，让我们的国民尽快渡过难关。好了不说了，你去听听议事吧。"

"不用听，有你弟弟子灰搅和着，出不了好的议事。"巫姆坐在子庆王的身边儿。

主殿议事厅内，重臣咸集，有仪狄正妃、司马子灰、司徒姬泽、司空南等，大家面向王位席地而坐。王位是一把高高在上的椅子。

子庆王病重，王位自然空着，王位之侧是国王之弟子灰之位。国难当头，运筹军机，寻求抗敌之策是当下议事之事，由于战局堪忧，坏消息不断，臣子们忧心忡忡，连死的心思都有。

总领议事的司马子灰，下定了决心要拿出些气度来，要给人一种未来之王与众不同的感受。子灰没有他的胞兄子庆王长得高大伟岸，倒也有六分的眉眼。兄长病危，奄奄一息，已是内庭病榻上的将死之躯，方国危难，万民切盼，挑起议政重担毫无疑问是他这个约定俗成的未来之王。如不出意外，按照"兄终弟及"的祖制，子灰理所当然地要走上井方国君之位，这是他梦寐以求的事情，他为此足足等了三十五年。喜事临门，自然喜从心生，于是他时而沉默时而谈笑风生，大有临危不惧胜券在握的英主之姿。

子灰居高临下漠视着臣小众属。他说："小小的土方之敌，由山西越大行而来，高山远巅，路途迢迢，早已是兵疲将乏之师，他们虽能胜一时夺一堡，但终不成大器，取不得大局矣。我煌煌井方之族，得始祖黄帝之德，拥干言①军镇之威，居磅礴大麓之广，载尧舜古都之誉；至于成夏商治封土开疆，前有

---

① 干言：黄帝建造的军事重镇，在隆尧县内。

成汤沙丘跑马桑林作舞,近有祖乙建都城郭维坊,现今西有桃花之坞,东有大陆阡陌①,可进可退,退守可据,在这物华天宝人杰地灵之域,难道我们惧怕来自山西的土贼不成!"

子灰一味慷慨激昂,众臣们云里雾里不知其意,更有甚者,飞差来报失地之忧,子灰不以为然,反倒暗自高兴,大声呵斥差使,让差使高声复述战况。明眼人看得清楚,这分明是借机给内庭病榻上的子庆王施威加累,恐吓子庆王,欲夺子庆王之命。

众臣们心里不服,又不想为此争吵,担心为病榻上的子庆王添乱。大敌当前,需要精诚团结,此时顶撞无异于贻误国事犯上作乱,众臣有泪流在心里,有怒难言,但又心中不甘,便把目光投向仪狄正妃。期盼此时应该有一个明白人站出来说话,需要一个中流砥柱拨乱反正,让议事回归正途。

仪狄正妃素日公道率直,脾气豪爽,大家多有体会,也多有敬仰。论其德行在场者没有第二人,论其才能手段可技压群芳,论其臣位不在司马子灰之下。大家目光期盼,众望所归,聪慧的仪狄正妃也心知肚明。

今日议事,本是仪狄正妃向子庆王提议召开并建议由司马子灰主持。国家危难,军情紧急,让议事的众臣知己知彼,寻找一个动员国民全面抗敌的策略,本来不是一件复杂难决的事情,岂料司马子灰借题发挥,高谈阔论,还让飞差大声喧嚷,意在施压威胁内庭病危中的子庆王,用心显而易见。考虑到子庆王病重大战在即,非常时期朝臣不和更是国朝大忌,仪狄正妃忍了再忍,想平和了事,但见众臣不服,议事悬而未决,事关国家存亡,她不得不开口说话:"按理说,司马将军已经说了,我做王嫂的不便再说……"

"那就不用说了!"子灰面无表情,打断仪狄正妃。

"是,但事情到了这一步,我们总得有个决策,方便动员军民抗敌。"仪狄正妃依旧忍让谦虚地解释。"到了哪一步呀?啊,决策的事儿是我的事儿,是我们男人的事儿!"子灰强词夺理怒对正妃。这让位居司徒之位的老臣姬泽怒不可遏,拍案而起:"司马子灰胆大无礼!仪狄正妃乃我君王之正妃,井方之国母,与我们至高无上的子庆王一样拥有无可置疑的权威和地位。你作为司马,也是子庆王和仪狄正妃手下的一介臣子,仪狄王妃与你有上尊之别,有

---

① 大陆阡陌:古巨鹿平原。

大人与小人之分，尽臣子之礼，效犬马之劳是你的本分和天职，你岂能目无尊长，以下犯上，更何况污蔑我王和仪狄正妃呢！这是无礼之一。再有，自羲皇氏始，至夏至商，千年华族遵循阴阳之道，崇拜生生世界，珍视母族为万物之根本、天地之芬芳，娲皇之德，金母之教，常乃神仙女帝，先祖圣皇崇敬有加，从无轻视之理，更无男尊女卑之谬言……"

子灰受其斥责，怒火中烧，更是出言不逊："枯木老朽，入土过半，竟然敢跟我讲起世道文明，不怕我取了你的性命吗？"老臣姬泽大笑："谅你有心，但凡无能！"

众臣争辩之时，一个丢盔卸甲的关尹突然闯殿飞报："……报告吾王，土方军队已经突破敦与山南线防守……正在沿溹水南下，不日将到达都城西面的宁塞关①……"

"什么，宁塞关？宁塞关距离王城不足百里路，你，你不是开玩笑吧。啊……是不是谎报军情……"子灰惊恐失措，面如死灰，瘫坐在椅上。

"司马将军，小卒是前线的关尹，亲眼所见，千真万确，绝对没有半句谎言。这不，身上的甲衣都丢在关寨了……"

子灰环视众臣，吓得语无伦次："你们……你们快说怎么办，怎么办？"

众臣见子灰狼狈至极，与刚才的信誓旦旦判若两人，感到可气可恨。大家鄙视道："全凭司马将军决断！"子灰知道大家在戏谑他而自己又无良策，他怒而转向来报的关尹："你身为关尹，丢关弃阵，有何脸面来见我们……来呀，拉出去斩了！"殿卒上前绑了关尹。

"停！"巫姆厉声喝道，"吾王到，众臣跪拜。"

子庆王出现在议事厅内，他是由巫姆等人用木椅抬出来的。众臣匍匐于地，祝子庆王圣安。子庆王有些气喘，脸色很差，枯瘦的手有些颤抖，他尽力克制自己，带着一丝的笑意和九分的坚毅。说道："久不见众臣，大家辛苦了，起身吧。"子庆王咳了两声亲切地望着大家，"大敌当前不要讲究礼数了，请众臣坐下来，与本王一起议事。"

"放了，放了关尹。"子庆王让殿卒放开关尹。他问道："你叫什么名字？"

---

① 宁塞关：邢台西部第一关驿，古址在东川口水库一带。

关尹跪拜:"回圣王话,罪尹叫纳罕。"

"纳罕起身。"子庆王侧身对身边的巫姆说:"给关尹纳罕赐座。"关尹痛哭道:"罪尹有罪,罪尹不敢。"巫姆过去搀扶起关尹:"圣王让你坐,你就坐下说话。"关尹忐忑不安地坐在蒲团上。

子庆王和蔼地说道:"你没罪,那些打了败仗的军卒们都没罪,有罪的是我,是本王。我做王三十五年来,没碰到过敌人,没打过仗,天道安泰,歌舞升平,军卒们换了一茬儿又一茬儿,都是养尊处优的和平儿,不知道打仗也不会打仗。今日战事让我反思,居安思危,不居安思危不行啊!既然土方国打来了,我们就应该吃点儿苦头,流些血死些人,让国民们清醒一下,记住这个教训。这不是坏事,起码,起码在家破国亡之前我们知道错了,我们还有改错的时间和机会。众臣们,你们说我说的是不是这个理儿啊?"

"吾王圣明!"众情激动。

老臣姬泽眼含热泪,摩拳擦掌,他站起来抱拳说道:"臣姬泽,虽然年过六旬,仍可斗粟充餐,身体硬朗,素日无恙,张弓骑射不在话下。请吾王准许老臣带兵出征,愿以老臣之躯卫国杀敌!"子庆王笑意满面:"姬爱臣人老胆壮,豪情可嘉,坐坐。"

"纳罕。"子庆王叫道。

"小的在!"关尹站的笔直。

"本王问你,你以为土方国为什么要攻打我们?"

"回圣王话,小的认为,这次土军由山西来犯不是为了攻城略地。"

"为什么?"

"是为了抢我们的粮食。"

"你说。"

"民间传说,近两年土方国连年干旱,颗粒不收,他们曾在边境之地偷袭过我们的粮仓。这次土军入侵我地,所到之处就是找粮抢粮,之后迅速将粮运回土方国。"

子庆王感叹道:"是啊,我们肥呀,我们连年丰收,国库充盈,富则招贼一点儿不假。纳罕,以你之见,我们该如何用兵才好?"

"小的拙见,土军此番长驱直入,攻城拔寨士气正酣,与土军正面交锋,我们胜算无几。我们可以借用山势地形进行袭扰,拖延他们前行的步伐,无论如何要把他们挡在宁塞关外，力保王城与圣王的安全，既然他们为粮而来，我们就劫粮打援。"

子庆王插话问道："劫粮打援怎么讲？"

"劫粮打援就是派出两支队伍，由南、北两个方向潜入我西部的边塞处，打击土军的运粮兵卒，逼迫土军主力撤退。"

子庆王沉默片刻，坚定地说道："说得有理，有理啊！"子庆王转向子灰说道，"吾弟子灰听命，本王命令你和我儿子贻，各领士卒一千由南北两路潜入敌后，劫粮打援断其土军后路，即可出发。"

子灰面带难色，乞语道："王兄，我……"

"国难当头你与子贻身为王族显贵，理应率先垂范，为民楷模，军务紧急，你与子贻不得拖延。"子庆王又命令道，"国师巫姆受命。"

"巫姆在！"

"国师巫姆奉本王之命以天帝之意，监督司马子灰与我儿子贻的军事之事，督导他们按时离开王城出兵剿敌，若有违命者，以神旨国法处置。"

"是！"巫姆故意把手中的巫杖弄得叮当响，她继续说道，"神灵在，巫杖下不分贵贱，有罪一律惩办。"子庆王赞叹道："军无戏言神法无情。"他问子灰说，"吾弟子灰还有不明之事吗？"

"没，没有……"子灰有气无力地回答。

"好，遵命行事吧。"

"是……"子灰沮丧地退出殿堂。子灰离开后，子庆王在椅上闭目停靠了一会儿，之后声音缓和地说道："爱臣姬泽，关尹纳罕。"

"臣在。"姬泽声音洪亮，关尹纳罕则低弱一些。

"本王命爱臣姬泽为我井方国战时师帅，关尹纳罕擢升千夫长，你们二人负责镇守城西宁塞关，确保我王城安全，与仪狄正妃、国师巫姆、司空南等统领战时军事。"

"臣领命！"姬泽叩礼。

"小的领命！"纳罕叩礼。

姬泽叫上纳罕，辞别子庆王和众臣，高兴地走出殿堂。走在路上，姬泽把大手搭在纳罕的肩上，友好而深情地说道："后生可畏，小将军我们一老一少为国家效力的时候到了。"纳罕抱拳："小子定不负圣王和老将军的期望，愿尽忠为国。"

"好！像我年轻时的样子。"两人欢笑而去。

子庆王闭目良久，体倦乏力，对在座的几个人怏怏地说："我累了真的很累，你们退吧。"

"我呢……"仪狄正妃想率卒抗敌，她心不甘心地追着子庆王问道。

回到内庭子庆王嘟囔道："我那个弟弟和我们的儿子子贻，这俩人既没有将才，更没有将胆儿，多么可怜的王族之人。仪狄正妃你别沉不住气，有你出手的时候，不过你得给城禁们下句话儿，我弟弟子灰若是带家眷出城，别拦着放行就是。"

仪狄正妃吃惊道："他要带全家出走？"

"不是出走是出逃。"子庆王更正道。

"何以见得？"

"你看他的神色，人没出征魂儿都丢了，八成是要和土方人讲和去。"

"那怎么能行，土方是侵犯我井方国的强盗，与强盗讲和，岂不是自取其辱！我不放他们走。"仪狄正妃不同意。

"爱妃呀，他无胆抗敌必然临阵抗命，抗命的结果必是国之叛逆以死治罪，他与我一母同胞，我总不能兄弟相残吧。"仪狄正妃十分痛苦又无别策，说道："知道了，还是圣王想得周全。"

"周全？不不不，是一种无奈。等我去了，见了我的父王再向双亲请罪，我这一生唯有如此了……"子庆王躺回病榻，口中喘着粗气，歇息良久，自语道，"不知子英她们到达大邑商的京都殷城没有，难为她了，走这么远的路……"

仪狄正妃宽慰子庆王："我们井方国距离大邑商都城路途不远，算不上辛苦，又有子平护卫着，吾王尽管放心。我担心的是那个子昭王能否诏见我们女儿。"

子庆王紧握着仪狄正妃的手，说道："我见过子昭王，他是个仁厚之君，不会怠慢友邦之使，更何况我们都是同族子姓，有着血脉之源。"

"如此情景，但愿能够顺畅。"仪狄正妃深情地望着子庆王。仆人入内，禀报："巫姆有请仪狄正妃。"子庆王睁开眼睛，小声说道："去吧，在这非常时期，我唯有依靠你和巫姆，今后有什么事情，你们俩多商议。但要记住，我们井方国的灾难是暂时的，不会长久。"

仪狄正妃点头，为子庆王掖好被角，悄然离去。

第五章　仪狄正妃的往事

仪狄正妃步履沉重地走出正殿，殿堂外的院子里空无人影，寂寞的春风轻摇着宫墙外的花枝，在落日的阳光中婆娑舞动。天边孤雁，西山影长，寂寂无声的宫殿，一派萧瑟。正妃宛如行走在静止的世界里，心中空空荡荡，一股悲怆之情陡然而生，她再也控制不住自己，扶墙而泣。

司马子灰和王子子贻奉命率兵迎战土方军队，尽管他们俩有一百个不乐意或是有一百个憎恨，毕竟胳膊拧不过大腿，不敢违抗王旨，只能乖乖就范，说明他们两人依旧是子庆王手中的棋子，跳不出子庆王的手心。子庆王活着，有这么一口气，这对叔侄再有野心和霸气也不敢明目张胆地与子庆王分庭抗礼，私下里做些龌龊之事，也是量胆而行，纵不敢闹翻了天。子庆王执政三十五年来，靠着深受国民拥戴的社会基础和日积月累所形成的强大的威慑力，朝野上下风平浪静，连最不本分的胞弟司马子灰和嫡王子子贻两人也有所收敛和顾忌。现在子庆王病入膏肓，风烛残年，子庆王所创造的维护国朝平安的屏障正在崩塌，威慑力弱化，司马子灰和王子子贻会不会成为脱缰的野马肆意而为，做出危害家国百姓的事情来，仪狄正妃估摸不透也心无底数，总是担心、害怕、无奈、愧疚和自责。有时候仪狄正妃特别怨恨自己，恨自己当断不断，十六年前荷花遇害的时候就应当一刀了断了王子子贻的性命，以至于今日养虎为患，让他跟着诡计多端的子灰学得父母不认，坏事做尽，没有一点儿的人样儿，身为正妃和母亲的她深感愧对国人，朝野也为之忧心如焚。

今日一早，思绪不定的巫姆建议仪狄正妃出面召集朝内留守的臣属商议国政，应对可能出现的不测。巫姆说的可能，自然是指司马子灰和王子子贻。

"还用奏请子庆王吗？"仪狄正妃问道。巫姆摇头："他身体太弱了，不要再惊动他，你我做主就行。"实际上，子庆王已经告诉过她们，非常时期当断即断，不必刻求礼数。巫姆怕在主殿议事人声嘈杂，影响子庆王歇息，特意将臣属们召集到她的寝宫。

井方国的王宫并不是一个太大的地方。宫殿整体结构呈"回"字形，南北窄东西宽，南北为一箭之地[①]，东西宽为二箭之地。北为正殿也叫主殿，殿前为石头台阶，台阶上是木柱回廊；东西为配殿，各有二十余间；南面是廊庑[②]、门塾[③]和门道，门塾夹在两条门道中间，来人需经过门塾抵达宫院。

王宫之南是王室的宗庙，庙内供奉着子庆王的先祖列宗。王宫的北侧、东侧、西侧以及南侧，是臣民所居之地和王室军队的居所，由此形成了一个四方屏蔽拱卫王宫的完整之城。站在王城之南，眺目北望，宗庙、王宫、王城建造在一条中轴线上，这条中轴线纵穿南北，直对天上的紫微宫[④]。井方的王城之城，不是井方人自己建造的，它是大邑商王朝第十三位王商穆王祖乙迁都时留下的一座故都之城，距离子庆王时代已经二百余年。两百年前，大邑商王朝的国师巫贤受命选址建造商都，他在井方之地山前台地上发现了龙鱼，由此认定是吉祥之地，在此建造了商王祖乙时代的都城。此商城经三世五王历时八十余年，由商王南庚迁都奄地。商都东迁后，子庆王一族奉命在故都驻守，故都因此成为井方国的王城。祖乙朝国师巫贤的后人即巫姆一族继承先祖之业，留守井方之地，承袭国师之位辅佐子庆王一族在此开枝散叶，绵延血脉，置业安民。

仪狄正妃走在院子里，环顾四周，触及眼帘的总是些不祥的景色。宫墙斑驳陈旧，在经受了多年的风吹雨打之后，已经变得凹凸不平；屋顶上的茅草白而无润，瑟瑟于风中，就连宫柱基座上厚重的板瓦也在日月变迁中走形变样或是残缺不全，让人不能忍视。

仪狄正妃闭上眼，叹了口气。是的，三十年了，子庆王为迎娶她，曾许诺在大行山山前台地上重修宫殿，与她生儿育女、一起携手让井方国走向强盛，

---

① 一箭之地：130步约68米。
② 廊庑：堂下四周的廊屋。
③ 门塾：相当于今天的传达室。
④ 紫微宫：北斗七星。

成为大邑商王朝北疆之地的富裕方邦。子庆王没有食言，他说到做到为此坚守了三十年。仪狄正妃深深地感激子庆王，感激子庆王给她的爱，给她的承诺和为承诺所付出的一切。

承诺源自爱。爱是一种吸引，一种理解，一种刻骨铭心的心灵的透析。在爱没有到来的时候，爱总是在彼岸遥不可及，在爱降临的时候，爱总是来得猝不及防。仪狄正妃她何尝不是呢。

仪狄正妃的祖上为苗人，生于三苗之地[①]。尧帝在尧山行政时期，认为自己的长子丹朱[②]整天迷恋于棋术，玩物丧志，不问政事，便力排众议，选定平民出身的舜为自己的禅位之人。舜到达尧都后，尧帝担心贵族们不服平民出身的舜的管理，会鼓动他的长子丹朱滋事生非动摇朝政，于是将长子丹朱下放到三苗之地管理苗民。丹朱到达三苗后，改弦易张，勤政为民，将北方农牧文化带到三苗地区，使三苗之民安居乐业，生活富足，丹朱因此深受苗人爱戴，被尊称为衡山皇。三苗人善做美酒，每年做酒贡献给丹朱让其享用。丹朱喜酒，也经常贡酒于尧舜二帝。

尧帝后期，以尧帝为代表的黄帝子孙与以舜为代表的东夷部落产生分歧。舜帝为了控制国家局面操控政权囚禁了九十岁的尧帝，丹朱得知消息后，率苗民北上讨伐舜帝，于是爆发了丹朱与舜帝的大陆泽之战，结果丹朱战败被杀，葬于东阳之地[③]。舜帝将三苗之民一分为三，一部分遣往东部沿海地区，一部分遣往三危[④]，一部分遣往南蛮[⑤]。曾经在丹朱身边的苗人仆从们，得知衡山皇丹朱葬在东阳，便悄悄来到大陆泽[⑥]，隐身在大行山区。他们四季酿造美酒，于春、秋二季去东阳祭祀丹朱。

苗人隐居在大行山中，行踪诡秘，因长相有别于当地人，似西部的戎人或北部的狄人，当地人不知所以然，便称其为仪狄之人。舜帝死后，大禹为政天下，仪狄人为求得政治上的翻身，她们通过大禹的女儿向大禹贡献美酒，于是

---

① 三苗之地：今洞庭湖。
② 丹朱：尧帝长子，衡山皇，世界围棋之父，葬于今河北省南宫市。
③ 东阳：古县名，现为河北省南宫市。
④ 三危：地名，甘肃敦煌一带。
⑤ 南蛮：这里指云贵一带。
⑥ 大陆泽：河北省巨鹿、任县、隆尧一带。

便有了"帝女令仪狄作酒而美，进之禹，禹饮而甘之"的故事。大禹念仪狄人对丹朱一片忠心，还其百姓身份，赐井方为其邑地，准许仪狄人世代酿造。自此，仪狄正妃的祖上以仪狄之姓在大行山山前台地上繁衍生息。

两百年前，商穆王祖乙迁都井方之地，仪狄族人世代相居的山前台地上的城邑被商王朝占用。仪狄人为保全性命委曲求全，迁居大行山深处的龙侯山下一个叫桃花坞的地方。虽然仪狄人居住的地方偏僻了些，但桃花坞却是一块群山环抱、四面屏蔽、水草丰美、不受外人侵扰的肥田沃土。仪狄人因祸得福，在深山中度过了一百多年的平和而又幽静的生活。到仪狄正妃这一代已有九世，整个部落人口达五百众。

仪狄部落由十个小部落构成，珍珠般散落在狭长的山谷之中，小部落守护相望，每个小部落就是一个小山寨，山寨内有头人管理，头人之上，是仪狄部落的大首领。大首领的宫寨坐落在山谷北侧最高处的坪地上，背倚大山，俯视众小，无论在地势上还是拥有的社会地位上它都至高无上。宫寨由树木搭建而成，有堂厅、寝室和储藏室等。除了背倚高大直立的山崖之外，宫寨的东南西三面被绿树簇拥着，春夏时刻花海碧波风景无限。仪狄部落人富于想象，他们把大首领的宫寨建造为双层，便于大首领闲暇时登高远眺，如此建筑在当时的大邑商京都殷城和井方的王城中也为鲜少之物。宫寨前有一池水泽，辉映着碧水蓝天，由此俯视山下，近处树木葱葱，山溪若隐若现，远处峰峦叠嶂，云卷雾绕中依稀可见十个小部落的寨房。在宫寨东侧的丛林中，有一个特别的寨子，那里常年薄雾环绕，醇香扑鼻，醉倒花草虫物，那便是曾经为大禹帝贡献酒酿的作坊。

仪狄正妃自幼生活在祖母身旁，她们是走婚部落，她生母的生母就是她的祖母。祖母是仪狄部落的大首领，白发苍苍，耄耋老人，每日大部分时光端坐在部落的大厅中，听取头人的汇报，或为部落的老者、弱者祈福免灾。她总是神采奕奕、目光炯炯地透视着世间万物，她手中的巫杖总是依偎在她的身旁，与她融为一体。她眉额中间的那枚朱砂痣，与她相伴七十余年，见证着仪狄部落的风雨岁月，身上褐色的纱衣是仪狄部落中独特的衣饰，宽大的衣襟庄重的颜色，圣像般的化身，崇高无人能及。

祖母喜欢让年幼的仪狄正妃坐在她的身旁，即使在听取部落头人汇报的时候，她的手一直握着她的小手不会放松，等头人们离开之后，她会亲吻仪狄正妃的额头。问道:"我的仪狄小主,你听懂我给她们讲的话吗?"仪狄正妃天真地摇头。祖母咯咯地笑道:"会的会的,你会懂也会超过我的。"祖母笑的时候完全不像一个七十多岁的人。有时候祖母累了,会让仪狄正妃替她拿着巫杖。仪狄正妃问祖母:"可以让别人拿吗?"祖母摇头。

祖母叫她仪狄小主,部落里的人也叫她仪狄小主。祖母是仪狄部落的大首领,相当于方邦国的君王,君王的女儿称为方邦小主,所以祖母就把自己的嫡孙儿称为仪狄小主,久而久之人们也就忘记了她最初的名字,以至于在她与井方子庆王成婚后人们把仪狄作为了她的姓氏,称她为仪狄正妃。

"我的阿母拿过吗?"仪狄小主仰视着祖母问道。听到仪狄小主询问她的阿母,祖母脸上没有了笑容,她肯定地点头,并岔开话题。她问道:"她们对你好吗?"

"谁呀?"仪狄小主的大眼睛盯着祖母,长长的睫毛在眼前晃动。祖母见到仪狄小主的眼睛,整个身心融化了,仿佛又见到了自己的女儿仪狄小主的生母:"噢,噢,我说那些头人们。"

"当然好啊,她们是你的臣民嘛。"

"岁月催人老,她们的阿母是我的姊妹,都像花儿一样凋谢了,剩下我这孤老婆子。我也想去找她们但又不能,你还小啊,我不放心。"

"嗯,"仪狄正妃眼睛里载着泪花儿,"我不想让你去!"

祖母乐哈哈地说:"不行啊,天帝会找我的。"

祖母身边有几个仆人,她们照顾着祖母的衣食住行。但到了晚上,祖母会把仆人们赶出内屋,让她们到外室去住,内屋里剩下她们一老一少。她和祖母躺在一个被窝里,身子贴着祖母的肌肤,在她们俩的世界里,她会独自享受着祖母所讲的天上人间的故事。有时候她恍如梦中,跟随祖母去光顾另外一个世界。

从祖母讲到的故事中,仪狄小主知道了她们所在的这座大行山也叫五行山、王母山,女娲娘娘曾经在这里居住,还建造了一座房子,女娲建造的那座房子,依然在泜水旁的山上,每年七月祖母都要前去祭祀。

仪狄小主的生母在她四岁的时候因病去世,祖母为此非常悲痛,她怕祖母伤心,很少在祖母面前提起她的生母。一次夜深人静的时候,祖母悄悄地问她:"想你的阿母吗?"仪狄小主犹豫了一会儿,告诉道"想"。因为她对阿母的印象很淡薄，阿母离开时她才四岁，她只记得阿母是在祭坛的神火中升天的，去了天帝那里。

祖母说："我知道你怕我不高兴，不愿提及你的阿母，没什么的，祖母老了，什么都经过了，今晚我带你去看看她。"祖母让仪狄小主闭上眼睛，告诉她不准说话，仪狄小主在祖母的引领下踏上一朵五颜六色的云彩开始在空中飞翔，她们穿过一座桥一道虹，走进了一片鲜花盛开的天宇。苍穹下有许多好看的房子和衣着华丽的人们，在一座圣洁的房子前，仪狄小主见到了阿母，阿母如平时想象中的一样漂亮，大眼睛，圆脸盘。阿母向她们笑了笑，没有说什么，继续忙着自己的事情。阿母身边还有许多和她一样漂亮的女子，她们把花儿放在一个大大的盘子里，她们在准备着什么。

在仪狄小主十岁的时候，祖母叫来几个蒙面人，教授她骑、射、巫术之类，这些人从不多说一句话，当仪狄小主完全掌握了一门方技之后，教授的蒙面人就会在祖母面前吻剑而死。不到十四岁，仪狄小主按照祖母的安排完成了所有功课，成为祖母身边无人替代的帮手。

女人长大了，总要成婚，仪狄部落沿袭走婚制。女人到了十四五岁，便由小部落的头人们确定走婚的对象，女人婚后，都不会离开部落，她们要与自己的生母姊妹生活在一起。小部落头人的长女，是法定的传承人，她要辅佐生母掌管政务，处理小山寨的春耕冬藏。若小部落的头人是未婚女子，她们的走婚对象则有部落大首领决定。部落的女人生下孩儿后，女儿留在身边，男儿则要养到一定年龄送到父辈的部落。

仪狄小主年满十四岁后，祖母开始差人磋商她的婚事，结果一直不如意。在祖母眼中，她的孙女绝对是上天赐给她的一颗明珠，有天仙般的美貌，有大山一样的意志，有大河一样的胸怀，有苍鹰一样的聪慧，她不想让她的孙女与一个平庸的男子成婚而耽搁了仪狄部落的前程。她在附近的外族部落中选了又选，无人能及，能入她法眼的唯有和她们比邻的东方之国的井方国君。当祖母将自己的心事告诉仪狄小主时，仪狄小主瞪着一双杏眼，亲昵地说道："祖宗啊，井方国君是子姓之族，商族子姓是霸占我们仪狄人土地的仇敌呢，我们怎可与他们成婚。"

"你说得没错，商人迁都井方时，确实欺负了我们，占了我们的家园，但那是大邑商王朝的错，不是井方这支子姓氏族的错。"

"可他们与大邑商王朝的子姓同出一族啊？"

"好了孩子，事情都过去二百年了，我都不计较，你就更不用计较了。时局在变，不可固守老样子，我们仪狄部落是个小部落，没有多厚的根基，经受不起强敌的侵扰和挤压，我们不能自己孤立自己，要生存就得求变化，要生存就得结交朋友。"

"我才不管呢，大不了拼个鱼死网破。"

"你不怕死，我这个老婆子更不怕死，但我们死了，我们部落的几百口子人的性命怎么办，仪狄部落的血脉该如何延续，仪狄人创造的酿造之术又该如何传承？"

仪狄小主见祖母说得严肃，不好再申辩，她小声说道："近日井方的边军不断袭扰我们部落的寨民，我正准备抓他们几个士卒祭祖呢。"

祖母不高兴了，她说道："好好好，抓井方的军卒祭祖有志气，就怕你祭不了祖，连我们整个部落也给弄丢了。"

仪狄小主嘟囔道："老祖宗，你怎能长他们的志气呢？"

祖母坐下来，支开身边的仆人："别看我老了，但我什么事儿都清楚，这几年我们仪狄部落与井方国一直相安无事，不是我们强大而是井方国新任的这位国君宽厚仁慈厚待我们，他不想冒犯我们。"

"那他们还抢我们的牛羊呢？"

"抢我们牛羊的人是井方的边军所为，并不是他们的国君所为。"

"那又怎样，我不怕！"

祖母知道仪狄小主和她一样，是个嘴硬心软即使心里服了也不会轻易流露服输的人，她希望仪狄小主能够保持虎威，在生性中有一种天然的杀气，不至于在她离开人世之后受人欺负。她抚摸着仪狄小主的头说："兴许你是对的，但祖母想告诉你，遇有重大事情的时候一定要动动脑子，不得鲁莽行事。"

在一个圆月东升风清气朗的夜晚，祖母命人点亮部落山寨的所有灯盏，诏来十个部落的人们，举行部落大会。祖母让仆人请出部落先祖的头骨，放在高高的祭坛之上，鼓乐之中祖母拖着虚弱的身躯缓缓起舞，亲自迎接圣灵，之后祖母让仪狄小主坐在她的身边，将一个偌大的龟甲骨放在祭坛面前。鼓乐起，十位头人踏着舞姿走向祭坛，向先祖献舞，鼓乐毕，龟甲骨中出现了十颗红豆，祖母让仆人捧起龟甲骨向头人们一一展示，展示后祖母宣布仪狄部落新首领正式诞生。头人们一阵欢呼，之后走到仪狄小主面前叩拜致意。祖母在欢呼声中把部落大首领的座位让予仪狄小主，亲手在仪狄小主眉额中间点下朱砂痣，并将仪狄部落的巫杖交给仪狄小主。她语气坚定地说："孩子从今日始，你不再是仪狄小主而是仪狄部落大首领，你要保重自己，我走了。"之后毫不迟疑地迈向祭坛前的柴堆，迈向大火，在大火中袅袅上升。火光映红了山野，夜幕中显现出祖母的圣像，天际间传来瑟瑟的鸣乐声。整个部落沸腾起来，人们为大首领的升天高歌，为新首领的降临狂欢。

　　仪狄人善酿，多出美酒，酒水是部落重大祭祀活动中必不可少的贡品。祭祀天帝之后，圣酒就成为大家分享的美物。此时此刻，部落人倾巢出动彻夜无眠，尽情欢歌载舞。仪狄小主依次接受部落人的朝拜和部落头人的敬酒。那一夜仪狄小主饮了许多酒，竟然没有醉。

　　在祖母升天后的一个夏日的夜晚，发生了一件意想不到的事情。子庆王的弟弟子灰见靠近仪狄部落的地方，山水秀美丰田沃土，亲临山地指挥营造自己的私家囿苑①，不曾想误伐了仪狄部落的圣树。消息传出，仪狄部落一片恐慌，人们聚集在祭坛前，祈求大首领实施法术讨伐外贼。本来对井方国边军没有好感的仪狄小主，盛怒之下发兵缉拿了子灰等十余人。下令三日后午时将盗贼押至神坛掏心祭天。仪狄小主不忘祖母的教诲，派出一个头人前去井方国通报事情原委，先礼后兵请求得到井方国君的谅解。

　　三日后，日上三竿，路卒来报，说是头人押解着一个赤膊男儿正向大首领山寨走来。仪狄小主一面通知部落人聚集，一面暗自思忖自己不曾让头人抓捕什么人哪？正思虑间来人走进了寨堂。来人不等头人介绍，跪地施礼道："井方有罪盗伐贵方圣宝，诚恐诚惶，我作为盗伐者之兄，有失管教之责，愧对贵方臣民，请大首领降罪。"

　　仪狄小主见来者赤裸上身，自缚其臂，内心一阵感动，她说道："我既不知你是谁，更无责备你之意，我只是惩罚坏我天戒的罪人，你大可不必自责。"

　　"大首领不知，我阿母生下我这个弟弟不久便辞世升天，我们兄弟俩相依为命，父亲去世时再三告诫我，要保护好弟弟，兄亲弟敬，不能让弟弟受委屈。若是将他掏心祭天，毁其尸首，我真的无法面对天上的父母双亲。"

---

　　① 囿苑：园林古称。

| 046 |

"照你这么说，毁我部落的圣树就应该了，咦……你到底是谁呀？"仪狄小主从座位上站起身。一旁的头人再也忍不住了，叩拜道："大首领，不是小臣不禀报，而是他……他不让小臣说，他是井方国君子庆王。"

众头人惊讶地"啊"了一声，惶恐地望着大首领，一个上了年纪的头人附在大首领耳边，提醒她马上给子庆王松绑让座。此时仪狄小主羞得满脸通红，一番犹豫后，慌忙走下大首领之位，亲自为子庆王松绑，搀扶起来将自己的座位让予子庆王，子庆王笑而不坐。年纪大的头人亲自拿蒲团放在大首领座位之侧，子庆王才谦逊地坐下。

仪狄小主命众头人向子庆王施礼、问候，同时悄悄地打量着传闻中的这位英俊国君。子庆王二十岁年纪，长得眉清目秀，英俊潇洒，一身健壮的体魄，让他活力四射青春勃发。仪狄小主看得痴迷，心猿意马。她喜欢这个人，喜欢他的美貌，喜欢他的体魄，更喜欢他的仁慈、谦逊、大度和无私，她为他的手足亲而感动，甚至想流泪，但她知道，她不能在大庭广众之下有过多的流露，感动的泪只能在心里，在心里流淌。

众头人感动了，她们久闻与她们比邻的井方国有一个明君，深受国民爱戴，但她们不知道这位明君好在哪里，英明在哪里。今天她们真的见到了。这位君王没有架子，没有傲气，虚怀若谷，坦坦荡荡，为了自己兄弟的生命，甘愿低下高贵的头颅，她们臣服了，从内心深处敬畏这位君王。头人们知道，井方国是北疆的大国、强国，拥有万众的人口，若想荡平她们这个数百人的部落，是件很平常很容易的事情，她们不想冒犯井方国，更不想得罪这样的君王，她们理想着与井方国为伍，理想着与这样的君王同行。头人们从陪同子庆王一块儿来的头人口中得知，子庆王为了表示此行的诚意，不让军队随行，把王室的护卫停步在数里之外，于是头人们不约而同地把目光投向大首领，希望她和平处置此事。

仪狄小主收到大家的目光，有些忐忑，她心想你们看着我有什么用呢，其实我心里也很为难啊，不过她毕竟不同于常人，她已经寻觅到了解决此事的办法。她想把此事交给头人，让头人们商议，因为她从头人们的目光里已经捕捉到了头人们的意愿与她想做的一致，她还想把解决事情的钥匙给子庆王，试探一下子庆王的智慧。仪狄小主思虑好了，站起来，向子庆王深深揖礼："敝方天地狭小，怠慢了子庆王，请子庆王移步内庭歇息，我和头人们商议一下。"

子庆王合手回礼，表示谢意，招呼侍卫送来他的衣饰。

头人们的商议在仪狄小主的意料之中也在意料之外。头人们商定，她们将以十位头人和整个仪狄部落族人之名，代表大首领直接与子庆王议婚，让子庆王以正妃之名迎娶大首领。

仪狄小主感激头人们，知道头人们担心她青春年少不好意思自行议婚，便以部落族人之名集体议婚，让她超脱于事外，保持大首领和女性的自尊。同时她又担心，如果向子庆王提出正妃之求，会让子庆王难堪而无法接受，此时此刻，她真的也不在乎是否是正妃之位。

果然传来了好消息，头人们与子庆王议定：第一、子庆王以正妃之名迎娶大首领；第二、自大首领成为井方国子庆王正妃之日，仪狄部落将永久臣服井方国。之后衣冠楚楚的子庆王来到山寨堂厅，拜会大首领，待大家坐定后，子庆王说道："感谢贵方仁慈之德，原谅我胞弟冒犯仪狄部落天条戒律，死罪可免罚罪不除，待午时时分，我及胞弟在神坛前向仪狄部落先祖削发谢罪。"仪狄小主想说些什么，子庆王友善地劝说道："此事涉及部落戒律，我等不能例外，请大首领照顾我的尊严。"众人对子庆王的英明善举一片赞叹。仪狄小主站在一侧面如桃花，默默不语，目光里满是敬佩和爱慕。

"再一点，我自愿聘娶大首领为正妃，仪狄部落给足我尊重，让我和我胞弟等洗脱罪身改过自新，我必须以同等的尊重回报仪狄部落，目前我有妻妾四人，尚未册立正妃，将正妃之名给了你们的大首领，名正言顺，我也心安理得。但有一点我子庆王声明在先，仪狄部落归顺我井方国之后，现有的部落之地和酿造之术仍由仪狄部落人世代相袭，永久为业。"

从此以后仪狄小主有了仪狄正妃之名，仪狄部落的邑地和酿造之术由仪狄人世代相袭。子庆王还专门为她建造了宫殿。所有这些子庆王没有食言全部兑现。他说到做到了，可是他老了，他要离开他的国家，离开他的人民，离开他的爱妻他的仪狄正妃。

仪狄正妃心里滴着血，漫步在岁月的回忆里。

第六章　司马爷出走

仪狄正妃走进巫姆的寝室,眼中依然有泪。

众人起身,施礼道:"正妃好。"巫姆见仪狄正妃泪水婆娑,挽住仪狄正妃:"又为子庆王伤心?"仪狄正妃微笑着擦去眼泪,向大家回礼,席地而坐,坐在堂室的蒲团上,解释道:"走在庭院中触景生情,想起了三十年前嫁给子庆王的情景,世事如梦恍如昨日之事,转眼间时光匆匆人已老矣,禁不住这眼泪落了下来。让众位久待,请坐请坐。"

仪狄正妃为人坦率,直言快语,平日里善待朝臣,爱护百姓,朝野口碑好。加之她善占卜又身怀一身的好武艺,深受朝民敬仰。

席地而坐的礼制源自尧舜时期的习俗,主政者居东面西坐于中央之位,其他人依据功德名分排列于主人左右两侧,或圆形、方形,以示地位平等、团结同心,故为合议之制。夏朝之后,王位世袭,家天下风行,为突出王的政治地位,在议事形式中,王的位置不再与众人为伍,开始与众者相向而坐,王的位置多以北为位面南而坐超然于众人之上。商朝沿袭夏朝的礼制,王在宫殿议事时,居高位而坐,面对众臣,诏告天下。除了王之外其他人主持的任何议政之事,仍沿袭尧舜时大家席地而坐的习俗,相互之间平等相待,无有差异之分。仪狄氏是王之正妃,仅次于君王,在君王不在的情景下应当坐中间主位,位之左侧为巫姆,右侧为老臣姬泽,依次有司空南、关尹纳罕等人。

巫姆身着国师之服,表情严肃,她说:"刚才接到飞差战报,土方军队正在敦与山之南的㴴水集结,有南下的意图,军情十分危急。君王让我和仪狄正妃把大家叫来紧急议事,想听听大家的意见。"

司空南是一个五十岁左右的人，脸色清瘦，说话不紧不慢，给人一种荣辱不惊的神态，他拱手施礼："正妃、国师，司徒大人等同仁，以愚臣之见，土方军队犯我者不足一师之伍，他们来犯之目的正如千夫长纳罕所云就是为了劫粮度过国内饥荒，只是未曾想到我方军队如此软弱，方才胆大妄为，长驱直入。我井方国地域内山地、陆地各半，北至泜水之源①，南至潓潓水畔②，西起龙侯山，东达漳水③，南北百余里，东西三百余。我们的粮仓之地多在大泽④之上，土军掠去的这点粮食，伤及不到我们的筋骨，但它伤及的是我们井方国的尊严和国民的信心。圣王所旨，劫粮打援断其土军后方，实为上上之策，我们要不惜一切努力把土军困在山中，迫使他们退兵。"

国师点头说道："你的意思是不让土军突破山地进入我东部大陆泽之地。"

"是的国师，大陆泽为平川之地一旦他们进入犹如猛虎下山，我井方国就不复存在了。"司空南回答道。

"司空南大人，你有何用兵之策？"仪狄正妃问道。

司空南低声道："既然采取劫粮打援之策，必须保证打援得力，不战则已战则必胜，要一鼓作气痛击土军，让他们知痛而返。愚臣所见要继续加强打援的兵力，据我所知在泜水一带有我们的一支阪夷⑤军旅，此军英勇善战，多次受到圣王嘉赐，他们距离土方边界近，可调动他们出其不意攻其不备游击土军后援。"

老臣姬泽说："司空南大人转了个大圈子，还是没有把事儿挑明，你不就是担心司马子灰用兵不当完不成圣王的旨命吗？"

"回司徒大人话，愚下确有这个担心。"

巫姆说："国难当头救国事大，撇开个人成见忌讳尽可说来，为国为民直言朝政，才是良臣善谋。大家只管说，说心里的话。"

"国师大人，正是国难当头命悬一线的原因，我才想把心里的话说出来，因为心中如鲠在喉不吐不快。"司空南揉搓着双手，向大家吐露心声。

---

① 泜水之源：邢台市临城县域。
② 潓潓水畔：邢台市南大沙河。
③ 漳水：邢台市古漳河。
④ 大泽：巨鹿平原之地。
⑤ 阪夷：边城守军。

"司空南大人直说无妨。"仪狄正妃鼓励道。

"愚下认为，司马子灰受命劫粮打援不会取得好效果。圣王让南北两路劫粮打援，南路地形平缓，视野开阔，便于行军，而北路山高路险，路障重重，行军难制敌也难，就司马子灰的性情来看，他自己会去南路，而把险恶的北路指派给势单力薄没有战争经验的王子子贻，这是其一；其二、不管南路暂时取胜还是北路暂时取胜，只要南北两路中任何一路被土军击败，我军的弱点就会暴露出来，在土军猛攻死打下两路军队就会土崩瓦解一败涂地，所以微臣十分担心。"

"司空南大人说得极是，我儿子贻与他的司马亚父一样，好高骛远又胆小如鼠，期盼他们二人扭转战局，击退土军，我作为子贻的母亲和司马子灰的王嫂，不敢相信也不相信他们。"仪狄正妃说话历来是直言不讳。

"正妃所言，也是老臣所想，这叔侄俩成事不足败事有余，我是放心不下的。"老臣姬泽说道。

"司空南大人料事如神，猜测得一点儿不错，刚才下人来报，说是王子子贻已经率人去了北路。"千夫长纳罕补充道。

"既然如此，请王妃和国师准许。老臣姬泽愿前去北路协助王子劫粮打援。"

巫姆说："圣王有旨，命你与千夫长纳罕镇守王城保卫圣王，此时你走不得。"

仪狄正妃说："即使走得也恐是鞭长莫及，北路山路遥远行军迟缓，远水难解近渴，不如依司空南大人所言飞差密令调集汦水阪夷军旅，速速移师西境，支援子怡之伍，并与子贻合力偷袭土军。"

"我同意王妃之言，此为权宜之计，别无他路了。司徒大人马上拟诏调遣阪夷军旅，要他们火速移师西境，驰援王子。"巫姆决定道。

"是，国师，愚臣照办！"老臣姬泽拿出令牌，命属下速办。

"南路司马大人这里又该如何补救呢？"关尹纳罕问道。

巫姆深深地吸了口气，闭目后吐出一口长气，她望着仪狄正妃一脸无奈："这事儿难办了，若是现在增兵南路等于我们不相信司马子灰，让司马子灰脸面尽失，他因此逮住我们的把柄，有了推托的理由，以后朝堂之上更无宁日。"司空南叹气不语，仪狄正妃也觉得为难。正在此时千夫长纳罕的土卒来报,说是司马爷要带其家人出城。

老臣姬泽怒发冲冠:"简直没了王法,圣王让他领兵打仗不是让他带家眷去巡游。王妃,国师啊,司马子灰这是大逆不道。"

仪狄正妃想起了子庆王说过的话,暗自佩服子庆王的预见,此时她异常平静:"我想起来了,南路龙侯山下有司马子灰的私家围苑,带家眷去未尝不可,我们成全他准许他的家眷随行,告诉王城的禁卫放行便是。"巫姆偷偷乐了:"我倒是忘记了,子灰正是砍了仪狄部落的圣树才建造起这所围苑。"仪狄正妃附和道:"他是我和子庆王的'恩人',多亏他让我与子庆王由此认识。"

老臣姬泽急了:"王妃是在说玩笑吧?劫粮打援偷袭敌军,竟然带着家眷同行,真是千古奇闻千古奇闻哪,若是传扬出去他有何颜面面对百姓?尊严何在!人格何在!"

巫姆一脸坦然,她对姬泽说道:"司马是圣王之弟当下储君未来的君王,他自己不讲脸面和尊严,我们又何必为他粉饰?天要下雨娘要出嫁顺其自然这是天之道法,你我又奈何得了。"老臣姬泽醒悟过来,点头赞同:"也是也是,天要灭他我们奈何不得。"

司空南高兴道:"国师说得对,司马爷带着家眷这么一走,我们增兵南路便有了光明正大的理由,他若不知我们增兵也就算了,若知道我们增兵南路也就没有底气来责怪我们。我们这事儿上让他一步,他也得让我们一步。"巫姆笑道:"司空南倒是一个大明白人。"

仪狄正妃严肃起来,对纳罕说:"千夫长纳罕。"

"臣下在!"

"你亲自去趟城门,看着司马子灰的家眷离去。"

巫姆插话道:"要友好敬重一些,别跟送仇人似的。"仪狄正妃说:"和平时一样就行,别让他们多心。"

"是,臣下马上去。"纳罕离去。

"那南路的事儿怎么办?"老臣姬泽永远是个急性子。

"好办我去。"仪狄正妃说。

仪狄正妃见老臣姬泽和司空南流露出疑虑的目光,解释道:"南路山区是我仪狄部落的领地,我自幼长在那里,熟悉那里的一草一木,大家放心,我带士卒八百,五日内会告捷国人。"

老臣姬泽说："八百士卒如何抵挡得住来势汹汹的土军？"

仪狄正妃说道："我们井方国共有军卒三千五百人，司马子灰和嫡王子子贻各带去了一千人，剩下一千五百人，我们用八百人就够了，留七百人给你们守城。南路之地虽然地势平缓但山高林茂，多有隐身之处，用兵不在多而在精巧，诸位老臣放心吧。"

司空南还想说些什么，巫姆说道："正妃武艺在我们三个之上，南路又是她的故乡所在，武艺强地理熟，胆大心细巧中取胜非她莫属。就这样商定了，我留下来与司徒、司空大人共守王城保卫子庆王，把千夫长纳罕抽出来协助仪狄正妃西进剿敌如何？"

"此法子好，赞同！"老臣姬泽和司空南异口同声。仪狄正妃说："既然有小将纳罕助我，我等如猛虎添翼胜券在握，今晚午夜我等出征，保卫王城的事就仰仗各位了。"

老臣姬泽抱拳在胸："正妃放心，人在城在，我等不辱使命。"巫姆说道："王妃不急且等一日，看看司马爷那里还有什么新的动静，免得你与你的王弟撞了脸，显得不好。"

"国师此言有理，我们就等它一日。"仪狄正妃痛快答应。

议毕，大家散去。

司马子灰回到家中，唉声叹气，知道此事已成定局再无更改可能，即使有一百个不想出征前线的想法，也只能硬着头皮出征前线了。他让幕僚传令王子子贻，马上出征北路劫粮打援。幕僚乾疑虑道："北路山高水险历来为兵家顾忌，王子子贻他自以为是狗屁不懂，让他出征北路岂不是自投罗网？"司马子灰怒道："他不懂我也不懂，难道让我去送死不成？"幕僚乾走后，他又召集其他幕僚商议此事。

幕僚们知道司马爷胆小畏战，不想出征，但子庆王下旨了，又不能不去，只好让卜师测算吉凶。卜师三卜得卦辞为大凶，众人面面相觑，司马子灰更是脸无颜色。幕僚中有一位年长者号称幕僚尊，是司马子灰最器重之人，幕僚尊说："土军此次东来，不是为了土地而是为了粮食，司马爷出征求和投其所好，给土军送些粮食，土军断会安然退出，不战而胜岂不是司马爷一大功劳吗？"

司马子灰一脸尴尬："我乃一国储君，怎好凭着脸面求和？"幕僚尊说：

"若与土军交战激怒土军，我们便是砧上之肉非但司马爷做不成君王，只怕连眼下的储君之位或是性命都难保全，目前唯一能做的就是求和。"

"若司马爷求和，传扬出去，如何向子庆王和国民交代？"幕僚泰疑问道。

"井方国大势已去，子庆王还能残喘几日？我们与土军不战而和，避免了生灵涂炭国灭人亡，百姓反而会感激我们的储君是个英明之君。"幕僚尊反驳道。

"求和固然好，一旦消息传到王室那里我们岂不是越君王之位犯大逆不道之罪吗？"幕僚泰继续说道。众人也把目光投向幕僚尊，幕僚尊不以为然："事已至此，我们还有别的路可走吗？没有了，螳螂捕蝉黄雀在后，司马爷前方御敌，后方王室的仪狄正妃和国师也不会闲着，定不准出些什么事故坏掉司马爷的大事。既然我们想与土军求和，就要周全运筹从长计议，为防不测司马爷出征之时可借故带走家眷。"

众人一下子开了窍，说道："妙哉！"幕僚泰也附和道："尊兄好计谋，此策可以免除子庆王和仪狄正妃恼怒之下为难司马爷的家人。"

司马子灰拍手道："这倒是个两全其美的办法，好在龙侯山下有我的私家囿苑，家眷们可长期居住，当然还有你们这些功臣雅士尽可在那里修行玩乐。良策已决事不宜迟，我率兵士前行，你们与我的家眷随后如何？"

"是，储君英明！"众人赞颂。说毕，司马子灰仍不放心："若是家眷们出城有碍……"幕僚尊揖礼："司马爷尽可放心，若是有碍我等会想法儿与他们周旋。"

议毕事情，司马子灰见天色尚早，便率兵出城向西而去。次日午后，军队到达宁塞关，司马子灰特意差使飞报王室，说是司马大将军已奉圣王之命出征西路，军队已过宁塞关。

司马子灰得知王子子贻的军队正沿溱水北上，行进在北途之路，心中慷慨，默默念道："但愿你小子命大能活着回来，小子啊别说亚父欺负你这个晚辈儿，谁叫咱俩骨子里胆儿小血统里没有浴血善战的才气呢。再说了你父王殁了，继大位的是我，我之后才轮到你，你现在不卖命更待何时啊，哈哈……以后的事儿天长日久，世事多变，是你继任大位还是我儿子继任大位，那就看天命了。"想着想着，君临天下四海来朝的盛景让司马子灰有些心猿意马飘飘然

起来,他眼前似乎美女如云,乐歌如潮,在梦幻仙景中他哼起了小曲:

> 大车槛槛,毳衣如菼。
> 岂不尔思?畏子不敢。

> 大车啍啍,毳衣如璊。
> 岂不尔思?畏子不奔。

> 榖则异室,死则同穴。
> 谓予不信,有如皦日。

司马子灰兴志勃发,唱得如痴如醉,他想象中的女子如此般的痴情,让他澎湃万分。这时差使来报,是说司马爷的家眷们已经安全离开王城正行进在后面的路上。司马子灰闻言兴奋不已,大喊三声"好,好,好!"于是他想起了鹿鸣之宴,想起他未来的君王生活,不由得再次高歌:

> 呦呦鹿鸣,食野之苹。
> 我有嘉宾,鼓瑟吹笙。
> 吹笙鼓簧,承筐是将。
> 人之好我,示我周行。

> 呦呦鹿鸣,食野之蒿。
> 我有嘉宾,德音孔昭。
> 视民不恌,君子是则是效。
> 我有旨酒,嘉宾式燕以敖。

> 呦呦鹿鸣,食野之芩。
> 我有嘉宾,鼓瑟鼓琴。
> 鼓瑟鼓琴,和乐且湛。
> 我有旨酒,以燕乐嘉宾之心。

走过一座高山，天空中传来隆隆的雷鸣，望着乌云密布的天空和缓缓而行的军卒，坐在车上的司马子灰突然间心灰意冷起来，他感觉到自己正在坠入万丈深渊。

这些年来，他想不起胞兄子庆王的不好和过错。父母过世，胞兄承袭王位，作为王兄一直以父者的身份关照他，体贴他，包容他，以兄亲弟敬言传身教，教化王族和国民。三十年前，司马子灰为建造自己的私人围苑，盗伐仪狄部落的圣树，被仪狄部落囚禁将被掏心祭祖，王兄念及兄弟的手足之情不顾生死与国君身份，自缚其身，亲自向一个小部落人下跪请罪，削发代罪，解救自己的兄弟于危险之中。司马子灰曾经为王兄的行为感动过，也忏悔过自己的过错和无知。

作为兄长，王兄只是淡淡地提及此事，并无过多的责怪。事情过后，子庆王还求得仪狄部落和仪狄正妃的谅解，让子灰的私人围苑继续建造并让其成为西部山区的一景。

最初的时候，司马子灰对王兄子庆是满满的敬重，久而久之敬重变成了怕，怕而生疏，疏而生畏，畏而多疑，疑而生恨。兄长子庆王患病之后，他有一种莫名的兴奋，期盼着兄长早日离去，为此让他的幕僚们秘密进行登基大典的演练，私下里拟好了登基后重用臣属们的名单。

长久以来他担心他的侄儿嫡王子子贻会取代他，尽管胞兄子庆王坚持并一直倡导兄没弟及的世袭礼制，但他怕节外生枝，因为他的王嫂仪狄正妃太强大，他子灰根本不是仪狄正妃的对手，还有那个跟随了王兄一辈子的国师巫姆，时时处处在找他子灰的不是，让他子灰总是丢人现眼。他憎恨她们俩人，因为害怕而憎恨，所以他一直在做釜底抽薪的事情，与她们特别是与仪狄正妃争夺嫡王子，他把子贻玩弄在股掌之间，让王子子贻对他言听计从，他认为操控了王子子贻就是在操控君王之位。

当然，他与王子子贻的结盟，也是在掩人耳目，表面上亚父与侄儿亲近体现股肱之亲肩髀之情象征王室和睦团结，暗地里借机打击和削弱仪狄正妃的势力，从心理上折磨她们。

看着天雨将至夜色降临，司马子灰怕长夜难熬行军凶险，于是命差使送信让行走在后面的家眷们速速前行。兴许有家眷们作陪，行军路上方可胆壮一些，子灰如此想。

第七章　山地遇险

子英告别父王与庶兄子平一行趁夜色离开井方王城，穿过城河、濩濩水一路南行。两天后，他们到达了大邑商王朝的畿辅之地邯邑城[①]。亚服子平下马，疾步走到子英面前，叩礼道："亚服叩拜伯主，我们已经进入大邑商畿辅之地邯邑城，是否找驿馆歇息后再走。"子英下马还礼："急行了两天两夜人困马乏，歇息下为好。这是邯邑城吗？"

"是的伯主，邯邑城因城邑建造在邯山脚下而得名，这里设有城关驻有邑卫，是大邑商王朝的京都畿辅离宫别苑之地，也算是一方福地。"子平解释道。

"哦，原来是大邑商京都的拱卫之地，如此说来南下不久便是大邑商京都了？"

子平回答："还有七八十里路。"

子英舒展着自己的腰肢，感叹道："不曾想大邑商京都距离我们井方国并不甚远。"之后说道，"一切由兄长铺排，让大家先吃些东西，吃饱了好好歇息，告诉大家动静小些，不要兴师动众暴露了我们的行踪。子夜后叫醒大家，我们出发上路。"

"好，我去办。"

子英望着子平疲惫的背影，感激一路操劳的兄长。子平与子英的胞兄子贻同岁，今年二十三岁，年长子英七岁。子平出生的月份早，论月份当是子贻的

[①] 邯邑城：古邯郸地。

兄长。子平生母陶，是父王的妾妃，子平虽是长子但出身庶子地位低下，经常受子贻的欺负和王室家族的歧视。子贻年少时在仪狄正妃身边，由母妃管束着，他还能认子平为兄长，与子平亲亲热热玩过几年，叫过几年哥。子贻年龄大些时，父王决定把子贻交给亚父子灰，让子灰带他做些学问学些武艺。叔侄嫡亲混在一起无话不谈，亚父子灰骨子里讲究嫡贵庶贱尊卑有别，时时教导、影响着子贻，子贻开始转变，见了子平不再叫哥开始直呼其名，有时摆出嫡子的架势教训子平，甚至当着众人的面羞辱子平。子英为此十分生气，多次向母妃和父王控诉子贻的劣行。

子英认为，都是一个父亲生的孩子，虽然担当不一样，使命不一样，受益的权利不一样，但作为孩童作为亲情，作为王的儿女为什么不能和气一些、谦让一些、仁慈一些、大度一些、与人好与己好一些呢，一个篱笆三个桩，一个好汉三个帮，即使将来继承了大位，有血缘兄弟辅佐着、帮衬着，总是件幸事、好事。祖先定的规矩是千年的传授不得不遵行，但在亲情上何必分你我、分贵贱、分我大你小、分我正你侧、分我强你弱呢？同父兄弟都这样猜着防着区分着，外人又如何相处、如何交心、如何同舟共济同心断金呢？子英对胞兄子贻有想法满肚子气愤，但身处晚辈儿之位不便教导胞兄，只好找母妃评理。

仪狄正妃听后，很是气愤，把子贻叫来狠狠地斥责了一顿，告诉他做人要守本分，要懂得和气，要学会宽容，不允许以强欺弱以小犯大，不得故弄玄虚飞扬跋扈。子贻受到斥责回到亚父子灰那里诉冤，亚父子灰非但不教导他弃恶从善为人平和，反而说道："女人之见不为虑耳，吾等身居嫡辈之尊国之储君，大男儿当肆意为之，无所顾忌！"在亚父子灰的调教下，子贻开始疏远母妃记恨子英，久而久之，子英对胞兄子贻变得生分了。

看着儿子子平经常无端受嫡王子子贻的气，子平的生母陶妃不安起来，几次请求子庆王把子平放到乡邑寄养，好让他及早与乡下人融合知道自己的身份，懂得安身立命本分守己，不至于长大后心高气盛做出越礼之事惹祸伤身或是危及性命。

子庆王洞晓子平生母之意，他说道："你宅心仁厚为的是求平安守尊卑之道，保护你的儿子，这固然好，可我身下也只有这两个儿子啊，我不想让他们兄弟俩分开成为两个世界的人，我要他们在一起兄亲弟敬，懂得容忍和关爱，学会体贴和帮助，成为事业上的一对帮手。"但事情发展到后来，子庆王知道自己的决定错了，他的兄弟子灰把他的儿子子贻已经教育成了一个自私短见、胸无大志、好大喜功的混沌之人，嫡王子子贻与庶王子子平之间不但没有了兄弟相亲反而正在兄弟成仇。子贻时时事事与他的兄长子平过不去，形同路人，这让子庆王十分恼怒和伤心，若是公开责罚嫡王子子贻，让他痛改前非，学些仁义宽容，实际上就是在责罚他的胞弟子灰，会让子灰脸面上过不去，引起子灰的猜忌和不满，引发王室不和。子庆王年纪大了身体又多病，想到的事有时候懒得做或是不想做，慢慢地放任了对嫡王子子贻和他的胞弟子灰的管束。

子庆王两岁时失母，他的母亲生产弟弟子灰时去世。子庆王的父王不是一个好国君、好男人、好父亲，整日花天酒地醉生梦死，一个连朝政都敢荒废的人，不会有心思照管他的两个儿子。子庆王从记事儿起，一直充当着父亲的角色全身心地关心照顾着弟弟子灰，把子灰视为自己最亲近的人。正是他的溺爱，弟弟子灰才一步步变得自大而自私，成为后来朝野上下不敢招惹、不待见的一个人。

对于弟弟子灰的不端之闻，子庆王早知一二，只是虑其母亲去世早，兄弟俩生活不易，弟弟跟着自己吃过不少的苦楚，很多情景下能忍则忍能让则让，实在过不去时，冠冕堂皇地责备几句，算是给朝野上下一点安慰。正由于子庆王对子灰、子贻的失望和不满，他开始更多地关注他的庶长子子平和他的嫡女子英，开始筹划另一个未雨绸缪的安排以备意外情景的发生，他认为庶子登不上大位但可以重用，嫡子撑不起门面嫡女可以充位，眼下的方国之中女伯侯、女君王并非没有先例。

子庆王有意把庶王子子平和嫡女子英拉近到一起，构筑他心中的国朝大计。他一是看中了两个孩子公正正派宽厚仁慈，是井方国朝未来的大用之才；二是看中了子英成事之后，缺少人手和亲近的助力者，他要为女儿分忧铺垫储蓄力量；三是看中了子平为人低调甘当绿叶，是助力子英事业的难得之人；四是看中了子平与子英这对兄妹走得近情感深，会同心协力共兴大业，永固井方社稷。

对于子庆王的良苦用心，庶子子平内心清楚，子庆王不明说，他也不捅破这道玄机，他知道父王正在放弃对他胞弟子灰以及他儿子子贻的信任，开始把精力转到子英身上。子平对此欣慰，他敬佩父王，敬重他的小妹子英，并暗自为子英高兴。

随着年事渐高病体缠身，子庆王不得不开始考虑王位的承袭事宜，按照祖制，兄长往世嫡弟继位，可胞弟子灰能够支撑起井方国的天地吗？仁慈的先祖和善良的百姓能够接受弟弟子灰吗？子庆王清楚自己发问的结果，所以他一直焦虑不安。

他找来臣属商议此事，臣属们含糊其辞，尽管如此都隐晦地表达了对子灰的不信任。子庆王曾到乡间巡访，听取乡绅的意见，乡绅们直言不讳，对司马子灰否定的多、认可的少。得道多助，失道寡助，一个失去民心的人，怎能治理好一个国家。论祖制应当传位于子灰，论兄弟胞情也非子灰莫属，可论家国民心子庆王就无所适从了。

一个时期以来，子庆王心急如焚。想起胞弟子灰如此不得民心、如此不堪重用，气得捶胸顿足，有时号啕大哭，再想起那个不争气的嫡王子子贻，更是痛恨子灰一粒鼠屎坏了满锅汤。两个与他最亲近的人，却让他丢尽了颜面，子庆王有苦难言，恼怒子灰恨子灰一辈子没有长进。

恼怒、生气过后，打掉牙咽到肚里，最终还是要面对现实，这是子庆王的睿智之处。好在天公作美，土方国军队的突然入侵，帮了子庆王一个大忙。阅历丰富的子庆王审时度势借机运筹，开始寻求两全其美的妙计。手足情再亲不得误国，父子情再近不得宠恶，既然胞弟子灰不服众，儿子子贻不争气，子庆王就可以绕过他们另选英主，他以自己三十五年的亲政经历，相信嫡女子英在德格人格才格上具备君王之位，完全在子灰、子贻俩人之上。

面对行将辞世时日不多的一位老者、一位父亲、一位君王，他不能对国家、对后事、对王室家族放任不管听之任之，那样做他有愧于天帝，更有愧于井方百姓对他的信赖，也有愧于先祖列宗。他一直告诉自己，他有责任、有义务、有手段把臣民喜欢的人推到王位上去，不负人君一世。

土方国的入侵，给了子庆王静观其变借局谋事的大好机会，他把弟弟子灰和儿子子贻派往前线，考验他们，让他们原形毕露，同时安排子英与子平南下大邑商京都向子昭王求救，这样，他蓄谋已久的计划在不知不觉中得以顺理成章地实施。让女儿子英亲自出马秘密拜见大邑商子昭王，是子庆王的一盘大棋并有着深刻的意图。一是求援，通过求援在井方国与大邑商王朝之间，建立起名副其实的军事联盟；二是寻求保护，让子英代表他表示井方国要臣服于商王朝，由此井方国就成为商王朝的缔约国，长期受其保护；三是借势封侯，他让女儿子英亮明井方伯侯身份，暗示大邑商子昭王我子庆王的女儿子英就是未来的井方国君主，并借子昭王之口获封其侯；四是提升女儿子英的地位，让女儿子英带着龙形玉佩拜见子昭王，是在告诉子昭王我井方国与你们大邑商王族都是商族子姓，同祖同根同源，不能小看我井方国更不能小看我女儿。子庆王相信，女儿子英一定会受到子昭王的敬重、礼遇，获得他所期盼的结果，同时他也相信，有他的庶长子子平护佑着子英出行一定会万无一失。

子平披着一件厚衣坐在驿馆的门槛上，守护着在里面歇息的妹妹子英，他没有睡意想着心事，想着临行前父王给他说的这些事情，他感激父王对他的信任，他希望妹妹子英能平安地达到京都殷城见到子昭王，得到子昭王朝见和帮助，实现父王让妹妹子英登上井方国王位的梦想。子夜刚过，天空中雷声大作，之后大雨瓢泼而下，子平闭上门退回屋内，倚墙而立，想让妹妹子英多歇息一会儿。

雷声把子英从梦中惊醒，叫醒在她榻旁歇息的小巫史①巫杏，问道："几时了？"巫杏蒙眬地回答："子时刚过。"

"睡到这个时辰了为什么不叫醒我？"

"亚服子平说了让你多睡一会儿。"

"又是子平，你口中就没有别人？"子英表示不悦。自从秘密南下以来，巫杏对子平表现出少有的好感，经常把子平挂在嘴上，少女的直觉告诉子英，她身边这位长相秀丽的与她同龄的小巫史巫杏，迷恋上了她的庶长兄子平。她不知道为什么，好像巫杏在偷去她什么东西，谈不上嫉妒就是有点儿不舒服，其实人家爱自己的庶长兄，对她子英来说并没有什么不好。巫杏点上灯，眼圈儿红红，解释道："小臣受命于他，不说他说谁？"

子英见巫杏流泪心肠软了起来，安慰道："别在意，是我不会说话，去把我庶长兄子平叫醒。"巫杏说："亚服子……子平，就没有回房间睡觉，他一直坐在我们的门槛上守护着我们。"

子英听后很感动，还是自己的兄长对自己好，她转而玩笑道："你这个小人儿是不是心疼他了？"巫杏也不回避，说道："难道你不心疼，三个时辰一刻也没有离开也没有歇息，都是为了守护你，看你多有福气。"

巫杏出身巫士部落，她的生母就是井方国师巫姆下落不明的妹妹巫嫫，她

---

① 小巫史：商代从事巫术的初级官吏。

有个同龄的姐姐叫巫桃，巫杏长相甜美有一张令人心醉的娃娃脸儿，看到她总能让人回味童年，回味美好。此次子英出行，国师巫姆专门将自家的内侄女巫杏介绍给亚服子平，让她跟随伯主子英，做子英的随从并担任小巫史。巫姆告诉子平："此女乃我妹妹之女，尚武精占卜善祭祀之礼，略懂邦交，她为人忠诚可靠，任由你管束，让她服侍好伯主子英。"并叮嘱巫杏道，"子平乃子庆王庶长子，现为亚服之臣，此次南下差务由他护佑伯主子英，汝受命于子平，必当以命效劳服侍好伯主子英。"子英对巫杏的到来十分高兴，离家前她对送行的母妃和国师巫姆悄悄说道："为什么不早介绍我与巫杏认识呢？"

仪狄正妃说："谁像你每天玩乐无所事事，人家巫家是国之重臣，肩负着占卜、祭祀、邦交之术的功学，家族孩儿们从小就有功课可做，哪儿像你这样的清闲之人？"子英撒娇道："我一直像鸟儿一样被母妃关在屋里演习功课，怎能说我无所事事，不服！"

"你敢撒娇？"仪狄正妃用手按住子英的樱桃小嘴儿。

"为何不可。"

仪狄正妃在子英耳边小声说道："宝贝女儿你现在名为伯主实为井方国的准伯侯，将来可是我们的主人哩。"

"那又怎样，依然是母妃的女儿。"

仪狄正妃高兴："是，永远是我的女儿。"巫姆走过来睥睨着仪狄正妃："子英也是我的女儿。"巫姆转脸儿对子英说道："不用急，我还有一个内亲女儿叫巫桃，是杏儿的孪生姊妹，等你回来了再介绍于你。一定记住你父王的教导，你此行事关国运，速去速回，我与你母妃等你安来，井方国百姓等你安来。"之后她拉过巫杏，对子英说道，"她虽然不是子族人，与你是主仆之位，但她可与你做姊妹，会以命效忠于你。"

仪狄正妃一旁说道："女孩子家一生当中一定要有一两个好姊妹当你的暖心人，你要把巫杏当姐姐，互相照顾不能欺负她呀。"

子英想起临行前母妃的叮嘱，意识到自己刚才说话不妥，开始安慰巫杏。巫杏说："伯主，小臣没事，你起身，我去叫亚服子平。"子英制止了巫杏，她穿上衣饰来到外室，见子平靠着墙壁打盹，细语道："兄长辛苦了。"子平醒来整理好自己的衣饰，说道："外面大雨瓢泼，如何是好？"

子英说："国家危在旦夕，大雨奈何不了我们，冒雨出发就是了，只是你……"子平站起来："我一个大男人没什么，只要妹妹没事我们就可以出发。"说着通知众人穿好蓑衣，在雨夜中出城南去。

他们在夜雨中走了二十里后天色放晴，夜空中出现了星星。突然前面的队伍停下了脚步，子英和巫杏急忙赶往前面，见一条大河横在眼前，河水咆哮着，轰隆声响彻整个山谷。巫杏问身旁的士卒："没桥吗？"

"桥被山洪冲走了。"

"亚服将军呢？"子英心急地问道。

"在那……"士卒指着河中的人影。

"啊……"子英和巫杏一阵惊愕，担心地望着河心。

一会儿子平从河水中走了出来，身子湿漉漉的，径直到子英身旁："山洪来了看样子是刚刚到达，水流还不算太急，我们不能等只能冒险过去，妹妹你说呢？"

"过！"子英命令道。

子平召集士卒，让士卒用绳子拴住身体，围成两个圈儿，他用绳子拴住子英、巫杏，并拴在自己身上，命令士卒一同下河，保护子英和巫杏安全过河。他用同样方式，把随身带的衣物、礼物等搬运过河去，命巫杏服侍伯主更换新衣，之后回到对岸指挥士卒运送马匹。可就在最后一匹马抵达河岸的时，子平和两个士卒被一股山洪吞没于水中。

子英和巫杏得知消息后，顾不得更换衣饰穿着湿衣飞奔到河岸，与士卒们在河岸上高呼："亚服将军……"子英欲哭无泪撕心裂肺，满心的惶恐和焦虑，脑子一片空白，真的是叫天天不应叫地地不灵，不知如何是好。士卒中一个叫象的人拿了两件男卒的衣饰，披在子英和巫杏身上，他在子英耳边说道："伯主现在不是哭的时候，不能耽搁了我们的行程。"子英收住眼泪回眸这位士卒，向他点首示意，问道："谁是你们的马亚官？把他们叫来。"士卒象说："我是，还有一位叫腾。"说着去叫腾。巫杏像疯了一般，悲痛欲绝哭成泪人儿，若不是子英等人阻拦着，巫杏非要下河去不可。

洪水在怒吼，山谷在呻吟，黎明前的黑暗让人抖颤。

第八章　仪狄正妃挂帅出征

昨夜大雨，洗尽铅华，天地一色的大行山妆貌多姿，万千气象。安睡在绿色褓褓里的井方国王城，有着几分的安详几分的逶迤，还有几分的朦胧，朦胧中透出几分羞怯让人忍不住多看它几眼。

十万年以前，大行山山前台地上，狩猎者在此点燃起温情万种的火焰，留下了游猎的足迹和传说，井方人在山谷坪塬上随时能寻得先祖遗留下来的火石以及被烧烤的动物的骨骸。在王城城南濩濩水畔的河岸上存在着数千年前先人居住使用过的屋址旧灶、古井石斧、粮仓祭坛等。子庆王小的时候他的祖母经常给他讲女娲神和干言城①的故事。

子庆王喜欢刨根问底，一直在追问女娲神是谁，祖母拿子庆王没有办法，于是找来几头驴子载着子庆王去寻根本，他们沿山路北行走了三天路程，到达百里外的泜水，爬上山，山顶上有座房子②，祖母告诉他说这座石头房就是女娲神居住过的地方。房子不大已经破旧，房子边上的松柏大树佐证着时间的久远，许多人在大树下歌舞祭拜，祈求祛病赐福送子送孙。树前空旷的地方，有一个大块的石板，石板上放着泥做的鸡狗猪羊人等，祖母说女娲来到人世的时候，有山有水有树木也有日月，就是没有活灵的东西，女娲用黄土和泥正月初一造鸡，初二造狗，初三造猪，初四造羊，初五造牛，初六造马，初七造人，于是整个世界有了灵性和活气，有了鸡狗猪羊牛马和人，女娲就成了神，成了

---

① 干言城：河北隆尧县境黄帝时建造的城池。
② 房子：河北临城县地泜水一带女娲建造的房子，后为古房子县。

我们人类的始祖。

祖母领着子庆王祭拜女娲神，让他记住这位人祖之神，子庆王打破沙锅问到底，非要祖母说说女娲神到底有多大岁数。祖母想了想："你这个孙儿啊祖母拿你真没办法，祖母不会掐算，你精灵可以自己掐算掐算，女娲神比黄帝爷早，起码早两千年呢。"

"啊……"子庆王小嘴张得倍儿圆，"黄帝爷距离我们一千五百年，比黄帝爷早二千年，就是三千五百年前的事了。"

祖母顺势开导："当然了，不老能叫祖先嘛，所以古人们留下东西的地方一定是块长生福地，你要留着点神儿，咱们井方国山前台地可是大福之地哩。黄帝爷在那里打过仗建造过军事重镇干言城；尧舜二帝执过政建过都；我们居住的那片儿就是大邑商王朝中宗祖乙建都的地儿。古人啊有大福，他们留下的东西儿不能随随便便地毁了坏了。"子庆王记着祖母的话，他做了井方国的君王后，对发现的古代人留下的东西物什格外的敬重，让人加以保护，他清楚古人创业不易，能留下来的都代表着古人的智慧。

一次一个牧人在濩濩水南岸发现了古代的粮仓，粮仓是用石头做成，一个挨着一个每一个仓房有房子一般大小，仓房内的粮食已经霉烂，霉烂粮食的厚度有数十尺。子庆王得讯兴奋不已亲自前去查看，让工匠们细心挖掘。子庆王把臣子们请来，让大家计算粮仓储存粮食的数量，计算的结果震惊了大家。司徒姬泽说："粗略地计算，整座粮仓储存的粮食可满足王城内臣民一年之用。"众人惊讶。子庆王说："民无粮不富，国无粮不强，上千年前的井方古人们就知道广积粮多耕作，这对我们今天的井方来说同样重要，于是他让工匠重新修缮了这座古代粮仓，作为国库储粮之用。"

子庆王回忆着过去，举首望着殿堂的顶部，细语道："敬重的祖母，孙儿没有食言，孙儿答应你的事情做到了。"

"做到什么了？"仪狄正妃满面春风地走进来。她见巫姆不在殿内，问道："巫姆呢？"子庆王示意仪狄正妃坐在他的身边："她在我这儿熬到半夜，我见她累了，让她到隔壁歇息。"

"这个姊妹，我说我来值夜，她却让我和千夫长纳罕演练出兵的事儿，她倒偷懒。"

"你要出征打仗，巫姆我怕你体力不行让你多歇息，你倒把好心当成了驴肝肺背后说我的坏话。"巫姆出现在仪狄正妃身后。

"偷听我和子庆王说话。"

"偷听了能怎样？"

"偷者非君子也。"

"不是非君子实则非男人。"巫姆哑然失笑。仪狄正妃一时懵懂，但见巫姆笑得如此开怀，很快领会其意，于是俩人一字一板地说道："我们——都是——王的——女人。"子庆王乐了，手指着巫姆说："你这个女人啊……"巫姆闻言泪水盈眶："你终于承认我是你的女人了。"子庆王心情很好，直言："我一直承认的。"

"可你没有说过呀。"

"我心里一直在说，我再说一遍，你是我的女人。"巫姆崩溃了，她俯在仪狄正妃的肩头，痛哭道："……我十五岁跟着他一直等他这句话……一直等到现在，终于……终于有了回声……"

"我知道，我知道的……"仪狄正妃安慰道。巫姆擦去泪水，轻轻捶着仪狄正妃的后背，诉说道："你知道什么，你知道我为了不与你争正妃之名被迫吃药的事吗？那是我的母亲我们的老国师逼着我吃的，她怕我有了孩子，给你给子庆王添麻烦，怕引起巫氏家族与王室的权力纷争，怕影响近二百年的巫氏家族与王室的君臣友谊，所以在子庆王迎娶你为正妃的那一天，我的母亲以神的名义让我吃下了永远不能生育的药……"

仪狄正妃落泪了，她哭道："你为何不早对我说？"

"说那何用？说了倒会让你惴惴不安，好像你欠我什么的，我不想把我的痛苦分担给你，因为你是我的姊妹，一生一世的姊妹。"巫姆很是动情。仪狄正妃转脸儿问子庆王："巫姆姐的事儿，你知道？"

"知道。"子庆王平静如水，"那是老国师的意思，她代表神祇，我唯有服从。"仪狄正妃自语："神的旨意多好听啊，牺牲了巫姆做正妻做母亲的权利，为了我为了我这个后来居上的正妃，让她一辈子不能生养，还是神的旨意，多么不合理的神旨啊？这叫我今后如何面对巫姆姐姐。"

巫姆平静情绪坐在一侧，她说："三十年过去了，我都习惯麻木了，我现在很好很知足，我从来没有记恨过妹妹，更没有责怪过妹妹，虽然我没有生养孩子，但我不缺孩子，子英子平还有那些妾妃们生的小女主们，都是我的孩子啊。当然了我要是争的话，我就争你生养的子英那个孩子。我一直把她疼在心里，我一直告诉自己子英是我的女儿。"

"自私。"仪狄正妃脱口而出，说后又改口道，"子英是你的一定是你的，不是你自私是我自私，我自私了三十年，一直蒙在鼓里让你受如此大的委屈和痛苦。"

三人正说话间，子平的母亲陶妃进来向子庆王请安，她见仪狄正妃和国师在，一一施礼。仪狄正妃友好地拉陶妃坐下，见她忧心忡忡。巫姆口快，问道："陶妃是否有话要问？"陶妃吞吞吐吐，用手摆弄自己的衣饰。仪狄正妃一旁鼓励道："宫内无外人，但说无妨。"

陶妃说："今晨子平的正妻前来找我，说子平已有两日不曾回宅，昨夜做了一个很不好的梦，怕是他做了惊动神祇的事情，一家人不放心，所以我来打探一下，心里也好有个明白。"仪狄正妃闻言想起了子英，也是一阵担忧。巫姆不自觉地用手捂住自己的胸口。

子庆王异常平静，他对陶妃说："你来的时候外面的天象如何？"

"阳光灿灿，春风熙熙，少有的好天象。"陶妃答道。

"既然天象如此美好，吾儿子平会有什么事嘛？"子庆王借景喻事教导陶妃。他见陶妃不解，继而说道："本王借汝吉言，出去观赏一番阳光灿灿。"众人把子庆王搀扶到椅上，然后抬到室外台阶上。室外风高气朗，阳光丽丽，子庆王眯着眼睛远眺宫外，左右殿外蓝天青山绿树花映，殿前宗庙祭坛庄严肃穆。他感慨道："感恩天帝先祖，多么美好的世界呀。"子庆王今日的心情格外好。仪狄正妃、巫姆跟随前后，默不作语。陶妃谨慎道："圣王吉祥。"

子庆王望着陶妃，说道："你去告诉子平家人，我差子平去见一名仙医为我掏药治病，估计需要五六日方可归来，汝等大可不必浮躁多虑。去吧。"

"是圣王，子平为他父王效劳应该的，应该的。"陶妃说毕欢心辞别。

"等等。"子庆王叫住她，叮嘱道，"子平身为王子，必将以国为重为国效力，今后这种事儿时常会有，不单单是为我这个父王效力，而是为天下苍生百姓，为我们的井方国子民服务效力。家国同源以国为重，保家卫国仍儿女之职责，你也是一大把年纪的人了，下有孙辈尊身为祖母，教导子孙时岂能不知这些道理吗？"

"圣王教导极是，妾妃愚昧，我回去马上教导她们。"陶妃恭恭敬敬地站在那里。"好，去吧。"子庆王不再说话，示意陶妃离开。

陶妃速速去了，脸上沐浴着阳光，心里甚是欢喜。她确切地知道了儿子子平是在为他的父王做事，便放下了心中的忧虑。一直以来，她总是担心儿子子平与亚父子灰和王子子贻搅和在一块儿，那俩人没有一个是好心眼，都是子平的冤家对头。惹不起他们就让子平躲着走，然而躲着走也不行，亚父和子贻叔侄俩会冷不丁地找茬儿，欺负子平，好在仪狄正妃和国师巫姆俩人坚持正理儿，时时袒护子平，还有那个子英，总是维护着子平，把子平当自己的亲哥哥看待。她小小年纪，模样漂亮不说，素日的一言一行，一举一动，总能让人敬佩，不但圣王喜欢她，就是王室的大人小孩子，说到子英没有不称赞不说好的。妻妾们之间，哥儿姐儿们之间有了生分，大家最常说的一句话，就是"服不服，不服咱们去找子英姐去。"子英姐儿，是大家公认的称呼，不管比她大的还是比她小的，都乐意这样称呼她。

走在路上，陶妃突然停住，莫非子平是在保护着子英出行差务？那他们去哪儿？他们一定是在办大事儿，办好事儿，办秘密事儿，一定是圣王亲自安排的，否则圣王干吗一直教导我要如何以国为重以百姓为重，这不是在提醒我了嘛。哎呀呀，看看我怎么这样笨呢，圣王如此说，说得如此明白我还在装晕，谢天谢地谢祖宗谢圣王，我儿子子平终于能为他的父王效力做事了，终于能为他的妹妹子英护驾效力了。子英成就了大事，对她陶妃对儿子子平，对整个王室，对整个井方国都是一桩幸事。她不必再提心吊胆地担心亚父子灰、王子子贻继任王位后对他们或是对所有的妻妾、子嗣进行迫害、打击的事情发生，为国家免除了一大祸害，真是天大的好事儿，天大的喜事儿呀。陶妃心细如丝，她绝对知道这个秘密的分量，她会三缄其口守口如瓶。

"怎么了你们两位？"他见仪狄正妃脸上有泪，批评道："你借故晚出征一天就是想多陪伴我一日，你放心好了，土方军队一日不走，我们的国家一日不宁，你一日不胜利归来，我子庆不会走的，天帝也不会让我走。"

仪狄正妃说："这个不用你开导我，你身载鸿运力保着井方国的安危，我有一百个理由相信，你会与井方国同在的。是刚才陶妃的话提醒了我，让我想起女儿子英，子平和子英在一块儿，他们俩第一次办这么大的事儿，我担心他们会出什么差错。"

"你呀儿行千里母担忧，他们都这么大了，能自立了，你做仪狄部落大首领的时候，年纪比子英小，那时的你驾轻就熟也胆大包天，你忘记了竟然敢把我给绑了。"

"巫姆你听听，是我绑了他还是他自缚去的。"

巫姆笑道："你俩的事儿我不评说。"子庆王收起笑容言归正传，说道："正妃我问你为何晚出征一天？"仆人搬来蒲团让仪狄正妃、巫姆分坐两侧。巫姆道："我王这么英明，难道不晓得正妃晚出征一天的原因吗？"子庆王闭目养神，面向阳光，花白的胡须在风中微动，说道："等待时机？"

"对也不对。"巫姆调皮道。

"何讲？"子庆王问道。

仪狄正妃插言："给司马子灰些时间，如果他能击退土方军队，我们就不必再费周折，回来后为他庆功，庆祝他大捷告成，也庆祝他浪子回头。"

"若是出现别的事情呢？"

仪狄正妃说："不可怕，总比操之过急逼迫他出现意外好。"

"此话有理，子灰毕竟是我的患难胞弟，子贻那里呢？"

巫姆马上说："已经飞差密令调集洮水阪夷军旅，急驰北路增援。"

"但愿我儿子贻平安，别丢了性命。"子庆王望着仪狄正妃忧虑道。仪狄正妃叹气说："希望不会。"

人定初[①]，飞差来报，说是司马爷已经在前线与土方军队求和，至于谈了些什么，不清楚。仪狄正妃马上找国师巫姆商议此事，巫姆建议速诏司徒姬泽、司空南和千夫长纳罕等重臣到议事厅议事。巫姆说："这是王室规矩，事关王的胞弟即现在的储君的废立事宜，必须让大臣们知道实情，将来也好告知朝野，服众天下。"

鸡鸣时[②]，又有飞差来报，说是司马爷与土方军队求和成功，答应给土方军队五百石粮，土方军队接粮后退兵。司徒姬泽捶胸道："天下逆子王室败类，这叫什么退兵这叫引狼入室，虎口送食，明明白白的自辱门庭。土方人吃惯了我们的粮，改日没有了还会再来，一来二去，此端已开，后患无穷。我姬泽是位卑之人，断也不敢有此想法出此计策，当一个丧权辱国的千古罪人！"

[①] 人定初：亥时又名定昏，十二时辰之一，晚上9时至11时。
[②] 鸡鸣：丑时又名荒鸡，十二时辰之一，凌晨1时至3时。

司空南义愤填膺，但比较理智，他知道此时的泄愤、怒骂无济于事，他明确表示："正妃，是你出征拯救国家的时候了，我司空南身无缚鸡之力，但我可以写可以画，我的家族有上千人随时等你调遣，只要能拯救国家报我井方国受辱之仇，我族等千人甘愿肝脑涂地，为国效忠！"

巫姆说："司空南大人说得好，司马子灰丧国辱节玷污了王室的圣洁和尊严，整个局势已经到了忍无可忍的地步，此时出兵顺乎天意民情时不我待。正妃你来决定吧。"

仪狄正妃站起来："既然各位重臣言明了利害，我们被逼而战，就要出师有力，不打则已，打就把土方国打疼打趴下让他们长点记性，以后不敢再来。大家放心，为了圣王，为了井方国百姓，我们会一鼓作气赶走土方军队。"

众人叫"好"。仪狄正妃转身，她的侍卫拿着她的戎装跑到她的身边，她说："来吧，早就等着出征呢！"巫姆和侍卫一块儿帮她着装。千夫长纳罕早已披挂好，雄赳赳地跑过来说道："队伍已在军营待命，等了两天了，军卒们比我们还急呢。"

仪狄正妃笑着对大家说："雄狮总要囚一囚才有猛的天性。好了，大家不必声张，也不要相送，我们悄悄出发，免得惊动圣王和城民。"

于是，队伍趁着夜色向西部边境而去。

第九章　少女巫杏的心事

　　子英望着滚滚浊水，真想大喝一声，让浊水倒流，找回她的兄长子平，然而洪水咆哮，她无力回天。"这是老天对我子英的考验吗？"她仰首天际长问东天上的太白之星，禁不住泪水怆然而下。

　　子英察看随身携带的龟甲卜辞完好无损，她抚摸项上的龙形玉佩安然在身，父王的教导和正在遭受战争蹂躏的井方百姓的呻吟，以及母妃率兵大战土军厮杀的声音等犹在耳畔，心有千千泪纵有悲情似海，她岂敢就此止步！

　　子英找来马亚官象和腾，让他们测定了时辰，命令马亚象负责留下两名士卒和三匹马继续寻找子平将军，其他人由马亚腾负责即刻出发。

　　一会儿工夫马亚腾返回告诉子英，士卒们拒绝出发，子英知道士卒们讲情义舍不得丢下他们的将军子平，但军情紧急又不容耽搁，她来到士卒身边让大家围拢一起，给大家讲道："土军已经大举入侵我井方国，先头部队已经越过敦与山正沿滦水南下，王城和圣王危在旦夕，我的母亲仪狄正妃已经亲临前线与土军交战，国家存亡时不我待。我们必须尽快赶到大邑商京都殷城晋见商王，请求他们出兵拯救我们。"

　　士卒们听子英如此说，才知此次出征事关国家命运和百姓生灵涂炭，他们说道："既如此我等化悲痛为力量，拯救国家和我们的圣王要紧，听伯主的马上急行南下。"说通了士卒，可又不见了巫杏，子英回头又去找巫杏。夜幕下巫杏趴在地上死活不走，嚷着哭着要去河中寻找子平将军。子英喝退众人对巫杏说道："若是哭喊能把我兄长子平找回来，我比你更有资格哭喊，起来！"子英把包裹着的龟甲卜辞放在巫杏手上，说道，"我告诉你这是我父王密信，若是你把它弄丢了我就取了你的性命！"说毕跳上马在原地转了一圈儿，等待巫杏。巫杏手捧龟甲卜辞战战兢兢地说："这可是圣王的密函？"

"是又怎样。"

"让我保管？"

子英严肃道："史臣巫杏受命，本伯主诏命从现在起巫杏为我近身巫史，负责保管圣王的密函，不得有误！"巫杏不敢迟疑叩拜道："小臣巫杏拜谢我主，愿肝脑涂地保护圣物。"她把包裹系于身上跳上马在原地转了两圈儿，熟练地从发际间拔下一枚骨针，毫不犹豫地刺破自己的手臂，蘸上血默念咒语用力掷向空中，她说道："愿苍天护佑我子平将军，保佑他平安无虞！"骨针飞向夜空闪出一道光亮，之后徐徐坠入河水，在骨针触及水面的刹那间，光电四射，整个山野如白昼一般。众士卒目瞪口呆无不惊讶，向巫杏投来无法言明的目光。巫杏勒马走近子英身旁，童稚气中带着十分的自信："小臣已无心事，愿奉伯主前行。"

子英领首对身边的马亚腾说道："天黑夜沉路途崎岖，让大家注意山涧落石，不要再出事故，出发吧。"马亚腾遵命，驱马率队前行。

东方既白，霞红似火，山风停止了呼号，大地鸟鸣如歌，一个士卒突然喊道："快听，山涧的水流声小了。"一语传出，士卒们窃窃私语，子英听得出他们在议论巫杏。巫杏掷骨针的画面子英记忆犹新，子英感叹巫家人不愧是当今世上的巫士之族，手中握着数不清的奇方妙术。但有一事不明，仅仅两三天工夫，这个初出茅庐的小姑娘竟能爱上一个男人，巫杏年纪不大情感竟是如此丰富，相比较而言，在情感事情上子英要单纯稚嫩许多。

子英的情感是直线的没有曲折也没有心动，没有春夏的交集也没有风声和雷鸣，自然也不会有情感的故事，只有阳光和风以及阳光和风下的爱与恨。子英爱她的父王，因为父王仁厚；子英爱她的母妃，因为母妃率直坦诚；子英爱国师巫姆，因为国师巫姆真挚无私；子英爱她的兄长庶王子子平，因为子平能够忍辱负重从不怨天尤人。子英恨她的亚父子灰，因为子灰总是在黑暗中诅咒别人甚至诅咒与他没有关联的人；子英恨她的胞兄嫡王子子贻，因为子贻总是自以为是，嫉妒任何一个比他好的人。除此之外子英好像再无可爱可恨之人。不过现在有了，她喜欢上了眼前这个长着娃娃脸儿的巫杏，巫杏敢爱敢恨毫不遮拦自己那颗激情燃烧的青春少女之心，任由情感奔放无禁无束，敢把心中之爱大写在天地之间。

父王讲过巫家的女子聪明、睿智，她们的巫技源远流长。巫为祝①，最早的行祝者是女人，她们漂亮婀娜多姿能长袖善舞歌颂天地，自然是天神喜欢的人，久之巫便为舞由舞为术，以术行巫择巫为业，世代相袭的巫姓之族。

巫姓之族以女性为尊，女性年长者为巫祖或巫师，传袭者也以女性为主，巫家的男性多服从于女巫，一般不参加巫事，个别从巫的男子称之为觋②，觋的主要任务是受女巫之命游走于外，解决女巫不便出行的难题。从巫家女子守家传业的情景看，国师巫姆家族与母妃仪狄家族一样，都是以母系为传承的部落首领制。

行进中的子英无时无刻不在挂念着兄长子平，担心他的安危，她见巫杏沉默不语，靠近巫杏想送些温暖。"还想我兄长吗？"

"难道你不想？"

"我十分想他担心他。"

"你能想为什么我不能想？"

"这是你的理由？"

"想一个人无需理由。"巫杏的回答如金石铿锵，让子英无语。

在子英的经历中想一个人的时候，总得有个理由或找个理由，不会没有理由地想一个人，今天她算是弄明白了，人世间除了找理由想人之外，还有不用找理由就能想就可以想就无法自抑地去想的事儿，也许这就是神灵，这就是情有所托情有所依的神灵。她合手以谢默言道，感谢神灵感谢巫杏感谢今天所遭遇的多灾多难。子英觉得今天的她，仿佛离神灵近了："听我说你这个不需要理由的人，你能告诉我你是什么时候喜欢我的兄长的？"

"伯主，小臣对亚服子平将军只是敬重，敬重不需要理由。"巫杏说。

"我的小巫史啊，伯主我郑重地告诉你，敬重人是需要理由的，不需要理由的只有一种，就是爱慕或叫喜欢，你说呢？"巫杏语塞脸面儿发烧，她心中如兔儿一般忐忑不安。

巫杏对庶王子子平早有耳闻。她的消息多半是从市井街坊间道听途说的，

---

① 祝：古代专指从事祭祀事。
② 觋：从事巫事的男性，女为巫，男为觋。

传说中的庶王子子平有这样几点事迹。一是身居庶子位经常受其亚父子灰和嫡王子子贻的欺负，生活得非常艰难不易，言语之间反映出朝野民间对庶王子子平鸣不平和对他的同情；二是庶王子子平性情温和宽怀大度，有君子之怀贤者之风，对于嫡王子子贻的刁难甘愿忍受，牺牲自己顾全王室尊严，反过来讲就是批评嫡王子子贻刁蛮不讲理，赞扬庶王子子平是大德大义之人；三是庶王子子平武艺高强相貌堂堂，不但厚德仁义而且还是个美貌男儿。

传闻听多了，巫杏心中自然就有了庶王子子平的模样和对他的一种天然的护佑之心。一次同龄的胞姐巫桃说起庶王子子平，毫不吝啬地批评道："如此男子如此窝囊岂不可惜了一个男儿身。"巫杏听后非常生气："你怎能这样对待一个好人呢？他怎么窝囊了怎么可惜了一个男儿身了？"巫桃说："大男儿顶天立地气概四方，对那些龌龊小人没有必要一忍再忍一让再让，如此下去这天下岂不成了势利小人的天下了。"

"我的姐啊，庶王子子平生活在君王之家，一行一事都事关王室的安定和睦和国体盛运，他不是生长在寻常百姓家随意打打闹闹的一介鲁夫。"

"即使那样也不能事事忍让任人宰割。"

"话是这么说，他那个亚父子灰是要承接王位的，他的那个弟弟子贻是嫡子也是将来的君王，命攥在人家手中，他与人家分庭抗礼叫板对峙，不是以卵击石自取灭亡吗？"巫杏极力维护着庶王子子平，替子平辩解。巫桃理穷，说道："反正我不喜欢这个子平。"

喜欢不喜欢是个人的事，巫杏不能强求她的姐姐非要摆出喜欢子平的样子，她不是那样的人，她也不想出现那样的事情。于是姊妹俩休战。其实为了子平的端行评价，巫杏与姐姐巫桃多次发生口角，甚至闹得不欢而散。

老天有眼，巫杏想谁偏偏遇到了谁。这次姨母巫姆让她出行护佑伯主南行，未曾想到直接管制她的就是传说中的那个庶王子子平。她第一次与子平相见时丝毫没有生分的感觉，与她想象中的模样一模一样，并且还英俊出几分。当时她就想这个子平应该是属于她巫杏的。

从回忆中醒来的巫杏一时间惊慌失措，她说道："伯主对不起，小臣刚才失言冒犯了。"说话时恍然间有一种来自天地间的力量正在缓缓地印入她的脑海，她暗暗心喜获取来自空宇里的念力，待念力定足之后她兴奋地对子英说道："伯主，我们敬重的亚服将军马上就会到来，这一回我们需要理由吗？"

"子平兄？"

"是的。"

"他们平安无事了？"

"是的。"

子英欣喜万分，高兴地说道："这个不需要理由，巫杏你快说他们在哪儿？"

"你听，马蹄声正在走近我们。"巫杏言语中带着激动。子英回首侧耳细听，焦急道："没有啊，没有一点儿动静啊。"巫杏坚定地说："马上就到，三匹马五个人全都平安无恙。"凑过来探听消息的马亚腾心急如焚地说："你怎知道三匹马五个人？"巫杏笑了："亏你还是驯马人出身，白端端污了一个马亚之名。"马亚腾受到巫杏的戏弄有些恼火，生气道："你说，亚服将军骑那匹马在什么地方？"

巫杏不假思索地说："骑白色的那匹走在最前面。"子英如坠云雾一般心急火燎地问马亚腾："有白色的马吗？"

马亚腾回答说："有，就是亚服将军骑的那匹白马。"马亚腾不信服巫杏，继续问巫杏说，"亚服后面还有谁？"

"你是睁着眼睛说梦话，后面的四个人三个是你们的士卒一个是马亚官，除此之外难道你的士卒还会生出小的来？"闻听此话子英乐了："不碍事儿，人越多越好，只要不少人就行。"巫杏不依不饶继续喷怼马亚腾说："你动动脑子掐算一下，俩人骑一匹马，一马驮俩人，两匹马不是四人是几个？"

马亚腾仍不服气："是你自己猜的吧？"巫杏生气了她扭头转向子英，说道："伯主，三匹马的声音是不一样的，前面的那匹，马蹄声脆步履轻盈骑术精湛，说明马与主人配合默契，肯定是亚服子平将军和他自己的马；后面的两匹，马蹄声缓步履迟重是在负重前行，自然是多载着人。"

"感谢苍天，感谢巫史巫杏的吉言，马亚腾你让队伍缓行，你去迎接亚服将军。"子英激动得不知如何是好。马亚腾是个急性子，他折回马头向后跑去，去迎接亚服子平将军。

果真如巫杏所言，亚服子平独乘一匹白马一路飞奔而来，四名士卒置身于后。子英从马上跳下来扑向子平："兄长吓死我了，你没事吧？"子平扶住子英小声说："我没事很好，你是伯主我是仆臣，妹妹不得逾越礼制。"

子英同样小声说道："知道的兄长，妹妹高兴啊。"子英擦干脸上的泪珠，将长发束在脑后，回头找巫杏但不见了巫杏的踪影。她问马亚腾，"我们的巫史呢？"

"巫史？不就是那个说话不饶人的小女巫哇。"

"放肆！"子平怒道，"怎能在伯主面前如此无礼张狂。"马亚腾吓得匍匐于地："伯主小臣有罪，将军小的有罪。"子英随意地说道："非常时期士卒们也不易，大家说话放松点儿也许心情会好些，兄长不必在意。"子平不再说话，轻轻踢了一脚马亚腾的屁股："以后长点记性，不然我就缝上你的嘴。"

"是，将军。"马亚腾嘻嘻哈哈地跑去了。一旁的马亚象幸灾乐祸："缝上他的马嘴。"士卒们也跟着起哄。

一士卒跪拜道："报告伯主，巫史大人到前面去了，她说她去前面找一处开阔之地，给子平将军造饭充饥。"子英笑了："这个巫杏人小鬼大，什么事情比我想得周详，兄长前行吧。"子平跟在子英后面移步前行，到了前面的开阔地，命令队伍停步歇息。不远处巫杏正在帮助士卒架火造饭，火苗儿映在她的脸上格外红润鲜亮。

子英悄悄地对子平说："兄长交上桃花运了。"

"妹妹戏言了，什么桃花运？"子平的嗓门儿很大。一士卒报告说："将军小人适才问了，当地的山民把这个地方叫桃花林。"子平不耐烦起来："什么桃花林是桃花运，你也来给爷添乱。"子英笑道："巧啊，桃花林里桃花运，桃花苑里遇伊人，恭贺兄长你的伊人出现了。"子平苦笑："当心你的正嫂①回去盘问我。"

"那有啥，你现在的妻妾也不止她一人。"

子平叹气道："哥的三房妻妾两个是父王赐的，一个是亚父定的，作为儿臣和晚辈儿我有什么办法。"

"其实你不说大家都知道，娶正嫂也不是你的心意。"

子平长发及肩掩住了脸面，他不停地用手拂开。他伸展腰肢哈哈一乐："我已经很满足了，我要比生活在乡野的平民们幸运多了，老天还是垂顾

---

① 正嫂：同正妻，正室，兄嫂中的正配。

我的。"

马亚象过来禀报："伯主，亚服将军，先行的士卒报告距离大邑商都城仅有一马地的路程了。"子平说："既然造饭了让大家都吃些，吃饱喝足后我们就精神抖擞地去见大邑商王朝的子昭王。"马亚象领令后去了。子英见巫杏独自坐在灶旁的山石上，叫道："巫杏过来，你的上司亚服将军到了……"巫杏佯装不闻，脸色在灶火的辉映中变得绯红。

子英走到巫杏面前，抻手抚摸巫杏的额头："病了？"

"没有。"

"没有病还这般无礼，你就这样对待自己的主子吗？"

巫杏马上站起来，施礼道："请伯主降罪。"

"降什么罪，去给亚服子平将军把发辫梳理一下，我们到大邑商京都晋见子昭王总不能衣冠不整吧？"巫杏高兴地站起来，突然欲动又止，嘟囔道："他不是有侍卫吗？让他的侍卫梳理不就行了。"子英说："不想去是不？不想去不强求，我去好了。"

"别介哦伯主，我去我去……"调皮的巫杏一溜烟地跑了。

远远望去，大邑商京都殷城城郭广大，进入京都的人流很多，车水马龙，只是整个城池破旧了些。大邑商京都亦称殷都，建造于商朝第二十位王盘庚，由丘商迁都至此，到子昭王一朝已经历世祖盘庚、章王小辛、惠王小乙、子昭王四王五十年时间。殷都古称"北蒙"，位于洹水之上，因建造恢宏辉耀中天[①]，商族人亲切地称它为大邑商都。

惠王小乙是子昭王之父，在位二十一年，因政绩平平国运式微，至子昭王接任时国家已见衰败之象，大邑商的京都殷城自然变得破旧不堪。

接任小乙后的子昭王，曾用三年时间游访民间了解民间疾苦，寻访贤人志士，迎娶丘商部落子姓首领妇好为正妃，带军队南征北战东进西出，用十几年时间征服了七十余个方国，让大邑商王朝重现生机和活力。

巫杏像讲故事一样向子英和子平介绍了子昭做商王后励精图治的经历，以及子昭王正妃妇好的传奇事迹，这让子英甚是敬佩子昭王和子昭王的正妃妇好。

[①] 中天：古代中原地区的称呼。

"真的这样吗？"子平有些怀疑。

子英说道："兄长不是很敬佩子昭王的吗？"

"我敬佩子昭王更敬重妇好，因为妇好是个女人，一个女人能有如此的建树，值得我们男人们敬重，不过让巫杏这么一说，子昭王夫妻简直神通广大、感天动地。"

巫杏羞涩地望子平，说道："我知道子平将军说这话的意思，你不是不相信子昭王夫妻，而是不相信我说的事实，说白了就是不相信我巫杏。"

"为什么这么说呢，巫杏？"子英问道。

"他眼神告诉我的，他认为我年纪小好像我在给他讲一个远古的童话。"

子平不好意思道："瞒不过你的眼睛，你看到我心里去了。"

"心里有鬼的人，都在脸儿上写着呢，傻子才看不出来。"巫杏也不客气。

"这就是子平兄的不对了，别忘记了巫氏部落是研习国势人心的世家，像大邑商国朝大事巫氏部落不可能不研究。研究大邑商王朝，自然要研究子昭王和妇好这俩人，这是巫氏部落研习的功课，否则他们凭什么为君王们谋划出策呢？"子英分析道。子平佩服妹妹子英，听子英如此解释，他对巫杏多了几分的敬重。

"我是粗人，不善思想，得罪小巫史了。"子平向巫杏表示歉意。

"说你是粗人我不信别人也不会相信，如果真是粗人，早被司马爷和嫡王子给收拾了，岂会被圣王钦点辅佐伯主南下要务呢？我虽然年纪小，别什么小巫史小巫史的叫我。"巫杏说话不客气，直击子平的痛处。子平不再言语，知道自己碰上了硬茬儿。子英窃笑："知道厉害了吧，巫氏部落出来的人都不是等闲之辈。"

过了洹水度过寨河，日禺①之时子英一行人进入了京城内。京都的天空蔚蓝如洗；槐月②的都城树木葱葱，街道上人流如织。子英骑在马上感叹道："京都真大，比我们的井方王城大多了，不足的地方就是破旧了些。"

"大邑商先惠王小乙治政无力国家衰败，国土割裂百姓穷困潦倒，难免京

---

① 日禺：上午9时至11时。

② 槐月：四月。

都会是这副模样儿。新王继位后百废待兴国家大治之势已经到来,这不……"巫杏手指远处成群的建筑人群,以及运送木料的车辆,说道,"开始见到国家复兴的样子了,除了我们看到的筑城的人工外,就连民间的坊舍也在修缮中。"巫杏观察细致。

子平低声说:"传说子昭王的正妃妇好善于战法、力大无比,她使用的龙纹大铜钺①和虎纹铜钺有十几斤重,一般的男人都拿不起呢。"子英笑问:"这位正妃娘娘肯定身材高大是个五大三粗之人?"子平摇头表示不清楚,但他补充道:"据说这位大邑商正妃驰骋疆场斩敌无数,所到之处敌军闻风丧胆,她身上的刀伤、箭伤有几十处,伤痕累累呀。"

巫杏说:"虽然妇好正妃力大无比,但她人的模样并不像我们想象的那样粗壮。"

"什么样子?"子英好奇。巫杏想了想:"我也不知道。"

"不忽悠我们了?"子平取笑道。巫杏拿马鞭打在子平背上:"你才忽悠人呢。"

---

① 钺:古代兵器,妇好墓中有出土物。

第十章 山地阻击战

经过三天的行军,仪狄正妃和纳罕率领的八百军士在日央①时分到达景山脚下,此地山高路险沟壑遍布,又是森林茂密之地,翻过一座山梁便是土方国的边界。仪狄正妃让千夫长纳罕把军队隐蔽起来,待命行事。她召集纳罕等人在一株大树下商议军事。

一个高个子幕僚说:"我军一路急行均不见土军影子,想必土方国打先锋的军队已经撤退。有人拱手送粮天上掉了馅饼,土军们还不偷着乐。"

纳罕说:"不应该是撤退,而是土军在他们的边境一侧等着司马子灰赠送的五百石粮食,正在享受胜利成果。土军狗改不了吃屎,一旦得到粮食,说不定还要做什么呢。"

小胖子幕僚说道:"土方国人口众多,正是灾荒之年,五百石粮食对他们来讲解救不了他们饥荒,这仗刚刚开始。"

高个子幕僚继续说道:"一石粟米与一石谷是不一样的,粟米重可以直接吃,谷轻还要脱皮,我计算了一下,五百石粮即便都是粟米,也仅供两千土军士卒吃上十日。这些粮对土国人来说根本解决不了他们的饥荒。"

小胖子幕僚怨恨道:"也不知道司马爷是怎么想的,靠送东西求和能换来和平,今年送明年还送不送?"

高个幕僚说:"管它呢,谁欠的债谁去还,我们才不认可司马爷订的什么和约。"

---

① 日央:下午1时至3时。

小胖子幕僚说："那不行，他是储君，代表井方国，如果我们撕毁和约就说明我们井方国是个失信之国，会为土方国侵略我们提供借口。"

仪狄正妃听着大家的议论，想着自己的心事。身为正妃又是司马子灰的兄嫂，她与子灰都是子庆王的亲近之人，又代表王室，子灰私自与土方和约，固然有违国体民愿犯丧权辱国之大忌，不可取也不可原谅，但子灰毕竟是子庆王的胞弟，毕竟是井方国的司马将军和储君。要解除子灰与土方国签订的和约，既要考虑井方国的信誉又要考虑废除的策略，鲁莽行事弄巧成拙，会让井方国失信于天下的同时，为土军提供一个挑起战争的口实。细细想来，劫粮打援并不是一个好的主意，如何用武力教训土军就得另寻良策了。

仪狄正妃思虑着，她庆幸路上没有与土军相遇，让她有机会重新评估子灰签订和约所产生的利害关系。此时她恨起巫姆来了："这个臭国师巫姆，用她的时候总不在我的身边。"巫姆胆大心细计策周全，每每遇事她总是技高一筹，今日今时仪狄正妃也算是由爱及恨吧。

如何破局让已成事实的和约失效呢？仪狄正妃心中一团乱麻，她站起来在周围踱着步子，仰视着树隙中泄落下来的阳光，她示意纳罕继续商议。远处树冠上传来嘀嘀咕咕的鸡鸣声，心烦意乱的仪狄正妃从身后抽出弓箭嗖嗖连发五箭，说道："活腻了的东西，也敢给本主添乱。"

纳罕一伙儿人听到箭声抄起武器，把仪狄正妃保护在中央，一副如临大敌的架势。仪狄正妃推开他们："怎么着，瞧你们这架势准备打架不是？"她吩咐身边的侍卫，"去，把那五只山鸡捡回来晚上下菜吃。"众人面面相觑不知何意。仪狄正妃笑道："看我怎的，你们议事那几只山鸡不知好歹，跑来这里嘀嘀咕咕地吵闹，我怕它们滋扰你们。"说话间，侍卫从树林中走出来拎着五只中了箭的大山鸡。

纳罕接过山鸡笑嘻嘻地对仪狄正妃说："小的谢谢正妃了，纳罕我真的喜欢吃这东西，我做梦都想吃啊……"仪狄正妃不理会纳罕，问道："刚才我说你们什么了？"

"和打架一样。"

"哦对……"仪狄正妃吩咐侍卫说，"你拿着山鸡先不要给纳罕这个馋猫，等会儿我自有派场。"她转脸儿问大家，"你们有主意了吗？"众人说："照原计划行事，偷袭土军。"仪狄正妃回到自己座位招呼众人坐下，说道：

"诸位，你们哪一位是这个地方的人？"纳罕不假思索地说："我是，我从小长在这个地方。"

"看来你真是个有福人，这山鸡给你了。"仪狄正妃让侍卫把山鸡给了纳罕。纳罕不好意思地问道："这是真的？"

"军中无戏言，收了吧。"

"好咪，谢……"

仪狄正妃用手中的鞭子按住纳罕的肩膀："不用谢，听着我有话要说。"

"是，正妃。"纳罕正襟危坐。

"你带上一百名士卒装扮成当地的百姓，以毁坏你们的家园为名让土军赔偿损失，阻止他们运粮。"

"什么意思？"纳罕不解。仪狄正妃说："就是拖延时间不让他们把粮食运走。"

"打起来怎么办？"一幕僚问道。仪狄正妃把鞭子抽在地上："打起来好啊，土军得了我们的粮食，还冒犯我边民，是可忍孰不可忍，我们就可以以此为由光明正大地与土军开战了。"

"哎呀，我怎么这么笨，没想到这一层呢。"纳罕拍着自己的小脑袋懊悔地说。仪狄正妃对纳罕说："你们有能耐就跟土军大闹，反正是百姓，他们能把百姓怎样了，闹大了你们趁机把粮食烧了，想尽办法不能让他们把粮食运回去。如果他们吃了我们的粮，再返过头来打我们，真的是养虎为患了。"

高个子幕僚匍匐于地："正妃英明，小的佩服。"

"你知道什么意思吗？"仪狄正妃问道。

"小的知道，完全知道。"

"那你坐下说说如何？"

"是的正妃，小的意为此举是借民意激怒土军，逼迫他们犯我边民重燃战火，从而使司马将军与土军签订的和解协议自动失效，这样一来我们井方国既不失信誉，又不得丧权辱国之耻，要打要谈方略在我，得理、得情、得机、得时、得人心，神机妙算天之良策啊！"高个子幕僚赞叹道。

"你是个明白人，大家都明白了吗？"仪狄正妃问道。众人说道："明白了正妃！"

"好，千夫长纳罕亲去诈敌，我等就近隐蔽，各路军卒严命以待，没有我的命令不管诈敌的人发生什么事情,都不得发出任何动静!"

"是!"众军卒异口同声。纳罕一行人换上了百姓的衣饰,出行时,仪狄正妃仍不忘提醒纳罕:"带上你的山鸡。"纳罕不好意思地指指自己身后的侍卫:"正妃大人,臣下带着呢。"落日前纳罕一行人一身百姓打扮赶牛推车蜂拥到边界的关镇处,正巧与运粮的土军撞了个对面。纳罕一个眼色,众人哭喊着奔向粮车堵住去路高声呐喊,要求土军赔偿毁坏的房舍。一个土军的千夫长说道:"你们的司马将军都向我们土方国赔礼道歉了,你们房屋家园毁坏的事儿找你井方国君去,与我土方何干?"

纳罕厉色道:"土贼胡说,你们烧了我们的房屋家园,我们不找你们找谁?"

"找你们子庆王去,找你们的司马将军去!"土军的千夫长喊道。

纳罕说:"冤有头债有主,谁烧我们的家园我们就找谁。"纳罕继续鼓动道,"乡人啊,土贼不讲理我们怎么办?"

"抢粮!"

纳罕大声说:"对,抢粮!他们怎样对待我们,我们就怎样对待他们,能抢就抢,抢不走烧了它也不能让土贼拿走。"

"是……"众人附和道。土军没想到这帮乡民如此猖狂,转眼工夫,乡民把粮食撒了一地,还点火焚烧粮食,土军震怒下令格杀这帮乡民。纳罕见大功告成,一声口哨士卒们撤得无影无踪。

有了格杀令,土军派出两百士卒尾追乡民,意图寻找所居住的村庄居所一网打尽。仪狄正妃指挥军队趁着月高星稀山高林深,出其不意发动攻击,不到两个时辰两百土军士卒全被杀。消息传到土方国,土方国君大怒下令精骑千人偷袭井方,将与土军签订和解协议的司马子灰捉拿至土方问罪。

仪狄正妃得知消息,认为土方国君下令捉拿司马子灰是井方国的奇耻大辱,火速派人寻找司马子灰,让其躲避或速回王城保身,岂料迟了一步司马子灰及其眷属三百人已被押解到土方国。

子灰被俘羁押在土方国,他不恨土方国君却记恨起仪狄正妃,认为仪狄正妃袭击土军运粮车辆破坏和约,毁了井方的声誉不说,还让他成为土方国的俘虏。子灰左思右想感到自己再没别的退路,主动求见土方国君,要求亲自率军收复井方土夺取王位,让井方国永久臣服于土方国并效忠土方国,于是土方国君派出三千军队由司马子灰引领着讨伐井方。土井两国大战由此拉开序幕。

仪狄正妃得知子灰投降土方的消息后，火速传信给子庆王。传信说："圣王放心，妻拟采取诱敌深入之计，利用西部山区山高路险荆棘遍地熟悉地形地物的有利条件，用持久之战与土军周旋，消磨敌军士气打击土军锐气。妻保证人在地在，人在井方在，决不让土军从山里走出去进入我王城之地。遥祝圣王福安。"

子庆王得信后，赞仪狄正妃大义凛然气贯长虹，他担心差卒学说不清，亲自让贞人书写卜辞送至前线用辞文赞扬仪狄正妃、女儿子英等将士以表情怀。文曰：麟之趾①，振振吾妻②，于嗟麟兮③！麟之定④，振振吾女⑤，于嗟麟兮！麟之角⑥，振振女子⑦，于嗟麟兮！……仪狄正妃读罢辞文热泪盈眶。这是圣王子庆对妻子和女儿的最高奖赏，作为妻子怎能不感慨万分呢。

第一段文字子庆王把仪狄正妃比喻成神兽麒麟的脚，仁德宽厚，脚踏实地，既能独行于天下，又能安民于四方，是国运之神；第二段文字，子庆王把女儿子英比喻成麒麟宽阔的额头，高大仁德福运昌盛，有救井方于水火之德，能安天下以大定；第三段文字，子庆王预测子英的后人如同麒麟之角，代代相传，引领天下大运昌隆。仪狄正妃读了几遍铭记于心，之后细心包裹揣在怀中，准备日后交于女儿子英。

土军得到国君的命令，三千兵马直奔井方，为让子灰死心塌地地为土方国效力，土方国君准许子灰以井方君王之名御驾亲征。子灰坐四驾御车，后面跟随三千土军，浩浩荡荡一路东行，如此狐假虎威的阵势也着实让子灰兴奋了一回，终于有了王的感觉。

进入井方国境后，边境上竟无兵卒抵抗，看着铁流滚滚的土军，子灰想起自己的国家沦落如此，想起胞兄正在病榻上苟延残喘，想起自己认贼作父

---

① 麟之趾：麒麟的脚趾，泛指麒麟。
② 振振吾妻：仁德无限的我的妻子。
③ 于嗟麟兮：就是高大神奇的麒麟。
④ 麟之定：麒麟的额头。
⑤ 振振吾女：仁德宽厚的女儿。
⑥ 麟之角：麒麟的角。
⑦ 振振女子：仁德宽厚的女儿的后代。

亲自带领敌军践踏自己的国土，想起自己的家眷被质押在土军的军营，不禁愀然泪下。一时间，跳山涧的想法都有。然而他怕死，他怕土军拿他的家眷说事儿，他内心深处也真的希望坐享荣华，他只有孤注一掷，在叛国投敌的险路上走下去。

越过边界，土军将帅问子灰如何行进，子灰想了想，北路呢由胆小如鼠的王子子贻把守，兵力弱，无士气，土军可以不战而胜长驱直入。但北路山路迢迢车马无法行进，他子灰作为井方国的代位之君哪儿能徒步而行呢？再说了自己在光天化日之下带领土军侵占自己的方国也有失体面，所以他在心头里否定了出征北路的念头。

南路呢地势相对平缓车马可行，又有自己的囿苑宫所，行走居住舒心也方便自己娱乐，关键是坐在车上不抛头露面免得被国人指指点点。担心的是仪狄正妃把守着南路，仪狄正妃武艺高强用兵如神，率土军入内如坠虎穴之地。子灰又想，土军三千大军四倍于仪狄正妃的军队，兵力如此悬殊，仪狄正妃纵有神力也不是土军的对手。

权衡利弊之后，子灰凭着自己灵巧的嘴巴，游说土军将帅："擒贼先擒王，打狼打头狼，井方军队中最有战斗力的是仪狄正妃率领下的军队，打败了她就等于打败了井方国。目前土方军队高歌猛进士气正旺，集中精力围剿仪狄正妃才是不二之选。"

土军将帅仗着兵多将广，加之前不久入侵井方时犹如进入无人之境的经验，从一开始他们就没有把井方军队放在眼中。这次来的主要目的，就是找井方国的仪狄正妃报二百士卒被歼之仇。土军将帅听子灰如此说正中下怀，于是将帅下令三千土军由南路进入井方境内，全力挺进寻找井方国仪狄正妃与之决战。

子灰听说土军将帅让军队全力挺进吓了一跳，忙向土军将帅建议，让土军缓缓而行步步为营，以防中了仪狄正妃的埋伏。

土军将帅不耐烦了，十分厌恶地说道："什么正妃正妃的，一个仪狄部落出身的小首领，纵管她有些本事又能拿我土军如何？就连你这个司马将军都臣服在土方国君殿下，你那个正妃嫂子也不过如此而已！"说毕命侍从鸣鼓催行。

子灰见说服不了土军将帅只好坐回他的御驾，心里骂道："怎会有如此笨的将领！看来此次出征凶多吉少天不助我，天不助我啊。"

子灰在御驾内龟缩了一会儿，车内闷热难当，一阵雷鸣声从远天传来，他透过窗口瞭望天空，只见西北方向黑云压顶整个天贴着山梁倾泻而来。山野丛林之中若遇山霖瓢泼，纵有百万雄师也会落个一败涂地，死无葬身之地，子灰叫声不好命驭手调转车头向回走去。驭手是土方人，内心看不起子灰，见子灰让他倒行逆施十分不高兴。

子灰怒道："你我同车生死与共，难道我还会害我自己不成，山中大雨本是无情之事，一个小小的舟车怎能抵挡住山洪乱石的撞击。你听我的，咱们的性命要紧。"

驭手见子灰说得有道理，便调转车头逆山而上，半个时辰后，回到了边界的高地上。此时电闪雷鸣暴雨大作，整个山林一片怒吼，驭手掩面道："我的娘哎，谢谢井方代王，让我捡了一条性命。"

子灰也不回驭手的话，望着山下风雨飘摇的景象，连连说道："惨了惨了，天灾之后还会有人祸，此时此刻正是仪狄正妃利用天气之便率军反扑的时候，土方首战大败定矣……"说毕，一道闪电滑过雷声在山涧炸响。

如子灰猜测的那样，自歼灭土军二百人之后，仪狄正妃等就做好了土方大军来犯的准备。土方人多势众军队庞大，无论在国人数量上或是军队的数量上都足以压倒井方。"好汉不吃眼前亏，打得了就打，打不了就躲。他们在明处我们在暗处，不与土军正面交锋，通过软缠硬磨把土军困死在这儿。"仪狄正妃从一开始就给纳罕明确了与土军交战的策略。就在刚才大雨瓢泼之时，目睹土军从山上经过的仪狄正妃，在山洞中与众将士讨论着军情。

纳罕说："土军中传闻我们这儿有一种吃人的野兽，专门吃土方人，土方人特别害怕。我想找一百个士卒扮成野兽，从心理上吓唬他们。"

仪狄正妃说："这是一出好戏，我做过巫师知道如何打扮你们，把你们变成一副凶残可怕的模样。我们军队人数少，比不过土军，就得借助神力打扮成凶神恶煞，从气势上压倒他们，让土军士卒不敢与我们交战，甚至不敢见我们。"纳罕高兴道："我就是这样想的，只是说不出道理来。"仪狄正妃鼓励说："当将军的本事不是凭力气而是动脑筋用智慧战胜敌人，能以少胜多以寡制众才是军中大才，是吗，百夫长？"

被称为百夫长的人，就是原先的高个子幕僚。自上次歼灭土军二百人之后，仪狄正妃为鼓舞士气重用才将，任命高个子幕僚客为百夫长，赐名貔。貔，做事细心善于韬略，富有军事才干，年纪十六七岁，是可培养造就之才，仪狄正妃慧眼识才，一眼认定了他，并料定此人将来可成为自己女儿子英的大用之才，赐名貔也大有深意。

貔见正妃问话，忙说："兵不厌诈借势用势，小的又学了一手。感谢仪狄正妃栽培小人。"纳罕说："有主意了，这个吃人不吐骨头的野兽叫貔貅。"貔问道："不是我吧？"

"就是你。生性凶猛，手段残忍，要让土军听而生畏，闻而丧胆。"仪狄正妃提醒道。

"好，貔遵命便是！"貔指着小胖子幕僚说道，"我是貔，你是貅如何？"小胖子幕僚马上匍匐在仪狄正妃面前："请正妃赐小子为貅，愿为保卫我井方国肝脑涂地。"仪狄正妃高兴道："井方国有如此忠义之卒，国家何愁不兴。好，我以正妃之名赐你为貅。"纳罕站起来："这下好了，我们有了貔又有了貅，恐吓土军的任务就交给你们貔貅二人了，行吗？"貔貅同声说道："末将遵命！"

仪狄正妃见洞外雨歇，天空已有光亮，她命令道："千夫长按我的指令，打后不打前，打少不打多，以断后为主速战速决，让土军搞不清我们的行踪。你带五百精兵出发吧。"

纳罕受命："是，属下知道了，貔貅他们呢？"

"等你们回来后，我来指挥，保证演一场好戏。"

纳罕压低嗓门："士卒们，跟我走！"眨眼工夫士卒们消失在丛林中……

第十一章　偶遇妇好大将军

商历五月，酷热来临，大邑商京都绿树成荫，风光旖旎。身着紫色战袍的大邑商正妃妇好站在子英和巫杏面前，仔细打量着她们，她浑身上下洋溢着游猎归来的亢奋。

商历比夏历早一个月。夏朝启用天干地支纪年，用甲、乙、丙、丁、戊、己、庚、辛、壬、癸十个符号表示天上的十个太阳，以纪日，故称天干；用子、丑、寅、卯、辰、巳、午、未、申、酉、戌、亥十二符号表示地上周而复始的十二个月份或是一天的十二个时辰，以纪月、纪时，故称地支。地支的子、丑、寅、卯、辰、巳、午、未、申、酉、戌、亥十二个符号从当年十一月开始排序，对应着十一月、十二月、一月、二月、三月、四月等十二个月份。夏朝以寅月为正月，故夏历又称建寅历。

商朝取代夏朝改朝换代对夏历进行变更，提前一个月过年，即以当年的十二月为正月，十二月对应丑字，故称建丑历。商朝改历缘于祖乙迁邢[①]后历官万年建议为迎接春日到来的"春节"而为，春节始于井方之国，故井方有"大麓春始"之说。

夏、商王朝的君王们崇拜太阳，视自己为太阳神的后裔，他们认为天上有十个太阳，每日间会有一个飞临天上光照人间，意为君临天下，主宰大地沉浮。十个太阳就是天干中的甲、乙、丙、丁、戊、己、庚、辛、壬、癸十个天干，因此他们将自己的出生日与天干相对应，用出生日的天干符号取其名字，

[①] 祖乙迁邢：指商代第十三位王祖乙迁都于邢台古地。

以示吉庆。所以商朝的君王之名都与甲、乙、丙、丁、戊、己、庚、辛、壬、癸十个符号有关。子昭王生于丁日，善于征伐并以武力中兴天下，故有武丁之说。

子英对这些习俗常识虽有了解但并不详细，临行前国师巫姆专门教导一番："作为方国的使者代表王的形象，一定要识礼知礼把握方寸，对大邑商的习俗不得不知，更何况是求援的特使呢。"巫姆说，"礼仪生于面源自心，而心者又源自志，志源自记也。记就是常识，就是过去的故事。"

在来大邑商的路上，子英又拜巫杏为师，熟悉礼仪之事，避免出现差池影响此次出使。通过拜师子英发现巫杏人小鬼大，肚子里装着不少学问，值得自己虚心学习。

桃花儿谢了，槐花儿盛开，卸下抽衣厚裤，平日里习惯了四方征战生活的商王正妃妇好，耐不住宫城里的寂寞，一大清早趁着雨后清朗，带一帮人马去郊外洹河边上的王家囿苑游猎戏耍。游猎之后心情大爽，正妃妇好让属下带着猎品打道回宫，一路上戎装猎猎，马蹄生烟，风光无限。

宫苑之地原是禁止兵马行走的，正妃妇好军旅生活惯了，又是国朝功臣王之正妃，仗着子昭王和国人对她的敬重，她就破了这个禁忌，来往宫城时喜欢在马上行走。今日回宫，远远地发现了宫城前站立着两位打扮靓丽的女子，她快马加鞭一路前行，一会儿工夫就驻足在子英、巫杏面前。

"艳春佳丽，来自何方？"正妃妇好声音脆甜如歌似颂。用"艳春佳丽"问候来客代表正妃妇好对客人的敬重，同时也表明她此时的心情极佳。自大邑商子昭王发动征战四边方国以来，方国伯侯们拜见大邑商王朝声势日隆，有意投靠或是前来探风者络绎不绝。前几日，正妃妇好封邑丘商相邻的一个方国，特意传信正妃妇好有意归顺子昭王，想让她从中引见以求得子昭王的恩泽。今见宫城前站着两位女子，正妃妇好以为来者是她的封邑丘商近邻的客人，于是驻足观望。

子英、巫杏被称之为"艳春佳丽"，有些受宠若惊，俩人慌忙下跪道："小臣来自井方之国。"正妃妇好闻听自称小臣，料定是方国中的贵胄，她坠镫下马爽朗而笑："北疆井方国的贵宾啊，本将军有礼了。"子英跪在原地未起，说道："正妃在上请受井方国伯侯之女子英的叩拜之礼，祝大邑商国朝正妃万安！"

正妃妇好从上到下仔细打量子英，突然受其礼拜，显然十分高兴。她说道："小妹子你如何知晓我是大邑商正妃，我脸上写着呢，还是在衣饰上写着呢？"巫杏机灵，口齿也快，说道："大邑商正妃福相满满卓尔不群，如此大贵之相自然是大邑商王朝的正妃了。"

妇好畅怀大笑："难得今时本将军得风得雨事事顺心，果然是喜鹊登枝贵客临门，你这个小妮子……哦，原来是个小巫史。"妇好身边的随从们惊讶地望着妇好，一个俊俏的军卒打扮的人问道："正妃大将军，你如何知晓她是一个小巫史？"

妇好用手中的剑挑开军卒的头盔，很得意地说道："我做了一辈子巫术法事，听话听声就知晓她是一个多才多艺的小巫徒，就像我知晓你是一个女儿身一样。"说毕剑起帽落，军卒的秀发瀑布般散落到肩头。妇好笑着问大家，"还用问我理由吗？"大家笑道："不用了！"一些士卒趁机摘下自己的盔帽，还了女儿妆的士卒们顿时热闹起来。正妃妇好亲手扶起子英，叹道："好美的妹子啊！"

她见子英项前有一龙形玉佩，收起笑脸，她从自己胸前衣饰内拿出自己的龙形玉佩，与子英项上的龙形玉佩仔细对照。"子英，姓子吗？"妇好望着眼前这位婀娜多姿的靓丽女子。

"是的正妃，小臣氏族为子姓。"

妇好感慨道："竟是同族子姓，理应是最亲近的一支。"

妇好天庭饱满，下颚圆润，脸似满月，眼睛大而有神，说话铿锵有力："祖上曾经说过你们井方的子姓是我们的近亲，但我不曾到过你们那个地方，今日得缘相聚，仍天神的恩赐。啊……你们说对否？"众人附和："正妃大将军厚福得缘。"

"啪"的一声，妇好的手打在一位身如山墩的男士卒身上："既然得缘，还不请我姊妹快快入内！"士卒马上喝令众卒："迎请贵客！"众卒分列迎接。

打探消息归来的亚服子平走了过来，由子英介绍拜见了正妃妇好，礼毕子平对子英说："听说子昭王不在，我们今日晋见不了子昭王。"

妇好对子英道："我们乃是子姓一族，今日到此也是到家了，子昭王有事儿明儿才得回城，如有急事儿本将军也可做主。"她见子英迟疑地望着她，她抚摸着子英的肩头儿率直而又自信地说："放心好了，你的事儿我妇好还是担当得起的。"随从们迎合道："我们正妃是谁呀，天下第一大将军哩！"

妇好嘿嘿两声："少啰唆，听好了，这是我的同族之妹国朝贵客，你们不得怠慢，进宫后在宫内速速架火，烧食今日收获的猎物用来招待贵客。"

"是！"随从们应允着，护送子英一行入宫，正妃妇好先行一步进宫去了。

子英回眸巫杏，流露出感谢的眼神儿，若不是巫杏眼尖及时提醒她，就会与正妃妇好失之交臂，错失了今日见面的机会。子英一行进入京都殷城，将带来的士卒安顿在驿馆后，子英、子平和巫杏三人便速速寻找王城，想尽快晋见大邑商的子昭王。到了王城门下，子平前去寻找王城禁军通报来意，让子英与巫杏在王城门前等候，巫杏眼尖发现了披着紫色战袍一路前行的骑马女子。她见该女子将发辫盘于发际，隆起一个坚实的宝塔之状，发辫上装饰的宝石在日光下熠熠生辉；女子的脸盘儿上方下圆，鼻子圆润，双目大而有神，嘴唇红润端正厚实，嘴角儿微微上扬，刚毅中不乏慈祥，整个人儿透着大富大贵之相。特别是女子眉额间的那颗朱砂痣和身上披挂的随风扬起的紫色战袍儿，让巫杏一眼认定眼前这位就是当下与子昭王并驾齐驱的大邑商正妃妇好。

子英问："是吗？"巫杏说："来时国师巫姆告诉我，这个大邑商正妃妇好既是一位战神又是一位有名的巫师，从发辫上装饰的那颗宝石和她眉宇间的朱砂痣看，她是巫官中级别最高者，除了大邑商王朝的正妃妇好无人能及。"有了巫杏的准确判断，加上正妃妇好大方得体的举止，子英断定眼前的妇人就是她此行要找的贵人之一，于是有了直接跪拜正妃妇好称呼万安的礼节，并由此感动了正妃妇好。

到了宫中主客坐定，按照国朝之礼，子英以井方小国的伯侯之身叩拜大邑商王朝的正妃。妇好端坐于正堂之上的坐垫上，头上的饰物一如之前，身上的戎装换上了商宫的礼服，上为黄色的绣衣，下为间色的绣裳，上衣下裳体现着商朝服饰的习俗，穿在妇好身上的自然是数次浸染的名贵刺绣之品。洗去征尘净面后的妇好，黑红的肤色加上铿锵有力的声音，神采奕奕中透着她骨子里的刚烈和威武。子英小心翼翼地礼拜献上贡品和父王、母妃的祝福。

妇好笑语朗朗，虽然依礼进行，但她总是在友好、热烈的气氛中不拘小节地放松自己。礼节过后，妇好急不可耐地除去礼服，让侍仆给她换上一件大而肥的丝衫走下座位，一阵风似的飘落在子英身旁。她说道："我最不喜欢装模作样的礼道，礼是要做的，但一字一板地静静地坐在那里我做不到。"子英倾听着露出腼腆的微笑，任由妇好摆弄着她的纤纤之手。

"那我应该称呼她什么呢？"妇好侧身询问她的女史，女史是一个白白净净身材高挑二十余岁的女子。女史说："既然大将军与伯主同为子姓，理应按族制称呼。"

妇好笑道："那当然，同族人亲近依族制称呼最好。"妇好喜欢将军的称呼，因此属下都称呼她为大将军。妇好面向子英问道："你说呢伯主？"子英有些惶恐："小臣不敢高攀。"

"什么话？哪儿来的高攀一说。妙儿你来把我们的辈分理一下，看看我与她如何称呼。"妙儿应声道："是，大将军。"女史妙儿详细询问了子英的祖脉情况，之后肯定地说道："大将军，按子姓祖序你和这位伯主为一辈儿，应当以姊妹相称。"妇好满脸堆笑，"好好好，天赐亲缘我又得一个妹妹。妙儿。"

"大将军，妙儿在。"

"本将军难得今日欢喜，你亲自去布置宴席，我要与这位妹妹好好地亲热亲热。"妙儿走到半路，妇好叫住她，"准备些佳酿。"

妙儿比正妃妇好小四岁，时年二十六岁，来自丘商部落。十六年前子昭王纳娶妇好时，依照大邑商王朝的媵妾之制①，女儿出嫁时要姊妹同嫁，妙儿陪同正妃妇好一同嫁给子昭王。其实妙儿在妇好的身边一直充当着大当家，很受下人敬重。

子平一旁说道："我们来时带了些井方的佳酿，正好献给正妃大将军。"妙儿得知有酒，也就放心地准备酒宴去了。

妇好转向子平："看来你是我妹妹的兄长了？"

"禀报正妃将军，小的是伯主的庶兄。"子平长长的束发垂于后背，一脸清秀。"庶兄也是兄，都是父亲的血脉，若不你们两个的眉眼怎能如此相似呢。"妇好说道。

子英妩媚一笑："还是大将军眼力厉害，一眼便知我们是兄妹。"

---

① 媵妾之制：商代姊妹同嫁制度。

子平慌忙施礼。"多蒙正妃大将军厚爱，久闻大将军英名天下盖世无双，小的愿跟随大将军效犬马之劳。"妇好大喜："好哇，我手下女将众多缺少的就是男帅之人。"

"大将军过奖，小的不才，能做一个士卒足矣。"子平省去了正妃的称呼又觉失礼，忙说，"小的无礼冒昧称呼大将军。"

"不碍事，我喜欢这大将军之称。正妃或是妻妃之名是个女子都可以做，而大将军之名得有战伐之功、率卒之力，固非女子常耳。"子英额首信服："正妃所言极是，小的一直仰目大将军的威名。"妇好打断道："妹妹说错了，什么小的大将军的，既然我们俩是姊妹，叫那些客套的虚名倒显得生分不是。我是你姐，要叫姐啊，叫姐。"

说话间，妙儿走了进来。她说道："若是将军有意，一会儿借宴席之欢，做金兰结拜之礼，将军和这位伯主有一个姐妹之情岂不美哉！"

"最好不过，我平生间又多出一个姊妹，真是乐哉。走走走，说办就办！"妇好急性子站起来拉起子英的手，"将士们今日大喜，尽情狂饮。"众人欢呼，簇拥着她们到殿外的坪地上赴宴。

大邑商京都王城中的宫殿，并非人们想象中的豪华，与井方子英父王的宫殿相比，只是殿高厅大，宽敞一些，除此之外并没有特别之处。妇好见子英如此观察，解释道："这里说是王宫，其实不如我丘商子族的部落之城，住居起来除了大之外，别无是处。"

妙儿一旁插言："自然是，这儿哪比得上大将军的闺房和部落城池的美景。"

"看怎么说了，子昭王正在扩土开疆收拾那些不懂规矩的方国，现在哪儿有精力建造自己的王宫呢。"一身戎装的士卒突然说道。

子英惊讶道："哎呀，原来你也是个女儿身啦，我一直认为你是个男哥呢。"士卒嫣然一笑，美若天仙。

"她叫贺兰儿，是禽将军的夫人。"妇好解释。

"禽……是禽老将军吗？"子平兴奋不已。巫杏扯动子平的衣角儿，小声说道："别说丢人的话，人家禽将军四十余岁，怎能称呼禽为老将军呢？"子平惊讶，无语。妇好解围道："说禽是老将军也没错，他人长得老嘛。禽夫人，是不是？"

| 093 |

贺兰儿有些不服气，笑言："这事儿看怎么说了，让我讲呢，男人嘛，能打胜仗就行。"贺兰儿是妇好的近侍，从小跟随在妇好的身边儿，她特别佩服禽将军在战争中的睿智和勇敢，在攻打西部方国的战争中，她与禽将军的恋情有了结果，由子昭王诏命把她许配给了禽将军，此时她和禽将军做夫妻才几个月时间。新婚燕尔爱情正甜，贺兰儿自然不喜欢听别人说自己的夫君不好。

妇好见状，忙解释道："主子道歉了，我说禽将军好，说他英武行不行？"

贺兰儿脸红了："主子哪儿话，你也没说他不好啊。"

"我没说你都不高兴，若是说了，你不更生气呀。"

"主子我真的生气了。"贺兰儿撒娇道。

"别生气了，弄酒去！"妇好吩咐。

子英马上说道："大将军姐姐，我带来了井方的仪狄酒，喝我们井方的酒好不好？"

妇好用手拍着自己的脑袋，兴奋地说："井方的仪狄酒可是圣祖圣帝们的用酒，久闻其名自然要用。快快取来！"子英高兴地命子平和巫杏去取。走在路上，巫杏拽住子平的长发，悄悄地警告他："以后在这样的场合中不懂的事了解不透的事儿，尽量少说多听。"

"为什么？"子平望着身旁比自己矮半头的巫杏问道，眼光中带着少许的不信任或是心不在焉的一种蔑视。"别用这种不友好和不信任的目光看着我，邦交无小事，若是捅了娄子会坏家国大事的。"巫杏警告道。

"别吓唬我呀，我可胆儿小。"子平一个人先跑了。

巫杏摇摇头自语道："不走近不了解，走近了接触了，了解了才知道这世间人无完人啊。"但她咬咬牙说，"不信我改造不了你子平。"她眉目间满是温情。

子平、巫杏走后，子英走近贺兰儿，说道："禽夫人好，刚才子英不知道禽将军夫人在此，多有冒昧失礼了。"子英表示歉意。贺兰儿嫣然笑道："没什么的，一回生二回熟，你与主子是姐妹了，我也不知该如何称呼你？"

妇好挥手道："都是自己姐妹不必拘礼，你大，子英小，你是姐她是妹，就这样定了。"贺兰儿慌忙施礼："子英妹妹好。"

"贺兰儿姐好。"子英回礼。

"我的姊妹当中男孩多女孩少，我从小特别喜欢女孩，所以见了顺心的女孩，就想认姐妹。"妇好招呼着大家走到一棵国槐树下，看着摆放好的烤肉和酒具，嗅了嗅赞美道："味道不错，美餐！"她和大家席地而坐。妇好问妙儿说："我与子英妹妹还用祈拜上天吗？"

妙儿说："要的，姊妹结交当然要告知天帝了，大将军稍等，我已命人去取金盆和兰草。"子英不知何意怕失了礼节，想问巫杏，巫杏不在，她便灵机一动走到贺兰儿身边儿，悄悄地问道："贺兰儿姐，姊妹结拜为何要有用金盆和兰草？"

贺兰儿小声说："这是我们丘商部落的习俗，金盆和兰草比喻着二人同心，其利断金；同心之言，其臭如兰。没什么大的讲究，你跟着大将军一块学她的模样，她做什么你做什么就成。"并说："妹妹莫担心有我在，我会帮你。"子英施礼感谢。

第十二章　貔貅之战

　　纳罕的五百精兵身披兽皮，脸上涂满颜色，打扮得鬼怪模样。纳罕审视了一番，说道："这就对了，做鬼就得像个鬼样儿，让鬼看了也得生畏。"随后把手一挥，"出发！"士卒们跃身下山，势如猛虎。

　　走在路上，纳罕传话士卒，让大家瞅准了打行进在最前面的那拨土军。一伍长跑过来报告纳罕说："将军，老卒有个看法儿，不要打最前面的土军要打行进在中间的那拨儿，中间的土军一乱，他们的队伍就会首尾不顾断了链条，我们趁机出击打他们个措手不及，岂不有更大的胜算。"纳罕听后大悦，命差使马上传话士卒先打中间之敌，然后见机行事，包抄歼敌。纳罕回过头来，想赞赏伍长一番，但不见了踪影，身边的侍卫告诉他，那是军中的老卒子，世代军籍，八岁从军，有的是山地打仗的经验。纳罕告诉侍卫说："你去告诉他的百夫长，等打了胜仗本将军要重赏他。"

　　到了土军路过的地方，士卒们趁着夜色降临蛰伏在树丛中，倾听着林子里的动静。半个时辰后，前方的士卒传来消息，说是盯上一拨有百十人的土军，问纳罕将军何时动手。纳罕做了个手势，让士卒们立即包抄土军。

　　山雨骤至土军们猝不及防，一个个淋得像落汤鸡似的有气无力地在山路上行进。有经验的士卒知道此时最易受到攻击，悄悄前去或是故意落单躲在队伍之后，行进在中间的士卒就稀疏了许多。纳罕一声令下，从天而降的五百精兵像大蛇一样将一百多名土军团团围住，土军试图反抗，结果数十人被杀，近百人成为俘虏。纳罕让士卒蒙住俘虏们的眼睛抬着土军的尸体，在山林中故意兜了一圈，回转到驻地的山洞外的林子里，向仪狄正妃报捷。

仪狄正妃自然高兴，她说："抓土军俘虏仅是个开端，好戏在后头。"仪狄正妃告诉纳罕下一步如何如何，纳罕犯愁道："让我打仗杀人可以，玩这把戏我怕做不来。"

"有什么可怕的？我在你后面指挥着，不懂时你就看我的眼色行事。"

吃罢晚餐点上松明，山洞外阴森恐怖，山林野壑间星星点点，鬼火一般。坐在山石上的纳罕头顶牛头，脸上涂满黑炭，恐怖无比，他厉声说道："把土军押上来！"

摘下眼罩的土军不知身在何处，听得一声吼叫，寻声望去见山石上坐着一个牛头怪兽，心里头无比惊恐。他们回望四周鬼火闪烁，如置身于野兽魔窟。一个土军士卒经受不住如此场面，哇的一声大哭道："……娘哎……咱们到了貔貅的老窝了……"众俘虏闻听貔貅，吓得毛骨悚然，咿咿呀呀哭将起来。

纳罕发出一声怪叫："知道就好，我貔貅专门吃你们土方人的肉，是个连骨头都吃的兽王，算你们有福气赶上了好事，我的貔貅孩儿们许久没有进食。来人，抬几个土方人让貔貅孩儿们开开胃口……"

"是大王！"士卒们把几个装扮成土军俘虏的人五花大绑的推上来，扔在貔貅的池子里，貔貅们一阵狂叫扑将下去，装扮成土军俘虏的人发出撕心裂肺的叫喊声。土军俘虏站在远处借着忽明忽暗的灯光，胆战心惊地望着貔貅们狂吃烂撕，想看又不敢看，看时又看不清楚，只听得人在挣扎，一会儿工夫寂静无声。一士卒报告："报大王，貔貅们吃完了，吃得干干净净。"纳罕叹气道："可怜我的貔貅了，好久没有喂它们，让它们饿成这个样子……来来来，牵两只貔貅过来，让它们看看我给它们准备的这些美味佳肴……啊……来。"

"是大王！"

纳罕望着貔貅，手中的马鞭在空中一声爆响："看看吧貔貅孩儿们，我给你们准备的好吃的，哈哈哈……"两只貔貅站在一块山石上远远地望着土军俘虏，它们眼大如鼓，嘴大如瓢，舌长如蛇，眼睛里冒出贪婪的绿光。纳罕问道："哪只叫貔？"叫貔的马上吐出舌头，洋洋得意地摇着脑袋；"貅呢？"貅伸出前爪，用舌头在空中画了一圈。

"看看这些土方人，够你们吃得吗？"纳罕问道。两只貔貅满意地手舞足蹈，发出"咯咯"的叫声。土军俘虏开始哭喊起来，哀求道："山中大王，请开恩杀了我们吧，我们不想喂了貔貅，不想啊……开恩啊大王……"

纳罕呵斥道："其实我也不想，谁叫你们冒犯我井方土地，谁叫我的貔貅喜欢吃你们土方人的肉呢。你们找上门来，我就成全你们，做我貔貅的美食。来人，让貔貅孩儿们开宴！"

土军俘虏正要哭泣，闻听："仪狄正妃到！"

山上立刻多出许多松明，光亮如昼。仪狄正妃喝退貔貅，端坐在土军俘虏面前，土军俘虏像是见到救星一样，哀求道："仪狄正妃将军，我们久闻你大名，你仁慈宽厚救救我们，救救我们吧。我们冒犯井方也是被逼无奈，被逼无奈啊！你若处死我们用刀箭都行，千万不要把我们喂了貔貅……喂了貔貅就不能见故去的亲人，下辈子就脱生不了人了……"

仪狄正妃摇动着手中的马鞭，说道："你们说的也是，若是被刀箭毙命天帝还可谅解，起码有个尸首，若是被貔貅吞食了连骨头渣儿也见不到，这事儿啦，也真的难为了……啊……"众土军俘虏又是哭闹又是哀求，仪狄正妃叹气道："我井方国是仁德之邦，从来不曾欺负外方之国，更不曾欺负过你们土方人，念你们受人指使每个人都是无辜的生灵，我就网开一面不杀你们，也不把你们喂了貔貅，我放你们回去。"土军士卒惊讶不已，慌忙叩拜仪狄正妃。仪狄正妃挥手制止土军，说道："但我呢，得求你们给我办一件事儿，回去后告诉你们的将帅和士卒，就说井方国的仪狄正妃说了，我这里有的是貔貅，它们专吃土方人的肉，若是得罪了我们井方人，我就把山上的所有貔貅都放出去，不怕你们找不到死处，不愁貔貅没有吃喝。听到了吗？"

众土军士卒说道："听到了仪狄正妃将军，我们不来井方了，一辈子不来了。"有的土军俘虏说道："下辈子也不来了。"

"念你们有诚意，我就放你们一次。来人，给他们松绑，时间晚了他们也饿了，让他们吃点儿东西果腹后也好回去。"松绑后的土军俘虏哪儿有心思吃饭，叩拜完仪狄正妃被纳罕等蒙上眼睛趁夜色送出了山林。

一天后，密探送来口信，说土军中已有八百人不知去向，一些军帅怕将帅责罚，把逃跑的土军说成遭受到貔貅的袭击，有的军卒长怕军帅斥责便让士卒找来一些人骨悬挂在树上以示真实。仪狄正妃命纳罕派出貔貅不断出去袭扰土军，还把死去的土军士卒碎尸后故意丢抛在土军行走的路上。貔貅之战让整个土军人心惶惶，无心再战。

土军将帅是土方国君的弟弟，叫环。环长得肥头大耳，他不相信貔貅恶战之事，但他在自己的衣饰中时常发现死去的士卒的骨头，次数多了不免心生胆寒。其实呢这是土军士卒们玩得把戏，他们害怕貔貅极度厌战，想早点儿离开这片恐怖之地，无奈将帅督战士卒们又不得私自逃跑，只好做恶作剧，把死去的士卒骨头放在将帅的衣饰中，从心理上恐吓将帅环，逼迫环下令撤军回国。

放在环衣饰中的士卒骨头渐渐发挥了作用。环夜间做梦，梦到无数只貔貅围在他的身旁，有的叼去他的一只胳膊，有的咬掉他的一只脚，赶不跑打不走，总在他面前晃动，他心里麻痒整夜睡不着觉，于是怒气冲冲地找子灰骂娘。

子灰说："你骂我有何用，当初我告诉你井方国的仪狄正妃不是等闲之辈，是个诡计多端之人，你不相信还强令军队全速进攻。事到如今，这能怪我吗？"

环摇头道："我没说那个仪狄正妃，我在说山里的貔貅，在说貔貅之战。"

子灰大笑，"什么貔貅，貔貅之战都是骗人的把戏，都是仪狄正妃做的局设的圈套，我子灰在井方生活了四十余年，不曾见到过吃人的貔貅。"

环怒道："你没有见到的事多了，没有见到的事情不等于没有。"

子灰有些不高兴，说道："这说明什么？说明你统帅的军队整个士气已经瓦解。"

环急了，说道："我的士卒亲眼见证过貔貅吃人的场面，你能说我的士卒是瞎子吗？一个人瞎百十号人都瞎吗？我们土方军队跟随你进入井方之地不足四日已有千人失踪，千人不见了踪影。他们突然没了，不知道去了哪里，这……这不是貔貅吃了，难道是你吃了吗？"

子灰摊开双手，做出无奈的样子。他心里很累感觉很苦，也有口难辩，他在这山里住了二十年，建造囿苑专门饲养猛禽野兽，他听说过貔貅，但从来没有见过这东西，如果山上有这玩意儿，他子灰怎会不知道呢？这一切都是仪狄正妃编造出的骗人的鬼话。仪狄正妃人少不敢与土军正面交战，借用貔貅虚张声势瓦解土军士气，意图吓退土军，对于这种情形子灰再清楚不过。现在土军已经成了惊弓之鸟，子灰他再说什么只是徒劳，反而会招惹土军将帅环的不满。自己的命运攥在土军将帅环的手中，与土军将帅环作对，惹他不高兴，无疑等于自找麻烦。如果自己执意让土军打击仪狄正妃，把仪狄正妃置于死地，以仪狄正妃有仇必报的性格，他子灰也会成为仪狄正妃貔貅计划的盘中餐口中肉。"娘的，鬼知道正妃的貔貅是个什么东西。"但时间拖久了，对土军不利对他子灰更不利，所以当土军将帅环再次找他的时候，子灰建议道："既然南路有险，我们不妨来个金蝉脱壳，集中兵力攻打王子子贻。如有可能我要亲自劝降，让嫡王子子贻投靠贵国。"

土军将帅环听说离开这个地方自然高兴，他用手中的马鞭指着子灰说："说说看。"子灰不高兴了，埋怨道："好歹我也是你土国君王诏命的井方代王，你如此用鞭子指着我，让我这个代王的脸面何放？"

"屁话，你还真把你自己当王看了，就本将军的内心来说，我敬重的是你的胞兄，还有那位忠心保家卫国的仪狄正妃。你是什么？你无非是靠我们土方国吃饭撑腰的一条狗！"此话像一把刀子刺在子灰的心头，子灰半日说不出话来，情急之下他拿出青铜短剑要吻剑自杀。"我不是人，我不活了。"

土军将帅环伸手抓住剑柄："想死啊，没那么容易，你不想想你的妻小三百口人都是我土方的人质，你死了没事了，你知道我们会把你的妻小怎么着，嘿嘿……"子灰没了主意，蹲在地上半天没有言语。

"起来吧，亲爱的井方国的代王。江山是你的，美人是你的，牛羊酒肉更是你的。但有一点，你的命可是我们土方国国君的，这是做二臣的规矩，除此之外没什么好说好讲的。"将帅环说完，"咣当"一声把剑丢在了地上，"今晚月色正佳，夜半时分全军悄悄启程，去北路围剿嫡王子子贻。记住，你给我带路前行！"

土军将帅环走后，子灰号啕大哭。子灰身边没有侍从，只有赶车的那位驭手。许是混熟的原因，驭手在一旁悄悄地守着他，给他递丝巾拭泪。见子灰哭声小了，驭手说道："守着自己的家国不保却要投靠外主，让谁都不乐见，你自己好自为之吧。"

子灰用血红的眼睛望着驭手，突然跪在驭手面前："你说得对骂得对，你再骂，骂狠一点儿，你现在是我的再生父母，你说我该怎么办怎么办？"

驭手说："照理我是土国人，是受土国将军之命监督你的，但你是君，代王也是君，我是民或许我连民都不是，是一个有军籍的奴隶。我不能看着你出身如此高贵的一位国臣，背叛你的国家背叛你的祖宗背叛你的手足，让你的国民唾骂你成为千古罪人。人固有一死，但死得不负骂名才值，看在你胞兄国君的面上，看在你父母双亲的面上，看在井方国民的面上，你还是改邪归正吧。"说着驭手也跪了下来。

人无贵贱，有志方贵，子灰感动不已，痛哭道："我惭愧做了一辈子的司马爷，连一个驭手的品德都不如。好，我听你的，我要痛改前非，即使死也得死得明白，死得清楚。"

"那你如何办？"驭手关心地问道。

"我出去一会儿，如果有人找我，你就说我找吃的去了。"

驭手拍着自己的额头："我倒忘记了，你这个光杆代王没有侍卫不说，连吃的东西他们也没有给你准备，还不如我这个驭手，时常能分到两块干粮带在身上。可悲呀！"

子灰离开住所一股脑儿往山上跑，他知道山涧有一个山洞，是屯兵的好地方，仪狄正妃可能在那儿，即使她不在，也不会太远。在距离山洞不远处，他打出一个口哨，这是附近仪狄部落人打猎时常用的信号。等了一会儿没有动静，他又打出一口哨，果然有了回声。在他转身观望的时候几个士卒把他按在了地上。他慌忙说道："我是司马子灰，快让我见仪狄正妃，快快……我有急事。"

一士卒问道："还有别人吗？"

另一士卒说："没有就他一个，是他自己找来的。"

"好，我们把他带走，你继续观察。"

几个士卒给子灰戴上眼罩，抬起他迅速地奔向一个地方。

仪狄正妃刚刚歇息，听说司马子灰前来求见，她感到蹊跷，慌忙起身。子灰见到仪狄正妃，一声"王嫂"匍匐于地，仪狄正妃喝退众人留下纳罕。她坐在石头上，一副冰冷的神情，不情愿地说道："别哭了，有事马上说。"

子灰说："我错了，我不是人，此次来找你不是让王嫂原谅我的，我想告诉王嫂，等会儿土军就要北上围剿嫡王子子贻，请你们速去北路支援嫡王子。我要给他们带路，在带路途中我会与土军的将帅环同归于尽，以此谢罪子族先人谢罪国人。另外罪人请求王嫂如有办法，救我妻小于水火。"子灰继续说道，"今日能见王嫂一面此生无憾，愿我以罪人之身在地下向我胞兄谢罪。"说毕再拜仪狄正妃，洒泪辞别。

"等等。"仪狄正妃已有心动。子灰毕竟是圣王的胞弟，是子贻、子英的亚父，作为王妃总不能见死不救，总不能以个人之私而毁掉已经飘零的王室亲情，更何况子庆王将不久于人世呢，不能让他在离世之前又增加一道亲情的伤痕无法让他平安离世。仪狄正妃站起来，满腔怒火。她命令道："子灰你给我跪下！"

仪狄正妃从纳罕手中拿过马鞭，哭泣着抽打在子灰身上："……你这个王室的败类，没有廉耻的小人，自私自利的禽兽……你对不住子族先人，对不住你的胞兄，对不住井方的子民，对不你的妻小……啊，你认贼作父败坏祖风、国风、民风，天下大耻……天下的大耻啊……"子灰坦然受鞭，嘴中说道："罪臣罪有应得……谢王嫂教训。"

仪狄正妃的鞭子越抽越重，纳罕担心仪狄正妃会把子灰打死，不知如何阻拦仪狄正妃，倒身趴在子灰身上。仪狄正妃停下手中的鞭子，坐在石头上落泪。子灰也在哭泣。停了一会儿，仪狄正妃对纳罕说："你去找两个士卒，换上土军的衣饰，跟在他身边保护他。"

"为什么？"纳罕问道。

仪狄正妃急了："他死不足惜，质押在土方国的三百人怎么办？那都是我的亲人，井方王室的亲人，子庆王的亲人。子灰他不讲手足亲情，但我要讲，子庆王要讲，井方王室要讲，这是人道常伦，叫我又如何？"纳罕应允，退出。

仪狄正妃说："我告诉你子灰，你的命不值钱，但你妻小的命值钱，一个也不能丢！你现在回去照土军的意思做，不要再惹怒土军，不要搞什么同归于尽，为了保证质押在土方国三百口人命的安全，你尽量地委屈一下好吗？这就当我做王嫂的求你了……你心里有井方王室一家人有井方国民就行，至于你能做些什么我不强求，但愿你能问心无愧就好。"

"谨记王嫂教导，罪人听王嫂的。"

此时，纳罕引领进两个穿土军服饰的士卒，对仪狄正妃说："这两人是我的亲兵，忠诚可靠。"仪狄正妃点头，对子灰说道："军情紧急夜长梦多，我不留你了，给你两名士卒护身，你回去如何自圆其说，由你自己想办法。你去吧。"

子灰身上布满了血印，仪狄正妃虽然心疼，也不好说些什么，好在没用鞭打子灰的脸。仪狄正妃让纳罕找了一件民间衣饰，套在子灰身上，把他们送到外面。子灰得到仪狄正妃的谅解，如释重负异样轻松，到了洞外再次向仪狄正妃叩拜。仪狄正妃说："望你别记恨我。"

"王嫂打醒了我，恩重似海罪人终生不忘。"子灰谢后速速离去。

第十三章　钟情子昭王

骄阳当空蓝天如洗，宫墙内欢声笑语，宫墙外万木葱葱，城郭街坊，碧树连天，就连喜鹊们也叽叽喳喳的前来助兴。正午时分佳人着五彩新衣，聚集宫殿之前的坪上，如花儿斗妍一般让王宫里生出别样的风景。贺兰儿把大家召集在一棵偌大的古槐之下，由妙儿主持正妃妇好与子英的金兰结拜之礼。等大家消停下来后，妙儿主持道：

一拜天，天为父，愿天父庇祐姊妹吉运久安。

二拜地，国槐为母，阳光婆娑，姊妹情谊地久天长。

三互拜，姊妹同心，盛意如花，其臭如兰，金兰久长。

妙儿把兰花儿浸在金盆中，香溢扑鼻，蘸着香气之水，洒在正妃妇好和子英身上，女孩子们也不见外，纷纷蘸取金盆中的香水洒在自己身上，得些吉利。结拜仪式简朴而不失喜庆，欢乐自在笑意融融，正妃妇好与子英姊妹俩互赠了礼品。子英年纪小，又是初来乍到，多亏巫杏的提醒和细心准备，子英向在场的女史们赠送了喜礼。礼成后，妙儿代表正妃妇好宣布，迎宾和庆贺酒宴正式开始。

肉是新猎的由仆从们现场烤制的新鲜之肉，香气扑鼻让人口馋，酒是由子英从井方带来的井方佳酿仪狄酒。子英的母妃喜欢酒，爱收藏酒，早年母妃让仪狄部落人用兽皮制作酒囊，目的是便于存放，便于携带和赠送宾客。此次子英南下朝拜大邑商子昭王和正妃妇好，亲自挑选了一批存放在山洞冰窟中用皮囊装的陈年之酒，带来贡献。

妇好喜酒也懂酒，在仆从打开酒囊的一瞬间，正妃妇好就捕捉到了扑鼻的酒香，连连说道："好厉害的酒香啊。"未等别人吃酒她就先吃了一碗，之后痛快地喊道:"姊妹们吃将起来吧。"

正妃妇好勇猛善战飒爽无羁,打起仗来如同猛狮下山,冲锋陷阵无所畏惧,丝毫不输手下的那些士卒,因此身上留下了无数的伤疤病痛。每当天气变化风天雨冷,周身的伤痛刺心难忍,为减轻伤痛之苦,她常温酒镇治,久而久之酒就成为正妃妇好日常生活中不可缺少的宝物,小饮经常大饮不断。

知妻莫如夫,子昭王疼爱妻子妇好,每当出征凯旋,子昭王多用美酒奖赏妻子妇好,并与妇好同饮不醉不休。众仆从跟随妇好久了,了解主子的秉性,妇好饮酒时不敢不给,妇好让下属陪饮时不得不饮,习惯便是福,有酒同乐,妇好身边的仆从们跟随主子也就学会一身的豪气,把饮酒视为一生的乐事。

贺兰儿跟随妇好多年,了解了主子的嗜好,主子饮她陪着饮,主子不饮时她鼓动主子饮,私下酒瘾上来了难免会偷偷地小酌,偶尔被妇好发现,后果不是处罚,而是要陪主子大饮,谁让她勾起了主子的酒瘾呢!自从贺兰儿与禽将军成为夫妻之后,贺兰儿的酒少了一些,她要照顾禽将军的起居,还想给禽将军生养后代。近两日禽将军陪子昭王外出,她心里苦闷,恰逢子英到来与主子结金兰之好,便有一种欲罢不能的冲动,不由人劝就多吃了几碗,她知道自己醉了,已经醉意朦胧。

子平是宴会中少有的几位男性,有巫杏管制着,他不敢造次。子英是性情中人,见正妃妇好如此亲近自己,便也喜上心头,有一种冲动更有一种感激。妙儿、贺兰儿也是知礼和好客之人,她们初次相见又巧逢喜事,相互献酒是自然之事。她们几个在正妃妇好的带领下,品着仪狄酒的酒香,你来我去相互劝酒,都有了三分的醉意。

正在大家兴趣正浓的时候,子昭王突然回宫了。

听说子昭王归来,子平和巫杏拿眼睛寻找子英,想提醒子英。他们寻了一圈儿见子英与贺兰儿谈笑正欢,不好意思去打扰她们,有些不知所措。然而众人仿佛习惯了这样的场景,听说子昭王驾到,大伙儿站起来用不同的方式和声音向子昭王问候,仅此而已,算是有了礼节。之后大伙儿继续吃酒,等待着子昭王的加入。

众人如此,子英却酒醒一半,她忙乱中问道:"子昭王怎么来了?"贺兰儿笑道:"来了好啊,正想与他多吃几碗呢。"说毕,贺兰儿用手指点着子英说道,"算你妹妹有福气,早不归晚不归,偏偏你来了子昭王才归来,当然还有我的那位禽大将军。"贺兰儿半清醒半醉。子英有些胆怯,她问自己:"我怎么办呢?"

正妃妇好一脸娇红,翠色的纱衣裹着她丰腴的身子,她拉住子英的手安慰道:"有姐姐在不必拘禁,子昭王是个平和之人,从不与女人计较,尤其是美貌女子……"贺兰儿端着酒碗走了过来,一脸懵懂地对正妃妇好和子英说:"怕他们个啥……可是我的禽大将军呢……"贺兰儿,跌跌撞撞地去找她的夫君禽。

妙儿虽然吃了不少酒,但她依然清醒,她安慰子英道:"有正妃大将军在,你什么都不用怕,子昭王是个明君,征战之后闲暇之余他也喜欢放松自己,和正妃大将军一样喜欢将士同乐。"妙儿的安抚让子英放心许多,子英把巫杏叫过来悄悄地说了几句话,巫杏把话儿转告给子平,意思是准备好借机拜见子昭王,求请子昭王出兵解救井方国。

子昭王身材高大,大眼浓眉,额头宽阔,眉直梁高,一方大嘴棱角分明,齿洁如玉,说话声如洪钟,他的发辫漆黑光亮,像马尾一样结实地束在脑后,阳光下的紫色斗篷更让他气宇轩昂威风超然。子英远远地看着子昭王,心中一阵激动,她问自己:"这就是年近六十岁威名天下大邑商王朝的子昭王吗?不,他绝对不像六十岁的年纪,看相貌他要比自己的父王还年轻许多。"不知何故,一只无形的手拨动了子英那颗少女的心弦,她第一次见到如此伟岸的男人。

子昭王脱下紫色战袍,见战将禽将军依然站在一侧,他说道:"我的大将军,怎么见了你的妻子竟然无动于衷呢?嗅到了吗,多美的酒香呀。去吧,陪你美丽的妻子来个不醉不休。"禽大将军礼别了子昭王,找贺兰儿去了。

听子昭王赞美酒香,子平很兴奋,他悄悄地对巫杏说:"咱们井方的仪狄酒能把子昭王馋住,说明名不虚传。"巫杏说:"酒再好你也不得用,若用回到井方国我陪你喝个够。"

"为什么我在这儿不能用?"

"怕你误事。"

子平说:"我在你眼中如此不中用吗?"

"我没说呀。"

"没说就是说了。"

"这是你自己说的。"

"是我替你说的。"

"你觉得你有权利代表我吗？"巫杏嘻嘻地望着子平。

子平思索了一番，底气不足："没有，我不能代表你。"巫杏一脸无奈："我的天哪，一个大男人如此不自信，让我怎么说你好呢。"

"那我改口好了，说我能代表你。"

"晚了，过了时辰了。"

俩人说话间，子昭王来到巫杏面前，指着巫杏说道："你就是井方国的女伯主吗？"巫杏本来有些害怕，见子昭王慈祥如父一脸坦诚，她调皮道："圣王如何晓得？"子昭王见小姑娘称他为圣王，甚是高兴，于是席地而坐与巫杏攀谈起来。

子昭王做王后第一次有人称呼他为圣王，正对他多年的梦想。他从继任王位的那天起，就想做一个明君圣王，造福于天下，恩泽于黎民，现在闻听此话，喜从心生不亦乐乎。他用手指点着身后有些驼背的一位老者："是他告诉我你们从井方国来，为此本王特意提前回来看望你们。"巫杏自语道："这个驼背之人如此灵通，肯定是个神人。"她眯着眼睛仰视着老者。巫杏问道："这位老者是谁呀？"

子昭王转脸望着身后的人："你叫他老者，他比我老吗？"

"当然喽，他多大年纪，你多大年纪，他不能与你比呀，他至少有六十岁。"子昭王来了兴致，打量打量巫杏，又打量打量身后的人，一副天真童趣的模样。"我有多大年纪？"

"你呀，嗯……让我想想，有三十四十吧。"巫杏神情认真。

"看准了？"

"当然。"

子昭王大笑，转身说道："听到了么我的伊相，本王比你还年轻啊，哈哈哈……"巫杏闻听"伊相"慌忙起身，毕恭毕敬地问道："是伊相傅说[①]吗？"子昭王笑道："当然是他了，你看看他脸上还有印记。"子昭王比画着自己的脸颊，意思是说傅说脸上有刺字。那是傅说当奴隶劳役时留下的。

巫杏惶恐起来，叩拜傅说："小女子有眼不识伊相，得罪得罪。"傅说施礼谦逊道："傅说不才，多蒙敬重。"子昭王拉住巫杏，让她重新坐下，问

---

① 伊相：古代的宰相。

| 106 |

道："我是大邑商国朝之君，你为何不先叩拜本王却要叩拜伊相，请你细说原委，说对了本王高兴了有奖赏。"

"若是说不对呢？"

"自然要罚。"

"罚……罚我，怎么罚？"

"大不敬之罪，一罚刺字，等同胥靡①。"

"胥靡？"巫杏捂着桃色的脸蛋，"那不行，刺字后就成囚徒了。二罚呢？"子昭王想了想说："二罚罚酒。"

"那行，罚酒就罚酒。可我说对了奖赏什么呢？"

"酒。"

"酒啊？好吧，看在你是圣王的分儿上，酒就酒吧。"

子昭王对傅说说："你去吧，我来听听她到底有什么原委。"傅说叩礼后去了，行前对巫杏投来一束友好的目光。巫杏像雨后的小草，少了矜持多了自信也添了生机。她盘腿而坐，凑近昭王侃侃而谈，坐在远处的子平，被巫杏的举动吓得心惊肉跳，不停地擦拭汗水，抚胸舒气。巫杏悠然自得地讲起了故事。

从前有一个圣王，接任王位后，因为身边没有贤臣辅佐他十分不悦，便把国事交一个叫冢宰的老臣打理，他自己则走出都城到乡下观察国风寻找人才去了。有这么一天，他做了一个梦，梦见一个贤人。贤人说："我姓傅名说是个囚徒正在劳役，如果有人能找到我，结识我，他就会知道我傅说不仅仅是个囚徒。"

子昭王听得入迷时，巫杏突然不讲了，她问道："你知道我在说谁吗？"

"知道知道，你在说本王。请讲请讲……"

圣王梦醒之后细细分析，"傅"呢有两层意思，一曰辅佐，二曰囚徒。"说"呢，欢悦之意。整体意思就是现在天底下有这么一个人，既能辅佐我又能让百姓高兴，岂不是国泰民安的一位良臣嘛！于是圣王就让画工根据梦中的印象画了图形，派人到处寻找，结果在北海虞、虢之间傅岩劳役的工地上，找到了与画像一样的叫说的囚徒。圣王就把傅说带回大邑商京都，让他做圣王的伊相辅佐圣王治理国家。

子昭王说："就这么简单，我凭什么相信他，就凭一张画像吗？"

---

① 胥靡：古代服劳役的奴隶或刑徒。

巫杏说："我没说你呀，我赞颂的是圣王。当然了，圣王是经过认真考察后才认准傅说是国之大才的。"

"何以见得？"

"何以不见得！"子昭王摊开大手，佯作理穷的样子，巫杏会意，嫣然一笑，她继续讲故事。

其实傅说是个很有才能的贤人，他为了追求真理，隐居在傅岩，后因生活穷困，就自卖自身，住在北海之州的圜土①里，穿粗麻衣，带索链，筑城求食，锤炼意志。圣王求贤心切，又怕识错了人，于是圣王以平民之身接近傅说，了解傅说的人品才能，经过细致考察后，才把傅说带回大邑商京都，最终起用为相，让大邑商国朝走上中兴大业。

讲完故事，巫杏说道："小女敬佩傅说的才德，更敬佩圣王的大德，小女之所以先叩拜傅说，是证明傅说不是一个人而是一个国家智慧，他代表着圣王的睿智和德行，昭示着圣王是个胸怀四海立足寰宇的大圣之王。"说毕，巫杏跪地叩拜子昭王。

子昭王亲自搀扶起巫杏："喔喔喔，本王承受不起这样重的赞美。"子昭王继续说道，"你小小年纪如此才德，令本王刮目相看，倘若我的儿子孝己②有你这份才能就好了。"子昭王赞叹道。

"我们的儿子有什么不好吗？"妇好步履蹒跚地走过来。巫杏马上搀扶妇好："正妃大将军，慢走。"妇好坐在子昭王之侧，命巫杏为子昭王取酒，她指着远处的子英道："喏，美若天仙的女子降临到你的王宫了。"说着招呼子英过来。正妃妇好对子昭王解释道："她是我的妹妹子英，刚刚结拜的。听清楚了吗？她叫子英，是我们商族子姓与我与你是一个子族，与我最亲近的一支。"

子英亭亭玉立姗姗走来，带着几分的醉意几分的妩媚，她梨花带雨，艳丽夺目。子昭王看得发呆，心里头怦怦地跳。妇好拽了子昭王一下："我的王你阅人无数，妻妾成群，难道一个子英妹妹就把你惊呆成这个样子。"

子昭王倒也直率："正妃说的是，此女子真的很美，她拨动了本王的心。"子昭王揉揉眼睛心中一片感慨，他见巫杏持酒一旁拿过酒碗说道，"斟

---

① 圜土：圜土是中国奴隶社会夏、商、周三代监狱的通称。
② 孝己：又称子孝，妇好之子，武丁嫡长子，曾为世子，早逝。

上,小伯主。"

巫杏跪下斟酒,小声说道:"圣王,你眼前那位才是我们井方的伯主,我的主子,我是她的小史,不赖我欺君哟,刚才与圣王说了半天话,是圣王没有问我是谁。"

"是吗?"子昭王盯着巫杏的眼睛。

"嗯哪。"巫杏妩媚道。在子昭王坦直的目光里,巫杏的脸上无法掩饰其诡秘,歉意道:"圣王赐罪,小史记不清楚了。"

"哦,原来是个健忘的小巫史。"子昭王饮下一碗酒,回味了一会儿,"你们贡献的?"

巫杏恭敬道:"是的,圣王。"

"人美酒香啊。正妃大将军,井方是个好地方。"子昭王向正妃妇好敬酒。妇好接过巫杏递来的酒碗:"井方仪狄部落酿造美酒,曾受到古圣王禹的称赞,自古以来井方的仪狄酒就是清香佳品,国祭贡礼。噢,子英妹妹来了。"

子英走近子昭王,脸色红润如花:"井方国伯主、正妃妇好将军之妹子英叩拜大邑商圣王。"说着轻盈地叩拜于地。子昭王端坐受礼后,命人搀扶起子英,说道:"事事慌促,在堂室外礼见井方国使者,有些失其庄重不成敬意,望井方伯主见谅。好在你与正妃大将军缔结金兰,不同外人,在此我们以国家之礼行事,你就一块行了拜见正妃之礼,岂不正好。"

子英知道子昭王有意偏爱她,刻意免去她改日朝拜之累,便问正妃妇好说道:"如此免礼是否不妥,请正妃姐姐批评。"妇好直率,喜欢简单:"子英妹妹,既然子昭王说了,不要再想那些虚套礼节之事,现在一并施个礼算是都有了,我们要紧的是吃酒。"于是,妇好让妙儿整理衣饰,与子昭王并坐一起接受子英朝拜。礼拜后,妇好让子英坐在子昭王一侧,大家继续吃酒。坐在不远处的子平,见时机已到,示意巫杏督促子英向子昭王禀报井方国救援一事。巫杏在给子昭王斟酒时,顺便提醒子英道:"别忘记了子庆王给大邑商圣王的信函。"

子昭王听巫杏如此说,便开口道:"其实我和禽将军提前返回京都,也是因为你们井方国的事情,我知道你们的来意,也许能猜到你父王来信的用意。"

"圣王英明,圣王早有神知。"子英从子平手中接过父王写给子昭王的卜辞信函,跪拜于地呈给子昭王。子昭王接过卜辞信函,面色严峻起来。他示意拿去酒器,说道:"不是神知是军卒差报,前日土方国已经正式与井方国宣战，土方已经派遣了三千军卒进入井方。"子英担忧地说："不会吧，我们来的时候土军只是小股人马骚扰我们，目的是抢我们的粮食。"

妇好听说土方大举侵略井方并正式宣战，马上振作起来，问道："土方何故操戈？"子昭王讲道："原因是土方抢粮不成又赔了二百士卒，为此大动干戈，想一举灭掉井方。"

子英落泪跪求道："圣王，我井方子族乃与大邑商先族为一支脉，虽然开枝散叶分居南北，但同根同源一脉相承，今日有缘与正妃姐姐结为金兰，更是亲近无隙，请看在同脉先祖的分儿上，看在我父王风烛残年的分儿上，看在我父王诚意臣服大邑商的分儿上，救我井方百姓于水火之中……"

子昭王伸手搀扶起子英，把子英父王的卜辞信函交给正妃妇好，他说道："井方乃我子族血亲，遭此劫难子昭我没有不救之理。你父王带病修书言辞凿凿，情真切切，感人肺腑，我定当全力以赴相救……"

妇好读罢信函泪水涓涓："欺人太甚也。"她站起来揖手相拜，说道："大王，妇好我向你请战，我要亲自挂帅出征荡平土方，解除井方之苦也除去我大邑商的北疆之患，还给我妹妹一个平安的井方国。请我王赐命！"

子昭王关心道："我担心你的身体。"妇好用力晃动双臂："身体已无大碍，我率三千人足可荡平土方这般小国。"

"若不叫禽将军一块儿去。"子昭王表现出极大的关心。

"不用，不用，还是命他平叛别的方国吧，我自有的兵力足够。"

说起出征讨伐，子昭王马上精神抖擞容光焕发起来："本来想晚点儿修理这个不懂事的土方国，没想到它自作孽，让我提前灭它，这也是天意呀。"子昭王伸动腰肢，站起来像年轻人一样在地上跳跃了几下。他说道，"好酒暂且放着，今日到此为止，我在归来的路上听说了土方入侵井方的事情，就十分不悦，一个小小的方国竟然也会不自量力欺负弱小。在路途中，我和禽就想北去灭它，归来后见到了你们，得知井方也是我子姓之族，是我子族的血脉缘亲，这让我更坚定了惩罚土方的决心，既然正妃有意为自己的姊妹出口恶气，帮助姊妹收复失土，我就成全你了。来人，召伊相傅说！"一会儿工夫傅说到来。

子昭王下诏："今夜子时贞卜天命，明日由正妃大将军启程北伐，荡平土方解救井方百姓。"

子英、子平、巫杏见状，高兴得热泪盈眶。

第十四章　增援

　　仪狄正妃见到子灰得知了土军意图，召集纳罕、貔、貅等人商议军事。仪狄正妃的意思是起营北上全力增援她儿子嫡王子子贻，虽然素日仪狄正妃不满子贻飞扬跋扈的做派，但毕竟是自己的亲生儿子，有割舍不断的母子之情。再者子贻初出茅庐又非胆壮之人，若土军大军相逼，必然会怯战而逃，传扬出去声誉事小助长土军士气事大，所以她想火急北援。纳罕知其嫡王子子贻的底细，体谅仪狄正妃的心情，同意全力北援。

　　貔人小心胸不小，有些想法儿想说又感到位卑言轻一副踌躇神态，正妃见状说道："有想法儿只管说，既然本妃召你们议事，就是想听到你的想法儿。如果你只是听听而已，本妃何必召你来议事呢。"她鼓励道，"不要担心，有话直说便是。"

　　貔揉搓着手："既然仪狄正妃如是说，小的就斗胆说说，战场的事儿千变万化，没有死定之事，既然司马爷说了土军要北上攻打王子子贻将军，只是司马爷自己说的，土军将帅是否完全听他的，是否变卦改变了主意，这还要两说着。"

　　"你的意思是……"貅问道。

　　"对呀，你什么意思？"纳罕也问道。

　　"我的意思是做两手准备，兵分两路一路由纳罕将军带领，先行一步救援王子；一路由仪狄正妃带领见机行事。"

　　"目的呢？"仪狄正妃问。

　　"目的是防止土军虚晃一枪，假借北伐王子之名调虎离山，然后乘虚东进,直逼我王城,危及我圣王安全。"

仪狄正妃深思后说道:"此话有理,兵分两路可以有进有退防患于未然,好计策,我赞成。你说呢纳罕。"仪狄正妃评价道。

"貔说的也是,稳妥些更好。"纳罕也赞成貔的分析,因为他们必须为子庆王的安全负责,不得有半点疏忽。仪狄正妃说:"照貔的意思,纳罕将军带一队人马先行,我迟一两日动身,若土军士卒全部北上离开了这里,我再北上追赶你们。记住,路途中尽可能不与土军交战,他们到北部去对我们来讲是好事,起码讲土军距离王城比现在远了,子庆王更安全了些。若是这样,我们把他们困在北部山区拖延时间,消磨他们的士气,然后再想法儿一点儿一点儿地蚕食他们。"

"是的正妃,北部山高路险,土军吃住不便,不会坚持下去的,到时我们大可借机行事主动出击歼灭他们。"貔如是说。"这也正是我想的事情。"仪狄正妃抖动着黑色的战袍,眼睛炯炯有神。

次日雨后天晴,山景秀丽,纳罕带一半人马向北部进发。路途中他们几次与土军相遇,但因仪狄正妃有令在先,放任土军北进,纳罕命令士卒隐蔽行踪侧路而行。同时他派出差使与嫡王子子贻联系通报军事。

土军士卒听说要离开这个地方,都有几分的兴奋,貔狄之战已让他们恐惧不堪,此次军队北行大家自然乐意,都想争先恐后离开这个骇人听闻的貔狄盛行之地。他们一路北进日行三十里,路人百姓见土军黑云一般汹涌而至,便望风而逃。

嫡王子子贻得到消息后有些紧张,便派出差使打探,差使们胆儿小,不敢接近土军,便把路途中得到的消息演绎后禀报给子贻。说是土军人多势众漫山遍野一路北上,所到之处刀枪如林,势不可挡。又谎报说:"土军在南线已经吃掉了仪狄正妃的士卒五百人,仪狄正妃没有办法了便躲起来,让貔狄保护自己。"子贻听后有些替母妃担忧,转儿一想又感到有些好笑,整日要强的母妃居然也有打败仗的时候,也有惧怕的时候,国朝正妃都如此这般了,也就别怪罪儿子做些什么。子贻胆儿小但心细,这与他亚父子灰平时的言传身教有关,人生不易,事事要多为自己考虑。子贻在自己的军帐内辗转了半日,如同被围困的山狼一般,六神无主。于是又派出差使到前方打探。隔天后差使归来后禀报,说是司马爷子灰已经投靠了土方国,此次土军北进征伐正是由司马爷子灰引路来的。子贻听后如同晴天霹雳，愈加慌神儿。汦水阪夷军旅的百夫长劝说道："嫡王子尽可放心，我等虽不及土军兵力雄厚但有山地天险，士卒们善于游击之术，土军在明处我们在暗处，能打则打打不得则退，优势在我，大可不必惧怕土军。"

"你一个阪夷之卒，小小的百夫长，竟敢出此狂言说自己打得过土国的精锐，这不是千古笑话吗。保我安全？我是谁，你保得了吗？司马爷比你能比我能嘛，他都归降人家土军了，你我还能做什么……"

百夫长毫不畏惧地站在王子子灰面前："嫡王子，本卒是真心话。"

"哈哈，真心话，我的亚父司马爷也说过不少的真心话，若真心他会归降土军？丢了我井方王族的八辈祖宗……"

对于嫡王子的秉性，百夫长此前了解不多，这次相处他发现嫡王子子贻与子庆王大不一样。王子子贻胸无大志并且胆小畏战，不是自己所希望的像子庆王那样的大智大勇之人。因此他一直提着精神关注着嫡王子的行踪，怕嫡王子在出征北线期间做出越位之事，自己失职被罚事小，丢了子庆王和王室的尊严事大。此时他见嫡王子心烦气躁，便宽慰道："嫡王子消怒，关于司马爷归降土军的事儿只是传闻而已，总要眼见为实才可相信，属下愚见嫡王子可遣派一名近仆，到前方亲自验证后再做结论。"

心高气盛的子贻自然不会在一个小小的百夫长面前服软，他挥手道："你烦不烦啊，去去去，让本王子清静一会儿。"百夫长走后，子贻马上叫来近仆，吩咐他亲临前方探听虚实。

近仆为探究竟，深入土军阵营抓来一个士卒，直接带给子贻问话。土军士卒见到子贻，叩拜大哭："将军将军，求求你杀了我吧。"子贻纳闷儿："为什么求我杀你？"

"你杀了我就是救了我，总比让貔狖把我吃了好。"

"貔狖？你说清楚。"子贻问身旁的近仆。

近仆说道："传说仪狄正妃能够遣唤山中叫貔狖的野兽，专门吃他们土方人，已经吃了几百人。"

"是的、是的，吃了我们几百人，那野兽貔狖光吃不拉，连骨头渣儿都不剩下……将军……救救我，别把我喂了貔狖啊，让……让貔狖吃过的人，下辈子都变不成人……更见不了我的先人祖宗了……"

子贻摇摇头，一脸无奈。

"好，我这儿没有貔貅，你别怕……"

近仆马上打断嫡王子子贻的话，更正道："这屋子里没有，山洞里有，我们也养着不少呢。"子贻不解其意，呵斥道："多话！"近仆一脸惆怅不再言语。

"你知道井方国的司马子灰吗？"子贻问道。

"知道、知道，他归降了我们土方国，我们的国君册他为井方的代王，这次出击井方国的北线就是他带路的。"土军士卒说道。

"你见过我们……不，见过井方的司马子灰吗？"

"见过、见过，那老头儿一直与我们的将帅吵架，走一路吵闹了一路。"

"为什么？"子贻探身问道。

"他说我们将领环指挥的行军路线不对。"

"怎么回事？"

"他说我们现在走的这条路是一条死路，应该往西走，走山侧那条路。我们的将帅环不相信他，找来一个向导，你们的司马爷生气了，一怒之下杀了那个向导。所以他与我们的将帅环闹翻了。"士卒解释道。

"你们的将帅环不敢杀……杀他？"子贻吓得口吃起来。

"本来是要杀的，但考虑到这个司马爷是我们土方国君的人质，国君的人质将帅环岂敢妄杀。"

"也是、也是。"子贻听说土军不敢杀他的亚父，心存一份感激，他面目和善似乎在向土军士卒表示谢意。一旁的近仆用力咳着，提醒嫡王子子贻注意身份。

"喔……"子贻意识到了什么，脸上露出杀气，他挺直腰板，"好，本王子就听你的成全了你，侍卫！"近仆上前一步："到！"

"杀了他！"

近仆犹豫了一会儿，把土军士卒蒙面后带了出去，走到山下树丛中，近仆解开绳索对土军士卒说："我不杀你，放你回去，但你得给我办一件事儿。"

士卒叩拜道："小的愿肝脑涂地。"

近仆拿出一个袋子，割下自己的一缕长发放在袋子中，交给士卒说："你回去悄悄地把这个袋子交给井方的司马子灰，对他说这是井方的一个士卒给他的，做人要正宗不能忘记自己的祖宗是谁。告诉他，生是井方人死是井方鬼。"

"还有呢？"

"没有了，就这些话让他自个儿思量去吧。"

"知道了大哥，小的虽为下人，但也知道大义。"土军士卒拜别而去。

丑时鸡鸣时分，子贻唤醒近仆让他通知士卒们连夜起身撤退二百里，到王城西关的宁塞关处休整待战。近仆不解，问道："嫡王子现在大敌当前，正是抗击土军的关键时刻，你身为嫡王子岂能临阵脱逃，把国土拱手相让啊。我们回去后又如何面对国民百姓和子庆王啊！"

子贻急了："你敢教训本王子，我不撤退难道等死吗？我的亚父都归降土方了，他都不怕羞耻我怕什么。起码讲我比他司马强，我没有认贼作父投敌卖国。好了，不提这些，看在你对本王子一片忠心的分上，本王子不责怪你，但本王子不得不告诉你，我自从听说土军北伐以来，我每天夜里都做噩梦，我经受不住这份惊吓呀……"

近仆见说服不了嫡王子，又不敢对嫡王子弃而不管，只能说："请嫡王子给我一点儿时间，我要与泜水阪夷军旅的百夫长说一声。"

子贻拔剑道："你想要出卖我吗？"近仆十分冷静地告诉子贻："嫡王子错矣，此事必须告诉泜水阪夷军旅的百夫长。一是嫡王子你有方国要事需要拔寨回营，而不是临阵脱逃，这样可顾全嫡王子的面子，不被人耻笑；二是告诉百夫长泜水阪夷军旅一定要坚守阵地，誓死抗击土军，圣王子庆及嫡王子在等待着你们的抗敌捷报。"

子贻转怒为喜："此话倒是为真，王子我总会有些国事去处理，岂能一直躲在这深山之中呢。你去告诉他们，抗击土军的事儿本王子就托付给他们了。"说毕把剑收回，让开路由近仆去了。近仆见到百夫长后相对无语，用力握着百夫长的手泪水盈眶。

百夫长说："放心吧，士卒之命本来就是为国家为战争而生的，我等不怕死，能为国为家而死，死而无憾。"

"可惜啊，可惜我没有你们这样的福气，能够凛然一生壮哉无悔。"

"你也不易，随主而为吧。"百夫长安抚道。近仆见山下有松明灯光之影，问道："这是做什么？"百夫长不好意思地说："我断定嫡王子不会坚守此地，将来坚守在这儿的就是我这个无名小卒，所以从前两日开始我在土军可能经过的地方做了手脚，让他们来时找不到路，进入后又找不到出路。"

"摆了一个迷魂阵？"近仆问道。

"对，人少有人少的打法。听说仪狄正妃在南线用貔狖之战，打得土军如惊弓之鸟，不得已才转战北线。貔狖之战用过了不能再用，我们就用迷魂阵，同样可以以少胜多。"

近仆用拳头砸在百夫长的身上，"好样的兄弟，哥叩拜你了。"

"别别别，你这一拳就当拜了，够我享受两天了。"他揉搓着自己的肩膀说道。天亮前，嫡王子子贻一千人马撤离了前线。路上，士卒们怨声载道。

一路北上的纳罕，从差探那里得知嫡王子子贻弃阵逃离的情况，担心泜水阪夷军旅几百个士卒难以抵挡土军的进攻，命令士卒火速行军增援泜水阪夷军旅，同时派人向仪狄正妃禀报嫡王子子贻的事情。不曾想，纳罕的先头士卒与土军路途相遇。

纳罕根据行军的时间以及山形地貌，推算着此时的土军已经进入了北线深山区。既然相遇就不能退缩。纳罕当即命令士卒以最短的时间将相遇的这股土军吃掉，然后北上与泜水阪夷军旅会合。士卒们听说马上能与泜水阪夷军旅会合，定会有好吃好喝，也能够歇息一下，于是士气大振。士卒们趁着黎明前的时光跃出山林，杀声震天，一举歼灭了土军的先头军队二百余人。之后马不停蹄一路北行，早食①时分与泜水阪夷军旅会合。

如士卒们所料，泜水阪夷军旅士卒们见到援军，兴奋不已，百夫长命士卒们将素日里积攒的山货美食统统地搬将出来犒劳大家。纳罕由百夫长陪同，察看了土军来时所要经过的狭关隘口，纳罕见百夫长心细胆大，是个带兵打仗之人，甚是喜欢。

土军前方受阻，损失二百余人，土军副将帅赶来拜见主帅环，说道："属下察看了地形，此地山高林深路途险恶，我军纵有实力终不及敌军暗算，即使我们攻破了北线，进军井方的王城也非易事。"

主将帅环心乱如麻，说道："少啰嗦，有话直说。"副帅说："恕属下直言，请主将帅急令军队停止前行，令军队重返南线，围剿井方的仪狄正妃

---

① 早食：十二时刻的辰时，早上7时至9时。

残部。"

主将帅环问:"你怎知仪狄正妃还在南线?"副帅说:"刚才先行的士卒在与井方军队的激战中,发现了一个受伤的井方士卒,经我亲自审问,得知抵抗我军的此干人马首领是一个千夫长,叫纳罕,他带了五六百人火速北援,留下了仪狄正妃等二百人在我们的后方。"

"你的意思是?"

"我料定,仪狄正妃他们担心我们从南线攻击他们的王城,依然在南线等待观望,一旦确定我们全部北上后她就会尾随而来。现在仪狄正妃兵力薄弱,我们不妨留下几百士卒包括那位令人沮丧的司马爷在此佯动,麻痹牵制纳罕的军队,命大量的士卒秘密返回南线包围仪狄正妃,打她个措手不及。"

主将帅环思虑了一会儿,问侍从道:"那位司马爷怎样?"

"仍在骂人,我们把他绑在车上了。"

"好。"主将帅环对副帅说道,"你去安排留下二百军卒在此佯动,其他人全部秘密南下,三日后让留在这里的二百人拔营南行与我们会合。"

"是,主帅!"副帅领命而去。

仪狄正妃得到嫡王子子贻临阵脱逃的信息后很是痛心和愧疚,加上多日的劳累,终于病倒,手下人没有办法又不能回王城禀报子庆王,于是大家听从貔的建议,将仪狄正妃护送到仪狄部落的寨子里静养。貔一方面安排人打探纳罕北面的战事,一方面将二百名士卒分散在仪狄部落的四周和东去王城的关隘,以防土军折兵南来,威胁王城安全。

仪狄部落人听说他们的老首领仪狄正妃驻在寨子里,又是高兴又是伤心,高兴的是事过三十年后老首领终于回来了,并且在寨子里住了下来,伤心的是仪狄正妃病了,并且病得很重。现在部落大首领是仪狄正妃的侄女儿,一个很秀气有灵气的姑娘,名叫度娲。她每天侍候在仪狄正妃的身边,像女儿一样孝敬,这让仪狄正妃感到温暖。

清晨的山寨,山清水秀,鸟语花香,如临仙境。仪狄正妃坐在椅上,眺望着远山,不由得一声叹息,她问大首领:"度娲,我来了几日了?"度娲轻盈地从寨堂中走出来,俯在仪狄正妃身边:"阿母呀着什么急呢,你每日问我,我知道你心急想走,可你的身体不行啊。"

"你看看你,我只问你一句,你可好,说了这么一大堆。"

"你是部落里的老首领，部落的人等你三十年了，三十年的光阴，多长的时间呀，你知道部落人什么心情吗？再说了，像你这一辈的人都去了，部落人都希望你身体健壮，希望你多住些时日。"仪狄正妃不高兴了："我在这儿享受着山清水秀的平和日子，国家呢，国家正在遭难我可消受不起。"度娲不说话了，落泪道："小女也知道国家事大，可你这身体能走吗？"度娲俯在仪狄正妃身上哭起来。

仪狄正妃抚摸着度娲的长发："小孩子家这么多泪，我不知道你怎么做仪狄部落的大首领的，不怕部落人笑话。"

"才不呢，平时好着呢，不知道为什么见到你就想落泪。"

"见过你子英姐吗？"

"见过的，去年子英姐陪我在这儿住了几天，走时把我带到王城。"

"这儿好还是王城好？"

"当然王城好。"

"那好，跟我去王城吧。"

"行啊……不行，我是部落的大首领，离不开我的子民。"

"有个法儿可以离开。"

"嗯……"度娲望着仪狄正妃，眼睛大大的睫毛长长的，一副天真可爱的样子。

"嫁人啊，嫁到王城去和阿母一样。"仪狄正妃用脸颊贴着度娲的脸儿。

度娲一阵羞涩，喃喃地说："子英姐姐还没嫁的，我比她小。"

"好吧，阿母知道了。"仪狄正妃又是叹气。

这时貔走了过来。貔身材高挑长得秀气，他见度娲在正妃身边，有点羞涩和胆怯。叩礼道："正妃好，大首领好，小的等会儿再来。"

仪狄正妃叫住貔："有纳罕的信息吗？"

"没有……没有。"貔有些慌乱。仪狄正妃问道："干吗这么慌张，你是不是怕这个大首领？"貔摇头，之后又点头。仪狄正妃说："她是个小姑娘，她才十四岁，起码比你小两岁。"

貔说："不是小两岁的事儿。她是贵族，我是贱民；她是大首领，我是仆人，比不得。"

仪狄正妃见貔头上冒出汗来越发好奇，她说道："今儿我心情好，你坐下陪我说说话，我想听听你的身世。我猜想，你一定经历过什么。"

一旁的度娲有些不好意思，细声说道："阿母，我要回寨堂去了。"

仪狄正妃拉住度娲的手："女儿大了别不好意思，阿母给你介绍这位小哲人，将来他会有大用，是个大智者，来认识一下。"

貔马上说："正妃不用介绍，我认识她。"

"你怎么认识的？"

"她……她救过我的命……"

"啊……我救过你……"度娲望着貔。

三人说话的时候，一士卒慌忙来报："正妃，百夫长不好了，土军近千人把仪狄部落的寨子包围了。"

仪狄正妃冷静地说："别着急，慢慢说。"

第十五章　征服土方国

入夜之后明月当空，繁星点点，王宫内万籁寂静。子夜已过进入辛巳日①，子昭王携妇好在仆人的引领下来到王宫前的祭台，由一个名叫争的卜师受命举行占卜仪式，询问天帝征伐土方之事。子平、巫杏回驿店居住，子英被妇好挽留于王宫同时被邀参加占卜仪式。

争是一个女性，年纪三十岁左右，她身披长袍散发于肩，手持一枚龟片，踮着脚步在青铜鼓瑟瑟的声响中翩翩起舞，歌声如诉幽幽而古，歌中她拿出蓍草，有序地做了几次。歌毕后细观蓍草，曰："大吉！"众人一片欢喜，子昭王高兴不已，命卜官记载此事。

辛巳卜，争贞:今者王共人呼妇好伐土方。

回到宫内，子昭王与妇好、禽、子英等研究了出征的路线，决定擒贼先擒王，抄近路直扑土方国都抓捕土方国君。日升之后，殷都宗庙之前旌旗猎猎，三千士卒整装列阵在子昭王和妇好的带领下举行祭祖出征誓师大会。子昭王、妇好、伊相傅说、老将军甘盘以及子英、子平等如数出席。

妇好一身戎装，站在庙台之上沐浴朝阳，英姿飒爽，接受子昭王授予的白旄黄钺、印绶兵符。伊相傅说代表昭王宣读《浩誓》。《浩誓》曰：诸位国臣、友邦和出征的将士们，土方国君不守天道本分，肆暴友邻，欺压弱小，已天怒人怨。现在，上天命令我子昭王向土方出示惩罚之剑。众将士们，举起你们的戈，拿起你们的盾，要像虎那样威武熊一般强壮，在正妃大将军的统帅之

---

① 辛巳日：中国干支历法中的第十八天。

下奋勇战斗。努力啊，将士们，胜利属于子昭王！话音刚落，士卒们齐声呐喊："子昭王，必胜，必胜，必胜！"

与妇好一同出征的有妙儿、贺兰儿。子昭王还把王朝的两位小将派给妇好，一个是伊相傅说之子傅云策，一个是老将军甘盘之子甘墨琚。伊相傅说向妇好解释："让两位小子随正妃大将军一块儿参战，是想让他们学习些本事。"正妃妇好说："久闻两位小将军英勇善战，今日随本驾北上剿灭土军，可谓是如虎添翼，非常增色，欢迎欢迎。"

子英、子平、巫杏等一干人马，见子昭王派出正妃妇好等精兵出战，心中自然欢喜。一路上他们跟随在正妃妇好之后，耀武扬威甚是风光。

巫杏骑在马上，时不时地睨上子平一眼，心中又有些好笑。一个大男人，为何这般燃情呢？这仗还没有开打，土方还没有被征服，就激情难耐了……真是的。子平侧首道："不要以小人之心度君子之腹，我兴奋难道你不兴奋，本想让子昭王帮我们击退土军解我们的一时之难，谁想到正妃妇好大将军竟然提出要荡平土方国，永消我井方国之大患。这不是天大的喜事吗？"巫杏反驳道："我没有说不是喜事，我言语了吗？"

"你心里在说。"

"我心里的事儿你怎会知道，你又不是我心里的虫子……"

同行的子英用马鞭捅了巫杏一下："说这话也不害羞。"

"啊……吃，我……我说……"巫杏脸色粉红，羞答答地策马前去了。

贺兰儿说："这小妹妹特别可爱。"

正妃妇好回头问道："谁？"

妙儿解释："她们说巫杏那个小姑娘呢。"

"巫杏，我喜欢。"正妃妇好随口说道。

"我们留下她如何？"妙儿说。

"留不住的。"贺兰儿说。

"为何？"正妃妇好、妙儿同时问道。贺兰儿用马鞭儿指向子平，又指向巫杏，随后两个手指相勾。正妃妇好大将军不以为然："那有什么，你不是嫁给了禽还跟着我嘛。"

"我与她不一样，我是大将军你从小带大的，我怎会离开你呢。"贺兰儿妩媚多娇，侃侃而谈，她用马鞭抽在子平的马背上，"子平将军你的情妹妹飞了，还不快去追！"说着又打了一鞭，马儿载着子平向前跑去。

正妃妇好停了一会儿："算你贺兰儿有情有义，但我也不能自私了，等你快生产时，我就把你还给禽。"

"有了？"妙儿等将目光聚焦到贺兰儿身上。贺兰儿急了，脸儿臊红："主子，我什么时候有了。"正妃妇好大笑："有了夫君的女人总会有的，天施地化男女媾和乃万古之律，媾和了的女人怎会没有收获呢？"众人听后松了口气。

贺兰儿乐了："看样子你们好像很失望啊。"贺兰儿抚摸着自己头上的盔甲，理直气壮地说："有什么呢，不就生一个崽嘛。"

"咦，脸皮厚了？"众人又把目光投向贺兰儿。

妙儿对随行的几个侍从说道："你们凑什么热闹啊，到后面看看队伍去，告诉千夫长九日内必须到达土方国，拿下土方国都。"

"九日？"众人回望妙儿。

贺兰儿也问道："殷都距离土方王城八百里，九日可行？"

正妃妇好说："行也行不行也行，你不见我的子英妹妹没有笑容吗？她的父王危在旦夕，她的母妃正在与土军厮杀，她的国民正在遭受屠杀和掠夺。如果去晚了，不幸的事情都发生了，我们灭了土方又有何用？"

"明白了正妃大将军，我亲自去告诉他们，让军队加快前行。"贺兰儿说毕调回马头向后面的队伍跑去。

子英感动得落泪。近几日她寝食难安，一直在担心她的父王和她的母妃，但在正妃妇好面前又不便多讲，她心里清楚，为了她和井方国，正妃妇好已经拿出最大的诚意。人要知恩才能图报，她心里已经是十分感动。刚才正妃妇好说到了子英的心里，子英泪水婆娑望着正妃妇好双手合十，说道："正妃大将军的大恩大德，子英和井方百姓终生难忘，一生报恩！"正妃妇好挥手道："咦……你是我的姊妹，谈何报恩。"

看着正妃妇好与子英的姊妹情长，妙儿既感动又有些嫉妒之意。妙儿地位低于正妃妇好，出嫁前一直是正妃妇好的侍从，也是正妃妇好的好友。正妃妇好嫁于子昭王时妙儿跟随陪嫁，一同成为子昭王的妻妾。

妙儿陪嫁以来，就不曾有生养的念头，她清楚自己的后人在这个王室家族中的庶子地位的尴尬，后人虽有王子之身和王的血统，但那个王子是虚幻之名，进不了王室宗庙，也成不了国之栋梁，弄不好会成为后代王室讨伐的异类，轻则被贬，重则丢了命。所以她一直在默默地告诉自己，不能生育，不能有后人。正妃妇好有了嫡王子孝己之后，更加坚定了妙儿的信心，她不止一次地对正妃妇好说："你的儿子就是我的儿子，我要像你一样用生命保护他关爱他给他幸福。"这让正妃妇好十分感动，故而把妙儿视为知己。对于妙儿不想生育的想法儿正妃妇好表示赞同，正妃妇好是从战场上死人堆里爬出来的人，见惯了生死，她对妙儿说："你我姊妹一场，我的心事瞒不过你，说实在的，我也不喜欢小孩子，无生无死无死无生倒是痛快人生。我身为王之正妃身不由己，即使不为我自己考虑，也要为王为王室为整个大邑商王朝考虑，大邑商不能没有后人，不能没有王子，不能没有王储，为这我不得不生儿育女。好在有了我的儿子孝己，子昭王有了后，大邑商有了王储，我还生了两个女儿，我已经尽责对得住子昭王了。你的身份与我不同，没有必要担那份添子添孙的累，轻轻松松地做一个女人也是福分。"在正妃妇好的同意和认可下，妙儿从丘商部落老巫师那里弄来了神秘的药儿，时时提防着避免着生育事情的发生。

近两日妙儿有一种预感，她认为眼前的这位妙龄女子子英，有可能会走进大邑商的王城，成为子昭王的新宠，她是从子昭王和子英的眼神儿中揣摩到的。她认为子英会为子昭王生育的，并且会生育出比正妃妇好的儿子孝己更聪明的王子。知子莫如母，子英如此聪明，她的儿子没法儿不聪明。妙儿为此有些醋意。这种心中的感应是不能说出口的，特别不能对心直口快的正妃妇好诉说这些，更何况眼下的正妃妇好视子英为自己的亲妹妹呢。越是这样安抚自己，妙儿越发不能忘记子昭王看望子英的那副情火欲焚的眼神。女人的感觉告诉她，子昭王永远是一头发情的雄狮总能捕捉到美若天仙的猎物，若是被他盯上总跑不出他的手心。但天下人也明白，子昭王仁德天下，为盖世英雄，人又英俊伟岸，没有不被天下女人喜欢的道理。她记得在他们出发前占卜的那个晚上，子昭王利用占卜之机悄悄地拉过子英的手，而子英呢甘愿与其执手。执子之手与子偕老，古人之言正应此理。妙儿多愁善感喜欢思考，思考起事情来也是特别入神。

子英看着妙儿如此沉醉心事，悄悄催马向前，问道："妙儿姐想什么呢？想得如此陶醉。"妙儿依旧沉醉在深思中，子英又叫了一声"妙儿姐"。妙儿才回过神儿来，见是子英，好似不曾相识一般，仔细地盯视了许久，她和气道:"伯主果然是个非凡人物,既然正妃大将军认你做了姊妹,我妙儿自然要高攀伯主,若是伯主不嫌弃,我也称你为妹。不知妥否?"

"妙儿姐今日怎么客气起来了,妹妹已经认过你了,你也应允叫你姐了,好端端的怎么有了变故?"子英问道。

"妹妹不要多心。前日确实已经认你为妹,但那是在正妃大将军的引见下由正妃大将军提议而为的,当时的默认多少碍于情面,今日我特别地提出不正说明心诚所盼吗?对我妙儿而言,我十分希望有你这样一个妹妹,我出身仆者而你是一方的伯主,我自然有些忧虑。"

"姐姐原来是顾忌这些,实际上大可不必。我这个伯主之名,是我父王在病重之际为国难之忧不得已而为之的事情,我作为父王的女儿身不由己不得不如此。其实呢,我不过是戴了一顶父王给的帽子,对我来讲名不符实很是惶恐。天地无大小,方国有强弱,我们井方之国地方不大人口不众,是个小方之国,伯主之名就是一个侯伯的头衔,对我而言小主也好侯伯也好,都不足挂齿矣。今后能与妙儿姐以姊妹相称,乃是一种福分。"

啧啧啧,不卑不亢话儿说得恰到好处,果然非同凡响。妙儿心里嘀咕,愈加信服子英,于是在马上叩拳拜礼:"既然妹妹不嫌弃,我就当你的姐了。"子英拜礼道:"姐姐受礼,妹妹有礼了。"

第九天日始时分①,大邑商三千精锐在正妃妇好的率领下趁着天色渐亮人还在梦中,神兵天降一般进入了土方王城,并以迅雷不及掩耳之势包围了土方王城的王宫,不到一个时辰就把土方的君王臣属全部收押羁办。

正妃妇好坐在土方君王的座位上,用马鞭敲打着自己的战靴,十分沮丧地说道:"这叫什么仗啊,打仗的工夫没有路上来的时间长,更让人心不甘的是这土方王城内连个兵卒都没有,没劲没劲,这仗打得没劲极了。哎呀,像这样的土方国还能欺凌弱小……我说子英妹妹,你们井方国连这样的敌人都抵抗不住,可见你们井方国的国力更弱小。"

子英说:"正妃大将军所言极是,我们井方以仁慈之心对待周边友邦,从无武力征服之心,父王为政三十五年间也无战争之说。和平久了自然就麻痹了,国力衰弱必然会不堪一击。"

---

① 日始时分:早晨的古称。

"啧,好聪慧的妹妹,把坏事丑事也能说得头头是道,姐姐服了。"

说话间士卒把土方国的司马押解进来,司马见到正妃妇好,身体颤抖着匍匐于地说道:"……罪人叩拜大邑商正妃大将军……"

"你是土方国的司马?"正妃妇好问道。

"罪人……是……"

"你作为军队的将帅,你们土方王城的军事戒备为何如此懈怠?"

"是这样……我们土方共有军队二师人马六千余众,边陲阪夷三千众,王城内三千众,由于入侵井方驻守王城的三千众都去了井方,平日里王城无虞也无战事,便安排些乡勇看守,所以不曾戒备。"

"那些乡勇呢?"

"听说你们来了,早早地溃散了。"

"那你们也敢欺负弱小?"正妃妇好问道。

司马回答说:"正妃大将军有所不知,我土方之西是大河天险,南有高山与大邑商相隔,北是千里蛮荒,唯独井方与我近邻,井方富庶多年无战事加之子庆王危在旦夕,故我土方君王有意东进,将井方之地为我之土……"

正妃妇好冷笑道:"肚子不大,胃口不小,本是个小国小民,应当与邦邻同治天下和平相处,你们却起霸心贪意侵扰友邦祸害百姓,更可恶者土方国目无大邑商王朝,多年独立于外,自行其是不朝不贡,已经招惹天怒,我大邑商王朝奉天帝之命对土方国灭国除名。"

正妃妇好目光如炬,咄咄逼人,司马汗流浃背,他解释道:"这是我们的君王之事……"

"你作为土方国一国的司马,难道没有干系?啊!"

"有、有……有。"

"现在我给你一条生路,你马上差使送信,以你土方君王之命,速诏入侵井方之军回国归降。若不归降,从将帅到百夫长所有军史家眷一律诛杀。"

"是,罪人遵命。"

"还有,驻守北部边陲的百夫长以上军史,速回王城向我傅将军、甘将军自首,士卒原地待命归属傅、甘二将军管制。"

司马哭诉道:"这是灭我土方国呀!"

正妃妇好说:"人作孽天不留。既然我大邑商军队替天出征,必然不会让你再生！"

三日后，入侵井方军队全部归降，正妃妇好宣布土方国除，由傅云策将军代行管制。正妃妇好命甘墨琚将军将土方君王等臣属全部押往殷都交由子昭王，一部分作为奴隶，一部分用于祭祖。子英听说亚父子灰的家眷三百人在土方押作人质，请求正妃妇好同意她亲自去监所解救。

子灰的家眷看到子英前来解救，哭成泪人一般。子灰的家仆幕僚尊、幕僚泰见大势不好，想逃跑被子灰的正妻等众人捉住，交予子英。她们说道："子英小主，你亚父子灰之所以鬼迷心窍认贼作父，就是因为这些畜牲不出好主意，才让他走上了邪路。子英啊你不能放过这些坏人……"平素里子英久闻亚父身边有几个生事的人，不曾见过面，今日异地相见气不从一处来。下令道："来人，把这些不知廉耻的毒舌人绑了，押解回去交给我的父王处置。"绑了子灰的家仆幕僚尊、幕僚泰等十几人，让子平护送亚父的家眷回井方时一并押回井方王城。解救了亚父的家眷，绑了亚父身边的幕僚，一切铺排完毕，子英来见正妃妇好。子英跪礼道："井方侯伯之女，大邑商正妃大将军之妹子英，诚心诚意代表井方国父王和母妃以及全体井方国臣民，邀请井方国大恩之人大邑商正妃大将军莅临井方国，接受井方国万民百姓的朝拜。"

正妃妇好拉起子英："好好好，我会去的，因你父王是我子族的前辈我理应礼拜，也必须去礼拜，只是这一仗好像是走亲戚一样，没动刀枪平无声息地打了个窝囊仗，总是让人不痛快不过瘾。"

"千里奔袭，不费一兵一卒就灭了土方国，除了我正妃姐姐谁还有这等的威风，可姐姐居然不满意，子英我真得佩服姐姐你了。"子英站在正妃妇好一侧，不知如何夸奖正妃大将军。

贺兰儿悄悄地对子英说："正妃大将军就是这样的人，喜欢真刀真枪地对阵，像灭土方这般的容易也是少有。哪能像如入无人之地一样，一丁点儿的血腥味都闻不到，连我都觉得没劲头儿。"

"我就不解了，非得杀了人溅上满身的血才有劲头儿？"子英纳闷道。

"哎，对了。你是没打过仗，凡是打过仗的人，哪个不喜欢刀尖儿见红。"贺兰儿说。

"还能吃饭否？"

"习惯了香着呢。"贺兰儿自豪地回答。

正在此时，井方国仪狄正妃也就是子英的母妃差特使求见正妃妇好大将军，子英见是表妹度娲甚是高兴，她拉住度娲的手带到正妃妇好面前，说道："正妃姐姐，此为我井方国特使。"正妃妇好高兴道："请！"度娲礼拜后说道："尊敬的大邑商正妃大将军，小史乃井方国君王和仪狄正妃之特使，奉命请大邑商正妃大将军驾临井方国，接受我方国臣民朝拜。"

正妃妇好也不回复，问子英道："她为你何人？"

"我的表妹度娲。"

"果然是天生丽质国色天香，不愧为姊妹之脉。"

子英说："正妃姐姐过奖了。"子英转脸问度娲说："母妃还有话吗？"

"有的，井方国仪狄正妃等人已经在边境处等候大邑商正妃大将军驾临呢。"

正妃妇好高兴异常，问子英道："怎么，惊动你的母妃了？"

子英说："如此大事，我的母妃必然亲自迎驾。"

"她亲自到边境迎我不应该。"

"母妃本来在边境一带御敌，正妃姐姐为母妃解了围，解救了我们井方国，她在边境迎接你是情理之事。"子英解释道。

正妃妇好突发奇想："贺兰儿，你去把子英妹妹的母妃接至土方国如何？"

妙儿、贺兰儿拍手道："这主意好！"

子英婉言道："使不得、使不得……"

妙儿解释道："正妃大将军的意思，是把土方这片土地划归你们井方国。"

子英依然说："使不得。"

正妃妇好站起身，搥着的自己的腰背，一脸痛苦状："这事儿我来对你母妃说。好，明日起驾去井方国拜访子英的母妃……"妙儿晓得正妃大将军的腰病又犯了，忙跟随在后。子英叫上度娲追随在妙儿身边，她们俩与妙儿一起照顾正妃妇好，尽姊妹之谊。

次日，早餐后正妃妇好命妙儿、贺兰儿带二百士卒随她去井方。

第十六章　貎与度娲的婚事

仪狄正妃想做月下老人，成全度娲和貎，听貎说度娲曾救过他的命，更认定度娲与貎有缘，于是让貎述说事情经过。

貎十岁的时候，跟随猎族人上山狩猎，不慎被毒蛇咬伤，尽管父辈人用随身带的药物进行了救治，生命依然垂危，正好仪狄部落的新晋大首领祭山归来路过此地，惊慌失措的猎族人便求助仪狄部落的大首领施法相救。貎听父辈们说，仪狄部落的大首领是个相貌秀丽的女子，她从马上下来走到貎的身边仔细看了伤口，命人把貎抬到溪水旁，清洗后用竹片划开伤口敷药医治，之后又命人把貎抬到寨子里，一连十几日派人医治，最终保住了性命。

仪狄正妃问度娲："有这样的事？"度娲羞涩地说："孩儿早不记得了。"

"是啊，你不记得，有人记得，并且终生不忘。来，貎你到度娲面前来，让她好好看看，一个生命重生的人已经长成英俊魁梧的男子汉了。"仪狄正妃的好意让度娲和貎俩人不好意思，又不便驳了仪狄正妃的面子。倒是貎有见地，貎大大方方地站在度娲的面前，叩拜道："貎，感谢大首领救命之恩。"

度娲不曾经过这样的场面，在仪狄正妃面前又不能离场，只好咬着粉唇儿搀扶貎，说道："举手之劳的事情，何足挂齿。再说了救你的那些良药是我阿母留下的，曾经救过不少被蛇伤的人。"

仪狄正妃说："对你来说确实是举手之劳，是一念之思一情之动，而对貎来说就不一样了，那可是刻骨铭心终生难忘的大事。"仪狄正妃沉思了一会儿，拍手道，"有缘之人，必是天帝作合，既然天助你俩我唯有帮合。如此说来，你们俩唯有拜谢我了。"

"……啊……"度娲、貔面面相觑。度娲红着脸儿，怯声说道："阿母啊，是不是女儿度娲还小……"

"年纪不小了，难道非要等我闭上了眼睛见到你的阿母，给她说我没有照管好度娲，度娲依然单身着，让她责备我吗？"

度娲吓得叩拜在地："女儿度娲不敢。"

"不敢怎么着？"

"听由阿母做主。"

仪狄正妃乐了，指着貔说："你这小子还愣着做甚，快把我的宝贝女儿搀扶起来。"度娲要起身，仪狄正妃说："不行，今日当着我的面儿就让貔把你搀扶起来，然后你们俩要拜天拜地再拜我，就算是定下这婚事了。"

度娲起身后不再矜持羞涩，主动地拉起貔，按照仪狄正妃的意愿拜了天地又拜了仪狄正妃，完成了仪狄正妃的心愿。仪狄正妃脸上满是笑意："这就对了，我的病痛突然间也轻了许多，今天阿母定下你们的婚事，等国家平定没有战事了，我亲自主持你们的婚典。"貔很是激动："小的万分感激仪狄正妃，请接受小的礼拜。"说着跪拜在地。

仪狄正妃说："你这拜礼我是要收的。我看中了你的才能和你的仁德，才乐意把我度娲许配给你，今后许多事情需要你与度娲、子英，还有子平他们同道而行风雨同舟，撮合你与度娲婚配不是我一时的心血来潮，我有我的想法儿和打算。"

仪狄正妃望着这对成双的新人，回顾着自己的心事和撮合他们婚配的缘由，一阵感慨。她说道："也罢，既然你们是我的孩子是我的希望，不妨把我的内心想法儿直白地告诉你们，我这个人心里头不能藏事儿，说出来倒是舒坦，也算是教导你们。"

仪狄正妃在度娲和貔的事情上，有三个方面的考虑：一方面是为庅娲着想，度娲处世不深，需要有一个足智多谋的人赤诚相助，陪伴她走完人的一生；貔呢，一表人才胸怀大略，既正直无畏又感恩知情，是个可塑可造之人，适配度娲，度娲也需要他。另一方面她出身仪狄又以仪狄正妃为名，但她不相信现在的度娲身边的仪狄部落人，自从仪狄正妃嫁于子庆王离开仪狄部落寨子后，寨子里的头人们大不及从前那么尽职尽责了，三十年的平和生活使她们懒散懈怠起来，仪狄正妃有些不喜欢她们，自然不会让她们决定度娲的婚姻大事。再一方面她想培养度娲把她造就成一个出色的部落大首领，仪狄正妃离开仪狄部落寨子时把部落大首领传位给她的表姐，表姐本性散漫不善勤奋，娇惯自己也娇惯手下的头人和她的独生女儿度娲，表姐在世时度娲不曾学到治理寨子的本事，度娲做了大首领后更无人教导她些什么，一个没有谋略和真才实学的大首领，总是难以服众，难以长久管理仪狄部落，这是仪狄正妃对仪狄部落寨子一直担心的事情，所以她要重点培养度娲。自从见到貔后，她就想到了度娲，度娲十四岁，人漂亮，长得冰清玉洁，如能与貔婚配，由大两岁的貔帮衬着她，度娲会学到许多的东西，会成为一个出色的大首领。

此外，仪狄正妃还有另外一个想法儿，貔有智勇之才，是女儿子英今后创业中不可多得的人才，她想通过联姻的方式让度娲牵住貔，把貔纳入她女儿子英的智囊集团，将来女儿子英治理井方时就能多一个人才，多一份力量。这个想法儿是长远之计，自然要藏在心底不会对度娲和貔当面讲的。

度娲听了仪狄正妃的话，十分感动，她说道："我虽然不是正妃阿母所生的，但我阿母活着的时候一直要我叫正妃阿母，我能成为正妃的女儿，真的有福气。正妃阿母放心，既然女儿与貔有了婚配之约，女儿度娲定当珍惜，定当依附于他做一个出色的大首领。"

貔纠正说："错了大首领，是我依附于你，为你效力，此生做你的侍者。"仪狄正妃说："貔言之有理，仪狄部落永远是一个女性为王的世界，这是部落的传授，任何人任何时候都不得改变。在你们俩之间，不管貔将来有何作为，封赏到什么地位，他永远服从你，是你的侍者。这也是我为何专门选一个比你的身份低的人与你婚配的原因。"

仪狄正妃本来想与这对新人多教导几句说说自己的心里话，不料被突袭的土军搅乱了。度娲听说土军包围了她所在的仪狄的寨子，紧张焦虑起来，命仆从向天空射箭报警，聚集寨子人马抗击土军。仪狄正妃见状制止道："我的孩子，你召集部落人干什么？"

"抗击土军，保卫阿母唯。"

仪狄正妃说："我的傻孩子啊，这个时候我们能聚首吗？我们分散着躲在暗处，土军就不知道我们有多少人，就不知道我们身藏何处，他们就不敢贸然进入寨子。如果我们聚首在一块儿，所有的人马暴露在光天化日之下，等于我们束手就擒，让土军把我们一网打尽。"

"那我们怎么办哪？"

"兵来将挡，水来土掩。"仪狄正妃转身问貔，"我的相士，你意下如何？"

"貔？"度娲不以为然。

仪狄正妃见度娲不服，说道："论身份你是大首领，貔是平民，论报恩你是恩人，貔是报恩人，论夫妻你是主他是外；若论智谋，貔是个高人你我都不及呀。"

"阿母啊，出身于猎族的人还是大智之人？"

仪狄正妃严肃道："难道猎族人比囚劳的奴隶还低贱？大邑商的子昭王为了寻找治国的人才，他亲自到傅地解救一个正在囚劳的人，还让他做了大邑商的伊相，这个囚劳人叫傅说。"

"真的？"度娲睁大眼睛。

"当然是真的。所以大邑商王朝才能崛起，收复天下方国，事业如日中天。你呀要好好拜貔为师，多学些本事，否则仪狄部落的大首领就不是你的了。"

度娲服气了，喃喃道："请貔军师指教如何应对土军。"貔合十礼拜："那我就冒昧了。"度娲生气道："何言冒昧之词，你诚心看我笑话，是想让正妃阿母再痛骂我不成？"

"不敢。"

"不敢就不要说那些没用的话，什么冒昧不冒昧的，既然我服输了，认你为师，说明本大首领诚心诚意，从内心里服你。"

仪狄正妃"哧哧"笑了："你们俩有话到山后说去，免得站在这里让土军发现了我们。我累了，难得有一个清闲休养的工夫，我要在这里躺一会儿晒晒太阳，接受点阳气，让身子尽快健壮起来。"仪狄正妃闭上眼睛挥手道，"你们去吧。"

走到山寨后面的山地，貔选好一块石头，用衣饰擦拭上面的尘埃，请度娲坐下。这些小动作度娲看在眼中，自然生出一片敬意。度娲坐下："请赐教。"貔下意识地愣了一下，度娲补充说，"真心的，向你请教。"

貔说："军者不打无准备之仗，不入陌生之地，仪狄正妃之所以选中在仪狄山寨安身，是因为对这里的地形了如指掌，进出自如。不瞒你说我们的二百士卒在仪狄正妃进入山寨的时候已经分布在仪狄山寨的四周几十里路的地方，一有风吹草动，马上就会有差卒来报。"

度娲松了一口气，"怪不得阿母与你临危不惧像没事儿人似的，而我像个惊弓之鸟，惶惶无措，让你和阿母看我的笑话。"貔窃窃地笑。

"你还好意思笑，为什么不早给我说？"

"军中无戏言，乱说不得。再说，刚才我还不熟悉你。"

度娲直直地望着貔："记住，我是你什么人可要记清楚，记在心上，今后不可瞒天过海，瞒着我做事情。其实……其实我心里一直空空的，正妃阿母的到来让我喜出望外，我一直想给她说说心里的话，可我又怕她……她是一座高山，远远的高高的，让人仰止。因为……因为自从我的生母仙逝我承袭了大首领之后，我总感觉是我一个人在独立前行，没有同行者，没有同路人……正如正妃阿母说的那样，那些头人虽然与我血脉相亲，毕竟不是我的母亲，毕竟不是我的姊妹……我在梦中经常梦到她们在背后嘲笑我……我一个人在无边的湖泊里漂泊……那是一个没有风，没有云，没有声音的世界……有时候我好怕好怕……"

度娲说着身体在颤抖，貔靠近她、揽住她、拥抱着她，任由度娲尽情地诉说、哭泣……

就这样，仪狄正妃在仪狄山寨静静地休养了五天。五天后身体康复，仪狄正妃有了精神，命貔等寻机出击土军。貔带着士卒在边塞转了许久竟然不见土军，仔细打探听说土军已经退去，再派人去打探，听说大邑商的正妃妇好大将军率精锐已经攻克土方国都，将土方国的君王臣属全部押解到大邑商殷都问罪。土方国已经被宣布除国。

得到消息，仪狄正妃高兴极了，她知道这些都是女儿子英的功劳，她耐不住心中的激动，悄悄地躲在无人的地方擦拭泪水："苍天哪，天帝啊，我们井方有救了，我们的子庆王可以安心了，我们的子民终于能太平度日了。"之后，仪狄正妃擦干泪水面带欢乐，命貔亲自回王城向子庆王禀报，告诉子庆王国家平安无虞，天下太平来临，她和子英等不久将回子庆王身边报捷。

仪狄正妃派出度娲以子庆王和井方仪狄正妃的特使身份，前去土方恭请大邑商正妃妇好大将军来井方巡视国民，接受井方王臣和百姓的朝拜。同时率士卒百人亲自前往边境迎候大邑商正妃妇好大将军。

度娲听说让自己以子庆王和井方仪狄正妃的特使之身份前去土方恭请大邑

商正妃妇好大将军，激动得一直拍打自己的胸口，她把貔叫到一边不停地问道："你说我行吗……说呀。"

貔安慰度娲，教她如何言语，如何礼拜等。直到仪狄正妃督促貔动身回王城向子庆王报捷，度娲还缠着貔不放。

通过刚才度娲的一番了解，正如仪狄正妃所说，貔确实是一位博学多才的人，从待物接人，外交礼节，说话的分寸以及王室的规矩，貔滔滔不绝讲了个透彻。度娲听得多记住得少，难免有些担心误了特使之责。貔安慰道："大邑商妇好正妃大将军是个直率人，不喜欢婆婆妈妈拖泥带水，只要你表现诚恳有敬重之心，说话多少不伤大雅，她一定会喜欢你的。"

"尽管你教授了许多，我还是没有底气。"度娲拉着貔的手不肯放开。"你呀若是真的担心自己，可以先找你的子英姐姐呀。她现在是大邑商正妃大将军最器重的人。有她在，你就不用担心什么了。"貔提醒道。闻听貔之言度娲恍然醒悟："是啊，子英姐姐在那里，我何须发愁。得得得，你赶紧去吧。"

度娲送走貔，望着他上路，再三叮嘱路上安全。之后，度娲带着侍从直奔土方王城。度娲个子小身体结实，为人勇敢胆子也大，她从小学会了骑射，尤其在山路上更是得心应手。与她随行的是两位男仆，许是经验多了清楚度娲的身手，他们一路飞驰，相互不甘落后，只两天一夜的时间，就赶到了土方王城。

司马子灰被土军强行绑在车辕之上，他心里清楚土军可能要改变原来的行军路线另有所图，从而打乱他拖延土军在山中困死土军的计划。事已至此，他唯有抱着以身殉职为国尽忠的念头，大骂土军将帅环从中探其究竟，无奈土军将帅环弃而不顾，已经挥师南下，这让子灰没有了主意。拖了两天之后，在一天夜里子灰在两个仆从的帮助下顺利脱身，子灰本想南下追赶土军，半路上听说大邑商军队灭了土方国，整个土军已经土崩瓦解不复存在，于是停在一个山村茅舍中大哭了一场。

一是为井方国转危为安而高兴；二是为自己的家眷妻小能顺利获救而高兴；三是为自己曾经出卖家国和兄长而痛心疾首悔不当初。他不知道自己下一步该如何走，他一度曾想了断生命，但纳罕派来的两个仆从似乎已经预料到这些，对他寸步不离，夜间都与他住在一块儿。一仆从告诉子灰："不管你以后如何,眼下你不能出任何的事情,大男人敢作敢为,要为自己所做的事负责,要为自己的后人负责,即使死也要光明正大,也要跟子庆王说清楚,也要跟自己的后人说清楚,也要跟井方的国民说清楚。"

此话出自用生命保护自己的士卒之口,让子灰感动,他自愧不及一个士卒的德性和胸怀。子灰深思过后,也想明白了,于是在他建议下,他和跟随他的土方的驭车手、两个随身士卒一块儿去了他的山林囿园,等待井方全境安定后,他才回王城向他的王兄,向天下的井方百姓负荆请罪。

从土方王城出发,大邑商正妃妇好大将军一行二百人浩浩荡荡一路南下,沿路土方百姓闻讯驻足观望,目送而行,胆量大些者近前问候持水慰问。每当此景,正妃妇好大将军等都要下马致礼以示友好。度娲不解地问妙儿:"妙儿姐姐,这土方之国为战败之国,正妃妇好大将军为何对他们还如此尊重?"

妙儿说:"妹妹不知,一个方国不义不等于百姓不义,你看看沿路百姓穿的什么,都是破衣缕衫,衣不遮体,说明百姓生活得不好。我们打了胜仗要做文明之师,正妃大将军言传身教,下属的士卒就会懂规矩,不会再给灾难深重的百姓们添乱。"

"刚才妙儿姐姐说的这些话,你听明白了吗?"子英问度娲。

"听明白了,就是安抚民心呗。"

"行,我的小妹妹也懂得民心国策了。"子英夸奖道。

"自然了。可是为什么我们的阿母不进土方之地迎接正妃大将军呢?"度娲问道。

"你认为我们阿母能到别人的土地上迎接贵宾?"

"有何不可,土方国已经灭亡了嘛。"

"是你灭亡的,还是我灭亡的?"

度娲低声说:"当然是大邑商的正妃妇好大将军了。"

"所以土方国不是无人之地,更不是无主之地,它现在是大邑商的国土而非我们井方的,我们阿母是井方国的正妃,她不能私自到别人的土地上来,恪守本分这是国礼也是规矩。"

度娲笑笑:"姐,我还是不懂。"

子英说:"也罢,等你大些时就晓其利害了。不过你来土方国拜见大邑商正妃大将军时表现很好,让我开了眼界,我想一定有能人教导你。告诉我是谁教导你的？"

度娲脸红了不假思索地说："我们的阿母呗。"

子英摇头道："不是的，你看着我说实话。"

度娲依旧坚持："就是我们的阿母。"

子英举起鞭子："嘴硬。"

"打呀……嘻嘻……怕你了，是有人教我说的。"

"这就对了，不打自招。"

度娲问："你怎知道不是阿母教导的？"

"阿母知道大邑商的正妃叫妇好，她未必知道正妃妇好喜欢叫她大将军。"

度娲低头深思："也是，阿母不知道，我就更加不知道了，这个貔……貔也真有本事，猜测的也真对。"

"貔是谁？"子英问道。

"貔呀，不告诉你……"度娲催马跑去了。

子贻带着千名士卒从北线撤离之后，先是到达王城西关的宁塞关一带休息。过了几日，见前方没有动静，胆子大了些，让士卒们离开宁塞关往西部山区推进了一步。幕僚们不解，询问子贻原因，子贻也不避讳，说道："我们是出征御敌的，驻在这王城边儿上就不怕传播到王城去让王城里的父王和臣民们耻笑我吗？亏你们跟我多年，还不了解我的心情。"

前方传来捷报，说是土方已被大邑商正妃妇好大将军率领的精兵破城灭国，土军已经全线撤退，子贻很是兴奋，庆幸自己运气好躲过了战乱，也毫发未伤。既然土军撤退了，我子贻还惧怕谁呢？他命令军队往西部山区移营了数十里，以胜利者的姿态开始在军营中娱乐宴饮。

一日酒过半酣，差使来报。说是仪狄正妃和子英陪同大邑商正妃大将军，正在向井方王城进发，子庆王等众臣正在王城迎驾大邑商正妃大将军。

子贻酒醒，问道："子英怎么能与人家大邑商正妃大将军在一起？"

差使说："听说是子庆王密差子英到大邑商求援，大邑商正妃大将军灭掉土方国也是由子英领路前行。"

闻听此言，子贻惊呆，半日不语。

第十七章　迎驾妇好

妇好等人一路急行，三日后午时时分到达井方边界，远远望去一位身穿红色战袍的女子站在边界一侧，正在举手眺望。女子身后的士卒、百姓跪地相迎。

"是你母妃她们吗？"妇好问子英。

"是我母妃。"子英回答遥望前方的阿母心情激动，泪水盈眶而出。她记得在离开王城的那天晚上，阿母心情沉重，目光抑郁不安。当时阿母虽然没有说些什么，但从她的眼神中深切地感受到了她对国家的担忧。今天女儿回来了，女儿让所有的期望都变成了现实。

妇好望着子英的母妃赞叹道："好一个威武的女神！"

"谢谢正妃姐姐对我母妃的赞扬。"

"赞扬？错矣。我妇好一生中追求的就是你母妃的模样儿，横握战剑披挂战袍，顶天立地。妙儿、贺兰儿你们瞧瞧，前面子英母妃英姿飒爽的模样儿像不像本将军？"

"像，有些像。"贺兰儿说。

妇好翻身下马："什么有些像就是像，妙儿你说……"

妙儿下马后接过妇好的马绳，说话也不客气："贺兰儿说话没有错，你是你子英的母妃是子英的母妃，本就是俩人嘛。若说大英雄气概，远远看去子英母妃的形象确实与你正妃大将军相似，都是唯我独尊的大英雄女子。"

"看看，同样的话儿从妙儿嘴中说出来就顺耳。"

贺兰儿笑道："主子啊，妙儿转了一圈最终说的话与我有什么区别吗？"

"我不管，总之妙儿说话中听，我乐意听。"

"我的大将军哪，忠言逆耳，往往不好听的话多是忠言。"贺兰儿不服。

子英第一次见正妃妇好与贺兰儿拌嘴，觉得好奇。没想到大邑商的正妃大将军也有小女人情怀，不过她也清醒地意识到，正妃妇好与自己的母妃一样确实有巾帼不让须眉与男子共天下的大英雄气概，与她们相比自己则显得懦弱或是更依赖男人。

妙儿听了贺兰儿的话，觉得不对味道，反驳道："哎……将军夫人，不要指桑骂槐。"

正妃妇好打断俩人的拌嘴，对妙儿说："传我之命，为表示大邑商子昭王对井方国君和井方国正妃的敬重，所有骑者、驭者一律下马步行，士卒整饬衣冠军容，抖擞精神注意礼数，拿出大邑商文明之师的气度。"并命鼓乐手鸣乐前行。如此这般之后，正妃妇好让贺兰儿帮她换上新的战袍，以示对子英母妃和井方国的礼敬。

子英、度娲见此情景受其感动，学着正妃妇好大将军的样子整饬衣饰。度娲从衣袋里拿出一个物什，在树荫下仔细端详自己的模样，不料被正妃妇好发现："小妮子，你手中是何样的宝贝？"度娲不好意思："阿母遗下的物什也不是什么宝贝，只记得阿母叫它'面视'，与它对着面可以看到自己模样。"说着将"面视"呈给妇好。

正妃妇好拿在手中学着度娲的样子对照自己，见自己的模样出现在里面，感到十分好玩。物什不大青铜颜色，斤两比较重，拿在手中沉甸甸的，她问道："谁能知晓此为何物？"妙儿、贺兰儿看后，摇头表示不解。巫杏接过欲给子英，子英说道："众人不知我自然也难猜度，既然在你手上，你可仔细观赏猜度一番，给正妃大将军和我们大家一个说辞。"

巫杏看后认定是一块儿天生的融化之石，其内多含铜质，故外观呈青铜色，它的可贵之处是人们将其打磨平后磨出光亮，成为一面物镜映现出人的模样儿来。因为它小巧，可携带于身时常便用，大些的可置于宫室内照其身影。类似这样的物什，在巫杏部落山寨的岩洞中倒有几块儿，好像是火山爆发时留下的。部落人不识其货，不懂得修饰打磨，长久遗弃在那里。巫杏想不到没用的物什竟有大派场，她心里激动脸上不动声色，说道："此物什可能是女娲娘娘炼石补天用的五彩之石，是可遇不可求之物。正妃大将军功高盖世吉人自有天相，今日驾临我井方之地自然会有祥物现世。我猜度，除此物之外会另有宝物可得矣。"

子英知道巫杏人小鬼大言必有据，她向正妃妇好大将军拜曰："小巫史虽不大才，但此言可信，正妃姐姐吉人天相驾临井方，必有祥物出世。"

正妃妇好闻言喜上眉梢："人杰地灵，物华天宝，好一个井方之地啊。按习俗上讲，瑞祥出现之时，必有大婚之喜，我做国祭巫师多年深得其味，看来子英妹妹的好事近在眼前了。"

"啊……我的好事……"子英未曾想到正妃妇好把话题转到了她的身上。贺兰儿、妙儿会意窃窃而笑。子英羞羞的，不好再加解释。

待军卒整饬停当，车马齐列，妇好率众人前行越过界地与子英的母妃相见。见大邑商正妃妇好大将军踏步而来，子英的母妃率井方士卒百姓，行跪拜之礼。

正妃妇好慌忙前行跪拜受礼，她说道："子族之人当按族制，我与子英已结拜姊妹，你作为子英之母自然也是我的长辈，断不可施此大礼。"

子英母妃说道："大邑商正妃大将军奉子昭王之命千里迢迢率精锐救我井方百姓于水火之中，是我井方恩主当受重礼。我井方之地偏于中天北隅，自古多有外患，今子昭王和正妃大将军出兵相救，让井方臣下百姓黎民众小免遭生灵涂炭，安享太平，实乃天赐之福。我乃小邦之首不足轻重，礼当率国民向子昭王和正妃大将军大礼相敬，以表肺腑之情。况且正妃大将军亲临我地巡视我土与邦民共庆和平，更是我小邦之地百年大庆之喜。"

正妃妇好说："大邑商平叛藩篱拨乱反正，统一中天志在中兴矣。今日奉其天运，灭土邦之霸气还天下以乐土，意在安抚众生。此次出兵北战，一是天意所愿，二是子英妹妹诚心所至。子英妹妹路途迢迢求援于子昭王，其诚其仁其义感天动地，我作为她的姊妹岂能不助一臂之力呢？所以呢此战告捷也有你母妃的一份功劳。"

子英母妃慌忙说道："你是大邑商国朝的正妃大将军，是闻名天下万人敬仰的明主，今日小邦得以平安正是仰仗你的威名。我乃一邦小臣，岂敢让你叫我母妃……"

正妃妇好生气道："我与子英已是姊妹，你不认我是女儿，岂不是不认可我与子英的结拜之事。"子英的母妃没想到正妃妇好如此坦直，一时语噎。妙儿说："母妃呀，一家子姓人不必太拘礼，国有国制族有族法，以族法行事岂不更亲吗？我们大将军姊妹少，偶见子英如同故人，俩人金兰盟约已是缘分，论理你自然是长辈人了。"

"正妃大将军与小女金兰盟约，我自然是喜出望外，高兴得无一言表。我只是想正妃大将军身份崇高，我一个小邦之主恐身份不及……"子英的母妃解释道。

子英上前拜过母妃，依偎在母妃身边说道："母妃好福气，有我与正妃大将军做你的女儿，你就是天下最幸福的人了。"

"是的、是的，我很感动……感动它来得太突然。"子英母妃眼睛中涌动着泪水。正妃妇好搀扶起子英的母妃，与子英等三人站在一起，面对众士卒和百姓深情地向大家说道："我妇好今日到家了！"众人沸腾，高呼正妃大将军吉祥。妙儿凑到贺兰儿耳边说道："果不其然，英雄惜英雄。"贺兰儿说道："英雄无姓氏，女人更风流。"妙儿盯着贺兰儿夸奖道："跟着禽将军不几日，倒是长学问了。"

按照习俗，子英的母妃亲自执酒向正妃妇好、妙儿、贺儿等众士卒一一敬酒，欢迎贵宾莅临井方之土。正妃妇好也按照战地的惯例，持酒敬祭井方的天地之神，祈求天地之神保佑井方百姓安居乐业吉祥平安。之后，子英的母妃将正妃妇好等引入仪狄部落山寨，于傍晚在仪狄部落山寨寨厅前为正妃大将军等全体将士设宴接风，庆贺驾临。大家洗去征尘换去戎装，还了女儿本色，正妃妇好、妙儿、贺兰儿像出水芙蓉艳丽多娇，惹得山寨的头人们万分的嫉妒。同样是女子，为何容貌有如此的差异呢？

一头人说："我们娘胎里也是美人儿，只是劳作多了，风雨侵蚀了我们的容颜。若不，我们才不输她们。"

"那才不是呢，人家风雨疆场，晒得太阳比我们还多，只能说人家天生丽质。"另一位头人辩解道。

"什么天生丽质？我们酿作坊中的那些坊师们哪一个比她们差，也都是花朵儿一般美貌。"

"这倒也是，谁不知道酿作坊里出美人儿，应该把她们叫出来比试比试。"

这时子英从她们身边走过："比试什么，比你们的小心眼儿？"俩头人见是小伯主，慌不迭地站在一侧施礼道："伯主好。"子英说："快回你们自己的寨子去，等会儿会有客人前去造访。"俩头人"喏"礼后，悻悻而去。

经子英与妙儿、贺兰儿商议，午餐后将随行妇好大将军的二百士卒分散到十个山寨，由山寨的头人分别陪伴晚宴，正妃妇好大将军、妙儿、贺兰儿等留在大首领的主寨，由子英的母妃和子英主陪。这样既不慢待正妃妇好大将军也不慢待与正妃妇好大将军随行的士卒。正妃妇好得知此意自然高兴，叮嘱妙儿传命下去，所有士卒不得滋事生非，要礼敬山寨头人。

歇息了一个时辰，子英陪同母妃带着度娲拜见正妃妇好。正妃妇好居住在山寨大首领度娲的大寨厅，此为仪狄部落的主寨。主寨背山靠水居高临下，站在寨厅内面南而望，可见远山青翠，碧水环绕，层层叠叠，如临仙界，山寨中头人们的小山寨宛如金色的小丘在山林中若隐若现尽收眼底，大有一览众山小唯我山中尊的气势。正妃妇好生性好奇，在榻上躺了不足半个时辰，就起身在寨厅内踱步寻觅，观赏景致。

走过一路盛夏，饱受酷暑煎熬之后，方才感觉到仪狄山寨的清凉气韵。正妃妇好问身边的妙儿和贺兰儿："感觉如何？"

"难得的天外仙界。"

"仙界？"妙儿似乎不认同贺兰儿的说法。

"你认为不是？"妇好反问。

妙儿深思了一会儿："也许在理。"

正妃妇好转身儿去看厅内悬挂着的各式动物毛皮，说道："真是大开了眼界，什么稀奇古怪的动物都有，咱们丘商之地为什么没有这些呢？"

妙儿说："此地与彼地怎好比较，咱们丘商是平原之地水泽之乡，有的是水中的物色，哪儿会有这山野之物？"正妃妇好感慨道："天下物色无奇不有，可悲了人生短暂，若是清闲了走走转转饱饱眼福那该多好。"正妃妇好说此话时有些伤感。

贺兰儿突然说道："子英的母妃来了。"话音未落，子英的母妃已至厅前，正妃妇好慌忙迎客。子英的母妃笑容于心："正妃大将军乃天下国母位置至尊，在此寒寨驻跸，有些屈尊了。"

"母妃客气，山寨虽小景色至美，犹如仙境之地，本生能在此一住也是前世的福气。"

"正妃大将军如此说，我就心安了。"

大家坐定后，子英的母妃指着厅外的山寨解释道："仪狄部落是我的生养之地，我曾在此做过大首领，嫁给子庆王后去了井方王城，但魂儿啊一直在这里，经常梦中回顾，也算是乡愁吧。"

"母妃所言我有同感。不过呢，与子昭王成婚后，我更多的时间是居住在我的封邑丘商。"正妃妇好解释道。"噢……这我就不解了，正妃大将军身为大邑商之国母，为何不居住在都城与子昭王相伴呢？"仪狄正妃问道。

正妃妇好柳眉上翘，平静而言："母妃有所不知，这子昭王是大邑商王朝的子昭王，非我正妃妇好个人私有。我身为正妃，身为世子①之母，我有我的领地和封邑，我有我的部族和仆从，我需要养活我自己养活我的部族以及仆从们。我也需要向大邑商王朝贡赋，这是我的义务。当然我也有我自己的乐趣，所以我居住在封邑丘商的时间比较长。"

"子昭王他呢？"子英的母妃显然感到新鲜好奇。正妃妇好笑声朗朗："母妃啊，子昭王归根到底是个男人，大邑商的男人有几个不三妻六妾的，子昭王现有妻妾六十，他身边啊不缺女人，从来不缺。"

"这么多啊？"

"还有我做媒的呢。"

母妃摇头不解。

"这就是大邑商王朝的规矩，每当收服了一个大的方国，为了收服人心建立邦国联盟，就要联姻，就要靠生儿育女用血缘的纽带把国朝与方国的关系固定下来。联姻是国朝大事，所以做王的就累了，他不想娶都不行。"

"所以你就……"

"所以我就为他娶妻纳妾。"正妃妇好如同讲故事一样讲得轻松自如。

"这也是正理。"子英的母妃自语道。她心想，子庆王的妻妾也有十几人，自己与子庆王的联姻也是基于这样的道理，只不过是子庆王钟情于她，她也甘心于子庆王，俩人常年厮守，王城便成了她和子庆王的爱巢，看来她比正妃妇好大将军要幸福得多。

"这是我的内侄度娲，现在的仪狄山寨的大首领。"子英的母妃转移了话题。

正妃妇好喜形于色，她攥住度娲的小手："好啊，你这个小妹居然隐瞒着身份，我只知道你是母妃的特使，不知道你还是一个大首领呢。"

"请正妃大将军降罪。"度娲调皮中带有几分歉意。

---

① 世子：古时候称太子为世子或大子。

"降罪？降个屁罪。"正妃妇好说后自己也笑了，她说，"我是个粗人，说话直，想起什么说什么，母妃别见外。"她解释道："我们女人是天下之母人间共主，本应是统治天下的，谁知道我们的母族犯傻，碰到点洪水呀地动啊怕了，从那个胆儿小的女娲开始，就把天下让给了男人，让那些男人统治天下还管束着我们女人。我就不服气，我就与男人们共分天下或分庭抗礼，就连大邑商的子昭王啊，拿我也没办法咧。"子英的母妃大笑，笑得无禁无束。正妃妇好以为自己说错了什么，疑惑地问道："是不是我吓着你了？"

"什么吓着我了，没有、没有。"子英母妃挥动着手说，"我是笑不是一家人不进一家门儿，我这个人就是个粗人，什么都不讲究，若是惹急了我，天皇老祖我都不放眼中，更不怕什么君王命臣。你看看，咱俩竟这么投缘。"

正妃妇好说："子英妹妹倒是不像母妃。"

"她呀随她父王，斯斯文文的。做斯文我可学不来。"

"我也是。"正妃妇好如遇故知。

话题又转到度娲身上。正妃妇好问："几岁做大首领的？"

"十二岁。"度娲说。

"我比你早，十岁。"

子英的母妃赞叹："好一位神童天知。"

正妃妇好小声说道："那才不呢，刚做的时候很怕的，若不是那些头们儿日夜看着我，我早就跑了。大首领这活儿，不是个好活儿。"

说话间仪狄正妃的仆从来报，说是吉时已到，可以开宴。子英的母妃见夕阳已下，霞光满天，山寨铺黛，松明闪烁，于是她对正妃妇好说："正妃大将军，今晚借仪狄山寨和大首领度娲之地，我代表井方之国天下百姓为你和众将士接风洗尘。你的士卒已经分散在十个山寨，分别有山寨头人接待，今晚十里山寨灯火通明，可谓是寨寨有宴，寨寨有歌声。"

正妃妇好放眼远望，惊奇地发现十个山寨占据着十个山头，星星点点，若隐若现，远似天边，近似眼前，正妃妇好感叹道："好一个天上人间。"

大家席地而坐，位次由子英的母妃亲自安排。子英的母妃担心正妃妇好推辞，便有言在先，说是客随主便必须听从主人的。正妃妇好无话可说任由指挥，正妃妇好为上，坐北朝南，母妃和子英左右两边，之后依次是妙儿、贺兰儿等。

正妃妇好不见度娲，问道："那位大首领呢？"子英说："度娲妹妹是主家,自然会有贡献,仪狄部落乃千古古酿之族,有酒巫之渊的美称,她们视酒为神,以酒做巫,天道修成,自是千古文化。父王寿庆、国家大事时方可展示一现真容。正妃姐姐是井方的大贵之人,今夜我的小表妹必作酒巫之舞,献舞于正妃姐姐。"

"这般盛情让我消受不起。"正妃妇好心花怒放。"正妃大将军功高盖世,威名天下当受之无愧。"子英母妃一旁解释,并让侍从上酒,宣布迎宾宴开始。

铜鼓瑟瑟,牛角号悠扬山野,各个山寨得知主寨鸣号开宴,也用牛角号予以呼应,于是十里山寨鼓号声此起彼伏,鼓乐号角中十二个漂亮的仪狄女子手捧酒西翩翩起舞。为首者是一个二十岁的女子,她步履轻盈身材高挑,上身丝缕红绸,下身麻衣短裙,双眉间点有朱痣,赤脚踏舞,人妩媚,舞姿飘逸。

深藏于洞穴中的仪狄酒,在低温下禁锢着酒香,一旦出了洞穴,在夏日的暖温中徐徐润化,酒香之气在空气中肆意升腾,填充天地之间,酒香扑鼻而来,醉了夜也醉了山林。正妃妇好嗅着酒香:"真是太美了。"

未饮酒之前,正妃妇好突然问子英的母妃为何不率人进入土方之域。子英的母妃说道:"土方恃强欺弱遭受天谴,国灭自在天意,大邑商王朝替天行道,除恶扶弱深得天下民心。井方受其恩惠已感恩戴德,但不敢再生贪心,故不能前往他国之地。"

"我原想把土方的土地赐给井方,扩延井方疆土。"正妃妇好说道。子英的母妃解释说:"井方山川沃土广袤数百里,足够井方人丰衣足食,正妃大将军的好意我们井方臣民百姓永世不忘。请正妃大将军另赐别主。"

正妃妇好满脸喜悦,竖起大拇指赞叹道:"井方人仁义本分乃邦国楷模,我等十分钦佩。"她转脸儿问妙儿,"你们说土方之土赐封给谁?"妙儿笑而不语,贺兰儿说道:"既然井方无意占用,正妃大将军依照子昭王授予的权力分封给什么人都行,又不是多大一块儿地方,距离我们丘商故地又远。"

"想必你是有心了?"正妃妇好问。

贺兰儿说:"我?我压根儿不曾想过。"

"有了。"正妃妇好拍手道。

"赐给谁?"贺兰儿、妙儿一块问道。正妃妇好环视四周:"那是子昭王的事,我也不知道……"众人大笑。

第十八章　请罪

司马子灰在自己的山地围苑中闭门思过半日,自感羞辱,悔恨交集。清晨起床司马子灰让苑内家史①召集所有仆者汇集于堂前,之后他素衣而出,面对站立的众仆人和言道:"大家席地而坐吧。"

家史闻言上前禀报:"司马老爷,他们可都是你的家奴,怎能在你的面前席地而坐呢?"子灰仍是一脸的和气:"这我知道,还是请大家坐下。"众仆人依然不动。子灰抛泪道:"我乃国之罪人,身份、地位尚不及你们,难道你们要我下跪不成。"说着跪拜在众仆人面前。众仆人见状,都齐刷刷地跪地而拜。

"如此也好,既然你们与我一样跪拜于地,我们都平等,无须再计较贵贱。现在我宣布:苑内所有仆者,不管是打仗捕获的还是世代为奴的,从今日起一律还其自由之身不再为奴,一块儿成为井方国子民;苑内所有土地山林由管家按人口均分给大家,永久为其私业,自此之后苑内一草一土与我子灰无关。我要说的是不要感恩我,要永远忘记我,忘记我这个罪人。你们要感恩当今的圣王——我的兄长,要忠于他忠于我们的井方国,要珍惜我们的国土和国家的名誉,世世代代做井方国的忠贞之民。"

"司马爷……主子……"众仆人哭声一片,感恩、惊愕、喜极而泣。

"家史。"子灰叫道。家史马上起身跪到子灰身边:"下人在。"

"刚才我说的事情你都听到了?"

---

① 家史:管家。

"下人听到了。只是……"

"只是什么，难道嫌弃我是国家罪人吗？"

"不敢、不敢。"

"那好，你把我刚才宣布的事项再重述一次。"

"下人怕冒犯司马爷……"

"不冒犯，你说。"

家史重述了一遍，子灰大声问众仆人："都听明白了吗？"

众仆高声说道："司马爷听明白了，感恩主子。"

子灰依然跪地，让家史转身面对大家，他对家史说道："你现在依我的口述，向众人承诺，我说一句，你学说一句，要保证无误。"

"是，主子。"

"我受主家之命，还其所有人自由之身，并按主家所示，将苑内所有土地山林按人口均分给大家，永久为其私业，包括我在内不得多分私占，恃强凌弱。若违背主家之意，愿让众人溺死于浑水，分尸于山野。"

家史重述后，子灰问众人："大家听清楚了吗？"

"听清楚了……司马爷……"众人感恩涕零。

"若是家史违背了我的意愿，你们就将他溺死分尸，绝不轻饶。"

"司马爷……英明……"

子灰站起身，自语道："混沌了一生，终了有人说我英明，这英明来的也太迟，代价太昂贵了。我这叫英明吗？不，只能叫清醒，清醒啊……"一声仰天长叹，泪水如注，"悔不当初啊！"稍后，神情严肃地向众仆者深鞠一躬，头也不回竟向自己的车走去。

出了苑区，两士卒问道："司马爷我们去哪儿？"

"请罪去！"

"回王城？"

"不，还有一个与我同罪的人，我要带他一块回王城向圣王请罪。"

俩士卒极其聪明，他们知道子灰说的是谁，于是令驭手道："去嫡王子子贻的军营。"驭手迟疑不决，子灰有气无力地说："听他们俩的。"两日后，子灰到达嫡王子子贻的军营。子贻听说亚父驾到，命军营列队欢迎，并设宴盛情款待。子灰不动声色，任由嫡王子子贻铺张。

三日后，子灰升帐召见嫡王子子贻。子贻自幼跟随子灰长大，亚父与侄儿间说话随意，今日见子灰一身素装坐在军堂，他批评道："亚父大人，军营严肃，你作为国家司马竟如此随意装饰，不怕有失大将军的威名？"

　　"嘿嘿"子灰苦笑两声："侄儿，你认为你与我着一身戎装就有威名和尊严了吗？错矣！那是表面的、虚的，做给人看的不为真的。你和我在心里头、在骨子里已经没有尊严可言了，为什么还要装着，撑着虚伪的面纱呢？人错了就应当认错，就应当接受上天的惩罚。不是吗，我的侄儿？"

　　"不……不不……亚父，从前你不是这样的。"

　　"我是什么样我自己知道，包括你。"

　　"我是跟你学的。"

　　"没错，绝对没错，这正是你得不到尊严的原因，这正是我一生的罪过。"

　　"可你来了三日并没有说些什么，这三日中你也不是和我一样的花天酒地吗？"

　　"是，我在你这里吃喝了三日，这三日中我说话了吗？我脸色好看吗？你为什么不问问我，不问问你自己，我突然而至，沉默三日只知吃喝，我是条虫子吗？我一个司马大将军就缺少你的几碗酒肉？那是我在等你，等你呀嫡王子子贻。我等了你三日，我是度日如年，我在等你幡然悔悟，等你良心发现，等你悔过自新，等你还是一个可教可塑的嫡王子。然而你没有，你没有啊，你连一丝丝的悔过心、廉耻心都没有，你依然在欺骗别人，欺骗你自己。原本我想保你，让你的父亲我们的圣王饶恕你，给你一个重新做人的机会，但我失望了，你不可救药，我心已死。"

　　"那你想怎么样？"

　　"我想把你带回去面朝圣王，亲眼看着圣王废了你的王子之位，把你清除王室贬为平民，不得与我一样再祸害王室玷污王族的盛名。"

　　"办不到！"子贻露出凶相。他指点着司马子灰，说道："你应当知道这是我的军营，是我子贻的天下。"

　　"是你的又如何？"

　　子贻抽出身上的利剑："我会让手中的剑说话。"

　　子灰大笑："好，好。如能拿我祭刀改变你懦弱的秉性，亚父我死的其所。"子贻有些紧张，他说道："你别以为我不敢，别逼我。"

子灰走到子贻面前，拍着子贻的肩膀，说道："孩子别再自欺欺人，你说这话更说明你不敢，你呀不是做君王的材料，担当不了天下大任，因为你的胆量和智力不够强大。"

子贻开始落泪，抽泣。

"你不想想，你要杀我，可你凭什么杀我，我谋反吗？你问问你的士卒相信吗？跟随我来的那两个士卒是你的母亲井方国的仪狄正妃亲自派遣来的，你的母妃相信吗？你杀我的后果是什么呢？我是司马，是你的亚父，你随意斩杀圣王的弟弟方国的重臣，虽然你身为嫡王子只怕你担不起如此的罪名。对我这个国家的罪臣来讲，经过你的手杀了我，我反倒成为功臣，天下人都会知道是我劝导你改邪归正时被你杀害的，由此洗刷我犯过的罪恶，这是我子灰今生今世求之不得的事情。"

子灰落泪了，他抱住子贻："孩子认命吧，我不想让你杀我落一个众叛亲离的罪名，这个罪你担当不起，你会害掉你的子孙后代，让他们世世代代为你蒙辱，永远抬不起头来。跟我回王城去，去向你的父王我的兄长请罪，洗去我们心头的罪恶。我年纪大了，不再想任何事，也不期盼任何事情；可你毕竟年轻，毕竟还有很长的路要走，你的子女尚幼，他们离不开你，你活下去做一个平民平淡一生，赎罪心灵这是你最好的也是唯一的选择。"

"我，我子贻心不甘。"子贻说道。

"人到了这番境地，再说这话没有一丝的意义，与荣华了断了吧，不要怨天尤人，不要再有什么幻想。你要怨就怨自己就怨我这个亚父，是我害了你，是我没有把你带到正路，我子灰死有余辜。"

"亚父别说了，我不曾恨你，我听你的回王城请罪去。"

叔侄两人抱头痛哭。

午时后，子灰叫来跟随他一块来的两位士卒和子贻属下亚服一级的士卒，他宣布道："本司马大将军奉圣王之命，命嫡王子所属军队归属仪狄正妃和纳罕将军的统帅，驻守本地等待仪狄正妃驾到接管，在仪狄正妃到达之前军队一切事务由这两位军士统领。任何人不得违抗军令，若有违命者杀无赦。"

子贻属下的士卒，跪拜在子贻面前，说道："嫡王子保重。"

子贻抽泣了许久，说道："众士卒起身，我身子不适，不宜再统帅你们，望你们好自为之，为圣王效力。"

走前，子灰叫来驭手，对驭手说："你的使命到此为止，我要乘坐嫡王子的御驾回王城去，你身为土方人一直为我效力，我十分感动，念你仁义忠诚，我还你平民之身。眼下土方国已除，你若愿意，可跟随这两位士卒留在军中效力，若想回土方国，直接向他们两位言明，对此我已经做了安置。"

驭手千恩万谢，表示要留在军中。子灰把两位士卒叫来叮嘱他们要照顾好驭手，两位士卒说道："司马爷放心，我们不但要照顾好他，还要向纳罕将军举荐重用他，他为你为我们井方国做了不少事情，是个有功之人。"驭手感动得痛哭流涕，说道："小子谢谢两位军爷。"天夕时分，子灰与子贻乘车东去，直奔井方王城。

到了井方王城入宫后叩见子庆王，子灰和子贻匍匐而进，叩头泣血。子庆王十分消瘦但精神尚好，他在巫姆等人的搀扶下步出内廷，坐在榻上。子庆王咳了两声，见子灰、子贻匍匐于地，额头带血，哀哀而泣，他禁不住泪水长流。

内侍担心子庆王身体，在一旁好言安慰，却被巫姆劝阻，她说道："国家劫后余生，兄弟、儿子平安归来，圣王激动也是常情，不必安慰劝阻。你们去吧，我来侍候。"

子庆王哭了一阵，心情好了许多，他用瘦弱的手抹去泪水，说道："还是国师理解我，我子庆也是爹娘生的，也是血肉之躯，也有七情六欲，但今日的泪水也许是最后的了，毕竟到了流一次少一次的时候。"

子庆王挪动身子，让巫姆靠近自己，对巫姆说："让人拿个坐垫来，为我的弟弟我的司马将军赐座。"

"兄长……"子灰痛苦道："我是罪人，是国家的罪人啊。"

巫姆亲自把坐垫拿来，送到子灰面前。

"坐下吧，你我是骨肉兄弟，我们坐着说话，兄长我心里舒坦些。"子庆王说。

"可我是罪人，是大罪之人。"

"你有罪但你改了，改过了啊。你牵制土军拖延他们前行，你劝说嫡王子让他归来服罪，这都是你司马的功劳，这些事情你王嫂我的仪狄正妃已经让人回禀王室告之国人了。兄长感谢你，请你坐下。"

"兄长……"

"坐下吧,圣王有话对你说。"巫姆督促道。

子灰小心翼翼地端坐在兄长子庆的面前,子贻仍然匍匐在地上,子庆王视而不见。

"子灰呀,自从你西去抗击土军离开都城之后,兄长想你呀。母亲生了咱俩离世早,父王事务繁忙无暇顾及我们兄弟,咱俩相依为命,虽然有失母亲之痛,但毕竟有我们兄弟俩在一块儿厮守着,童年的时光还是美好的,同胞情手足情铭记于心,忘记不下,时时地环绕在脑中挥之不去。先父王去世时,把井方这片热土交给了你我,长者为尊,管理国家,这是祖制,兄长我只能遵行,也许在这方面委屈了兄弟。"

"兄长……圣王,你别说了都是兄弟我子灰混账,我玩世不恭,放荡不羁,私养家臣,投靠土军,处处与你做对,已经天良丧尽万劫不复,死有余辜……"

子庆王摇头,他说道:"我呢,在世的时间不多了,也许就在近日去见我们的爹娘,去向天帝复职。你作为我的胞弟,唯能希望的就是你能好好地活下去,与你的家人相守一生……"子庆王微微咳了几下,他告诉子灰说,"你的家眷已经安排妥当,他们是王族的人,都会平安无事,跟随你身边的那些罪恶小人已被国师巫姆请求神法,判处鼎烹①之刑。你的事儿功过两说,为兄自有定论,希望胞弟能痛定思痛,改过自新,恪守本分,好自为之。"

子灰叩拜道:"弟弟铭记于心,至死不忘。"

"好……"子庆王长叹一声活动了一下身肢,转过脸来目光冷峻地望着嫡王子子贻。

"我没有力气骂你了,到了这样的时候我也不想再骂你。儿子啊,你已经让我伤透心啦,我对你不抱有任何的希望,但对你的事儿我得有个了断,否则我死不瞑目。你……你抬起头看看我,看看你的父王……我老态龙钟,病入膏肓,已经是将死之人,你……你为什么不能长些志气,给我给王室给你的母妃给我们王族留点颜面,哪怕留一点点也好,我真的不知道要你何用……"

"父王……父王……国师……救我……"子贻面如土色,担心父王将他正

---

① 鼎烹:古代刑法,水煮油炸。

法，开始乞求子庆王和巫姆。

子庆王转向子灰问道："子灰啊，在我没有免除你的司马将军之前，你仍然是王室的重臣，有议政的权力，你作为王子的亚父，与他常年在一起，亲历过许多的事件，你最有权力评价他。为了王室和井方国的长治久安，你说说作为他的父王的我，该如何处置他。"

子灰谦和直言："感恩兄长器重，愚弟轻浮了一生，游戏了一生，一生的言语都在言不由衷，骗人骗己，误国害民。承蒙圣王兄长给我一次说真话说心里话的机会，我作为子族王室中最不中用的人，真诚建议兄长圣王废除子贻的嫡王子之位。一是子贻身不正心不良，胆小如鼠，胸无大志，临阵脱逃，无德无才，无胆无识，已经无法继续履行神圣的嫡王子的职务，更无法受之王位传承方国大任，废除他王子之位可重振朝纲消除王室惰气保井方江山永固。二是以儆效尤，将他贬为庶人，剔除祖籍，发配边地，让他检点自省，自食其力，以警示王室后人。一则正本清源，清正王室，教训后人；二则昭示天下，王子与民同罪，重振王室和井方国的威武；三则保护子贻和家室的人身安全，方国后君因有兄长的训诫和惩除，不会再伤害我的侄儿子贻了，让他自生自灭平安一生……罪弟……罪弟滴血奏请，望兄长看在我们王室亲骨肉的分儿，容纳罪弟的陈述……"子灰已经泣不成声。一旁的巫姆也被子灰说得落泪。

子庆王喜形于色，哈哈大笑："王弟不愧是王弟，如此光明磊落让兄长我感动。王弟的建议周全可行，既考虑了国家的威严，又照顾了王室的颜面，还保全了子贻的性命。好，照准。国师你说呢？"

巫姆眼含泪水："是得感谢司马将军的肺腑之言，字字真切，饱含亲情大义。"

"你说呢？"子庆王问子贻道。

"儿子有罪，无话可说，愿承受所有惩罚。"

"此话早说就好了，好在你还有一丝的悔意，明日父王就诏命天下，废除你的王子之位，贬为庶人，诏命即日起迁出王城到北疆居守，今生不得返回王城。听清楚了吗？"

"听清楚了。"

"记住，我的孩子，虽然你身为庶民，但毕竟是我的骨肉，今日你如此潦倒非我所愿，非你母妃所愿，非天下百姓所愿。此生你要以平民之身生活在边地，其苦其痛只有你自己心知，要知道陪你受累的是你那些无辜的家眷子女。你不要怨天尤人，不要迁怒于人，不要自暴自弃，要以平和心、平常心、平民心、友善心、关爱心、对待自己、对待别人、对待生活中的一切。要敬畏天地、敬畏民心、敬畏时节，也要敬畏你的家眷子女。说此话似乎有违人伦，但你的地位却不及你的家眷子女，你有罪他们无罪，你罪不可恕累及了家人，所以你要敬畏他们。"

"那……我……"子贻若有所思。

"我知道你想说什么，不用了。我大限之后，你已经不是王族人员，不必赶回也不允许你赶回。这是天帝对我对你的惩罚，你能自行修行自己，亦是我的福气，我别无所求。"

"父王……"

子庆王闭目仰身，不再言语。

巫姆和气道："司马爷，嫡王子，圣王累了，请你们回府看看家人，歇息歇息，也好做些准备。特别是王子你，要处置的事情不少，回去忙吧。"

子灰回到家中，喜从心生，十分感激兄长的宽恕和尊重。自己活到这样的份儿上，能让人理解，让人宽恕，让人给一分的尊重，这就够了。坏事做尽，大恶到不可救药的一个人，能不被人嫌弃已算是善终了。感谢上苍给了自己一个悔过自新的良机，感谢父母能让作恶的儿子幡然悔悟，感谢兄长、王嫂和众多的人给他伸出挽救之手，感谢侄女子英让他阖家团圆重聚人生。"无所求，无所求啦。"他仰天长叹，不是悲而是满心欢喜。

他叫上他的正妻非常高兴地到各个妻妾的房间走了一遭，看望了每个孩子，当他走到没有为他生育没有为他留下子女的妻妾房间，脚步沉重起来，倒是正妻鼓励他："看一下，总是个安慰，人生不易而最不易者是她们，是她们这些跟随自己的姊妹嫁人的人。她们一生没有名分，或是没有孩子，却一直在为自己的姊妹和姊妹的孩子活着，若论苦她们最苦，若论不值她最不值。我是从她们当中走出来的人，我最清楚最了解她们，但像我这样由一般的妻妾熬成正妻的能有几个？"子灰原来的正妻死得早，他的正妻死后他从正妻同嫁的姊妹中扶正了一位，这一位就是现在的正妻。

子灰回首望着正妻，正妻说："你什么都不用说了，人到了这样的份儿上，唯有如此才能清白。我追随你不会让你孤单。"子灰动情道："你没罪，都是我的错，我是罪有应得。"

"夫妻同林，不分你我，你的罪就是我的罪，为了子孙的清白值得，我会跟随你的。"正妻拉住子灰的手，子灰感动肺腑，说道："我不想拖累你。"

"已经拖累了。走吧，都到人家的家门口了。"正妻督促道。

子灰心情难伏，见到没有生育的妻妾后一时语塞。正妻说道："司马爷想看看你，这么多年你和其他几位没有生育的姊妹辛苦了，希望你们不要抱怨他，人生的路很长久，爷已经给长子们说了，将来你们自己想做什么，可以自己做主，家中的长子不会为难你们。"

"正妻所言极是，你们是自由的。"子灰重复道。小妻妾们云里雾里不知何意。

回到堂室，子灰叩拜正妻时，已经泪水扑面。正妻坚毅地端起酒碗递与子灰，看着子灰饮下，她含情脉脉地说道："夫君放心，妻儿等会儿就到。"

傍晚时分，司空南慌忙来报，他紧张地对巫姆说："国师大人，司马将军……他……"

巫姆很镇静："有什么紧张的，慢慢说不行吗？"

"他他……他……"

"他不会不在了吧？"

"对对，不在不在了，饮鸩而亡。"

"还有谁？"

司空南一脸惊讶："你如何知晓还有人？"

"夫唱妻随，才是真夫妻。"

"对，子灰死后，他的正妻让人给司马爷收了尸净了身，一切收拾妥当后，她在另一个房间内饮鸩而去。"

"我知道了，我会告诉圣王的，不过动静不要太大，我们的仪狄正妃迎接着大邑商正妃大将军正在来王城的路上。"

"知道了国师，圣王如何？"

"精神很好，近日无碍。"

"天帝保佑。"司空南合手而去。

子庆王听说子灰自裁身亡，半日不语，之后问巫姆道："今日我没有太多责怪他呀。"

"没有。"巫姆说。

"让他死不是我的想法，因为他与子贻不一样，他已经改过，贬他为平民，平安一生就行。我已经暗示了这些，他应该明白。"说着垂起泪来。

巫姆说："子灰很聪明，他已经暗示你了，你也早该知晓。"

"我不曾感受他的暗示。"

"他已经明白无误地告诉你，他要走了，你忘记了他说得'万劫不复，死有余辜'的话了。说那话的时候，他脸上镇静自如，仿佛向往已久。"

子庆王沉思："也许他只有这一条路了。"

"这是一条最好的路，既能保全子灰他个人的名声，也能保全他子孙的名声。"巫姆说。

"可敬者是他的正妻。"

"是。你可以追封她，让她名垂青史。"

"好，好主意。"子庆王赞赏道。

巫姆说大邑商正妃大将军就要到了："此事不宜声张，由我来办司马子灰和他正妻的丧事，你放心养病。"

子庆王不语，良久说道："在王城西面的山地找一块上好墓地安葬他们夫妻，记住刻好卜辞随葬于内，记载子灰一生，注明册封子灰正妻为王妃，要把这段历史真相告诉后人。"

巫姆含泪应许。

第十九章　夜访纳罕

　　急驰南下救援仪狄正妃的纳罕，得知土军已经撤退，土方国被大邑商正妃大将军平叛除国，仪狄正妃已平安无虞，便命令军队停止前行就地待命。他亲自前往仪狄部落向仪狄正妃禀报战况并请命整饬边塞，将部分士卒充实边塞陇夷[①]军旅，以固边疆。

　　仪狄正妃同意纳罕的奏请，说道："外敌危险已除，国家恢复安宁，百姓正在回归家园，大势可喜。然，军队浮夸士卒懒惰，边塞懈怠，军队无士气可言。我王病重，民心难测，国家仍处危难之中，治军时不我待。我遵行子庆王之命授予你临时决断斩罚之权，视情处置，严惩不贷，务必治军从严。"

　　纳罕获得斩罚权后，从汦水开始巡察边塞陇夷军旅，整饬军队。汦水陇夷军旅闻听上差巡察，一不迎接，二不宴请，所有士卒一律前线厮守加固工事，屯田储蓄。纳罕见此状况，心中欢喜，不曾歇息就去了别处。他让三个士卒扮作商者前行，私访一军旅关卡，果然有人中计。士卒截了商者不说还把三个商者绑到山上去见卡军，卡军中有两个百夫长当值，饮酒正欢。一者问："身上还有何宝物速速交出。"商者说不曾有，结果被搜出二十枚贝，百夫长大怒，以为商者隐瞒财物不肯交纳，命士卒将三个商者推出山门外斩首。

　　半路上，纳罕解救了三位扮作商者的士卒，将关卡士卒绑押着去见卡军。卡军是一个老者，曾因有功被子庆王赏封准千夫长，享受千夫长待遇。此卡军独处边卡，养尊处优，任由下官们胡作非为，今日正撞上纳罕巡察。

---

　　① 边塞陇夷：边防哨卡。

已有醉态的百夫长，见自己的士卒被绑着进来，旁边站着商者和一支士卒队伍，十分不悦。他问道："何方人士如此大胆，竟敢在我营内绑我士卒？"

纳罕军中的百夫长说道："你的士卒无辜绑架商者索取钱财，已坏军中之律，请卡军们处置。"

"处置？好笑不，东西是我要的，人是我让绑的。怎么的，你们还敢把我给绑了吗？"

百夫长问："绑商者与你的士卒无关？"

"无关。"两个百夫长同时说道。

"是你们俩让绑的。"

"明知故问，眼瞎了吗？"俩人把贝放在地上，一副神气十足的样子，"从爷儿关卡过，不交过路钱，绑还是轻的。"

"二位还有要说的吗？"百夫长说。

"他娘的，老子没有要说的，怎的？"

另一个站起来道："有，来人！绑了这些人，竟敢在本爷的地界上闹事。"喊了一声不见来人，又叫道："来人绑了他们！"

百夫长回首观望纳罕，纳罕使了一个眼色，百夫长命令身边的士卒："拿了他们！"这时卡军出现了，他笑眯眯地说："都是卒伍出身，有事好商量，免得传扬出去不好看也不好听。"纳罕说："你的意思？"

"放了、放了，我来管大伙吃酒。"

纳罕急了，命令道："推出去斩了。"

卡军拿出剑挡住去路："这可不行，这是我的营盘，得我说了算。"

纳罕说："今时你说了也不算。来人，下了他的家伙。"

士卒们把卡军按在地上，缴了剑。纳罕对押着两个醉酒的百夫长的士卒们说："砍了去！"之后，纳罕宣布将卡军解职，将懈怠的士卒将官一律免职、除名，有罪者降为奴隶，同时挑选精干士卒以准百夫长之名，补缺边塞阪夷军旅。纳罕巡视北部边守，所到之处，雷厉风行，军威大振。一切事情办妥后，纳罕回王城面禀圣王。

圣王大悦，诏命六事。一事将纳罕留在王宫待仪狄正妃回王城商议后另有重用；二事将汦水南沿一片地方封给纳罕作为邑地，以示奖励；三事将纳罕指定的边塞准百夫长诏命为阪夷军旅百夫长，以示正名；四事对跟随纳罕出征的貔、貅、汦水阪夷军旅百夫长等有功将士封官晋爵，论功行赏；五事将司马子灰手下的军队交由纳罕管制，同时根据纳罕的建议将嫡王子子贻统治的军队交由庶子子平管制；六是根据纳罕的奏请，赏封敬业治军的汦水阪夷军旅百夫长为千夫长。

征恶扬善，从严治军，鼓舞了士气，也振奋了民心，纳罕深受王室器重。

一日晚子平前去纳罕府上拜会，以表感激和钦佩之情。子平认为纳罕在国家危难之际，与士卒同仇敌忾，英勇抗敌，抗敌后又奉命整饬军队，鼓舞了人心，大长了井方人的威风和志气，为年轻人树立了楷模；同时，感谢纳罕在圣王面前举荐自己，让圣王委以重任。

纳罕谦逊道："我乃一介匹夫，军中小卒，是圣王的提携才让我这个平民娃子有机会为国家效力，保家御敌，其所作所为，都是圣王的功德，我纳罕没有什么可显耀可让国人称颂的。至于推荐将军掌管军事要务一事，非我纳罕之功，纳罕我也没有如此高的造化，那是仪狄正妃的旨意，我只是向圣王传递仪狄正妃的旨意而已。子平将军你身份高贵在国民中有很高的威望，对我纳罕讲感激的话我是受之有愧，子平将军才是我纳罕学习楷模。"

子平说："纳罕将军过奖，我子平是个没有志向的人，活着做些事情不负一生就满足了，今日圣王诏命让末将管理王家的军队确实有些忐忑不安。所以，特意前来向将军叙叙心志，多些见识，别无他意。"

"原来如此，我也有心向子平将军讨教。"

"子平是个不才之人，纳罕将军客气。"

俩人年纪相差几岁，性格相投，都是低调之人，寒暄之后，转入国事话题。纳罕认为，井方外患已除，但留在井方人心中的阴影短时间挥之不去，加之圣王沉疴已久，多有不测，朝野上下人心浮动，国家并不安生。作为军事头领，最要紧和最重要的是安定军心民心，固守边防，确保国泰民安。

子平赞许，解释道："我一直做局外人，不曾关心政务更不经心军事，心闲事少平静安逸，贪图安逸惯了，便不求进取，在自得其乐中感觉到小日子过得还不错。土方的入侵，让我噩梦方醒，方知贪图安逸后患无穷，伤己不说，害国事大，特别是我们井方的军队脆弱的不堪一击，想想都后怕。堂堂百年井方，一个从不愁吃喝的方国为何兵弱如泥溃败似水呢？就是如同我一样安逸惯了，安逸到贪生怕死的地步，近日我寝食难安思虑良多，有时痛心难忍，真想大喝几声，出出这心中的闷气。今日拜访将军也有这一缘由。痛定思痛，亡羊补牢，我想与将军讨教一下，我们井方国如何做，才能把我们的军队锻造成一支能守能防、骁勇善战、能让国民放心的铜墙铁壁呢？"

"子平将军问得好，这也是我一直思虑的事情，我们是吃军旅饭的人，是拿方国俸禄的差臣，管什么不吃喝什么就是罪人了。将军治军，天经地义，这是本分。我想听听你的见解，你毕竟是王室的近臣也是我的兄长。"

"兄长算得上，近臣不敢不当，就王室而言我只是一个有王室血缘的庶子，平素里与王室无大的关联。我不怨天尤人也不妄自菲薄，我一直在寻找一个中正角色。"

"你做到了吗？"纳罕问道。

"原以为做到了，现在看来没有做到。土方的入侵给了我迎头一击，现实告诉我，我的中正之路失败了。"

"如何讲？"纳罕似乎很感兴趣。

"中正中庸也。我置身朝外远离朝政，不结党私不议是非，力求左右逢源，取利避害中庸而行，窃以为高尚高雅，自以为得计，一度洋洋自得。今时检讨过往，才知自欺欺人。中庸行事者，无非是得过且过，但求无过，明哲保身而已。这看似不为私实则为大私。"

"子平将军言重了，你之错非你之错。"

"噢，这话有意思，讲讲看。"

"生在王门身在庶位是你的错吗？"

子平笑曰："庶子之命难违祖制，非我之错。"

"所以，你的命运一直被关在祖制的笼子里，被别人掌控着，你走的路也是非选之选，身不由己，路不由己，只有心是你的，但这颗心又要顾忌许多，其实你的心也不属于你自己，行路难处事难，你的难处国人皆知。现在好了，圣王为你提供了你所需要的舞台，你要释然一些必要时放纵一些，虽然命运的起点改变不了，但命运的轨迹是可以改变、可以自主的。你要放逐命运尤其是现在，圣王需要你，仪狄正妃信任你，伯主子英倚重你，井方的臣民厚望你，这是你一生中最辉煌最应当展现自己的时候。尽管我的说辞有些冒昧或是与我的身份不符，但我一时高兴我就斗胆说了，请不要责怪。"

子平说："促膝而谈，肺腑之言，乃君子之道，我自知你的善意。当前国难当头你我得圣王宠爱,受命于危难之际,交心以除间隙,长谋国事,有了共识才能精诚团结,共图大业。仁弟的见解我备受鼓舞,也备受抬举,我会铭记,不负你所希望。"

"子平将军果然是英雄。"

"不及纳罕兄弟。"

俩人对视,哈哈大笑。

纳罕止住笑:"我们不相互抬举了,好坏自有民心裁,努力做我们的事儿便可。我有个想法,想与子平将军磋商。"

"请说。"

"眼下国家平安,万民庆贺,大邑商正妃大将军又要驾临我地。平静之中总有暗流涌动,我们的圣王可是硬撑着身子等待大邑商贵宾的到来,一旦事情过后,他会撑不住的,我们井方会有一场无法避免的灾难降临。我们阻止不了,但可以做些事情防患于未然,避免地动山摇时出现新的不测和灾难。"

"说得有理,正合我意,你想如何?"子平问道。

"一、你镇守王城,与国师、司空、司徒等大人迎接大邑商正妃大将军;二、我们要深耕军队严格管制,防止军卒中出现节外生枝的事情,因为王城的军队都是司马子灰和嫡王子子贻的旧部,人心难测我们不得不防;三、我们要听命于国师的吩咐,关注圣王的健康。"纳罕深思熟虑,一口气讲了一大篇。

"诸事我也想到了,但不及纳罕将军周密。"子平赞道。

纳罕说:"我的主要精力放在王城外军队的管理上。一是多跑些边陲之地,加强巡查督察,防止一些将士借机在远离王城的边塞之地胡作非为;二是加强仪狄正妃迎宾路途的安全,确保大邑商贵宾在井方土地上平安顺利,万无一失。"

"还有,"子平插言道,"我还要辅助国师安葬好我的亚父子灰,圣王有旨,既要厚葬亚父又不宜声张。"

"是的,在这方面我是毫无经历,请子平将军及时提醒我做什么,我会尽力而为。"

"明日圣王下诏,废除子贻的嫡王子位,命他即日离开王城,我们是同脉兄弟,尽管他得势时总是排挤我欺负我,但在我们身上流的都是圣王的血液,都是圣王的子嗣,我要亲自送他出城,尽到兄弟之情。"

"可惜了嫡王子子贻。"纳罕惋惜道。

"不是可惜而是可怜，我本来是恨他的，可现在一点儿都恨不起来。"子平说。

"废嫡王子的事，圣王不与仪狄正妃商议吗？"纳罕有些不解。

"自然会的。"

"因为子贻毕竟是圣王和仪狄正妃的儿子。"纳罕阐释道。

子平说："废嫡王子的事儿圣王早就与仪狄正妃商议过了，并且仪狄正妃一直坚持废子贻嫡王子位，圣王利用仪狄正妃身在外地的机会诏命废除子贻的嫡王子位，可免去仪狄正妃在场的尴尬，也好给子贻留些脸面。"

"说得也是，人不善天必谴，连亲生母亲都对其厌恶，可真是众叛亲离的大悲剧。"纳罕唏嘘。"你此次出王城是否要去仪狄部落山寨看望仪狄正妃呢？"子平问道。

纳罕若有所思："不，仪狄正妃处事缜密无须我们费心。我出王城的目的主要是已故司马子灰的旧部让我放心不下，我要想办法稳定他们，有些问题只能等大邑商正妃大将军离开我井方后再做结论。"

"目前时局紧迫，唯有稳定才是一策，我倒是很想念仪狄正妃这个母妃。她不是我的母亲但胜似我的母亲，我感激她，真想去看看她。"子平流露着自己的心绪。

"你现在去不得，仪狄正妃在仪狄山寨正盛情款待大邑商贵宾，我们仪狄正妃有远见，一是亲自迎接大邑商的贵宾，不失井方礼仪；二是让大邑商贵宾借道仪狄部落，品尝仪狄美酒，欣赏仪狄人的迎宾礼节。仪狄人的礼节十分讲究，是我们井方最古老的一种文化仪式。"纳罕侃侃而谈。

"何止井方，在整个中天之地的众方国中，仪狄是由大禹之王亲自册封的最古老的部落，是中天之下的酿造之祖，我一直为仪狄部落自豪。"

纳罕笑道："只怕你不及我对它的感情。"

"有何区别？"

"我是仪狄人。"

"啊……你怎会是？"子平有些惊讶。

"我怎会不是。"纳罕一脸自豪地说道。纳罕出生在仪狄部落，七岁时随母亲离开那里，跟随父亲到边塞阪夷军旅生活。儿时他曾多次参加仪狄部落的祭祀大典，那场面，那情景，那法器声和歌咏声神圣无比，震撼于心。

近几年子平受司马子灰和嫡王子子贻的排挤，他一直闲居在家，为了让自己闲下心来，清静寡欲，子平开始研究祭祀文化。他说："许是清闲无事的缘故，这些年我开始研究祭祀文化，通过比较我发现仪狄部落的祭祀之礼是大器之作，它气氛庄重场面恢宏，祝辞丰富，歌咏美妙，特别是极具开放的舞动，能够吸引在场的所有人，让大家与神祇同舞与天地共鸣。严谨、洒脱、艳丽、震撼，真是无以言表，我认为乃中天之最。"

"难道比大邑商王都的祭舞还优美吗？"纳罕没有去过大邑商对大邑商文化习俗不了解，所以提出这样的事情。

子平不以为然地说："大邑商的祭祀之礼怎可与之相提并论。大邑商虽然是王朝之都万邦之尊，但他们的祭礼太浅薄，太简陋，与仪狄部落的祭礼相比无法忍视。前几日我参加了大邑商的出征祭礼，既不严肃也不庄重，要文无文要武不武，干巴巴的几个招数，如此祭礼与大邑商王朝的身份、国格极不相称。听说，这套祭礼还是大邑商正妃大将军从丘商部落带到大邑商王朝去的。"

纳罕说："我以为大邑商王朝是众邦之朝，什么东西都比我们强都比我们好，想不到一个王朝之都也有不及我们井方甚至不及我们一个部落的事情。看来天有阴晴月有圆缺，不管什么地方什么人都会有不称心不如意的事情。"纳罕对子平合掌施礼，"长见识了子平将军，你竟然对祭祀之礼了解得如此精细，真是个人物，说实话你的这般功夫得感谢司马子灰和王子子贻，是他们的无情排斥让你落魄乡野，才有心思和时间研究这些国政大礼。"

"有失必有得，我得感谢他们。"

纳罕身为仪狄人，自然对仪狄的祭祀之礼格外的上心："既然坐而论道，我还有一事不明，请教子平将军，我们仪狄部落的祭礼文化为何能拔得头筹具有如此靓丽的色彩呢？"

子平见纳罕如此好学，谦逊道："我也是一知半解，如果说话中有得罪贵部落的请将军见谅。"

"直说无妨。"

"第一呢，仪狄部落人的祭祀之礼源自酒，酒点燃了你们仪狄人的激情。"

"这就不解了，你们其他部落人也饮酒呀。"

"是饮酒但饮得少，原因是酒少不会酿造，无酒可用，难能成祭。"

"这倒是实情。"

"酒少祭礼少,祭礼文化自然就钝化肤浅。"

"子平将军这话有道理,我们仪狄人生活中有三多:一多酒,二多祭,三多舞。"

"所以说酒是仪狄部落人的文脉之源。第二呢仪狄部落人的祭祀之礼源自女人并传承于女人。"子平进一步阐述。纳罕说:"舞,巫者;巫者,女也。哪个部落的祭祀不是由女巫来主持、传承的呢?"

"事情就出在这儿,虽然巫术源自女祖,但现在许多的部落中主持祭祀的已经转为男性,巫术由女性向男性过渡的过程中,少了巫术的源头不说,即使过渡过来,也会失传许多东西。你们仪狄部落沿袭的女首领制有力地保护了巫术传承的连续。"

"还有……"纳罕想补充。

子平打断道:"还有第三,仪狄部落的祭祀之礼是在酒酿的生产发展中产生的,当你们每出一批好酒,你们就要庆贺一番,故称开坛祭。新酒要有祭礼,祭中要有歌咏,当人们边歌边舞边饮的时候,酒香之气润染着人们的心灵,一个新的酒神降临到人间,让人们陶醉,让人们为它轻歌曼舞,尽情地表现,于是诞生出别样的更富激情的祭祀之礼,这样就使仪狄部落的祭祀礼不断地花样翻新,推陈出新。纳罕将军试想一下,在那样的情景之中有谁不为酒神而歌舞呢?"

纳罕是个性情中人,见子平如此评价仪狄祭祀文化,便激情难伏,即兴歌舞起来:

穆穆月光,青青山梁。菊月粟米,孟冬酒香。
夭夭舞姿,子佩叮当。鼓乐缠绵,歌咏悠扬。
挑兮达兮,墨山乡兮。念之思之,心在何方?

激情感染了子平,子平也随之歌之蹈之,俩人歌之忘情,不亦乐乎。终是乐极生悲,席地而泣。是夜,纳罕带貅一干人马去了边塞。

次日,子平则到王宫拜会国师巫姆,听候巫姆盼咐安葬司马子灰之事。

第二十章　仪狄山寨夜宴

　　仲夏之夜，弯月西天，崇山峻岭古树簇拥下的仪狄山寨沉浸在灯火通明人声鼎沸的节日盛景之中，山寨中的大人小孩儿着仪狄部落节日新衣，扎锦鸡彩翎。

　　主山寨前有一台地，是部落人聚会、祭祀、歌舞之地，台地两侧有两株古槐，树冠如伞，密匝匝地覆盖着整个台地和大首领所在的主寨房。台地的南侧顺台阶而下，直抵寨沟。仪狄正妃把正妃妇好大将军等贵宾安排置在台地的正中之位，大家蒲团而坐席地而围。在仪狄正妃的外面围坐着一圈部落中年纪最大者。

　　这些人是部落里除了头人之外德高望重的女性族人，与仪狄正妃年纪相差不多，有的虽然年纪比仪狄正妃小但辈分比仪狄正妃大，有的是仪狄正妃的表姊妹。仪狄正妃做部落大首领时，她们都风华正茂，翠枝嫩叶，风光无限，如今老了，但她们是部落里最有影响力的一代人。平时聚会除了她们以外还有各寨子里的头人，头人们多是她们的姊妹，她们受到头人和寨子人的敬重。今晚各寨子里同时宴请妇好大将军的士卒，头人们来不了，这些元老们便成了亮丽的风景。

　　仪狄正妃在部落山寨里宴请大邑商正妃大将军，无疑是仪狄部落千载难逢的盛事，元老们听说后高兴得跃跃欲试，都想见识一下大邑商正妃大将军的尊容受些恩宠光耀一生。她们的想法与仪狄正妃不谋而合，仪狄正妃决定将她们作为特邀嘉宾参加盛宴，受邀之后她们倒有些受宠若惊，开始翻箱倒柜找自己曾经穿过的自认为最美的服饰，结果一亮相，大家乐开了花，她们穿在身上的是她们与男人初恋走婚时的服饰，红兰紫白，五花八门，杂乱无章，就连身边年幼的女儿们都看不下去，批评她们是飞不上天的灰蝴蝶。

于是，一位年长者发话，让头人们组织人工为元老们缝织"亮衣"①统一服饰，结果便有了仪狄部落流行后世的最古老的服饰——仪狄蝴蝶衣。仪狄蝴蝶衣采用麻织布料制作，样式为夹层长衫，半高领，右开襟，紧身窄袖，衣长及脚面。考虑到元老们德高望重，服饰要庄重大气，麻织长衫一律用蓝色植物浸染，蓝色长衫外罩大襟式马甲，马甲由朱砂染为红色，发辫上的饰物，统一用比较珍贵的红底墨边的丝织物结扎。为了庄重美观，头人们专门从树林中找来坚硬的果壳打磨上色，装饰在红色的马甲上和头饰上，穿戴起来，彩色的果壳垂在耳鬓之间，像一珠珠红色的玛瑙，飘飘而然，透出高贵素雅之气。

仪狄正妃第一次见到她们的打扮喜出望外，高兴得还试穿了一番。今晚这些元老们围坐在仪狄正妃和大邑商正妃大将军周围，如众星捧月气势恢宏。

正妃妇好大将军出身部落大首领，熟知部落习俗，身居大邑商京都后，也见惯了国色天香的奇珍宝物，今夜仪狄部落山寨夜宴却让她大开眼界。一是夜宴布局别出心裁，她被仪狄正妃安排在台地中央，其他人环环围坐，人是如此，山寨的物景仿佛也拱卫着她，她俨若天上的北辰，天之最尊，纽星天枢，众星拱之；二是部落的元老们倾巢出动，着一样的服饰，流露出喜悦之容，一切的一切都是为她而做，华丽而庄重，盛大而友善，如此规格在大邑商王都不曾见到，就是中天之下也绝无仅有；三是夜宴丰盛大气，每位客人面前放着同样的鲜果，大家使用一色的酒碗，碗大如盏，表明仪狄人豪气、善饮。正妃妇好无意中拿起酒碗，发现酒碗竟然是用树木凿制的，精巧、轻盈而耐用。天地殊荣，今生有幸，正妃妇好很是感动，她征得东道主仪狄正妃的同意起身走到每位元老面前，自我介绍并向各位元老鞠躬致谢。仪狄正妃和子英见一向恃才傲物的正妃大将军表现出十足的谦逊和真诚，让仪狄正妃和子英心生感动。

十二个女子舞蹈开篇，鼓乐交作，一曲终了。仪狄正妃起身斟酒致辞，她如歌似咏，念念有词。

    仲夏夜茫茫，圣祖呈祥。
    巾帼大将军，龙旗北疆。
    扶我井民，束我苍狼。

---

① 亮衣：统一的制服。

青天后土，粟米酒香。
子昭皇恩，山水流长。
井方沃兮，浩浩荡荡。

咏毕，仪狄正妃在正妃妇好面前捧酒跪拜，说道："井方之情，万民之愿，盛炽似火，感恩绵长。大邑商子昭王奉天承运除我苦难，送我国土太平，小邦万民祝颂大邑商国运昌盛，祝颂子昭王、正妃大将军安吉无疆。"众人呼应匍匐于地，正妃妇好欣然受酒，连饮三碗。

正妃妇好遵照习俗委托妙儿回敬三礼。一擎酒敬天，护佑井方平安；二奉酒敬地，祝颂五谷丰登；三捧酒敬祖，祝福井方先祖安吉，福荫后代。

在松明和月光下，妙儿轻盈起身，缓缓地走向祭台，做了一个收心的动作后，实施三礼。她举止大方、优雅，表情肃穆、谦逊，颂辞清晰、悠扬，礼数节节到位。在场人屏住呼吸，仔细观赏，犹如观赏一只舞动中的火凤凰，痴情钦佩感动于心。礼毕，赢得一片"无疆"声。

晚宴的主礼是《酒巫曲》，由仪狄正妃亲自选定。

《酒巫曲》是仪狄部落最早的流行最广的礼曲，它由《源》《兴》《盛》三部分组成。仪狄部落祖先最早创作的时候定为《巫曲》，后来礼曲增多，把它重新定名为《酒巫曲》。随着时代的发展和创新，《源》《兴》《盛》三部分逐渐被《迎》《献》《颂》所替代。整个礼曲反映了仪狄部落先祖发现酒、酿造酒、酒祭先祖以及祭祀后人们饮酒用酒的生产生活娱乐过程，全曲以酒神的形象表现出仪狄部落人彪悍强盛、顽强不息、英勇无畏、倜傥洒脱的品格精神。

《酒巫曲》开始时，仪狄正妃就礼曲的寓意向正妃妇好做了介绍。正妃妇好主持过丘商部落和大邑商王室的国祭，晓得礼曲的含义，因此兴趣甚浓，并且询问详细。

妙儿自幼跟随在正妃妇好身边，经常接触祭祀礼制，学了不少的经典，在多次参与修订丘商部落、大邑商王室的祭礼过程中，对祭祀文化的来龙去脉，有深厚的了解。部落的祭礼是部落的一部史诗，记载了部落先祖的创世史，一部好的祭典能振奋人心，鼓舞部落士气，酿就部落良风，是部落兴衰的精神法典。礼曲由乐、舞、颂组成，三者相得益彰。刚才的一段开场曲，就让妙儿找到了兴奋点，她开始如痴如迷了。

礼曲间舞动的女子们要相继走到贵宾面前敬酒。一是敬意，二是互动，让祭场产生共鸣。每当出现一个女子，仪狄正妃就介绍一番。什么柳月、丽月、春月、梅月、郁月、季月、兰月、壮月、菊月、良月、潜月等。每介绍一位女子正妃妇好就要饮酒一碗，这让正妃妇好既兴奋又有些醉眼蒙眬，她咻咻地说："母妃呀……你的……你这个月怎的介绍不完了，是不是还有一个月呢？"

仪狄正妃惊讶道："正妃大将军如何知晓？"

"我已经饮了十一碗了，一年不就十二个月嘛。"

"对对对，正妃大将军睿智聪慧，果然还有一个……"

正妃妇好端起酒碗："母妃不扰你介绍了，那个月……肯定叫冰月。"

"冰月，何为冰月？"

"一年当中最冷的那个月份，不叫冰月吗？"

"正妃大将军不愧是礼数之家，晓得十二月的别称。不过，我们仪狄部落忌讳冰字，冰月中无法酒酿，我们变通了一下管它叫严月。"说话间严月到了正妃妇好的面前。她年纪稍大一些，有二十岁模样，说话处事干练，显然是十二个女子中的头人。

严月跪地斟酒，"禀正妃大将军，我十二人，乃仪狄先祖的子孙，是我们仪狄酒坊中的'尸祭'①之人，代表着仪狄酒酿的十二位先祖，有酒神之称。而我们每个人是十二酒酿先祖的继承者和传承人，刚才正妃大将军所饮之酒的品位是一人一品各不相同，共有'十二品'，每个人代表着一种酒的风格和风味。尽管我们十二个人亲如姊妹居住在一起，但酿造的手艺各不相传，每个人有独立的作坊和手工弟子，平时的酒宴一年一品，十二年轮回一次。正妃大将军你可是当代的酒圣，一日饮了十二年的酒。"

"我的奶奶耶，我成酒圣了。"正妃妇好酒酣耳热，开始宽衣解带。

仪狄正妃也有些情动："自然是酒圣，十二位酒神的神酒你都享受了。"仪狄正妃主要侍陪正妃妇好，子英则用心照顾妙儿和贺兰儿。妙儿担心贺兰儿吃多了，示意子英手下留情，贺兰儿不高兴："如此盛情，不多饮几碗怎对得住主家妹妹，来……子英喝。"子英与自己的母妃一样，也是善饮之人。不过子英越是饮酒，越是文静，即使多了，也就多些蒙眬笑意。

---

① 尸祭：死者的后人扮作死者享受后人祭祀时的贡献。

䝇回到王城向国师巫姆传递了仪狄正妃在前线的讯息并告诉巫姆，仪狄正妃将在山区内停留几日，代表圣王迎驾大邑商正妃大将军光临。巫姆向子庆王禀报时夸奖道："天下最聪明最实在的人就是我妹妹了，一来她对圣王你忠诚，二来善于谋划大事，三来敢于担当为圣王你分忧，四来富于邦交勤于礼数……"

子庆王被巫姆说得心醉，禁不住心猿意马大笑起来。这是子庆王多日来最开心的一次的笑，整个身子都为之颤动："……你呀，身为国师本是慎言慎行不善言笑者，可你怎的破了国师的规矩，像一只多嘴多舌的喜鹊呢……"

"臣下一片好意，讨你欢心倒招来了不是。"巫姆故作生气道。

"爱屋及乌，你喜欢仪狄正妃，自然觉得她什么都好，我问你如果她是天下第一女主，我们又何必千里迢迢去请大邑商的正妃大将军？"子庆王望着巫姆深情中带着笑意。

"这有啥要问的，那个正妃妇好不就是得了子昭王的济吗？子昭王是谁？是大邑商之君，中天之下方国的共主。"

"你的意思是你的仪狄正妃妹妹嫁错了人，我子庆王不及人家子昭王有才气不是？"

巫姆醒悟过来，忙不迭地说道："……圣王理解错了，我巫姆不是那个意思，也不敢有那个意思。"

"是那个意思又怎样？"子庆王语气平和，脸上写着慈祥。

"夫君……我真的不是这样想的……"情急之下，巫姆叫出两人亲密时的称呼，她眼睛中似乎浸出了泪水。子庆王招手让巫姆坐在自己的病榻上，拉住巫姆的手，亲切地说："记住，你是国师，你是匡正国王和国策的人，你说出的话没有错，也无必要认错。"

巫姆真的担心子庆王会生气把刚刚好转的身体又弄坏了，她俯在子庆王身上呜呜地哭起来，子庆王英语重心长地说道："你坐起来听我说。"巫姆顺从地坐在子庆王一侧，拉着子庆王的手："说吧，我听着。"

子庆王说："别把我的肚量看小了，我是男人，男人有自知之明。你说的对，我子庆不可能也不能与大邑商的子昭王相提并论。他是天上的太阳，光芒四射，注定要建造人间伟业中兴大邑商王朝，他会名留青史成为千古伟人。我是谁？我是天际间一颗星，很小很小的一颗。"

"你不是的、不是。"巫姆不认可。

"我是将死之人，没有什么可顾忌的，也不需要粉饰脸面和尊严，况且脸面和尊严也是粉饰不来的。我知道我的命限，我会珍惜和把握有限的时间，我会选择合适的时候去天帝那里，你说我还担心什么？"

"你不能这样贬低自己，你知道你在我和仪狄正妃心中的位置。"

"爱妻呀，我只能私下这样叫你。我告诉你，我们井方出不了像大邑商子昭王那样的太阳，五百年才有伟人出，我们井方这儿能够出一个比星星亮许多的星，它就是月之星，也就光耀环宇了。"

"我知道圣王，那是我们的女儿子英。"

"是，是我的女儿子英，我一直为她祈祷也为她自豪。"子庆王目光炯炯，坚信无疑。

巫姆破涕而笑："我是以小人之心度君子之腹，还是我王高风亮节。"

"又开始捧我了。"

巫姆含笑不语。

"你刚才说仪狄正妃她如何说的？"

巫姆重述了一遍仪狄正妃通过貔传来的信息。子庆王轻松了一下身子，说道："很好，让貔马上回去告诉仪狄正妃，一切照她的意愿行事。"

"好的，我现在就去通告貔。"巫姆答道。

貔得命后，连夜出发。

貔先去了巫杏的部落，查看物镜①的打制情况。自从巫杏向子英透露她们部落山洞内藏有五色石的事情后，子英送信巫姆让遣人寻找并打磨物镜，以作为井方的国礼赠予正妃妇好大将军。巫姆生长于自己的部落，对自己部落山洞内收藏的此物比较熟悉，她马上遣人进行磨制。

子庆王也曾问及此事，巫姆说："并不是多么稀罕的物件，说白了就是大铜块儿而已，是我祖上留下来的，仿佛是来自火山的地方。质地坚硬不易切割，还好有一块儿是一个薄片儿，仔细打磨做物镜照人像倒是一块儿宝贝。"

子庆王叮嘱："此为子英专门给正妃妇好大将军所许，定要作为大事操办。"

巫姆说："知道了，子英是你的心肝，也是我与仪狄正妃的心上宝贝，她

---

① 物镜：古代最原始的铜镜。

说的话是圣旨。"

"她说的是圣旨，那我说的话是什么？"子庆王问道。

"当然是圣圣旨了。"巫姆提起子英总是兴趣浓浓。

"哪儿有圣圣旨的说辞。"子庆王说过后又自语道，"你说的也对，子英搬来了救兵解救了井方人，她功高盖世已经是井方的君王，所差的就是一个册封仪式。"

"你呀，已经册封子英了，在子英去大邑商京都的时候，她就是以井方伯侯的名义去的。井方伯侯是什么？我不说了你自己说说。"

子庆王笑了："对于诸侯方国而言，伯侯就是方国的君王。"

"伯主呢？"巫姆紧追不舍。

子庆笑得更加开怀："这就有说头了，伯主呢可以是方国的伯侯，可以是储君，可以是伯侯之女。"

"好啊，你反悔了，是不是还想继续做君王？"

子庆王自豪地说："如果子英做井方的君王，我自然舍得给她，而别人则不成。"

"我呢？"

"不成。"

"仪狄正妃妹妹呢？"

"不成。"

"你不用担心，即使把君王之位给了我和仪狄正妃妹妹，我们也会交给子英的。"巫姆保证道。

涉及赠送正妃妇好大将军的国礼，巫姆自然上心，不会让子英承诺的事落在了地下。巫姆专门回了一趟巫氏部落亲自安排此事，今日貔回仪狄部落向仪狄正妃传达子庆王的旨意，巫姆特意命貔去看看物镜磨制的情景，也好回去后向子英回复，让子英放心。

巫姆原想让貔将物镜带到仪狄部落，由子英在仪狄山寨贡献给大邑商的正妃妇好大将。但物件太重，车辆往山内运送不便，巫姆只好下令，命巫氏部落在貔查看后，将其直接送往井方王城。

涉及国礼之物，貔格外上心，他到巫氏部落后，认真查看物镜，还亲自试了一番，感到满意心中有了底数，便一路向西直奔仪狄部落山寨。貔心里想着度娲，昼夜兼程，归心似箭，在快到仪狄山寨时一时疏失坠马负伤，幸好被山寨人发现，将其抬到一头人的山寨中医治。度娲得知消息心急似焚，但因宴请正妃妇好大将军抽不开身子，心如蚁穴。

礼曲进行到第二部分《献》，鼓乐由肃穆转向快乐，习惯了礼曲的部落元老们款款起身，随乐而舞，她们歌颂道："明明在下，赫赫在上。子嗣绵绵，地久天长……"元老们年纪大了，步履有些蹒跚，但跳起舞来像轻盈的蝴蝶，飞得自如惬意，特别是她们那身的装束，典雅古朴，养目醉人。曲终，元老们要来敬酒，正妃妇好眼快马上起身相迎，施礼共饮。

看着正妃妇好健步如飞的样子，仪狄正妃赞道："不愧是大英雄酒圣之人，酒后竟如常人。"

礼曲的第三部分《颂》，由度娲引领，此为《酒巫曲》的高潮。出场之前，众人帮助度娲着服饰装面具以仪狄酒神的始元祖身份引舞咏颂，侍人一边套装一边呼唤大首领，度娲心不在焉任由侍从倒腾，眼看时候到了，急得侍从跪拜哀求："大首领你醒醒，让下人给你收拾好，马上要出舞了，小人快没时间打扮你了。"度娲醒过神儿来，怒道："我不是好好的吗？"其实她知道自己的心思已经跑出去了，跑到了貔那里，她在担心貔，不知道貔摔成了什么样子。突然她眼睛一亮，看到了拄着拐杖站在她面前的貔，虽然不动声色，可她的眼泪唰唰地流了下来。她投给貔一个醉意的笑容，迅速地戴上面具，高兴地出台舞蹈。

十二个酒神围着度娲翩翩起舞，曲乐由欢快的节奏转为激越昂扬之调，度娲咏道："远祖煌煌，碧水汤汤。任任我酿，天地芬芳……"曲调飞扬激越。

"咦，这不是大首领度娲吗？"正妃妇好突然问道。

仪狄正妃说："是度娲，她现在的化身是我们仪狄酒酿的始元祖，至今一千年了。"话音未落，度娲转到了正妃妇好的面前，高高地擎起一碗酒，她继续唱道："寿考①且宁，以保我后生……"

仪狄正妃解释道："这是在祝福正妃大将军长寿无疆，永葆青春，福荫天下万民。"

正妃妇好双手合十，感动流泪。

---

① 寿考：寿命、长寿。

第二十一　井方新主

早上，子平奉旨带嫡王子子贻进王宫听命。一路上，子贻面如土灰步履沉重，沮丧无语。子平跟随而行，也不便说些什么，只是担心子贻做出些想不开的事情。还好，天生怕死的子贻，比谁都珍惜自己。

王城内，除了如怨如泣的蝉鸣声，就是子平和子贻不同声响的脚步声。子贻疲惫地走着，仿佛王宫距离他很遥远。

目色呆滞的子庆王，卧在榻椅之上，像一条干枯的龙，默默地等候。想象得出，他为了最终的抉择一夜无眠。

知子莫如父，他概莫能外，废嫡王子的事儿由来已久，为此子庆王与仪狄正妃不知深谈过多少次，他们的心在滴血，在流泪，在呜咽。因为要废除的王子是他们俩唯一的儿子，也是嫡子中的唯一王子，砍掉王室大树上的这根孽障之枝是必须的也是早晚之事，但真正地举刀砍伐的时候又是如此的痛苦而不忍下手。这意味着，他们多年的心血要付之东流，他们曾经美好的憧憬要化为乌有。

长痛不如短痛，已经定了的事情就要快刀斩乱麻，因为时间不多了，他子庆王不能也无力再等，这是他一生中经历的最棘手的最后一件事儿，此事也唯有他来解决。也许把子贻降为庶民逐出王城对子贻来说是最好最稳妥的结局。子庆王有一万个理由相信，如果仍然保留着子贻的王室之位，仍然让他拥有着权力，子贻总会有一天不甘现状挑起事端，为自己东山再起把王室和国家闹个天翻地覆。到那时，心肠慈善的子英就会处于两难的境地，不杀不足以安国家，杀之又不忍心断兄妹之情落绝情之义，最终的结果，子贻会死得很惨，死无葬身之地并累及他的家室子女，子英也会因兄长的被杀而留下无情的骂名和终生的伤痛。如此这般，子庆王要趁自己一气尚存，痛下手段废除子贻的王子之位，将其贬为平民逐出王城以了后患。

进入殿堂后，子贻、子平跪拜子庆王。子庆王俯起身子，目光盯着子贻，目光中有心疼、关爱，也有怨恨。一旁的巫姆曾担心子庆王承受不住心中的伤痛，请求代他宣读诏命，子庆王回绝了，这是百年来井方国出现的第一位王子被废事件，是王室家族的奇耻大辱，事情发展到现在，子庆王有不可推卸的责任，所以他不想逃避，更不想给子贻留下记恨别人的理由。子不孝父之过，自己管教无方，任由子贻跟随子灰学坏，害了子灰也害了子贻，天网恢恢，子灰、子贻、他子庆都要接受惩罚，这是天意。

"子贻吾儿，听诏。"

"是，父王。"子贻的声音似乎很平静，这让子庆王得到一丝慰藉。

"子庆三十五年仲夏月癸酉日诏命：子子贻，德才不济；天命不合，难当大任。祈祷先祖，清正门风。废子贻王子位，贬为庶民，永不录用。即日，离开王城，迁居洮水邑地，终生不得再回王城。此旨。"

稍停片刻，子庆王问道："吾儿听清楚了？"

子贻说："罪人听清楚了，遵旨。"

"好，你到父王面前来让父王再看看你。"子庆王撑起身体说道。

子贻匍匐到子庆王面前。

"抬起头来，好好看看父王，若有怨恨你就恨我。废你王子位与朝臣、包括你的母妃无关，一切由我决断，这是我们父子最后一次见面。望你在北边之地，好生生活平安一生。"

"罪儿不恨，只恨自己。"子贻望着父王，泪眼婆娑。子庆王脸上掉下一滴泪水，之后挥手道："路途艰险，好自为之。子平你替我送送你的兄弟。"

"子平领命。"子平站起来前去搀扶子贻，子贻伸手扶住子平痛哭道："孝道父母之事，托付给子平大人了。"子平说道："弟弟放心，你要保重自己。"之后，子贻、子平并肩走出殿堂和王城。

到了家中，家人们哭哭啼啼，哀声一片。子贻抽出一剑站上台阶，吼道："都听好了，王命已下即时离城，若想跟随我者一律不得哭哭啼啼，若不想跟随我者，可自由出走。哭哭啼啼者斩。"众人无敢再哭。

按国律外迁者应由军队护送直达目的地，考虑到子贻是已废王子，与子平是同父异母兄弟，顾及王室及子贻的脸面，子平命军队在王城外候命，他亲自陪同子贻离开王城送至城外。尽管没有军队护送，王城百姓们还是得到了消息，街坊观看者众，难免人们对子贻指指点点。

出了王城北门，送到十里外，子平与子贻话别。子平说道，"弟弟保重，我只能送到此处了。此次一别岁月悠悠，不知兄弟何时相见，到了北边邑地你要自耕其食，生活难免艰辛，为兄子平没有什么可以赠送的，现将家中的十个奴隶送你，可以帮你劳作，请弟弟收下。"

子贻望着子平，不知说何为好，他拍着子平的手："我做了不少坏事，请子平兄长原谅，此时再说什么都于事无补。我只想说，我此去无回不在父王身边，托请兄长照顾好父王，我在此向兄长叩礼了……"

长亭外，官道边，兄弟泪别，碧天茫茫。子平望着子贻渐行渐远的身影，回首王城感慨万千，兄弟俩一个北去远行，一个南归王城，隔眼相望是那样的近，近得伸手可及，又是那样的远，远在天涯。

回到王宫，巫姆正在找他。他向子庆王复命子贻的事后来见巫姆，于是两人驱马秘行城北山地。走了一日巫姆不肯停下脚步，天夕时分到达一个群山环抱的小村庄，巫姆有了兴趣，她围着村后的一座小山包，仔细地转了几圈儿，对子平说："此处正是安葬司马子灰的处所。"

子平举目远眺，见丘前有水，侧丘而过；丘后有山，山峰叠峦；远山近水，前景后案错落有致。子平暗自赞叹巫姆的眼光，于是命人戒备，丈量绘图，开工凿穴。三日后，在此安葬了司马子灰和子灰的正妻。遵照圣王旨意，子灰正妻以王妃之名下葬，子灰仍以司马之职称谓。墓上不留文字，墓内用龟辞记载生平。下葬时巫姆捧来一个秘匣，是子庆王收藏的千年珍品夜明珠，悄悄放入墓中，与子灰陪葬。

子灰墓地处的小村庄，被封为子灰后人的邑地，准许世代相袭，用于墓田。

处理完子贻、子灰的事情后，仪狄正妃所迎领的大邑商正妃大将军一行驾临了井方王城。整个王城沉浸在欢乐、欢庆气氛中。

白日，子庆王在王城举行欢迎仪式，以诚挚的心情感谢大邑商子昭王，感谢正妃大将军亲自率兵解救井方让井方重现和平，欢迎大邑商正妃大将军驾临井方察视井方国民。子庆王风烛残年依然支撑着身子与仪狄正妃向大邑商正妃大将军行臣服之礼，并由国师巫姆与妙儿分别代表大邑商王朝和井方国起草和约，宣读缔结之盟。

晚上，由仪狄正妃、子英代表子庆王在王城举行盛大晚宴，招待正妃大将军及随行二百士卒。晚宴由国师巫姆组织，乐曲依旧是仪狄部落的祭曲《酒巫曲》，不同的是，经过仪狄正妃和巫姆不断的改编、修正，曲调更加明快、昂扬，节奏感更加强烈。

舞蹈由巫桃、巫杏引领，舞者们一身盛装，婀娜多姿。

巫杏为了让子平陪伴自己已于前一日告诉了子平，让子平来观赏祭曲舞蹈。子平事务多，恐在大邑商贵宾来访期间出现差池，以公事重为由回绝了巫杏，并且一天多也未与巫杏儿见面，这让巫杏十分不悦，便时不时地把脾气发在姊妹巫桃身上。巫桃无端受责，云里雾里摸不着头绪，便闷闷不乐。

巫姆经历多眼睛明亮，很快洞察了一切。她把巫桃、巫杏叫到身边儿，用眼睛审视了一会儿，见巫杏目光恍惚怨恨多多，而巫桃目光淡定心无旁骛，她不言语用目光盯着巫杏，巫杏脸上很快浸出汗珠。

"你说，你在想谁？"巫姆问道。

"啊，不会的。"巫桃惊讶地看着巫杏，慌忙打起掩饰，"姨母不会的……巫杏差使归来还没有休息好，怕是累的……"

"脚累腿累都不是坏事，就怕是心累……你说是吗？"巫姆继续盯着巫杏。巫杏是巫姆喜欢的孩子，巫杏睿智、聪慧，身上有许多的灵气和霸气，正因为霸气四射，有着强于常人的执着和自信，她担心巫杏和自己年轻时一样，会掉进情感的坑里爬不出来。巫杏不说话，眼泪一滴一滴地落在手上，消失在她麻织的衣饰里。

"巫桃说得对，你累了，累就累在这次差使上。"巫姆苦笑了一下，"当初我让你陪小伯主子英去大邑商京都，一是护佑她保护她人身安全；二是提醒她给她当好礼宾；三是想让你看看大邑商京都的景色长些见识。可我偏偏忘记一件事儿，怎么……怎么把貌美的公子哥子平给忘了呢。"

"啊哈子平呀，没出息的男人。"巫桃没有羡慕只有惊讶。

巫杏泪水如注："姨母，我真的喜欢他。"

巫姆望着巫杏良久不语，她还能再说什么呢？巫杏省略了委婉、羞涩和各式各样的拐弯抹角，直白白地说："我真的喜欢他。"没有虚伪，没有客套，掏心剖肚地讲出来。此时此刻巫姆连责备的勇气都没有了。

"这妮子怎么越长越像我呢？你对我说，你喜欢他什么？"巫姆问道。

"我也不知道，总之就是喜欢。"

"你了解他，知道他的为人吗？"

"了解，我知道他已经有了正妻。"

"我是问，你了解他的人品吗？"

"他为人诚实，不自私。"巫杏平静如初，似在说一件与己无关的事情。

"这样吧，你看着我，你若能说出子平这个人最大的缺欠是什么，我就成全你。"巫姆用眼光品尝着和她的性格一样的敢作敢为的巫杏。

"他自卑，骨子里懦弱。"

"这样的人有什么坏处？"巫姆进一步问道。

"做事瞻前顾后，缺乏勇气。"

巫姆笑了，她笑巫杏充满自信："有什么好处？"

"一生中不会惹大乱子，太平无事。"

巫姆站起来："不错，人小眼光远大。好在子平是个庶子，他的后人不是权力争斗的对象，也入不了王室之列，确实能保你和后人一生平安。快去准备，今晚的祭礼非同一般，你们俩引领祭舞，要拿出真本事来，国事无小事，舞蹈祭礼代表国家荣誉，一定要演好。别的事儿先别想，有我在姨母为你筹划你的爱情之事。"

"嗯，姨母你真好。"巫杏笑了，笑意出自心底。

"用着我了才说我好。"巫姆抚摸着巫杏的发辫。

"我呢，姨母我呢？"巫桃追着巫姆问道。

"心生嫉妒，你也要嫁子平吗？"

"呸，子平是个什么东西，我才不。"

"你既然看不上子平，那你想嫁谁？"巫姆停下脚步。

"我吗……"巫桃望着远天的落日，"高山下，雪原中，仙洞旁。"

巫姆惊愕。巫杏似乎并不在意巫桃的说辞，因为她已经习惯了巫桃的表白。子英是今晚祭礼的主角，整个礼曲的颂辞由她演示，为此她准备了一个下午。

入夜，王城内松明林立，光影交错，礼乐声舞蹈声杯盏声此起彼伏。高潮处，子英闪亮登场，颂辞歌咏回荡在王城夜空。

猗与那与，置我鞉鼓。
奏鼓简简，衎我烈祖。
汤孙奏假，绥我思成。
鞉鼓渊渊，嘒嘒管声。
既和且平，依我磬声。
于赫汤孙！穆穆厥声。
庸鼓有斁，万舞有奕。
我有嘉客，亦不夷怿。
自古在昔，先民有作。
温恭朝夕，执事有恪。
顾予烝尝，汤孙之将。

子英歌咏袅袅，翠声悦耳，让夜宴上的正妃大将军好生羡慕。妙儿心细，吃着酒在龟片上记录下了子英歌咏的颂辞。演示完毕子英坐在正妃妇好之侧，正妃妇好说："姐姐借用仪狄母妃的仪狄佳酿，敬子英妹妹一碗酒，妹妹的咏颂太美妙了，让我学都学不来。比如颂辞中……那……那几句……"

妙儿将龟片递予正妃妇好。正妃妇好指着上面的"汤孙奏假，绥我思成。于赫汤孙，穆穆厥声。顾予烝尝，汤孙之将"三句话，说道："我们都是先祖汤的子孙，世世代代要怀念汤，时时事事要奏报汤，牢记汤的功德，缅怀汤的事迹，继承汤的遗志，得到汤的佑助，只有这样我们的事业才会蒸蒸日上，我们大邑商王朝才能江山永固。"

仪狄正妃拍手道："妙论。"

众人齐呼："正妃大将军英明。"

夜宴结束时，巫姆宣布：为了感谢正妃大将军解救我井方百姓于水火让我们得以太平，经井方伯主子英提议，将藏于巫氏部落山寨的祖传的镇寨之宝五彩石打制成物镜贡献给井方的大恩人大邑商正妃大将军。说着子英和巫杏登上祭台揭开纱巾，一方五彩石做成的物镜展现在大家面前，莹莹而光。

仪狄正妃引领正妃妇好上台观看，说道："这是工匠们精心打磨的，已经光亮照人，正妃大将军可近前试试。"正妃妇好走近，自己的身影果然出现在物镜里面，随身而动。正妃妇好十分喜欢。

夜宴后，正妃大将军下榻在王城内，其他士卒在王城外住宿。

安顿好正妃大将军，子庆王身边的近侍来见巫姆，传达子庆王紧急诏见仪狄正妃、国师巫姆、司空南、司徒姬泽等四人的旨意。刚刚回到家中的司空南、司徒姬泽两位老臣被子庆王夜间诏见，料知子庆王有恙，衣冠不整就匆忙赶到王宫的议事大厅，见子庆王端坐在榻椅之上，才放下受惊吓的心。俩人悄悄窜到议事厅外整理衣饰后重回厅内。

"诸位爱臣，让大家受惊了，这个时候诏旨你们，你们一定会想到我有什么不测，会吓得不轻。其实没有什么，我的大限早就到了，因我们国家突然战乱，天帝怜悯我们，让我苟延残喘了几日，现在灾难已经过去，我的使命已经完成，归去见天帝的日期就在近日。我走之前还要办几件事儿，否则我会死不瞑目。"

子庆王咳了几声，镇静下来说道："一件司马子灰的事儿，人死不再加罪，看在先父王先王妃的分上留他个司马虚衔，将来见到我的先父王也好有个交代。此事我已经让国师巫姆做了，告知众臣一声。"

"子庆王宅心仁厚，如此对待已故司马爷，已是他的造化。"众人说。

"但有一点死人可免，活人不赦，应当将子灰的子嗣降为平民，迁居至子灰墓地，以墓田为生。"司徒姬泽陈情道。

"这是祖制，应当如此。"司空南解释道。国师巫姆说："两位大人所言合理，我赞同。"

"正妃呢？"子庆王问仪狄正妃。

"应当按祖制照行。"仪狄正妃没有异议。

"好，如此。二件王子子贻的事儿，子贻德才不齐，贪生怕死，有损王子之尊，废嫡王子事众臣早有商议，只是碍于子灰的反对未能立决，前日我已经废其子贻的嫡王子位贬为庶民，让子贻带家眷迁居北边邑地。此事涉及王室国政，在此与众臣告之一下，不知众臣还有异议否？"子庆王胸有成竹，一气叙述完毕。

众人不言语，把目光投在仪狄正妃身上。仪狄正妃说道："子贻是我生身骨肉，自然怜惜他，但他的行为德性确实有辱王室，有负天下百姓，不能因他祸害家国，亵渎王室先祖圣明。此议最早由我奏请的，我自然不会反悔。"

"好，三件事关司马一职的诏命。司马子灰已经辞世，其司马之职不能空缺，现有两个人选供大家商议，一是庶子亚服子平，朝野评议甚好，我也有意栽培；二是亚服纳罕，在此次救国抗士军的战争中屡建奇功，战功卓著，我也有心栽培。"

司徒姬泽说道:"两个后生为人正道年轻有为,皆可重用。"大家不解,国师巫姆问道:"子庆王让二者选一,你为何讲皆可重用焉?"司徒姬泽微笑道:"如果老臣没有猜错的话,我王要做的第四件事就是要议定井方新君之事了。"

"没错,姬泽最懂我心。"子庆王欣慰于色。

"我姬泽在先王时就在王室效命,加之子庆王三十五载,我已做司徒五十年。虽然前不久夸过海口要率兵抗敌,以一当十,那些话是在非常时期讲的,是义气之言,毕竟国难当头,匹夫有责,更何况我一个老兵呢。但实话讲,毕竟年纪不饶人,身子骨不行了,像老狗一样跑不动了,需要休息残喘。将来随我王去见先王,别无他念了。奉请我王,让我退去司徒之职,让贤给亚服子平。子平适合管理民众、土地及教化等事情。这样呢,就可以把司马的位置留给纳罕,我们井方国现时需要一个血气方刚的年轻人管理军队。"

司空南也想说些什么,姬泽打断他:"你不行,你不要跟我争这个事情。你年纪轻,还要带带他们,应当继续留任。仪狄正妃、国师,你们应当支持我的奏请,照顾一下我这个老头儿,我确实累了想歇息。"

大家面面相觑,都不想说些什么,等着子庆王定夺。子庆王环视大家,一脸有气无力的神态:"也罢,姬泽兄长言之有理。"姬泽马上叩拜:"愚臣岂敢做我王的兄长,羞煞老臣了。"子庆王说:"如果你认这个兄长,我就同意你的纳言。"

"这……这……"姬泽叉着一双大手,不知如何表达。子庆王说:"你退了,我也退了,无官一身轻,我不叫你兄长叫你什么?你还想跟我一块儿去见先王,我有你这个兄长陪伴有何不好?"

"得得得,你是圣王你说了算,愚老儿听命便是。"

于是决定:姬泽卸任司徒,名列三公;纳罕为井方国司马将军,子平为井方国司徒大臣,司空南留任。

为了把王位传位给子英,子庆王说了这样一番话:井方国与大邑商和约,成为大邑商王朝的缔约国,方国之君需经大邑商王朝册封,我来日不多,已无福分享受册封之吉,也不便来回折腾。我已让我的仪狄正妃询过大邑商正妃大将军,子昭王已经授她册封之权,借此时机,让大邑商正妃大将军册封子英为井方之王君,岂不是天之幸事,井方国之吉祥吗?

是夜,子英被王室确定为井方之王君。

一夜之间井方有了新主。

第二十二章　子庆王辞世

次日，子英加冕获封井方伯侯，井方举国大庆。考虑到子庆王的身体，仪狄正妃、巫姆建议子英的加冕仪式从简，不邀请外宾，不劳顿百姓，册封后派差使诏告天下。

加冕仪式在井方王城的王宫举行，除了子庆王因病无法参加外，所有王室臣属全部参加，仪式有国师巫姆主持。

一是祭祀天地、先祖。

二是由国师巫姆代子庆王宣诏，自今日起井方国与大邑商王朝缔约，臣服大邑商子昭王朝，归顺一统永为子民。

三是由国师巫姆代子庆王宣诏：司马子灰多有不端，虽有悔改但命已异途，罢司马职，降家眷子嗣为庶民；嫡王子子贻，自私跋扈民怨甚众，德才不及，废嫡王子位贬为庶民，迁居泜水；司徒姬泽年事已高，退司徒职，授井方公侯之誉；本王子庆年老多恙力不从心，奉天之命宣诏退位，仪狄正妃为太正妃，特诏告天下。

四是由大邑商正妃妇好大将军奉大邑商王朝子昭王之命，册封子英为井方国伯侯。

五是由井方新伯侯王子英宣诏：仪狄太正妃为监国，巫姆为太国师，纳罕为司马将军，南为司空，子平为司徒。

加冕当日午后，妇好大将军等一千人马离开井方国南下回朝，子英、仪狄太正妃及所有臣属官僚至城外送行。子英、纳罕、子平等送至三十里外。

以惯例，由大邑商王朝子昭王册封的井方伯侯子英理应跟随正妃妇好大将军亲自到大邑商京都殷城朝拜子昭王,进行贡献,考虑到子庆王病入膏肓朝不保夕,仪狄太正妃亲自出面向妇好大将军陈情,言明稍等一段时间新主子英专程到大邑商京都殷城向子昭王朝拜述职,贡献礼赋。

正妃妇好眼见了子庆王的病情,目睹了井方百姓民不聊生亟待安定的现状,她直言道:"新主初立时在多秋,所见所闻历历于心,仪狄太正妃特意陈情我实不敢当,况且子英是我姊妹有前世缘情,回朝后我知道如何禀报子昭王,陈述井方实情。"

人不进京都,礼数要有,子英年轻经历浅薄,仪狄太正妃为子英费心筹划,两日前仪狄太正妃就让纳罕以井方特使之名,亲率貔、貅二位将军等八十士卒训练礼节,筹办礼物,准备出使大邑商京都殷城。一是护送妇好大将军等平安归京,彰显井方小国对大邑商王朝和正妃大将军的敬意;二是向子昭王贡献纳礼,感谢子昭王在井方危难时刻出兵相救,以子英新主之名义表示井方国永远臣服大邑商子昭王朝。

子英、仪狄太正妃等井方重要官员倾城相送,让妇好大将军万分感动,到了三十里之外,正妃妇好见齐刷刷一支军队候在那里,正妃妇好问子英道:"妹妹,这是何为?"

子英下马微笑不语,轻轻地拍了拍手,纳罕乘马飞奔过来,到了妇好大将军跟前下马施礼,禀报道:"尊敬的大邑商正妃大将军,井方司马将军特使纳罕及随从八十士卒奉我新主子英伯侯之命,护驾正妃大将军平安回京,并有礼车十部,贡礼百箱,请正妃大将军点检。"

正妃妇好下马,命纳罕起身,转向对子英说:"你呀……这么多礼节,恐我下次就不敢来了。"子英说:"姐姐千里救援恩重如山,子昭王大义灭敌无一感激,我井方作为大邑商王朝的缔约之国理应礼敬大邑商子昭王,请正妃大将军姐姐点检。"

十部礼车形状新颖,别具一格,为井方国传统的商车物载。子英见正妃妇好对礼车的造型十分好奇,便做了一番的解释。相传商族有《相土乘马》《亥作服牛》的故事,所谓"乘马"以马代步做马骑,所谓"服牛"是驯养牛让其载物。相土,是商王汤的第十一世祖即契的孙子,昭明之子;亥,又称"王亥",姓子名振,相土之孙,至今九百年矣。亥是历史上最早驯服牛最早用牛拉车载物的人,此车正是依据商族先人的故事建造。

正妃妇好抚摸着样式精巧的牛车，听着子英讲述的故事，她说道："我只知道丘商是商族封地子姓之源，不曾想商族的先祖是在井方之地生根发达的，竟然还有美好的故事，这说明我的丘地子方与你的井方为血缘近族一脉相承。你看看，车上都是你们井方的精贡之物。这是仪狄酒，酒源之头，天下珍品，我可是千杯不醉啊，好酒，我代表子昭王收了；嘿，这不是井方粟米嘛，餐中佳肴香甜宜口，妇孺皆宜，名品贡粟，嫡王子孝己就是吃它长大的；哦，井方的陶，还有井方的木碗，在仪狄部落吃酒用的就是这样的木碗，井方的陶名冠中天，达贵之家必不可少。"她见有两篓物品放在车上，不知何物，问道："此为何品？"

"酸枣叶茶。"子英回答。

正妃妇好大将军好奇，从篓中拿出一包："我吃过酸枣儿，但不曾闻听过酸枣叶茶。"

"此为春日的酸枣嫩芽烤晒所制，除了我们井方的仪狄酒酿历史久长之外，酸枣叶茶在我们井方也流传了上百年，它可是滋阴祛寒的女宾良药，多饮美容也可健体。"子英说道。

"这我可要多多饮用，长年的征战已经让我疲惫不堪，不是腰酸就是背疼，苦不胜言。它若能减轻我的病疼，算是找到了一个良方。"正妃妇好说。

子平说道："调治身体是一个方面，它主要能解渴润津，口饮起来香甜可口。"贺兰儿一旁说道："既然如此，我们拿出些来路上品尝如何？"

子英拉住贺兰儿的手："贺兰姐不用急，我已经给正妃大将军准备了路上用的。"

贺兰儿逗了一个鬼脸儿，小声说："我和妙儿呢？"

子英小声道："都有。"说着让貔等抬上来一个很大的陶罐，里面盛着热腾腾的酸枣叶茶，子英亲手盛了一碗献给正妃妇好大将军。正妃妇好大将军尝了一口，甘甜清心，连连说好，便招呼妙儿、贺兰儿品尝，都赞不绝口。妙儿私下对子英说："若去京都殷城时，这酸枣叶茶多带些，我喜欢，贺兰儿也喜欢。"子英满口应允。

正妃妇好在一个用丝麻精心包装的箱子前停下，问道："此为何物？"子英说："此为父王多年收集保存的龟片和卜骨，龟片十卜骨二十。父王说，'井方仍小邦之国，应当把这些国宝贡献给大邑商子昭王，以备记载占卜国事。'"正妃妇好动情道:"这可是国之宝物,子昭王求之不得,我代他收了。不过呢子英妹妹你知道我最想要的是什么?"

"仪狄部落酒酿。"

"仪狄部落酒我是必要的,还有呢?"

子英想了想不好再揣测,她说道:"正妃大将军姐姐我们不是外人,妹妹有的你只管言语。"

正妃妇好说道:"别叫得这么啰唆,叫姐姐就行。我想要的是这个……"妇好指着十部礼车,她说:"我生平第一次见到这种车,样式美观巧妙精致,宜乘宜载,车好牛品也好,姐姐真的喜欢,姐姐想留下自己用。"

子英笑得灿烂:"姐姐什么时候变得小气了,甭说是十部再要十部也给你。我知道你是办大事的人,你想把它用于征伐,跟随着你装载物品。"

"还是妹妹知我心。"正妃妇好高兴得手舞足蹈。

"姐姐听好了。一、我给你车;二、我给你人。"

"给我人?"正妃妇好不解。

"姐姐忘记了,这礼车再好也是死的,得有人管理。一是驭手,二是饲牛人,三是车匠人,每车六人,共六十人,连车带人一并送姐姐了。"

妙儿和贺兰儿高兴得跳起来,贺兰儿说:"这可有好玩的了。"

子英命司马将军纳罕,到京都殷城后将十部礼车送与正妃大将军,并按每车六人配置,连车带人一并赠送。纳罕领命后马上指示貔、貅二将军速办。

正妃妇好不是个贪恋钱财之人。此次井方之行她满载而归,贡献的礼物收了,没有贡献的她也张嘴要了。妙儿在回归的路上当着正妃妇好的面,嬉笑道:"正妃大将军是狮子张大口,什么都要人家的。"贺兰儿说:"吃喝拿不客气。"正妃妇好则是充耳不闻,笑而不答。

正妃妇好心中有个秘密。一是她想知道井方之地到底有多富裕,大邑商多年征战国库空虚,若是再有战争,粮草已经不足,她作为征战之将,必然会考虑兵马未动粮草先行的事情,既然井方国与大邑商王朝成了缔约之国,了解了井方之地才能知晓它在大邑商王朝国事中所处何等地位,才知道如何在非常时期动用井方国的资源;二是她有一个想法,井方之地是米粮之仓物华天宝之地,是子昭王事业中兴中不可缺少的一块丰腴宝地,仅仅把井方作为大邑商的缔约国是不够的,应当把井方并入臣属国成为大邑商王朝的实有国土,实现这个目的就要促成联姻，让子昭王纳娶子英；三是考验子英和说服子昭王，子英为人大气有家国情怀，正妃妇好体验深刻，然而子昭王并不知道，现在有了这些贡品物证，子英的其情其义就会感动子昭王，让子昭王喜欢她。

地位不同考虑事情的角度自然会有不同，这些事都装在正妃妇好心里，正妃妇好自然不会轻易向妙儿、贺兰儿透露和说明。

当日夜戌时时分，子庆王走完了他人生的最后路程，在王宫寝宫内安详辞世，终年五十一岁。子英悲痛交集长跪不起，仪狄太正妃更是泪水涟涟，而太国师巫姆显得异常镇静。太国师巫姆叫来子英等王臣，传诏子庆王遗言。遗言说："人死常事不必悲矣，奉天帝之命回归天界也是乐事。愚小国之君一生俭朴磊落，最恶扰民滋扰百姓，本先王归天后丧事从简，期不过三日，不浪费麻丝，不陪葬生灵。我儿子英等切记！"

众人闻言，痛哭道："先王一生爱戴百姓，死后仍为百姓着想，实为百姓之王，天地之骄子，史上明君矣。"

司空南是年纪最大者，向巫姆问道："既然先王遗诏期不过三日，如何界定三日？"

巫姆说："依天时计算，先王命郧戌时，时在子时之前以为一日，子时后为另一日，明日为三，即可发葬。"

子英说："父王茔地已定，照准安葬即可，不知明日发葬时还要做些什么？"

巫姆说："国丧都有祖制，照本宣科无误，但明日需做一场祭礼。"

子平说道："此事全凭太国师教导，我等全力以赴。"

子英问道："父王仙逝是否通告我的胞兄子贻呢？"

巫姆怒道："新主你想违背祖制和你父王的诏命吗？你父王怕旧王子子贻祸乱王室，刻意废王子位贬庶民迁边地，就是禁他回王城生事，现在你父王尸骨未寒，你竟然想改诏命，纵容子贻？"

子英马上谢罪："太国师息怒，小主无知，绝对不敢做有违先父王的事情。"巫姆继续说道："身为一方伯侯王君，绝不可心慈手软，否则政无常事，后患无穷。"

仪狄太正妃听说此事，也过来批评子英："治国有治国之道，安邦有安邦之本，你身为伯侯王不能滥施恩威，不能朝令夕改。太国师的训诫一定要铭记于心。"

"是的母妃，女儿铭记于心。"

"若是要马上告知的，也真有一位。"巫姆说，

"谁呢？"子平问道。

"老臣姬泽。"巫姆说。

"姬泽是两朝元老，见证并辅佐了子庆王一朝，没有不告诉他的理由，伯侯新主可安排一位臣工专程通报。"仪狄太正妃赞同巫姆的意见。

子平闻之，忙说道："这是臣下的过错，我要亲自去公侯姬泽府上通告。"话音未落，姬泽家史来报，说是昨夜戌时，老司徒公侯爷姬泽去了。

司空南不由得问了一句："公侯姬泽何时辞世？"

姬泽家史回复："昨日戌时。"

姬泽辞世的时辰与子庆王相同，好似俩人商量好的一块归去一般，仆随主行连生死都恪守着君臣之道。众人惊讶之余愈加敬重姬泽老臣对子庆王的赤胆忠诚。

子庆王辞世归天，巫姆与仪狄太正妃早有准备，并有事项议定。猛不丁公侯姬泽赶来又凑热闹，一君一臣同时辞世对井方来说不是件小事情。子英年纪小才封新主，加之父王辞世悲痛正炽，仪狄太正妃和巫姆自然要多费心血。巫姆以为，子英作为新主和孝子、仪狄太正妃作为先王的妻妾、子平作为圣王的子嗣，都应当留足王宫，为子庆王守灵。由她与司空南代表新主子英及王室等前去吊唁公侯姬泽并慰问姬泽家眷，以国葬之礼与子庆王同时安葬。

仪狄太正妃为人直爽，做事干练，身为女儿的监国，自知担子沉重。她心里悲痛，眼泪咽到肚里。一是子庆王对她挚爱一生，夫妻情深，生死离别，疼在肺腑；二是废王子子贻身在北地，与王城天各一方，父子骨肉生死不能相见，为母者心如刀割，肝肠寸断。人死不能复生，废位难以再续，疼无用，哭泣无用，后悔更无用，她告诫自己，要坚持，要保持镇静，要精心筹划一切为女儿做出榜样，用所有的爱送走夫君子庆最后的时光。

仪狄太正妃忙碌之后，冷静下来，心中有些疑虑。自从子庆王断气之后，巫姆竟然没有一丝儿的泪水，好似一切都麻木了。巫姆一直在指挥，在操纵，在布局，好像在做准备，到底她在准备什么？仪狄太正妃猜过但猜不透，她找到巫姆说道："你是不是有心事瞒着我？我告诉你，你是先王的国师，我是

先王的正妃，我们都是王的女人。你的事就是我事儿，况且我现在还是井方的监国。"

"监国？嘻嘻……是的，你是我们孩子子英的监国，我是她的太国师，但我的心不属于子英这个新主，我属于先王子庆。子英需要你，真的她太嫩了，她需要你调教，需要你全身心地帮助，为她为我们大有前途的新主子英监好国，这就是我要告诉你的一切。"巫姆心中有话，但只说出这些，并且说已经说出了全部。

"我总觉得你怪怪的，好像运筹什么大事。"

"我怪吗？也许是，怪了也不是一天两天，快到尽头了，我已经看到了神光。天帝在召唤我……我……我也想我的母亲了。"巫姆的脸上终于有了泪痕。

仪狄太正妃忙，顾不得多想，丢下一句话，说道："别傻呀，我的亲姐姐。"望着离她而去的仪狄太正妃，巫姆自语道："傻，我傻吗？也好傻就傻到底吧。"

晚上将近子时，巫姆把子英、子平和巫杏叫到一起，她神采奕奕毫无倦意。她说道："子英啊你身为新主，巫姆我由衷地高兴，定你大位之事，其实在两年前就确定了，等到现在的原因，一是你父王身体可行尚能支撑；二是子灰、子贻的面目尚未完全暴露，需要给他们时间。现在瓜熟蒂落，终成正果，你父王一直等着把王位交给你，他一直撑着，撑到你履职大位，对他而言他已经坚持太久，他尽力了看到了结局，他含笑九泉应当很知足。他走了，姬泽走了，还有人要走，走是定数不可逆转，你的母妃十分伟大，她要陪你走一段路，但终归也会老。"

子英插言道："还有你……"

巫姆打断子英："你听我说，井方的天下交给你们了，你们大任在肩不可懈怠，子英来日方长，前途辉煌，井方只是小邦之地，容不下你的贵人之身，你的母妃会长久地给你看守着井方，为保障你宏图之业少有坎坷和恶障，我有心把巫杏举荐于你。她文武皆备，能让你终身受用，你可委命她为你的国师。她虽然年纪小，但功德才气不容小视，对她我有信心。"

巫杏跪拜道："谢谢姨母抬爱举荐，女儿定不负众望。"

巫姆转向子平，问道："你对巫杏有何印象？"

子平面红耳赤："很好，聪明，厉害。"

巫姆和气道："别的话都假，唯有'厉害'这句话是真，只怕是她一辈子对你厉害了。子英新主。"子英马上回话："太国师请指教。"

巫姆说道："我呢是一国之师，以国师之名在你父王身边生活了一辈子，我很幸福也很满足，至于我与你父王之间的事情，我想开诚布公地告诉你们，因为我不想隐瞒什么，不想让后世人猜忌我，诅咒我，我要自己还我清白并陈情于天下。我与你父王无夫妻之名但有夫妻之实，我是他的女人，他是我的夫君，你们可以传播国人以正视听。由于我的这种境遇，请求新主为巫杏做主许配给司徒子平为妻，巫者身为女人，同样应有做人妻的权利。由于他们俩都在你的身边，拥有权重，要明确他们只能参政不得干政，其子嗣不录官阶，这样可剔除他们的野心，不让他们生二意。"

"太国师肺腑之言，子英定铭记于心。可小主我不知如何安排巫桃？"子英认真问道。

"巫桃有巫桃的造化，功大了自然有显现，暂且不论她。"

几个人说完话，天色渐亮。宫外、城外、山野外，哀乐声声，天地呜咽。

巫姆回到室内，静坐了一个时辰。子庆王走了，不能孤单着，她要陪伴他和他永远在一起。巫姆微笑着舒展着自己的身骨，感到从未有过的轻松、愉悦或是兴奋。

之后，巫姆沐浴更衣开始她的计划……

第二十三章　殉情

　　天亮时分，稍作休息的仪狄太正妃一直寻找巫姆，她想与巫姆说说心里话。子庆王辞世后，巫姆神秘兮兮非同寻常，既不见悲伤也不见落泪，反倒觉得她有些轻松，精神上有些亢奋。

　　子庆王患病以来，侍候子庆王的事情，巫姆要多于仪狄太正妃。

　　巫姆独身没有子女，为仪狄太正妃担了不少担子，为子庆王祈祷赐福料理事务，观察病情均由巫姆包揽，更多的情景是巫姆乐意在子庆王身边，但不管如何说巫姆的确很累很费心思。现在子庆王去了，累久了，负担久了，想放松自己，也在情理之中。国师是人，国师是女人。巫姆从不掩饰自己是个女人，并且经常告诉别人，也在告诫自己，她一直为身为女人自豪，虽然她有占卜决断、替天行道、生杀予夺、一人之下万人之上的权力，但她更钟情的是个女人。

　　巫姆与子庆王之间那层关系，在仪狄太正妃出嫁时子庆王已经和盘托出，成婚后巫姆也亲口向仪狄太正妃讲述，巫姆的事儿，子庆王的事儿，仪狄太正妃的事儿，仨人之间如冰一样的透明儿，互不隐瞒什么。巫姆在子庆王宫内过夜的次数要比仪狄正妃多，尽管她与子庆王没有妻妾之名。

　　仪狄太正妃出身仪狄部落，习惯了走婚的习俗，对一男多妻或是一妻多夫并不在意，她从嫁给子庆王那天起，就知道子庆王不是自己一人的。子庆王拥有井方，是井方的君王，对君王而而言，井方的天、地、人，或是一草一木都要顺从为臣，又何况女人呢？仪狄太正妃嫁给子庆王得到了子庆王的疼爱和钟情，得到了井方王朝的正妃之位，正妃者统领王之妻妾，辅佐王之国事，这个自夏禹以来的世道习俗，仪狄正妃清楚，也恪守其律。子庆王纳娶她之后，没有再娶妻妾，已经表明子庆王对仪狄太正妃是真心的尊重和喜爱，仪狄太正妃从不回避她嫁给子庆王之前子庆王的那些妻妾，与她们相处尊重，呵护礼待，时时事事展现正妃襟怀。

巫姆地位特殊，可以与仪狄太正妃比肩而坐，是子庆王身边无人能替代的一个女人。巫姆对子庆王的喜欢已经渗透到她的骨髓和血液里，在她的心目中子庆王是她的全部，因为爱，她不在乎子庆王身边有多少个妻妾，因为爱，她同意并主张子庆王与仪狄部落联姻，迎娶仪狄太正妃并册封为井方正妃。

巫姆对子庆王的爱生于幼童时期，从记事儿起他们在一起玩一起住一起哭一起闹，就连童时的梦也是一起做的。小时候她对子庆王身边儿的女孩儿有一种天生的排斥、嫉妒。记得五岁时表姐来玩，因为拉了一下子庆的手，她就狠狠地在她表姐的胳膊上咬上一口，逼她阿母愣是赶走了表姐，表姐身上至今留着那块印痕。

子庆母亲去世早，弟弟子灰年幼，子庆的父王妻妾成群无暇顾及他们，出于对子庆兄弟的关心和同情，身为国师的巫姆的母亲主动承担了教育照管子庆兄弟的责任，子庆被册立为世子后，巫姆依旧如初与子庆玩在一起做事儿在一起，甚至接替母亲开始照料子庆兄弟俩的起居。直到有一天，巫姆的母亲突然发现自己的女儿长大了，不能再与世子子庆形影不离的时候已经晚了，巫姆告诉母亲，她爱世子子庆，她一生只爱子庆一人，她今生今世不会也不可能离开子庆。

巫姆的母亲曾经提醒子庆的父王，让他以君王之命约束世子子庆和巫姆，割断两个年轻人的私情，在她看来国师的女儿是不能与君王家族联姻，君王代表着王权，国师代表神权，王权与神权合二为一会有悖天道，不利于家国朝政。

子庆的父王坐在王室的殿堂上，倦意愁容，有心无意地说道："不就是男欢女爱的事儿，朝野说如何不说又如何？我儿子庆生母早逝胞弟幼小，童年时多亏你的照顾教导，如今身居世子进入雄男之年，需要个女人也是常事。你女儿贤淑靓丽，钟情于我儿子庆，她有情我儿有意，两相情愿乃水到渠成之事。这些年你对俩王子投以母爱情以关怀，你和你女儿为我儿做了不少的事情，付出的必有回报，我报以乘龙快婿岂不乐哉！"子庆的父王知恩图报，说得直白清楚，让巫姆的母亲无言以对，但她依旧思想不通。

想不通又无他招，眼见自己的身体一天不如一天，一直想把巫师之位传给巫姆的她，不免心急火燎，便私下与子庆的父王沟通。征得同意后，她将巫姆和世子子庆叫到一块儿，以一个母亲的肺腑之言，讲了两点：一是同意巫姆嫁给子庆，但不得对外声张，由她和子庆的父王主婚，俩人有夫妻之实无夫妻之名，为防是非他们婚后不得生育子嗣；二是子庆继任大位后，巫姆以国师身份辅佐国王，可以居住王宫但要公私分列，体现王权与神权的分治旧制。

巫姆向母亲承诺："女儿不在乎夫妻之名也不在意不得生育子嗣的要求，只要能与世子子庆同眠共枕相守一生，女儿绝无怨恨。"子庆感激巫姆的付出，答应了巫姆阿母的要求，于是俩人举行了一个不为外人所知的婚礼。

那是一个风清月爽的晚上，在王宫的院内由子庆的父王主持的世子子庆有生以来的第一次婚礼。子庆的父王和巫姆的母亲分别端坐在祭台两侧的蒲团上。祭台上方是王宫中生长了百年的一棵桂树，桂树的上方是天上的圆月，一切别有洞天，如诗似画。

子庆的父王说道："今日我与国师私下为你们举行婚礼，个中原因国师已经讲了，她是国师自然要站在家国大事上看待你们的婚事，公私分明，从长计议，实在难能可贵。巫姆受些委屈，我能理解，也只能表示为父为王者的歉意。我儿子庆命运多舛童年不易，多蒙巫臣母女多年关照，今日结其良缘算是报答。看到你们连枝成双，本王高兴也感动。"

国师说："感谢我王能理解臣下的心情和用心的铺派，但愿他们能相爱一生。"

月光下，巫姆与世子子庆牵手站在祭台之前，接受父王和国师母亲的祝福。

父王坐在蒲团上感慨道："今时天公作美，月圆无暇，既然天帝如此慷慨成全，必是大吉大利，所以我们要免除俗礼一切从简。你们拜天神，拜地神，拜先祖之后，跟我和国师也是你们的父母吐点心声。国师你说如何？"

"我王开明，臣下十分赞同。"

巫姆与子庆行毕三礼，依照父王之言，述其心迹。世子子庆说道："感谢父王、国师养育教诲之恩，有幸与巫姆结缘，定要钟爱一生。"巫姆说："不辱王恩母命，慎言慎行，辅佐世子，效力国家，与子庆恩爱一生，不求同日生,但求同日死……"

"哎哎……"父王打断道:"大喜之日,出此晦言有伤吉利。你与子庆没有夫妻之名和不育子嗣的苦楚,为王我能够理解,这也是不得已而为之的事情。庆儿啊,巫姆做出的,你一定要珍惜,要爱护、守护她一生。"父王是个重感情之人,此时已经呜咽难述。

仪狄太正妃坐在灵堂内回忆着子庆王与巫姆秘密成婚的往事,深为他们的相爱感动。快到午时,仪狄太正妃仍不见巫姆身影,她开始坐不住了,吩咐侍从去找。侍从归来复命说:"在宫内找了几个地方不曾见到太国师。"仪狄太正妃急了,说道:"这个巫姆平时对先王表现的忠诚可敬,如影身随,可现在尸骨未寒,竟然不见踪影。"

子英起身对母妃说:"宫内有个秘室,太国师平时喜欢在那里歇息,我去看一下。"

仪狄太正妃拍着自己的脑袋:"这个我倒是忘记了,你是井方新主,不得离开你的父王,还是由我去找。"说着离开了灵堂。

仪狄太正妃转过先王的寝室,在先王寝室的斜对面有一个不被人注意的宫室,这是巫姆的私居处。先王与巫姆多次在此居住,留下过许多美好的回忆,仪狄太正妃知道这个地方,是在她与先王成婚不久巫姆告知她的,并曾留仪狄太正妃在此居住过。子英知道这个地方,是最近的事儿。子英去大邑商之前,巫姆在此向子英传诏先王密旨并给她介绍大邑商王朝的风土民情和国政祭礼以及大邑商正妃大将军的性格喜好,当时巫姆说:"我把你当我的女儿才让你来这个地方,这是我的私居处,除了你的父王和母妃外别人都不知情。"

仪狄太正妃叩门,没有动静,仪狄正妃喊道:"巫姆,快给我开门!"门开了,巫姆两眼红肿,也不看仪狄太正妃一眼。

"我问你,几时出殡安葬先王。"

"日央时[①]分。"

"现在几时了?"

"将近午时。"

---

① 央时:也称日映,古代十二时辰之一,每日的13时至15时。

"你……你这不是清楚着吗？"

巫姆笑了："当然了，怎会记不得呢。这个屋子里有我太多的记忆，我想最后看看它。"

"不就是个屋子吗？"

"不，这个宫殿是子庆王给你建造的，但这个屋子是我的，是我和子庆王的。屋子里所有的摆设，都是从旧宫殿搬来的，我在这住了三十五年，见证了一个女人从少女到妇人的过程，见证我与子庆王所有的生活。假如，假如我不在了，请妹妹一定把这个宫殿付之一炬。"

仪狄太正妃不高兴了："不想听不吉利的话。"

巫姆坐在仪狄太正妃的身边："对我来讲，没有吉利不吉利之虑，本来不想与你说什么的，既然你我有缘，让我们姊妹俩又有了一次说话的机会。我再重述一次，希望你看在先王和看在我们姊妹一场的分上再听一次。"

"我不想听呢？"

"先王让你听的！"巫姆望着仪狄太正妃目光咄咄逼人，仪狄太正妃好像感受到了什么，服从道："太国师请讲，仪狄太正妃谨记在心。"

巫姆说道："一、监好国，看好家，防止北边滋事。"

"北边，北边是谁？"

"你的儿子子贻。"

仪狄太正妃疑惑道："哦。"

"二、用好子平。"

仪狄太正妃说："妹妹不解，子英是新主伯侯，下有司马纳罕、司空南、司徒子平，为何独独告诫我用好子平？"

"今年深秋，大邑商王朝的西北边地会有外敌入侵爆发一场血战，若是大邑商正妃妇好大将军挂帅出征西北，凭着她与我们井方新主子英的关系，大邑商王朝正妃妇好大将军必然要征调子英出兵一块征战，这将是子英一生中重大的转折。"

仪狄太正妃担心道："子英身体力薄年轻无知，不如由我出面代她出征，为大邑商王朝效力。"

"她是伯侯，身份不同你代替不了，子英她极有可能会成为大邑商王朝的王妃。"巫姆说道。仪狄正妃按住自己的胸口："巫姆，这话不可乱讲的……"巫姆笑意坦然："人都说知女莫如母，你这个做母亲的尚不及我。"

"又跟我争子英，我不高兴……"

"随你高兴不高兴，子英就是我的女儿。"

"不打嘴仗了，你说子英真的能做大邑商王朝的王妃？"

"对的，也许是正妃。"

"大邑商王朝总不能有两个正妃吧？"

"天意莫测，大邑商正妃妇好大将军的命运也在莫测之中。"

"你说的也对，征战之人十命九损，可你怎么能认定子英会位居正妃之位？"

"此次大邑商正妃大将军驾临井方，言谈话语之间无不流露出对子英的姊妹之情和切盼携手共事的心愿。"

"姊妹之情与王妃何干？"

"姊妹之情是习俗的铺垫，携手共事商王室才是正妃妇好大将军的目的。"

"这我信，正妃妇好大将军不是小女人心肠，她有天下之心运筹之志，但我想她不会连自己的后事都想到了吧？"

"征战沙场，浴血人生，这些视死如归的人除了坦然面对生死之外他们最在意的是自己的事业后继有人，携手共事辅佐子昭王振兴大邑中兴大商，不让自己的血白白流失。"

"大邑商正妃妇好大将军真的是位可敬之人。"

巫姆继续道："所以要给我们的子英一个破茧成蝶的机会。"

仪狄太正妃有些感动，说道："天帝护佑我们的子英，那我能为她做些什么呢？"

"从现在起要不动声色地储备粮草，秣马厉兵，一旦子英征战西北，就会粮草充足有备无患。纳罕出身军卒之家，做事谨慎，让纳罕助力子英一同出征为好，子平自然就成了你的重要帮手。"

仪狄太正妃喃喃道："本想子英做了新主我要轻松一些，如你所说这井方的事儿还要让我替她担着。"

巫姆说："谁让我们的女儿有承天命的造化呢。"

说着巫姆开始督促仪狄太正妃动身，说是国葬的时辰已到。仪狄太正妃见巫姆着一身新鲜巫衣，脸目修饰整齐，问道："为何如此粉饰？"巫姆一语双关："去见先王啊。"仪狄太正妃无心多想，急着与巫姆一块儿回到灵堂。

宗庙之前，鼓乐低鸣，王室妃妾列队于前，臣工百姓列队于后。王族子嗣黑衣白幡，臣工百姓哀草瑟瑟。哀乐中，巫姆缓缓地登上祭坛，面对先王灵柩舞蹈咏颂："天地惶惶，日月伤伤。吾王圣治，风和日朗。蹈舞哀极，叹咏圣王……"

巫姆咏颂着子庆王的生平功绩，隐喻着她对子庆王深深的爱恋。她的咏颂声时而高昂时而低沉；她的舞步时矫健如燕，时而如泥牛蹉跎；她的面容时而笑如芙蓉，时而箭雨青荷。情沉沉泪沱沱，梦已尽。终于，鼓乐收鸣曲尽礼毕，在最后的刹那间，巫姆缓缓倒下。

仪狄太正妃料知事情不妙，飞身跑过去将巫姆揽在怀中，呼唤道："太国师……太国师……"巫姆微微地睁开眼睛，有气无力地说道："对不起……我要跟先王去了……"嘴角处，一缕鲜红之血浸出，巫姆魂消玉断。子英起身想去看望巫姆，被司空南制止，说道："先王大祭，孝子新王不可妄动。"司徒子平一旁提醒妹妹子英说道："司空大人所言极善，俗礼国制不能有违。"

说话间，巫杏已经站在祭台之上，她满面泪水操着稚嫩的声音，咏唱道："祭礼毕，送万圣先王入居冥宫。起驾！"

"巫杏？"子英问道。

"定是母妃的旨意，唯有如此为妥。"子平安抚道。

侍从走到子英身边小声道："太国师服用了胡蔓藤[①]，已无救药，跟随先王去了。"

子英一阵悲痛。

[①] 胡蔓藤：俗称断肠草，古代毒药。

第二十四章　朝拜子昭王

　　安葬完父王、太国师巫姆和公侯姬泽等三人，初秋已至。商七月，子英由司徒子平、司空南陪同，驱车视察王畿①井田。视察王畿井田是井方伯侯王的惯例，往年父王也是如此，民以食为天，作为民的伯侯，自然要珍视。

　　子英头戴斗笠，脚踩草鞋，一身农家打扮，她深入井田农舍，踏阡陌而行。成片的粟禾成熟发黄，沉甸甸的穗儿，展示着丰收在望的景色。远天白云，青山黛墨，田野里的蝈蝈叫得甜脆。子英私下让子平抓来一只，说是要带回王宫里去。时间抹不去她的记忆，前年她随父王去青界视察井田时曾经抓过一只带回王宫与巫姆一起逗戏，如今物是人非，父王和巫姆驾鹤西去。情仍在，牵挂难消，唯有思念重重！

　　子英仔细听着井田史②的禀报，看着井田中农奴们为准备收割而忙碌的身影，对农人的辛勤生出几分的感激和敬佩。兴致来了，她忘记了伯侯王的身份坐在田埂上向农奴求教春耕夏播秋收冬藏的学问。她姣好的脸庞，谦逊的神色，和蔼的声音，像沐浴着田野阳光的一尊神祇，让百姓们崇敬万分。井方新主勤奋、务实、谦和、亲民、友善的德行，由王畿传播到畿外，很快风靡天下，井方百姓倍受感动和鼓舞。跟随先王见多了世面的司空南激动难抑，他见到仪狄太正妃后赞颂子英，他说："新主惠风和畅，百姓敬仰，是先王之功德，仪狄太正妃之慈教，方国大幸，百姓万福。新君如尧山之崇，似日月当

---

① 王畿：国都附近的地区。
② 井田史：商代管理井田的官员。

空，王恩惠泽天下普照扶桑，愚臣钦佩得五体投地，实乃我井方明主哉。"

仪狄太正妃听后自然高兴，她告诫司空南：新主年轻磨砺不足，身为老臣当多进谏提醒为是。同时仪狄太正妃教导子英，国之大事唯祀与戎，作为小邦之地当另有侧重，绝对不能和王朝大国一样把祭祀和军事放在首位，若是那样会引起王朝大国的戒心。如果你过分强调你先祖的伟大、圣明，过分强大自己的军事力量，对大邑商王朝来讲不似野心也是野心，他们会恐你坐大成势与大邑商王朝离心离德，就会找理由挫其锐性伤及筋骨，让其降服于大朝。我们一定要接受土方除国的教训，切不可妄自尊大目无余子，现在有了大邑商王朝的庇护，井方小邦最重要的事情就是重视农事或牧业，丰衣足食，充盈国库，安民固邦。我井方土地肥沃是大邑商北地的粟米粮仓，你父王在世时经常告诫国民百姓，家中有粟做事不慌，国家有粟兵强马壮。仪狄太正妃的一番教导，子英茅塞顿开，更加重视农耕，短短半个月她跑遍了都城南、北、东三个方向五十里地内的王畿井田，她知道这些井田是井方的粮仓，百姓的财富，事关井方国运，凝聚了父王多年的心血，她必须继承和坚守。

王城东南三十里有一青介丘，土地平缓，河渠纵横，井田阡陌广阔，是王畿井田中的头号粮仓。井方的农人多数居住于此。

井方多水多田，先人将田地分封给部落领主，九百亩田视为一井，中间百亩为上缴井方伯侯的公田，四周八百亩为部落首领的私田，其收成归部落首领所有，通过这种井田制形式用私田养公田，调动了部落领主的积极性，从而形成了一种新型的社会生产关系。大邑商王朝第十三位王祖乙迁井[①]后，发现井地的人们生活富有社会安定，民风淳朴，农耕及时管理有效，这些都得益于当地的井田活动，于是在大邑商社会中广泛推行井方地区的井田制度。井方由此成为大邑商王朝的德之地，广受天下赞誉。但到了子庆父王这一代，他不勤政事荒废劝农，一些奴隶主假公肥私，侵占或荒芜公田，井田制度受到破坏，致使国家农业歉收，百姓穷困潦倒。子庆王执政后，整饬田地，惩处田霸，恢复井田制，除了王室带头开垦井田外，还鼓励部落领主开垦井田，增加井方的田亩和粮食收成。通过井田制的恢复和推行，避免了人口特别是奴隶人口的无序流动，调动了部落领主的积极性，保持了井方粮食的稳步增长和社会的长期

---

① 祖乙迁井：商代第十三位王，约于公元前1438年迁都邢地即邢台古地。

安定。

青介近邻王城，拥有广袤良田。子庆王为了管理好这片肥田沃土，他创立了九夫为井，四井为邑，四邑为丘的农耕行政法令，在青介设立青介丘，下辖十六井，王室派出丘史，施其职而平其政，任地事而令贡赋，此举一直被生前的子庆王津津乐道，视为井田管理的最佳王政。

父王生前重视的事情，子英奉为宝典，念念不忘。今日驾临青介丘，见万亩良田，金涛波涌不胜感慨。决定月中举行丰收祭礼，祭祀神农氏祈求天下丰收，为顺其天时，她命新国师巫杏组织祭祀事宜。

初秋，晨露中多了些凉意，宫中的鸟儿扶窗低吟。子英清晨起床，加了件衣饰，让侍从梳洗打扮一番，忙着前去拜见仪狄太正妃向母妃请安。仪狄太正妃懒懒地卧在床上，眼睛红肿，想必是一夜未眠。子英跪拜道："女儿向母妃问安。"仪狄太正妃"嗯"了一声，脸儿转向一边，子英坐在仪狄太正妃榻边，亲切地问道："是不是女儿做错了什么又让母妃生气了？"

仪狄太正妃摇头："没有，很好的。"

"母妃，女儿年纪小，治国没有经验，如果女儿哪方面做得不好，母妃你就……"

仪狄太正妃坐起来说道："子英啊，你要自信一些，一国之伯侯统揽着天下，必须自信自己，该做什么不该做什么，即使做错了什么都要自信。没有必要事事听信别人的，事事征求别人的意见，让别人牵着鼻子走。"

"因为你是我的母妃。"

"我是你的母妃不错，但我首先是你的臣民，由你决定我的命运而不是我来决定你，指挥你，甚至操控你，那样的话与我做伯侯有何两样？"

子英低下头："知道了母妃，我错了。"

"怎么了你是，平白无故认什么错呀，你错在哪里了？为什么说'我错了'？我说过你多少次了，即使错也不能认错，你是伯侯王，是威仪天下的一方之王，除了天帝和大邑商的子昭王说你错之外，任何人任何事，你都不得随意认错，随意说我错了。"

"知道了母妃。"

仪狄太正妃拉住子英的手，让她靠近自己，她说道："孩子，无威不为尊。你是井方的天子，井方任何人都不得挑战你的地位，削弱你的威严，玷污你的人格。稍有不敬者，必取其命，要敢于杀一儆百，要敢于错杀不惜。你若想执政长久，让天下人敬仰，让国泰民安，让不敬者心生畏惧，你必须如此，也唯有如此。"

"那杀错了人怎么办？"

"对你来讲，没有杀错的时候，你永远是对的。"

子英摇头道："女儿做不到，女儿要公正。"

"你呀你，我本想辅助你一段时间，等你能独立支撑方国了，我就隐去或是去找你的先父王和太国师巫姆去，我老了也累了，母妃真的好想他们……"说着，眼中涌出泪水。

"你梦见他们了？"子英关心道。仪狄太正妃泪水长流："梦见了，他们在天国生活得很好，我羡慕他们……"子英跪地哭道："母妃不要离开我，我怕，我怕治理不好井方国。"仪狄太正妃拭泪道："这我知道，你父王不让我走，让我陪伴你……其实你如此的小心和仁慈，我又如何放心？"

"有你在我什么都不用担心。"

"我担心呀，你十六岁了，到了婚配的年纪，母妃我不可能跟你一辈子。"停了许久，仪狄太正妃又说道，"女儿已长成，总得有个夫婿，有一个疼爱你的人，还得有你爱的爱你的后代人。"

子英脸色红润："是啊，不瞒母妃说，我一直在想婚配什么样的夫婿好呢。"

"等有人照顾你了，我就放心了，就可无牵挂地去见你的先父王了。"仪狄太正妃动情地说道。

"若论婚配，得找子昭王那样的有气势有大抱负的人，女儿我不想平平淡淡地了却一生。"子英自语道。子英的话，勾起了仪狄太正妃对巫姆的回忆。

巫姆去世那天说得明白无误，子英将来要嫁的就是大邑商的子昭王，今日子英吐露心声，意在子昭王，正好贴合了巫姆的话。仪狄太正妃心中有了底数，自然会把女儿的事考虑周详。仪狄太正妃生于山寨，感于四季见惯了四象天宿，习惯了春夏秋冬，虽然她在子庆王身边生活了三十余年，受王室神祇观念的影响，但她骨子里对人生命运有着朴素的看法。她知命，因为命不由己；她知行，因为行为命之本；人生逢运时辰再好，本人不努力，也会命运多舛；人生不逢时，但本人善于努力，命运前程就会大有改变。她信仰事在人为，她坚守与命运抗争。童年的生活告诉她，她们仪狄部落就是根据四季变化来掌握自己命运的，酒酿也好，稼穑也好，狩猎也好，都靠主动把握适时而为。如果坐享其成依赖天运，错过了季节时令，酒酿不好，粮收不成，就连猎物们也迁徙而去，错失的可能是一年的命运，也可能是一生的命运。女儿命好有吉祥之兆，但也需要做周旋之功。

旋机在于动，动在于筹划，筹划在于借势，这是仪狄太正妃的人生哲理。如何借势启动旋机之门呢？仪狄太正妃是个聪明人，她有她的办法。

子英的丰收祭礼搞得很成功，通过祭祀丰收，积粮储粮，井方之地皆是粮仓。仪狄太正妃赞叹道："新主有为，筹划周密，感动了神农大帝，让家国五谷丰登，若是先王天上有知，定会嘉奖这班侯臣的。"

在仪狄太正妃的鼓动下，司马纳罕腾出军旅之地储备粮食，此举在井方为首次；司空南呈请从王室中借出粮食寄存百姓家中，用以兴修水利、制陶和向大邑商学习冶铜术；司徒子平陈情用粮食鼓励民间开垦边地，增加田亩人口，壮大国力。仪狄太正妃没有什么可倡导的，只是建议粮食充盈了在多给度娲一些，仪狄部落的酒酿坊已经是大邑商王朝的贡酿，酒酿多了，消费粮食大增。"粮食酒酿之本，粮食多了，才有好的酒酿。"度姆听了仪狄太正妃的话自然高兴，主动找子英要粮。子英说："官有其职，职有所司，你去找司徒好了。"子平呢又把事情推给纳罕，纳罕二话不说，命士卒往仪狄部落运粮。子英听说后，批评纳罕道："你让你的部下貔和度娲一块儿去找仪狄太正妃呈请多好，仪狄太正妃正要找他们说他们的婚事呢。"纳罕拍着自己的额头："我这急脾气，怎么忘记了这事儿？"

寒风初起，大地萧条，秋尽冬来，在仪狄太正妃的督促下子英、司空南等一行人载着朝贡的礼物登上了南去朝拜大邑商子昭王的路程。这是子英受封井方伯侯王后第一次赴京都殷城朝拜子昭王。国丧之国，不拘礼数，这是天下规矩，子昭王等也应当理解，可仪狄太正妃为何这般急切让子英南下呢？

同行的司空南向仪狄太正妃提出过同样的话题，仪狄太正妃说："大邑商子昭王驱逐土军，救我井方万民还册封了井方新主，我们礼当恭敬。"

司空南是老臣，年纪比仪狄太正妃大，讲话耿直，他认为先王仙逝不久，刚过国丧之期，新主朝拜大邑商昭王之事不必操之过急，可以挨到明年一并朝拜。仪狄太正妃见司空南不解其意，便将巫姆的遗嘱和自己的想法和盘托出，她说:"既然如此,你作为井方老臣,我只能实言相告。一、巫姆说今冬明春大邑商国朝西北边界会有大的战事发生,西北遥远路途迢迢,千里征战绝非一年半载所能完胜,巫姆是已亡人但我相信她说的话,所以我想让子英在西北战事爆发之前,先去朝拜子昭王和正妃妇好大将军,如果晚一段时辰战事爆发了,那时的局势就非我们所料了,就可能欠子昭王和正妃妇好大将军的一个礼节。"

司空南听后沉默不语。

"兹事体大,我又不想过早地告诉子英、子平甚至纳罕这些年轻的后生,免得他们言论失当,影响刚刚安定下来的国民的情绪。"

司空南说:"我崇敬太国师巫姆,相信她的预言,既然她十分明白地告诉仪狄太正妃这件事情,必定为真。我终于明白了仪狄太正妃为什么鼓动我们广积粮的原因,如此说来你让新主南下朝拜大邑商子昭王是想赶在西北战事爆发之前,让新主有机会与子昭王谈谈我们井方的事情,表示我们的敬意。"

"还有二。"仪狄太正妃接着说。"大邑商正妃妇好大将军驾临我地时,曾多次暗示乐意让大邑商与我们井方联姻,成为姻亲之国。"

"啊,有如此好事?不知我们的新主是否有意。"司空喜忧参半。仪狄太正妃自然不会说自己的女儿想与子昭王婚配,而是解释道:"君以国事为重,王以民事优先,为了方国福祉,新主理应服从民意。"司空南感动不已,跪地垂泪道:"仪狄太正妃大义,井方百姓万福,老臣我没齿不忘仪狄太正妃大德,期盼新主能光耀我族,移步大位。"

仪狄太正妃说道:"先王已逝,未亡人盼新主身有所托,了却做父母一片心意,此次新主进京朝拜想让司空南大人结伴同行。你我都是先王之臣,眼下你又是新主臣属中最有资历的一位德高望重的老者,有你陪同我自然放心,同时我有一卜辞书信请你秘密转交给大邑商正妃妇好大将军。这些事情你知我知天知地知,不再向别人传说,总之有先王在天之灵,会保佑我们井方一切安好。"

"那是那是,有仪狄太正妃掌舵,有先王在上天维护着,井方会国泰民安的。"司空南将卜辞书信放入怀内,"仪狄太正妃放心,臣下一定不辱使命完成仪狄太正妃的差托。不知还有什么事情要盼咐臣下做的吗?"

"别的没有,新主此时南行正是我井方收获后的季节,贡品花样多多,也是一种心意。"仪狄太正妃说。

"臣下理解了仪狄太正妃的良苦用心。好在我井方距离大邑商王都不远，三日内所献贡品还能保持新鲜可用。"司空南同样用这句话劝说新主子英。

有了仪狄太正妃的督促，众臣的劝解，子英也觉得此时走一遭亲自向子昭王和正妃妇好大将军表示谢意是个不错的主意。井方丰收季让她收获粟米的同时，也收获了不少的奇珍异宝，她可借此好好地向正妃妇好姐姐和妙儿、贺兰儿等姊妹献上以表心意，毕竟她们的友情经过了战火的洗礼。

到达大邑商京都殷城次日，子昭王与正妃妇好大将军朝见并宴请子英一行，子英向子昭王和正妃妇好大将军在井方危难之际出兵相救以及父王离世时的慰问表达谢意。她说："小臣受命管理井方之土，定会带领井方百姓戍守边土，臣服子昭王，敬重正妃妇好大将军，戮力同心拱卫大邑商王朝。"

子昭王喜见子英，目光总在子英身上打转儿，一旁的司空南看得清楚，印证了仪狄太正妃的说辞。子昭王喜酒善饮，今日得见子英畅意无限，频频推杯换盏，不觉中有了三分醉意。今日的正妃妇好大将军脸色不好，眼睛微肿神情呆滞，坐在子昭王一侧，故意扭着身子，很少与子昭王照面。子英悄悄问道："正妃妇好姐姐有什么不适吗？"正妃妇好拉住子英的手，愤愤道："不干你事，你来姐高兴，我也正在想你呢。"

子昭王想缓和与妇好的不悦，拿起酒碗凑到妇好面前："正妃夫人消消气，本王不与那南夷人和亲了不成。"妇好怒道："你这个老情种，人都睡过了，怎好向人家解释。"

"本王睡过的女人多了，难道跟本王睡过的女人本王都要给她妻妾之名和联姻之荣吗？"子昭王显然惧怕正妃妇好，改变了原来的主意。正妃妇好转过身子："我不明白，一个小小的蛮夷之地，也配与大邑商联姻，你也鬼迷心窍，受不了那几张画皮女子小脸蛋儿的诱惑，几句话把你哄骗得没了德行，竟然答应与蛮夷人联姻，你也不怕丢了大邑商和你子昭王的尊严。"

"本王知错，不册命联姻，把她们留在宫中与本王逗逗乐子。"

"也好！"正妃妇好端起酒碗一干而尽。

子昭王寝宫的侍卫慌慌地走来在子昭王耳边嘀咕了一阵，子昭王脸色大变，怒视着正妃妇好。正妃妇好一改刚才的颓废之色喜笑颜开，招呼大家吃酒。之后放下酒碗，柔情地对子昭王说："夫君哪，别再为她们难过了，不就是几个小女子几条小命嘛，我把她们都杀了免得你时时牵挂，同时我还想告诉夫君，你担心的事儿今后不会再发生，我已命贺兰儿率两千士卒半月内扫平那个有野心的蛮夷小邦，大人一个不留，妇孺充奴！"

子昭王拿起酒碗想往地上摔，正妃妇好也不示弱，她说道："摔呀？井方新主为你朝贡带来奇珍无数，大邑商子昭王竟然这样对待前来朝拜的臣民……"子昭王把举起的酒碗在空中画了一个圈儿，变脸儿嘻嘻道："贵宾到来本王高兴，练练筋骨好与我的臣子痛饮一番。"子英见子昭王如此肚量，佩服他的大男人胸怀，由此再一次触动了她的少女之心："我王如此盛宴，小臣感激万分。"子英起身跪地，目光向下双手举过头顶，"请我王受小臣一敬！"子昭王爽快地接过酒碗。

妇好借机说道："美酒佳丽英雄艳色，你守着如此美人还想那些蛮夷妹子，真的是大邑商的罪过，也是子昭王和我这个正妃的罪过。你说不是吗，我的夫君？"

子昭王见妇好说得透彻，正中他的心思，龙颜大悦："还是正妃妇好大将军能读懂我的心思。来来来，正妃爱妻受夫君一碗酒，谢你替我灭了那个南蛮小邦，除我心头一患。"

"想通了？"

"本来嘛。"

"哈哈……"俩人各怀鬼胎，笑声诡秘。

子英清丽秀美的模样一直留在子昭王的心中。子英的美与正妃妇好不同，子英给他的感觉，和气、谦逊、贤淑、内秀、聪慧、温柔、善解人意，他在子英面前能感受到轻松惬意和男人的自信；而在正妃妇好面前他一直没有自信，一直像个听话的大男孩儿，许多事儿要听正妃妇好的，要按正妃妇好的意思办，他感觉到正妃妇好没有把他作为君主作为天子，而是把他当作一个合作的伙伴，许多时候他要忍让甚至哄着，要把天下的一半权力交给正妃妇好。他曾经自卑过，他承认在军事上正妃妇好的才能不在他子昭王之下。

男人是温情的猎物，喜欢温情的港湾，正妃妇好不能给他的，子英恰好做到了弥补。子英拿出贡礼清单，由礼仪一一宣读，奇珍异宝应有尽有，子昭王听得高兴心里有些醉意。子昭王不是个贪物之人，但对物华天宝的井方之地，他有了感觉有了爱意也有了想法。激动之中，他让宫人拿出西域人贡献的美玉，赏赐给子英和子英的母妃。

一旁的正妃妇好，脸色中带着疲惫，眼光流露出少有的嫉妒，但只一会儿就回复了平静。

三日后，正妃妇好单独举行宫宴招待子英一行。宴席中正妃妇好将嫡王子孝己带到身边，介绍给子英。孝己比子英小三岁，长得秀气可爱一副娃娃脸儿，说话童声童气，羞羞的像个女子。孝己已经册封为世子，子昭王和正妃大将军将孝己视若掌上明珠。

与孝己一起走来的还有孝己的姊妹，一名曰子妥[①]，是孝己的胞姐，与子英同龄，芳年十六岁；一名曰子媚[②]，是孝己的胞妹，芳年十一岁。

这是子英第一次见到正妃妇好的三个孩子。

[①] 子妥：妇好之女，曾有鼎出土。
[②] 子媚：妇好之女，曾有鼎出土。

第二十五章　妇好设宴

"我漂亮吗，我好看吗。"扎了多个小辫子的子媚追着子英问道，一双会说话的大眼睛吸引着人们的目光。她脸盘方圆，小嘴嘟嘟的很是好看。

子昭王生于盘庚末年，经历了伯父盘庚、小辛和父亲小乙三个朝代，他继任王位时已经四十二岁。子昭王比正妃妇好年长二十九岁，与正妃妇好成婚时子昭王已经是四十四岁的人了，他与正妃妇好成婚之前已有四十多位妻妾，生育了五十多位子女，原有的男儿都是妾妻所生，属庶子之辈。这些子女有的成家立业获取了封地，未成年者大都居住在他们母亲的邑地，平时在京城很少见到他们的踪影。在子昭王的印象中他对他的儿女们的面目并不是那么清晰，年纪大些的特别是男孩们倒是有些印象，其他的多半模糊印象不甚清楚。

子昭王继任王位时，国家萧条，小邦各自为政，土地割据方国称霸，中天之下一派凋零景象。为了家国中兴再现商汤、祖乙两朝盛世，子昭王新君伊始就放下朝政游走民间，用三年时间遍访贤才良将。寻访中他发现了时为丘商部落首领具有卓越军事才干的妇好，将其纳为妻子，并册立为大邑商王朝正妃。

子昭王与正妃妇好的相见带有戏剧色彩。

三年寻访中，子昭王录奴隶出身的傅说为国朝伊相，拜甘盘为师，收禽为将。傅说以德文著称天下，甘盘以武略著称，禽忠诚并武艺超众，由此组建了一个同心同德、文武兼备、年富力强的治国班底。有了贤才良将，心想事成的子昭王自然高兴，于是他结束了三年的民间生活，带着伊相傅说、军师甘盘、勇将禽一行人打道回府，回归京都实施兴国大政。他们行至丘商之地的涡水时，见远山翠峰碧水环流处，有一个莺歌燕舞袅袅入耳的风景之所，文人情怀的傅说感叹道:"天悠悠,地悠悠,水幽幽,林幽幽,昭光入怀,江山妙姿,天地同祝,君臣壮志酬。"

"伊相好辞,出口成章便是温文尔雅之句。"善于谋略的甘盘赞叹道。"军师可有好句?"子昭王拜甘盘为师,学习兵道韬略,见甘盘夸奖傅说,顺便问道。"这么好的景致,军师自然会触景生发,为君王未来的事业瞻望献歌。"傅说激将道。甘盘笑曰:"不用伊相激将,此时此地正谓吉时吉地,本臣要么无话可说,要么就道几句卜辞。"

"哦,如此说此地会有大故事?"傅说问道。

甘盘说道:"这儿本来就是一处故事之地。"禽是急性子,督促道:"军师快说。"

"不行,我累了。"

子昭王见甘盘道累,想必他年纪大些,命禽道:"六月天气,酷暑难当,军师既然累了,咱们就在此安营歇息,不辜负这良辰美景。"

"得嘞。"禽吩咐侍卫们安营扎寨,让子昭王、甘盘和伊相傅说驻足歇息。侍卫拿来酒,禽顺便打来野味,半个时辰功夫酒菜齐备,君臣四人在清水池旁畅怀痛饮。酒过三碗,甘盘隐而不发,子昭王知道甘盘的性情,甘盘遇事善筹措,研卜精密,机不虚发,而禽是耐不住性子的人。

"营帐扎了,酒酿备了,军师你这卜辞是否也到了出锅的时候了?"禽问道。甘盘说:"帐好,酒好,什么都好,唯有这道菜不好。"闻听此言,子昭王和傅说打量着手上的飞禽烤肉。傅说问禽:"禽将军,这口中之肉是野鸡否?"

"本将刚刚射杀的,应当是野鸡。"

"鸡者有如此高贵否?"甘盘反问。子昭王品尝了一口,味道特别鲜美,他摇头:"不似野鸡。"

"是啊,如此鲜美之肉,哪儿是野鸡肉呢?"傅说证实道。甘盘回答曰:"我们吃的是丹鸟之肉。丹鸟者威凤鸟也,古人云'有鸟焉,其状如鸡,五采而文,名曰凤凰'。"

傅说闻听吓了一跳:"凤凰可是神鸟,我们是不是闯祸了?"

子昭王不以为然,安抚道:"中天之下莫非王土,我们在此就是天下之王,难道还有我们怕的事和怕的人吗?"

"此话说得极妙，根本所在是吾王能否驯服得了这里的凰。"甘盘说。

"我禽某人也不是吃稀饭，有事找我不用找我们的子昭王。"禽拍打着自己结实的肩膀。

"子昭王是子昭王，你是你，'竹林幽秀，天地情长，丹凤之鸟，有凰求凤。'"

傅说笑曰："军师终于说出了卜辞的谜底。"

"何意之有？"子昭王问道。

甘盘说："子昭王让禽将军去看看刚才箭杀的鸟羽就知道了。"

子昭王问禽，禽说："我只顾箭杀天上的飞禽，不曾宰杀它们，我去问侍卫们。"说着，禽跑去了。一会儿时间，禽和几个侍卫被人绑着走了过来，他们后面跟随着几个年轻的女子，其中一女子骑在马上威风凛凛地注视着子昭王等一干人马。子昭王见状怒火中烧，他站起来手握青铜长剑，未等傅说阻拦便冲到女子面前，他说道："何方女子如此大胆，竟然绑了我的将军。"

"将军……哈哈……"女子仰面大笑，说道，"你有能耐把我给绑了。"

子昭王上前就是一剑，女子不慌不忙，用手中的青铜弓柄轻轻一挡，"无礼的野蛮人。"青铜剑飞向空中，身旁的女侍顺势扬起手中的鞭子，只是一抖，把剑拿在手中。禽担心伤着子昭王，厉声喊道："休得无理，这是大邑商新君子昭王！"此时傅说已经跑到子昭王的身边，用身体保护子昭王，并对女子说："大首领手下留情。"马上的女子对身边的侍从说道："妙儿，把剑给他。"甘盘走过来，笑着对子昭王说："禽将军如此武艺，身边还有侍卫跟随竟然束手被擒，可见来者非同凡者，这不正是你所要找的人吗？"

傅说把子昭王拉到原处，悄悄地对子昭王说："军师的意思是让吾王把她收了。"

"她……"子昭王怒视着马上的女子。

"这可是千载难逢的巾帼豪杰，连禽都不是她的对手，吾王此时不收更待何时？"傅说密语道。

"哦。"子昭王动了心思，他仔细打量马上的女子，但见她十几岁年纪，五官清秀，中等身材，眉宇之间有一朱痣，冠帽上有一根象征部落大首领身份的五凤鸟长羽。她手臂圆润，胸部丰满，左手勒马，右手握一把青铜长弓，弓重有数十斤，铮铮有力。她温和中略带怒色，全然没有娇媚之态。"真的是一位大首领，难得难得。"子昭王自语。

傅说上前向女子施礼后，解释道："本人傅说是大邑商子昭王的新诏伊相，后面那位是军师甘盘，被你们束的这位就是赫赫有名的禽将军。"

妙儿闻听赫赫有名，"噗嗤"一声笑了："禽将军，你可是我们大首领的俘将……哈哈……"

马上的女子知道了四人的身份，心动了一下，口气缓和了许多："原来是中兴之王啊，久闻其名不见其人。"她对妙儿说："放了他们。"

妙儿任性道："凭什么放他们，他们吃了我们部落的神鸟五凤鸟。"

女子说："部落的神鸟五凤鸟原本是不能吃的，既然大邑商的中兴王想吃，我们一个弱小之族岂敢得罪。中兴王啊，你既然要重振大邑商的雄风，就应当敬德保民，安天地神祇，结天下友邦，岂能漠视邦小，冒犯俗尚呢？妙儿放人，我们走。"

妙儿解开禽的绳索，用力向前推了一把："真扫兴，白抓了一个将军。"子昭王站在原地不知何为，他自嘲道："好好的一场风景让这个黄毛大首领给搅和了。"

甘盘笑道："我的王事情并没有完结，这叫欲擒故纵大戏在后面，你想想我们君臣四人，路过人家的地盘，偷偷摸摸吃了人家部落的神鸟，人家不发怒却把我们给放了。你听听'敬德保民，安天地神祇，结天下友邦，漠视邦小，冒犯俗尚'等等，哪一句都是刀割肉的手法。我们遇上了高人。"

子昭王高兴起来，眺望远山四景，环视脚下土地："莫非天意？"

"正是。"甘盘说。

"你说。"子昭王望着禽。

禽一脸愧色："着实厉害的女子，我甘拜下风。"子昭王大笑："天助我也，今日可让我拥得男女枭雄。"傅说问计军师甘盘，该如何收场。甘盘说："事已至此，唯有如此。"

"什么？"傅说不解。

"凤求凰。"

禽说："你不是说'有凰求凤'吗？"

甘盘说："一回事，大首领已经把话放在这里了，我们若是悄悄走了，就会留下漠视邦小冒犯俗尚的恶名，传扬出去子昭王如何立足天下，更不用说中兴之业了。大首领是在逼迫我们去求。"

"子昭王何意？"傅说叩问子昭王。

"此女子年纪不大，胆大心细，武艺超群，正和我中兴之业。"

甘盘哈哈大笑："好吧，伊相、禽将军，我们就此叩拜子昭王，祝贺他喜纳新主。"三人跪拜，子昭王纳礼心喜。

子昭王初次求婚，大首领女子并没有马上答应，她问子昭王："贵王比我大若干岁，有何理由向我求婚？"子昭王想了想："我有男人的志向，有鲲鹏之志，有救万众之心和中兴大商的胸怀。"

"你说的这些，都不是我需要的。"

子昭王急了："我是大邑商之王。"

女子冷冷地说："大邑商之王与我何干？你是大邑商之王，我是丘商之王（首领），王虽有大小之分，不都是一个王字吗？你大做你的大王，我小做我的小王，井水不犯河水，活得岂不快哉！"

子昭王哀求道："我用正妃之位求你如何？"

"不可，我是一个山野女子，喜欢张弓射箭，猎杀野类；喜欢无禁无束，游走天下。况且我貌不出众，没有桃花之艳芙蓉之姿，怎可以王之正妃面目关照天下百姓。"

子昭王无语，碰壁后去找甘盘。

甘盘说："丘商之地，乃商族的始封，子姓的根基，她若是丘商部落的大首领，必定是子姓的传人，是你商族的近亲，你若以商族之后去丘商祭拜始族，以宗亲之情拉近距离，以温柔之情降服刚烈，必大有斩获。"

子昭王一拍巴掌如梦方醒，以甘盘之计行事果然赢得了大首领的芳心。不过女子的归降是有条件的，子昭王求贤心切，悉数应允。一、准许有军事决策权和战争的生杀权；二、准许有治理国家的参与权和受命后的册封权；三、准许婚后仍然以丘商为封邑之地居住丘商生活，儿女年幼时居住丘商，长大后可回京都王室。

子昭王把女子带回京都殷城举行盛大婚典，册封女子为正妃。女子来自子族，当为子妃，史官卜者记录史迹时，为区别子族的男女，惯在子字前加女字，故有了妇好的名号。

与子昭王成婚的这一年，是子昭王三年，这一年妇好十五岁，子昭王四十四岁。妇好力大无比，骑、射、刀、戟、矢样样精通，更让子昭王信服的是妇好的演阵用兵之策。

正妃妇好有这份儿武功，也有这份脾气，更有这份运气，她与子昭王成婚当年生下一女，名子妥；三年后生下一男，名孝己；五年后又生下一女，名子媚。正妃妇好南征北战灭霸消邦，旋风般地独自为子昭王收复了四十多个方国，让大邑商起死回生重振雄风，子昭王看在眼中记在心上，在敬佩正妃妇好的同时，也庆幸自己当时选准了女人。他不失一个男人的胸怀，一言九鼎，恪守承诺，答应妇好的事情一成不变，他还授予妇好国朝大将军之职拥有征战予夺之权。如此这般，倒也招来了朝中臣工们的非议。子昭王是明白人，见惯了国朝政治的云卷云舒，知道说风凉话的人是不知道拿刀人马背上的辛苦，战场上流血的人从来不在乎自己的血流到哪里，从来不在乎自己的头颅丢在哪里，他们在乎自己的尊严，在乎自己的眼泪。一旦他们眼睛中有了泪水，那将是国朝的悲哀，为王者的悲哀，天地的悲哀。他任由别人评说，自有主意在胸。

一次朝政过后，有臣子重提此事，子昭王一声长叹，命朝臣随他到内庭走动。内庭内，正妃妇好的二个孩子正在独自玩耍，见到子昭王马上奔跑过来，六岁的子妥抱着子昭王的腿嚷着要找阿母，子昭王一脸泪水，抱起子妥呜咽道："你的阿母在千里之外……"

子妥不高兴了，她趴在子昭王的臂膀上，怒视着父王身边所在的人："为什么父王不去打仗，为什么你们这些男人躲在家里呢？你们知道我和弟弟想阿母吗？我要阿母……"

三岁的世子孝己受姐姐的影响，本来多愁善感的他泪水如注，像决堤的水，他质问道："你们家都有阿母守着，为什么我没有？你们的阿母为什么不去打仗？"

"世子……臣下罪过……"众臣匍匐于地。从此朝中都知道妇好大将军的不易，没有了闲言碎语。本想借机教训朝臣的子昭王，也深深地被孩子的话语触动了，他把女儿和世子接进王宫陪伴在身边，经常与他们逗乐一番，享受天伦之乐，毕竟自己是五十岁的人了，到了需要阳光，需要亲情，需要体谅人，需要人体谅的年纪。

世子孝己性情内向，多愁善感，加之长得一副粉面红唇模样，举手投足间多是女子之状，子昭王望子成龙，每每多有纠正，想让儿子阳刚一些野性一些。他亲自教授骑射、剑术等武艺，还带其狩猎甚至借酒调拨，世子孝己骑射功夫有了，但一直不喜狩猎，不忍射杀生命，子昭王有些沮丧。一次有战俘入京，子昭王随意点出十几个战俘，让世子孝己亲自斩杀，孝己拿着刀走近战俘，亲自问明战俘等级，得知他们都是低级身份的士卒后，他说道："卒受命于令，无辜也。"命人将他们带到自己的邑地变身为奴。子昭王十分不满，找到正妃妇好诉说，正妃妇好听后大笑，赞赏道："如此好，你我一生战伐无数杀人如麻，身上有数不清的罪孽，你还想让我们儿子手上再沾有鲜血，成为你我一般的嗜血如命的魔人？哈……哈，我不想，绝对不想。"

子昭王深知大商王朝路途迢远，凶险无数，他后世的为政者需要果敢刚毅杀伐决断，可世子的表现让他灰心，几经调教终归失望。

子昭王对世子孝己没有了信心，任其行为不再干涉，毕竟正妃妇好舐犊情深，毕竟子昭王他只有这么一个嫡子，毕竟他年纪大了，他能做的，就是趁着自己还有把力气，把平叛的范围扩大到尽可能远的地方，把有野心的方国一个不饶地灭掉，该杀的杀，该灭的灭，为儿子少留些敌人，少留些隐患。正妃妇好也是出于这种心理，热衷于征伐和杀戮。

正妃妇好从来不把祭祀之事与魔怪之事混在一起，她坚信自己的先祖依然活着，依然在看着他们，看着这个世界，并在保佑着他们的子孙后代；她坚信他们拥有的军队，拥有的力量，都是先祖给予的，赋予的，所以她十分重视祭祀，并时时提醒子昭王重视国朝的祭祀。至于祭祀之外的一些魔怪之说，她也不敢信，信多了她有些怕，怕自己以后不敢再征战，不敢再杀戮。

正妃妇好认识子英，总觉得有些面熟，这种面熟是骨子里的，仿佛是前世里的一种穿透，她总觉得她与子英之间有一种联系，但她不清楚是什么联系，她曾在夜深人静之时问过先祖，先祖不曾告知她，她感觉有些蹊跷，在自己的心中，在自己意识的深处，有一种萌动，有一种朦朦胧胧的将要降临的事情。她不相信有什么魔怪之力，但她怕或是有一种担心，她有一种愿望，想让自己的孩子与子英结识，不知道为什么，但她觉得有这个必要，或是必须这样做。她心情不顺，感觉非常的压抑，她恨子昭王但她也疼他，近六十岁的人了，依然奔波在征伐方国的疆场，虽然子昭王身子骨硬朗，单独打下了四十个方国，毕竟上了年纪，厮杀的力气弱了，不及她这个三十岁的女人，为这她以一个妻子的身份心疼他。但她也恨他，都有这么多妻妾了，还这么留恋女人，连一个弹丸之地的南蛮小邦都想联姻，让她这个名震天下的正妃大将军好失颜面。她别无选择，只能以杀除后患，杀了南蛮女又怎能杀去子昭王好色之心呢？妇好盘算着，一直在另行计策。

"她叫子英，是井方的新继伯侯，你叫她……叫她姨姨……"妇好将儿子孝己拉到子英的身边介绍道。

孝己冷冷地问："她有多大？"

子英施礼："世子好，小臣名子英今年十六岁。"

"哦，原来是一位小姐姐呀。"孝己脸上多了些喜色。"不过你说错了，不是名子英，而是姓子名英，跟我姓子名孝己一样，我们可是子姓本族。"

正妃妇好打断道："如此不礼貌，那有初次见面就指责人的？"正妃妇好让子孝己坐在自己身边，紧挨着子英，眼神中流露出对儿子的喜欢，"我告诉你儿子……"

"错了阿母，我是世子，然后才是你的儿子。"孝己毫不留情地纠正道。

"阿母错了，我的世子。"正妃妇好和颜悦色。

"又错了阿母，我不是你的世子，我是大邑商王朝的世子，是国家的世子。"

正妃妇好听后高兴起来，问道："谁教导你的？"

"我的国师。"

"对对对，国师说的对，你是阿母的儿子，是国家的世子，大邑商王朝的世子。我儿子真的好聪明，阿母真的高兴，不过呢阿母还要给你说说，这位井方伯侯，是你阿母的妹妹，按辈分你不能叫她姐姐，应当叫姨姨。"

"好吧，既然阿母说了，我就叫姨姨。可她这么小的年纪已经是伯侯王了。"孝己少年英俊，说话文质彬彬。

子英说："你比我还小呢，已经是世子了，我可是你的臣下呢。"

孝己一副大人模样："嗯呢，既然是阿母的家宴，你们又有姊妹之称，免去国礼，以家亲相待，就不必多礼客气。"

正妃妇好一旁听得口呆，高兴道："这还是我的儿子嘛，这般乖巧，来京城这两年真的学了不少的本事，阿母真的好高兴。"说着在儿子粉红的脸蛋上亲了一口。

"身为国之正妃，在宾宴之上，如此亲昵世子，有损礼教。"孝己严肃说道。

正妃妇好不高兴了："屁话，什么宾宴之上，阿母宠着你，你倒是踩到阿母头上来了。我这是家宴，是在请我的妹妹，还用国礼家教教训起我来了。去，滚！子妥、子媚，快到阿母这儿来。"两个女儿应声而到，孝己快快地站起来默默而去。

子英问道："正妃姐，世子他不会有事吧？"

正妃妇好小声说："没事的，他是个小心眼儿，过不了半个时辰就回来道歉的。"

"阿母说得对，哥哥就是小心眼子。"子媚仿佛早就憋着气要说这句话。

子妥批评道："不许说世子哥哥的坏话。"

"为什么不？他就是小心眼嘛。"子媚不服气。

正妃妇好揽起子媚，亲切地说道："姐姐说得对，你是妹妹，评说哥哥不礼貌，记住啊。"正妃妇好嗅着子媚的发辫，满是慈爱。

"嗯，子媚记住阿母的话了。"

母子情深的场景感动了司空南，他的眼睛有些湿润，于是他寻机将仪狄太正妃捎来的卜辞信件悄悄交给正妃妇好，借故回驿站歇息去了。正妃妇好把信件转手妙儿，悄声说："你看看，有何信息。"妙儿很快回来，借着上酒的工夫，回复道："子英母妃让你费心考虑子英的婚事。"

"别的事儿？"

"除了感谢你，不曾写别的。"

"噢，种了蒺藜就扎脚，我说出的话只有我来办了。"

"什么呀？"

"不碍你的事儿，忙你的去！"正妃妇好打发走妙儿继续与子英饮酒。

子英一边饮酒，一边与子妥说笑，未曾想到，子妥的酒量不比她差。子妥比较规矩，一直称呼子英为姨姨。子英听到姨姨两个字心中不免紧张，两人同庚，多出辈分之感，似乎有些滑稽。

半个时辰后，世子孝己如期而至，向阿母道歉。正妃妇好拉住儿子："我的宝贝，你能不能少想点事，少一点这样的礼法儿，我是你的阿母，疼你都疼不够，不需要你道歉的。你呀你……什么时候能像你的父王那样，多一点儿男人的霸气和野性……"

晚上，子英住在正妃妇好的寝宫，这是正妃妇好计划好的一部分，俩人洗刷完了，正妃妇好坐下来正想与子英说事儿，侍女来报，说是子昭王差使在宫门外等候，十万火急让正妃大将军速去主殿商议。

正妃妇好一边穿衣饰，一边唠叨："你也不问清楚，能有多大的事情，深更半夜去议事。"

侍女小声说："小的问了，说是西北战况吃紧，有毛敌入侵，一路烧杀我的边民。现在从西北到内地，一路上都是狼烟。"

"少啰嗦，什么毛敌，哪来的毛敌？"

"我也不知道，他们说长得与我们中天人不一样，黑头发大眼睛，眼睛是凹进去的，身上胳膊上都长着毛，他们来自很远的地方。"

"好了别说了，什么鬼什子[①]，有胆进入我们大邑商中天之地的就甭想活着回去。"正妃妇好穿戴好，出门前诡秘一笑，对子英说，"不能睡啊，等着我回来有话说。"

一阵风带走了正妃妇好。听得到她离去的脚步声，铿锵而急促。

西北狼烟[②]，来自外族，此战是大邑商王朝历史上最著名的一次卫国之战。

---

① 鬼什子：方言，什么东西。

② 西北狼烟：公元前1300年左右古印欧人由西方进入东方的一次世界之战，发生在古中国的西北地区，史称西北战争。

第二十六章　西北狼烟

正妃妇好的寝宫距离王宫的主殿不远,有百十步距离,秋天的夜总能给人以梦幻的感觉,银河低垂横卧苍穹,不断有流星驰过,落入远方的乡野。蝉声稀疏了。

王宫主殿是子昭王的议政行政之殿,是王宫的中央之所。

子昭王继位已有十九载,前几年战事多,他一直跟随士卒们奔波在征伐的路途上,与士卒风餐露宿同甘共苦,完成了他人生的第一次创业实现了大邑商王朝一统天下。四方臣服国土一统后,子昭王开始坐拥京城把王宫主殿作为他第二次创业的战场,在此运筹帷幄,听政议政,接见宾客,处理朝国政务,开始在安定民心,发展农耕,和睦邦交,富裕国家上发力下功夫,因此他习惯了在主殿内通宵达旦地做事。

商人信奉天,把天意为大地之父,联系天和地的是人类之王的君主。君主承担着奉天承运的天之子的使命,时刻接受着来自天帝的信息,并把信息不断地传达给自己的子民,让子民受益。所以商的先祖们认为,王宫的主殿是君王们接受、传达天帝指令的地方,具有神圣不可冒犯的禁忌。君王们只可以在此理政议政,不可以做个人生活的私事,这种习俗从汤建立商朝起不断地孕育、升华,最终上升为一个朝国戒律。自幼对天帝敬畏的子昭王自然铭记于心,时时事事遵守其戒律。

戒律不能破坏,但勤政的现实又要求子昭王要把自己的寝宫建造在距离主殿最近的地方,以节省由主殿到寝宫来往的时间,于是子昭王在毗邻主殿的地方建造了一个小的寝宫成为主殿的别室。

子昭王的父王小乙,做世子时就不曾努力,承接王位后,他贪图享乐缺乏政见,多建寝宫不善理政,引发朝野不满,方国诸侯分崩离析。子昭王继位汲取父王教训,巡访民间三年归来后,为表示自己与民同甘共苦同舟共济的决心,下令拆毁了父王在王宫建造的多个寝宫,驱离了父王的妻妾。

有了父王的前车之鉴,子昭王的寝宫就简单多了。他的寝宫仅有三四间房舍,一间是他的寝室,里面一张榻床两个蒲团,与寝室贯通的是子昭王的衣饰间,放置着子昭王日常穿用的衣饰;再一个便是子昭王的沐浴间,子昭王喜欢干净沐浴是他的习惯。多出的一间,是子昭王侍仆的住处。子昭王出征打仗时穿用的盔甲衣饰不在他的寝宫,在王宫另外的地方。

子昭王妻妾多,子嗣多,但他严禁他的妻妾走入王宫的主殿和他的寝宫,他巡幸妻妾时,不是诏幸她们,而是要去妻妾居住的地方,多数的妻妾不在京都居住,居住在京都外的封地内。子昭王巡幸妻妾一次,要走出京城花费很长时间。

正妃妇好是子昭王的正妻,国之正妃,习俗上应当与王居住在一起,但实际上子昭王与正妃妇好同居王宫并不在一起居住,子昭王专门在王宫主殿的西侧建造了正妃妇好的寝宫。为何如此呢?一是遵循王的妻妾不入居主殿的原则,子昭王的寝宫毗邻主殿,与主殿一墙之隔侧门相通,若让正妃妇好居住子昭王的寝宫,会有妻妾指染朝政危害商王主政天下之嫌;二是尊重正妃妇好,妇好征战四方历经艰险,在王宫内建造独立寝宫方便休养生息,体现对正妃妇好的尊重之情;三是方便正妃妇好常来常往,正妃妇好贵为王妃,但她喜欢并常居自己的封地丘商,平日里来去匆匆在京都王宫内居住时间短暂,单独在王宫内建造正妃妇好的寝宫,方便来往居住和出征打仗。正妃妇好的封邑之地丘商,距离京都殷城有七八天的路程,来往一次比较费事,所以正妃妇好在没有征伐的时间里,更喜欢在自己的邑地里待着。

正妃妇好走在路上,望着天上的繁星,突然间生出一股惆怅之感,思乡之情油然而生,她想起了家乡的星夜。最近一次离开丘商是年前的事了,当时她正在与她丘商的邑民们准备迎接新春,为新春之日的鞭打春牛做准备,每年的新春之日,她都要登上邑城亲自主祭天地,祈祷上苍赐福,让天下百姓得风调雨顺五谷丰登之年。正妃妇好喜欢热闹,每逢新春她总是让她的子民们把闹春手段花样翻新,年年岁岁热闹异常,她特别喜欢新年时打春牛的仪式。春日的当天,她要亲自扬鞭鞭打春牛,当她扬鞭三声之后,整个丘商部落从邑城到乡郭村舍，鞭声相闻万民欢腾。对正妃妇好来说，那是一种无法言表的乡愁一种无法忘怀的心动。

然而，身为大邑商正妃大将军的她总是身不由己。子昭王的一道诏命，她便急驰京都，先是去了西地平叛鬼方，后是去了井方灭了土方，现在则可能要去更远的西北之地。这一次人未出征她便有了思乡的念头……生平第一次的莫名其妙。

主殿内灯火辉煌，人声嘈杂，子昭王正在看一张摊开的牛皮图，听着大将军禽在讲述什么，老将军甘盘年老体弱平时很少上朝，今夜把他诏来，想必是国事重大。

伊相傅说见是正妃妇好大将军到来慌忙施礼："正妃大将军吉祥。"正妃妇好回礼问候。正妃妇好走到甘盘面前问候老将军，甘盘见是正妃妇好慌忙起身："哎哟哟正妃大将军，久日不见你可安好，老臣甘盘向你叩拜。"说着拖着不利索的身躯要向正妃妇好施礼。

正妃妇好拉住他："使不得的老将军，你是前辈，你是我王朝的大功臣，你曾一日攻克三个方国，敌国闻风丧胆，让我王朝士气大振。"

"哈哈，我比不得你呀正妃大将军，你攻城略地无数，我甘盘仅是九牛一毛。我攻打那些方国的时候，方国就是一块儿跑马之地，巴掌般大充其量就是个甸子①。你厉害呀正妃大将军，你一出动就是千军万马攻城略地百里之遥，我甘盘望尘莫及，望尘莫及啊。我时时对我的子孙们讲若老朽再年轻十岁八岁，定会请求子昭王让我与正妃大将军一同出征，饱赏一下胜利雄师的滋味。"

甘盘一生傲气，从不奉承人夸赞人，他眼中钦佩的人不多，但对正妃妇好他有一种崇拜之感，认为正妃妇好是旷世奇才，世上第一女将军。妇好的大将军之名就是甘盘首先喊出来的，然后由子昭王正式诏命为大将军，与妇好一块儿诏命为大将军的还有禽。

有人说九天玄女是世上第一女将军，正妃妇好是第二人，甘盘听后大骂：简直是一派胡言乱语。把传说当先祖，乃数典而忘其祖也，咱们的人类只认其先祖，祖有嫡血之证，除此之外的传闻不足信矣。老臣意为，什么九天玄女，什么女娲之媓，什么昆仑西王母，统统都是子虚乌有之事，要么没这个人，

---

① 甸子：古代县以下的行政区。

要么没这回事，即使有名姓的也是一个部落氏族之名。比如酒神仪狄，就是生活在井方国仪狄部落的整个部落的名字，不是一个人，也不是男人们，而是一帮懂酒酿的女人。至于传说九天玄女有通天之力呼风唤雨之功，不可能也不足信，都是些捕风捉影夸大的玄学之辞，若是真的存在，我们今日今时怎会依然受着旱涝雷电之灾，把我们人类禁锢于自然之牢呢？我相信眼见为实，我相信人本传承，我相信本朝正妃大将军功高盖世，是一位史无前例的女英雄，其他的我甘盘都不信。信任是情感的源头，一旦有了信任不会吝啬赞美之辞。"

本来心情郁闷的正妃妇好，听了甘盘老将军的一番赞辞心情大畅，脸色也红润起来，一时竟不知如何说辞了。

"甘盘老臣说得好啊，真正的猛狮最喜欢血腥的味道，不过这一次的血腥味和从前的不一样，它是来自西域的血腥，有点臊气。"子昭王放下手中的牛皮图，缓缓地说道。

傅说哈哈大笑："吾王睿智，比喻得非常好，就是有点臊味。"

"什么臊味，老臣不解？"甘盘问道。

正妃妇好也问："到底出什么事情了？"

"大秦的人打过来了。"子昭王说道。说出来后他又觉得有些不妥，问大将军禽，"是……大秦人、大食人，还是波斯人……这，我都搞不清楚了。"

"大王，还是我来说吧？"大将军禽一直称呼子昭王为大王。

"好的，毕竟你去了一次，了解那里的情景。"子昭王准许。

禽站起来，让士卒换了一张大些的图，他抱歉道："是临时摹画的，我这手艺一般。"禽开始在图上比画着介绍西北之地的情景。

大约在大邑商始祖契①的时代，以牧业为主的居住在西方极地的一族人，受天气寒冷的影响开始向东南方迁徙。这族人是吃肉一族他们黑发，大眼睛，长睫毛，眼睛凹内，肢体多毛，无论男女体格健壮生性彪悍，是最早使用铜器做刀具的人。他们在葱岭②以西的大秦、大食等广大地区生活了五百多年，湮灭了当地的祖传文化，按照血统将人分为四个等级，当地人成为等级之外的"贱民"。在大邑商中宗时期，他们当中的一部分人从波斯地沿葱岭一路东进

---

① 契：与大禹同时代人，商的始祖。
② 葱岭：古喀喇昆仑山脉。

南下，经过一百五十年的时间，他们沿途烧杀前行蚕食土地，繁衍成为一支强悍之族，被称为羌方。近两年他们越过乞伏山①，甚至进入了牵屯山②，开始抢我们财物，杀我们的同族，大举向中天内地进犯。禽在地图上比画着："这些人实乃外族人，他们的到来要的不是土地、空气和水，而是要灭掉我们中天③的黄族文化④，像灭掉大秦文化、大食文化一样，让东方的黄族文化永远在东方土地上灭失。"

"黄族文化兴于炎黄，枝蔓中天，它是我们的根脉，是我们的灵魂，是我们中天各族人的共主神祇。黄族文化灭了，统领我们的神没有了，中流砥柱垮了，中天各族就会一盘散沙死于洪荒之地。不行，绝对不行！为了我们中天黄族文化和各族人的生存，必须阻挡他们，把他们打回西地去。"甘盘老将军慷慨激昂，之后他誓言，"请王准奏，我甘盘虽然年老体弱腿脚不灵便，但我身经百战脑袋还行，请吾王准许我赴西北之地抗击外敌，只要一息尚存决不后步半步，誓死捍卫我大中天黄族文化。"

"好！还是我老臣高瞻远瞩骨气硬朗。你说呢伊相？"子昭王问傅说。

傅说说："我赞同甘盘老将军的说辞，这是一次外族之战非同往次，据我查看先史，这可能是我们黄族历史上的第一次与外族之战，并且是一次天下大战。我们大邑商王朝生来不信邪，不服软，既要敢打还要必胜，敢打就是要主动出兵，重兵拦截他们，把他们堵死在乞伏山之外；敢打就是舍得下本钱不管死多少人，也要保住中天的黄族文化，守住这个民族的根脉，只要民族的根脉还在，就会后继有人。必胜就是以我们黄族先祖的智慧，扬长避短，用黄帝的奇门阵法绞杀他们，让他们无法立足于西北最终溃败西域。"

傅说是文化人，说的东西比较深奥，正妃妇好听了半日仍是一知半解，但她知道傅说精研黄学，熟悉五行阵法，此次西北一战得靠傅说运筹方可取胜。可是来敌到底是个什么样子，有何法力？正妃妇好生性好奇，总想弄个明白："大王，刚才你们一番论理为妻我听得清楚，但我总是纳闷一个外来的毛贼，是人还是鬼？真的有如此可怕？我真的想看看毛贼的尊容。"

---

① 乞伏山：贺兰山。
② 牵屯山：六盘山。
③ 中天：中原、中华大地。
④ 黄族文化：黄帝子孙的文化。

禽说："当然是人，与我们体型上没有什么区别，只是这模样儿……"他在自己脸上比画了几圈，也没说个明白。正巧，子昭王的侍卫来报，说是由西域押解的战俘已经到京。甘盘来了兴致，问道："是不是身上长毛的那些人？"

侍卫不解。子昭王解释道："甘盘老将军问你，是不是高鼻子骷髅眼的那些人？"

"是、是，是高鼻子骷髅眼。"

"好，把他们带进来，让我们开开眼！"子昭王命令道。

一会儿士卒带进来四个西地的人。长途的跋涉、惊吓、饥饿，几个外族战俘已经瘦得不成样子，他们佝偻着身躯，细长的四肢被捆绑着，如同捆绑着的树枝，低垂着头，黑发覆盖瘦长的脸面，穿戴的粗麻纺物已经丝丝缕缕，难以遮掩身子，脚下的那双鞋子特别引人注目。鞋子不是草编也不是丝麻织物，正妃妇好好奇，走近仔细看了一番，竟然是皮子做的，前面带出一个尖尖，似是一个小角儿，好看也非常坚固。这是大邑商人第一次见到。

子昭王坐下来，仔细看着这些战俘。侍卫又把战俘用过的兵器呈送给子昭王，子昭王看着战俘和兵器，心情沉重起来。他对禽说："他们懂我们中天的话吗？"

禽说："不懂。"

"你想办法让他们把头抬起来，让我们看看他们是个什么面目。"子昭王示意禽。

禽嘟囔一句，四个战俘马上抬起头，骷髅的眼睛里放出光芒。禽又嘟囔几句，战俘们马上匍匐于地，向子昭王行跪拜大礼。之后他们跪地站直，昂着头让子昭王等人观察。

黑发，卷毛，满脸的胡须，大眼长眉，骷髅眼，丝丝儿不差。正妃妇好看得真切，也吓得真切，她拍着自己的胸口，心想着，这世界之大无奇不有，哪个当娘的敢生养这模样儿的孩子。

大家观赏够了，子昭王挥手："拉出去吧。"侍卫进来拉人。傅说急了，"大王大王，使不得……"他一溜小跑拦住侍卫。

子昭王醒悟过来，问道："我的伊相怎的了？"

"杀不得，杀不得呀。"傅说解释道，"他们可是宝贝，是我们打败他们一族的宝贝，禽将军千里迢迢把他们弄回来不容易，这些人是活口，能帮我们大忙。"

子昭王玩弄着战俘使用的一把铜剑,爱不释手,他说:"伊相别急,看把你吓成这个样子,我怎会轻易杀他们呢。两千里路长途跋涉,为把他们弄回来,六个战俘只剩下四个人,我们还搭上了八个士卒的性命。"子昭王对门口的侍卫说道,"去吧,让他们吃好喝好,别让他们死了。"

傅说坐在蒲团上,气喘吁吁:"好好好我王英明,英明……"

子昭王站起来面色沉重,而又不失精神抖擞:"我打了十六年的仗,和正妃妇好及各位爱臣灭了八十个方国,本想再灭几个,够我一生的本儿就收手。想不到在我将要进入杖乡之年①碰上了硬茬儿。"他把剑拿在手中,握住剑的两端想折断它,他用足了力气,结果无能为力。

"爱臣们,看到了吗?"他手举铜剑砍向宫柱,只听"噗"的一声,入木三分。"还有战俘们穿的鞋子,那鞋子在山石路上可走数百日,我们的呢?我们的草履之鞋走一日也是勉强。他们是尖刀利器握金在手;我们是棍棒弓矢木属之器。金克木五行之律,这说明这支外族之旅要强于我们所征伐的所在方国之军,我们不是他们的对手。众爱臣我们怎么办?"子昭王如同被激怒的雄狮,气昂昂地在宫内踱着步子,声如黄钟大吕。他说道:"我们再等一等行吗?我们再练练兵也做些金戈刀器行吗?不行!已经到了家门口的外族人是不会等着我们准备好了再打我们的,其实等无疑是在等死。躲一躲他们行吗?但躲了今日又如何躲得了明日,我们大邑商中天民族从来不怕死,生性就不会躲避困难,所以我们没有了退路,只有迎上去与他们决一死战,拼个鱼死网破!"子昭王像鹰一样一直在盘旋翱翔,不断调整着翱翔的姿势。

傅说说:"动武是战场之状,用智是战场之心,也可以说武是子智是母,武再盛,也离不开智的衣胞。长剑在手可谓威武也,而手是啥?手是武更是智,手源自心智,是心的使者,用心智可胜武千倍。"

"说下去!"子昭王止住脚步。

"金木相克,天道自然,这是天律我们改变不了,但这个天律可以被我们运用。一是在装备上缺金补金,从现在开始要注意冶金之术,改变我们士卒手中的武器,所以我想把这四个战俘长期留下,以备大用;二是我们的祖先向来

---

① 杖乡之年:指人过六十岁。

重视'易'法，根据不同的对象变换不同的方法是我们先祖的生存之道，与羌人之战优势在'变'法，以火克金取火攻之，必能胜之。"

甘盘点头，连声称妙："是应该把我们祖先留给我们的棍棒之器丢弃了，换上金利之器，我也赞成在战法上灵活多变。"

禽马上说："伊相，我就把这四个人给你了，让你安置。"

"最好不过了，禽大将军。"傅说特别高兴。子昭王坐下来，把剑插在自己的蒲团上，望着大家，示意大家随意议论。

甘盘说道："依伊相的提示，我们大邑商原本就是火命之族，火凤凰朱雀就是我族的神鸟，先人们一直把朱雀作为神圣贡奉着。"

子昭王拨弄着铜剑："天命玄鸟，降而生商，我们大邑商之祖就是一只玄鸟，至于玄鸟来历嘛，伊相最为清楚。"

伊相傅说说道："大邑商的始祖契之母简狄，在河中沐浴时因吞下玄鸟卵而生契，玄鸟乃凤乃凰之鸟，有浴火重生之说，对于鸟的名字先祖们说辞不一，有太阳鸟、朱雀鸟、火神鸟、火凤凰、大玄鸟之说，都是因它生于南方得于赤阳能化百寒的原因。外族羌人生于西方长于寒地，吃于寒食，遮于寒衣，用于寒器，最怕的就是火，所以我想我们要打出'玄鸟'之旗，以火攻金，在火上做文章。"傅说在地面上画了一个玄鸟图形。

"我们丘商部落一直崇拜的就是玄鸟啊，禽将军你们可是吃过玄鸟的人哟。"正妃妇好的话勾起了子昭王、甘盘等人回忆，大家不由得大笑起来。

子昭王感叹道："一晃十几载犹如昨日之事。"之后诏命傅说道："你说的办法很好，本王命你三日内确定玄鸟旗和火攻金作战方案。"

"我得借战俘一用。"傅说说。

禽说："全部给你。"

"留用两个即可。"

"这样办，"子昭王放下手中的铜剑，对禽说道："四个战俘归由伊相管制，你用时向伊相借用，四个战俘对我们的伊相来说会有大用处。"

说话间"咣当"一声子昭王把剑丢弃在地，他站起来说："禽大将军。"

禽跪拜道："臣在！"

"整军待命筹备粮草，五日后祭祀先祖由我亲自挂帅誓师出征，全力出征西北，讨伐西北外患。"

"是，臣领命。"

"甘盘将军。"

"臣在。"甘盘颤颤地叩拜受命。

"国难当头大势方稳，我离开京都之后，由你辅佐正妃大将军日理朝政事务，确保我中天之土不生乱事。"

"这个……是！"甘盘领命。

正妃妇好本想说什么，拿眼睛看着子昭王，见子昭王怒发冲冠便把话咽到了肚子里。

"伊相傅说。"

"臣在。"

"命京畿二百里内的方国诸侯，四日内赶至京都参加出征誓师，命京畿三百里外的方国诸侯居京差使，以本方国诸侯之名义参加誓师。"

"臣领命！"

"退朝吧各位臣子，本王相信大家回去之后都会无法入眠的。"

"是，叩拜我王。"甘盘等退朝回府。

大邑商王朝到了无眠的时候。

第二十七章　联姻之议

众臣走后子昭王沉思不语，情绪低沉，他从侧门转入自己的寝宫，未想到正妃妇好尾随而来。

子昭王坐在榻上依旧心事重重，正妃妇好对侍仆说道："你们去吧，我来侍候子昭王。"正妃妇好为子昭王宽衣解带，帮他沐浴，之后扶他卧于榻上，安慰道："我大邑商大江大河都蹚过来了，难道还怕西北那拨毛贼不成？"

子昭王转过身子侧卧面对正妃妇好："我妻错矣，大江之源在昆仑，大河之源在西北，西北啊才是真正的大河哩。内地的大河算什么？那只是大河的支脉之躯，相对殷城而言不过是大河的末梢，我们所经过的战争相对于西北之敌来讲都算不上什么。大邑商中兴的大敌中兴的最后一道坎就是西北之敌和西北之战。"

正妃妇好说："夫君哪，我真的不明白来自西北的外族之敌，为何如此强大，为何非要侵犯我们大邑商的中天之地。虽然禽大将军讲了许多，但为妻我仍然没有弄清楚这外敌的来龙去脉。"

子昭王叹气道："说来呀，他们也不易。"

"笑话，他们侵犯别人的土地，还有理儿了？"

"爱妻不知，这些外族人也是迫不得已，他们也是为了生存而来的。"

"难道他们没有家，没有自己的地盘吗？"

"原本是有的，这拨来自西北的遥远之地的靠牧业生存的外族人，他们的家在西北很远的地方，由于他们经受不住近千年的冰河严寒，所在之地已被冰雪覆盖，草木不生，为了生存他们带着族群和牛羊一步步地向南迁徙，寻找新的牧草之原。一路走来他们靠着皮盾铜制利器所向披靡，占领了许多的地方，也灭了无数个大族。"

"我的王我更糊涂了，他们一路走来占了那么多的地方，他们有这么多的人吗？"

子昭王笑了："人如草木，适者生存，他们南行的路线正是空气湿润水草丰美之地，适合牛羊生殖。牛羊多了，人口就多，人口多了，就需要新的地盘，就需要南下侵犯我们。"

"他们在我们的西北大门口等了百年了？"

"是的，在我的伯父盘庚迁殷时他们族上的一部分人就开始侵犯滋扰我们了，至少有五十余年。"

"真得让人犯愁了。"正妃妇好受其感染，似乎也有了压力。

"所以我十分担忧这次的西北之战，如果我们蹚过去了西北这条大河，我大邑商王朝的中兴便可指日可待，才可夸海口大邑商江山永固，否则这帮来自远方的外族人，掠夺我们的财物事小，他们会拔了我们黄族的根脉，用外族文化替代我大邑商中天之地传承了两千年的黄帝文化。到那时，中兴大邑商的梦想就会竹篮打水一场空。"

正妃妇好鼓励道："不要怕有你爱妻在，没有对付不了的人，我才不管它什么外族的羌人呢。"

这时子昭王才弄清楚了正妃妇好尾随而来陪他说话的目的。

"你不能去，我也不想让你担这个风险。西北之地太遥远了，那儿比我们这儿寒冷得多艰苦得多，你为了大邑商的统一已经吃了不少的苦楚，征边的事儿由我来，你毕竟是个女子。"

正妃妇好不服气："女子咋了，你都过了大衍之年①，马上到杖乡之岁，人老了总要服老。我听说西北之地高寒，四季飞沙走石大漠孤烟，千里迢迢之远，你去得成走得动，但未必打得动，更未必打得赢。"

子昭王摇头。

正妃妇好继续说："你这个人好强惯了听不得别人说你不好，其实你的身子骨儿还不如为妻的健壮。"子昭王最怕别人说他的短处，特别是在女人面

---

① 大衍之年：五十岁以上的人。

前，更不用说由女人之口说出来。

子昭王坐起来，赤着身子抚摸着自己身上的腱子肉，他自信道："别瞧不起你的夫君，我依然如狼似虎。你是什么？你依然是我的小绵羊啊。"说着不容分说，跳下榻来剥去正妃妇好的衣饰，把正妃妇好抱上榻，俩人在榻上云雨起来。子昭王尽着努力，老当益壮；正妃妇好久逢甘霖梨花带雨，俩人缠绵了半个时辰，才雨香水溪。正在正妃妇好趴在子昭王宽厚的胸膛上歇息的时候，窗外一声闪电光耀空宇，紧接着传来了隆隆的雷鸣。

正妃妇好从榻上下来光着身子走向窗口，见天际间划过一道星迹，她断定有星儿坠落。妇好心内一惊自语道："难道会有什么不测吗？"

回望榻上的子昭王，虎背熊腰，犹如一座山丘，已是鼾声大作。原想回寝宫与子英交谈心事的正妃妇好，想请求子昭王改变诏命遣她去西北御敌，所以议政后不曾回自己的寝宫。

回到子昭王的榻上，正妃妇好想着心事。"如今大邑商四方臣服吉祥初现，在国家刚刚平和民心初稳之时，整个大邑商不能没有子昭王。子昭王是一个太阳，照亮着中天大地滋润着中天万物，若是上天有什么惩罚，那就惩罚我妇好一人，我妇好愿意为我的夫君为大邑商承担一切。"正妃妇好想着，心中一阵凄然，她裸坐在夜色中望着子昭王的身影，突然间滋出一种冲动一种母性的冲动，她爬上子昭王身体钻进他的怀中。子昭王被妇好弄醒，雄狮再次发威，山摇地动……不知过了多久，室外真的下起雨来，天地阴阳雷鸣电闪，一颗种子入地萌发。

天亮时，子昭王身体不适发起烧来，接着昏迷乱语。正妃妇好唤来巫医进行医治，她陪伴于侧日夜照顾，第三日子昭王稍有好转，正妃妇好让人将子昭王移入主殿，命人诏来傅说、禽商议朝事。正妃妇好说："子昭王有恙不碍大事，但出征西北一事恐要有变。"

禽急了："西北十万火急，不能再拖延了。"正妃妇好喝住他："你比我年纪大经历多，为何不能沉静一些让我把话说完？"禽不再说话坐在傅说一侧，傅说拍拍禽的肩膀，让他听正妃妇好说话。妇好说："西北之战箭在弦上，没有退缩之理，打也得打，不打也得打。子昭王身体欠安又有了年纪，不宜长途跋涉，由我代王出征做主帅禽做副帅如何？"

傅说说："另无他计，唯有如此，我赞成。"

"我赞成，大王意下如何？"禽说。

子昭王拉着禽的手，眼睛望着傅说有气无力地说："看来我要服老了。"

傅说说："人生亦老天亦老，天道自然。"

子昭王长长地出了一口气，望着正妃妇好："爱妻呀，你嫁给我子昭之后，从一个十几岁的小姑娘，到三个孩子的阿母，一直风来雨往征战四方，战袍未卸子女未恋，身上伤痕累累很少得以安逸。别人做正妃是为了享受荣华富贵，你图的是家国平安天下太平，为国为民洒血尽力。我子昭深感对不住你，所以这一次西北之战我曾发誓不想让你参与，可这老天不容我……"

"不是老天不容你做事，而是老天让你做大事情，你为天子擎天立地，我为你妻甘当枝叶，人生不为福来却为心来，得心则为有福，我便如此，已是无怨无悔。此时受命于天代你出征打一场旷世之战，身为战来生为战去，对得住我自己，也不枉我来世一生。夫君相信我，西北之战有你妻子在定不负皇天，会如你所愿。"正妃妇好字字珠玑由心而发，如惊涛拍岸激荡人心。子昭王的心被潮水淹没了，始初泪如泉涌，之后号啕如雷。他有生以来第一次如此感动，如此多泪，如此无法自已。他哭自己多年来照顾妇好不周，心中有无限愧疚；他哭自己没有真正地了解妻子妇好，没有想到妇好对自己是如此的忠贞和挚爱；他哭自己竟然有如此多的与他志同道合的人，理解他支持他让他实现中兴大商之梦。一阵大哭汗如雨下，子昭王顿时感觉到身上轻松无比，身上的病顿消全无。

"这……这神奇了。"子昭王坐起来深情地看着正妃妇好，"正妃懂我心能治我心病，也治我体病，如此这般不由自主地大哭一场，竟然是正妃给我的一种神功妙力，转眼工夫身轻如燕百病全无。罢罢罢，此次大病我再无非分之想，人老服老不是争强好胜的年纪了。西北之战任由正妃大将军处理，我留在京城看家守候。"

"这就对了，你就应该留在京城，有你在国人安心，我们在西北作战也放心。"正妃妇好借机开导。子昭王擦去泪水和汗水，告诉傅说："朝内上下一切如旧，国朝三师外加方国之军，共计一万三千士卒，全部交由正妃大将军和禽指挥。禽领命！"禽上前听话。子昭王说，"要保证正妃大将军的安全，若是正妃大将军有什么闪失，我要拿你是问。"

"大王放心，禽铭记于心，有我在正妃大将军定会平安无恙。"

妇好拉着子昭王的胳膊说道:"我倒没事,担心的倒是你。"

"担心我什么,我不是很好吗?"

"担心没有人照顾你。"

"担心你就回来看我,免得我再大病一场。"子昭王心情大好开始逗乐子。

"自然会看着你的。"

"本王不解,爱妻在千里之外如何看得上我?除非有分身之术。"

"当然有了。"妇好笑脸中藏着秘密。

"看到没有,正妃大将军又要耍弄本王。这可是我大邑商历史上最多的一次用兵,竟然让我的正妃大将军抢了头名。"子昭王面对傅说和禽带着几分得意。

傅说说:"正妃大将军说说看,你好似有什么话要说。"

"可以吗?"

"子昭王都夸奖你了,自然可以。"傅说说道。

正妃妇好放下笑容:"我想奏请大王纳娶井方新主子英为妻,让大邑商与井方联姻。"傅说知道井方新主年少如花天生丽质,深得子昭王喜欢,大邑商与井方联姻是迟早迟晚的事儿,但不曾想到此事会由正妃大将军提出,他感到新奇,问道:"正妃大将军为何提出这样的事情?"

正妃妇好认真起来:"一、大王年纪大了,身边需人照顾,尽管大王妻妾不少,都是些有嘴无心说话没有诚意的人,作为正妃我不相信她们。"

"自然是这样,还是正妃对大王有真情。"禽说道。

子昭王心花怒放笑意融融,见禽如此夸奖正妃,随口说道:"我倒忘记了,禽夫人在正妃的麾下,叫什么贺兰儿,还是我册封许配的呢。"正妃妇好借言道:"正是子昭王和禽得了我和贺兰儿,我们大邑商才有大吉大利之势。"

子昭王赞许:"此话正是本王的心愿之语。"禽说:"不但我夫人贺兰儿是正妃大将军的属下,现在我也是麾下的一员。"傅说打断禽,让正妃妇好继续说。

"二、大家都见识过了,井方伯侯年纪轻,如花似月为人仁慈少年老成,能与大王婚配,也是天作之合。由她在京城照顾大王,我在千里之外也放心了。"

"这是天意，昭王也要遵循天意，顺其自然。"傅说说。

"还是伊相明白。"子昭王难掩心中之悦。

"三、井方富饶是天下粮仓，今年五囤仓满。"正妃妇好说。

"何为五囤仓满？"见识广大的傅说有些不解。

正妃妇好说："国囤仓满，邑囤仓满，首领部落仓满，军屯仓满，还有酿造的窖囤仓满，更不用说百姓民间仓满了。大家知道千里征战离不开粮草，即使我们征服了四方，在国安邦固之后也离不开粮，粮为天粮为民之本，这是世人皆知的道理。试想一下，大邑商与井方联姻了，岂不是多了个天下粮仓吗？"

"妙妙，正妃说到本王心中了，有时夜不能寐想的就是国家安定之后如何置农业，劝农扶桑之事。今日正妃之言，解了我多日之忧，若这个井方新主懂农耕之事，我就命她做大邑商王朝的司农之官。"

"恭贺大王多一良臣。"禽说道。

"什么多一良臣，是多一良人。"正妃妇好更正说。

"可现在国家大敌当前四方不稳，联姻之事是否符合天意？"子昭王问伊相傅说。

傅说说："大战在即新人入朝，是喜庆之事。征战，凶也；婚配，吉也。逢凶化吉，无往而不胜，可取可用。"

正妃妇好是急性子，想到的事总想变现成真："既然可取可用，那就取了吧用了吧。"

"瞧你，你比那个叫子英的新主还急。"子昭王说。

"当然急了，我们后天出征，没有时日了，总得在出征之前办好此事。西北之地与京都相距千山万水，迢迢千里路来回多有不便，纵有我想你关心你的一份心，只是梦里的话。有了子英姊妹在你身边，我出征西北也会少一份牵挂多一份儿放心。"

傅说："正妃大将军对我王贞贞之爱拳拳之情，令人感动、敬佩，与井方联姻之事宜早不宜迟，为振奋人心鼓舞士气，可在正妃出征之前行聘娶之礼。"

禽也说："大王是天子，天子婚配是撼天动地的大事，依婚序行事最为妥当。"

正妃妇好说："男女之事不是那么复杂，男的高兴女的乐意，通过个仪式明示为夫妻，居住在一起也就成了。当初大王让你娶我们贺兰儿的时候，只有大王一句话，你就猴急什么仪式没有就拉贺兰儿睡在一起了。"

"那是在战场上。"禽不好意思。

"现在是大战前夜，比那时更甚。"

俩人争论不休，傅说一旁不语。子昭王不说什么，心里头高兴，内心里十分乐意早日成就此事。他是个不甘寂寞之人，特别是在长夜难眠之时。知夫莫如妻，正妃妇好对子昭王的嗜好了如指掌，所以她主张婚事急办，子昭王身边有了子英这个美女陪伴，他就会少许多别的心思，就能安稳下来，有一个正常的生活。

傅说对正妃妇好的心思心知肚明，觉得正妃粗中有细刚中有柔，既关心子昭王个人，又虑其国家百姓利益，委屈自己求全家国，深明大义，实属一个伟大的妻子和王朝正妃。他感动，敬佩，但能克制自己，明白此时自己的角色。从傅说的私心讲，子昭王多动喜色平时无节制，误过不少的事情，他从中多费了许多的心思，若子昭王与井方新主子英婚配，就子英的美貌气质和做事的能力，束缚子昭王这条苍龙不在话下。子昭王安静了，王室就平和了，国家就能安定，在前方作战的正妃大将军就能一心制敌，克敌制胜。还有一件是伊相傅说不想说的事情，就是子昭王的庶长子子襄仗着子昭王对他的喜欢一直有指染朝政介入王室事务的野心，正妃妇好对其有戒备。正妃妇好在王宫的时候子襄怕妇好不给脸面尽量避讳不来晋见子昭王，正妃妇好借出征西北之际执意让子昭王纳娶子英，也许是想借子英牵制子昭王少与子襄接触，避免王室生乱。傅说知道，让子昭王纳娶子英总是一件好事情，一凤入林，万事相安，更是国之大吉。他乐意助正妃妇好一臂之力。

傅说说："国难当头国事为大，其他的事情都是配角之位，何为配角？无足轻重之事为配角，当前以吉化凶是国之大事万事都得让位，这吉自然是王的婚配，所以婚配不得不做，也势在必做。至于婚配的仪式一类都是些雅事，雅为美，今日战事迫在眉睫，怎么做怎么雅，无须讲究。"

子昭王拍起巴掌："我的禽大将军，听听伊相是如何说的？这才叫哲人。"子昭王端坐蒲团之上眯起眼睛，"伊相你继续说。"

"臣下之见，新人为一方之伯侯乃王朝之臣，听命王命是其职责，她现在居住京城就地聘娶，可为天命照应。今日王室就可向井方国诏下聘书。"

"下聘之后呢？"妇好问道。

"后日大军出征，由王室将其聘婚之事诏命天下，借天地人和以示吉利，助我大军远征顺利，捷报频传。"

"好是好，只是太刻薄了些，连大婚庆典都没有。"禽嘟囔道。

"错矣，国难之时婚礼暂免，待大军胜利归来举国同庆之时，再行大典。到那时天地朗朗山河同辉，万民欢腾，不是大典而是天下盛典了。"傅说说道。

"如此说来，确实理应如此，愚下想通了。但愿我能活着回来参加盛典。"禽说。正妃妇好打了禽一拳："如此凶言你也敢说，让贺兰儿听到非哭死不可。"

禽笑道："血战之人，抛头颅洒热血已是常事，本将军不忌讳。"

"你不忌讳，我替贺兰儿忌讳。"

子昭王问正妃妇好："如你所愿了吧？"妇好笑道："但愿别让我妹妹把你折腾病了。"

子昭王是一条汉子，做事坦荡，在臣下面前从不避讳男女之事。他笑言："本王身壮如虎身经百战，从来不会服输，是不是呢，我的伊相和我的禽大将军？"

傅说笑而不语，禽满脸羞红。傅说懦懦而言："臣下有一想法儿，奏请我王圣夺。"

"好。"

"既然已行聘礼，就是王室之妻，为增加王室生气，鼓舞我万众军旅，可让子英妃主持国祭之礼，誓师主颂。"

"此为妙计。"禽首先赞同。

妇好也以为好计，她说："大军出征，大王莅临，新人主祭和誓师，面目新气象万千，必是吉祥之兆，好计。"

子昭王担心道："子英她一个小邦女子，未必见多识广胜任此务？"

"不然，依臣下观察，这位新妃不是等闲之辈，会有意外的表现，祭祀之事事关庙律国统尚可晚一些时间，等大婚之后慢慢熟悉。这誓师之诰非她莫属，我来为她作辞。"傅说解释。

"伊相提前指教，万无一失为好。"子昭王叮嘱道。

"大王议政完了吗？我去告诉我的姊妹这个好消息去。"正妃妇好督促道。得到子昭王的允许后，妇好速速离去。正妃妇好和禽走后，傅说跪拜在子昭王之前，说道："臣下叩拜我王。"

子昭王不知何意，"伊相为何？"

"臣下为我王有正妃妇好大将军而深感自豪。正妃妇好正直无私心胸宽广，其德行远在我们这些臣下之上，她的所作所为让男人们自叹弗如。世上千古圣贤，正妃妇好当算一人。"傅说说着落下了眼泪。

"是啊，我大邑商由七零八落四邦哀鸿，到今日的万邦相聚国统中天，多亏了我的正妃妇好，没有她，我也孤掌难鸣啊，但愿她此次出征无恙。爱臣，多蒙你的一片忠心和善意，在劝谏我提醒我，我会爱戴她一生的，起来吧。"子昭王亲自搀扶起傅说。俩人继续议事。

回到寝宫妇好见到子英，埋怨道："你这个妹妹也够心狠，两日不见我，也不知道去寻寻。"子英直言："怎会不寻你不想你呢，姐姐这里是王宫禁地，想你也不敢造次，倒是姐姐把我丢在屋里，让我在此担惊受怕，连个信息也不曾给我。"

正妃妇好洗浴后，满脸春风地坐在子英面前："别责怪我了，子昭王病了。"

"啊，现在无恙了吧？"

"没事了，壮得和牛一样。如何谢我？"

"何事何意谢字何讲？"子英一头雾水。

"以后你就和我一样，是子昭王的妻妃了。"

"什么时候的事情，我为何不知？"子英惊讶道。

"不乐意？"

子英羞涩地说道："不是不乐意这可是大事，我的母妃，我的百姓都要诏知的事情，怎会这么突然？"

妇好说："妹妹不要着急，今日才议定此事，明日王室会向你的方国下诏婚聘，后日会诏告天下。"子英突然落泪："我不知我的母妃何意？"

"你的母妃吗？"

"嗯。"

"在这里，你看吧。"正妃妇好把子英母妃的卜辞书信递给子英。子英拿着母妃的卜辞龟片看后十分感动，痛哭道："可怜天下父母心，如此这般慈爱，让女儿感念终生。"

正妃妇好拿过卜辞龟片，问道："恨姐姐吗？"

"姐姐牵针引线成全妹妹的美事，感激都来不及呢，何敢言恨？只是这大邑商王朝乃泱泱大朝，我一个小女子如同站在大海的岸头，有些彷徨不知所措。"

"有我呢。"

"当然，你是我的姐姐嘛。"

俩人摆宴小酌，彻夜长谈。

第二十八章　获封井妃

次日清晨，正妃妇好为子英粉饰打扮，准备去主殿朝拜子昭王。昨夜小酌，子英与正妃妇好俩人相谈甚欢，今儿一早正妃妇好亲自诏来司空南告知联姻及西北之战之事，司空南得知联姻大功告成甚是激动，对正妃妇好叩拜致谢。

谈到婚礼之事，司空南自有一番理论，他说道："王室婚配乃国之盛典，理应礼数周尽事事圆满，但现在是国家危难时刻一切服从大势，至于婚礼的程式细节也就变成枝末之事，若能助力国家消灾灭难逢凶化吉，婚配的一切程式儿皆可省免，此种事情古往今来并非特例，而战场上婚配的事更是简之又简。"正妃妇好见司空南如此兴奋，想泼点冷水，免得乐极生悲。她告诉司空南说："不是不要婚配程式，而是少些繁文缛节，朝国之间联姻涉及方国尊严，必须的聘娶程式是不能少的。国朝君王有天子之尊，方国伯侯王也有天命尊严，你作为伯侯新主的臣属来京的随从，应当站在你主子的位置上虑事才对。"

"小臣一时高兴说多了，正妃大将军所言极是，小臣有罪。"司空南知道了正妃妇好的厉害，马上表示歉意。

经过一夜的思考和方才司空南的说辞，子英知道自己的婚事唯有这样。一是大敌当前举国抗敌，时间上精力上不容许考虑别的事情，再拿出时间周计婚事也不现实；二是西北之战远在千里，一旦征伐起来非一日两日所能胜决，即使是消耗在路途上的时光也需要半年一年时间，这是一场岁月之战，是一场看不到头的战争，自己年纪不小了，不可能拖延到战争结束，此时谈论婚嫁对自己来讲也是一个机会；三是正妃妇好是她和子昭王联姻的主事者，正妃妇好借出征西北之机促成其事是好意,由正妃妇好出面操办,子英放心也乐意;四是借机议婚以此破凶虽然是一个说辞,但对大邑商万军誓师顺利出征意义非常,用个人的婚配之典为大邑商军队壮行,是祖上的荣耀也是个人的义务。

再者母妃专门给正妃妇好书信把自己的婚配托付给正妃妇好,说明母妃对与大邑商联姻之事已经默认。父王亡故不久婚事不可能铺张造势,借西北战事低调进行符合世情,兴许自己的命运就该如此,于是她对正妃妇好说道:"子英顺从天命,感恩子昭王和正妃姐姐,既然我阿母已请正妃姐姐代劳,姐姐自当为妹妹子英做主,一切听其旨命。"

闻听此言,正妃妇好乐得心醉,她马上命人拿来龟甲书画卜辞,让子英说了几句话,她又说了几句,之后又让卜史唱读了一遍,万无一失后,命司空南速速回井方国向仪狄太正妃禀报。临行前正妃妇好又让司空南传达她的口信,要仪狄太正妃在族内选几位与子英辈分相近的女子,一块儿陪子英出嫁。子英不解,司空南解释道:"这事我懂这是大邑商的习俗,名曰'媵妾制[①]'实则姊妹同嫁。"

子英想说话,正妃妇好制止道:"这是规矩,当初我嫁子昭王时有八位姊妹陪嫁,如妙儿就是,当时她十岁。姊妹同嫁代表我们的身份和地位,起码讲在王室内我们有一帮人马,没有人敢欺负我们。"子英笑了:"有正妃姐姐在,有正妃姐姐的势力和人马,我就有了靠山,不必姊妹同嫁了。"

司空南为了让正妃妇好高兴,说道:"正妃大将军的话小臣记住了,会如实向仪狄太正妃禀报,厚嫁我主。"送走司空南,子英随正妃妇好朝拜子昭王。

从正妃妇好的寝宫到子昭王的主殿有百步之路,子英走在上面如同迢迢千里,心内五味杂陈。高兴嘛,说不上来,一个十六岁的花季少女嫁与一个比自己的父亲还要大的一个老男人,毕竟不是少女怀春时所梦想的那样的如意郎君,她想象不到将来两个人同床时,身边儿是一个比她大许多岁的老头儿,会有多少的尴尬;悲伤嘛,也说不上来,子昭王救了井方的难,给了井方百姓平和安定,她能与救难之主同枕一生患难与共,总是一件利国利民的好事,作为井方国的伯侯王为民做出牺牲是君主之责情理之事;麻木嘛,绝对没有,她一直很清醒,也很克制,大邑商王朝活力磅礴,中兴在望,子昭王荣膺盛世霸主

[①] 媵妾制:姊妹同嫁婚姻制度,流行于商代,一夫多妻制的源头。

之位已无悬念，与千世明君共治天下，共享天下太平，也不枉一个女人一生的追求。事到如今天命所愿，通往主殿子昭王的这条路，已经必走无疑。子英昂起头望着天上的艳阳，跟随在正妃妇好之后，鼓足了劲儿勇往直前。

确定与井方联姻聘娶子英为妻之后，子昭王兴奋难眠。天未亮子昭王就让侍卫找来伊相傅说督促他草拟诏聘之事，傅说跟随子昭王十几年，对子昭王的性格喜好了如指掌，他一进来就把写好的聘娶诏呈放到子昭王面前。

子昭王满意地看了伊相一眼，拿起龟甲卜辞细读两遍，连声说"好"，他让傅说派出六百加急，昼夜兼程，向井方送达聘诏。

子昭王得了子英心情大悦，他对伊相傅说说道："聘娶子英是本王一生中最大的幸事，子昭我一生有两个企图，一是让大邑商王朝威仪天下四方朝拜；二是聘娶天底下最得意的女人，今时得子英不枉大丈夫一生，可谓千载幸事。"

"怎么这话这么熟悉，好像十六年前就听人说过似的。"正妃妇好带领子英迈进主殿的同时，冷不丁冒出一句话来。子昭王听后一阵干咳，故作不语。

"子昭王你是我夫君，我们在一块儿生活了十几年，为妻的对你还是了解的，说你喜新厌旧那是冤枉你，说你忠贞女人那是夜里刮大风不见天日的话。你是当今大邑商王朝的君王天下第一霸主，王族祖制中允许你一妻多妾，你尽可享受女人的花露儿，但到底能娶多少个，祖制里没有说，我计算了一下，到你为止祖上二十二个先王中，两个妻妾的有之，四个五个的有之，再多的没有了，你可是他们当中妻妾最多的。不算还未聘娶的我子英妹妹，现在王室在册的属于你的妻妾有六十位，过几日子英妹妹再给你带上几个，你的妻妾就七十位了。我数不过来，只怕你也难能计算清楚，今日说这番话，我是想告诉夫君，年纪大了身子骨毕竟不是二十几岁的时候，该收就收，到我妹妹子英这儿就要打住。不为别的，为我们流血流汗打下的江山，为我们大邑商王朝的中兴大业，也为我们年幼的儿子现在的世子孝己多想一想。我之所以一直鼓动着把子英妹妹嫁给你，就有这个意思。我不止一次地对世人说过，说我妇好是个女将军，打起仗来可以威震八方我信，因为我喜欢打打杀杀，喜欢马上的生活；说我是个美女，我不信，别人也不信，因为我不是个漂亮女人，整日里风里来雨里去，在黄沙里滚的女人，肯定不漂亮。但我妇好从来不嫉妒漂亮女人，你看到了我身边儿的女人都是经过精心挑选过的，没有姿色的不漂亮的，我妇好不会让她们在我身边。子英妹妹如花似玉天下仙女，让她跟了你，就是要收住你的心,我妇好竭力纵容让你纳娶子英妹妹,其私心就在于此。如果说得再透一点儿,有我子英妹妹陪在你的身边儿,你会少让那些不怀好意的庶子在你身边搬弄是非。"

傅说站在一侧自感不妥,想抽身要走,被正妃妇好叫住:"伊相止步,听听本将说话无妨,我不是一个怨妇,不是在怨天尤人,也不是在吐苦水,因我明日出征就要远离京都,远离子昭王,远离我的儿女,远离我的故土故乡,夫妻同林却要相隔千里,母子同心却要远隔千山万水。我心疼,心疼我的王、我的夫,心疼我的儿、我的女,尽管心如刀割,但我必须割舍掉这一切,必须面对千山万水千难万险,必须义无反顾地去西征。因为我不去,子昭王他必定要去,他是一国之主不能不去;中天刚稳大邑商方定,国事千头万绪,这里离不开他;他年过五十有九,体力不支,我不忍心他再冒什么风险,我年轻起码比他小二十九岁。我能吃的苦,不想再让你吃;我能担的险,不想再让你承受。兴许我此去无返,会死在那里,但我心甘情愿。"

子英无法自已,匍匐在正妃妇好面前:"姐姐不要再说了,不要再说了……妹妹我跟你去,我与你一块儿去西北,与你同生死共患难……"

伊相傅说也哭着匍匐在地:"正妃大将军啊,你的铮铮之言,惊天地泣鬼神感动上苍,若不嫌弃傅说无才,臣下愿跟随你出征西北死而无憾。"

子昭王挽起正妃妇好的手,眼含玉珠:"爱妻之言,句句入耳;爱妻之情,感动我心。我子昭长期杀戮于战场,面对于生死纵是天生蛮野,也有惊心动魄之险;闲时空空寂寂,百无聊赖,游戏于女色之间放荡不羁寻找慰藉,以期安慰自己,多有荒唐之事和荒唐之闻。今日爱妻所述,都是肺腑之言,我定会自觉自醒。至于聘娶子英之事多亏爱妻纵容,了我心愿我定当珍之惜之,不啬妻之爱上天之爱,我会用江山之忧提醒并保重自己,不负爱妻。"子昭王起身亲自把正妃妇好安置在他坐的蒲团之上,向她表示自己的决心和意志。

正妃妇好挽起伊相傅说,拉起子英并让子英坐在自己身边。傅说借势转开话题,禀报向井方下诏聘娶子英之事和明日的国祭、誓师大事。正妃妇好说:"向井方下诏聘之书是大朝之礼,必不可少。尽管等不来井方的回复,但不会影响明日将纳娶井妃之事诏告天下。"

"理由呢正妃大将军?"傅说问道。妇好说道:"一是我得到了子英母妃的托付,可以代替她的母妃答应此事;二是国家正在遭遇战事可以免去好多的礼节。"子昭王说:"别看正妃妇好平日的风风火火,也是个粗中有细之人。"

"当然了,我正妃姐姐心细着呢,特别在我子英的事情上。"子英夸奖道。正妃妇好说:"你们俩人还不是夫妻呢,就开始挤对我了。"众人笑了。傅说借故离开,去忙别的事情。

午时,子昭王在主殿内备宴招待正妃妇好和子英二位心上之人,为了说话方便,子英退去侍者亲自执酒,三人同饮。

酒多人醉,饭后子英回到正妃妇好的寝宫歇息,妇好则留在子昭王的身边。明日出征,夫妻离别,子昭王和妇好难掩激动,如同生死离别。俩人情炽便有些忘乎所以,勾留到晚上俩人仍不肯分手,趁着夏日天气暖和,夜宿于主殿之中,夜间难免做些缠绵之事,由此犯下主殿议事厅内不得有男女宿居和媾和的禁忌,这为正妃妇好埋下了天命陨落之祸。

睡至半夜,子昭王酒醒,看着怀中的妇好,想象到了发生的事情,有些追悔莫及,于是穿戴好衣饰,抱着依然昏睡的妇好悄悄地回到自己的寝宫居住。

上午巳时,朝庙内文武臣工和王室贵族,整洁衣饰,表情肃穆,班列阶台之下。祭祀先祖前,伊相傅说按照祖制,宣读与井方联姻聘娶井方伯侯王子英为子昭王之井妃的诏命,告知先王列宗,争取祖宗们的认可,同时诏告王室臣子贵族要礼敬井妃。

进入朝庙前,正妃妇好为子英介绍了大邑商朝庙的情景,她说:"大邑商王室祖庙为五庙制,庙中之祖是按照'祖有功而宗有德'而设定,成汤为太祖,太甲为太宗、太戊为中宗,还有祖乙、太乙庙等。"正妃妇好是热心肠,对谁好敢把心肝掏出来,她怕子英在王室贵族面前留下不好印象,对祭祀中妃妾们该做的该穿的甚至该有的举止,一一教导叮嘱。

祭祀中,突然有一只飞雉登鼎耳而响,这个飞雉就是一只野鸡,它不但从室外飞到了庙堂内,还站在炽热的祭鼎的鼎耳上鸣叫。

主祭的伊相傅说挥之不去,野鸡仍然赖着不走,王室贵族们见此怪异现象,认为是大恶之兆心生恐惧,纷纷跪拜于地,祈祷先祖保佑平安。子昭王见状,想起昨夜他与正妃妇好夜宿主殿并做出了禁忌之事,有辱先祖,心内愧疚但又不便言明,只能跪于地上默默请求先祖原谅。

就在大家惊慌失措不知如何是好的时候,十三岁的世子孝己,站起来说道:"王勿忧,先修政事。"接着他做了一番解释,说道,"上天观察下界,主要是看他们的行为是不是合乎天道，上天赐给人的寿命有长有短，其实不是因为天要难为他，使人的生命中断。下民中有不顺从天道、不听从批评的，上天会根据他的表现调整他的命运，以纠正他的德行。这叫'唯天监下民，典厥义，降年有永有不永，非天夭民，民中绝命。民有不若德，不听罪，天既孚命正厥德。'"

王室贵族仰首瞻望世子孝己倾听他的言论，世子孝己说："呜呼！王司敬民，罔非天胤，典祀无丰于昵！"众人不解其意。傅说解释道："世子之言是想告诉我们，大王主持着管理、训诫人民的大事，天下人都是上天的子民，祭祀先祖的礼物不能过于丰盛啊！"

子昭王见世子如此说，庆幸世子给他找到了一个脱罪的理由，他站起身接过傅说的话题："世子之言凿凿有理，国难当头物资短缺，供奉的牺牲过分丰盛了，必然招致先祖们的不满。本王和诸位方国之王，一定要引以为戒汲取教训，俭朴政务为要，不负先祖对我们的警示。"子昭王当场命卜官记载此事，由此留下了"孝己训诸王"的史迹。

一旁的正妃妇好听着儿子的讲述，一是为儿子感动，想不到小小的儿子竟然知道如此的大道理；二是为儿子担心，儿子如此耿直直面批评他的父王，是否会在他与他的父王之间留下一道裂痕。她知道，她幼小的儿子一贯反对战争和屠杀，反对王室的奢侈和铺张。是不是今日的人祭又让他伤心了呢？

祭祀后，王室众臣移步誓师大会。

大会在京都殷城外西郊进行，子英随正妃妇好一同乘车跟随子昭王之后前往。一路上，城民百姓攒动，山呼吉祥，盛况无比。出西门后，见空旷之地上，白底红色图案的玄鸟旗，猎猎迎风；军卒之阵，漫山遍野，十分威武壮观。誓师阅兵台坐西面东，高入云耸，朝阳下阳光灿灿。士卒们见子昭王驾临，高呼圣王。一时玄旗飞舞，如海似潮。子英看着万众之军，十分兴奋，她悄声说："正妃姐姐真是天下无敌的大将军，一个女人能统领这么多的军队，妹妹好生羡慕。"

"都是子昭王国朝的军队，我的军队不过三千人。好了，妹妹你多保重，你看，我的将士们在等我呢。"正妃妇好指着阵列前的帅旗和已经等候她的红色战马。只见禽、贺兰儿和妙儿、伊相傅说之子傅云策、大将军甘盘次子甘墨琚等戎装整齐，班列阵前，等待着正妃妇好进入帅位。目睹正妃妇好离去，子英如同离群的孤雁，一阵悲伤。

正妃妇好到达阵前，换好戎装，跨上战马，当她转身向士卒们挥手致意时，军卒们潮水般地涌动起来，高呼正妃大将军吉祥，山呼海啸。正妃妇好盔甲上的那束红色的缨子，在蓝天下随风而动，火炬一般炫目。

子英在朝臣的簇拥下，登上阅兵台，侍立于子昭王之侧。傅说开始宣读册封井妃的诏诰。士卒们听后，山呼吉祥。子昭王一脸微笑，向子英致意并第一次称呼"井妃"。

之后由子英主持"出征誓师"。子英站在子昭王之侧，白衣素裹，亭亭玉立，朗朗而读："子昭王有命，登妇好三千，登旅万，呼伐羌，与京畿西作《誓师》。时甲子昧爽，王朝至于郊野，乃誓……"读着誓词，子英想起了正妃妇好和阵列中英勇无畏的士卒，想起了他们告别妻子、父母、恋人和家乡故土的悲壮，想起了他们将在西北战场中奋勇杀敌的场面，万千激情充满于胸，字里行间铿锵铮铮，如雷动缓缓于山岳，激荡万卒。宣读毕，军阵中万涛波涌，声贯长虹，"决胜，决胜……""决胜"声此起彼伏。

子昭王见此情景，感激阵前的正妃妇好及远征的将士，也感激宣读誓词的子英井妃把誓词宣读得铿锵有力激荡军魂。他挥动手，向正妃妇好和士卒问候。子昭王军旅出身，深知士卒的情思，他长久地挥手慰问，最后剑指蓝天，发出了向西北进军的命令。

子英见正妃妇好他们要走，也顾不得许多，匆匆奔下检阅台，到达正妃妇好身边。但时辰已到，军令如山，正妃妇好只好与子英挥手相别。正妃妇好回望台上的子昭王，见子昭王转身拭泪，不由得掉下泪珠，她对子英说："回去吧妹妹，你现在是子昭王的井妃了，我把他交给你，别看他叱咤风云，笑傲江湖，他的内心弱弱的像个长不大的孩子。你多劝他……还有我那三个孩子，你也要……"说着又流泪。子英慌忙说："子英记住了，是你的孩子也是我的孩子，一切放心。西北战局莫测你要保重好自己，也许我能去看你。"

告别正妃妇好眼望着大军西行，众人落泪。

子昭王回到王城静静地待在宫中，先是叫来卜史，记载今日出征之事，他怕记事不全，亲自看了卜辞。见卜辞记载："登妇好三千，登旅万，呼伐羌。"比较简短，又叫来傅说商议此事，他说："此次出征西北可能是一次千年之战，要详记下来，传世后人。"做完此事，侍仆备餐午食，他挥挥手让侍仆撤了下去，子昭王心里满满的没有一点儿饥饿的感觉。之后诏见子英井妃，问子英近日有何打算。子英说："万名大军西征，粮草非同小事，这也多亏了世子孝己在祭祖之典上的言论，他的话让我们警觉起来。再者子昭王册封我为井妃，对我母妃和井方来讲都是一件大事，臣妃眼下想的就是急着回井方去，一是派人给正妃大将军运送粮草，二是与我的母妃叙叙。等我筹划完这些事项后再回京都照顾夫君。"

"世子孝己和他的姊妹如何？我担心孩子们受委屈对不住正妃妇好。"子昭王问道。

"我已经安置妥当，我之所以急着回井方一趟，也是为了正妃妇好姐姐的三个孩子，我早去早回，方可回来后全力照顾他们。"

子昭王流泪道："说得是，难得正妃妇好看中你，扶你进王室。她看中你的兴许就是你能知恩图报，能让她安心在外御敌，你们俩难得有这缘分。井妃准备什么时间回省故里？"

"今日。"

"这么急？正妃姐姐大军已动粮草刻不容缓，我必须马上回井方一次。另外妙儿跟随正妃姐姐出征西北，留在宫内的正妃姐姐的三个孩子很是可怜……我一刻都不想离开他们，所以我必须快去快回。"井妃说道。子昭王抚摸着井妃的手，无语地安慰她。

子英脸红起来，羞羞地说："对不起大王了，我不能与你行圆房之礼了……"

"夫妻不在乎朝朝暮暮，既然是夫妻了，就要地久天长，我子昭敬重你，我与你的圆房之礼可以推迟到正妃妇好和禽大将军凯旋之时。"

"真的？"子英很是感动。

子昭王肯定道："是真的，为你也为正妃妇好，正妃妇好愀然离去，我无心做任何事情，虽然她脾气不好，说话不饶人，但她的话我听。"子英释然："原来我一直纠结怕你不高兴，想不到你有如此的胸怀。"子昭王爽然大笑："都是正妃妇好把我学说坏了，你相信她说的？"子英调皮道："我相信难道不是吗？"

"……"子昭王无语，他把子英揽在怀中，这是他第一次亲吻子英。

午后，由王室侍卫护送子英回省井方国。

第二十九章　世子救母

新春过去，冬日的雪开始融化，大邑商京都冬去春来，有了春的气息，然而西北战场上并无好消息传来。子英来往于井方与京都殷城之间，一是照顾正妃妇好的一子二女，二是动员井方军队往西北运送粮草，补充供给。

大邑商西南和东南边地的几个蛮夷方国，闻得大邑商出兵西北，国内兵力空虚借机滋扰。子昭王求得平和忍了再忍，避免造成民心不稳，影响西北战事。然而蛮夷方得寸进尺嚣张进犯。西北战事不顺，加之小国滋扰，心情郁闷到极点的子昭王，干脆一不做二不休，亲自出征发起旋风之战，所到之地大开杀戒，一泄心中不快。仅仅两旬，子昭王就荡平了西南、东南四个邦国，坑杀四国方侯贵族数千人。杀人屠城百里赤地，一时间边地荒无人烟，风声鹤唳。

子英听说后，认为子昭王举战不仁杀戮甚众，本想劝说子昭王，但见子昭王仍为西北战事忧心忡忡一筹莫展，便把到了嘴边儿的话咽回到肚中。正妃妇好的三个孩子，几乎与子英长在一起，特别是小女儿子媚一刻也离不开子英。子昭王册封子英后，考虑到子英有照顾三个孩子的事情，把子英安置在距离妇好寝宫不远的地方做她的寝宫，三个孩子乐意与子英一块儿玩耍，执意让子英住在他们阿母妇好的寝宫内。子英拗不过三个孩子，干脆以正妃妇好的寝宫为家，与孩子们居住在一起。

子妥比子英同岁，知道父王不易，时时地到子昭王那里嘘寒问暖，深得子昭王喜爱。曾有一段时间，子昭王考虑子妥与子英同岁，到了婚嫁的年纪，想与子妥成一门亲事，让子英给子妥学说后，子妥坚决反对，她要等阿母妇好凯旋后再议此事。世子孝己也想帮助父王做些事情，但拘谨父王满身杀气，心有隔阂，多在父王不在宫内时，去那里玩耍，做些自己爱做的事情。

世子孝己心事重，心量不大，子英几次想与他沟通都被回绝，但子英看得出世子孝己并不排斥她，有时候也乐意接受她的帮助。

春去夏来，天气开始炎热。一日傍晚，熟睡中的子媚突然问子英："井妃，我梦到我的阿母了。"

"阿母好吗？"

子媚摇头，眼泪汪汪地说："不好。"子英紧张起来："怎么不好了？"

"阿母肚子疼，说是有小妹妹了。"

子英听得认真，见子媚说得有鼻子有眼，不似寻常之梦，便多了心思。她把宫中的巫医叫来，细细地商议一番，巫医说："从正妃大将军离开京都殷城的时间掐算，正妃大将军若有身孕应该已近七个月，正是行走不便之时。可正妃她为什么不往回传个信息呢？"

子英说："传信息又有何用，她在前方，与京都相隔两千里路，回是回不来的，若是回不来，她只有在西北生产。她既然想这样做，就不会再告诉我们，不让我们为她分忧。"

"不知正妃大将军是怎样想的，从古至今哪儿有腆着大肚子打仗得呢？她这是豁出去了连命都不要了。"巫医说这话的时候眼泪汪汪，让人心疼不已。

"子昭王不曾问过你们？"

"不曾。"

"好，你们去吧。"子英退了巫医安顿好子媚，并让子妥看着妹妹，她去找子昭王。

子英见了子昭王边诉说边落泪，子昭王顿时不安起来，他说："是啊，两个月没有他们的音讯了。"子昭王叫来卜史壳，占卜二事，一问正妃妇好安好，二问正妃妇好是否有孕。卜史壳，占卜二次，均卜得妇好有孕，得凶。

子昭王独自在夜深人静之时，亲自占卜，得卦依然有孕为凶。子昭王心急如焚夜半诏傅说、子英商议。子英奏请说："正妃大将军出征近七个月，近日消息中断，只怕凶多吉少，卜官及子昭王都占卜正妃姐姐有孕在身，并且为凶卜之象。正妃姐姐的脾气大家知道，不到万不得已，她不会退却也不会诉说苦衷。我年轻体壮想去西北接替正妃妇好姐姐，请我王准许。"

子昭王摇头不准，拿眼睛望着傅说。傅说说："目前王室内只有子英是个可用之人，吾王若是将来降大任于井妃，有些事情就不要瞒她了。"

"我心疼她年纪小肩膀嫩，承受不起这副担子，另外妇好的三个孩子还要她来照管，所以一直瞒着她不想让她知道太多，既然如此你就实情相告吧。"

"好的吾王。"傅说开始讲述半年来西北战事情景。

正妃妇好率一万三千人进军西北后，由于西北干旱寒冷，来自中天的士卒水土不服，军队刚到牵屯山就损失了二百士卒。初战失利，再战失利，三战又失利，又折兵两千余。此时正妃妇好有了身孕行动不便，在前去乞伏山途中又遭受外族伏击，身上多处受伤，子昭王秘密通知正妃妇好，让她收兵退回内地择机再战。正妃妇好回信，说是军队已经深入外敌腹地撤军已无可能，只有战才有生存希望，正妃妇好不想撤军，禽等众将士也不同意撤军。子昭王知道将在外军令有所不受，更清楚已经纵深敌营内部的军队，撤军定会死无葬身之地，只好让他们临机决断。

子英说："我知道大王爱护我，不想让我知道前方的困难，但我与正妃妇好姐姐一样都是王的女人，我与正妃妇好姐姐有一样的责任，应当有一样的担当，正妃妇好姐姐她浩然正气，有苍天雄鹰之志，我岂能偏安一隅苟且偷生，被世人耻笑无能。我子英不需要照顾也不需要同情，更不需要被子昭王像花儿一样的娇惯着呵护着让我成为一个无用之人。我想知道真情，知道我应该做些什么？"子英用祈求的目光望着子昭王。子昭王有些惊愕，惊愕中他终于发现了一个不一样的子英，他心中充满惊喜。

"好吧，我来对你说。"子昭王的脸上透着兴奋和感动。

目前正妃妇好他们针对的这部外敌其实是一族混血人，他们的祖上来自遥远的西方，他们在此生活了一两百年，正在不断地向东方蔓延。我们中天的先祖叫他们羌方①，他们由羌龙、北羌、马羌等部落组成，是一个放牧、吃肉，用铜制的尖刀，在马背上生活的大部落之国，他们拥有的尖刀和体魄都比我们强悍。

"我们没有办法制服他们吗？"子英问道。

"有，但这得需要时间。一是我们已经把俘虏的羌人集结在牵屯山下，

---

① 羌方：商代中期生活在西北贺兰山一带的外族人。

教我们冶铜和制造铜制的兵器；二是正妃大将军在乞伏山布局好了火玄鸟阵法①，准备与羌人决战乞伏山，大败羌方之敌。"

"原来是这样啊，怪不得你心平气静无事一般。"子英高兴中难掩激动。

这时世子孝己不顾侍卫的阻拦突然闯进主殿，子昭王见是世子孝己，挥手让侍卫退下。问道："你怎么来了？"

世子孝己不理睬子昭王，径直走到子英面前，"扑通"一声跪下道："井妃，我叫你阿母好不好，我求你了……"他声嘶力竭地喊道，"井妃阿母，我代表我姊妹三个求你了，救救我阿母……救救她，我什么都不要，我要我的阿母……要她平安归来。"

子昭王不高兴，大声吼道："你这个样子像个世子吗？"

孝己发疯似的叫喊道："我阿母快死了，你知道吗？不，你不知道，你就知道杀人杀人杀人……你从来不关心我们，不关心我阿母，不关心我和姊妹。我恨你，我不想听你说话，我要我阿母，我不要这什么世子……噢噢……"

子英对着子昭王哭泣道："你吼什么吼！孩子想他们的阿母有错吗？你与我正妃妇好姐姐婚配十几年中，她为了你为了这个国家，刀枪箭雨，南征北战，风餐露宿在外部奔波着，她陪过孩子吗？你要知道她不光是个大将军，不光是你的正妃，她是阿母，她是三个孩子的阿母啊……孩子们想她，母子同心天地同源，她难道不想自己的孩子吗……"

子英崩溃了，抱住世子孝己放声大哭，这时子妥、子媚也来了，孩子们哭成了一团儿。子昭王坐在那里冷眼相观，仿佛在想些什么。傅说听着孩子们的哭声有些不知所措。

子英擦干眼泪站起身对子昭王说："不管你准奏与否，三日后我将去西北战场照顾正妃妇好姐姐，让她平安归来。正妃妇好姐姐的三个孩子，嗯，还有她肚子里的孩子不能没有阿母。"说完子英带着三个孩子愤愤离去。望着子英离去的身影，傅说呆若木鸡。

子昭王一旁嘿嘿地笑，等子英他们走远了，子昭王"啪"的一声打在傅说的背上："还愣着做甚，马上要酒去呀。"

"啊，酒？"

---

① 火玄鸟阵法：商代时期用火攻击西北外族的一种作战阵法。

"啊什么啊，大喜呀，王室有幸，大邑商有幸，我中兴大业有幸。快去快去！"

傅说让侍卫取来酒，亲自给子昭王盛满一碗，敬重地举向子昭王："我王请。"子昭王接过一饮而尽："再来一碗。"

傅说说："刚刚都闹成一锅粥了，你却幸灾乐祸。臣不解何幸之有？恳求吾王开导。"

"亏你还是我的伊相，白白辱了一个谋臣的名声。"

"臣下不才，请我王教导臣下。"

子昭王停了一会儿说道："家国不幸在于内庭，内庭不幸在于主妇。你看子英井妃与正妃妇好好得似一个人一样，主妇和，家国岂能不和，事业岂能不兴？所以我说是大邑商有幸。"

傅说如梦方醒："家和万事兴乃家国之本，我王睿智。还有还有呢，你看子英对正妃妇好大将军的孩子亲如己出，亲密无间，真让人感动得落泪。"

子昭王摆手说道："你不懂，我的伊相大人，不要说她亲如己出，我得让你明白，我与井妃什么都没有。她是她，我是我，我们还没有行圆房之礼，她怎可能有己出？人们都说我子昭喜于女色，说我妻妾多的创世上之先。你说是这样吗？"

傅说马上解释："臣下没说也不敢。"

"你嘴上没说心里说了，嘴上不敢的人，不等于心里不敢。是不是？"

傅说不知可否，一脸苦笑。

"好啊，说就说了，人之口胜于川患，眼下不说不等于以后不说，时下不说不等于后世不说。生前身后事，任由后人评说，本王不忌讳。喜欢女色也不是本王一人，本王妻妾多，也非自愿。你们不想想，我做王之前的十几个妻妾是我情愿的吗？那是先王赐的。先王乐意，我做世子的不敢不从，父王他胆儿小，惹不起人家方国，就与人家联姻。他高兴了，承诺了一大堆联姻国，最终受苦的是我。媵妾亲，姊妹同嫁，三起联姻，我就得了十几个妻妾，苦不胜言，苦不胜言啊。本朝初立国势式微，为了合纵强大力量，我不得不与一些方国做联姻之术，又纳娶了十几个妻妾，这苦在心中，唯有自知。从今日起，本王要一改从前，联姻的事儿不干了，听话的方国以民待之，不听话的方国一概灭之，现在的本王今非昔比，敢说这个大话，也有这个底气。截至子英井妃，今后本王不再纳娶，本王一生中能得妇好子妃①、子英井妃二人已经足矣，足矣啊！"子昭王说此话的时候，脸上淌着幸福之泪。

三日后，子英率领井方一千军卒去西北看望正妃妇好并增援西北。子昭王不放心，亲自挑选了二十名王室侍卫保驾子英井妃，世子孝已执意要跟随前往，子英不同意，担心世子年纪小经不起长途的劳累，怕有闪失承担不起国朝的责难。子昭王亲自找子英为世子求情，子昭王说："世子孝已生性懦弱，将来承担大任，怕他不堪重负累及大位，与其将来受难不如在我在世时让他锤炼一番，吃了苦头，他兴许有所改变，对未来未必不是一件好事。"

"若是发生不测呢？"

"不要考虑这些，如果事事考虑不测，就事事都不能做了。人要做事祸福相依，若做大事必要险中求，没有付出不会有回报，小有小回报，大有大回报，事事如此不必计较。"子英感激地望着子昭王："站位高的人看的必定远，此生托付给你是我的幸福，跟着你总能受益，只是……"

"只是什么？"

"做了你的妻妾让你独守空房，总觉得对不住你。"

"你是我的跑不了，来日方长。"

子英第一次主动地拥向子昭王，投入子昭王的怀抱。子昭王抱着子英说道："我本不想让你去的，但是考虑再三，你应该去冒一次险。你说的对正妃妇好戎马一生，战功卓著，深受我大邑商国朝的爱戴，与她相比国人对你还十分陌生，你将来若立足天下，成为大邑商有影响力的一位王妃，现在必须有所付出。这也是我咬着牙让你去西北的一个原因。"

"谢夫君体谅臣妃。"子英感激道。

"跟你随行的几个人行吗？"

"行啊，一个是纳罕，我井方的司马，智谋双全的一个人。一个是我的巫史巫杏，另二个是小军师，一个叫貔，一个叫貅，都有智谋之才。"

"为什么单独讲智谋之才？"子昭王知道必有原因。

"我请教伊相傅说，他讲解了一些智战之术，与我们传承的五行有关，随

---

① 子妃：妇好来自子族，称为子妃，史人记载历史时，为尊重之见在子前加女旁，故有妇好之名。

我出征的这几个人都熟悉五行，善用韬略，兴许能拿出一两个对付西北羌人的绝技来，助正妃妇好姐姐和我大邑商大军一臂之力。"

子昭王称赞道："甚好。若能鼎力正妃妇好消灭羌人，我会重赏他们。"

"为国尽力也是臣妃的本职，赏不赏赐倒不重要，重要的是破解我们目前的困局，尽快扭转战场局面，让正妃妇好姐姐早日回来与孩子们团聚。"子英谦逊道。

子英不善张扬，与妇好性格兴趣相反，子昭王对此很是赞赏。此次动用井方军队，子英就没有让井方的军队南下京都迎接，而是让军队去西面的路上等候。一是方国军队进京是大忌，她不能犯此大忌；二是王室调遣方国军队可以在京外等候，但子英担心千人之军不是个小动静，动静大了或是耀武扬威都会成为国人的谈资，影响王室的声誉，所以她让井方军队直往西行，她随后追赶。

世子孝已经子英打扮一番，越发英俊，他骑在马上站在子昭王面前虽有些腼腆，但也显露出正妃妇好的英姿飒爽的影子。子昭王走上前亲自为儿子整装，之后命人拿来一把护身短剑送给孝己，他说道："我的孩子不要记恨父王，父王所做的一切都是为了你。父王不是个完人，兴许不是个好父亲，但绝对能雄立天下，让大邑商王朝重新扎上腾飞的翅膀。父王杀人多也是为了你，现在父王在荆棘中走路，有许多的险阻，总得杀出一条血路来，现在多杀一些，将来你就少杀一些，因为你是世子，是大邑商王朝的储君，明天的大邑商是你的。"子英一旁提醒世子孝己："谢父王，给父王说对不起。"

世子孝己犹豫片刻，跳下马跪拜子昭王，说道："井妃责备我了，并罚我面壁一夜，儿臣错了。世子乃国之重臣，未来之君，却不懂君臣之礼，公然顶撞君王，有损君臣之序，此为错之一；儿子为幼，父王为尊，子敬父视父为天，并受之父命，儿子在众人面前咆哮抱怨，失礼也失孝道，此为错之二。为痛改其错，儿臣已削发代罚铭记于心，待儿臣从西北归来后，再接受父王的惩罚。"

子昭王弯下腰抱住世子孝己的头热泪盈眶："好儿子，什么都过去了，父王不罚你，你没有错，是父王关心你和你的阿母你的姊妹不够，父王也知错了。去后代父王向你的阿母说一声，父王对不住她，父王想让她早日归来。"

告别是在主殿外进行的，人儿不多，仅有子英、傅说、世子、子妥、子媚和记录宫事的卜史。见此情景，大家都难以抵制泪水。今日的子媚表现得特别好，没有哭泣，那是因为姐姐子妥告诫她了，不要让子英井妃和世子哥哥看到她们的眼泪，子媚手中捧着几个从大河①中捡来的卵石，很精美，是她和姐姐挑选的，她捧着卵石送到世子孝己面前："世子哥哥，你把它带给阿母行吗？这是我和姐姐特意捡的，就说……就说……"

子妥马上提醒妹妹子媚："不哭。"

子媚忍住泪水："就对阿母说，我想她想她肚里的小妹妹。"

世子孝己接过来，放在自己的衣袋内，伸出双臂拥抱妹妹。

子昭王拉起子媚的小手，抱起来，问道："我的小主②，你怎么知道那是个小妹妹。"

"当然了，一定是妹妹。"

别了子昭王，子英带着世子等人骑上马一路向西。

离开京都时，田野上花开大地春意盎然，然而越往西北走，除了天气寒冷之外，都是颓废景象。为了缩短时间尽快赶到正妃妇好的身边，子英命纳罕将千人的军队一分为二。由她率领二百士卒保护世子轻装前行，纳罕带八百士卒押送粮草等物品在后面慢行，以保证粮草物品的安全。纳罕担心子英井妃路途中遇有不测，专门派出貔、貅二位悍将跟随。

出发前，纳罕找来巫杏、貔、貅三人一一做了交代，告诉他们必须保护好井妃和世子，不能让井妃和世子出半点儿的差错。他说："井妃求见正妃妇好大将军心切，路上必然会昼夜兼程，你等要学会动些脑筋，筹划好路上的事情和可能发生的事情，不管采取什么法子，都得让井妃和世子万无一失，特别是世子年纪小，经不住长途跋涉，貔和貅要想好保护世子的办法。巫杏你呢，重点是照顾好井妃。"

貔、貅答道："司马将军放心，有我们貔貅二人在不会出任何差错。"

纳罕见巫杏不说话，问道："你呢？"

巫杏说道："我又不是第一次跟随井妃了，你自管放心。"

撇开了载物的车队，子英让貔、貅保护着年幼的世子一路轻骑，日行八十里，四十天时间他们就赶到西北大邑商军队的居住地，等待着与正妃妇好大将军见面。

---

① 大河：唐代之前黄河称大河。

② 小主：商代的君王嫡女称小主，即后来的公主之称。

第三十章　相逢牵屯山

连阴了几天的牵屯山，突然间在黎明前打开了天窗，蔚蓝的天空迎来晨曦，照耀在山峰之上，把牵屯山点缀得气象万千，完全不见了一会儿风一会雨一会冰雹呼啸乌云密布的恶劣之象。清晨随即降至人间。

正妃妇好感觉比往日好些，有了吃东西的念头，她让妙儿去做吃的，妙儿就把贺兰儿昨日送来的红腹锦鸡汤重新热了一番，又焖了一锅井方盛产的粟米，一时间香气扑鼻。正妃妇好吃了一半，想起禽，问道："贺兰儿来了吗？"

"没有，昨日贺兰儿给正妃大将军送红腹锦鸡汤的时候眼睛红红的，我怕她伤心，没敢多问。"妙儿解释道。正妃妇好端着碗："都是我害了禽将军，若是听禽将军的，整个军队不至于遭受外敌偷袭，我受伤不说，还让禽将军替我挡下毒箭。"正妃妇好说着落泪。妙儿劝道："事已至此，后悔无益，不要说别的了，肚里的孩子要紧。大姐呀，看在我侍候你十几年的分儿上，你就听我一次话，咱们回京城等你生完了孩子再来征伐这拨外敌也不迟。"

正妃妇好说道："你还想让我吃饭吗？难得今日我心情好一些，你又来添乱，我告诉你我不走，就是生孩子也要在这儿生。外敌……哦……羌敌，一天不灭羌敌，我一天也不回去。"

"你这是在赌气。"

"就是赌气。"

"大姐呀。"妙儿近段时间一直称呼正妃妇好为大姐。一是她们来自丘商部落，同时嫁给子昭王，称姊妹还是讲得过去；二是自从正妃妇好有孕之后，

| 247 |

正妃妇好有一种浓郁的思乡之情，夜深人静时难免落泪思念孩子和子昭王，她曾要求妙儿和贺兰儿以姊妹相称叫她姐，许是在她看来一声"姐"能释放她无限的乡愁。妙儿知道，正妃妇好是在把她们当亲人，或许把她们当千里之外的孩子思念。

"大姐，不是妙儿捅你的心病，你是死要面子活受罪，回去后怕落个战败将军之名不光彩，所以一直耗在这里不回去，其实没有人这么想也不会有人这么想。你身怀六甲马上到临盆之月，身子越来越笨，你这样坚持着不是帮大家而是害大家，让大家为你担忧，也影响军心士气。若不是你，禽将军怎会中敌毒箭，至今生死未卜。妙儿求你了，回去吧。"

正妃妇好把手中的碗摔在地上，叫道："蛊惑人心灭我士气，来人，将妙儿推出去给我斩了！"妙儿拔出一支短剑放在自己脖子上，平静地说："不用来人我自己了断，如果我死了你能听我的话回京都歇息，妙儿我马上自裁。"正妃妇好被吓住了，她慌忙站起来哀求道："妙儿别胡来，姐姐是吓你的，好吧你把剑放下，我有话对你说。"妙儿见正妃妇好如此说，只得把剑放下叹气道："说吧。"

正妃妇好与妙儿讲了出征西北以来军队伤亡的情况和目前布阵的情景，她说："我们中天人到西北作战气候不适应，敌情不清楚，加之又是疲劳之师，吃些苦头，损兵折将是正常之事，现在适应了也布下了兵阵，只待时机收网歼敌。我们不可能回去后重来，那样我们死去的两千余士卒就等于白白地死了，我们无脸面那样做。我有身孕行动不便，给大军带来了麻烦，按理应当把统帅权交给禽，我回京都殷城歇息，那样我绝对放心也乐观其成。但你知道子昭王的脾气，我若回去他必然挂帅出征亲征西北作战。他动了这个心思你劝不住，我也劝不住，从京都到这里近乎两千里路，他年已六十，这里天气无常，白日热得吃瓜煽扇，晚上冻得加衣增被，他能吃得消吗？若是他伤亡在这里，名声不好听事小，大邑商的王朝谁来管理，靠我十四岁的儿子孝己？他年嫩不说，他也没有这份能力。那么，我们动用万军出征西北又有何用？"

"照大姐说，我们现在没有一点儿的退路？"妙儿问道。

"不是现在从京都出发的那一天就断了后路。子昭王让我来就抱定了必胜的信心，你不想想，我有正妃之身自然是王的化身，代替王出征天下，哪儿有半途而废或负败而回的道理？"正妃妇好按着自己腰身说道。妙儿落泪说：

"我不怕苦也不怕死,我就担心你和肚子里的孩子。"

正妃妇好坦然一笑:"生死由天不要在乎太多,跟着我们来的一些士卒不也是命丧异乡了吗?如果腹中孩子命大,出生在这儿,起码讲这里就是她的故乡而我们是异乡客。"妙儿笑了,不再说什么,她把饭菜重新放到正妃妇好面前:"以后我不再说你了,你为了肚里的孩子再多吃几口,此时饭菜还热着。"正妃妇好没有争辩,听从妙儿的话继续吃饭。

禽大将军隐居在牵屯山半山腰的台地上,往下看,山下峰峦重叠,云雾环绕,大河①清晰可见;往上看,山上有山,青峰独秀与天共舞,妙趣无限。因为北面的几座山峰挡住了来自西北方向的寒风冷气,台地宛如一个斗篷包揽着阳光、湿润和温和,有了难得的鸟语莺鸣绿树森森,也有了攻防隐蔽的山道天险。禽精于军事,他把俘虏的外族人安置在这里,让他们不受外界干扰地帮助大邑商军队从事铜矿冶炼,铸造尖刀弓矢,改善和提升大邑商士卒的兵器。

在禽居住地的南山处,相距三四里路的地方,就是正妃妇好的居住地,那里高山林立景色宜人,雄踞于山地中间,是西北地区少有的一处人间天堂。禽居住在位于隘路之口,扼守着去正妃妇好居住地的路上,保护着正妃妇好。

剩下的万人军队,已经隐蔽到进入乞伏山南地的隘口,等待着牧放西去的羌族人的归来。此地春长夏短,夏季仅两个月,八月进入秋季,秋季是羌族人归巢的时候。一旦羌人全部归来了,正妃妇好和禽布局的火玄鸟计划就会张网以待彻底击垮羌人,正妃妇好和禽为此在苦苦等候。然而,在西北等待秋的到来是一件很漫长的事情,需要付出代价。

正妃妇好善于打伏击战名声在外。两年前在讨伐巴方国的作战中,正妃妇好与子昭王议定,由子昭王带领精锐部队从东面对巴军发起进攻,正妃妇好则带领军队埋伏在巴军的西面,子昭王军队发动猛攻后巴军兵阵大乱,撤离中全部进入正妃妇好的伏击圈,被正妃妇好一举围歼。正妃妇好由此名震四邦。

此次西北之战敌强我弱,正面死打硬拼吃了不少亏,损兵两千余,于是正妃妇好决定用伏击之术与羌人周旋,然而漫长的春季正是羌人西去牧猎的时候,大部分羌人远走他乡不与商军对仗。禽大将军考虑羌地情况特殊,提出养精蓄锐休兵备战,先行埋伏秋后围歼的战术,正妃妇好不同意,坚持采用伏击

---

① 大河:黄河。

之术，结果正妃妇好受伤险些被俘，禽身中毒箭危在旦夕。败局之下正妃妇好不得不改用禽的办法，以休兵备战的策略将商军埋伏在乞伏山南地的隘口，等待秋后围歼羌人。尽管埋伏的时间十分漫长，但它的牺牲要比让羌人牵着鼻子走一直处于被动挨打的情景好得多。

禽为人宽厚善待羌族俘虏，得到了羌族俘虏的尊重。羌族俘虏把禽当作了自己的首领，相互间无话不谈，得知商军需要尖刀利器后，他们私下联络懂冶铜技术的人主动传授冶铜技术。禽感激他们，曾亲口承诺，战后准许他们跟随禽到中天之地，或冶或农或卒，任由他们挑选，还他们平民之身，让他们在中天居住乐业。

禽中毒箭之后，急坏也忙坏了俘虏的羌人，他们找巫医为禽诊治，还自发地到高山绝岭上采摘雪莲花儿，为禽化毒敷伤，因此还摔死了两人，这让禽和贺兰儿十分感动。在生死线上游荡了半个月后，禽终于起死回生，但禽身上的武功由此被废，这让禽痛不欲生。贺兰儿心疼禽，想尽办法安慰禽，甚至想为禽生个孩子，然而禽已经心如死灰。

六月的西北，天气变化无常，一会儿阳光灼热，一会儿冰雹覆地。

好在大邑商军队更换了手中的兵器，用上了青铜刀剑箭矢，手中兵器的巨大变化极大地鼓舞了士卒的士气，这让禽和正妃妇好在精神上得到了安慰和鼓舞。正妃妇好不止一次地说过，大邑商军队能使用上铜制兵器这本身就是胜利，同时会对大邑商王朝今后的社会发展带来重大影响。

正当他们驱散乌云心情高兴的时候，子英带领的援军赶到了西北，与正妃妇好、禽大将军会合一起。正妃妇好见到儿子孝己兴奋不已，母子异地重逢恍如梦中，正妃妇好抱住儿子孝己足足哭了半个时辰。妙儿、贺兰儿、子英在一旁默默陪着掉泪。

异地相逢把盏甚欢，是夜正妃妇好、禽大将军为子英和世子接风洗尘，席间子英将与自己同行的巫杏、貔、貅诸人一一做了介绍。巫杏是第二次与正妃妇好等人相见，大家言语起来熟悉自如。

世子孝己没有走过这么长的路，夜宴没有结束就去阿母的住处歇息去了。子英住在正妃妇好的室内，两人畅谈了一夜，当正妃妇好听说儿子孝己为了让子英来西北解救自己，夜闯主殿怒吼子昭王的情景时，正妃妇好笑得泪涌："真的吗？我不敢相信我儿子有这样的胆量，敢骂他那个野蛮的父王。我的儿，好样的、好样的。"正妃妇好用手抚摸着已经熟睡的儿子孝己的头兴奋得无以言表。

"不要夸奖自己的儿子，骂他的父亲子昭王。"

"就要骂他，我儿子骂他我高兴，其实我跟子昭王发过不少的火，但还没动嘴骂过他。你再说说我儿子骂他什么了？"

"只知道杀人、杀人、杀人，不关心我阿母和我姊妹，孝己连哭带吼，凶得不得了。满意了吧？这就是你英雄的儿子。"子英又学说了一遍。

"那他是如何表现？"正妃妇好充满好奇。

"谁？"

"他父王啊。"

"没有啥表现，开始时他愣住了，好像与他无关一样，之后他看着世子嘿嘿地笑，笑得特别开心。开始时我不理解他为什么要笑，还笑得如此开心，后来我懂了，是他终于看到了一个有性格有火气有野性的男儿，看到了他儿子的希望。"

"我的儿子就是好样的，知道心疼阿母，至于有没有野性我才不在乎呢。我不希望我儿子像他父王那样拈花惹草，整天在女人堆儿里混。"正妃妇好手里玩弄着女儿子妥和子媚给她捎来的大河花卵石。

"行了，也该问问别人了。"

正妃妇好知道子英说的别人是谁，她说："不用问他会很好，我就想知道，他是如何回答我儿子的，是不是跟我儿子动怒了。"

"恰好相反，他向你儿子认错了，承认对你和三个孩子关心不够，否则他会让你的儿子千里迢迢看你吗？"

"哼，这叫心疼，这叫认错？我儿子这么小，就放心地让他走这么远的路。"

"正妃妇好姐姐我不理你了，是我带你儿子来的，有错也是我的错。我明天就带你儿子走，别把好心当狼心。"

正妃妇好不成想惹了子英，心中有一种酸意，不满道："哼，与子昭王睡了鸳鸯枕就有偏有向了？"

"你不讲理。"子英生气道。

"我怎么不讲理了？婚配成夫妻睡在一块儿天经地义。"

子英落泪道："姐姐冤枉我了，我嫁进王室之后，只要住在宫中都住在你的寝宫，一直与三个孩子在一块儿。我和子昭王已经言明，等你们凯旋后才与他行圆房之礼。"

正妃妇好见子英哭了，解释道："别哭了我早就听说了，这也怪了，一个喜欢美女的人，竟然能改了习性，说明我妹妹有本事，能镇住子昭王这头雄狮。好了，咱们不说他了，我在西北边远之地，寂寞无主郁闷于心，常常叙说无人，今日与妹妹撒撒娇，亮亮心窝子的话，权当回了一趟娘家。哎呀……这小家伙又在踢我肚子了……"

子英马上跳下榻搀扶正妃妇好，情急地问："那该如何办哪……"

"傻妹妹这不是病，肚子里的孩子知道我高兴，给我开玩笑哩。"

二十几天后纳罕带领的车队也赶到了西北，从纳罕疲惫的脸上能判断出，纳罕也是昼夜兼程赶路来的，否则一个满载粮草物品的车队是不可能三个月内赶出两千里路的。

休息了一天多，纳罕就来拜见正妃妇好大将军和禽将军。纳罕与禽生疏些，纳罕是小国的司马，禽是王朝的大将军，纳罕谨慎地向禽请教，言语中流露出纳罕的谦逊和对禽的敬重。禽武功废了后一直闷闷不乐，今日见到纳罕如同见到故友，不顾贺兰儿的劝阻多饮了几碗酒，话语多了起来。交谈中禽发现纳罕年纪轻轻的经历的事情不少，在兵法上多有新解，便喜欢上了这个年轻人。第二天一早，就督人来叫纳罕去他的住处深谈。

接下来的日子里，子英把纳罕带来的军队交给禽，也把纳罕交给了禽，她对禽说："纳罕年轻阅历少，在小邦之地没有大的见识，请禽大将军多指教，让他有所长进。"禽说："纳罕为人精细好学善思大有可为，我们多多商谈就是。"

子英私下对禽说："貔貅那俩小人儿满是诡计，你要改造他们，把他俩利用好，兴许对我们大有帮助。"禽说："我已经让他俩化装后去了前线，仔细勘察形势，回来后每人拿出一个围歼羌人的计划，我有意考验他们。"

"我带来的人如何？"子英自豪地说道。

"感谢井妃降临边地带来良才，令禽喜出望外感激不尽，若不是井妃的这番扶植，禽我已经心灰意冷无生存之念了，你给我带来左膀右臂让我雄心再起，宏图再续。这些人一是年纪轻二是各怀绝技，非常好，非常有用。"贺兰儿私下也感谢子英，说是子英让禽有了重生的信心。这话子英相信，因为以武功吃饭的人废弃了武功等于没了性命，现在来了一帮有武功的年轻人，禽自然会高兴。

子英和世子走后，子昭王心情不佳，每日来往于主殿与正妃妇好的寝宫之间，看望完两个孩子，就回主殿等待信息，在主殿坐久了，又心烦意乱地转回到孩子那里。一日往返数次，在左盼右顾中，总算等来了子英和世子平安到达的消息。

让世子和井妃出使边陲支援西北之战的消息很快传遍京城街头巷尾，朝野上下，大邦小国，人们对子昭王的赞颂声不绝于耳。消息传到宫中，子昭王闻之大悦，他心中感激的自然是子英井妃。

"我王盛名天下实乃中兴先兆。老臣实话讲，百花春之始，万物情根本，近时之吉兆，尽得益于一人，她就是王的井妃。"一日早朝后子昭王留下甘盘、傅说二位老臣想叙叙旧，甘盘有感而发直言颂扬井妃。

子昭王压制着心中的喜悦，转首问傅说："伊相的感受呢？"

"与甘盘老将军无异。"

子昭王让二位坐定，说道："本王有几件事儿与二位老臣商议。一件事儿关于为井妃举行婚礼大典的事情，虽然本王已经诏诰天下聘娶并册封了井妃，但由于西北战事欲借册封井妃冲喜为出征大军壮行，我们欠井妃一个正式的婚礼大典，本王想在明年春天为井妃补上，甘盘老将军是朝中老臣，主办此事非老将军莫属。"甘盘慌忙站起来："这事使不得，我是一介武夫，玩文的不在行，这是伊相的本职，我不能篡政越权。"

子昭王说："西北战事未决，朝内有诸多事情需要伊相打理，在国事与家事之间，伊相还是要以国事为重。"此话一出甘盘、傅说都提出异议。甘盘说："我王错矣，王之妻妾，国之大事，非家事也。何况又是井妃的婚礼大典。"

子昭王说："既是国事，老将军更应该亲自出马，伏辕操办不失国庆大典之节。"甘盘笑道："原来我王下套专等我上钩呢？好咧，本臣受命了。"

子昭王说："所谓大典，是个名声而已，国家方统外战不止，不要劳民伤财，只是对井妃和井方的百姓有个说辞就行了。此事的日期、程式、礼节等均由老将军操盘定夺。另外一件事儿就是井妃的寝宫一事，我想在王宫内专门为井妃建造一座寝宫。本王六十岁了，不服老不行，我想改改王宫的规矩，与井妃举行婚礼大典后，让井妃居住在宫内长期侍候在我身边。不知可否？"

甘盘说："可。王的妻妾居住封邑不居王城，是从避免妻妾争宠王子争位考虑的。今时，王的妻妃们都居住在京外，嫡王子也只有一人，不存在先祖们担心的事情。井妃为人贤淑，处事豁达年轻力壮，居住在王宫照顾我王没人能与她比。要担心的就是正妃大将军一个人。"

"正妃妇好无妨。正妃妇好虽然有脾气个性，但她对井妃却有姊妹之情，让井妃居住在王宫，应当是正妃妇好求之不得的事情。"傅说解释道。

子昭王松了口气："再一件事儿，就是世子参政的事儿，世子懦弱生性不张，我有意让他早日参政从中习艺锻炼。"

甘盘看着傅说，问道："你说吗？"

傅说做出请的样子，让甘盘先说，甘盘直言："不可。第一，世子年纪不足，祖上规制男二十才成人，就是说男人到了二十岁才能成家立业，世子年十四，不足矣，若习艺锻炼，应在舞象之年①。第二，其母正妃生性直率，功高盖主，是当下国家之功臣历史之伟人，若世子参政，与母合力，必然削弱王权给王室带来隐患，故不可。"子昭王问傅说，傅说说："甘盘老将军所述句句为实，无可非议，从家国安定计，世子暂不参政利大于弊。"

子昭王满意道："二臣忠心耿耿所言直白，适合我意。"之后，子昭王在王宫院内设宴款待二臣。入夜星斗满天，西北方向不断有流星划过，留下道道苍白长痕，众人仰视惊讶不安。子昭王拔腰剑砍断头上束箍，青丝长发横眉冷对西北，做《将军令》，剑舞寒光，欲击碎银河残月，阻断流星飞矢。

甘盘、傅说，面如死灰，长跪西北。

夜深回到室内，子昭王六神无主，匆匆占卜问卦，贞问正妃妇好。得卦"贞……王……于母辛……百宰……血。"子昭王颓然倒地。

远方，正妃妇好难产。一天一夜，仍未产下。

正妃妇好生命垂危。

---

① 舞象之年：古代舞蹈的名称，指男子十五岁至二十岁练武学艺的年纪。

第三十一章　仪狄太正妃大义灭亲

大邑商与井方联姻、子英获封井妃的消息诏诰天下后，各方国纷纷派出使者，前往井方国恭贺。井方富裕，又是礼仪之邦，仪狄太正妃诏命，对前来祝贺的方国一律厚礼相赠，不失礼邦之名。一时间，井方之地来客如织，慷慨井方声名鹊起。

随着来使的增多，仪狄太正妃发现一些料想不到的事情。一是来客希望子英井妃给予朝见的礼遇，由于西北战事筹备粮草，子英井妃来往于京都与井方之间，无暇顾及他事，由此引起来访者的不满；二是来客多知井方富裕，想借祝贺之名索要些井方的物产，开始时仪狄太正妃比较大方，有求必应，后来发现来访者胃口太大，不再满足，同样引起来访者不满；三是一些来访者并非出于真心祝贺，而是带着嫉妒之心前来试探虚实。于是仪狄太正妃以先王辞世守丧为名不再与来访者见面。

子英册封井妃之后，主要精力放在处理王朝事务和照顾正妃妇好三个孩子的身上，虽然还是井方伯侯，但井方国的大小事情均由仪狄太正妃照管。司马纳罕及千名士卒跟随井妃去西北后，家中就剩下了司空南和司徒子平，俩人接待来访筹措粮草，忙得不亦乐乎。

一日，负责向西北运送粮草的粮吏来报，说是方国粮库中已无粮可运。仪狄太正妃说："士卒营旅中的粮可用。"

"已经运完。"

"可去北地几个部落运粮。"

粮史回答说："北地无粮。"

仪狄太正妃急了："北地是产粮之地怎会无粮？去找司徒子平。"

"司徒去过了北地，仍无粮。"粮史继续说。

仪狄太正妃诏司徒子平问话，子平归来拜见仪狄太正妃，说道："母妃息怒，儿正在想办法。不过实话讲，我们井方虽然有天下粮仓之称，但毕竟是小邦之国，所产粮食对于大邑商西北大军来说，那是杯水车薪，无法承受大军所需，即使百姓家中有粮我们也无法向他们征用。"

"子平儿，母妃让你去百姓家里征粮了，为何如此讲话？北边之地是我井方的粮仓，为何不去那里走走，难道让母妃我亲自去征不成？"

"母妃息怒，儿子不孝不会说话，我马上去北地催粮。"子平解释道。

"什么？你竟然没去北地，哎呀呀我的儿啊，你怎么这么不让母妃省心呢？"子平忙不迭向仪狄太正妃认错："儿子马上去。"子平转身去催粮，路上不停地抹眼泪，恰巧被司空南看到。司空南说："不要再隐瞒了，还是向仪狄太正妃说实话吧。"

司徒子平拽住司空南："管住你的嘴不要乱说。"

司空南回呛道："仪狄太正妃早晚会知道，你若是再隐瞒下去，耽误军情不说，我们井方会出大事情。"

司徒子平说："母妃她太劳累了，若是知道她亲儿子从中作梗破坏筹粮大计，她非得气死不可。"

"错矣，仪狄太正妃肚量大，不会为此生气的。但废世子会有大难。"

"所以我不想把事情闹大，不想让废世子丢了性命，毕竟他是我母妃的亲生子，毕竟他有王室的血统。"

"但愿如此，希望他能悬崖勒马。"

司空南见到仪狄太正妃后，还是说到了旧世子子贻的事情，仪狄太正妃问道："我听说北地几个部落在搞庆贺井妃册封的事情，有无此事？"

"有。"

"不是诏命各部落不让庆贺了吗？"

"这个……"

"这个什么？先王离世不久不搞乐事，难道他们要抗伯侯王的旨意吗？"

"他们不敢。"

"他们不敢谁敢？"

司空南不说。

"司空南你是先王时期的老臣，你如此不能谏言，怎能为新人树立榜样。好，你不说可以我亲自去查。"

司空南"扑通"一声跪地："我说。"

"说。"

"都是旧世子子贻从中做局，有意给你和子英井妃制造麻烦。"

"继续说。"

"他想乱中卷土重来，重新执政井方国。"

仪狄太正妃是聪慧人，知道事情不简单，她让司空南坐下："你慢慢说来，有何证据一一说明，不得有半点隐瞒。"

"我和司徒子平说好，请仪狄太正妃念在子贻是你亲生儿子和旧世子的分儿上，从轻发落，不要……"司空南请求道。

"这不是我个人私事儿，是方国大事，子贻现在是个被贬的罪人，若是再犯新罪，要以国法祖制论处，你我爱莫能助。"

"那个……他就没命了。"

"你想袒护他还是与他有私情？"

司空南坚定地说："我与他没有私情也不想袒护，先王刚走，子英井妃初封，井妃的胞兄就犯上作乱，我怕传扬出去让天下人笑话。"

"谁也不笑话，笑话的是我这个做母亲的对逆子管教不严，任由逆子作乱。你快如实说来。"仪狄太正妃十分生气。司空南坐下来，讲述了近期以来废世子子贻的劣行。

先王去世后，仪狄太正妃和子英遵照先王遗诏不让子贻奔丧。子贻由此憎恨仪狄太正妃和子英，一直想借机宣泄不满。子英被大邑商子昭王册封为井妃后，子贻认为找到了滋事的理由，他明知先王新丧、大邑商出兵西北不得举办乐事并且仪狄太正妃和子英已诏知国人，他却充耳不闻，私自联络北边之地的几个部落首领以其妹册封为大邑商王妃之名相互来往庆贺。部落首领们以为子贻是王妃之子井妃之兄，举办此事得到仪狄太正妃和子英井妃的同意，便和子贻串通一起开始了宴请之风，闹得北边之地完全忘记了仪狄太正妃和子英的诏命，忘记了子庆王新丧和大邑商正在战争之时。子贻见滋事见效，又将黑手插到井方的外域之国。井方北地外域有十几方邦之国，它们不臣服大邑商但又惧怕大邑商子昭王是个杀伐不认人的中天霸主，心中不敢得罪。听说子昭王纳娶了旧世子子贻的妹妹，远亲不如近邻，想借子贻与大邑商攀点关系，所以接到子贻的邀请后，便成群结队载礼而来，相聚在子贻的邑地。远朋相聚酒宴甚欢，几句歌功颂德的话，让子贻如坠云雾之中，慢慢地膨胀起来，野心死灰复燃。

子贻听说，井方为支持大邑商军队在西北作战正在全力以赴筹备粮草，运往西北。他便私下与外域方国勾结，收购北边之地部落的粮食，运往外域囤积起来，为自己举兵起事做准备。他得知子英援战西北带去了司马纳罕和千余士卒，认为目前井方军力不足，是自己起兵的大好时机。他决定，乘机实施兵变绑架自己的母妃，通过母妃之口，恢复他的王位。于是让人找到他的旧部，封官许愿拉出了一支几百人的队伍。目前正在寻机起事。

仪狄太正妃说："如此重大之事，你和子平为何不说？"

司空南说："仪狄太正妃此事只是传言，并未核实，在没有核实之前我和子平不能妄下结论，挑拨你和旧世子的关系。另外我和子平已经做了设防，如果他敢于南下，就在途中将他擒获。今日子平将亲自去北边之地见旧世子，一探虚实，回来后再向仪狄太正妃禀报。"仪狄太正妃说："怪不得子平说话吞吞吐吐让人生疑，我还责怪他办事不力斥责一顿。"

"那些都是小事，子平他不会有怨言，当务之急是防范旧世子卷土重来。若他复辟，井方必遭大难。"司空南说。

仪狄太正妃自语道："前几日我还在念叨他，认为他在北边之地总是不易，作为生母心中有愧，想着抽机会去看看他，让他安生下来改造自己，不再招惹是非，看来我是白操心思惦记这没有出息的人。他狼心不改，我做娘的能有何为？感念先王早有先见之明和先见之策，废他世子位贬为平民逐出王城，如此这般他还生异心，就天地难容了。看来为了我女儿井妃的事业，为了井方百姓的安宁，先王子庆走了第一步，我要走第二步，他狠为娘的更……"

司徒子平离开仪狄太正妃之后，带了两名侍从马不停蹄直奔北地，两天一夜后，到达了旧世子子贻的邑地。子贻得知司徒子平来访，高兴异常，大笑道："想谁谁到，老天助我子贻矣。"他让人绑了子平放进囚室，还亲自到囚室戏辱子平，"司徒大人，感谢你来边城看望罪人，王城一别已有一载，看看你，一个妾妇生的庶子竟然做了司徒，而我一个嫡王子充边为民，细想想都觉得这个世道不公。好在那个老头子死了,死得好啊。"

子平怒斥道:"那是我们的父王,你凭什么侮辱一个过往的人并且这个人是生养你的父王。"

"父王?从他废我世子那天起他就不是我的父王了。对,他是你的,是你的父王,若不是你的父王,他胡搞的女人生的孩子怎么能官至司徒呢。"子贻一副得意忘形的样子。

"罪民子贻,请你不要侮辱我们的父亲和我的生母!"子平大声喝道。

"父亲?我有吗?我没有!从我贬为平民的那一天起我就没有父亲了。如果有,他辞世的时候为什么……"子贻狼嚎一般,泪水扑面,"为什么不通知我?为什么不让我参加他的丧礼!父亲?已经情断义绝了。"

"不让你参加他的丧礼,是父亲的遗嘱。"

"是,是他的遗嘱,所以他没有我这个儿子,我也没有他那样的父亲。"他用粗笨的大手抹着泪水。

"子贻弟弟。"

"不要叫我,我没有你这样的兄长。"

"子贻,别再犯错了,作为在一个家庭长大的孩子,你听我一句劝,这条路你走不通。看在我们母妃的面儿上,不要做傻事。"

"母妃?叫得这么亲切,好像她生的是你而不是我。我告诉你,我恨她,我从来不认她是我的母亲,更不认她是母妃,但凡她有一点儿母亲的样儿,我就不会落魄到今天这个模样儿。既然我们已经点破了,我就来点儿狠的,来人!把他的侍从带上来。"子贻咆哮着,眼睛中放出凶残之光,子贻的手下押着侍从进来。

"子平,你看准了,这是你的侍从。"

"你想干什么?有事我顶着,不要伤害他们。"

"砍了。"子贻话音未落两个侍从人头落地。

"子贻,你这个恶魔,有能耐找我,拿无辜的士卒发恶算什么本事?来,你杀了我杀了我呀!"子平怒吼。

"别着急我会的,但不是现在,我要用你把你讲的那个母妃调出来,等我抓住了她,让她还我名声,还我井方的王位。到时候我再杀你们岂不快哉。"子贻让人包了侍从的头颅,"你们把这两个礼物送到王城交给这位司徒的母妃，就说我子贻给她五天时间，让她亲自来救她的司徒，五天不到，我就杀人。"说完了子贻又特意重复道，"你们告诉她，让她亲自来。"

"子贻，你不会有好死，上天不会饶你的。"子平骂道。

"哈哈上天？上天是谁上天眷顾过我吗？我谁都不信，我就信我自己。"子贻丢下子平回到自己的住所，吩咐用人备酒设宴招呼妻妾，庆贺大功告成。

子贻的正妻是仪狄太正妃看中后娶入家门的，她对仪狄太正妃这位母妃一直敬重，即使子贻被废世子贬为平民她也不曾埋怨过仪狄太正妃。她知道仪狄太正妃心肠好，不会忘记他们，起码不会忘记她的亲生骨肉的孙儿们，会想办法解救他们。今日子贻大动杀机让她十分担心，她知道子贻这个人不得民心，终究会成为一个历史罪人，继续跟着子贻做坏事，她和她的儿女们会面临满门抄斩的境地，于是她动员妻妾们轮流向子贻祝贺敬酒，将子贻灌醉后来见子平。本想把子平放走，子平不同意。子平说："你放走了我，他会拿你和孩子们出气，弄不好他会带着全家叛逃外域，这对井方、对母妃特别对大邑商王朝的井妃影响更坏。若弟妹想立功保全全家，你可趁机直奔王城向母妃禀报这里的情况，母妃自有办法应对。"

"兄长说的这个办法好，我直奔王城亲自向母妃禀报去。"

"但你如何向子贻交代？"

"这我有办法，他目前还不至于怀疑到我和孩子们。"

子贻的正妻向其他妻妾做了交代后，独自一人骑马出来，调头向南昼夜兼程直奔王城。母妃见到儿媳后十分感动，她说道："孩子，你是我看着长大并亲自接入门的儿媳，我相信你也相信其他妻妾，即使子贻犯了死罪我不会为难你们，你们毕竟是我的亲骨肉。"之后仪狄太正妃连夜出发，亲自带着二百轻骑去北地解救子平。

儿媳担心道："母妃呀，子贻手下有四五百人呢？"

仪狄太正妃说："他那些人不叫兵，连散勇也算不上。放心吧，只要我到场，没有一个敢追随他为他效命的。"

儿媳说："纳闷儿了，子贻杀了司徒子平的两个侍从，让人把人头送到王城给你，怎么没有见到子贻手下的人呢？"

"傻孩子，子贻手下的人有几个敢见我？更甭说带着人头来了，那不是找死吗？"

两天后仪狄太正妃等到达北地，在子贻的邑城前停步。仪狄太正妃把随身轻骑的亚服叫到身边，她说道："你带一些利索人进城手脚快一些，半个时辰内把子贻手下的士卒制服，听话的让他们跟着你们，不听话的就地处置。不要惊动子贻，我要会他，由我处置他，将来好向井方国的百姓交代，你们安排两个人尽快找到司徒子平，不能让他受到任何伤害。"

半个时辰后，亚服来报："一切妥当，请仪狄太正妃进城。"仪狄太正妃让亚服跟随她，和儿媳一同进城。子贻听说仪狄太正妃前来吓了一跳，想不到来得如此之快，掐算时间，到今日正好五日。他说道："还算守信。"他问身边的人，"可曾带士卒来？"回答："不曾见，一个是她的侍卫，一个是世子的正妻总共三人。"

子贻听说自己的正妻陪同而来，暗自高兴，想必是妻子疏通了仪狄太正妃，仪狄太正妃特意前来认错解救司徒子平回归。一个方国的司徒被人杀了，特别是被仪狄太正妃的儿子杀了，毕竟是件惊天动地的大事儿，仪狄太正妃生性爱面子，她丢不起这个人。"好啊，我子贻总算抓住你的命根子了，不是不报时候未到啊，我子贻扬眉吐气的好日子来啰。"子贻做着美梦。

说话间，仪狄太正妃三人到了子贻的房间，子贻像模像样地向仪狄太正妃叩安，之后阴阳怪气地说："多谢母妃垂顾儿臣的草舍，怎么样母妃，你儿子住得这个地方不错吧？"

"不错。"

"总不如王城好吧？"

"好与不好与你无关。"

"哎……母妃呀，今日是你来找我并非是我请你。"

"你的两颗人头面子很大，我能不来吗？"

"对对对，母妃记性不错，不过还有一颗人头留着呢，这颗人头是司徒子平的，儿子不知道母妃此次来是带人走还是带子平的人头走？"

"你说？"

"儿子不说。"

"我没有你这样的儿子。"

"没有我这样的儿子，难道只有子平这样的庶子。"

"庶子也比没有人心的嫡子好。"

子贻恼羞成怒:"来人,绑了这个女人!"

子贻的正妻大叫:"子贻休得无礼,她是我们的母妃。"

子贻说:"母妃?哈哈……什么母妃?谁敢挡我的路谁就是我的仇敌,绑了!"

子贻的正妻冲在仪狄太正妃前面,保护住仪狄太正妃。她说道:"子贻呀,她可是你的生身母亲,你不能不孝不能乱了人性伦常,你不想活了你可以死,但我和孩子们是无辜的,不想成为你的殉葬品。"

子贻露出最后的狰狞:"死,谁死?"

仪狄太正妃推开儿媳,来到子贻面前,坐下来问道:"儿子,这是我做母亲的最后一次叫你儿子,我问你,你想干什么?"

"明摆着的事情。一、恢复我的世子位;二、答应我把井方的王位还给我。"

"好,我答应你。"

儿媳哭着跪下来:"母妃,不能这样啊。"仪狄太正妃喝道:"你起来,没你的事儿!"子贻拿刀欲砍他的正妻,仪狄太正妃伸手一挡,子贻的刀飞落地上。仪狄太正妃说道:"我说了没她的事儿。"

"你如何答应我?"子贻如赌徒一般望着他的母亲。

仪狄太正妃说:"我以死成全你。"

子贻顿时不知所措,他的正妻发疯似的冲上来保护仪狄太正妃。仪狄太正妃给侍卫亚服递了个眼色:"把她拉开。"亚服拉开子贻的正妻。

"子贻拿酒来,母亲来时就不想活着回去,这是断肠草,母亲需要以酒服下。"说着把一个药葫芦放在子贻面前。子贻神魂未定,呆呆地看着仪狄太正妃。仪狄太正妃大怒:"拿酒去!"子贻浑浑噩噩地让人搬来一坛酒,放在仪狄太正妃的面前。

仪狄太正妃不慌不忙地打开酒坛上的封盖儿,细心擦拭酒坛口,镇静自如地忙完了这一切,她坐下来当着子贻的面儿倒了一碗酒,拿出毒药放在碗中一饮而尽,之后又饮了一碗。到第三碗时她说道:"看在我生你一场的分儿上,你也应该送我一程,陪我喝上一碗,这也算是我们母子缘尽。"

子贻望着仪狄太正妃,不知如何是好。仪狄太正妃目光镇定、祥和、坚定,直视子贻。她说道:"喝吧,自己倒酒。"子贻犹豫了一会儿,让人拿来一个新碗，双手哆嗦地倒了一碗酒，又将仪狄太正妃的碗中斟满，陪仪狄太正妃喝下去。

仪狄太正妃笑了笑，望着子贻："孩子啊，任何事情都有个度，做过了就是作死，天不容情也不容。去吧，母亲无力管教你，让你辞世的父王管教你吧……"子贻知道中计但为时已晚，他肠如刀绞胸闷异常，指着仪狄太正妃说："你……你竟然下毒给我……"话语未完，便气绝身亡。

仪狄太正妃站起来对亚服说道："找个地方厚葬他，不要让更多人的知道，就说已废嫡王子子贻因病而亡。"儿媳扑上来："母妃你……你会不会有事儿啊？"仪狄太正妃眼含泪水仰天一声长叹，之后缓缓而言："没事的孩子，来之前我就吃了解药。"

"他呢？"子贻的正妻问道。

"他呀，聪明反被聪明误，怎么死的都不知道。我在倒酒的时候把毒药放进了酒坛之中，他怎知道整个酒坛都是毒酒了呢？起来吧我的孩子，你的忠诚母妃铭记于心，不能因为我儿子贻的混账让你们为他赎罪受此冤屈，现在我以仪狄太正妃之名诏命井方天下，恢复你和孩子们的王族之籍，焚毁这座伤心的邑城。你要忘记这里，离开这里，现在就带领你的姊妹和孩子们跟我回王城居住。"

"母妃……"儿媳感激涕零。

儿媳马上召集邑城内所有的家室人员，亲自宣读母妃之诏，命人焚烧邑城，跟随母妃踏上了返回王城之路。

第三十二章　盗仙草

正妃妇好终于产下一女婴，由于失血过多，仍然昏迷不醒，大家在痛苦的等待中又熬过两日。妙儿昏厥在正妃妇好榻前，醒后不吃不喝，痛哭流涕。世子孝己一直握着母妃的手，呼唤着母妃，企盼母妃能苏醒过来。子英劝孝己吃些东西，孝己摇头拒绝。

妙儿拉出正妃妇好的胳膊，又撩开正妃妇好的衣饰，指着正妃妇好身上累累伤疤，呜咽道："我不知道她这一生到底是为了什么，南征北战马不停蹄经常与孩子天各一方，从来没有享受过母子的天伦之乐。现在她把孩子生在千里之外的战火硝烟之中，让孩子一生下来就见不到生母，生死两茫茫。她从来没有享受过王室贵妇的安逸生活，一直奔走在生与死的战场之上，我不知道，我不知道她为什么这样活着，为什么受这么多的苦难……"妙儿声声泪诉肝肠寸断。

睡在仆人怀中的婴儿，突然发出刺心的哭嚎。子英接过婴儿，婴儿依旧哭声如号："不会有病吧？"子英问妙儿。妙儿擦去泪水："这样的孩子硬朗着呢，她的苦她的阿母替她吃了，她的难她的阿母替她顶替了，她是一个生于多难中的幸福孩子。她呀命大如天，百病难侵。"

"好好，孩子无恙就是大幸。"子英一边安慰自己也在安慰大家。

禽头发蓬松脸色铁青，像困兽一般在室内踱着步子。贺兰儿心疼道："你歇息一会儿行吗？三天三夜了都不曾睡眠，不吃不喝不睡不眠，如此下去能撑多久？现在正妃大将军生死未卜，若你再倒下我们的西北之战还有什么希望？"禽不语，依旧踱着步子。

贺兰儿扑到禽怀中，哭诉道："你这样让我何如？"禽停顿了片刻，扶起贺兰儿说道："你去把傅云策、甘墨琚二位小将军叫来。"贺兰儿说："二位小将军一直在室外厅内歇息，昨日就来了。"

"为什么不早说？"

"他们进来了三次，你都不曾觉察。"

禽不高兴了："让他们马上进来。"

傅云策、甘墨琚二位小将军入室，禽命令道："你们马上回去，与潜伏在乞伏山的士卒联络，散布出正妃大将军病危的消息，五日后决战乞伏山。"

二位小将军不解，问道："羌人部落的人还在牧区放牧，等秋后才能回归。"

"不等了，我们等不及了，正妃大将军若是不在了，我们的士气会一落千丈，与其等不如趁正妃大将军一息尚存，以正妃大将军的精神鼓舞士气，主动出击决战乞伏山。"禽说道。

"为什么散布正妃大将军病危的消息？"甘墨琚将军问道。

"诱敌归来。"

傅云策说："在下不解？"贺兰儿扶禽坐下。

禽说道："通过半年来与羌人的接触，羌人并非我们想象中的愚昧无知，他们聪明勇敢，行动迅速，兵器好马骑快，熟悉草原和山地，只要他们闻得正妃大将军病危的消息，必料定我们会撤退，他们就会乘机归来尾追打击我们。现在他们以逸待劳想法儿拖住我们，消耗我们的精力等待秋后兵强马壮时，全线反击我们，如果听说我们现在要走，必然不会错失战机让我们轻松离开，现在我们要打乱他们的战术，将计就计引蛇出洞，以撤退之名引他们部落的人马下山与我们交战，然后我们的伏兵就可以封死他们的退路，与他们决死一战。"

傅云策说："大将军果然好计，是否再让一支士卒做佯退之举，把戏唱真一些。"

"准。"

甘墨琚犹豫道："好是好，我担心大将军你的身体。"

"胜败在此一举，无须计较过多，你们去吧。"

傅云策、甘墨琚二位小将军告辞后，禽又让贺兰儿去叫纳罕和貔、貅等人。见到纳罕之后，禽同样要求他们散布正妃大将军病危的消息，引羌人从牧区回归，同时询问纳罕等五行战法的设局情况。纳罕禀报说："貔、貅二位亚服，多次深入乞伏山地查看地形，步量设计了布阵用法之地，根据乞伏山雨季少风不利于火攻的特点，已经建议傅云策、甘墨琚二位小将军调整了我军潜伏地点。"

"为什么要调整潜伏地点？"禽十分认真。

貔拿出一张画了图形的兽皮，摊在禽的面前，指着图形说道："禀报大将军，羌人之所以兵强马壮优势在于马不在兵，打羌人先打马，羌人没有了马就失去了优势。我们中天地区的士卒个子矮行动灵活，更换青铜兵器后，我们士卒的战斗力远胜于羌人。"禽眯着兽皮上的兵阵，只顾看不言语，貔以为说错了什么，不再说话。

禽等了一会儿，把目光移开兽皮，说道："怎么不说了？"貔胆怯道："大将军不吭声，我以为自己说错了呢。"禽一拳打在貔的肩膀上，说道："你小子卖什么关子，老子听得津津有味，正在等你的下文，是不是让老子犒劳犒劳你才肯说？"

"小的怕你不爱听。"

"屁话，怎么不爱听，难道我把耳朵割下来放到你的嘴边儿就叫爱听了。"众人大笑。禽转脸呼唤贺兰儿："爱妻把给我炖好的黄羊肉端上来，这些小子是属马的，不上点料儿不想干活。"贺兰儿高兴地"哎"了一声，跑去外间端来一盆飘香的黄羊肉："夫君想吃东西了？"

"想吃想吃，有这帮小子陪着我不吃亏得慌。"禽拿出一只羊腿，塞到貔的嘴里："吃吧。"貔感动得流泪。貔说："羌人喜马离不开马，我们就在马上做文章，马儿血性勇敢但再勇敢的马也是动物，而任何动物都怕火，我们就以火制马。"

"边吃边说。"禽拿着一只羊腿狼吞虎咽，不忘记提醒纳罕、貔、貅吃肉，"继续说，你们想怎么用火？"貔说："乞伏山麓多有松木，松木可燃是大旺之火，但有一点不好，就怕松枝潮湿点燃时比较费劲儿。"禽点头赞同。

"所以，我们让士卒们悄悄地砍伐了一些树木，正在风干作为引火之用。"

"什么时候用火？"禽问。

"等羌人全部进入我们的伏击圈之后。"

"这叫什么阵法？"

"回大将军话这叫玄鸟阵法，是伊相傅说精心设计的战法，与玄鸟旗……"貔解释说。

禽吃饱了打着饱嗝："玄鸟旗就不用说了，我们一路行军都是玄鸟旗，红彤彤汪洋一片如大江洪流，看到它我就激情澎湃。我倒是想问问，你小小年纪怎么知道得这么多？"貔腼腆道："大将军过奖了，小的不才，小的和貅从殷城出发时是由伊相教导的此法。"

"这你就谦虚了，我出来时同样拜访了伊相，伊相也是这么说的，可他的想法到了你们的脑子里就活化了，就成了一个变幻无穷的大局。好吧你继续说。"禽脸色红润起来。

貔说："整个兵阵布局如同玄鸟旗的模样，里面有乙，丙，丁三奇；休，生，伤，杜，景，死，惊，开八门，步步有玄机。这些都是根据乞伏山的地形地貌，季节风向确定的。"

禽思虑了一会儿，问道："大火无情如果大火烧起来烧了我们自己的士卒怎么办？"

貅开始说话："禀报大将军，这就是你开始问到的为什么要调整我军潜伏地点的原因。"

禽大笑："转了一大圈，你们只说表不说本，倒把本将军我给兜进去了。说吧，让我长长见识。"贺兰儿见禽如此高兴，也凑到禽的身边听他们讲述玄鸟阵法。

貅说："大将军，大火能否如我们所愿不失时机地烧起来，要有三个条件。一是天公作美无雨，时下多雨，所以我们尽量选在无雨的天气发起进攻；二是柴草充足，我们要借用松树茂密的地方做火攻之地，提前砍伐风干了一些柴草，整个外围火攻路程达二十里路之遥；三是要有助火之力，火的借助之力是风，乞伏山多为偏北风或西北风，风力最盛时在春季的三、四、五月份，时为夏秋之交，风少，不利火势。"

"那怎么办？"禽问道。

"做风。"貅说。禽摇头："这我就不懂了。"禽敲着贺兰儿的头说："夫人你说如何做风？"贺兰儿咯咯地笑："我若是懂了要你大将军做甚？"

"不行，你得说出个理由来。"禽逼迫贺兰儿。

贺兰儿想了想，说道："张开口用嘴吹。"众人听后笑得前仰后翻。禽收住笑说道："此法儿只有你贺兰儿能想得出。好了貅，你继续说。"

貅说："我们把士卒潜伏的地点调整到了近水的地方。一、大火烧起来之后，羌人骑马多穿皮毛衣饰，马怕火，人也怕火，必然向有水的地方撤退，我们的士卒就在那里等待消灭他们；二、大火无情不认敌我，火烧起来同样会加害我军，所以把我军潜伏在水源地一带，一旦大火失控士卒跳到水中保护自己；三、此地夏秋季无风，可让我们的士卒在水旁架起大火，水遇火必生气体，气体上升产生风力，风助火大燃。"貅一口气禀报完。

"锦囊妙计呀。"贺兰儿拍手称赞。禽点头对纳罕说道："纳罕将军此计甚好，简直完美，此事你向井妃和傅云策、甘墨琚二位小将军密报，告诉傅云策、甘墨琚二位小将军，无论如何一定想办法把羌人引出来，这是我们决战的前提。"

纳罕说："刚才忘记向大将军禀报了，貔貅二位密走羌人牧区时设计毒杀了他们的一些牛羊，牛羊的尸体腐烂后会产生疫病，他们已经放风说草甸子上有魔风病①传播，羌人担心牛羊会大批死亡，正在向乞伏山撤退。"

禽听后自然高兴，他勉励了几句。送走纳罕几位，已是夜半。

"高兴了？"贺兰儿问道。

"当然，我们有如此妙计，何愁无用武之地。"禽说。

"那你今后就不要担心自己的武功被废的事了。"贺兰儿安慰禽。

禽说："这是两回事儿，有武功没有心智，与强敌作战必定吃亏，有心智没有武功，何以自保。功德功德讲的就是文武并举。"

"妻儿不懂。"

"不对吗？"

"对，夫君讲什么都对。"

禽抱住贺兰儿："你这个小精灵总是逗我开心，咱们去看正妃大将军去。"

"已经子时了。"

---

① 魔风病：草原上的牲畜疫疾之病。

"现在不用讲时辰。走！"禽督促贺兰儿骑上马和他一块儿去探望正妃妇好。一弯新月挂在天边，弯弯的让人心醉。

正妃妇好依然昏迷不醒，禽将军心情又沉重起来，感到愧疚难安没有照顾好正妃妇好，愧对京都的子昭王。子英宽慰了一番，她说道："正妃大将军的性情脾气不是我们所能约束的，今日之病虽然是生产所致但与她积劳成疾不善自爱有关，大将军无须自责。"

禽流泪道："我真的不知道回去后如何面对子昭王。"

妙儿说："大将军如井妃所说，正妃妇好之病与你无关，不可自责。"

大家担心禽在此久了，心情更加不好，督促贺兰儿带禽大将军回去歇息。回到寝地，禽仍然唉声叹气，贺兰儿费尽口舌安慰。天亮时，贺兰儿不见了身边的禽，慌忙起床四处寻找，也不见踪影。

原来禽睡了一会儿，梦见正妃大将军身陷泥潭向他求救，他恍然梦醒，他心中堵得慌便悄悄起身，随意游逛到被俘虏的羌人居住的地方。正在加班锻造兵器的羌人，见禽大将军走来纷纷过来问候，禽在与羌人的闲谈中得知，在羌人大首领居住山上的宗庙旁生长着一种专门治疗女人出血症的仙草，如能盗得一两枝仙草，正妃妇好就有起死回生的希望。得此消息禽大喜，匆匆回到住处叫贺兰儿。贺兰儿照顾禽数日已是极度疲劳睡得正酣，禽不忍心叫起。禽救正妃妇好心切，不加多虑叫上十几个侍从由两个羌人带路去盗采仙草。

他们骑马一路北上，爬过四道山梁，悄悄进入羌人大首领的营地，在山峰之阳羌人宗庙之侧采摘到了三株仙草，禽大为欢喜，但在归来的路上禽等人被从牧区撤退回来的羌人发现，双方发生激战。羌人得知此支队伍中有大邑商的副将帅禽，便不惜血本围追堵截，禽所带侍从和两个羌人终寡不敌众战死身亡，失去武功的禽不甘生擒被辱吻箭自杀。

为了庆贺胜利，羌人将禽的尸体拉回营地悬挂展示。消息传回到贺兰儿那儿，贺兰儿又痛又悲急得怒火中烧，她想告诉子英井妃或是妙儿去抢回尸体，但又担心子英井妃和妙儿不会让她贺兰儿白白去送死，而她绝对不会让自己的夫君陈尸敌营百般受辱。她心如刀绞，无奈之下想到了求助被俘虏的羌人。

她来到俘虏的羌人处跪地泣诉，说明解救夫君之心，羌人们大受感动。一是他们敬佩禽将军的为人，自从他们被禽将军军队俘虏以后，禽将军以大邑商士卒的身份同等相待，安排他们帮助大邑商冶炼青铜制造兵器，保证他们吃喝日用，不曾体罚杀戮；二是禽将军夫人讲究夫妻之情，不忍夫君名节受辱，不畏生死解救夫君尸骨。三个羌人主动站起来同意帮助贺兰儿一同救夫。

他们将贺兰儿打扮成羌人妇人模样，混入羌人营地，趁着天黑无人注意，将禽将军尸体偷偷取下，用木排沿大河顺流而下，秘密存放在山洞之中。羌人俘虏归来时，又特意盗摘了两支仙草，以表示对正妃妇好的尊重和对禽将军未竟事业的继承。这让贺兰儿十分感动。

贺兰儿原本想在洞中守护着夫君禽，羌人用不熟练的商族之语告诉贺兰儿，山洞内晚上十分寒冷，会有死亡危险，若是贺兰儿死了，就有损于他们冒死帮助她解救禽将军尸骨的一片诚心，所以他们不希望她这样做。人死不能复生，还是救正妃大将军事大，他们之所以冒死采摘仙草，就是让贺兰儿把仙草贡献给正妃大将军解救正妃大将军以实现禽将军的生前的心愿和梦想，他们保证禽将军尸体放在这儿不会丢失，他们会像保护自己的头颅一样保护好禽将军的尸骨。羌人把话都讲到这样的份儿上了，贺兰儿没有不服的道理，她跪拜了禽，说道："羌人兄弟说的话你都听到了，我想你能理解我。我现在替你把仙草送给正妃大将军完成你的心愿。等着我，我会把你带回到中天的故乡去的。"

之后，她又跪拜了三个羌人："你们是禽的恩人也是我的恩人，我们虽然血统不一样，但我们是生死兄弟。禽答应过你们的事儿，我会向我们大邑商王朝的子昭王，向正妃大将军和井妃禀报，我们中天人不会食言。"

三个羌人学着贺兰儿的样子，向贺兰儿行跪拜礼："罪人，谢恩。"

贺兰儿回到正妃妇好那儿，见到子英井妃和妙儿，抹着眼泪捣碎仙草，按照羌人说的办法，将仙草放到正妃妇好的嘴中，之后抱住子英井妃和妙儿号啕大哭。子英井妃和妙儿也不说话，任由贺兰儿哭喊，等贺兰儿哭喊够了，才细问禽大将军的事情。

子英说："你出去解救禽将军尸体时，我们就知道了禽将军盗仙草遇难和你去救禽将军的事情，还好多亏了这帮羌人。放心吧，我们一定把禽大将军带回中天老家让他安息在家乡之地。"子英安抚着贺兰儿，继续说，"战争期间有些事儿说不清楚对与错，你在救禽这件事上做对了，不对的是你在走之前应该告诉我和妙儿一声。假如你回不来了呢，我们会终生怪罪你的。"贺兰儿想起禽对纳罕他们说的话，问道："纳罕将军给你学说了吗？"

"学说了，一切按禽将军意思办，已经密传到士卒按时决战乞伏山。"

"禽说，想办法引诱羌人回归一网打尽他们。"贺兰儿强调道。子英道："禽将军的死，会让羌人更加疯狂，他们纷纷回归庆贺胜利。羌人部落中与我为敌者近两万众，目前都回归到乞伏山下。"

她们说话间，正妃妇好突然"哦"了一声，缓缓睁开眼睛。"阿母醒了……"世子孝己高兴地喊道。众人马上聚到正妃妇好的榻旁。

正妃妇好的眼睛在四周慢慢地转动了一圈，之后闭上眼睛："我的孩子呢？"声音很弱。妙儿抱过孩子跪在榻前，说道："快看看阿母。"小女儿眼睛很大，盯着妇好，好似认识自己的阿母一般，突然微微一笑，众人为之高兴。妙儿却心中一怔，她想这是女儿与母亲的诀别吗？妙儿心中痛苦，泪水马上流了下来。

正妃妇好眼睛盯着妙儿，似乎告诉妙儿："今生就如此了。"妙儿错开话题，说道："是禽大将军盗来的仙草救了你。"

"知道，禽不容易。"正妃妇好淡淡地说。

子英一手拉着孝己，一手拉着正妃妇好，面色疲惫苍白，问道："姐姐想吃些东西吗？"正妃妇好把目光停在井妃脸上端详许久，平和地说道："要吃，要吃。"

她见儿子孝己流泪，说道："儿子不要哭，这里不是王宫，这里是生与死的战场，记住战场上不耐见眼泪。在战场上死人很正常，你若想要为死去的人报仇，那就去杀人，你若想永久地纪念死去的士卒和你的亲人，你就要长久地活着，只有活着，才有长久的纪念。"她把目光移到儿子孝己的身上，孝己却说："儿子孝己做不到这些。"

妙儿皱起眉头儿，满心不悦。她不想让正妃妇好说这些不吉利的话，影响世子孝己的心情。正妃妇好说完之后，又昏厥过去。

第三十三章　决战乞伏山

子英见正妃妇好又昏厥过去，不知如何是好，她突然想起自己的母妃患病时多饮食井方山地的酸枣叶茶，身体得以康复，便让巫杏将自己带来的酸枣叶茶拿来给正妃妇好食用。

人在患病无奈的时候，能用的方法尽量想到这是本能，也是一种心情和意境。面对束手无策的困境，人们能做能想的唯有如此。子英亲自用开水浸泡酸枣叶茶，和妙儿一起将浓茶汁灌到妇好口中，之后教给侍者以如此方法每隔半个时辰灌用一次。

夜晚时，正妃妇好神志开始清醒，她整个身子有了活力，感觉到有一股力量从脏腑里缓缓地升腾开来，蔓延到手、腿的关节和穴脉，整个人阳气回升。正妃妇好轻轻地扭动着身子，过了许久她意识到自己依然活着，她听到了战马嘶鸣的声音，仿佛在生命的尽头，仿佛在森林里，仿佛在一望无际的草原上，仿佛在大漠中或是在急流澎湃的大河河畔，或是在群山相连的谷峰间。她听得很真，那声音一直向她奔来，在马蹄声中她看到了禽，似乎是禽在奔跑，不，不，她终于发现了那是她自己。她记起来了，后天，对就是后天要与羌人决战。禽终于来了，来到了她的面前，骑着那匹白色的马。禽说："我去了，我在前面等你。"正妃妇好不放心，大声问道："后天的决战准备得如何？"

禽不说话，正妃妇好急了，再次问道："后天的决战准备得如何？"侍候在正妃妇好身边儿的妙儿，一直担心正妃妇好苏醒不过来，怕正妃妇好从此与世永别。她心里七上八下忐忑不安，正在胡思乱想时，闻听有人问话，她左盼右顾环视一遭，最后确定是正妃妇好的声音。于是俯下身子在正妃妇好的耳旁顺应道："可能准备好了。"

"什么可能，到底准备得如何？"正妃妇好在恼怒中睁开了眼睛。妙儿猛然一惊，俯在正妃妇好身上哭诉道："我的好姐姐呀，你都是死过去的人了，还在念叨与羌人打仗的事儿。你可算是活过来了……啊……活过来了。"妙儿说着转悲为喜，嘿嘿地笑了起来，她仰望上方，说道："谢天谢地，谢女娲王母，谢祖宗先人……谢你们保佑正妃妇好姐姐……大难无虞。"正妃妇好完全清醒过来，眼睛望着室内，问道："他们人呢？准备得怎样了……啊。"

妙儿急了，说道："你能不能让我们为你省些心呢？你死里逃生大难不死，今日能苏醒过来，已经是上天保佑，你就不要再考虑与羌人决战的事了。你不为别人，也得为新降生的小女儿考虑，她不能没有你，她不能一生来就没有阿母。"

正妃妇好落泪道："亏你在我身边多年懂些巫道医术，我这病已是绝症，好不了了，我这是回光返照。今日始得精神，是上天保佑大邑商王朝让我用最后的力气，灭了外族羌人。"

"姐姐呀，你这般绝情，让妙儿我又如何面对？"妙儿哭道。

正妃妇好平静地说道："你若念姊妹之情，念我自幼厚爱你，你就把这个小囡囡儿带在身边当做你的女儿，替我把她养大成人。你答应我吗？"

妙儿望着熟睡的小主泪眼婆娑，悲伤在心头，莫名无状不知如何作答："……嗯，她是我女儿，我已经把她视为我的女儿了。"

"好……好。"正妃妇好轻轻地按着妙儿的手臂，"姐呀就知道没有白疼你，你与姐最贴心。好，把小宝贝抱过来让我看看……"

妙儿悲怨地说道："做这样的贴心人窝囊。"

"别有怨气了，姐姐下辈子侍候你好不好？"

"不要。"

"真的不要？这可是你说的啊。"

妙儿笑了："怎能不要呢？"

"这就对了。"正妃妇好抱着小女儿，在红彤彤的脸蛋上亲了一口。

然后口气严肃起来："妙儿，我的命就是这样，轰轰烈烈地活着，轰轰烈烈地死去。仗打完了，天下太平了，我也就到了走的时候。上天对我很公平。"

"才不是哩，人家那些生儿育女的贤妻良母是如何过来的？"

"我不是贤妻良母，我是征伐之母。"说毕了，正妃妇好又改口道："喏，我是和平之母，和平到来了我也就走了。"

"甭自己给自己找理由，还是多点亲情，亲亲小囡囡。"妙儿提醒道。

正妃妇好亲昵地望着女儿："好孩子，阿母给你起个什么名字呢？哦叫子颂吧，颂为祭，祭就是祭奠阿母，祭奠为西北之战而牺牲的人。你说呢妙儿？"

妙儿忍住泪水，把脸儿转向一侧："你让叫什么就叫什么，你是正妃大将军，谁能做得了你的主儿。"正妃妇好知道妙儿心里难过，也不计较妙儿说些什么，对着女儿自语道："我的好孩儿子颂，阿母一生征战不曾歇息，先后生下了你的两个姐姐和一个哥哥。阿母很爱你们，但阿母生来就有征伐的使命，就有为你们的父王为大邑商王朝牺牲的使命，面对天命，阿母别无选择只能认命。我把你托付给妙儿，从今日起她就是你的阿母，你要跟着她，健健康康地成长，不要学习阿母，不要像阿母那样一生征伐血染沙场，最后倒在战场之上。那样，阿母会伤心的，会不放心你们的。"

妙儿从正妃妇好手中接过孩子，不高兴地说道："好了别说了，她这么小知道什么？"正妃妇好爱怜地抚摸着妙儿的手："委屈你了我的好妹妹，让人把我的战马和盔甲准备停当，后天我要亲自挂帅出征决战乞伏山。"

妙儿通知侍仆去准备。正妃妇好问："我儿孝己在哪儿？"妙儿说："世子陪伴你两天多没有睡眠，现在累了隔壁歇息呢。"正妃妇好点点头，内心一种甜蜜："好儿子，多亏你在阿母的身边儿。"当天夜里，子英跟随贺兰儿去山洞看望了禽。

禽面色平静、祥和，和生前一样英俊。贺兰儿说："什么都没变，只是胡子脏乱了些。"

子英看了一会儿，轻声说道："烧些水吧。"贺兰儿让随行的士卒烧了些水，拿湿巾蘸着温水给禽擦拭后，子英和贺兰儿小心翼翼地给禽梳理胡须，一边儿梳理子英一边儿说道："禽将军你生前仪表堂堂，是个讲究的美男子，今日我和贺兰儿代表大邑商君王百姓给你梳洗打扮，让你依然威风凛凛气概天下。你驰骋千里万里，为大邑商国泰民安立下无数战功成为天下英雄，今日你又为抗击外敌保护我大邑商中天民族光荣殉职。我、贺兰儿和出征西北的万名士卒不会忘记你，大邑商的君臣百姓不会忘记你。请你记住，你的血不会白流，你的期望就是我们决战乞伏山的决心和信心，我们不畏牺牲，誓死消灭外敌，为你报仇雪恨。"

贺兰儿哭道："井妃不要再说了，让他安安静静地休息吧。"子英忍住泪水："是，禽将军你在此安息几日，等我们打败了羌敌，我们一道胜利而归。"贺兰儿也说："记住你不孤单，我们与你同在，我们一同回家。"离开时，子英告诉看守的士卒，让他们准备棺木和车辆，战争结束后带禽大将军一同凯旋故里。

回到贺兰儿的住处，子英让贺兰儿通知傅云策、甘墨琚、纳罕等到贺兰儿帐内议事，子英听取了各位将军的汇报和建议，认为万事俱备，决战条件已经成熟，按禽将军制定的既定时间于后日卯时以鼓声和山头狼烟为令，向羌族发起全线反攻。她以子昭王差使之名，诏命：此次决战以正妃妇好大将军为统帅，井妃子英为副统帅，傅云策、甘墨琚、纳罕为左中右三路将帅决战决胜围歼外族之敌，商议后傅云策、甘墨琚、纳罕三将军连夜归队待命。

天亮时，子英和贺兰儿回到正妃妇好帐内。子英见正妃妇好苏醒过来十分高兴，她向正妃妇好禀报了召集三位将军议事并以子昭王之名下诏的事情，她担心正妃妇好承受不了禽去世的打击，有意隐瞒了禽的事情。

正妃妇好听后高兴地说："不曾想妹妹有如此的韬略，甚好。明日你在我之侧，我们姊妹俩一块儿指挥决战乞伏山，杀羌敌个片甲不留。"

"姐姐你的身体行吗？"子英担心道。

"行，这是最后的决战，我们是子昭王的妻妾，生死关头都不能缺席。你一样我也一样。"正妃妇好担心子英不让她参战故意用话堵住子英的嘴。子英知道正妃妇好的脾气，正妃妇好决定的事情别人改变不了，子英含着泪水说道："我去给姐姐准备马匹。"妙儿眼睛红红地说："我已铺排。"

这一日正妃妇好的心情格外的好，用了酒也吃了肉，还一直夸奖子英给她的酸枣叶茶益肝气壮。其实子英心里清楚，这是正妃妇好在安抚大家和安抚大邑商的万余士卒。正妃妇好见贺兰儿怏怏地不吭声，她说道："莫悲伤，禽很好。"

众人闻言不知何意，惊愕地望着正妃妇好，妇好笑道："人总有一死，做将军的人能死在战场上是最合算最幸运的人。你们不用告诉我，我知道禽走了，我也会找他去的……"众人唏嘘、落泪、叹息。

次日一早，正妃妇好、子英等用毕早餐，披戴盔甲跨上战马，容光焕发地登上一处山地，眺望着西面的百里乞伏山和山峰下的绿林屏障。蓝天如洗，山峦相接，晨光普照，山色格外美好。

正妃妇好、子英、世子孝己、妙儿、贺兰儿、巫杏等在众侍从的簇拥下，迎着金色的阳光屹立于岩石之上，大家英姿飒爽如同神兵天降。蓝天下的战马、战袍、盔甲和盔甲上红缨，似一组英雄的雕塑，把女人的美、战士的刚强、大邑商民族的浩然正气刻画于天地和岩石之间，其状威武，撼天动地。

在正妃妇好、子英众人的四周，几十个士卒把大邑商军队的玄鸟旗握在手中，等待军令随时准备把它插上岩石的最高处。正妃妇好脸色苍白但精神抖擞地望着层林尽染寂静无声的乞伏山，她对子英说道："井妃妹妹，多么美好的山色呀，可惜一会儿就是一片火海汪洋了，这里将是羌敌的丧身之地，将是大邑商军队惊天地泣鬼神威名天下之地。"在正妃妇好说话的时候，妙儿一直督促贺兰儿让她靠近正妃大将军一步，她知道正妃大将军为了这最后一搏，在盔甲内用丝麻缠了几层身子，担心自己虚脱了坚持不下来。世子孝己知道实情，想护卫母亲，被子英身边的侍卫阻挡下来，因为子英已经下令，不管发生什么情况都要保证世子孝己不得受到任何的伤害，这一切让久经百战的正妃妇好看得清楚，她感激子英井妃，也感激身边的所有人。她对世子孝己说："儿子，你的孝心阿母心里清楚，不要担心阿母，你要听从井妃和士卒的吩咐，他们对你好，他们在保护你。"世子孝己见阿母如此说，便退回到原处。

众人知道正妃大将军是在赌命参战，心里悲痛，嘴上又不敢说，一个个神情凝固，好在是戴了盔甲，脸面上的表情看不出来，但眼睛里依然清楚。子英知道大家的心情，但大战迫在眉睫不容大家分心，她鼓励大家道："正妃大将军身经百战战无不胜，今日亲率大邑商万军决战外族羌人，一定会大获全胜，大家要百倍努力。"众人心领神会，高声颂曰："正妃大将军英明，战无不胜……"

正妃妇好果然高兴，她回首凝望妙儿襁褓中的小女儿，问道："包裹牢靠吗？"妙儿点头。正妃妇好露出阿母的情怀："但愿别吓坏了我的女儿。"众人苦笑，不知如何回答。

子英望着一旁的巫杏，巫杏正在对时，巫杏突然说道："禀报正妃大将军，卯时到！"正妃妇好不慌不忙："好。"她对子英说："井妃妹妹下令，开战吧。"

子英命人在山冈上点起狼烟，吹响号角，刹那间几十个士卒猴也似的把玄鸟旗插上了山地的最高处，一股狼烟直上云霄。顿时山下鼓角齐鸣，杀声震天，正妃妇好等众人站在那里注视着乞伏山北侧一方，担心那儿阻挡不住羌人，让羌人逃出了伏击圈。不一会儿，乞伏山北侧有了动静，烟火慢慢地升腾起来，接着连成一片，火光滚动着飞向天际。众人们欢呼起来，喊道："正妃大将军我们的玄鸟火阵成功了，大火把羌人给围困住了。"正妃妇好摆摆手，让众人安静下来，继续观察山下的动静。半个时辰后，大邑商军队的玄鸟旗飘扬在乞伏山的各个山头之上，旗语告诉正妃妇好，大邑商军队已经完成了包围任务正在分片围歼羌军。早已经按捺不住的正妃妇好这才下令："走，我们去抓羌敌去！"

众人呵护着正妃妇好一路下山，山下烟雾蔽日，哭叫声、厮杀声，此起彼伏，一路上都是羌人的尸体，众人踏着尸体前行。路上遇到了前来接应的貘、狱二位亚服，貘、狱跪拜道："禀报正妃大将军，小史亚服貘、狱二人奉傅云策、甘墨琚、纳罕三位将军之命前来迎接正妃大将军、井妃等。"

正妃妇好勒住马，问道："傅云策、甘墨琚、纳罕三位将军不是率左中右三军围歼羌敌，他们怎么跑到一块儿去了？"正妃妇好表现出十分生气的样子。

"禀报正妃大将军，由于我大邑商军队采用火攻之术，羌人怕火兵阵大乱，已经溃不成军。他们本想撤回到乞伏山西面的草原上去，不曾想我们在他们的背后又布下了火龙阵，断了他们的退路，除了被杀、被火烧死和逃生时被水淹死的羌人士卒外，剩下的不足六千精兵正在逃往山上他们的营地，试图负隅顽抗保护他们的家小。傅云策、甘墨琚、纳罕三位将军已经率领三军会师，开始围歼山上的羌敌。"

正妃妇好高兴地用拳头打在自己身上，"好"字还没出口，她疼得伏在马背上。子英马上过来搀扶，正妃妇好咬着牙，示意侍卫给她拿水囊来，子英不容分说将自己身上带的水囊递到正妃妇好的嘴边儿，叫道："姐姐……"正妃妇好喝下几口稍作歇息，之后脸上堆出笑意。"回中天后我就拜你母妃为师，学做酸枣叶茶，浓浓的，香香的，提神又补气。"子英心疼道："都什么时候了，姐姐还不忘记说笑话。"

正妃妇好起身，挺直腰板，长长地舒了口气，她一本正经地说："如果能活着回去，做什么都乐意，况且母妃做的酸枣叶茶真的管用。可惜，天不容我……"说毕摇头，她示意貔、貅起身，"好了，二位亚服上马带路。"路上，子英向正妃妇好介绍貔、貅二位就是这次火攻的布阵者。正妃妇好大为惊讶，说道："人不可貌相，小小年纪竟有如此的韬略，实为大邑商的人才。井妃妹妹你要记住这些人的功劳，回去后禀奏子昭王。"

子英感动道："谢谢姐姐教导，妹妹记住了。"正妃妇好不以为然："这有什么谢的，论功行赏，治军之制，兴国之道，不要因为是你身边的人，怕别人说你有私，就埋没了人才，误了家国大事。"

"是的姐姐，妹妹铭记于心。"子英谦逊道。

一路走来，路边满是押解羌人的大邑商士卒，士卒们虽然满身的疲惫但他们脸上充满着喜悦和兴高采烈。经验告诉正妃妇好，她的大邑商军队损失很少，打了一个完美的胜仗，她停在一个士卒面前，问道："受伤的士卒多吗？"士卒调皮道："人都没受伤，就是肚子受伤不轻。"正妃妇好认真起来，焦急地问道："你们的肚子怎么受伤了，哪儿受伤了？"士卒小声说："饿的，几天没有吃肉了。"

正妃妇好用马鞭轻轻地打在士卒的身上，疼爱地说："你小子吓了老娘一跳，饿就说饿，干吗说肚子受伤？"

士卒听说话的口吻，知道不是一般的官者，举目观察，发现是正妃大将军，慌忙要跪拜，正妃妇好倒是机灵，伸手拉住士卒，用手指着被俘虏的羌人，摇摇头示意道："不要说别的，只说为什么肚子饿。"士卒会意说道："在深山树林里窝了二十多天，不让生火只吃寒食，怎么能吃好？"

正妃妇好笑了："有苦就有甜，告诉你的伍长、百夫长和你们的亚服，今时起就不用受埋伏的罪了，尽管吃肉。"士卒们高兴地吼起来，手中的玄鸟旗举得更高。

到了羌人的营地，羌人尸体堆积如山，脚下血流成河，正妃妇好等下马前行。貔、貅马上过来接过正妃妇好、子英、世子孝己手中的马缰，他们两人行走在前，并命士卒护卫在正妃妇好、子英、世子孝己身边，以防暗箭击伤主人。

正妃妇好走走停停，饶有兴趣地用手中的剑划开羌人尸体上的盔衣，还把世子孝己叫到她的身边，说道："儿子，你来看看羌人士兵穿戴的是什么？"世子用力捂着自己的鼻子，很不情愿地听母妃解释。"这些士卒穿戴的都是牛皮羊皮做的衣饰，既防水御寒，又能护身防刀箭。这是他们穿戴的靴子，也是皮子做的……这这……"她弯腰想捡起羌人手中的剑，但她腰上缠绕的丝麻太厚无法弯身，贺兰儿拿起来交给正妃妇好，正妃妇好感叹："一个无名的羌人士卒，竟然也用如此精美的铜剑，比你世子用的剑质都好。"正妃妇好见孝己对自己的一番话语并不上心，批评道："阿母用心良苦讲这些道理，就是让你知道，我们大邑商王朝除了人多地大之外，也有不如人家的地方，战争除了凭勇敢之外还要凭武器、马匹和士卒的披挂装饰。战争是这样，国家的强盛也如此，你作为王朝的世子，都穿戴不上兽皮的衣饰，用不上铜色的金剑，说明大邑商王朝在冶炼、牧业、军事训练上还不如人家羌人。这要改变，否则这次能打胜羌人下一次就不一定，到那时你的世子就做不成了……"

妙儿一旁不高兴了，将世子拉到自己身边，护着孝己，对正妃妇好说："世子千里迢迢来看望你，你就不知道心疼一下赞扬世子一次，他有多大呀？他才十四岁呢，走了两千里路专程探望阿母你……是来让你批评他的吗？我们现在就是大邑商王朝的世子，怎么，怎么就做不成？"妙儿落泪，世子也落泪。

正妃妇好见状马上心软起来："妙儿说的对，我们的世子是个大孝子，母妃很高兴，很满意。"子英、贺兰儿也都夸奖世子。世子孝己不为所动，脸色依旧阴沉。妙儿已经给他说了，让他尽量屈从阿母不让阿母生气，阿母可能是最后的时光了。

得到貌的禀报，傅云策、甘墨琚、纳罕三将军前来跪拜正妃大将军、井妃和世子。傅云策施礼道："禀报正妃大将军、井妃、世子，我大邑商军队斩杀羌敌八千，俘获羌方士卒二千、家小六千众，惩罚西北羌敌之战已大获全胜。请正妃大将军诏命如何处置他们。"

正妃妇好让三将军起身："好，好啊……"接着是仰天大笑。大笑中，天空突然烟消云散，艳日高照，大地明媚无限，正妃妇好感觉到一股热流从下身涌出，一阵心悸之后昏厥过去。妙儿似乎早有准备，从正妃妇好的身后将她搀扶着缓缓地放入自己的臂膀之中。子英怕伤着妙儿褓褓中的幼儿，将正妃妇好接入自己怀中。子英小声问："是不是大出血了？"妙儿点头："血崩。"

贺兰儿担心正妃妇好突然昏厥会影响士卒们的情绪，对傅云策、甘墨琚、纳罕三将军大声说道："此胜不易，何不欢呼与天同庆？"于是山野上下，雷动般欢呼起来："大邑商，胜利。大邑商，胜利……"玄鸟旗漫山遍野，舞动如潮。被俘虏的众羌人先是惊呆，后是哀声一片，不知道接下来的大邑商军队会做出什么事情。

正妃妇好醒后稍停了一会儿，让子英等人把她放在山坡的高处，之后半坐在石坡上，子英随即用羌人的羊毛毯垫在正妃妇好身下。正妃妇好向子英点头示谢，她等自己恢复了力气，挥手让子英诏傅云策、甘墨琚、纳罕三将军近前，有话要对他们说。

傅云策、甘墨琚、纳罕三将军便近前听命。

第三十四章　妇好战地托孤

　　傅云策、甘墨琚、纳罕三将军近前，含泪安慰正妃妇好，让正妃妇好休息，正妃妇好淡淡一笑，声音微弱："我没事不用担心我，我想问三位将军一句话，我们俘获这么多的羌人，你们想如何处置他们。"傅云策说："按照我们大邑商军队以往的惯例，负隅顽抗者杀，俘虏的家小作为奴隶押送回我们大邑商，奖赏给作战有功的将士。"

　　甘墨琚说："傅将军所言是我军的惯例，然而西北之地与我中天千里迢迢，押解近万众羌人回归我中天之地，绝非易事。"纳罕说："犯我中天者，必是死敌，当杀则杀。"

　　贺兰儿急了："不可，羌人冒犯我土当然是我之敌，但羌人中并非都是坏人，他们虽为异族血统也多有善者。为我冶造兵器者，冒死护卫禽大将军者，为正妃大将军盗取仙草者，都有羌人帮助我们，甚至牺牲了性命。信仰不同、习俗不同，血统不同，但他们也是有血有肉有情有义的人。禽生前曾经说过，羌人是异族兄弟，若能与大邑商和平共处，臣服大邑商王朝，替大邑商镇守西北门户，禽愿奏请子昭王给羌人一个生存之机。这是禽的遗愿，我贺兰儿不得不言明了，让大家知道。"

　　正妃妇好转头望着子英："妹妹何意？"

　　子英说："世子千里迢迢跟随正妃大将军参战虽然年纪轻，但也是我们大邑商王朝的未来之王，应当听听世子的说辞。"世子孝己自从进入战场之后，闻不得战场上的血腥味，一直捂着鼻子，脸色灰白无血。他依偎在阿母的身边满心思想的是阿母的身体。子英的提醒，觉悟了大家，于是大家把目光投向世子。

正妃妇好有气无力地在儿子耳边说道:"你说说如何处置俘虏的羌人。"

世子语气庄重地说道:"既然大战全胜何必再行杀戮,放他们统统回家罢了,我大邑商威仪天下何须惧怕这些多毛之人。"众人听后乐了,叹服世子的胸怀。正妃妇好忍痛道:"我的儿子你呀只知其一不知其二。"

"儿子不解,请母妃开示。"世子孝己说。

正妃妇好心中高兴,把握着世子的手交给子英:"妹妹给咱儿子开导一下。"子英也不推辞,接住世子的手说道:"作为世子胸怀天下,以仁义之心宽怀众生是很好的胸怀,也是很好的道理,但是你要知道大邑商凭什么可以威仪天下?那是你的父王、你的母妃用军队的刀剑厮杀出来的。没有武力就没有强悍,就没有人怕你;没有武力就没有威慑,就保证不了仁义之政。"

"我的儿,你要记住啊,记住井妃说的这些话。"正妃妇好告诫世子。妙儿替世子说道:"我们都知道了,也记住了。"正妃妇好望着大家,见大家都不说话,身心交瘁地对子英说:"妹妹你说吧,我累了。"

子英回望了正妃妇好一眼:"那好,正妃大将军先歇息一会儿,我来说说我的主意。一、要把俘虏的二千士卒全部押回到我们的大邑商国都交由子昭王处置;二、六千羌人家小不能都留在这儿,要选一些有特殊手艺的羌人,如冶炼、制皮、牧马、制陶者带回京都编入王室匠户为我大邑商所用;三、将无力反抗我们的羌人家小化整为零,分为多个小部落,诏封一批有功于我们的羌人为各部落首领,命他们居住在大月氏一带,替我大邑商王朝镇守西北边疆。"

"我同意。"贺兰儿急不可耐。世子孝己担心道:"把二千士卒押回京都交由父王,父王会杀了他们的。"妙儿劝说道:"这些人已经成为我们大邑商的战争奴仆,杀奴仆有什么?"

"奴仆也是人。"世子反驳道。

子英说:"世子不用担心,我会与你父王说的,你父王不会滥杀。"正妃妇好睁开眼,望着傅云策、甘墨琚、纳罕三人。三人急忙说道:"遵循井妃旨意。"

正妃妇好挪动身子,疲惫不堪:"若是从前,我定会杀他个血流成河。今日不行了,我病入膏肓深知性命的重要,不想也不愿意再大开杀戒,这是一;羌人南侵非一年二年已经有二三百年的时间了,入侵的只是羌人的一部分,我们杀不完,也没有必要结上死仇,人以和为贵,收拢他们划定区域,让他们在大月氏一带替我们镇守西北实为上策,这是二;另有一条,禽将军受辱之事我要必报此仇,否则我无颜去见禽大将军。"纳罕插话道:"杀害污辱禽大将军的羌人士卒已经找到,共有十几人,已经绑了,等候正妃大将军的诏命。"

"好,让我起来,我要替禽办好这最后一件事儿。"正妃妇好起身,命令傅云策、甘墨琚、纳罕三人道,"你们抬着我,把杀害污辱禽将军尸体的羌人押到禽的山洞前,我要亲自主祭,杀他们以安禽的亡灵。"

三将军让人押着羌俘,亲自抬着正妃妇好和众人一块儿下山来到禽的山洞前,杀羌人祭祀禽大将军,祭祀完毕正妃妇好命令大邑商全军,于明日押解战俘起程回归,诏命后正妃妇好再次昏厥不省人事。妙儿知道正妃妇好大限已到将不久于人世,私下告诉子英让人连夜准备棺木赶造车辇。子英把三将军叫到一块儿,重复正妃妇好所诏之事以及安排正妃妇好的后事,并命三军尽收羌人所拥有的铜鼎、玉器、宝石等物以备陪葬正妃大将军。

回到军帐,几个人脱下正妃妇好盔甲,为正妃妇好换衣饰,发现正妃妇好战袍已经染成红色,众人心疼不已。子英安顿好正妃妇好,让妙儿、世子等守候在正妃妇好身旁,选来几位能哺乳的妇人为子颂提供母乳,之后带上巫杏跟随贺兰儿去曾经帮贺兰儿抢回禽尸体的羌人居住的地方,由贺兰儿把子英介绍给几个羌人。羌人得知大邑商王朝的井妃驾到,以中天之礼跪拜子英。

子英告诉他们:"大邑商王朝是讲仁义的王朝,不贪念别人土地,也不允许任何人贪念大邑商的土地。大邑商人讲究宽忍平安和平相处,鉴于你们理解大邑商为大邑商做了许多事情,现在我以大邑商王朝子昭王和正妃大将军之命,诏命你们为羌族部落首领,居守大月氏一带为我大邑商镇守西北边疆永世和好。"

羌人原来企盼能跟随禽将军到中天之地保全个性命就已经足矣,现在闻听不但让他们生活在本地,还诏命他们为部落首领,给予邑地、奴仆和牛羊,自然十分感动,表示臣服大邑商王朝,愿世代为民绝不背叛。

贺兰儿说:"念你们对大邑商王朝的忠诚和对禽的敬重,我们大邑商王朝说到做到,也希望你们要言之有信不可践约,明天由我们的纳罕将军代我大邑商王朝宣读对你们的诏命,包括你们在大月氏的封邑地、拥有的奴仆数、部落的名称等,具体什么时候让你们迁居到大月氏,我们的军队会安排你们。"羌人再次跪拜。

回到营地已经是月上中天,子英面对高天之月,流下两行热泪:"是的,我们要回归了，这是凯旋之归也是艰难痛苦之行，两千里路，一万士卒，两千战俘，三千羌人家小还有正妃大将军、禽大将军的灵柩，可谓路途漫漫步履维艰，全部大军安全回到大邑商京都得需要半年时间。屈指算来士卒们要出征三载才得回家，大战不易啊。"山外风寒，贺兰儿和巫杏督促子英入帐。进入帐内子英见到妙儿，看了子颂和世子，见子颂睡得正香，她对妙儿说："虎子不知累，幼儿不知人间愁，还是古人说得对呀。正妃妇好姐姐怎样？"

"巫医们都看了，不好。"妙儿回答。子英安慰妙儿："这几日你和贺兰儿都辛苦了，去歇息一下，我来陪正妃妇好姐姐。"

妙儿说："我不累，贺兰儿歇息吧。这段时日贺兰儿最苦，她失去了夫君禽，在我们面前特别在正妃大将军面前又要装得若无其事，真的难为她了。"听了妙儿的话，贺兰儿"哇"的一声想哭。

妙儿指着梦睡中的子颂和世子，贺兰儿马上收住了哭声她去了帐外。帐外的山野中，传来了撕心裂肺的哭声。子英、妙儿、巫杏闻声而泣，陪着贺兰儿落泪。

这时榻上的正妃妇好有了动静，大家立刻围拢过来。贺兰儿闻讯擦干泪水，奔到帐内。正妃妇好睁开眼睛，声若游丝地说："……我听到哭声了，是贺兰儿哭的，不要哭……不要，你们快叫醒世子，叫傅云策、甘墨琚、纳罕他们来……我要走了……"贺兰儿一溜烟儿地去了。世子孝己趴在母妃身边，正妃妇好拉住妙儿和世子的手一字一句地说道："你们记住，以我的名义、口气禀报子昭王。我妇好一生并不是个好妻子，经常与他争执让他生气，让他看在我与他十九载夫妻的情分上，请他原谅我妇好。还有请告诉他我死后让他立子英井妃为正妃，我相信子英，我要把我的四个孩子全部托付给了她。这事……有世子和妙儿你们俩亲自告诉子昭王。"

"姐姐……"子英哭道。

"不要哭……我不喜欢哭，天界里从不相信眼泪。我告诉世子和妙儿的话，你都听到了……你要辅佐好子昭王要管住他，治理国家不能靠发脾气……我把世子和三个女儿都交给你了，你是他们的慈母[①]，有你照管他们我死而无憾。我的孩子……都是妙儿照管大的，她比我更疼孩子更爱孩子，为了我的孩

---

① 慈母：商时称继母为慈母。

子，她坚持不生养。子英妹妹你……要记住，任何时候不得亏待妙儿，她和你一样是我一生中最敬重最亲的人……"

"阿母……"世子孝己哭道。

"好孩子，我做梦都不会想到你能来这大西北看我，是你求井妃慈母来救阿母的，阿母一辈子感激你，为有你这样的儿子感到高兴……在我快离开人世的时候有你在我身边，我很幸福。你要听井妃慈母和妙儿阿母的话。对，你们姊妹们以后就叫妙儿阿母，是妙儿把你们养大的，不能忘记她，要一辈子孝敬她。你要当好一个大哥哥，照顾好你的姊妹……"

"阿母……我不让你走。"世子孝己哀求道。

"……天帝呼唤我了，我要走……哦，我看到禽了，禽来迎接我……"正妃凝望空中，深情地说道。

子英把世子揽在怀中，对世子说："别怕，你阿母迷糊了。"世子孝己很平静。"阿母说得对，禽将军接她来了，他们在一块儿做着伴儿，一块儿在天界里生活，不寂寞，很好的。我企盼着我的祖父、曾祖父、高祖父，企盼着所有的亲人都来迎接他。"妙儿、子英听后特别感动。妙儿说："世子终于长大成人，能够理解阿母心疼阿母了。"

贺兰儿一阵风地跑来，她身后跟随着傅云策、甘墨琚、纳罕三位将军，三人跪拜地上说道："正妃大将军，臣下们到来。"正妃妇好脸无血色，一口气息在喉咙里沙沙作响，过了许久才睁开眼睛，她直直地望着三个人，声音弱弱地说："……我想回家，把……把我带回家去……"说毕气绝，终年三十三岁。三将军跪地泣拜，头颅磕在地上砰砰直响。一代旷世女将魂断异地，就此与大邑商王朝阴阳两隔。

妙儿让三位将军和世子孝己到帐外回避，她与子英、贺兰儿、巫杏取来温水给正妃妇好擦拭身子，子英望着正妃妇好身上的刀痕箭伤泪水如泼，说道："正妃姐姐你一生为国出生入死伤痕累累，可你从不张扬从不显赫自己，你不抱怨也不企求什么，明知此行有险恶，偏向恶中求。妹妹子英虽然不才，但有你大姐的榜样，一定会铭记你说的话，照你的样子做人。"擦拭毕，妙儿等给正妃妇好穿上干净的衣饰，之后让世子和三位将军入帐，瞻仰正妃大将军。瞻仰毕众人跪拜于地，巫杏持鼓行祭魂之礼做安魂之曲。舞蹈曰：

| 285 |

天高远兮，山高崇兮，我心伤兮；

星河穆兮，空月淡兮，孤鸟哀兮；

川河涛兮，云水怒兮，泪蒙蒙兮；

我主远兮，众祖迎兮，天帝赏兮。

巫杏歌之舞之，如醉歌声，伤及心扉，让人闻之断肠。行礼毕，子英让众人起身端坐在正妃妇好身边，她说道："正妃大将军仙逝，万军悲伤，举国哀痛，照理应当一路哀幡沿途哀悼，但这样做不合正妃大将军生前之意，众位是否也如此认为？"

傅云策说："正妃大将军生平好强喜战好胜从不言败，此次统帅西北大获全胜，这是正妃大将军也是我大邑商王朝创世纪的一次大胜仗，以正妃大将军的性格，如果她活着一定会让士卒高举胜利旗帜，浩浩荡荡凯旋。我的意思，挂凯旋旗回归中天故土。"甘墨琚、纳罕作为胜利之将，自然赞同傅云策的意见。

久不说话的世子孝己，表态说："阿母之死是为国殇，悲痛不言而喻，国之大事唯祭唯戎，今日之事戎事为大，因它事关我阿母的丰功伟绩千秋史迹。世子我同意三位将军的意愿，打凯旋旗回归京都，浩浩荡荡以壮国威，这也正是我阿母和禽将军的生前心愿。"

不参议政事的妙儿，见世子说得如此美妙，高兴道："世子之言极好，正合正妃大将军心愿。井妃啊，你看看我们的世子说得多么鼓动人心。"

子英夸赞道："世子聪慧句句言实，我等赞同。"她面向正妃妇好遗体说道："正妃姐姐听到了没有，你的儿子说出了你的心愿，相信你会高兴的。放心吧，我们会打着你的旗号凯旋，让你和禽大将军风光无限地回到我们的家乡。"说着，子英站起来告诉大家，"以世子之意打凯旋旗班师回归。回归路千里迢迢，事事都须严谨铺排，我命傅云策将军为凯旋前锋将军，负责正妃大将军、禽大将军灵柩和世子、小主子颂我等的路途安全；命甘墨琚将军为凯旋中锋将军，负责二千羌军俘虏和三千羌人家小的押解安全，不得有死伤逃跑事情发生；命纳罕将军为凯旋殿后将军，负责代大邑商王朝宣读对留居本地羌人部落首领的诏命和部落划分，督促他们按时迁居大月氏，之后回归凯旋大军，负责回归的后续事宜。诸位将军还有何事？"

傅云策、甘墨琚、纳罕三位将军站起，说道："谨记世子和井妃之命，不负正妃大将军和禽大将军的遗愿，严格军律保证顺利凯旋回归。"

"是的，一定要严格军律不得懈怠，打胜仗是我们出征西北的第一步，顺利回归是第二步。路途千里，羌人五千，士卒万余，加之妇孺老幼辎重塞途，更甭说风寒疾病了，每一个环节都是一道坎，都是对我们的考验。诸位将军你们提醒了我，军律如山，懈怠不得呀。"子英有感而发。

"井妃放心，我们虽然年轻，但知道为山九仞功亏一篑的道理，将不松卒不怠，我们为将者定会身先士卒为人表率。"傅云策表态道。

"说得好，我和世子拜托诸位。"子英说道。

甘墨琚、纳罕二位提出为正妃大将军守灵。子英不许："此为非常时期，万卒回归事大，你们无须在此守护，今夜你们回归住处，连夜准备，明日辰时祭拜天地山神，祭拜正妃大将军和禽大将军，祭拜所有死亡的士卒，然后启程。"三将军不忍离去，妙儿说："井妃言之有理，此时非常时期，你们回去铺排吧。"

三将军回到住处，召集属下传达正妃大将军的遗嘱和世子、井妃的诏命，士卒们悲痛之中又为回归兴奋。三将军安排妥当之后，约定在乞伏山下面对巍巍山峦、浩浩星月施礼祈福。一是悼念西北之战中死亡的两千余名大邑商的士卒，路途遥远无法把他们的尸骨带回中天故土，只能把他们安葬于此，为士卒们安魂祈福，希望他们早归天界，魂归故里；二是悼念正妃妇好和禽两位大将军，祈祷天地日月为此肃穆同悲，愿乞伏山天神地神山神保佑正妃妇好和禽两位大将军的灵柩平安离开此地，回归中天。

礼终，正是子夜。

貔、貅二位小将奉三位将军之命站于山巅之上，主诵安神曲，代表万名士卒悼念正妃妇好和禽两位大将军以及阵亡的两千士卒。他们唱曰：

山秀兮，星月苍茫；
木秀兮，寂静无疆
水秀兮，淌淌山梁；
长歌兮，悼我良将。

歌声，穿过山涧和茫茫的星夜，在千山万岭间回荡；歌声，唤醒了乞伏山山脉的万物，叩响了峰峦叠嶂；歌声，湿润了山川大地，湿润了整个世界，湿润了睡梦中士卒们的心田。悲壮，悠扬，感慨，激荡，大邑商人的颂辞，感山动地，羌人也为此落泪。

之后，纳罕专程来向子英禀报。千里归途，数月之遥，正妃妇好和禽大将军的尸体必须做冷冻处理，方可平安回归殷都。子英没有经历，询问贺兰儿和妙儿。贺兰儿说："有个羌人俘虏因受禽的照顾，敬仰禽的为人，曾建议我为禽做尸体处理，保护尸体不因天长日久而被腐蚀，我不曾答应。"

子英说："既然有此匠人，速找来问问。"贺兰儿马上派人随纳罕将军去寻，一会儿纳罕带着两个羌人到来，经询问后子英与妙儿、贺兰儿商定，事不宜迟，速办。纳罕找来士卒分成两组，一组人手跟随妙儿、世子孝己去做妇好大将军的冰冻处理；一组跟随贺兰儿去做禽大将军的尸体处理。大家忙乱了一夜，天亮时才告结束。

是夜，千里之外的子昭王夜得一梦。

他先是梦见禽骑马从遥远的地方奔来，举手向他致意，子昭王不解其意，问他为何独自前来。禽笑而不语，子昭王踱步前行欲看个究竟，却不见了禽的踪影。须臾，正妃妇好披戴盔甲姗姗而来，说是西北战事大获全胜特地向他报喜，子昭王欲拥抱妇好，正妃妇好婉言回绝，她一身洁衣含泪而别。

梦醒后，子昭王一阵蹉跎，不知何为。起身询问报时的鸡人①，得知正值子夜时分，渺渺之中似乎有一种歌声传来，缕缕袅袅不绝于耳。细听，又不见了声音。

子昭王心焦意烦，由侍卫陪同踱步到正妃妇好的寝宫，敲门探望女儿子妥和子媚。侍仆开门后，但见女儿屋内灯火通明，次女子媚正俯在姐姐子妥的怀中哭泣。

子媚说梦见了阿母，她感觉阿母不好再向姐姐子妥诉说，子妥听后，认为是个不祥之梦，姐妹俩抱头痛哭。

---

① 鸡人：古代的报时人、守夜人。

第三十五章　凯旋之路

大军凯旋起程，乞伏山地玄鸟旗猎猎飞舞，黛绿山野中多了艳丽的色彩，踏上归程的大邑商的士卒们，欣喜不已，禁不住放声高歌。

王师之军，中天之族。
如川之流，绵绵翼翼。
玄鸟之旗，煌煌威武。
得胜凯旋，我父我母。

大军一字排开，蜿蜒数十里，场面恢宏，威风凛凛。傅云策率轻骑百卒开路前行，控制着前行的步伐，耳听着士卒们雄壮的歌声，享受着凯旋的喜悦。他们之后是正妃妇好和禽大将军的灵柩，跟随在后的是子英、世子等人。甘墨琚率士卒于队伍中部，押解着羌军俘虏和羌人家小。人马并行，车辐同进，整个队伍浩荡井然。

纳罕率千名士卒，留在战地。一是召集获准回大月氏生活的所有羌族人氏，奉命宣诏册封了五个部落首领，分配奴仆和牛羊，明确封邑之域；二是遣人护送羌人回居大月氏。宣诏之后，五位获封的羌族部落首领面向东南方向跪拜，遥谢大邑商王朝子昭王再造之恩，遥祝大邑商繁荣昌盛国泰民安。起身后请求纳罕将军分送玄鸟旗百面，他们说："大邑商军队威震西域无人能敌，而玄鸟旗正是代表了大邑商王朝的国威和军威，在西域地区凡是以大邑商为敌的人见旗色变，闻风丧胆。我们留守大月氏的五个羌人部落想借大邑商的玄鸟旗，向西域人昭示，我们是大邑商的臣民，是为大邑商王朝守护西域镇守边地，所以要些玄鸟旗一振威风。"纳罕将军感谢他们对大邑商的敬重，亲自向羌人部落各授旗百面。

送走羌人，纳罕命人打扫战场。一些士卒发现了奇怪的事情，凡是大邑商士卒伏击藏身的地方的岩石上，都留下了士卒们用刀剑刻石的思念家乡的岩石画作，有人物、牛羊、虎罴、鸟鱼、耕作、祭祀等等，反映了士卒们在长时间的隐身埋伏中，用思念打磨时光消遣寂寞的一种情思。纳罕看了几处，感到好玩，叮嘱在此居守的猎族之人不得毁坏，长期保存。

三日后，完成使命的纳罕率士卒回到大部队。

由于回归大军载着灵柩、押解着羌人，一路行进迟缓，半月时间行军三百余里，到达朔方时，多日的奔波风餐露宿以及阿母的病逝，让体弱的世子孝己难以支撑，终于病倒路途。开始一段时日，贺兰儿侍护着世子，由于正妃妇好和禽的灵柩与他们同行昼夜相见，贺兰儿时时悲伤哭泣饭水不沾，到了朔方之地，突然发起烧来昏迷不醒。好在同行的小主子颂在妙儿和几位乳人的照顾下无病无恙活得结实，这让子英感到欣慰。只是世子孝己的病和贺兰儿的病让她心急火燎，寝食难安。

纳罕的回归，让子英井妃多了一个助手，子英井妃命纳罕速去朔方^①求援。朔方人根源于中天，与中天人同祖，他们的先人在夏禹时来到朔地，凭大河之源的丰田沃土在此生活了一千多年，他们是一个富饶之族。近百年来受羌族的侵扰，他们从乞伏山地不断退缩地盘越来越小，他们虽然不隶属于大邑商王朝，但与大邑商同族同根，在汤建立大商之时就与大邑商建立了缔约国的关系。此次子昭王决策征伐西北打击羌族正是由于朔方的请求。

凯旋大军路经朔方，本想提前告知朔方，子英井妃考虑两年多来西北之战已经给朔方国人添了不少麻烦，此次大军回归有万众之人，再打扰朔方小国于心不忍，回归之事事先并没有让朔方知晓。此时世子久病不愈，贺兰儿昏迷不醒，不得已才求助于朔方。

朔方得知大邑商军队大获全胜，灭了羌敌凯旋，朔方国君亲自率国民迎接大军，觐见井妃和世子聆听井妃旨意。他还带来了粮草、牛羊和看病的巫医。

---

① 朔方：在宁夏之地。

巫医看了世子的病，对国君和井妃说道："世子虽然体弱但病体无恙，稍用些药就会好的。"但看了贺兰儿的病后大吃一惊，他慌忙把国君叫到一边儿，在耳旁说了几句，国君的脸色变了。稍后国君悄悄地对子英井妃说道："属臣不敢隐瞒，井妃的这位史人患的是疫疾，可在人畜间传播，是恶疾之病。"

子英听说此疫会在人间传播害怕起来，说道："回归大军有一万余众，加之羌人五千，若是传播开来那可是灭顶之灾。打了胜仗大军带不回去，与败仗无异。"国君说道："属臣担心的也是此事，若是你和世子有什么闪失，让我有何颜面去见大邑商的子昭王？"国君是个小胆量之人，说话时手脚儿一直在打颤。

子英安抚道："国君不必惊慌，是灾不是祸是祸躲不过，你呢别怕，咱们想想办法。羌族人如此的刁蛮都被我大邑商军队征服了，这疫疾之病总得有个处置的办法，我相信没有过不去的坎儿。"

国君说："办法是有，我们的惯例就是灭尸消灾。"

"什么叫灭尸消灾？"纳罕问道。

巫医替国君说道："把病者抬到没有人烟的地方，用火烧了。"

"活人？"

"得了疫疾的人，不管死活都得烧掉。"国君说。

"那不成，贺兰儿是禽将军的妻子。"纳罕不同意。

巫医说："疫疾面前无贵贱谁都一样，死一个能救全族人的性命，很值！"

国君嘟囔道："我的母妃就是因为患上了疫疾，被我的父王下令烧死的。没有好办法，在疫疾之前我们只能屈服，听天由命。"

"好，好……"子英咬牙认可。纳罕不甘心："请问，还有别的什么办法？"巫医拿出一种药草给了纳罕："这种药草附近山上就有，把它煮成汤水让士卒饮用，这只是预防作用，对于已经患病的人首先是与人群分开不让人们接触，以减少病者至于病者饮用药草获救的希望……"巫医摇头不再说下去。这时巫杏来报，说是与贺兰儿在一块儿的三个女仆也病倒了。

"这……说来真的来了……"子英一阵眩晕。纳罕担心子英急坏了身体，对子英说道："井妃我知道如何办了。你与国君谈着我去处理，可千万不能急。"他又对巫杏说道："此事不要声张，你与这位巫医商谈一下再得些救治的办法。现在我把井妃交给你了，一定要侍候好保护好井妃。我去了。"

"好的，纳罕将军。"巫杏表现得十分镇静。

纳罕回到军卒中，叫来一队士卒将贺兰儿和三位女仆抬到一辆车上，悄悄地把她们拉到一处僻静的地方，他吩咐几个士卒到山地寻找药草，命令留下的士卒不得离开此地，不得与人交谈，不得让其他人靠近贺兰儿她们，若有士卒送病者到此，把病者和士卒一同留下，只准来不准走，若有违者先斩后奏。同时他让士卒准备柴草，以备焚尸。

是夜，大军扎营，子英召傅云策、甘墨琚和纳罕三人议事。纳罕用草药水浸湿了衣饰，用浸湿的丝麻做了一个面罩，坐在距离大家丈数远的地方以防传染了井妃、傅云策、甘墨琚和巫杏四人。傅云策不解内情，笑言道："纳罕将军如此草木皆兵，是否小题大作。"

"不然。"子英说道，"事情十分严重，先让纳罕将军讲述一下目前的疫情。"

纳罕说道："贺兰儿此病果真是疫疾，随行的侍仆已有三人患病，其中一侍仆已经气绝。看护贺兰儿的士卒中，也有三人染上了疫疾，事情比我们想象的严重。"

甘墨琚说："我从我父亲那里听说过疫疾的事情，防疫如防川，水火不留情，远比水火凶险得多。对待疫疾手段不能软，该绝命的要绝命，灭一二个人保大家平安，方是万全之计。"傅云策闻听此事如此严重，脸上没有了笑容，久久不语。子英问道："傅将军你也说说。"

傅云策摇头道："我孤陋寡闻不知此事的厉害，既然此祸来势凶猛，我们就不得不防。从保护大军万众人的性命来讲，甘将军所言使得。"甘墨琚解释："不单是保护我们这些大军，而是保护大邑商的整个国力，大邑商的所有精兵强将都在这里，我们不得有任何的闪失，必须把这支大军带回去，交给我们子昭王。"

"甘将军所言极是。"傅云策继续说，"可贺兰儿是禽大将军的妻子，禽大将军去了，我们已经无能为力，他的妻子我们都保护不住，怎么向与我们同行的禽大将军亡灵诉说……所以我一直在思索，在心痛，在权衡这件事儿。"

"我也是愁无头绪一直在举棋不定。"子英说着落下眼泪。

纳罕见子英落泪很不忍心，他站起来说道："井妃和两位将军，你们不要为此担心了，我的主意已定，你们明日前行照常回归，若今明还有病者一律留下来由我照管。据朔方的巫医告知，此疫疾六七日不再出现就不会再得此疫。我带了十几个士卒，加上贺兰儿她们一共二十几人，我们先在此停留，要生一块儿生，要死一块儿死，只要不影响大军回归，就是值了。"子英不同意："你是统帅一路的将军，换个别人不行吗？"

"不行，贺兰儿是禽大将军的妻子，我们不能做让禽大将军死后不安的事情，即使贺兰儿死了我也要把她的骨灰背回去，放到禽大将军的墓前让他安息。此事只有我做，我才心安无愧于禽大将军对我的器重。"纳罕以死为誓，话语中肯坚定，让子英、傅云策、甘墨琚还有侍候子英的巫杏等十分感动。商议后别无良策，大家采纳纳罕的意见，由纳罕留下陪伴贺兰儿等病患诸人。夜半后大家辞别，纳罕赶回到临时营地。

次日，子英辞别朔方君民，率万军继续挥师南下。

与贺兰儿一同患疫疾的三个侍仆先后病逝，纳罕士卒中有四人患病两人病逝。纳罕和士卒强饮药草之水以防患病，同时命人将逝者火葬焚之。为了挽救贺兰儿纳罕亲自研碎药草，取药草汁液每半个时辰撬开贺兰儿的嘴巴喂饮一次，一连五天从不停息。第六日早上，贺兰儿苏醒过来开始进食，纳罕见贺兰儿生存有望心内欢喜，命士卒轮班歇息就地照顾贺兰儿，等贺兰儿彻底康复后，再做回归之计。多日的疲劳，让纳罕再也支撑不住，一头倒地，士卒们把他抬到临时的榻上歇息。

纳罕一觉醒来，便是一天之后。纳罕睡足后有了精神起身去探望贺兰儿，但不见了贺兰儿的身影。纳罕叫醒所有的士卒分头去找，一个士卒告诉纳罕，一个时辰前见贺兰儿沿着前面的一条山路去了大河的方向。纳罕担心起来，跃马飞身奔向大河。

原来贺兰儿醒后，从士卒嘴中得知她患了疫疾，与她一同患病的三个侍仆和两个士卒已经死去。纳罕将军为了她贺兰儿冒着染上疫疾的危险，与她生死与共在此坚守了数日，并且要等她康复后一块回归故土，这让贺兰儿十分感动也十分愧疚。一是她不想因为自己而拖累纳罕将军和众士卒；二是她不想把自己的疫疾之躯带回中天故土，给中天人带去不祥之疾。她思虑再三最终决定了断自己，于是她趁士卒不注意的时候在一个阳光和煦的午后，走出营地直奔一座小山，到了山头上远远地看到了浩渺的大河。她听别人说过，这里的九曲河是大河的上源之地，大河的下源正是路经大邑商京都的地方。

她坐在河岸上，想了许多事情。她想到了正妃妇好大将军，是正妃妇好大将军把她以侍人的身份带到身边儿带到大邑商王都，让她学习骑射成为宫中的女史之官；她想到了禽大将军，禽英勇无畏名震天下，为了把她纳娶为妻妾，禽亲自求请昭王诏命婚娶她，让她由一个平民成为大将军的妻子，虽然她并不是禽的正妻，但禽对他爱护有加，她已经十分满足；她想到了井妃子英，井妃年纪轻为人诚实，身为王妃，对她对妙儿亲如姐妹；她想到了傅云策、甘墨琚、纳罕三位小将军，他们对禽忠心耿耿对她贺兰儿也敬重十分，特别在禽去世之后，他们通过不同的方式安慰她，让她得到了兄妹般的温暖。这次患病大难不死又多亏了纳罕将军以命相伴相陪，硬是把她从死亡线上拉了回来，她感激纳罕将军也敬重纳罕将军。她想回归家乡，她想眼看着让禽在家乡的故土上入土为安，但她不能再拖累纳罕将军和他的士卒，她不想拖着疫病之躯回归中天故土，她觉得自己再活着对大邑商没有更多的益处，死了倒是减少一个拖累。正妃妇好大将军走了，禽走了，自己此时走去追赶他们正是时候，好在这条大河能够流经中天故土，那就让大河水把自己带走，把自己的灵魂带回故乡，好与正妃妇好大将军和禽团聚。

大河很宽阔，望不到对岸，偶尔有大雁从头顶上掠过，唱着南归的歌谣。小时候，她就是站在丘商的故土上看着大雁从头顶上飞过的，那时候她不知道大雁为什么要南飞，不知道大雁为什么前一声后一声地相互呼叫，她只觉得好玩，便和同伴们一起望着天上的大雁，用力地唱着歌谣：

  南归雁，
  摇呀摇，
  阿爹后面催，
  阿母前面叫。
  排排队，
  摇呀摇，
  哥哥前面走，
  妹妹跟后脚。

南归雁，

摇呀摇，

一字前行阵，

切莫落单了。

……

贺兰儿唱着"一字前行阵，切莫落单了……"她仰望飞雁走入大河水寒刺骨。贺兰儿想着正妃大将军，想着禽，心中念叨着他们："正妃大姐姐，禽，我想你们，你们是南飞的雁，你们要慢一点儿，等等我……我也要回故乡，贺兰儿追随你们来了……不要让我落单……"一股暖流在她心中流动。她看到了领头的雁，那是禽；她听到了呼唤，那是正妃妇好大将军。她，感到了许久以来未有的欣慰。

她前行着，面对着滔滔之水，一步步地走向深渊，缓长的大河的浅滩，水流并不湍急，贺兰儿一步一步地前行，水流阻挡着她的脚步。在水面淹到她的胸部的时候，她感觉到了水流的力量，水流开始推动她前行，她仿佛正在张开翅膀，她要展翅高飞。

水波如云，浪涛如天，似乎大邑商的殷都、丘商的故土在向她招手。她微微地闭上眼睛，聆听着来自前方、来自父母、来自正妃妇好大将军和禽的呼唤，她也在深情地呼唤着亲人，身心贯注地前行，前行。

此时一只手从她的背后把她钩了回来，被揽在人的怀中，一口水呛晕了她，贺兰儿失去了意识。纳罕把贺兰儿抱到河岸的背风处一个阳光灿烂的沙滩上，把头放在贺兰儿的胸上听了心跳，诊得贺兰儿还有生息便放下心来。骂道："没有良心的女人，你死了倒也干净，可……可让我纳罕脸面何堪！"

他见贺兰儿衣饰尽湿，面色苍白，便不放心地再次俯下头在贺兰儿的胸口听了听心跳，贺兰儿心跳很弱，几乎听不到，纳罕不由得担心起来。他担心贺兰儿病后体虚经不住寒风湿衣的冷冻，他坐下来冷静了一会儿，吹起口哨寻找自己的马骑，马骑寻声而来。他从马背的行囊中找了一件他平时穿用的衣饰，寻四下无人剥去贺兰儿身上的所有湿衣，换上了他的干净衣饰，又把从羌人头领那儿得到的一件上好的羊皮衣饰裹在贺兰儿身上。之后，纳罕坐在一旁静静地等待贺兰儿醒来。

白云苍狗，大河茫茫，一阵山风袭来吹醒了贺兰儿，吹醒了河岸的草甸，打破了原野的寂静。贺兰儿眯起疲惫的眼睛，问道："我在哪儿？"

"死了。"纳罕气乎乎地说道。

贺兰儿见穿着别人的衣饰："这是……"

"我的。"

"我的呢？"

纳罕将一堆湿衣丢到贺兰儿面前："在这儿呢。"

贺兰儿想象到发生了什么："是你？"

"对，我剥光了你的衣饰，剥得一丝不挂。"

贺兰儿羞愧交加，她抓起沙砾扔到纳罕脸上，哭道："为什么，你为什么？"

纳罕正襟危坐也不躲避，任由贺兰儿哭闹，等贺兰儿没了力气，纳罕说道："贺兰儿你坐好，我来告诉你为什么？"贺兰儿仍在哭泣，纳罕喝道："不许哭！"贺兰儿果然停住。

"你听着，我来告诉你贺兰儿，我这样做到底为什么？"憋了一肚子委屈的纳罕如鲠在喉，不得不说。他说："第一、为了不让你死，我一个将军带着十几个士卒，与你同生死共患难，先后有三个仆人两个士卒病亡，你能活下来让我们没有在此白白地经受苦难和恐惧，我感到值，感到没有辜负子昭王、井妃和众将士对我纳罕的信任，感到没有让那两位为了救护你而染病的士卒兄弟无辜地送命。如果你大难不死之后又自寻了短见，我前功尽弃不说，我纳罕凭什么再回京都去见子昭王和井妃，我的脸面何在？一队人马连个病女子都看守不住，到那时我唯有以死谢罪，所以我不让你死，对我来讲不让你死也是为我留了一条的活路。第二、为了安抚禽大将军的亡灵，禽将军为国争战无数功盖天下，我们大邑商国民绝对不能把他的亲人丢在外域之地，就是你死了我也得把你背回去，这不是为你，这是为了国家的信誉君王的威严，大邑商军队的荣誉。可是你死了，被大水冲走了，我跟谁去要你的尸体！"

贺兰儿平静下来好像意识到了什么，她嚅嗫道："我也不曾想到这些大道理，只是不想再给你和你的士卒添拖累，想一死了之减轻你们的负担，让你们早点儿回家。还有……"贺兰儿温情地望着纳罕。纳罕问："还有什么？"

"我得的是疫疾之病，怕把瘟疾带回到中天之地，危害百姓。"

纳罕大笑，"亏你还是正妃妇好大将军身边的人，跟随正妃妇好大将军这么多年，连这疫症都不懂。这种病是有时候的，熬过了一定时候，就自己消了，不会再传染。若不是这样我早就死几次了，你病得昏迷不醒时候都是我给你擦洗的身子……"纳罕发现自己说漏了嘴不再说下去，脸色羞红，孩童般手足无措。

　　有了刚才纳罕为她脱衣换衣之事儿，纳罕再说什么，贺兰儿倒显得平静如常，没有焦急，也不再羞涩。女人的身子是女人的底线，既然暴露了一次，也就不在乎后面的次数，再说，生死攸关性命为大，脸面又值几何？唯有留存心底的是感激的涟漪。

　　在贺兰儿的记忆中，禽与她成婚三年，都不曾仔细看过她的身子更不曾为她擦洗身子，禽是一个傲性十足的男子，自负心很强，在女人面前总是摆出一副大男人的架子，为此正妃妇好不止一次地批评禽："你是大将军，我妇好也是大将军，你们男人做到的事我们女人都能做到，我们女人做到的事你们男人却做不到，比如说生孩子你生一个试试，就连你和子昭王都是我们女人生的，天下的男人概莫能外。不是我小看你禽，在我们大邑商王朝除了子昭王说了算，就是我正妃妇好说了算，即使你们男人的头儿子昭王来了，他也得让我五分。天下男子出生于女身，女族为天下之大，这是远古之俗。虞的时代①以天地阴阳为律，男女共执掌天下，此俗一直延续到夏朝；我大邑商尊重男性那是到了凭力气拼争斗的时代。你们男子不生育力气大，能游走天下打斗四方，我们女人顺从于男人为男人生儿育女，但女人的顺从绝对不是屈服。大邑商王朝不是男尊女卑的王朝。"正妃妇好说话向来不留情面，哪个地方痛她专门捅哪儿，"我告诉你禽，贺兰儿是我妹妹她喜欢你是看中你的勇敢无畏，你若是真的喜欢贺兰儿，你就把你的十几位妻妾给辞了立贺兰儿为正妻，到那时贺兰儿才听你的。"禽敬佩正妃妇好，知道正妃妇好是天底下最厉害的女人，对于正妃妇好的批评，他自然乖乖地承受。打狗也要看主人，在禽的心目中贺兰儿就是正妃妇好的化身，他对贺兰儿的敬重要大于爱。

　　就在纳罕羞涩难当的时候，贺兰儿悄悄地起身，举目眺望四界。她突然发现草丛中有几头麋鹿在游动，她抽出纳罕马背行囊中的弓箭嗖嗖两箭，两头麋

---

① 虞的时代：尧舜之前的时代。

鹿应声倒地。她微微一笑，心想："既然上天让我活着我就好好地活下去，禽说过活着就是最好最永久的纪念。"她把弓箭放回行囊，对纳罕说："纳罕将军你说得对，我要活下去，会让你光耀地回到大邑商京都，把我交给子昭王和井妃。放心吧，我不会再做傻事了……"说毕，掉头向他们的栖息地走去。

纳罕见贺兰儿不哼不哈地走了，喊道："这儿有马呢！"贺兰儿说："你丢了两支箭，在前面草丛中，别忘了捡回来。"纳罕是将军，将军的箭上都刻有记号，一般不会随意丢失。

纳罕起身寻箭，结果在草丛中发现了另样的东西。

第三十六章　纳罕与贺兰儿

贺兰儿走后，纳罕起身找自己的箭矢，在草丛中发现了被射中的两只肥大的麋鹿，两支箭不偏不倚正中麋鹿的喉咙，纳罕暗自赞叹贺兰儿的箭术。纳罕将麋鹿搭在马背运回营地，招呼士卒们烧烤。一会儿工夫肉香四溢，士卒们高兴得抓耳挠腮。

入夜时分晚霞散尽，群星争芳，大河里涛声已旧，河滩上欢声笑语篝火正旺。士卒们把烤好的鹿肉分装在几个袋子里以备路途食用，躺在沙滩上的纳罕望着星夜发呆，他不知道自己在想些什么在寻找什么。苍茫的夜空之中繁星无数，一眼望不到尽头的银河，横在中天之上，银河里有他过世的父母，有陨落沙场的士卒，有认识不久就离他们而去的正妃妇好大将军和禽将军。有一颗星驻足在银河之侧，像是他纳罕或许是贺兰儿，真的是贺兰儿吗？如果是她，她一个人孤独在天边，是不是冷清寂寞了呢？纳罕心中很乱，乱成一团，麻乱中似乎有丝甜蜜的感觉，他望了望离他不远的帐篷，帐篷内传来翻转身子的声响，他想知道贺兰儿躺在帐内在想些什么。一士卒来报："禀报将军爷，麋鹿肉烤熟了。"

"路上带的装好了吗？"

"都已入囊备好。"

"留下的够大家吃的吗？"

"足够。将军爷你太了不起了，出去这一会儿工夫就打来两只麋鹿，箭箭射中麋鹿的喉咙。士卒兄弟闻到肉香，想到行军途中能吃上烤鹿肉，大家直呼你千秋呢。"

纳罕最忌讳贪人之功，他用马鞭抽在士卒身上，喝道："谁告诉你是我射中的麋鹿，我说了吗？我告诉你了吗？我是个贪功的卑贱之人吗？"

士卒忙不迭地说道："小的有罪，小的有罪，是小的猜测的。"

"啪啪"马鞭又落在士卒身上："你倒是会猜……"

贺兰儿突然冲过来抓住马鞭，说道："你自己心里不高兴拿士卒出什么气，是我告诉士卒的，我说'你们的将军要犒劳你们，专门为你们打来两只麋鹿'。我有错吗？"

纳罕起身让士卒走开，想收回马鞭，贺兰儿不准，用力握着鞭鞘儿，俩人对峙。贺兰儿拿眼睛望着纳罕，她的目光火辣辣地直射到纳罕的脸上，目光是迷茫的也是迷乱的，目光中三分的羞涩六分的爱意，还有一分的怨恨。纳罕害羞地移开贺兰儿的目光，报以微笑和歉意，说道："没错、没错。"

"谁没错？是你没错，我没错，还是士卒没错？"贺兰儿问道。

"你们都没错，我错了。"

"认错？"

"认。"

"既然认错，我问你纳罕将军，将军打错了人咋办？"贺兰儿逼问道。

"受罚。"

"好，"贺兰儿夺过鞭子，把刚才被打的士卒叫来，把鞭子交给士卒说，"你们将军说刚才他不该打你，他打错了。现在让你打他，他自愿受罚。"

"啊，这俺哪儿敢……要俺的命哩……"士卒落荒而逃。

"真没出息，好，你的士卒不敢，我敢。"贺兰儿扬起鞭子。纳罕顺从地跪在地上，特意撩起自己的上衣，露出他光滑的后背，贺兰儿一阵感动，鞭子举在半空没了主意。她说道："懒得理你，我饿了吃肉去了。"之后丢掉鞭子亲自将纳罕的上衣放下来，关爱地小声说道："傻子别跪着了，吃肉去吧！"说毕，轻盈地向士卒的人群走去。

纳罕起身收起鞭子心中十分欢喜，当他走到士卒那儿，贺兰儿与士卒们吃得正欢。贺兰儿说道："谁也甭管你们的将军，把肉吃完了让他啃骨头。"即使如此说，她还是把一块腱子肉塞给纳罕。一士卒眼快叫唤道："女史①说了

---

① 女史：女性官员。

不算，她不让别人给将军留肉，她自己却把最好的肉留给将军……"一旁的马亚踢了士卒一脚："就你眼快，不怕瞎了你的眼，赶紧吃，吃完了准备行军的东西。明日一早我们和将军启程回归，追赶凯旋大军。"士卒们一阵欢呼，分头去准备，剩下纳罕和贺兰儿。

纳罕只顾埋头吃肉，细心的贺兰儿从自己的胸襟内取出一方丝麻方巾，递与纳罕说："吃慢点啊，没人给你抢。"说着从身后拿出一包鹿肉来，"都是你的，慢慢吃。"

"嗯，"纳罕点头。之后纳罕问，"你呢？"

"我看着你吃就行。"

"嗯。"

"你除了'嗯'之外，就不能说个别的？"贺兰儿深情望着纳罕。

"能。"过了一会儿，又补充道，"真能。"

"真能什么？你什么都不用说，你的嘴巴只管吃，把耳朵交给我就行，你听我说。"

"嗯。"

"我让士卒们将正妃妇好大将军身边的三个女仆的骨灰和你的两个士卒的骨灰分别包好，准备带回中天故土让他们魂归故里，你说行吗？"

"嗯，行。啊，不行不行。"纳罕停止了咀嚼。贺兰儿不解地看着纳罕。纳罕说："三个女仆的骨灰可以带回去，因为她们是侍候正妃妇好大将军的侍仆，两个士卒的骨灰不能带回。"贺兰儿瞪大眼睛问道："为什么？"

"士卒们四海为家，死后都要随地而葬这是规矩。此次西北之战，不算路途累死病死的，仅乞伏山一战就战死士卒两千余众，他们都就地安葬永久地在此安息。这两个士卒自然不能破例，也要就地安葬。"

贺兰儿沉吟了一会儿："你说的有道理，士卒如此侍仆也应当如此。"纳罕说："那可是正妃妇好大将军的侍仆啊？"

"不管是谁的侍仆，侍仆就是侍仆，既然出征在外，侍仆与士卒无异，应当与士卒同等相待。阵亡的士卒中有女士卒吗？"

"有的，她们是军中随行的衣饰之卒，负责行军中的剪裁缝纫之事，也有阵亡的。"

"士卒是中天的优秀儿女，他们能安葬于此，其他人也不得例外。我做主把三个女侍仆和两个士卒同葬一处，让他们长留此地生死相依，为我们守护边陲。"

纳罕深受感动："感谢你，你能理解我们士卒，为士卒们着想，这对死去的还是活着的士卒都是鼓舞。"

"感谢我什么意思，在你的眼睛中我是如此的自私吗？"

"不敢说。"纳罕嘿嘿地笑。

"甭小看了人，论打仗我参战的次数比你多，我十岁就跟着正妃妇好大将军出征打仗，那时候我还上不得马，得让别人扶我上马，南征北战打了半年仗，我就成了骑马高手，风里来雨里去为正妃妇好大将军传递军令；论打大仗，正妃妇好大将军参加的征战都有我贺兰儿的一份儿，死人的事儿，我也见多了，只是不了解如何安葬阵亡的士卒，所以让你见笑。"纳罕真诚地说："我纳罕向天发誓，没有笑话你的意思，或许是我说的不明白让你误会。"

"行了、行了，不要解释了。"贺兰儿见纳罕吃饱了鹿肉，拿来一个陶罐让纳罕净手，问道，"刚才我给你的方巾去哪儿啦？"

纳罕不好意思地从怀中掏出来："我怕弄脏，藏起来了。"

"给了你就是让你用的，弄脏了我再给你一方。"贺兰儿亲自为纳罕擦手，擦完了手从挎带里拿出一个皮囊递到纳罕面前，"喝一口，暖暖身子。这是井妃从井方之地带来的酸枣叶茶，若不是这茶我就没命了。"

"这茶果真灵验？"纳罕接过皮囊，认真地喝了一口。

"你不曾喝过？"贺兰儿疑虑道。

"哪儿会，我从小喝这玩意儿长大的。"

"哦，忘记了你也是井方人，你做过这茶吗？"贺兰儿说道。

"做过的。酸枣叶茶是用野生酸枣叶芽子做的，春天的嫩芽嫩叶最好，选择新鲜的酸枣嫩叶，一片一片择洗干净，把不好的剔除然后放在石板上加火炒制，慢慢烘焙，待叶子微微卷起储存起来就可以了。"

"如此说来，你倒是行家，知道的还不少。"

"当然了，我是谁呀？"

"那好，将来回到中天，我就跟你居住到井方之地，每天做酸枣叶茶喝。"贺兰儿憧憬着未来，想象着她和纳罕在一起的日子。

"那不可能。"纳罕说。

"为什么不可能，难道你不喜欢我吗？"贺兰儿怒目相对。

纳罕知道贺兰儿误解了，忙说："不是的，我是说做酸枣叶茶是分季节的，一年四季只有春日里才有野生酸枣树的嫩芽，不可能每日做。"

"这不用你解释，谁都知道北方的冬季里树木光秃秃的没有枝叶，春日做的酸枣叶茶可以每天喝，我说的是每天喝，哪儿让你每天做了？"贺兰儿暴露了心迹面带羞色，之后又想掩饰自己。她说道："我是说跟着你在一块儿起码不会再得疫症，即使得了，也有救命之物。"

"你是说我们井方的酸枣叶茶能解疫疾？"

贺兰儿说："我认为是，在我开始发烧之时，我就预感到可能是疫疾之染，便悄悄地用开水煮酸枣叶茶将茶水装入皮囊中，每日数次饮食，果然死里逃生大难不死。"

纳罕不解："没听说过酸枣叶茶有预防疫疾的功效，许是巧合许是贵人命大。"

贺兰儿笑了："你是将军我是小史，何来贵人？纳罕将军玩笑了。"

俩人说话到子夜，仍然话意未尽，考虑到天亮时早起，纳罕送贺兰儿回帐内歇息。贺兰儿小声说："我一个人在帐内睡害怕。"纳罕悄语道："我会在帐外守候。"

"真的？"

"真的。"

贺兰儿把头俯在纳罕的怀中，感激地说："有你真幸福。"纳罕轻轻地拍着贺兰儿的后背："庆幸你能从鬼门关走出来，你不知道我有多担心。"贺兰儿仰望着纳罕："担心我还是担心你的脸面，是不是怕我死了回京都后不好向子昭王复命？"

"始初是那样，后来不是……"

"后来是什么？"

"不是脸面和复命的事，是怕你不在了。因为……"

"因为心中有了我，是不是？"贺兰儿很想弄清楚纳罕的心思。

"我也说不清楚，总之很怕。怕你醒不过来……"

"醒不来，就是死了呗，说痛快一点儿多好。"

纳罕不好意承认："……是。"

"我来验证一下。"贺兰儿把耳朵放到纳罕的胸口听了听,调皮地说道,"心跳有力,不慌不速,看来是没有说谎骗人,我知道了你的心事,我进帐歇息了。"贺兰儿说着欢快地跳入帐内,之后又伸出头来问道,"真的为我守护吗?"

纳罕披了一件美人的毛毯把身子蜷在沙滩的穴窝中,不动声色地挥挥手,用手势告诉贺兰儿,纳罕他已经做好了守护的准备,他要在此过夜守护她。纳罕头顶上方是一轮勾人心弦的弯月,弯月的边沿清晰,有一个圆月的影子。

贺兰儿躺在帐内辗转不眠,帐外的夜万籁无声,贺兰儿想着心事想着几日间的经历,她有些陶醉,更有些痴迷。夜风吹来瑟瑟如鼓,贺兰儿始初并不担心,当原野上的狼叫声随风飘至的时候,贺兰儿有些担心了,她把羊皮衣饰穿戴身上,拿起短剑爬出寝帐,走到纳罕的身边,匍匐到纳罕的身上。"喂喂,将军大人……将军大人。"

纳罕累了睡得死死的。贺兰儿在纳罕的脸上轻轻地吻了一口,她笑道:"吹大话的将军,扬言为我守护呢,被狼叼去了都不知道。"贺兰儿依偎在纳罕的身边儿,一夜未眠,一直到天亮。天亮后士卒们起身收拾停当,来叫贺兰儿,贺兰儿却在山脚下招呼大家,于是大家收了贺兰儿的寝帐一块儿赶到贺兰儿身边。

贺兰儿在山脚下挖了一个坑,摆放好三个女侍和二个士卒的骨灰,她告诉士卒由她做主,将三个病亡的女侍仆许配给两个病亡的男士卒,并将他们合葬一起相依为命,让他们在天界生儿育女,用英灵驻守西北边地效忠大邑商王朝。

在战场上奔波的士卒们最看中阵亡士卒的葬礼。他们一怕暴尸荒野,二怕无人安葬,三怕孤独一地。今日贺兰儿将女侍和男卒合葬一起,开了士卒安葬的先例,士卒们感动得痛哭流涕,以军卒之名向贺兰儿跪拜致礼。受其感染,纳罕也难以自持,他以士卒将帅之名和病亡、阵亡士卒之名向贺兰儿跪拜,纳罕说道:"贺兰儿女史之举开阵亡将士安葬之先例,其情其义温暖将士胸怀,让生者动情让亡者荣耀,此举感天动地激励鬼神,我等军卒永记你的恩德。"

贺兰儿不曾想到一句话,一个举动,竟能感动铁血之族,让他们为之流泪。

众人葬毕五人,挥泪而别,踏上了千里迢迢的回归之路。一路轻骑,日行八十,骑在马上的纳罕一直为贺兰儿担心,担心她身体刚刚康复吃不消,于是命马亚做前锋,压住队伍行进的速度,即使如此贺兰儿到了宿营地倒头便睡,连靴子都来不及脱掉。纳罕行军惯了,知道长途骑马跋涉对双足的影响,每到一地他总是让士卒打来水温热后,给贺兰儿浴足解乏,开始时贺兰儿拒绝,习惯了就任由纳罕帮助。时间久了,她对纳罕就多了些依赖,多了些信任,多了些依靠,她想我自己的命都是你纳罕给的,既然你让我活着,我贺兰儿就得靠着你。从内心讲,她真的希望士卒们走得慢一些,每日的行程短一些,她身体没有复元力气不足,行走时间长了真有些吃不消,可她理解士卒们回家的心情,那是归心似箭的心情,她不希望因为自己而影响士卒们回家的步伐。

纳罕掐算了一下照此行军,他们需要十天的时间才能追赶上子英井妃的凯旋大军,完全可以和大军一同返回大邑商的国都,接受子昭王的检阅。

纳罕让士卒测算时节,贺兰儿说道:"不用测算了,现在是子月①,还有六天就是正月②,今年的岁节要在路上过了。"纳罕感叹道:"想不到家乡一别,大邑商大军竟会有两个岁节在外地度过,真的苦了这些将士们。"

贺兰儿说:"此次西北之战历时三载,这是子昭王为王以来大邑商王朝经历时间最长的一次征战,胜利来之不易,我们付出了正妃妇好大将军、禽和二千余名士卒的性命,还差点儿搭上我的一条命。"经过一次生死的贺兰儿坚强了许多,似乎看淡了一切,她不再多愁善感或是泪水洗面。行进在路上,贺兰儿尾随在纳罕的身后。大山深处枯木寒彻,劲吹的北风肃杀,纳罕担心贺兰儿冻着,在她的腰间扎了一条绳索,贺兰儿抚摸着满身臃肿的羊皮衣饰玩笑道:"好似孕妇一般。"

纳罕回头望着贺兰儿,似乎不明白她在说些什么,贺兰儿慌忙解释道:"我可没有生养过,你别这样看着我,我不知道孕妇的滋味是啥?"

纳罕摇头,乐了:"真是个小姑娘。"

"小姑娘?你也真逗,再过三天就是我的生日,我都二十岁了。你呢?"

"什么?"

"年龄。"

"不知道。"

"骗人,连自己的年龄都不晓的,谁信?"

---

① 子月:阴历十一月。

② 正月:商代的正月为十二月。

"真的，我出身奴仆父母早逝，没有人知道我的年纪，从一块长大的同伴那里得知，我今年应该是二十一岁，或许是二十二岁。"

"我认为你的年纪大许多呢？"

"为何我要大许多，因为我长得老吗？"

"不，因为你是将军，禽做大将军时四十多岁了，他比我大二十多岁。"

"我怎能与禽相提并论，禽是大将军，是大邑商王朝的栋梁之材，我只是他的帅下之卒。"

谈到禽，俩人不愿再说什么，毕竟禽已经去了天界，毕竟贺兰儿还是禽的妻子。过了许久，贺兰儿还是说道："我与禽已经结束了，他有正妻还有一堆妾妻，我想……我想回去之后跟子英井妃说说我的想法儿。"她见纳罕一直深情地望着她，继续说道，"你知道我会给她说些什么，因为我已经死过一次，死前的贺兰儿属于禽，重生后的贺兰儿不再属于禽而是属于纳罕。这很公平，符合大邑商的习俗。"

纳罕动情地说："此事由我与子英井妃说更好。"俩人商议着筹划着他们今后的生活。岁节之后就是新春，新春后的第八日，纳罕一行十几人追赶上了子英的大军。

子英得知贺兰儿归来，从车上跳下来直奔贺兰儿，她抱住贺兰儿哭道："终于把你给盼回来了。"妙儿跑过来搂住子英和贺兰儿，泪汪汪地说道："回来就好……"

纳罕向子英禀报后，知道子英、妙儿要与贺兰儿说话，不便再说什么，施礼后去了。

贺兰儿擦干眼泪，说道："贺兰儿大难不死，多亏了纳罕将军舍命相救，否则我们就阴阳两界间了。"坐在车上贺兰儿诉说了自己跳河的经过，子英气急败坏地捶打着贺兰儿的后背说："你怎么会有如此的想法儿和举动，你这不是坑害纳罕他们吗？你大病不死，他们与你生死与共，躲过大病你却要自我了断，如此这般他们返京后又如何面奏子昭王？你这是让他们自受其辱，一班人马连个弱女子都保护不了，你真的好糊涂。"

"是我错了，我当时只想正妃大将军和禽都走了，我要追随他们去……未曾想到纳罕将军的荣誉和名声，纳罕将军救了我，给了我第二次生命，我会感激他一辈子的……"贺兰儿说到纳罕时候声音是柔和的，目光是温情的，一切都是那样的美妙和富有激情。子英和妙儿已经深刻地感觉到了贺兰儿内心深处对纳罕的那份儿情思和热恋,俩人相视一笑明白了几分的内情。妙儿与贺兰儿相处时间最久,两小无猜无话不说。妙儿问道:"说实话,你是不是喜欢上纳罕将军了?"

贺兰儿也不回避,说道:"喜欢给我第二次生命的人有什么不对吗?"

妙儿语塞,子英笑而不语。妙儿半日才说:"没有错,这是上天给你的第二次生命,你现在的生命应当属于纳罕,你爱他没有错,但不知道纳罕将军如何想的?"

"他也喜欢我……"贺兰儿脱口而出。驭手停车,向车内禀报道:"禀报井妃,世子抱着小主子颂前来求见。"子英和妙儿忙说:"请请。"

大家把世子迎入车内,世子说:"妹妹子颂哭闹得厉害,想必是想你们了。"子英接过子颂,子颂依偎在子英怀中看着大家说话。

贺兰儿拜见过世子,世子得知贺兰儿平安归来十分高兴,还礼道:"大难不死,来日必是坦途,念汝与我母妃感情深厚,能逃脱生死之劫当是万福。"贺兰儿感谢世子挂念和祝福。

妙儿又把话题转到贺兰儿身上,说道:"贺兰儿改嫁符合世俗规矩,禽大将军妻妾多人,家有正妻守持,贺兰儿只是个末位可有可无。现在禽将军去了,改嫁是情理之事。"子英宽慰道:"好妹妹放心是了,我来向子昭王禀报,让她册你为纳罕之妻并且是正妻。"妙儿说:"是啊,做正妻有身份了。"此时的贺兰儿有了勇气,说道:"此次回京我不要功也不要爵位,就要一个姻缘,请求子昭王准许。"

坐在一旁的世子孝已弄清了事情的原委,他说道:"此事不是大事,也不必过于声张,由我亲自向父王奏请,请父王念在我母妃的分儿上,给贺兰儿一个新的生活。"

妙儿说:"世子明白事理主张正义,由世子奏请子昭王,最好不过了。"

众人喜出望外,一同说道:"妙哉!"

第三十七章　后母辛祭

岁节，又谓春节，从商中宗祖乙创制以来，已有二百余年，是商朝人一年一度最重视最热闹最倾心的节日。岁节至举国同庆，花灯彩练布满京城内外城邑乡庄，庄庄户户到处都是迎接新春的喜庆色彩。由于西北之战大军远征，正妃妇好等一万大军远在千里之外胜负难料，朝野上下心情不定，少了过节的情趣，去年的岁节就过得平淡。

等着前方的奏报，掐算着今年岁节的时日，子昭王踌躇不定，心乱如麻。当子昭王正在不知道如何打发日益临近的岁节之事时，快骑的奏报来了。

快骑带来的奏报如雷击顶，把子昭王击瘫在主殿的蒲团上，子昭王歇息了一会儿，痛苦地拿起已经看了几遍的由子英让卜者写在龟甲上的战报辞文：大胜，王师归。正妃大将军与禽阵亡，归途中。井妃敬。

子昭王又向快骑差使询问细节，确信正妃妇好和禽大将军已经阵亡，子英和世子率领着一万大邑商军队押解着二千羌人俘虏和三千羌人家小正在回归途中，子英他们大约在岁节后的第二个月丽月①回到京都殷城。子昭王悲喜交加，喜的是灭了羌敌，悲的是失去了正妃妇好和禽大将军，他站起来退了快骑拿着龟甲辞文，从主殿内踱步到殿外，涌动于心的悲痛滚滚而来，他痛苦地叫了一声，双手伸向前方仰望上天哭诉道："天帝呀，为什么这样啊？为什么？你既然让我打了胜仗灭了羌敌，报了我大邑商几代人的宿仇，可是你为什么，为什么要夺了我正妃妇好和禽大将军的命啊！上天知道他们两人是我大邑商立

---

① 丽月：阴历二月。

业之基的柱石啊！我……"他扶树而泣。

正妃妇好的病逝，让他失去了一个与他相依为命共创天下大业的好伴侣、好将帅；禽战死沙场，让他失去了一个忠诚无私的大将军，一个英勇善战的好兄弟。俩人的去世犹如摘了子昭王的心肝，他肝肠寸断，痛不欲生。

往时，子昭王会借酒浇愁，喝得昏天黑地醉生梦死。今时，他异常清醒滴酒不沾，他知道麻醉自己没有用，借酒浇愁愁更愁；他知道人死不能复生，怀念亲人最好的办法就是让自己清醒地活着，完成亲人们尚未完成的事业；他知道子英井妃、儿子孝己、妙儿、贺兰儿以及万众将士们比他更痛苦，他们在回归的路上需要给予温暖和宽慰，需要振作和鼓励；他知道不曾见面的小女儿子颂，对，子颂，妇好给小女儿起的名字，子颂在等待着他的拥抱；他知道大邑商所有的人特别是胜利归来的所有的士卒们，在等待着他的诏见，等待着他为他们论功行赏加官晋爵；他知道正妃妇好和禽的灵柩正在回家的路上，等着他去迎接、去安慰，让他们回归故里；他知道出征死亡的士卒的亡灵也在回家的路上，他要迎接他们，为他们在城郊外建造一座忠烈之庙，让他们安魂故里受到国民的敬重。所有的这些都需要他亲自出场，一件一件地安置，所以他不能作践自己，他要保持十二分的清醒，面对这个熟悉而又陌生了的世界，面对所有的大悲和大喜。

他诏来伊相傅说和老臣甘盘，告知他们西北之战大获全胜，不但灭了羌敌，还俘虏羌人五千众，大军正在路上。伊相傅说见子昭王精神疲惫，面带悲情，料想另有隐情，子昭王不说，他也不便多嘴。甘盘年纪大了，仍然不改他年轻时的急性子，闻听商军大胜俘获羌人五千之众，高兴道："痛快痛快，想不到装备优良的羌人也有不敌我们的时候。我十四岁从军，征战了五十年，最担心的就是西北的羌敌，这帮外族人游牧天下，皮衣利刃善骑射斗勇是一支强悍之敌，多年来在我西北边地滋扰，我大邑商王朝几代先王，一直想驱赶他们，然而一直心有余而力不足，养虎为患让他们积弱成势。他们侵占我土地，掠我边民，一直成为我大邑商的心内大患，其实我们最担心的不是怕丢几块土地，而是怕他们的游牧习俗动了我中天大地农耕之本，坏我世俗。子昭王啊，在我有生之年能听到、看到灭了西北羌敌这个喜讯，是我做梦都不敢想的事情，现在我高兴了、放心了、也知足了。我要向子昭王叩恩，是子昭王你开拓了一个富国强盛的伟大时代，一个让我们大邑商人扬眉吐气的中兴时代，我活到今日值了。"甘老将军说到动情处老泪横流。

等甘盘说完，子昭王告诉二位老臣，有好事也有不好的事情，由于这场历时三载的西北之战，我们大邑商损伤重大，损伤的两千人其中有我们的正妃妇好大将军和禽大将军，他们永远地离开了我们，离开了大邑商王朝。现在妃妇好大将军和禽大将军的尸骨正在回归的路上。伊相傅说料到会有不测，听了子昭王的话后悲哀痛心，肃穆不语。甘盘如闻惊雷，没有了刚才的喜悦和激情，所有的表情都定格在惊愕之中，许久他低低地问道："他们是如何殉职的？"

子昭王叹气道："正妃妇好在出发时就有孕在身，她有身孕的事情是她后来传信于我的，我一直在占卜祝愿她平安，可天不惠我，她生产时大出血，若能歇息调理兴许能保住命，可她为了大战羌人鼓舞士气，强忍着病痛亲临战场统帅三师，最终倒在了战场上为国捐躯。禽为谋划布阵中敌毒箭，废了他一生的武功，病体未好为挽救正妃妇好的生命，亲自上山盗取羌族部落的仙草，不幸被羌人所困英勇牺牲。"说到此处，子昭王不能自已，哭道，"我大邑商的功勋大将军竟然死在羌人之手，老天为何这般不公这般不公啊？夺我的妻，收我的将……我子昭做错了什么，老天为何这样待我……这样折磨我？"

三人同时流泪。

甘盘问傅说："禽大将军年庚多少？"

傅说说："与我同庚，四十有八。"

"禽还年轻啊，小我二十岁。禽为人正直文韬武略，做事低调从不争功诿过，是我甘盘最敬重之人。与我这个粗人相比他简直是个完人，若能让我替他死就好了，起码他正是年富力强的年纪，好为大邑商国朝出更多的力气。"甘盘自语道。

傅说说道："正妃妇好和禽大将军早逝，是我大邑商的大不幸，上天送我大喜又送我大悲，世间兆运我等奈何？臣下请我王宽心节哀放眼长久，眼下最要紧的是做好迎接大军的准备，做好迎接正妃妇好和禽大将军灵柩安然回归的事情。"

子昭王擦去眼泪，说道："正想与两位爱臣商议，此时岁节临近，我等该如何布局这悲喜之事？以安军、安民、安亡灵之魂。"

甘盘说："正妃妇好和禽大将军阵亡自然是国之大丧，但灭了羌族圆了我大邑商国朝的百年之梦，又是国朝之大幸。死者不能复苏，家国仍要延续，老臣以为，应当以喜庆之事迎接正妃大将军凯旋之师。"

子昭王问傅说道："伊相意下如何？"

"甘盘老将军所言极是，正妃妇好大将军挂帅出征凯旋，即使正妃妇好亡故了，也是正妃妇好率师荣归应当喜庆迎接。另有，我们的士卒们出征三载光荣凯旋，理应喜庆相迎，这样做一壮士气，二壮国威，三壮民气，四壮正妃妇好和禽大将军以及我国朝之师的威名。"

子昭王决定道："好，依两位爱臣之言用喜庆之礼迎接凯旋大军。人总是要死的，路总是要走的，以喜庆面对未来，符合我大邑商的中兴之道。伊相傅说！"

"臣在。"傅说起身施礼。

"本王命你以喜庆之礼安排迎接凯旋大军之事，组织勘察墓穴，厚葬正妃妇好和禽大将军。"子昭王诏命后，命卜史记载如下文字：羌方恃固而扰诸夏，王伐之，三年乃克，自是内外无患。

夜漫长，子昭王夜不能寐。他计算过，两千里路，老弱病残吃喝拉撒，万人队伍长途跋涉迢迢回归，需要四个月或是更长时间。他担心，一路的劳累会让子英、世子孝己和幼女子颂等人身体不支，他连夜诏命派出巫医四人、乳母二人由王室侍卫护送，昼夜驱车奔向西北之地，迎接子英的凯旋大军。

岁节时，为悼念正妃妇好和禽大将军，王室免除了岁节的喜庆活动，臣民们闻之大邑商正妃和禽大将军阵亡西北，举国悲哀，自发地放弃了岁节的喜庆之举。这是子昭王执政二十年中的特例，也是大邑商王朝历史上为数不多的一个弃岁节事件。

子昭王二十年[①]商历一月[②]，子英等凯旋大军进入大邑商的侯服之地，距离京都殷城八百里路。一路上军旗猎猎车马蜿蜒，士卒阵列气势昂扬，沿途方国官民倾城相迎犒劳三师，祭奠正妃妇好和禽大将军，拜见井妃和世子。井方国仪狄太正妃想念女儿子英心切，早早地派出司徒子平携车队美食迎接子英。商历三月初，子英率领凯旋大军达到京都殷城，子昭王率朝臣百官亲自到城外迎接。京都殷城内外鼓乐阵阵彩旗飞舞，万巷皆空。

[①] 昭王二十年：即商武丁二十年，约公元前1231年。

[②] 商历一月：阴历十二月。

子英命队伍停下,接受子昭王的检阅。

　　子昭王率百官祭奠正妃妇好和禽大将军,祭奠后子昭王走到井妃面前,抱起井妃原地转了一圈,向国民展示他与井妃拥抱的美姿。子昭王就是子昭王,敢做敢当率性而为,高兴起来他从不在意别人说他什么评价他什么,他在国人的众目睽睽之下如此毫无顾忌的举止意在让人们忘记痛苦,记住苦难,为来之不易的胜利鼓足勇气助威喝彩,以此点燃整个大邑商人的民族激情,所以当他拥抱子英井妃转动一圈的时候,万名军卒和倾城的国民队伍中爆发出了雷鸣般的欢呼声和呐喊声,整个大邑商民族的霸道之气昭然若揭。悲事不悲喜上加喜,之后子昭王亲吻了世子孝己和幼女子颂,如此之后子昭王认为还不到火候,他命人牵来三匹战马,他亲自把井妃和世子扶上马,他从妙儿手中接过幼女子颂,跨上马抱在怀中,引领着井妃和世子检阅凯旋的三军之师,士卒们感动了,他们有节奏的吼叫道:"大王,必胜……大邑商,必胜……"此起彼伏,如雷震天。妙儿、贺兰儿激动得痛哭起来。妙儿说:"正妃妇好大姐姐,你看到了吗?你的儿子孝己你的小女儿子颂,代表你检阅凯旋之师呢。我们归来了,安全归来了,你和禽可以瞑目安息了……"

　　检阅毕,盛情而有心机的京都殷城人,给每个士卒送来了红皮鸡蛋。子昭王把幼女交给妙儿,并有意识地拥抱了妙儿,感激她对正妃妇好的忠诚和对他们幼女子颂的爱护,妙儿感动流泪。子昭王把手放在贺兰儿的肩上,说道:"本王知道你不容易,你再做几天禽的妻子,你就可以自由了。"贺兰儿愣住了,她不明白子昭王为何说出这话。妙儿说:"你要感谢世子孝己才是,是世子孝己特意让人传话给他的父王的,别看世子孝己年纪小,他可是个有心人。"贺兰儿恍然大悟。

　　子昭王叫上子英和世子来到禽的家眷前安慰他们,他让人把禽的佩剑拿来亲手交给禽的嫡长子,意思是让禽的后人继承禽的事业,禽的家人跪拜谢恩。

　　子昭王领着世子,亲自扶辕将正妃妇好和禽运送到伊相傅说布置的祭祀之地,子昭王告诉臣民,三日后举行国祭告慰先祖,安葬正妃妇好和禽大将军。

　　是夜,各方国伯候陆续赶到京都殷城。

　　子英的母妃仪狄太正妃捷足先登,她拜会了子昭王和世子孝己。子昭王听说子英的母妃仪狄太正妃下榻在京都的客栈,马上指令伊相傅说亲自迎接至王宫内,安排在专门为子英建造的新的寝宫内居住。晚上,子昭王来到子英的寝宫，一是告诉子英安葬完正妃妇好后他要为她举行婚庆大典；二是他交给子英一份正妃妇好陪葬物的单子，让子英过目。

子昭王走后，母妃仪狄太正妃不解，问女儿道："你都是井妃了，为何还要为你举行婚庆大典。"子英说："我现在只是名义上的井妃尚没有夫妻之实，出征西北前已经约定，在大邑商军队凯旋后再为我举行正式的婚庆大典。"

"是不是要封你为正妃呢？"

"可能是，所以要等安葬完正妃妇好姐姐后才举行婚庆之典。"

母妃仪狄太正妃看着又黑又瘦的女儿，说道："你一个小黑妮子，不知道哪儿来的福气能做上大邑商国朝的正妃。"子英笑道："你和我父王给的呗。"俩人说笑了一会儿，子英安排母妃仪狄太正妃睡下后，由巫杏陪同前去探望正在悲痛中的正妃妇好的长女子妥、次女子媚和幼女子颂，子英已经把世子孝己、子妥、子媚、子颂四姊妹当做为自己的儿女。

正妃妇好是大邑商的正妃，是统领军队的大将军，是大邑商的国家功臣，更是子英的恩人，没有妇好，子英嫁不到大邑商，也成不了大邑商的正妃，子英十分感激正妃妇好对自己厚爱。子英为了表示对正妃妇好的敬重，她把世子孝己、子妥、子媚以及妙儿、贺兰儿叫到一块儿，让人把士卒们从西北羌人手中搜刮来的玉石、玉戈、玉人、铜镜、贝壳等珍宝搬出来，重新列了一份正妃妇好陪葬清单，让世子孝己、子妥、子媚等过目。世子孝己、子妥、子媚等对子英的举动十分感动。妇好陪葬品清单如下：

  铜镜四面
  铜钺[①]四件
  后母辛大方鼎
  青铜兵器一百三十件
  青铜礼器二百二十件
  青铜酒器十五种一百六十件
  玉器佩饰八百件

---

① 铜钺：青铜制的一种古代兵器。

海贝一万枚

殉人（羌人俘虏）十六人

狗六条

宝石制品六十件

象牙杯三个

骨笄一百件

陶器一百件

石器二百件

海螺一百个

骨器四百件

石豆一百个

石鸟二对

石牛二对

三日后，京都殷城举行国祭，安葬正妃妇好和禽大将军，整个京都殷城一片肃穆。祭祀活动由子英井妃主祭。一是祭祀先祖，杀羌族俘虏告慰先祖出师西北大获全胜班师而归；二是告知先祖正妃妇好已入天界，依照习俗，追封正妃妇好为六世祖祖乙、十一世祖太甲、十三世祖成汤的嫔妃，请求先祖在天界护佑正妃妇好；三是祭祀正妃妇好和禽大将军，让他们早入天界，早有名分。除了人祭之外，还有牲畜祭，场面恢宏庄重。

祭祀毕，由仪仗人员将正妃妇好的灵柩运至墓区安葬，禽的灵柩由禽的士卒和王室侍卫护送至禽的邑地安葬。

追封正妃妇好为先祖之妃是一种冥婚，由子昭王提出。六世祖祖乙、十一世祖太甲、十三世祖成汤三人是商王朝历史上建树最大的三位君王，特别是十三世祖成汤是商王朝的开国之君功劳最大，影响最盛，所以把正妃妇好许配给他们，以求得先人对她的护佑。

妙儿见人们要运走正妃妇好的灵柩，哭得死去活来，发誓要给正妃妇好殉葬，众人劝说无果，禀报了子昭王，子昭王委托子英劝妙儿回心转意，因为正妃妇好的孩子从小到大都是由妙儿管理教养的，孩儿们离不开妙儿。子英将妙儿叫来，任由她哭泣，等妙儿哭得没力气了，子英给她说道："妙儿姐姐你是跟随正妃妇好一块儿嫁给子昭王的，你们从小一块儿长大有生死与共的情结，你为她殉葬是你的忠诚也在情理，但你别忘记了你也是子昭王的妻子国朝的王妃，你自己没有权力决定你的生死，更不用说殉葬一事了。正妃妇好姐姐在西北战场上托孤时你是在场的，她让你和我把世子孝己，小主子妥、子媚、子颂当做我们自己的孩子抚养教育，难道你就忘记了吗？你跟随正妃妇好姐姐去了，她非但不高兴还会恨你，恨你没有听她的话，恨你弃她的孩子而不顾。"

"可是我，每时每刻都在想她，我离不开她……如果我活着，也会是一个躯壳，我的魂儿已经跟她走了……"妙儿哭道。

子英没有办法，叫来世子孝己，小主子妥、子媚，还让乳母抱来子颂，孩子们围在妙儿身边哭哭啼啼，特别是子颂的哭声，让妙儿不忍心再说殉葬一事，她最后要求子英答应她做一件事儿，就是将自己的名字刻在一具铜鼎上，与正妃妇好一块安葬。此事虽然不吉利但能挽救妙儿的生命，子英禀报子昭王应允，照妙儿的要求做了一鼎，并在鼎上刻了妙儿的名字。这是大邑商王朝墓葬中以活人的名字刻鼎入葬的非同寻常的一件事，因此为后世留下了疑团。

安葬正妃妇好后的次日，子昭王在王宫外的广场上举行国宴，为出征将士庆功。傅云策、甘墨琚、纳罕、妙儿、贺兰儿获封邑地，爵位伯侯；貔、貅、巫杏获封爵位；禽的嫡长子继承禽的爵位；同时受到奖赏的还有参战的所有士卒。在世子孝己的奏请下，子英的庶兄子平也获封了爵位。为表彰正妃妇好的丰功伟绩，在子英的奏请下，正妃妇好的长女子妥、次女子媚、三女子颂分别获封爵号和封邑之地。

宴会中，子昭王率众举杯，面向西北方向，向西北之战中阵亡的士卒敬酒，并将酒洒向大地，以示永久怀念。久不饮酒的老将甘盘兴致非常，一直在大碗吃酒，他告诉所有参加庆功的人们，从此大邑商内外无患，国泰民安，进入了一个天下无敌的伟大时代，子昭王的功德将光耀千秋。众人听了这句久违的话，感动得热泪盈眶，盛赞老将军站高望远，说出了大邑商国民的心声。当夜兴奋过度的甘盘老将军与世长辞，走完了他六十八年的风雨岁月。

两日后，子昭王诏命在京都殷城王宫附近建造妇好庙"母辛宗"，以便王室时时祭祀。

安置好甘盘老将军的后事，子英突然发起烧来，接连两日昏迷不醒。

子昭王心急如焚。

第三十八章　妙儿的肺腑之言

　　在子英离开井方国一年多的时间里，她的母妃仪狄太正妃时时思念女儿，为女儿担忧。

　　子英从小娇生惯养不曾吃过苦，千里迢迢征战西北，吃苦不说性命之虞总能让仪狄太正妃茶饭无味夜夜无眠，她开始怀疑自己当初决定女儿嫁得商王妇是不是武断或草率了些，是不是做阿母的为了追求虚荣把女儿推向火坑？在最初的日子里她不曾有这种想法，也不曾有这种愧疚和自责，但随着岁月的流失随着慢慢长夜的煎熬，思念之情自责之情日炽，为了压抑思念的烈焰，她不停地奔波，想尽一切办法为西北战场贡献粮草物资，哪怕是很少的一点儿她都想让庶子子平想法儿送到西北去。儿行千里母担忧，一点儿不错，仪狄太正妃体验到了无法逾越的亲情之挚。

　　西北之战为大邑商王朝带来了巨大的人力、物力的消耗。前方士卒万余众，沿途为之提供保障的各方国出动的勤差数万众，前方后方物资耗费数量巨大，每日耗费粟米数百石，草料数万斤，一两年下来耗费米粮数十万石，草料数百万斤，加之用于兵马装备的铜、锡、铅、竹、木、麻、纱、丝、皮、骨、油等作战的必需物资，远远超出了大邑商王朝的承受之重。邦国为此受累，子昭王为此焦心，但为了中天黄帝氏族后代人的生死存亡，大邑商朝野上下国民百姓都深明大义，大家缩衣节食舍小家顾国朝全力支援西北之战。

　　为支援西北之战，井方国几乎耗尽了所有，即使这样，仪狄太正妃还在努力地筹划，把能用的可吃的节省下来送往西北。她每日吃很少的东西，喜欢吃肉的她已经半年不闻肉香了。为了节省一切不必要的开支，她甚至诏命减少了月祭、春祭、秋祭、冬祭等日常祭祀时的用品。司空南不满意奏请仪狄太正妃收回成命，认为此举有悖祖制怠慢先祖。仪狄太正妃告诉他，不要小看了先祖的智慧，先祖们比我们更能洞察一切，更能体谅西北前线士卒们浴血奋战的困苦，士卒们抛头颅洒热血抗击外族之敌，用鲜血洗刷先祖们多年来蒙受的外族滋扰之辱，这是先祖们一直期望一直鼓励我们要做的事情。今时子昭王派兵征伐羌敌一洗我黄帝之孙之耻，在物资困窭的当下少用些祭贡之品，多为西北士卒增加一份食物供给，先祖们一定高兴，他们也巴不得我们这样做。如果我们不理解先祖的心情不体谅他们的用心，依然准备大量的祭祀之品贡献他们，先祖们会生气会责罚我们的，如是这样你我还敢再面对先祖吗？

听了仪狄太正妃的这番话司空南沉默了，他思虑良久终于开了心窍，他说："仪狄太正妃一番话让我司空南茅塞顿开，我只知道从贡品上考虑孝敬先祖没有从先祖的心思、心灵和期望上考虑孝敬他们，其实先祖们所期望的不是我们给他们多少贡献，而是保护他们平安，实现他们的遗愿，把他们未竟的事情办好做成功。愚昧，臣下愚昧呀，让仪狄太正妃见笑了。"

仪狄太正妃微笑道："我也是刚懂这番道理，是事情的逼迫才让我深思，理解这其中的思想。国家平和，国泰民安，社会安定的时候，庙堂的先祖们自然会香火旺盛衣食无忧，地位永固。如果国基不安外族进犯社会风雨飘摇，或是四分五裂，或是家国不存，先祖们非但享受不到贡献，他们的庙宇也会被外族人毁掉废弃。到那时，先祖们连住所都没有了何谈贡献的丰弱盛少？所以国难当头之际应当以解救国难为先，这才是国基稳先祖尊，才是孝敬先祖的大道之理。"

"国基稳先祖尊，好精辟的道理，臣下记住了。"

为了给西北之战的士卒提供一些微不足道的肉食，仪狄太正妃组织了几个狩猎部落，进行大规模的狩猎，她让人把狩猎得到的肉食烤成肉干送往西北前线。仪狄太正妃心里想着女儿，想着西北之战却忘记了自己，司徒子平和司空南看着仪狄太正妃日渐消瘦，心里难过，偷偷让人给仪狄太正妃炖了一次肉食，结果受到仪狄太正妃的斥责。

仪狄太正妃得知西北之战大获全胜女儿子英正在率军凯旋，激动得热泪扑面，她让司徒子平率领百十人带着她精心准备的井方国产的美食，连夜出发到西地迎接慰问子英，以表达井方君民对凯旋之师的敬重和欢迎，以慰藉她对女儿子英的思念之情。司徒子平深知母妃仪狄太正妃的思女心情，一路上快马加鞭昼夜兼程，终于在距离京都三百里处迎接上了子英的大军。兄妹相见高兴异常，子英泪眼婆娑地抱住兄长子平，问道："母妃可好？"子平说："好，就是瘦了，想你想的。"子英笑了。她知道母妃安康就行，在这个非常时期大邑商及方邦国的每个人都会累，都会心事重重地为西北战事操劳，此时不会有清闲人也不会有心宽之人。在子平带来的慰问的物资中除了井方仪狄酒和烤肉干之外，最受欢迎的自然是井方的酸枣叶茶，因为有贺兰儿用酸枣叶茶抵御疫疾的故事，酸枣叶茶一时成为凯旋大军推崇的灵丹妙药，备受士卒们的青睐。就连跟随回归的羌人的家眷们也巴不得喝上一口儿呢。

子英让贺兰儿把子平送来的井方美食分送给傅云策、甘墨琚、纳罕三位将军，由将军们视情使用，子英叮嘱道："井方的仪狄酒虽好但此时不是用酒的时节，提醒三位将军谨记。"贺兰儿不解问道："归途乏劳，正适合将军们借酒解乏，为何不让饮用？"

子英说道："大军万余众，几囊酒水如何分配得公平，若是将军饮用士卒何为？再者，我们虽是凯旋之师，但毕竟有正妃妇好大将军和禽大将军丧事在身，还是要规矩些沉静些。"贺兰儿点头称是。贺兰儿离开时子英重申道："请你告诉纳罕将军，若是违背军令我首先拿他是问。"贺兰儿不服，说道："三个将军呢，也不是他一人，为何独拿纳罕说事？"

"这还用我解释？纳罕出身我井方，是我母妃一手栽培的将士，他若带头违抗指令，我当然先要拿自己人开罚并且是重罚。"子英严肃道。

"哦，原来是这样。我知道了，井妃。"贺兰儿高兴地去了。贺兰儿担心纳罕犯纪受罚，将应该分配给纳罕的酒水全部匀给了傅云策、甘墨琚二位将军。傅云策、甘墨琚二人知晓后感激贺兰儿，认为贺兰儿来自京都，都是京都人，还是心上离得近。纳罕心中不悦，但他清楚贺兰儿这样做绝对是为他好。

贺兰儿见纳罕用疑惑的目光望着自己，问道："不高兴是吗？"

"没有，我没说。"

"我知道你心里头不高兴。"

"是，有一点儿。"

"那就动动脑子，想想为什么？"

"不会动，也不想。"

"真笨！"贺兰儿用一包烤熟的肉干向纳罕的头上砸去，纳罕顺手接住道："要的就是这个。"贺兰儿嘻嘻地跑去了。

子平来了几日与凯旋大军同行，但总不见巫杏的影子，自己是子英的兄长碍于情面，不便向子英询问，而对其他人又不熟知，怕传扬出去了影响子英的声誉，直到他离开大军依然未见到巫杏的面儿。与子平送别时，子英还问到了巫杏，妙儿随意说道："适才我还见到巫杏这姑娘了，她鬼鬼祟祟的不知道在躲避什么。"子英事情繁杂无心细思，与兄长子平匆匆告别后就忙别的事了。

回归路上子平考虑再三，他认为巫杏年纪小，当时向自己示爱或因一时的冲动，事过之后烟消云散，或是没了那份感觉。这次长途跋涉伴随子英出征西北，二载岁月时过境迁也难免生变，何况出征将士中人才济济，精英荟萃美男如云，她又何曾会看得上一个已有妻室没有才华的人呢？于是子平对巫杏的情感淡化了许多，巫杏在他心中的影子少了，对于巫杏传来的口信他也懒得去听懒得去看了，子平在有意无意间开始疏远巫杏。此次伴随母妃仪狄太正妃到京都殷城参加正妃妇好大将军的国丧，子平也是有意躲着巫杏的，要么不见面，要么见面后借故走开，巫杏倍受冷落。庆功宴上巫杏与子平双双获封爵位受到子昭王的奖赏，这本是一件喜事，可子平心里一直酸溜溜的。子平认为，巫杏获封爵位是因参加西北之战得功而获，而自己的获封是因为自己是子英的长兄而获，多少带有些"封荫"之故，所以并不感觉到荣耀。从京都归来后一直闷闷不乐，把巫杏丢在了脑后。

巫杏在京都殷城一直等着子平，盼望着子平前来找她，可等了几日没有动静，便来子英处打探，得知子平已经陪着仪狄太正妃回井方去了。巫杏再也控制不住自己的情感，在子英面前号啕大哭。子英笑道："都是子爵之士了还会哭鼻子？"

"人都没了要个爵位有何用处？"

"什么人都没了？"

"子平啊，你的长兄。"

子英恍然大悟，问道："他在京都时没有去找你？"

"没有，一次也没有，他好像在故意躲着我哩。"

"不会吧，我的长兄不是那种忘恩负义的人。"

"哼，鬼才知道他是个什么人？他自己加官封爵，妹妹很快是大邑商的正妃，身价高了看不上我了。"巫杏满腔愤恨。

"放肆！你拿我说事也就算了，怎敢拿'正妃'的名头胡乱攀缘，知道的说你不懂事理，不知道的还认为我在教唆你什么的，这是大邑商的王室不是我们井方小国，如此冒昧说话会闯祸端引发王室之乱的。"

巫杏脸色白了，跪下道："井妃宽恕小的一时糊涂，说话放肆了，可我心里只有你长兄子平，二年来我无时无刻不再想念他，可是……可是你是在国师巫姆面前答应过的。还有你的兄长子平他也亲口答应我的姨母巫姆了呀……"

"答应了是一回事儿，你自己不上心我有什么法子，我总不能把你和子平硬是捆绑到一块儿，让你们做捆绑'夫妻'。我问你，子平兄专程去西地慰问我们时，你去见他了没有？"

"没……没有。"

"为什么？"

"这两年在西北风吹日晒我又黑又瘦，还长了一脸的痘痘，我怕你长兄说我长得丑不要我了，所以我故意躲避他，不敢与他见面。"

闻听此言，子英笑了。她慌忙拿过铜镜映照自己的面孔，见自己也苍老了许多："你这孩子小心眼还很多，怎么不记得提醒我一句呢？好让我回归京都殷城时精心打扮打扮。"

巫杏说："那个时候只顾得高兴了，谁还想这事儿，能活着归来就是万幸，早就忘记了。"

西北之地天气寒冷洗涮不方便，从中天去的女子们不得不改变习惯，少动水，少梳洗，即使这样大多数的人还是冻手冻脚，子英就曾在西北地冻了手脚。西北山地风大阳光日照长，男男女女都是一副古铜色的面孔，即使保养好些的女子也是太阳红的颜色，找不到中天女子粉面桃花的模样。此次回归，一路尘土飞扬风餐露宿，女子们更是打扮不及，若想保养一副好的面孔，那是十分难办的一件事情。

思想已故的正妃妇好，有专门的美容侍仆保养着，也未能改变了她风吹日晒的肤色。大邑商王朝的女人不是花瓶，而是与男子享有同等权力的共同创业的同行人。从正妃妇好身上子英体悟到了女人的人生路，女人的美和男人一样，美在创业的贡献上，但不管如何说爱美是女人的天性，美是女人的一部分也是世界的一部分，子英她不会不爱美，她知道自己与正妃妇好有不同的地方。一是性格志趣不同，正妃妇好的志趣在马上在战场上，正妃妇好喜欢流血和刀剑，而子英她喜欢文静，喜欢稼穑农耕；二是年纪不同，正妃妇好是四个孩子的母亲，人到中年不再注重外表，讲究的是现实，而子英她才十八岁，没有经历过夫妻的磨合和磕绊，更多的是生活的理想和憧憬，这理想中就有着美的期盼和美的要求；三是面临的国朝形势不同，正妃妇好的时代是一个争强好胜争霸示威炫耀武力的时代，生活在国朝事务中要的是实力和拳头，刀枪和剑戟，随着八十一个方国的回归和西北战争的胜利，随着大邑商王朝的复活，正妃妇好的武治时代已经完结，而子英面临的将是一个以礼仪规范人用情感和威仪号召人的文治时代，君王的面孔不再是横眉冷对的霸王相而是和善仁慈的暖君相，相貌是文治的一部分，人们对相貌的取舍将变得越来越重要。

"是啊，人世间本来存在着美，我们为什么不去追求呢？爱恋也是美，是美就要追求。"子英坐在自己的寝宫内，鼓励巫杏让她主动一些。

"井妃，你的大婚之典何时进行，我也好为你筹备？"说话间妙儿进来问话。巫杏见妙儿入内，慌忙施礼说道："妙妃好。"妙儿回礼。

自从安葬正妃妇好之后，妙儿完全变了一个人，她一身简衣素面妆饰，话语平和沉静，每日除了照顾正妃妇好的四个孩子外别无他求。子昭王曾想在她的寝宫留宿，被她以孩子在身边不便为由回绝了。

正妃妇好去世后，正妃妇好的寝宫没有人居住，子英考虑妙儿自幼跟随正妃妇好感情很深，正妃妇好入居王宫后，妙儿一直陪同正妃妇好居住在妇好的寝宫内，为了方便子昭王看望孩子和安抚妙儿，在征得妙儿的同意后，由子英奏请子昭王把正妃妇好的寝宫特意留给妙儿居住，这样一来居住在王宫的子昭王的妻妾就只有子英和妙儿俩人。等子英婚庆大典正式册封为大邑商的正妃后，妙儿就是仅次于正妃的一个妻妾，在她之下还有六十多位子昭王的妻妾，这也是一种蛮高的荣誉，妙儿自然感激子英。但妙儿她也知道子英之所以这样做，一是为逝者正妃妇好，二是为她妙儿，三是为正妃妇好的四个孩子。

子英给妙儿让座，说道："婚典之事，子昭王正在让卜师选择吉日，总之要等甘盘老将军的丧事过后。甘老将军突然过世对子昭王打击很大，他们相差七八岁，都是从腥风血雨中走过来的人，突然间走了一个他接受不了。正妃大将军走了，禽走了，现在甘盘也走了，这接二连三的大事情掏空了他心。他虽然不对我们诉说，但他心里十分痛苦，这几日我正和伊相忙甘老将军的丧事儿，别的事儿也没心思去想，多亏妙妃姐姐替我想着。"

"你的婚典是天下盛典，当然记得，近时我心情不好帮不上你多少忙。你要照顾好自己，现在王宫内外上上下下都离不开你，你是宫内的主心骨。"妙儿说道。

子英面带哀痛之色，她说："这也是过世的正妃妇好姐姐的抬举，把我推上了这个位置，照理说我现在与其他的姐妹没有什么两样，都是一样的地位，让我唐突间管理宫内外诸多事项真有些无所适从。姐姐知道时至今时，我与子昭王只是名义上的夫妻……"

妙儿打断道："世事不由人都是三年的西北战事打乱了规范，那也是不得已而为之的事情，不曾想年纪轻轻的正妃妇好姐姐辞我们而去，她走后妻妾成群的后宫之中，不可能没有一个当家的、拍板的、讲理断事的人。此时此刻也只有妹妹你了。"

"说到此，我想问一下妙妃姐姐，正妃妇好大姐姐在世的时候她是如何调治这些人的。"子英突然问道。

妙儿说道："此事说难也不难，因为子昭王的妻妾都不在京都居住，她们居住在自己的封地内，平时是不准她们来京都的，都是子昭王前去巡幸她们。有大的国事时需要不需要她们来京都时，由子昭王和正妃妇好决定。王的妻妾的子女都是庶子，一般与平民无异生活在他们母妃的封地内，不准来京和私自出游，即使祭祀先祖这样的大事也不准他们来京参加，这是祖制。除非那些有特别贡献的子女被子昭王诏命为国朝官员的，他们才可以以官员的身份行事。封地的妻妾们，每个年节都要有进贡的礼数，进贡多少进什么样的贡品，由妻妾们自己定，多是当地的物宝，由她们直接进贡给王室，由王的正妃管理。方国伯侯的进贡就是税赋了，得按王朝的律制交纳，不得不交并且有一定的数额，至于交什么贡品王朝也有规定，他们隶属朝廷管辖与我们王室无关，方国除了交纳税赋之外还有徭役和军队的派遣，这对有自己军队的妻妾们同样的适用。当然拥有自己军队的妻妾少之又少，从前只有正妃妇好大将军拥有。"妙儿一口气如数家珍一般叙述了一遍。子英如听天书一般头都大了，她说道："原来有这么多的故事啊，正妃妇好姐姐每天忙于战事，她活着的时候哪儿有工夫管理这些呢？"

妙儿笑了，"她呀，从来不问这事儿。"

"是妙妃姐姐你替她管理？"

"是啊，我一直替她管理着，若是让正妃妇好姐姐自己管理，她敢把子昭王的妻妾们杀个七八成。"

"这我就不解了，正妃妇好姐姐敢杀王的妻妾？"

"怎么不敢？曾经杀过一个。"

"那她们可是子昭王的妻妾呀？"

妙儿解释道："妻妾算什么？好的算个臣子称为妇，多数的就是个仆人。妻妾多了谁还珍惜呢？像子昭王这样的大男子是不缺少女人的，缺少的是他心仪的是能与他共治天下的女人。像正妃妇好姐姐和你这样的女人。"

子英谦虚道："我可比不上正妃妇好姐姐。"

"所以当正妃妇好姐姐杀了子昭王的一个妻妾之后，子昭王连问都没有问一声，还不如他的一条猎狗呢。一次正妃妇好姐姐打猎中失手打死了子昭王的一条猎狗，子昭王几天不理睬正妃妇好姐姐呢。"

"如妙妃姐姐所说，子昭王的妻妾中真的有不听管的人。"

"有，树林了大了什么鸟儿都有，有些人刁着呢。"妙儿说到高兴处，提醒子英。"井妃妹妹之后不要说与子昭王只是个名义夫妻，这话传扬出去不好听，免得那些不本分的妻妾们背后说些坏话，为了国事战事临时纳亲的事在大邑商王朝屡见不鲜。十三世祖成汤在创建大商王朝时就曾临时纳娶过妻妾，十一世祖太甲临时纳娶的更多，历朝商人都把婚姻与国家政事联系在一起，与国家政事相比婚姻只是个道具，没有太深的意义。这一次你代表王室把正妃妇好姐姐许配为成汤、太甲、祖乙三位祖先为妃，这也是习俗中的婚姻，我们习惯叫它'冥婚'，正妃妇好明明是子昭王的妻子，为什么再把她许配给已经死了多少年的三位杰出的先王为妻呢？让阴间的先王们保护、敬畏正妃妇好姐姐不受阴鬼的欺负只是一个说辞，更主要的是从国家的大政之事上考虑的，说白了就是借用这种'冥婚'的方式，用来教育活着的人，威慑活着的人，激励活着的人和启示活着的人。大邑商王室重视的是婚姻的形式而不是婚姻的内容，这与民间百姓的婚姻恰恰相反。民间百姓重视的是男欢女爱而不是婚姻的形式，所以子英妹妹的大婚之典应该是正妃的加冕之典，因为王室需要这样一个形式。"

"听妙妃姐姐一席话，真的是开明许多，这些实话只有亲姐妹才如此提醒，我会记住你的这些话的。"子英一直佩服妙儿的智慧。

"妹妹的事是国之大事，我会提醒子昭王的。"妙儿说着话儿，见巫杏愁眉苦脸在一旁坐着一脸的不高兴，她知道巫杏有事想与子英说，便打住自己的话题。"今儿个我话多，井妃妹妹和巫杏你们谈吧。"风一样的来，风一样的走，妙儿说了这么一大堆话也没落座儿，打了个招呼风一样的飘去了，仿佛她专门为说这些话来的。但这些话，句句入心，都是肺腑之言。

"你说我的事怎么办？"巫杏望着子英。子英依旧沉浸在妙儿的话语中："怎么办？你一辈子在京都陪我。"巫杏的泪水止不住流下："我不，我要和子平在一起。"

第三十九章　巫杏逼婚

沉浸在妙儿话语中的子英呆呆地望着巫杏。

与见多识广的妙儿相比，巫杏简直是一个刚出家门的天真的小孩子，子英有些不耐烦地说道："有什么大不了的，你来京都与我做伴儿不就心静了吗？"

"我才不呢，井方的仪狄太正妃已经按照大邑商王朝的'媵妾'习俗为你寻找陪嫁人，我来了算什么？"巫杏回答。

"胡说，我已经告诉母妃不要陪嫁女，把你留在京都给我做女史。"

把巫杏留在京都给子英做女史，巫杏自然不敢拒绝，她只是说："留下我也行，但你得把子平一块调来。"

"笑话，哪儿有让我的长兄随我一块来京都的道理？"

"让他来京都做官有什么不行的？你是国之正妃，正妃的兄长在国朝中做官很正常啊。"

"你想让子平在京都做什么官？"子英的眼睛清澈似水。

巫杏想了想，眼睛斜视着房顶："那个……那个长得人模狗样儿的纳罕都是大邑商国朝的将军了，子平相貌堂堂足智多谋，总不比纳罕差，做大邑商王朝的将军绰绰有余。"

子英斜睨着眼睛附和着巫杏说道："将军算什么，大将军又如何，总得入三公之例位居大邑商国朝的司马之位才是。"

"对对对，"巫杏见子英如此说有了信心，她说道，"子平本来就是井方国的司徒，虽然井方国是小邦之国，不能与大邑商王朝同日而语，可做得了小邦之国司徒的人，同样可以做大邑商王朝的司马之官。比如说纳罕，他曾是我们井方国的司马之官，仅仅一年多时间摇身一变不就成了大邑商王朝的将军了。"

"巫杏是个爱做梦的人，喜欢做好梦。"

"谁不做好梦呢你不做吗？"

"我不做。"子英肯定地说。

"那你……"

"我也不让你做，起码不让你替我的长兄子平做来京都殷城的梦。"

巫杏惊讶："井妃大人，那我就不懂你为何如此？"

子英说："道理很简单，你刚说过小邦之国不能与大邑商王朝同日而语，大邑商中天之内至少有八十多个方国，大邑商是共尊的王朝，子昭王是公认的主子，我做正妃也是主子让做的，必须服从主子维系主子利益。兄长子平与我有再多的亲缘血缘，相对大邑商子昭王的王室来讲，永远是个外亲之戚。外亲之戚不得干政这是朝纲祖制，所以我不会同意兄长子平来大邑商国朝为官，即使我同意大邑商朝野也不会同意，是非禁地任何人不得跃雷池一步。我子英当然没有胆量冒犯天怨之怒，换上你巫杏你敢吗？"

"嚯，这么吓人的禁律我哪儿敢？我也不会让子平蹚这样的浑水。"

"那你如何打算？"

"我好办，回井方去，子平在哪儿我就去哪儿，我这一生就粘住他了。"巫杏说。

"你这妮子脸皮够厚的倒是敢爱敢恨。"

"你刚才不是说了嘛，人世间本来存在着爱之美，我为什么不去追求呢？爱恋是美，这是你的话，所以我听你的，我爱美我追求美。"巫杏很机灵地说道。

"拿我说的话堵我的嘴，也算你有本事。"停了一会儿，子英说道，"你与长兄子平的事儿我答应过你，也答应过已经过世的太国师巫姆，但我不知道，如何才能帮你实现这个梦想？"

"只要你放我回去，我就有办法实现我的梦想。"

"你肯定吗？"

"肯定。"

"我成全你。"子英把巫杏拉到身边，她告诉她，"我现在放你回去，我这儿有一件东西你可以带在身上，见到我的长兄子平时你就交给他，他知道什么意思，你回到井方后不要张扬，你嫁给我子平兄也不是正妻的身份，你要适可而止就行。告诉我的母妃我这里很好，待大典之事确定之后，子昭王会提前诏知她的，到时母妃、子平和你都要来，别的人都免了。记住我的话喜事是喜在心中的，不要拘泥形式和场面，凡是用场面做出来的喜事，多半是粉饰，粉饰的东西经不住风雨见不得长虹。我也好，你也好，我们井方也好，将来的大邑商王朝也好，都要实实在在地做事情。"

巫杏跪拜道："井妃教导极是，小史铭记。"

"你要有所准备，你与我子平兄成婚之后，从宗亲上讲与我又多了一层亲情关系，少不得到我身边来帮我打理一些事情。加冕之礼后事情自然要多起来，我的担子也会一天比一天重，我手下总要需要些人手，你是巫者世家，年纪又轻正是学习和开阔眼界的时候，大邑商不同井方，它地域广大，邦国众多风俗各异，是一个人才济济的泱泱大朝，需要知道的学习的了解的和接触的事情很多。刚才你看到了妙儿说的情况，她比我们懂的知道的都多，说起来头头是道如数家珍，不是我们一天两天就能知晓就能把握的，我们必须虚心学习，否则我如何能以正妃之身管理天下之事。巫杏啊即使我做了正妃，正妃一个人管不了天下的、王室这么多事，我需要有一帮人来帮衬我，替我补缺替我打理国事家事，现在我身边没有什么人，这你知道的。"

"那你就不避亲了？"

"你是我兄长的妾妻，上不了本亲的格儿，再说了你来了是做王室的女史，也不是什么朝政重臣，离干涉朝政远着呢。"

巫杏见子英动了感情说出了真情，巫杏跪拜洒泪道："巫杏我年纪小，虽然自幼学习巫术懂些巫道，但此次参加西北之战，方知天外有天巫外有巫，巫界内真有大家，真后悔跟我的姨母巫姆前辈学的太少。刚才妙妃的话我也听到了，说的话句句实情道理很深，你的一番开导又让我悟到了五六分的学问，我巫杏虽然笨拙但也知道亲疏远近。回去后我会与子平商议个万全之策，尽我与子平之力，一生一世效忠于你井妃。"

子英搀扶起巫杏："这是我希望的事情，但要记住今后说话谨慎，树大招风，井方国跃升为大邑商王族的国亲后，必然受人注目。"说毕子英让仆人通知纳罕来见。巫杏听说去叫纳罕，急忙制止道："使不得。"子英细思后笑了："你说得对，现在不是我们在西北战场上的时候了，这里是王宫，王宫是外臣的禁地，没有子昭王的诏命私自进入是要杀头的，你说如何办？"巫杏高兴起来："我直接找他，让他派两个士卒把我送回井方。"子英说："你去找他也好，就说我命他派人送你的，但你不要当着人家的面儿说他是什么来着……"

"人模狗样儿的。"巫杏笑道。

"对，人模狗样儿。"

"我才不会这么傻呢，其实纳罕人不错，长得也精神，有才干有胆量，让他在你身边，我很高兴。不过呢，一个出身卑贱的人竟然比你兄长子平还威风，我有些心不甘。"

"因材而用唯才是举，这正是大邑商鼎盛天下的原因，以后啊你要改变改变眼光了。傅说官大不大？大邑商的一国之相绝对是一人之下万人之上，可你怎晓得它是奴仆出身，还坐过牢狱……哦哦忘记了，这还是你给我们讲的呢。讲道理行，开导别人行，论到自己身上就想不通了？不好，很是不好。"

"井妃你开导得很对，一个世界一层天不能老用旧眼光看事看人，好了我去了。"巫杏拿了子英给的东西，一溜烟儿地跑去了。

巫杏回到井方，向仪狄太正妃禀报了殷都井妃子英的事情，仪狄太正妃得知甘盘老将军病逝心中难免悲伤，巫杏一阵安慰，仪狄太正妃方才收住眼泪。仪狄太正妃说："我年纪大了不似年轻时坚强，听不得那些死的音讯。"仪狄太正妃苍老的面孔，让巫杏想起了子英一直愧疚的事情，就是没有照顾好她的母妃仪狄太正妃。子英的母妃近两年心情十分的劳累，一是女儿子英做了大邑商的王妃长期不在身边儿，井方的大事小情都要她去操办，她生性好强，总是怕给女儿子英丢了脸面；二是主动参与子昭王的西北之战，鼓动子英参战不说还派遣了纳罕和她巫杏等一千余士卒助力出征，让子英脱颖而出晋为大邑商王朝的妃位，这样一来本来就人手少的井方小王朝，更显得人手不足；三是竭尽全力筹备粮草支援西北大军，以尽大邑商的方国之责，为这仪狄太正妃昼夜奔波，劳累不堪，其间还出现了她儿子子贻从中作梗叛乱滋事的大事。所以身在外地的井妃子英每当谈其这些总是泪水盈盈，感激她母妃深切的母爱和母妃的睿智伟大。

仪狄太正妃听说巫杏要回巫氏部落探望自己的长辈，突然想起了一件事情，她说道："你若不说回家我倒是把一件事情忘记了，你的姨母我的好姐姐巫姆去世前告诉我一件事情，就是让我把你的姊妹巫桃请来命为巫史，也好当我的一个帮手。"

巫杏说道："小的敢问仪狄太正妃，有我这个小史在为何还要找我的姊妹？"仪狄太正妃慈祥地望着巫杏："杏儿啊，我实不相瞒，你呀井方国指望不住。"巫杏慌恐起来，跪拜道："小的不知错在何处？请仪狄太正妃明示。"

仪狄太正妃笑了："你慌恐什么？本妃不曾指责你，你是子昭王新封的子爵，大邑商的国朝功臣，哪儿来的过错之说？我是说井方这地方太小了，你和子英一样应当展翅远飞。你的姨母巫姆说过，你是子英的人应当追随在子英身边儿，你能在子英身边替我守护着她，自然是我巴不得的事情。"

"可我……"

"可我什么？这是天意必须遵循，你快快起身。"

巫杏站起来坐在仪狄太正妃对面："可我那姊妹巫桃儿，一心想到昆仑山修仙，她不想入世为史。"

"这事儿，你姨母巫姆已经料想到了，她的遗嘱在我这儿，你可奉遗嘱把她招来。"仪狄太正妃说道。巫杏灵机一动，问道："为仪狄太正妃和井方百姓效力是我巫家的本分和荣耀，小的遵命是从，可有一事不明此为司徒子平之责，为何不让他去办理？"

仪狄太正妃摇头道："子平先后跑了数十次了，就是找不到你姊妹巫桃的隐身之处，为此我都训斥他几次。子平为人憨厚就是有些愚笨，他的脑子不会转弯儿。"

闻听此话，巫杏暗自高兴，说道："一个大男人寻不到一个小女子显然是不用心思，巫桃她想成为昆仑青灯人，只是个说辞当然不会去远在数千里之外的昆仑山。一个弱女子也不可能走那么远，即使她乐意去我部落大首领姨阿母也不会准她，她一定在我们井方西部山中隐身，如龙侯山、松山、敦与山，哦……还有景山什么的。"

仪狄太正妃大喜："怪不得巫姆活着的时候一直说你灵通，今日果见非凡，现在我把太国师巫姆的遗嘱给你，你去把巫桃给我找来……"

"仪狄太正妃那不成。"

"为何？"仪狄太正妃问道。

"因为这是井方朝政之事，还应当叫司徒子平出面为妥，至于我姨母巫姆的遗嘱我可以拿着，我保证会把巫桃给仪狄太正妃叫到方国的王城，让她叩见你。"

"你这话对，我现在召子平来让她随你一块回家，然后去找巫桃。"

"小的遵命。"巫杏窃窃私喜。

子平到来叩见母妃仪狄太正妃，他见巫杏在此，佯装没有看见。

仪狄太正妃不高兴了，说道："你没见巫杏在你面前吗，怎可这般无礼？巫杏是子爵，你也是子爵，而巫杏是跟随在大邑商井妃子英身边的子爵，你不敬重她起码要敬重你妹妹井妃子英方是。"子平理亏，向巫杏叩礼。巫杏道："免礼了，我承受不起，现在我奉仪狄太正妃之命，随你去诏命巫桃入史。"子平一脸难色，求饶道："母妃，我真的寻不着巫桃，还是让别人……"

仪狄太正妃生气道："少说，今时你听巫杏的，她让你做什么你就做什么，归来时必须把巫桃带到我的面前，否则母妃要惩罚你。"

"这……"子平结巴道。

巫杏在一旁督促道："司徒爷走吧，否则仪狄太正妃就要重罚你了。"子平反驳道："母妃说要惩罚我，没有说要重罚我，你这不是挑事吗？"巫杏说："仪狄太正妃诏命的事儿，你跑了数十次，谁知道你干什么去了？难道不重罚还要奖赏你吗？你自己说说……"

子平见巫杏故意声张，激母妃仪狄太正妃的火气，忙拉住巫杏说道："我听你的，走，马上走。"仪狄太正妃见两人似逗猫儿一样，说道："你们俩别演戏了，我不管别的我就要人，你们把巫桃给我弄来就行。"子平拉扯着巫杏出了仪狄太正妃的宫殿，在路上气愤地说："你是来报仇的还是来算账的？"

"既报仇又算账。"

"你有什么理由找我报仇？"

"凭你不理我。"

"我为什么要理你？你都攀上高枝找上权贵了，还在乎我吗？"

"混账！"巫杏喊道。出城后巫杏也不搭理子平，跃身上马一勒马缰，直奔西山而去。子平追赶到巫杏前面挡住去路，说道："巫桃不在你们部落里。"

巫杏说："她不在大首领在，我要去看我的大姨母大首领。"

子平急了："你不是陪我一块儿去找巫桃的吗？"

"我凭什么陪你去，你是我什么人？你是子爵鄙人也是，论爵位你也不比我高，一个连承诺都不遵守的人，怎会让我敬重，躲开，让我走！"巫杏说着从怀中拿出一枚刻有巫姆字样的产自南海之地的海螺扔给子平，催马西去。

子平拿着海螺审视良久，恍然想起这是太国师巫姆仙逝前夜与他和子英、巫杏说话时从项上摘下来赠与子英的物证，那一夜巫姆特别强调了子平纳娶巫杏的事情，当时子平和子英都做了承诺，保证子平纳娶巫杏，这枚海螺就是那次承诺的见证。子平弄不清楚海螺为何会到巫杏手中，妹妹子英是个细心人，一定她把海螺给了巫杏，说明子英依然信守承诺承认巫杏是自己的兄嫂。同时也说明，在子平与巫杏分别的二载中，巫杏一直爱着他没有背叛他。原来发生的许多事情或许都是自己对巫杏的误解……

子平把海螺挂在自己的项上，快马加鞭一路绝尘追赶巫杏。

他追赶着巫杏的影子，经过峰回路转之后终于在父王的陵地前找到了巫杏。巫杏跪在巫姆的墓前正在大声哭泣，几个守墓人陪伴着巫杏。巫姆与子平的父王埋在一个陵地里，两个墓陵相隔不远，子平走到巫姆的墓前与巫杏并排跪在地上，面向墓陵，一字一句地说道："太国师巫姆，小的子平说到做到信守对你和巫杏的承诺，纳娶巫杏为妻。今日小的带着你给子英妹妹的物证，再次向仙逝的太国师保证，我子平会信守承诺，至于巫杏是否有心，小的子平不敢揣测……但小的自己不会失约也会尊重她的选择……"巫杏听子平如此表白，停止了哭泣在一旁望着子平，听子平说会信守承诺不曾变心，很是高兴，但是听了后面的话，不高兴了，认为子平是在有意地向她已故的姨母诉说她巫杏的不是，正想发作时，她见子平忽地起身，跃马去了。

巫杏翻身跃马追赶过去。

巍峨大行，高天相接，峰峦之间，裙带相连。经过山跑水转之后，巫杏奔波了一个时辰有些累了，她走到山凹处刚想停下歇息一会儿，但见子平在她身边嘿嘿地乐。

巫杏怒不可遏抽起马鞭向子平打去，子平跃身抱住巫杏将她拖下马，顺势滚在了草丛中，巫杏哭泣着在子平的肩头用力地咬了一口，子平也不躲避任她去咬，待巫杏松口后子平用嘴堵住了巫杏的嘴巴。

山地里阳光灿灿，万物萧瑟，山峦和风，喃喃细语。长久的思念全身心的投入，子平和巫杏在天地之间完成了阴阳和合，有了夫妻之实。事毕巫杏深情地望着子平，要察看子平的肩膀，担心伤及了子平。子平说："不碍事，我肩膀垫得厚实。"

"厚实也疼啊，不行，我得看看。"巫杏嚷道。

子平起身时发现自己的衣饰湿了一大片，巫杏的衣饰也湿了一片，原来他们滚在了雪窝里，巫杏也不理睬亲自解开子平的上衣察看子平的肩膀，见肩膀处留有两个牙痕，没有伤及肌肤，她才放心下来。她说道："下一次咬得更狠些，让你永远记住我。"子平看着湿漉漉的衣饰，发愁道："这如何是好，怎么去见你的大首领？"巫杏看看子平的湿衣，又看看自己的湿衣，笑道："好像小孩子尿湿的一样，很公平啊你在左侧我在右侧，一样的大小。嘿嘿……好玩。"

子平发愁不知如何为好，巫杏大大咧咧地说："这有什么好发愁的。"

"怎么不发愁，我们如何见人？"

"夫君哪，事是死的人是活的，我们干吗去有人的地方呢？"

"不去见你的大首领了？"

"成了这副模样干吗再去见她，我们找巫桃去，等找到了巫桃，把巫桃交给你的母妃仪狄太正妃。哦对，现在我是你的妻子了，应该说也是我的母妃。完成了仪狄太正妃的诏命后，再去见我的大首领不是两全其美吗？"

子平拍着自己脑袋："还是做巫史的聪明。"

"错了，叫我阿妇[①]，我现在是你的阿妇了。"

"阿妇？对，我的阿妇。"子平重复道，俩人再次拥抱在一起。

---

① 阿妇：媳妇的古称。

第四十章　子昭王的承诺

安葬甘盘老将军后，子英突然发起烧来，整个人连续两日昏迷不醒，急坏了子昭王。子昭王占卜问卦，询吉问凶，陪伴在子英身边寸步不离。

子昭王望着身体瘦弱面色苍白的子英心痛不已，记得两年前初见子英的时候，她还是一个情窦初开的小姑娘，匀称的身材白净的脸庞，似一朵出水的芙蓉，婀娜多姿娇丽若仙。此番她主动要求参加西北之战经受血与火的考验，出身娇贵的子英身先士卒，出生入死，经历了西北之地的严寒暑热，经历了战场上的生死别离和两军对垒中的腥风血雨。子昭王想象不到一个生长在蜜罐里的娇娇女身体里竟然蕴藏着如此巨大的力量，让他这位号称身经百战称雄中天大地的百王之王也肃然起敬。

子昭王抚摸着子英的手，子英手的肌肤粗糙了，不似之前白嫩如葱的光滑，她披肩的黑发似乎很久没有认真地梳理过，扎在鬓角小辫子上的红色丝绳许久也没有换过了。半年来，子英经历了西北的恶战，正妃妇好和禽大将军的逝世，大军的凯旋，长途的跋涉，世子和子颂的保护，正妃妇好和禽的葬礼，凯旋的庆功宴以及甘盘老将军的国丧，事情一件接连一件，而她没有停止过脚步，一直在奔波在劳累，在为大邑商为他子昭费心尽力，倾心支撑着国朝的大事。一向不拘小节不关心王宫琐事的子昭王开始懊悔起来，懊悔自己太过粗心，忘记了子英是一个比自己众多庶子庶女还要小许多岁的历世很浅的孩子，井妃比他最大的孙子、孙女儿还要小许多岁，于是他怜悯同情起井妃来了，他怀疑自己是不是选择了一个不应该选择的爱情之路。他甚至埋怨起已故的正妃妇好，若不是正妃妇好极力捏合他与井妃结缘，不把此事办得如此匆忙，他今日不至于进入一个两难的境地。六十岁的人毕竟是上了年纪的人，没有了如狼似虎的心劲儿也没有了如狼似虎的体力，让如花似玉年纪的井妃跟着自己，确实有一种拖累井妃的负罪感。事已至此，唯有前行。子昭王发誓这是他一生中最后一次婚姻，为了井妃一生的幸福，他要尽其所有满足她。

榻上的子英，喃喃地说了些什么，两行眼泪顺颊而下。

子昭王慌忙凑到子英的耳边，轻轻地呼唤道："井妃，井妃……我的宝贝，醒醒啊……别吓唬本王了……"声音中有担忧也有哀求。

昨日，妙儿来到子英的榻前，看着子昭王揪心的样子既感动又嫉恨。一个六十岁的人了，为了子英竟昼夜陪伴在身边儿不曾离身儿，甚至忘记了寝食，可见子英在子昭王心里的位置，子昭王为了井妃心急火燎的样子总能让人触景生情感动于怀。妙儿跟随已故正妃妇好多年，在正妃妇好生产和征战负伤最痛苦的时候，也不曾见到过子昭王像现在的这般慌张之情和虔诚之态，此时彼时妙儿内心之中有一种失落之感，继而生出一种嫉恨之念。昨日她曾在说话中有意无意地表达了一点儿的情绪，未想到子昭王很是敏感也许是心虚，马上还以脸色半日的不高兴。

晚上躺在榻上妙儿想起此事，似乎有些后悔，因为正妃妇好毕竟去了，人去了再争什么对谁都无益，再说了子昭王比子英大四十余岁，一个娇娇少妻为子昭王他做了如此多的事情，以至于累倒昏迷，也着实让子昭王心疼。所以今日妙儿再来探望子英时，汲取了昨日的教训，刻意注意说话的分寸。

妙儿坐在子英的榻前，用湿巾轻轻地擦拭着子英的脸颊和颈部，子英昏迷中嘟囔着什么，似乎在叫着已故的正妃妇好，妙儿听了一阵心酸。她细语道："我的好妹妹，我一直在提醒你注意身体，可你就是不在意，整天忙得两只脚儿都不挨地儿，你才多大年纪呀。大邑商是个中天之国，南连江东接海，北至大燕西至昆仑山外，天下之大莫非王土，这哪儿像你们井方的脚足之地，这里小事情多如牛毛，大事情接二连三，即使把你累死了也忙不过来的。我说你不听，这好真的让我给言中了，看着你病成现在这个样子，让我妙儿如何心安……"

子昭王见妙儿说的真切，泪湿眼眶，呜咽道："……井妃呀，心肝哪，醒醒，快醒醒吧……"

世子孝己闻讯后，带着姊妹子妥和子媚赶来，几个孩子围在病榻前呼唤着井妃，他们泪水飞扬场面感人，妙儿安慰孩子们说道："世子和小主们，你们的阿母不在了，你们的阿母去世前把你们托付给了井妃，从今之后井妃就是你们的阿母……世子，你说我说的是这样吗？"世子擦着脸上的泪水，点头道："阿母去世前是这样说的，我已经告诉了姊妹了，她们已经知情。"子妥、子媚一块儿说道："世子已经说过，我们会听井妃阿母的话。"

世子望着妙儿说道："你亲手把我们抚养大，对我们姊妹来讲你对我们的付出要比我们亲生的阿母还要大，你也是我们的阿母。"

"我们几个说过了，我们会把你当成自己的阿母的。"子妥说道。妙儿听后泪如泉涌，哭泣道："我一辈子有你们足够了，我很幸福很满足。"子昭王见此情景，很是高兴，用手抚摸着妙儿的肩膀说道："我替已故正妃妇好感谢你，我子昭不会忘记你的。"

妙儿平和地说道："我与已故正妃妇好的亲情你是知道的，用不着你替她来感谢我，孩子是她的也是我的，有我在谁也不准欺负我和已故正妃妇好姐姐的孩子。"

说起正妃妇好妙儿心情难伏，说着说着，就忘记了来时许下的不再惹子昭王生气的承诺，她对子昭王说道："我不知道你对已故正妃妇好姐姐好在哪儿？她是国朝正妃天下第一个女大将军，是大邑商王朝数百年中没有的女功臣，你为什么不能把妇好姐姐与那些先王们安葬一处呢？"

当着孩子的面儿，子昭王也不便发火儿，他解释道："妙妃，我已经给你解释过了，你也知道，我把正妃妇好封给三个先王为妃，这在大邑商历史上开了先例，是绝无仅有之举。"

"既然有了先王妃之名，葬在先王之侧又有何不可？"

"不可，那是冥婚不是真正的婚姻，妇好是我的妻子，她不是先王们的妻子，在我没有入土之前她不可能葬在别的王墓之侧。"子昭王对妙儿耿耿于怀的脾气有些生气。

子昭王如此解释，妙儿听了进去，细想了一会儿，觉得子昭王说的有道理，不再与子昭王争辩。子昭王说道："你与妇好姐妹情深我理解，你对孩子们的好我也记在心中，我对正妃妇好一直敬重，她的离世我也是万分心痛。"

妙儿坦率道："夫妻之间光有敬重是不够的，你对你的先祖敬重万分，你的臣属们对你敬重万分，那些都不是夫妻之情，敬重不能代表爱……"子昭王不语。

妙儿放低声音嘟囔道:"刚才你对井妃妹妹一口一个心肝叫得让人心麻,可我记得你从来没有叫过妇好姐姐心肝。我知道妇好姐姐生性强悍行为武断,你怕她又感激她又离不开她,你对妇好姐姐的爱是敬畏出来的是怕出来的,男人都喜欢温柔的花儿不喜欢带刺儿的,而偏偏妇好姐姐是个带刺儿的花儿。她人死了你该做的也做了,作为夫妻一场也算是对得住她。可是在我心里头,总见不得你再对别的女人好,甚至超过我的妇好姐姐……"

子昭王说:"这井妃也是你妇好姐姐撮合的。"

"这我比你清楚。妇好姐姐是大智大慧之人,她是我们部落的大巫师,有先知先觉的慧力,她甚至早就知道自己的寿限已到,她担心她走后你重新册封的正妃不是她所希望的人,会让她的儿子、女儿爱欺负,所以她要先行一步物色了一个你喜欢她也喜欢性情温和的井妃妹妹,用井妃填补她的空白弥补她的担心,这些成人之美看起来是水到渠成天遂人愿,妇好姐姐她满心喜欢笑意融融,可在背后呢,谁能知道一位妻子一位母亲的悲哀辛酸?"妙儿激动起来说话不留情面,总能入木三分。

"你说的这些,我也早就猜测到了,正妃妇好她不是一个凡人,我与她比我子昭是个凡人,凡人都会有错并且有错不知。"子昭王转脸儿对世子说,"好在我的孝已长大了,能够理解父王的心,也知道父王的苦。是不是啊儿子?"世子点头。子昭王说:"孩子们出去玩吧,我与你们的妙儿阿母说会儿话。"子妥和子媚说:"好的。"她们拉着世子的手出去了。

子昭王点着妙儿的头说:"你呀,能不能说话留点情面,给我一个做父王的尊严。"

"我说的不对吗?"

"你说的都对,可是不能在孩子们面前说呀。"

"我妙妃就是这样的脾气,激动起来什么都忘记了,本来早上起来后,就默默地承诺了,不再说让你生气的话,可我……一看到孩子,一想起已故的正妃妇好姐姐,我就管制不住自己的脾气……妾妃有罪,以后……"

"以后什么?以后你就管我,你就和井妃一块儿管我。"子昭王一直感激妙儿,是妙儿以无私的母爱带大了他和妇好的几个孩子,为了孩子他能容忍妙儿。

说话间贺兰儿到来，贺兰儿叩拜了子昭王和妙儿，踱到子英榻前。她见子英气色尚可，说道："今日比昨日好但愿能早点醒来。"又突然说道，"我有办法了会让她醒来的。"妙儿说道："又是让巫医灸她，我不同意，你看看她的手和手臂上仍然留着一道道的灸痕，如此像梅花鹿一般怎好让她与子昭王举行加冕大典，不准了。"子昭王在一旁也不吭声，依旧拉着井妃的手，看着井妃臂上的灸痕。

贺兰儿批评妙儿："你是猪脑子呀笨得不转弯儿？"说毕跑去了。子昭王嘿嘿地乐。妙儿不让他乐，子昭王偏偏大笑起来。

妙儿急了，踹了子昭王一脚："有什么可乐的？"

"世界之大无奇不有，真是一物降一物，被人家骂成猪脑子也不敢回对一声，想想对我发怒时那副判若两人的样子，感到好笑。"

"我乐意。"

"好好好，你乐意你乐意。"

这时贺兰儿抱着子颂来了，她让子昭王闪在一旁，把子颂放到井妃的榻上，小子颂看到子英后，伸出小手去抓子英的发辫，试图唤醒子英。贺兰儿一旁说道："井妃妹妹，小子颂找你来了，她在想你呢快醒醒吧。"妙儿见这招儿挺好，也过来帮衬贺兰儿，说道："井妃妹妹，子颂哭呢非要找你不可，快醒醒……"子颂见井妃躺在那里不动有些害怕，"哇"的一声大哭起来，听到子颂的哭声井妃慢慢地睁开了眼睛，她脸上淌着泪喃喃地说："子颂……阿母在这儿……别……别哭……"

子颂懂事似的伸出小手去抓井妃的脸，她还探出身子亲吻井妃的脸颊，井妃终于醒了，大家很是高兴。妙儿从榻上抱起子颂，子昭王高兴地捶着贺兰儿的后背："疯妮子鬼点子真多，为何不早说呢？"

贺兰儿转身道："我的大王，小臣儿把你的爱妃救活了，有无奖赏呢？"子英望着大家，很欢喜也有些内疚。子昭王对于贺兰儿的话没有反应过来，倒是妙儿机灵，妙儿说道："当然会有了，大王奖她。"

子昭王小声问妙儿，"奖赏她什么？"

"奖她最想要的。"

子昭王摇头，懵懂："什么是她最想要的？"

"纳罕哪。"

"哦，我把这事儿给忘记了，可这事儿也不是什么大事啊？"

妙儿说："对你子昭王来讲这是一件小事，对贺兰儿来讲这可是终身大事儿。"

"好，本王准了。本王最喜欢办这样的好事，好事速办，今晚本王就给贺兰儿和纳罕主婚。"子昭王说。贺兰儿跪拜道："小臣叩谢我王。"

妙儿说："太急了些吧，总得让我把贺兰儿打扮一番才是，迟一天如何？让我也好替贺兰儿准备准备。"病榻上的子英说道："大王，听妙妃姐姐的话，明晚吧，明晚我也参加。"

子昭王见子英开口说话，并许诺明晚参加贺兰儿与纳罕的婚庆，欢喜不言而喻。"好，听妙妃的，明晚我亲自为贺兰儿和纳罕将军主婚。"

妙儿说："子昭王口是心非，说是听我的其实是听井妃的，若不是刚才井妃说话他才不会答应这么痛快。"众人笑了。妙儿和贺兰儿带着子颂走后，子昭王诏命仆从为子英准备饮食。子英望着一脸疲惫的昭王，说道："辛苦你了，让你替我担心。"子昭王说："你平安就好。"

子英喝了些汤水，让仆从为她擦洗了身子，精神好了许多。子昭王在子英处吃了些食物，不肯离开子英，子英见子昭王没有离去的意思，便与子昭王商议起羌族战俘和家眷的处置事宜。此次西北之战，共俘虏羌族士卒和家眷五千众，除了路途死亡的到达京都殷城时，还有羌族俘虏士卒一千九百人，家眷两千八百人。

依照早先子昭王的意思，为了给正妃妇好、禽和战亡的士卒报仇，所有羌族被俘士卒一律斩杀祭祖。子英不同意，伊相傅说也不同意，所以在归来祭祖时只杀了一百个羌族俘虏。由于子英突然发烧，此事悬而未决，但它一直在子英的心中存放着，压着子英的心。

子英对子昭王说："羌族人上百年来侵犯我土地，掠我边民抢我财产，论理对来犯者当杀不赦，前不久祭祖之时杀羌族士卒百人，也算是对我们先祖对我们边地受其残害的边民一个安慰和交代。但俘虏也是有血有肉的人，也是由父精母血孕育的生命，他们当中的大多数人是服从者，是士卒百姓，不是贪得无厌地挑起战争掠夺我们财物的部落的首领和头人。那些罪大恶极的部落首领和头人，在与我们的决战中已经被我们杀死了一大批，战后处死了一大批，目前留下来带回到中天之地的士卒中的多数人只是战争的走卒而已，是一批受人操控的无辜者，我们不可以以战争的犯罪者对待和惩罚他们。"

子昭王插言道："贺兰儿给我说过，在已故正妃妇好病重或禽中毒时，羌族中的不少人为了给他们治病冒着生死危险采摘仙草，他们为此付出了努力，有的丢了性命，为这我很是感动。以我子昭的性情，我对俘虏向来是格杀勿论，正因为有了你们对他们的好感，特别是贺兰儿传递的禽生前的话，我都入心考虑，下了最大的决心对他们宽容。但是他们有几千人，每天的吃喝用不是个小数字，三年的西北之战，耗尽了我们大邑商上至王朝下至百姓的所有的吃喝用的物品，现在的大邑商像一个久病卧床的妇人，虚弱得很。在国朝和百姓都很困难的情景下，长期关着养着这些羌人也不是个办法。"

"养着不是办法，可以把他们放了呀。"井妃胸有城府地说道。

子昭王坐在子英病榻一侧的蒲团上，将披肩的长发梳理在脑后，一副好奇的神态望着子英。"你呀人小鬼大，肯定是想到什么好点子了？"

"不是想到的，是禽，禽将军用过的点子。"想起禽子英眼睛中一片湿润。在西北之战中禽为了尽快改变对羌族习俗不了解以及尽快改变商朝军队武器落后的状况，他将早期俘虏的羌人一个不杀养了起来，让俘虏依照羌族军队的样子冶炼铜器，铸造兵刃弓箭，缝制马革等，使商朝军队士卒很快丢掉了手中的木制兵器装备了铜制的利器，扭转了兵器落后的状况。为此禽不止一次地建议已故正妃妇好等回归时多带些羌人走，最大心愿就是以人之长补己之短，通过俘虏的羌人把西域地区先进的牧业、冶炼、铜制、皮革等手艺引入到大邑商王朝传授给百姓，用于促进大邑商的军事、农业、冶炼、铸造、手工商贸业的大发展。因为禽十分清楚，在制造手工方面大邑商远不如羌人聪明。

子昭王听了子英的叙说感觉很有新意，示意让她继续说下去。

井妃说："在西北休兵备战期间，除了战事之外大家关心议论最多的就是西北战事之后，一统天下的大邑商要面临一个百业待兴的时代，农、工、商多业并举样样不能缺少，所以当时我们就想到了把羌人的能工巧匠多弄一些到我们中天之地来，通过教化让他们与大邑商人融为一体。"

"可是他们会否叛乱滋事，会否永久臣服于我们呢？"

子英笑了："你子昭王打遍天下无敌手，先后征战了八十一个方国，难道还怕来自千里之外的几个俘虏闹事不成？其实大王你大可不必担心这些，即使他们闹事也是几个苍蝇而已，撼动不了日益强大的大邑商的江山，我们为此研究过两个办法：一是将他们分而治之，二是有条件地集中管制。"

子昭王坐起来凑近子英，督促道："还有什么锦囊妙计？"

子英说："分而治之，就是把他们分散开来，以奴隶的身份奖赏给有功的将士，化整为零，借用民间的力量分散管理他们，吃不用国朝管还可以派些活儿一举两得。有条件地集中管理，是由禽设计的一个办法，禽生前一直想搞一个专门用于大邑商军队兵器冶造的一支人马，把羌人俘虏与我们的士卒混编一起，设置像马亚、箭亚一类的士官，统由大邑商王朝管理，专供军队兵器冶炼制造，这样一来我们士卒既能看管羌人又能向羌人学习手艺，一举两得。"

子昭王拍着自己的大腿："好。"他继而说道，"此次正妃妇好墓内随葬的十五种一百六十件礼器，多半儿是你和妙儿、贺兰儿从羌人那里弄来的，我们不得不承认，我们铸造的青铜礼器从用料到做工上都不及羌人做工细致工艺精到，所以我要选一些能做精工的羌人留在殷城专门为王室铸造鼎器。"

"这些事情是已故正妃妇好和禽将军生前遗愿，若能实现，他们一定会含笑九泉。"子英落泪道。子昭王说："这有何难，明日就办。"

次日，子昭王以禽、正妃妇好生前所愿诏命将羌人化整为零，分配和奖赏给征战的功臣，此举为大邑商王朝的青铜器冶造奠定了基础。

晚上，子昭王告诉子英已如所愿全部安置了羌人，子英惊讶不已想不到如此之快。子昭王说："还有一件大喜事呢？"

子英询问，子昭王笑而不答。

第四十一章　纳罕大婚

子昭王说："还有一件大好事呢？"子英询问，子昭王笑而不答。子英想了想："能有什么大好事呢？无非就是今晚贺兰儿的婚礼。"子昭王说："他们的婚事是好事，不是大好事，你的王妃加冕之事才是大好事。"

"定了？"子英欣喜地问道。

"定了，半月之后举行。由三个卜史占卜，一定是吉利之日。"子昭王说道。

"我马上告诉我的母妃，让她参加女儿的加冕之礼。"

子昭王安慰道："爱妃大病初愈需要休养生息，不用你思虑劳神，事情呢我已经安排妥当，保准让你满意。"

子英感激道："由你惦记着我自然放心，不过呢千万不能铺张。西北大战耗费了倾国之力，百姓穷困潦倒，家国伤痕累累，从上到下生活比较艰辛，国力民力的恢复需要一个漫长的阶段。加冕之事也就是个广而告之的仪式而已，诏告天下百姓皆知也就达到了目的。"

"有你这番论理我更有底数了。"

子英问道："安置羌人的事儿怎样了，我还是放心不下。"

子昭王笑道："今日朝政议事，商议了处置羌人俘虏和羌人家眷的事情，我把你的想法说给大家后，众臣们一致赞同。大家说对，西北之战后我大邑商独大天下，成为东方最强大的王朝，大邑商百业待举，人心人气最为重要，留下这些羌人利用他们做工艺，拾遗补缺，教化他们，即使年老的羌人短时间教化不过来，我们有的是时间，二三十年后他们的后代自然而然地成为我们大邑商的臣民。到那时西北的羌人若是再起事造反，我们就可以以羌治羌，用这些羌人的后裔去惩治他们。"

子英见子昭王心情很好，她说道："是啊，原来有仗打每日南征北战两只脚不挨地儿，感觉充实，今日之后天下无敌了，我们大邑商就要开始转向安邦治国、劝农植桑、发展商贸的时代。其实啊大王，建设一个富裕安定的大邑商王朝要比用刀枪打下一个大邑商王朝艰难得多，也漫长得多。"

子昭王说："井妃说得对。论打仗我、妇好和禽都是强项，不用人教导就能打胜仗。若论文治天下让天下人安居乐业我们就不及你了，昨日你给我说的一些事情，让我联想很多，我年纪大了，毕竟是六十多岁的人了，真的想歇息歇息，往后的事情如司农、贡赋、祭祀、邦交等都要依仗你，由你来管理。"

"那你这个大邑商君王做什么？"子英问答。子昭王见子英的寝宫内没有别人，小声说道："专门和你生小王子，多生几个。"子英面色羞红，不知如何回答。

上午议事，子昭王感触颇多，除了伊相傅说外，都是清一色的新面孔，有傅云策、甘墨琚、纳罕。傅说因有自己的长子傅云策参加议政，心中疑虑重重，父子同朝有碍公允，担心引发朝野非议，削弱王朝权威。伊相傅说一度想借此请辞，子昭王不准。子昭王说："你为人本分，无私无弊，本王一向信任于你，若是仅仅为了保全你的名节而辞王朝公事，岂不是借故行私了吗？"听了此话傅说无语可答。

子昭王说："大邑商征伐游弋天下的时代已经过去，接下来将要进入文治时代，本王的中兴大邑商时代刚刚开始，更多的活儿更重要的事情还在后面，就是实现国泰民安，社会富强，百姓富有。你年纪比我小，又懂经纶文韬，正是用力时候，岂可言退。"

"可是我与儿子一块议事，心中总感到别别扭扭，不那么舒坦。"傅说解释道。

"时代再变，非我们个人所能摆布，我想让正妃妇好活着，我想让禽活着，我想让甘盘老将军活着，我还想让我再年轻二三十岁。但想能行吗？那是一厢情愿不可能再回到从前了，新人总要更替老者，总要把我们这些老者送到坟墓里去。我们大邑商今天的国势来之不易，是用人头换来的，这么一个大的江山，不可能在一夜之间全都交给年轻人，总要有人带一带他们给他们做出榜样把好关口，所以你非但不能请辞，还要多做些事情。"

最终，在子昭王的说辞下，傅说打消了请辞的念头。

听了子昭王的介绍，子英拍手道："说得好，还是我王睿智，不过呢有一事没有做好。"

"没有啊，我认为已经考虑的周全了，该说的都说了。"

"你忘记了一个人，一个重要的人。"子英说。子昭王不解。

"你把当今的世子孝己给忘记了。"

"他还小呢。"

"他十六岁了，参加过西北之战的世子也是有功之臣，你议政的时候怎能把世子给忘记了呢？世子是储君未来之君，应当让他多了解朝政。再说了，他是已故正妃妇好之子，代表着正妃妇好姐姐的一份儿权力。"

"你的提议好，是我疏忽，我确实把世子给忘记了，下次议政要叫上他。"子昭王说。

从几次的处事中，子昭王进一步认识了子英的人品、人格和她对已故正妃妇好的一片忠诚之心。庆功会奖赏的名单中原来没有子妥、子媚和子颂三个小主儿，是子英极力主张让三个女儿继承母亲妇好的功业，册封其三个女儿为侯爵之位。妇好功高盖世一生征战，特别在西北之战中以命相赌统军决战羌族立下了不朽功勋，撇开三女儿是王女不说，就凭正妃妇好的功德足可以让三个女儿享受一生的荣华。今时，她又为世子孝己说话，让世子参政议政进入决策之位，足见子英对妇好子女的一片厚爱之意。

正因为这样的原因，在有些事情上子昭王也在尽其所能关照子英家乡井方国，上午议事时子昭王特别诏示，赐五百口羌人给井方用于井方的冶炼、制革和酒酿之工，并且已经派出特使带着礼物以及五百羌人作为子昭王加冕井妃为正妃的礼物送往井方之地，同时邀请子英的母妃仪狄太正妃等前来参加子英正妃加冕之礼。这些事情，子昭王并不曾告诉子英。

入夜，子昭王与子英一同起身，前往纳罕的官邸参加纳罕和贺兰儿的婚礼。纳罕的官邸是由子昭王新近赐予的，在王城的东侧，经过一条大街即到。纳罕是由子英从井方带来参加西北之战有功之将，子昭王感激子英对他的忠诚，考虑到子英将要册封为正妃，便与子英商议将纳罕留在京都，作为大邑商王朝的一名将军，子英自然高兴。

子昭王封了纳罕爵位，还特意赐予纳罕一座官邸让纳罕居住京城，这其中的原因与贺兰儿有关，毕竟贺兰儿被赐再婚，子昭王同情她的不易。

依据子英的意思，近时经历国丧之事人们悲哀正浓，贺兰儿又是已故大将军禽的妾室，纳罕和贺兰儿的婚事还是低调一些不宜张扬，所以当晚的赐婚仪式由伊相傅说宣读子昭王的诏命，子昭王亲自为新人敬酒，婚礼仪式简单而又欢快。同来的妙儿触景生情眼泪汪汪，她对子英诉苦道："走的走了，嫁的嫁了，这日子也不知道如何混了。"

子英悄声说道："这也不怨别人，前几日子昭王去你那儿留宿，你硬是把人家赶走。"

妙儿自有道理，"赶他走是对的，子妥、子媚和子颂三个孩子都在我的身边儿，特别是子妥也是大姑娘了，到了什么事情都懂的年纪，我好意思让他住下，子昭王又是一个不安分的主儿，我可羞不起。"听了妙儿这番话，子英不再说什么。

妙儿继续道："眼见着贺兰儿嫁人总有些不舍，对我来讲我这一生就是为了妇好姐姐的几个孩子活着，她们就是我的乐趣。"

有子昭王赐婚，贺兰儿高兴异常。此次贺兰儿与纳罕成婚和两年前的与禽成婚的心情不同，与禽成婚是一个小姑娘对大英雄的一种敬仰，那是一种身份位卑对身份高贵的仰视的情感；今日与纳罕成婚则是平等的二人心心相印的一种爱恋中的情感，贺兰儿幸福满满，幸福满满的感觉是游动于心底如同火山底部将要喷薄欲出的一股岩浆在燃烧在沸腾。子昭王和子英亲自到场见证婚礼并向她和纳罕敬上祝福之酒，贺兰儿激情澎湃，兴奋难持。几碗酒下肚，她已经梨花带雨微醺几分。是夜，贺兰儿把自己的全部贡献给自己的爱人纳罕。

雪地缠绵男欢女爱，巫杏与子平有了夫妻之实。由于担心俩人的衣饰上都是被雪水打湿的印痕，回巫杏的部落见其大首领不雅，在巫杏的建议下他们两人调转马头直奔西部山区寻觅巫桃。巫杏说："我现在是你的妻了，做妻的自然要为夫君着想，先办仪狄太正妃交办的事情，等我们把巫桃找回来交给了仪狄太正妃，再去看我的大首领也不迟。"

子平抱拳道谢："谢夫人宽怀大度。"

巫杏说："什么意思哦，是说我以前不大度吗？"

"有这么一点儿。"

"没良心的人,自从我与你一块陪子英去大邑商求援那次起,我就把心交给你了,你落水的时候我死的想法儿都有。自那次后我想的念的都是你,把你装在心里头,对你没有半点的杂念,满满的心思为了你,难道我对你还不宽怀大度?"

"怪不得,近段时日我的眼皮一直在跳,原来是你在想我。"子平说。

"想你啊,可是你不想我,也不理我,还故意躲避我。你知道我当时怎么想的吧,我想杀了你。"

"这么恨我?"

"是,非常非常恨。在西北作战时那里风大加上水土不服,脸晒黑了不说,还长出许多痘痘,丑得不可看,我自己都不敢照铜镜直视自己,所以在归来的路上一直躲着你。可我回到京都后,你故意不见我,让我哭了好几次。"

子平心虚,掩饰道:"我也怕丑呗。"

"骗子,大骗子。"

子平大笑,说道:"你说大骗子也对,总归是把你骗到了手。"

俩人在山地里找了三天的时间,最终在龙侯山的山林中找到了巫桃。巫桃居住在一个冬暖夏凉的山洞里,山洞在一个谷地之上,谷地内松柏簇拥黛色一片,沿坡儿上行直至山巅,微风吹来松林似涛波涌浪动。一条小溪水在树林中穿梭,蜿蜒崎岖直到洞前,而洞前的一帘瀑水遮住了山洞的面目。巫杏在这里修炼了二年,每日野果充饥鲜露儿为茶,清静幽幽好不自在。巫桃长发飘逸,面色红润,目光炯炯,一脸和善地望着自己的姊妹和子平:"是那位老者把你们指引来的?"巫桃问道。

"是。"巫杏说。

"不是,是一只鹿。"子平说。

巫桃对子平说:"你知道我为什么不喜欢你吗?"

"知道,因为我不喜欢你。"子平冷言道。

巫桃大笑:"看来我要改变看法了,你不是一个顽固不化之人。"

"不用抬举,我亦然固我。"子平愤愤不平。

巫桃止住笑:"我告诉你王子子平,你变了,我开始喜欢你了。"

"我可没变,依然不喜欢你。"

"就因为你这些话,说明你变了变得讨人喜欢。"

子平不知如何答对，茫然地望着巫杏。巫杏说："斗呀，你俩为什么不斗了？我本来想看一出好戏，可是刚刚开场就剧终了。"

这时，神兽辣辣为他们衔来了一枝结满了鲜桃的桃枝儿。巫桃拿下两颗桃子，递给妹妹巫杏，说道："这是仙桃儿，送给你们尝尝，好解解乏气。"巫杏接过，递给子平一颗。

巫桃打扮了一番坐在巫杏和子平面前，望着子平态度和蔼地说道："你是让我称呼你王子呢，还是叫司徒呢，或是叫你妹婿君呢？"

子平顾望巫杏，巫杏温雅不语，低低地笑了笑，埋头吃手中的桃子。子平思虑了一会儿，口气认真地说道："别的都可不要，独要妹婿君。"

"好，仗义够男人。"巫桃满意地说，"吾妹，如愿似尝。"

巫杏撇嘴儿说道："他就是太傻，看不透真正的东西，我们一路上山明明是老仙翁指导引路，他却坚持说是一只鹿，可这也不是鹿啊？它是井方的山中神兽辣辣，老仙翁的信使。"巫杏向姊妹解释。

巫桃说道："他能悟到是一只鹿就不错了，鹿通路有路则达，通路者必有仙人。他已经开悟但需慢慢地雕塑他，起码他不再是一块儿顽石。"

巫杏闻之笑道："姊妹喻示要紧，我仍要下功夫雕塑他。"

子平充耳不闻，他怕说多了坏了差事，任由巫杏姊妹说话，他在一旁品尝着桃子。

巫桃每日除了静坐闭息之外，还研究天文历法、山水形势，她身边有一只被称为神兽的辣辣一直陪伴着她。辣辣曾多次伴随仙翁下山拜访井方国师巫姆和先王。

仙翁长期居住在井方的山林之中，世人称他为井方的仙翁，或是井仙儿之翁，仙翁出生何时，来自何方，谁也弄不清楚。先王子庆的爷爷出生时仙翁就曾驾鹤而来，为他做百日寿，子庆父亲出生时仙翁是腾云而至，子庆出生时仙翁由辣辣相伴而来。仙翁曾告诉子庆的父王，说是大行山分封了四十四个山神，辣辣是井方山神的信使，天若吉祥，辣辣就会降临于井方，为井方带来吉祥之光。

先王生王子子贻时，仙翁和辣辣不曾出现，这让先王十分恐慌，因而对王子子贻一直心生芥蒂；但先王生女儿子英的当日，仙翁和辣辣就降临于井方的王城。子英百日寿时，仙翁和辣辣再次降临，井方由此充满祥瑞，这让先王子庆对子英倍加珍爱。

仙翁与国师巫姆的渊源更是奇特，巫姆的降生是由辣辣驮来的。巫姆的母亲临盆的前日，仙翁在巫姆的部落授法，当时巫姆的母亲也参加了授法仪式，次日仙翁欲走时辣辣来了，驮来了一包东西进了巫姆母亲的房中，恰逢巫姆此时降临。巫姆自幼深得仙翁指引，与仙翁交往较多，巫姆辞世前曾经见过仙翁一面，交代了侄女巫桃的事情。这次巫桃上山修炼，正是得到了仙翁的指引，仙翁还把辣辣遣来与巫桃做伴，足见仙翁对巫桃的珍视。

巫桃每日所吃的果子等物，是由辣辣定时为她衔来。辣辣法力很强，来去无踪，有腾云驾雾之功。子平和巫杏上山寻找巫桃时，辣辣奉仙翁之旨，化作一老翁为他们引路。让他们顺利找到了巫桃。这仙界里的门道光景，子平自然不及巫杏能看懂几分。

巫桃见巫杏和子平来找，自然知晓是仙翁之意，茫茫山林之中她巫桃如同大海之针，非仙翁指引人们断难寻得到她，既然仙翁已经公开了自己的行踪，说明自己修炼已满，到了下山的时候。

巫桃二话不说，与姊妹巫杏约好两日后在王城见面的时间，让姊妹巫杏与子平先走一步，两日后准时相见。子平犹豫，面带为难之色，巫桃心知说道："世间之男如此胸怀，不足以成大业矣。"巫杏也不回避："姐说得是，命运如此非我能改造。"巫桃笑了："也罢，知足便是福。"

两日后，一身素装的巫桃站在井方国的王城南门等待巫杏和子平的到来，这让一路赶来的子平惊讶又激动，他悄声地问巫杏："你姊她怎么会比我们先到？"

巫杏瞅了子平一眼："这就是仙道与凡人的区别。"

"可她，怎么能……"

"不要再问了，你若能装傻就是聪明。"

子平摇头再摇头，不解，他永远不解。

仨人一块儿回到井方的王城与仪狄太正妃见面，圆了仪狄太正妃让巫桃归来之梦，仪狄太正妃为了酬谢巫杏，同意并主持了子平迎娶了巫杏的婚事。巫杏正式成为子平的妻子，仪狄太正妃的庶儿媳。

新婚不久，子平和巫杏接到了子昭王的邀请，让他们与仪狄太正妃一同到京都殷城参加子英井妃的加冕之礼，这让巫杏特别的兴奋，同时也焦虑不安，她怕到京都后被子英留在身边与子平分离两地。

一同前行的巫桃说道："事事在变，车到山前必有路，姊妹过虑早矣。"

巫杏不解，让姊妹巫桃开示，巫桃借题讲起了大行山山神的事情。

从大行山南端到北部的无逢山，先后有四十六座山，多数属于大行山系。四十六座山中，有二十座山的山神为马身人面，祭祀山神的仪式是将一块系着五彩丝绳的玉和茝①埋在地下；有十四座山的山神是猪身人面，身上挂着一块玉，祭祀的仪式是把这玉埋在地下；有十座山的山神是猪一样的身子，八条腿，蛇一样一尾巴，祭祀的仪式是将一块璧玉做祭品埋入地下。祭祀这四十四座山神时，都用米做祭品埋入地下。这说明大行山神是一个多样的面目各异的神，同山不同神，同神不同山；山神中还包括女尸、牛身人面、鸟身人面等，类型不同，面目不同，但都是先祖的化身。尽管大行山山神面目各异，祭祀仪式有别，但用米祭祀是共通的规矩。井方之地远古种粟，粟祭之礼流行久长，所以礼宗又称粟祭之宗，源头于井方之地。

讲了这番道理之后，巫桃问姊妹："明白了吗？"

"似有所懂。"

"说说看。"巫桃鼓励道。

"事有万物，万物皆变，然万变不离其宗。犹如大行山，分四十六山，山中盘踞四十四个山神，众山神又分三类，祭礼各有区别，但总祭礼为粟米之祭。粟米祭根源于我井方，井方为宗本。对否？"巫杏望着姊妹。

"所以你……"

"所以我，也有变化的可能。"

巫桃赞曰："姊妹聪慧。"

"当然了，我是仙道之妹嘛。"

姊妹俩嬉笑了一阵，见过仪狄太正妃，五天后姊妹俩与子平一起陪同仪狄太正妃南下京都殷城。

子英得知母妃仪狄太正妃光临，亲自到京城外迎接，迎接后将母妃、巫桃、子平、巫杏等四人留于王宫内自己的寝宫居住。仪狄太正妃见过世面，知道宫中禁忌，婉言谢绝了女儿井妃的好意，她让子英安排他们到京都的客栈

---

① 茝：一种香草。

居住。子昭王得知后，诏曰："正妃之母乃国之贵宾，非同宾客，要从优待之。"乃命伊相傅说亲自安排。

子英理解母妃仪狄太正妃的心意，考虑到朝野的影响和来宾们的国事安排，建议伊相将母妃仪狄太正妃等安排到纳罕的官邸居住。一来纳罕原是母妃仪狄太正妃的属臣，多年跟随知其性情，母妃仪狄太正妃居住在纳罕宅内也不会感到拘束；二来纳罕居将军之位，宅院内有士卒护卫，母妃仪狄太正妃居住那里不用担心安全和日常饮食；再者吃住在纳罕家中，不会在来宾和朝野中引发议论，对维护邦国和睦、平和朝野、树王室正气之风都有好处。

子英的想法儿，深得伊相傅说的赞赏。

十几年前正妃妇好举行加冕庆典，也是由伊相傅说操办。当时正妃妇好处事高调，喜欢铺派张扬，从吃住行到庆典仪式场面大小提出许多苛刻的要求，弄得伊相傅说疲劳奔波不知所措，事后大病一场。今日子英井妃宽人律己表率朝野，行清正之风，时时事事平和低调以国朝为虑，以安邦兴业为要，遵循王室戒律安分守己，不用傅说费多少心思，子英自己就安排妥当。前后比较如此君子之风让傅说感动又感慨。

傅说将此事禀报给子昭王，子昭王用"人之贤德，事之贤德，家之贤德"赞颂子英井妃。并请伊相傅说将其事迹传播朝野，以井妃为楷模示范国人百姓。子昭王诏示伊相傅说，如此谦让者，应愈发厚待之。

同一天，子昭王亲自诏见纳罕，叮嘱关照井方国贵宾一事。

第四十二章　井妃加冕的日子

傅说奉命叫来纳罕，将纳罕引入殿堂晋见子昭王。

纳罕拜见礼毕，子昭王围着纳罕转了一圈，停下脚步想说什么但欲言又止，启动脚步继续走动，纳罕站在殿堂上摸不着头脑，心中有些发毛，他见子昭王又围着他转动起来，心生恐慌马上跪拜于地。纳罕说道："大王恕罪，小臣诚惶诚恐不知做错了什么事情？叩请我王训斥。"

子昭王"嗯"一句之后一阵大笑，他一脚踢在纳罕的屁股上："你小子气色不错，身子骨也够硬朗，大婚之期娇娘在怀，竟没有把你累趴下，啊……哈哈……"笑声穿过殿堂的屋顶，仿佛屋顶也在畅怀大笑。子昭王见纳罕依旧跪在地上，生气道："一个大男人装什么无辜可怜，站起来！"

"小臣不敢。"

"哈哈，你把禽大将军的女人都睡了还有啥不敢？"

"大王，小的娶贺兰儿是大王你赐的婚姻，绝非小臣贸然行事。"

"是啊，你的婚姻是本王所赐，本王也没有反悔呀？至今为止贺兰儿仍是你的女人，你尽可大着胆子去睡，但男人得像个男人样儿，敢做敢当。你起来，听本王问话。"

子昭王见伊相傅说站在殿堂的门口处，说道："后天就是井妃的加冕大典之日，现在正是你伊相忙碌的时候，你且去忙别的事情，操办中如有哪些不详细的直接找井妃商议。今日我呢，专门跟纳罕将军唠叨唠叨，让他懂些规矩。"

伊相傅说应诺后，对纳罕微笑着说："纳罕将军你受累了。"

"我受累，我受什么累？"纳罕心中打着嘀咕，赔着笑脸向伊相傅说回礼，纳罕听了子昭王的话又见了伊相的微笑，汗珠子噼里啪啦从脸上往下掉，他不知道子昭王所说的规矩是什么，也不清楚伊相傅说所说的受累了是什么意思，心里头七上八下紧得慌。他想与其等着降罪不如主动求罪，于是再次下跪道："小臣自从跟随井妃出征西北归来就职京都以来，一直兢兢业业尽心竭力为我王效力，不曾有半点儿的懈怠，小臣受大王恩宠得赐娇妻感恩不尽，发誓要终生报恩为大王效力不辞肝脑涂地。可是我至今不知做了哪些有悖王恩的事情，小臣真的惶恐至极恳请大王降罪。"

子昭王见纳罕汗如雨下，浸透了衣衫，玩笑道："一个男人壮汉身体这般虚弱，看来你真的是与娇娘玩大玩累了。"

"是，小臣知罪，小臣是童男之身又是初婚，新婚燕尔故多缠绵了几番……"子昭王"扑哧"一声笑了："本王没有问你是不是童男，你倒是如实招了，好，平身赐坐。"子昭王等纳罕坐定，语气平和起来，说，"英雄爱美少年喜色，你没有做错什么，本王也不曾听到你有什么缺失。今日本王想问你三件事情。"

"请大王垂问，小臣据实回报。"

"第一，井妃对你如何？"

"恩重如山。因为井妃的缘故我才有机会出征西北，与王室军队并肩作战，小臣得以见识天地结识大王的将才，学会做事做人运筹征战的本事。王师凯旋之后又受惠于井妃的提携近侍大王，受到大王的器重和栽培。"

"第二，井妃的母妃仪狄太正妃对你如何？"

"小臣斗胆高攀，恩重如母。在小臣心目中，仪狄太正妃就是我的再生父母，我本出身奴仆军中一卒，命贱并无才干，先井邦伯侯王和仪狄太正妃念小子有一时之功，擢升小子为亚服之将得以跃升龙门，走上仕官之路。仪狄太正妃有再造之恩。"

"第三，本王对你如何？"

"大王对我恩千重爱千重，擢我将军之位，赐我钟爱之妻，授我京都豪宅，我生为大王之士，死为大王之卒，此生此世整个身体性命都交给了大王。"

子昭王说道："你说的动听也动心，让本王很受感动，刚才我问你的三件事儿，涉及井妃、井妃的母妃和本王三个人，这三个都与你的命运相关，也与本王的命运相关。今日井妃器重你把她的母妃仪狄太正妃安排在你的府上，你应该知道如何照顾好井妃的母妃仪狄太正妃。"

"小臣知道，这是小臣府第的福分，我与贺兰儿已经讲好，要精心照顾好仪狄太正妃，保证不出一点儿差池。"

"好，很好。今日本王所说的让你懂些规矩就是告诉你知恩图报，替本王和王室照顾好井妃的母妃仪狄太正妃，让她和她随行到来的人在京都过得愉快高兴，不丢本王的脸面也不辱井妃和你的脸面。你清楚本王的用心了吗？"

"小臣清楚了。"纳罕放松了身心，一脸的兴奋。

"好，你可以回去办事了，若有什么事情去请命伊相。"

纳罕跪拜："小臣遵命，保证办好此事。"纳罕出了王宫，舒了口气，浑身湿漉漉的，走出王城行了数里路回首遥望，王城宫阙巍峨观止，他思忖道自己身上除了将军这个名声之外，弱小的肉身之躯在这王城宫阙面前只是一块砖砾，一把尘土而已。真的是不进京都不知名声小，不见君王不知身份贱，在这层层叠叠的宫阙之下，我纳罕又算得了什么呢？唯有贺兰儿是我纳罕的。

虚惊过后，纳罕迈着充实的步履一直前行，思想着尽快回到贺兰儿的身边儿，回到家见到贺兰儿衣襟内已经是汗渍一片。贺兰儿说："就这种胆儿还当将军，吓尿了不是？"

纳罕让侍仆给他换了衣饰，坐下说道："我哪儿见过这样的阵势，更不曾单独与子昭王对坐，子昭王高大如虎双目如炬气吞长虹，他的一个气息就能把人压毙。"

贺兰儿说："我在他和正妃妇好身边多年，也不曾觉得有如此的威严，让你这么一说，我也觉得害怕三分，其实有什么呢？他已经是六十多岁的老人了。"

纳罕说："不然，伊相傅说五十岁年纪相貌比子昭王老，倒似一个六七十岁的老者，而子昭王倒像个四十岁年纪的人。"

贺兰儿回答道："伊相傅说个子小长得瘦弱，白发苍苍自然显老。子昭王身材高大丰硕眉清目秀，特别是他垂于肩腋的青丝长发犹如一只猛狮，给人的印象总是壮年活力英姿勃发，这自然让人忽略了他的年纪。子昭王若不是这般雄狮般的身材，他如何拢得六十多位妻妾，不似你有我一个就累住了。"

听贺兰儿如此说话，纳罕又想起子昭王问他的夫妻之事，心情紧张汗浸脊背，他说道："莫提此事有失颜面，我只有你一位夫人足矣，多了吃不消。"

贺兰儿乐得开心："妻妾的事儿由不得你，我总要为你纳娶几位，若就我一人，何谈正妻之位家中之尊？"

纳罕咽下口水，喃喃道："想不到都这么虚荣。"

"我吗？"贺兰儿望着纳罕，眸子里透着深情和甜蜜。

"他也是，都是。"

"他？哦……"贺兰儿手指头顶，冷言道，"没有虚荣何来权贵？"

纳罕哑语，沉思半日顿悟道："夫人所言极是，虚荣是权贵的外衣和拐杖，爱虚荣之事非大邑商君王固有。人的虚荣生于黄帝始祖，盛于夏禹子孙流传至大邑商，但必将传承下去。"

贺兰儿说："我既不知前生也不知后世，只知时下。撇开虚荣我贺兰儿只要你。"说着转身儿坐到纳罕的腿上，纳罕顺势抱住贺兰儿。

一阵嬉笑后，夫妻二人的话题回到了照顾子英母妃仪狄太正妃的事情上。贺兰儿不服气，她说道："子昭王也是没事做了，子英是我的恩人，她的母亲仪狄太正妃是你的恩人，感恩戴德天经地义，这些道理我们自然懂的，还用他把你诏去吓唬一番？子英之母仪狄太正妃居住我家，是天大的荣耀，别人想都不敢想。摊上我们家，是我们巴不得的事情，我贺兰儿费尽心思筹措，想把事情做到精细又精细，尽到地主之谊。刚才我还去仪狄太正妃处问候了午安，我让人筹足吃喝用的，告诉侍仆们警觉点儿，都不得懈怠大意。"

"家中事情我乃外行，有夫人费心我足可放心，可我一直不解，子昭王对子英的加冕之礼为何如此重视，已故妇好正妃的加冕之礼也是如此吗？"

"那才不是呢，我听说加冕的前一天子昭王还在独自饮酒，加冕的当天子昭王仍酒气熏天，惹得正妃妇好几日不理睬子昭王。此次子昭王他呀，不是关心加冕之事而是关心子英，怕子英的娘家人在京都受了委屈，子英心里不高兴呗。"

"让仪狄太正妃到我们府上居住是子英提出的，并不是子昭王提出的呀。"

"这就是子英的聪慧之处，子昭王原来把子英的母妃仪狄太正妃安排到王宫，住在子英的寝宫，据说仪狄太正妃不同意，怕是对其他来宾不公引发朝野对子昭王和子英的非议，子昭王命伊相特别安排子英也不同意，怕是顾此失彼影响了子昭王的声誉，故此她提议安排到咱们府上。你看看，子昭王疼子英，子英疼子昭王，俩人你疼我我疼你，惺惺惜惺惺。这与上一次正妃妇好的加冕之礼势若天地之别。"

俩人说话间，室外传来了子平的说话声："纳罕将军，邦国小史子平讨喜酒来了。"闻讯纳罕和贺兰儿迎了出来。见子平和巫杏一前一后站在院子里。

"仪狄太正妃呢？"纳罕问道。

"已经安顿好晚上不用我们管她，子英要过来陪仪狄太正妃在此过夜，所以我们俩找你们讨酒来了。"

贺兰儿满脸的虔诚："喜酒有的是，大可足足地喝，可是说好了司徒爷，这京都的酒再好喝也不及你们井方的仪狄酒好，那可是子昭王最爱喝的酒，我们可没份儿。"

巫杏嚷道："纳罕，打你夫人贺兰儿，她嫁给了你成了井方人的妻子，居然说你们井方、你们井方的，好像她不是井方国的妻子。"

贺兰儿慌忙道歉："说错了，说错了。"

"认错也不行，罚酒！"巫杏说着，让侍从抱来两坛井方仪狄酒。

"哎呀，这不是罚酒这是送酒。"贺兰儿说着与纳罕一同招呼子平、巫杏进屋。

巫杏说："这叫送罚酒。"

纳罕说："什么意思？难道我家没酒，巫杏给你纳罕大哥闹脸子不是？"纳罕亲昵地捉弄着巫杏的小辫子。巫杏调皮道："就是给你闹个脸子，娶个夫人也不认咱们井方的老家。"

贺兰儿捶着巫杏的后背："姐都给你道歉了，你还挤对我。"

巫杏大叫道："不能打我！"

贺兰儿紧张起来，关心道："怎么了？"

"有了。"

"啊……"子平、贺兰儿、纳罕齐齐地望着巫杏。

巫杏忍不住笑了："逗你们玩的。"

子平和纳罕哭笑不得。贺兰儿抓住巫杏的胳膊，说道："小妮子，我问你是不是跟子平好上了。"巫杏坦白道："什么好上了，都睡上了，子平已经是我的夫君，我是他的妻子了。"巫杏一贯的性格就是开诚布公直白而述。贺兰儿和纳罕闻讯欢呼起来，纳罕捶着子平的肩膀："既然你我同喜彼此彼此，干吗还来将我的军？"

子平指着巫杏说道："她瞒不住事儿，还未到京都时就说好了要搬着酒坛子找你们俩喝酒，说什么要共同庆贺新婚。"

"原来早有预谋。"贺兰儿开始收拾物件，让客人入座。巫杏生性活泼，她在屋内转了一周，说道："不好意思，我们住你家的豪宅，你们自己却住偏房耳院。"子平毫不客气："就应如此，这才叫懂规矩，不、不，这叫懂礼节。"

贺兰儿纠正道："什么懂规矩懂礼节，我们叫知恩图报，感恩戴德。"

纳罕让侍仆备了鹿肉和鲜果，亲自打开酒坛，招呼子平、巫杏、贺兰儿就座饮酒。贺兰儿端起酒碗嗅道："香啊，名不虚传的井方仪狄酒。"吃酒期间，巫杏突然问起貔、貅二位。纳罕说："他们是我的军卒，自然要跟随我驻守京都，为子昭王和井妃效力。"

"人家也是获封爵位的功臣，总得有封地不是。"贺兰儿说道。

子平事不关己，想着吃酒取乐："那是国朝的事情，用不着我们费心。"

巫杏夺了子平的酒碗："你这般自私就不能为别人着想吗？"

子平望着巫杏嬉皮笑脸："生长在井方的两个毛孩子，跟着纳罕赶上了好运气，得功获封又能受命驻守京都，这般美事连我都想。他们还有什么想不通的？"

巫杏批评道："你有家有妻室，难道人家就不想吗？"

"哦，我想起来了。"子平捶胸道，"那个，那个度姆……"

"度姆怎么了？"贺兰儿问道。

纳罕后悔地拍起手："都是我的错，我把度姆的事儿给忘记在脑后了。"

巫杏指点着纳罕、子平，"你们这些人真的不够仁义，度姆好心托付你们，你们倒是忘记得一干二净。真的是饱汉不知饿汉饥，老夫妻不解初恋情。"

"什么事啊让你巫杏这么着急？"贺兰儿问道。

巫杏说："仪狄太正妃在仪狄部落山寨患病歇息时，做主将度姆许配给貔，俩人已在仪狄太正妃面前结拜订婚，后来貔跟随纳罕去了西北，这一走就是一年多让度姆日思夜想，泪水洗面。度姆中间托付过纳罕，也托付过子平，想让貔早日回井方与度姆完婚，可这两个大男人，竟把度姆的托付给忘记了……贺兰儿你说这可气不可气呀。"

贺兰儿心疼度姆并为纳罕解脱："纳罕忙于征战，事多如麻，如此之事难免忘却，可子平你一直来往于井方与京都之间，有充足的时间和理由提及此事啊？"

巫杏说："贺兰儿你不能偏心眼说话，貔在你纳罕麾下，是你纳罕的得力之将，他不关心谁来关心，我们子平又没有去西北。"

贺兰儿反驳道："西北之战一路劳顿，吃的苦受的累你不是不知道，纳罕他哪儿有心思想别的事？"巫杏得理不让人，她说道："他没心思想别的事儿，但有时间抱你亲你……"

贺兰儿脸红了："你和子平也好不到哪儿去，不知道是谁偷偷地从京都回井方与子平约会，连她自己都说一块儿睡过了。"巫杏毫不介意："睡过了怎么了？夫妻同房天地和合很正常不是，我们的婚礼虽然不及你们，但也是仪狄太正妃主婚的。"

贺兰儿大几岁，懂得忍让况且又是在自己的府上，她笑意道："巫杏妹妹咱们不争了，总之是他们两人不对。接下来……"纳罕接过话茬儿："接下来是我的事了，我马上安排貔回去与度姆完婚。"子平说："这事儿得告诉子英，度姆是子英妹妹的表妹，度姆与貔的婚事又是我们母妃仪狄太正妃定的，子英妹妹定会参加的。"

四个人商议了一番，开始吃酒作乐，屋厅内甚是热闹。

妙儿听说井妃的母妃仪狄太正妃来了后不住王宫住在了她原来下属的府第，深为仪狄太正妃的大义和为人低调折服。妙儿与已故正妃妇好感情深厚，但与子英接触后深感子英与妇好相比有明显的重友情善关怀的品质，子英从不高高在上更不会盛气凌人，让接触者总会有一种亲近的感觉。妇好过世后，子英理解妙儿、体贴妙儿也尊重妙儿，她们凯旋回京都后，子英请求妙儿留居王宫，并请求子昭王让妙儿居住在已故妇好的寝宫，这让妙儿感受到子英的姊妹友情和念旧之情。

人之间有了信任，也就多了友情，有了友情，人们总是喜欢做出些事情，让友情升温一步。午后，妙儿叫来世子孝己和小主子妥商议探望井妃的母妃仪狄太正妃之事。世子和子妥对井妃有好感自然乐意前往。世子说："阿母离世正妃缺位，父王册封井妃为正妃顺应祖制符合法度，我等自然拥护，况且我与子妥年弱，子媚、子颂年幼，也需要有一个名正言顺的慈母，阿母生前对井妃有托付，是我等之幸。今时井妃之母驾临，我等是晚辈儿，必须去探望。去时须带上子媚和子颂，姊妹同行和气融融。"子妥闪动着两只美丽温存的大眼睛："我听世子弟弟的，大家一块去。"妙儿与世子商量妥当，告知了子英，子英提前到达母妃处等待并让人准备晚餐，一块儿招待世子孝已、妙妃和孩子们。

世子姊妹几人第一次与井妃的母妃仪狄太正妃见面，大家很兴奋也很高兴。见面时，井妃之母仪狄太正妃以小邦伯侯之礼叩见世子，世子还礼。始初妙儿不同意井妃之母仪狄太正妃向世子叩礼，认为井妃之母仪狄太正妃已是隔代的长辈，又是子英之母，不必向未成年的世子施礼。子英说道："我阿母虽然是世子的祖长辈但她是小邦之侯，世子是大邑商王朝的储君，代表着国朝之尊，我母妃向世子致礼，表示着井方之邦对大邑商王朝和子昭王的敬重，这是国礼之道免不得。对于子妥、子媚和子颂三位小主则可以以晚辈儿待之。"礼遇后，大家坐定，子英的母妃仪狄太正妃感谢世子、妙妃和三位小主前来探望，把准备好的西域的美玉赠送给世子、妙妃和三位小主。子颂尚不足一周，长得白白胖胖，见到仪狄太正妃后，伸出小手儿让抱她，仪狄太正妃欣喜，将子颂揽在怀中，咿咿呀呀甚得其乐。晚饭时，更是欢快亲如家人。

妙儿触景生情，喜极而泣。仪狄太正妃不解，妙儿说："孩子们好久没有这般快乐了。先正妃妇好姐姐的父母去世早我自幼没了母亲，孩子们很少接触隔辈老人，今日有缘他们都很快乐，我也特别开心，我要感谢母妃你。是的，如果你不在意，我是否也能和井妃一样叫你母妃呢？"

"好啊，我正需要你这样的女儿呢。"仪狄太正妃爽快应允。

子英故意道："我不许。"

"你不许没用的，母妃已经同意了。"妙儿得意地摇头晃脑。

子英在妙儿耳边说道："你来，让你认识一个人。"

"谁？"

子英拉着妙儿走向一个房间，说道："巫杏的姊妹。"

"那对儿双胞胎。"

"是的，比巫杏早生半个时辰。"

"是巫杏的姐，可为何不见她来吃饭？"

"她自己单独进膳。"子英解释道。子妥见子英和妙儿走了紧追过来，一块儿到密室中见巫桃。巫桃收了功，吃过饭，正在静坐，她听有人敲门儿便起身开门。

"啊，啊……这么……这么美呀？"子妥看到巫桃惊讶得语无伦次。

"你与巫杏同庚？"妙儿问道。

"一块生下的当然同庚了。"巫桃儿含笑道。

子英介绍说："这是妙妃，这是小主子妥。"巫桃施礼："妙妃好，小主好，小臣叫巫桃，是巫杏的双胞姊妹。"妙儿又问子英："刚才我问你了你不曾回答，巫桃儿为何不与我们一块吃饭？"妙儿与巫桃显然有一种相见恨晚的感觉。

"就是啊为什么不叫这位……嗯，我比巫杏小三个月自然也比你小，你是姐我是妹，可是……为什么不叫这位姐和我们一块儿吃饭呢？"子妥似乎也愤愤不平。

"是因为……"

巫桃打断子英的话："好啊，下一次吧，这一次是因为我有点事儿，刚忙完。"大家坐下说话。子妥眼盯着巫桃，似有着迷一般，妙儿用手在子妥眼前晃动了几下，说道："我的小主，她可是个女孩子用不着这样着迷痴情，你的眼睛都直了。"

子妥请求道："井妃、妙妃两位阿母，子妥请求你们帮我个忙让我跟巫桃姐学学，巫桃姐肯定会什么法术，你看她肌肤，她的面色，她的眼睛，她的整个容貌，冰清玉洁羞花闭月，真的美极了，我想跟她学也变得美一些。"

子英说："我们的小主子妥已经美得倾国倾城了，还想怎么样？"

"阿母过奖我了，巫桃她才是美。"子妥坚持道。

子妥的提醒，点拨了妙儿，她也开始注意巫桃。

巫桃坦然道："小主你学不来，也不能学，我是巫家出身，你是王族之脉，我是以道修行，你是安民资治。路不同苦处各不同，但我们俩有缘，可以成为好朋友。"

"真的？"

"当然是。"

妙儿见子妥与巫桃你一言我一语谈得正浓,悄悄拉起子英的手臂,俩人退了出来。

是夜,子妥声言有事坚持留下与巫桃做伴,子媚听说子妥不走,子英也不走,也要求留下。妙儿笑吟吟地对子英说:"女儿大了不由人,你说怎么办?"

子英说:"你是她们的阿母我也是,跟我住一块儿也应该。"最终世子、妙儿带着小主子颂回王城去了,留下了子妥、子媚与巫桃做伴。夜间,子昭王来看小女儿子颂,得知子妥和子媚拜见子英的母妃仪狄太正妃时不想回来留到纳罕府上与子英做伴儿,见儿女们与子英如此亲近,心中十分高兴。当夜,子昭王留宿在妙儿处。

次日,整个京都殷城插满了五色旗和大邑商军队的玄鸟旗,街巷中鼓乐鸣动,召唤着京城百姓向王城汇集,王室贵族,方国伯侯,邦国贵宾,外域友好陆续到达王城广场,广场上人山人海。上午辰时伊相傅说宣布井妃加冕仪式开始,鼓乐声中子昭王和井妃穿戴华丽的礼服手牵手走上礼台。第一个仪式由子昭王和井妃祭祀天地神祇宗庙先祖,新封王之正妃井将受命于上天和祖宗,承继祖业辅佐子昭王治理天下,维护子族江山。第二个仪式由子昭王宣布册封井妃为大邑商王朝的正妃,亲手将玉石王冠戴在井妃的头上,俩人坐定后接受天下文武百官的叩拜贺礼。第三个仪式由伊相傅说代表子昭王宣布诏命:一是宣布大邑商历时十七年的征伐战事结束,天下方国归心,边地安定,万邦和睦,大邑商一统天下进入和平共处时代,赦免中天内陆地区曾经与大邑商为敌的十几个方国首领的死罪,降为平民,给予田地,准予回归原方国安居乐业;二是宣布大邑商劝耕令,所有方邦邑属要发展农桑,鼓励农耕,减赋安民,兴办手工商贸;三是宣布开放边地,鼓励商贸,通行商贸之途;四是宣布井方国为大邑商王室贵族,准例参加大邑商的国朝祭祀礼节。宣布结束后,万民沸腾,高呼"吾王千岁"。天下来宾无不额手相庆,大家共同祝贺久违的和平降临人间。

正在朝民欢庆之时,井方神兽辣辣腾云驾雾降临到井妃的身旁,与井妃相倚而立,注视着欢乐的人群,还不时地晃动着尾巴与人们遥相呼应。伊相傅说精通天文知其瑞祥,见此兽狮头、鹿角、虎眼、麋身、龙鳞、牛尾于一体,尾巴上有毛又似龙尾,上有一角,角上带肉,感到十分惊奇,便悄悄地询问井妃的母妃仪狄太正妃。仪狄太正妃激动地说："天降麒麟，国运大吉。"傅说不知其意，继续问道："请教仪狄太正妃何为麒麟，它为何降临于大典之日？"仪狄太正妃说道："此兽乃我井方国山神之兽，栖身在我井方国的大行山中，当地人名其曰辣辣，其实为麒麟之兽，古人视之为神宠、仁宠之物，其寿长，能活两千余年，善吐火，声音如雷，只有在我井方国重大喜事的时候它才会出现。今日我女加冕正妃受其王宠它自然是来祝贺的，说明我大邑商国运昌盛中兴正时，可喜可贺，可喜可贺呀。"仪狄太正妃说着已是泪流满面了。

傅说近前向子昭王悄悄禀报，子昭王闻之大喜，他亲自率文武百官和朝民百姓，叩拜来自井方国的神兽麒麟。麒麟受礼后，离开井妃登上礼台高处，口吐火焰发出一声雷鸣，顷刻间满天祥云，待朝民再举首相望时，麒麟已消失在云天之中。子昭王叩拜时，发辫上的玉簪脱落于地长长的青丝散布于肩头，他站起身激动得像一头雄狮振臂长吼："吾朝吉祥，国运大兴，苍天厚我，我等定不负苍天。"朝民们应声而起，欢声雷动，王城内外鼓乐齐鸣，声浪如潮淹没了整个殷都也淹没了整个大邑商的天下！

大典之后，子昭王容光焕发在王城广场宴请四方宾客，命人将大邑商的国鼎放在王城的高处，旁边依次摆放着八十一个方国的小鼎，以示君臣同乐天下太平。整个酒宴之丰盛，场景之宏大，感叹了天下人，也让四夷的远邦宾客为之震撼、敬佩和羡慕。在国都欢庆之时，地方上的诸侯方国也同时庆贺，真的是举国上下万民同庆。

宴毕归来，子昭王由井妃陪同专程到纳罕府上探望井妃之母仪狄太正妃，赐予仪狄太正妃西域玉石珍宝。仪狄太正妃对子昭王诏命井方为王室贵族，礼遇国朝祭祀，深表感动和感谢。仪狄太正妃表示井方之国要世代忠于大邑商王室，为大邑商王朝镇守好北部边地，守好北疆之土。子昭王提议把井妃的庶兄子平留下来在大邑商王朝内任职，仪狄太正妃婉言谢绝，她说道："井妃受王之命已有重任，无法再回井方封邑之地管理事务，我年纪大了需要子平在我身边替我打理事情，实在是离不开的，感恩王的厚爱之意。"仪狄太正妃言外之意是在躲避外戚参政的忌讳，子昭王知道仪狄太正妃的用心，心里头钦佩，于是除了表示尊重外特别诏命准予井方继续拥有自己的军队，这让仪狄太正妃母女俩十分感动。

子昭王回到王宫，已是入夜。

商历四月，大地回春，京都万树绿染，夜色中涌动着春的气息。沐浴后的子昭王来到了子英的寝宫，先是询问井方神兽辣辣之事，子英笑道："辣辣的故事我的母妃已经讲过，别的事情妻妃实难再做解释。"

子昭王信奉鬼神，知道万事皆有因缘天机又不可泄露，不便再多问些什么，但在他内心深处对井妃有着说不出的敬重之情，或许还夹杂着几丝的敬畏之感，既然神兽都能与井妃结缘相伴，井妃必然是天上的星象人物，一向自认为是天下霸主老大的子昭王此时对井妃多了些卑恭之情。

他坐在井妃的卧榻之上，心思里依然是神兽的事情，沐浴后的井妃走到他面前的时候，他依旧呆呆地想着。披着寝衣的井妃坐在子昭王的身边，见子昭王若有心事之态，她轻柔地依偎在子昭王的身边羞涩地说道："大王，今夜可是妻妃的洞房花烛……"

子昭王一怔歉意一笑，伸出他有力的双臂将井妃揽入他的怀中，久违的激情终于迸发出来。由此日起，大邑商国朝便将子英正妃称为妇妌。

第四十三章　世子孝己的初恋

俩人亲热过后，妇妌羞羞地俯在子昭王身上，子昭王宽阔的胸膛大山一般的厚实，让妇妌飞翔的心从此有了栖息之地，妇妌品尝着幸福的甜蜜，泪水不由自主地随着心潮的澎湃向外涌动，任它们经过她白皙的脸颊向下流淌，滴落在子昭王的肌肤上。"委屈你了，与你成婚两年才与你圆房。"子昭王深情地说道，用他的大手抚摸着妇妌的秀发。妇妌把头深埋在子昭王的怀里，微微地摇动脑袋，声音弱弱地说道："没有。"

子昭王起身，拥着妇妌："感觉委屈就哭吧。"妇妌依旧摇头，泪水涟涟。子昭王俯首吻着妇妌的秀发，他的长发覆盖着妇妌的身体，无不动情，"真的对不起，让我怎样做才能补偿你呢？"妇妌将头转向一边儿，她的脸颊贴着子昭王的胸膛，说道："你给我足够多了，我很满足再无他求，成婚两年才圆房不是你的错，那是天灾人祸战争逼的，不要再说对不起的话，我可不是小肚鸡肠之人，你能陪伴我，让我一生有个靠山有个依托就足够。"妇妌说这话看似是一种解释和体谅，其实反映出近两年妇妌的心路变迁和对婚事的认知。两年前羌人入侵发动西北之战，为了应对华族历史上最惨烈的抗击外族入侵的战事，在已故正妃妇好的撮合下子昭王与井方联姻纳娶妇妌为妃，这个影响妇妌一生的事件在妇妌的意识里好像是偶然中的一次巧合。在巧合的成分中，有对大邑商王朝感恩的回报，有对妇好善心好意的迎合，有对母妃若暗若明心愿的默许。总之，最初决定她命运的不是她自己而是她身边所信赖的人。

第一次见子昭王时，她对昭王充满了敬仰；子昭王诏命出兵解救井方国，她对子昭王充满了感恩；子昭王封她为井方伯侯，她对子昭王充满了依赖；先正妃妇好在西北受难嫡王子孝已向她求情她千里迢迢代表子昭王看望妇好和商朝大军的时候，她对子昭王充满了亲情；在禽战亡妇好离世妇好子女对她相依相靠时，她对子昭王充满了责任的担当。人世间千丝万缕的黏合，一步步拉近了她与大邑商王朝以及她与子昭王之间的距离，让她心甘情愿地与大邑商的撑舵人子昭王心贴心地走在一起，甚至为了他乐于牺牲自己的一切。

子昭王比妇妍大四十余岁，年龄之差曾经让她和母妃忧虑。尽管大邑商有严格的等级制度，在同阶级之间男女相对平等，表现在婚姻的选择上更多地体现男女双方的意愿。偶尔发生的男性强迫女性的婚姻，多是胜利者对失败者政治权利、人身权利掠夺的一种战争习俗，因为统治者相信征服一个民族最有效的办法就是征服所战败民族的女性。这种战争价值观反映出大邑商社会对于女性社会地位的重视和认可，并被后代的封建社会所接受。

婚姻是利益的整合，此种价值观的认同深刻地影响着道德观的取向。在大邑商社会中社会的道德观就是依附并服从于氏族部落利益，为部落利益牺牲个人利益是道德的制高点，包括以身殉职的祭祀以及男女婚姻等，所以妇妍嫁于大她四十多岁的子昭王符合大邑商社会价值和道德理念，是习俗习风上倡导并赞美的事情。

妇妍的母妃对女儿婚姻的最大的关注点不是社会的认可，而是子昭王的身体。商人认为，婚姻最大的目的不是男女愉悦的媾和，而是传宗接代延续氏族人口，氏族人口的繁殖和延续是氏族部落的最大政治，为此妇妍的母妃背着女儿，对子昭王的身体状况进行了细致的了解。

子昭王之父小乙在位二十一年，政绩上无大的建树。子昭王小的时候，小乙把他放到乡邑之地参加农耕生产，锤炼他的意志；小乙六年子昭王拜师习武，学习骑射弓石格斗之术，练就了强壮的体格和超人的武艺，时至今日，子昭王依然习武强身磨刀霍霍，骑射格斗不输年轻人，一副壮志未酬的精气神儿。妇妍的母妃不止一次地对女儿讲道："甭看子昭王年上六十，依然生龙活虎体力不输少年，否则他如何管束得了六十位妻妾，如何生养出五十个儿子呢？"妇妍害羞道："阿母，这事儿你也能给女儿说吗？"

母妃说："我是过来人，女人需要什么阿母自然清楚，再说了王室深似海，在王室中没有自己生养的儿女就等于没有底气和靠山，将来人老色衰了谁来维护你？我现在就你一个亲人了，自然会为你的幸福考虑。"母妃说着眼泪啪啪地落了下来，似断线的珍珠，让人心醉。

妇姘想到母妃鼻子一酸，泪珠又从眼睛中涌动出来。子昭王见状心疼地爬起身瞅着妇姘问道："怎么了我的宝贝？"子昭王浓密的长发足有三尺之余，它们毫无节制地垂落到妇姘的脸上和丰满的胸脯之上，肆无忌惮地在妇姘的脸上和胸上滑动着，让妇姘春心荡漾，妇姘只说了一句"我要"，便张开双臂把子昭王拉入怀中。俩人如火山之焰，猛烈地迸发燃烧。

两日后，妇姘的母妃来访，一是探望女儿，二是向女儿辞别准备回井方老家去。王宫的侍卒已经知晓此老妪是当今的正妃之母仪狄太正妃，见其一行人来访不敢怠慢，匆匆放行。母妃等人行至妇姘寝宫门口，守门的女侍告诉他们，说是子昭王和妇姘仍未起床。母妃有些尴尬，她慌忙说道："我是来拜见妙妃的，请与妙妃禀报一声。"一侍女还算机灵，慌忙跑去通报妙妃。

随行的巫杏儿窃窃私喜嘟囔道："日上三竿了大王还在睡觉，可见是要美人不要江山了。"巫桃悄悄地拉了巫杏一把："这有什么呢？这说明我们井方的妇姘讨大王喜欢。"母妃听后默不作声，心里头倒是欣慰。子平插言道："巫桃说得好，妇姘妹妹美若天仙，没有大王不喜欢的道理。"母妃想制止他们不想让他们再说这些，转过脸儿说道："我们的伯侯王受到子昭王的宠爱，是我做母妃的福气，也是我们井方人的福气，你们说是吗？"

三人说："是。"巫杏接着补充了一句："当然是。"

"既然是好事，就要把嘴巴闭上，不要满嘴跑舌头。"母妃打了个手势，让大家噤声。此时妙妃慌张地跑了过来，一边跑一边说："对不住母妃，让你们久等了，昨夜……呢，子昭王高兴招呼我们几个姊妹饮酒庆贺妇姘妹妹加冕，热闹到半夜，所以今日……"

母妃知道妙儿是在为子昭王和妇姘掩饰，附和道："春日里人乏，我们也是起床不久就来了，也怨我们无礼，没有事先向王室禀报就仓促来访。"妙儿亲昵地搀扶母妃说道："母妃见外了不是，这王宫不是别的地方是你女儿的居所，我和正妃妇姘都是你的女儿，母亲来看女儿是用不着事先禀报的。"妙儿说得款款得体，母妃心里高兴，她夸奖说："天帝眷顾，让你和子英居住一起成为好姊妹，你们相互体贴照顾着冷热互知，我做长辈的远在北地也能放心无虑。"说着落下泪来。

妙儿把母妃等引入自己的寝宫，让母妃坐下，拿来麻巾亲自为母妃拭泪，笑道："儿行千里母担忧，女儿是母亲心上的肉，你的心情我能理解。我真羡慕正妃妇姘妹妹，她有一个如此健康和疼她的母妃，可我的母亲在我很小的时候就没了。"妙儿说起此事联想到不久前离世的正妃妇好，眼窝子里满是泪。

母妃马上替妙儿拭泪，说道："你安慰我又把你的伤感事勾了出来，不要难过，你和子英一样都是我的女儿，你们想我去井方看我，我想你们时……"说到这里母妃没有了下文。妙儿接着说："你想我和正妃妇姘时也可以随时来看我们哪。"

母妃摇头："那不行，王宫里的规矩还是要遵守的。"

子妥、子媚听说正妃妇姘的母妃来了，一块出来与母妃等相见，施礼后子妥拉着巫杏，子媚拉着巫桃双双对对的很是亲热，她们向母妃和妙儿奏请道："我们单独说话行吗？"子妥、子媚是子昭王的嫡女，位居小主身份，母妃自然不好回话作答，拿眼睛看着妙儿。妙儿以晚辈的口吻又向母妃请示："母妃你说呢？"母妃不好推托："当然好啊。"四个人高高兴兴地去了。

到了子妥和子媚的寝室，巫杏环视了一圈，见屋内宽广明亮，收拾得俭朴整洁，丝毫没有豪华的摆设，也不是独立的闺房。她好奇地问道："你们姊妹就住这儿？"子妥解释道："阿母活着的时候经常不在家住，妹妹晚上想阿母时我就陪她一块住，习惯了就分不开了。"巫桃怕勾起子妥和子媚想已故正妃妇好的伤心事，马上说道："姊妹俩同居一块儿好做伴儿好说话儿，总比让侍女们侍候着好。"巫杏得到的答复并非是她所要的，想再问时话茬儿已经被巫桃接了过来。巫杏生性活泼不拘小节，是个高调生活高调享受的人，她与巫桃一块儿降临人间相差不到一个时辰，但很少叫过巫桃姐姐，在她的意念中她应当是先到人间的那个人，她不想屈从于任何人包括与她同生的姊妹。小的时候记不得也做不了主，但在她独立生活之后，她不曾与巫桃在一块儿居住过更不曾用一个闺房。她喜欢排场，喜欢拥有好看的好吃的，她自己有别人没有的东西，特别是稀奇的珍玩一类，所以她一直把她的寝室闺房装得满满的，打扮得豪华无比，什么东海的海螺，南海的珊瑚，西域的美玉，北海的贝壳等。今日见到子妥和子媚的闺房之后，巫杏有些失望，有些意外，更有些不可理解。两个大邑商王朝天下无敌的商王贵女，竟然同居一个闺房，即使有一百个思念母亲的理由，也不至于把闺房寝室搞得如此的俭洁而清朴。巫桃了解巫杏的心思，但巫桃有她个人的想法儿。

子妥问巫杏："你也离开京城吗？"巫杏嘻嘻哈哈地说："当然了，我是子平的妻子，自然会和他一块儿走的。"听到这话，子妥面色微红流露出不易觉察的羞涩。她与巫杏同岁年纪，巫杏已做人妇，她却闺中待字，并且去无定处。

子媚问巫桃："巫桃姐你呢？"巫桃淡淡一笑，用美丽的眼睛望着子媚姊妹："我呢，不知道，听天命，顺其自然。"子媚高兴地跳起来说："真希望你能留下来，我姐姐说你是国色天香，绝代丽者。哦哦，忘记了，忘记了一件大事……"子媚跑到姊妹子妥的跟前俯在她的耳边嘀咕了一会儿，子妥不住地点头赞同，经得子妥的默许后，子媚转脸儿向巫杏和巫桃打着招呼，说了句"等等啊"，便一溜烟地跑去了。

巫杏在房内踱着步子，观察着窗外的光景，透过王宫春日花发的树木，她发现了王城边上矗立在妇好墓上的"母辛宗"庙，心内一惊，明白了子妥姊妹为何要住在这间房里的秘密。巫杏眼睛湿润，她愧疚刚才的想法默默地赞颂道："人间真情在，帝王女儿家。"自叹不如这对帝王女儿的情操。她回首，见子妥正与巫桃坐在榻边儿上悄声地说着什么，说得投入谈得甚欢。若在往日，她绝对会打断她们探个究竟，可今时她受到子妥、子媚俩姊妹的影响和感染变得矜持许多，她似乎懂得了理解和尊重，至于尊重什么，她一时还弄不明白，但起码在子妥面前她不敢也不想造次行事，留下不好的影响，于是她悄悄地离开了，她要去看望子颂，她想子颂虽然是两岁的年纪实际上才八个多月，她们是老朋友，是西北之战、生死之交的患难人。

前日妙儿带着孝己、子妥、子媚和子颂去纳罕府上探访妇妌的母妃一行时，子妥和子媚对巫桃儿的美貌大加赞赏，回来后告诉了世子孝己。孝己闻听后懊悔没有跟随她们去见见这个美貌仙子，姊妹说得多了，孝己记在心上，夜里偶做一梦，梦见巫桃飘飘若仙真的前来见他，让他春心荡漾，生平第一次有了少年烦恼。他感叹蹉跎了一夜。

孝己性格沉静，不善多语，与父亲子昭王和母妃妇好的性情脾气不同，他厚于仁慈，厌恶杀戮和征战。他小时候爱落泪使小性子，有大姑娘之称，经过西北之战和母亲妇好的死，开始变得坚强和成熟起来，然而他的成熟就是越沉静，越有自己的主见。孝己的性情和处事理念一直不受子昭王喜欢，但孝己依然故我，并不想改变自己迎合他的父王，俩人性情不合但脱不开父子之缘。子昭王是个省心自乐之人，既然世子不讨他的喜欢，他也懒得为难世子，毕竟嫡子中就孝己一人又是妇好遗孤，心疼世子不在话下。父子俩人各忙各的，各想各的心事，除了早上孝己向子昭王请安见上一面之后，一天中再不见踪影。妇妍加冕之后，子昭王宿居妇妍寝宫，新婚燕尔难免晚宿朝迟喜度良宵。孝己到了二八破瓜①年纪，懂得了男欢女爱的事情，羞于惊动了父王的好梦，请安的事儿也就能省则省了。六十余岁的子昭王安得顺耳之年，南征北战十几载，天下一统光宗耀祖实现环宇太平，他打拼累了也疲惫了，又得娇妻妇妍，心情愉悦，贪欢求美，一门儿心思想享受人世间的荣华富贵。

孝己呢，随着时间的斗转星移依然抹不去怀念母妃妇好的那份悲情，特别在夜深人静之时，思念的涌动时常让他泪水洗面，长夜不眠。他知道人死不能复生，他也清楚自己终究也会变老死去，他想竭力从痛苦中挣脱出来，实现自我独立，毕竟，毕竟是一个十五岁的男人汉们儿了。母妃妇好活着的时候，他的心全在母妃妇好那里，所有的一切都依靠着母妃妇好教导指引，母妃妇好死了没有依靠了，他得自己走路，自己管自己，还要照顾子妥、子媚、子颂三个姊妹，他感觉他的担子很重。至于国朝参政之事他没有想过，父王不需要他，他也不想费那份心思，懒得费心劳神。有时他有点怕，他自知自己没有父王的体魄和本事，挑不动大邑商王朝国政那副担子，现在年纪小挑不动，再过十年二十年他也挑不动，所以他想躲，躲得远一点儿，让他的父王替他慢慢地挑着它。

他敬佩新近加冕的正妃妇妍，能有妇妍这样的女人接替母妃的角色做他和三个姊妹的慈母，他和姊妹们都接受并乐意与她接近。妇妍人善大气，心胸宽广，能容天下难容之事，是个德才慧智于一身的睿智女子，他和姊妹们都承认，妇妍比母亲妇好更加优秀更加出类拔萃。妇妍的优秀在于妇妍的细心和全面，在于她具备女性的缜密和男性的包容，其实在世子孝己的心底，他对他的父王有点羡慕有些嫉妒，更有些恨意，他认为如此娇美的妇妍应该是属于他的，他与妇妍年纪相仿，妇妍仅仅大他三岁，真实相差二十几个月而已，他思念过妇妍，他心中一直有妇妍的影子，他不敢对别人讲，包括把他带大的和母亲一样的妙妃。他对妇妍的爱意是一种初恋，似乎有一种爱母亲妇好的那种感

---

① 破瓜之年：男或女十六岁为破瓜之年，瓜字为两个八字，破瓜之年就是二八之年。

觉，这种爱一直藏在心里，在心里隐藏着。

妙妃了解他，一直鼓励他提醒他可以找女人了。他问妙妃说："找谁，井妃吗？"妙妃瞪大眼睛，望着风度翩翩玉树临风的美少年，"扑哧"一声笑了，之后淌着眼泪说："世子大人，井妃不行，她是你父王的女人。"孝己"哦"了一声，心中的欲火从此熄灭。从此孝己远离红尘之欲，开始效仿商的始祖契潜心研究天文，幻想着像契一样以火纪时筑造阏伯台观察星辰，测定一年的自然变化和年成的好坏，当一个闻名天的"火正"①之官。然而巫桃的到来，又燃起了世子孝己的少年欲念之火。

妙儿是个精明人，她在宫中生活久了知道如何说话，为了解除尴尬气氛，她在母妃面前不遗余力地讲了许多妇妌的为人故事。她赞扬母妃教导了一个好女儿，感叹大邑商王朝有了一个聪明贤惠的王室的当家人。妙儿口若悬河地赞颂，让母妃和子平特别感动，母妃都来不及插话，时间不知不觉过去了半个时辰。话到终了妙儿说道："我呢，自幼没有了生母，你是妇妌的母妃也是我的母妃，我们俩都是你的女儿，所以呢，母妃你在京都多逗留几日，我们也好向你诉道诉道，你呢就不要急着回去。"

正说话间，来人禀报说是正妃妇妌正在等着与仪狄太正妃相见，妙儿收起话题，引领着把仪狄太正妃一行送到正妃妇妌的寝宫，与正妃妇妌拜见后返回居所。妙妃坐下刚从子妥怀中接过子颂，孝己和子媚气喘吁吁地跑了进来，子媚不停地问道："人呢人呢？"妙妃不知何事，望着子媚和子妥。子妥埋怨道："为何这般拖延？都一个时辰了，谁还等你们。"

孝己心急道："我去正妃妇妌那里。"转身要走，妙儿叫住孝己："世子慢走。"妙妃似乎明白了什么但又不确定，"你去那儿干吗？你父王在呢。"听到父王在妇妌那里，孝己收住脚步。妙妃暗想，这爱恋的作用真大，竟能让不近女色的世子点燃起色欲之火。好事，世子终于变成男人了。妙妃有些高兴，但也担心孝己若是匆匆追去了会做出鲁莽之事，在妇妌母妃面前失了世子的身份，所以她故意说子昭王在妇妌那里，以阻止孝己的行动。实际上子昭王已经离开了妇妌的寝宫。

子妥把孝己拉到自己的身边，安慰道："莫着急，阿姐安排你与巫桃见面

---

① 火正：古代管制火种的官员，又指火星，商始祖契为最早的"火正"。

不就妥了嘛。"妙妃脱口道："果然是看上巫桃了，你们说谁的主意？"子媚走到妙妃的面前："我的主意。"妙妃用手指头点着子媚的额头："你呀，嫩了点，肯定是子妥的主意。"

子妥也不逃避："是我怎么了？说明我眼光高呗。"妙妃笑眯眯说道："有眼光，我赞成。"妙妃怀抱着子颂，望着窗外水池中的浮莲，低吟道："参差荇菜，左右流之；窈窕淑女，寤寐求之。"

子妥说："妙妃阿母忘记了，民歌是这样说的：关关雎鸠，在河之洲。窈窕淑女，君子好逑。"

妙妃停下来正言道："孝己是大邑商王朝的堂堂世子，国家的明日之王，天下美貌的女子尽可去爱，尽可去拥有！她一个巫桃又算得了什么？妙阿母支持你。"孝己激动起来，亲切地问道："妙阿母，你也认为那个巫桃美吗？"妙儿把子颂交给孝己："我的世子大人，那个巫桃貌美绝世天下无双，我都喜欢她。"

"噢，我真开心！"世子抱着子颂原地转了好几圈儿。

第四十四章　妇妌的母妃之嘱

侍女禀报仪狄太正妃来访惊醒妇妌，妇妌睁开睡意蒙眬的眼睛，见阳光透过窗帘清晰地投在寝室的地上，她从子昭王怀中挣脱出来，羞涩道："天大亮了咱俩还在睡懒觉，怪羞人的，这如何是好？"

子昭王被打扰后心中不悦，怒道："侍卫们是干什么吃的，竟然随意放人进入我的王宫。"妇妌一边给子昭王穿衣一边小声说道："不要责怪侍卫，进来的人不是别人是我的母妃，想必他们要回井方老家前来辞别的。"子昭王"哦"了一声怒气全消。他说道："原来如此，本王也见见他们尽些礼节。"妇妌为子昭王系好腰巾，细语道："你的好意心领了，也替我母妃谢了，我的意思你还是避避好，睡到这个时辰总是有些不雅。"子昭王整理着自己的长发，俯身让妇妌为他束扎，顺势揽起妇妌："本王洞房花烛良辰美景，不怕笑话。"妇妌手指窗外说道："日上三竿已经是巳时，再过一个时辰就到午时了，你不理朝政了吗？"本想要离开的子昭王听了妇妌如此说，坐下不走了，说道："国朝诏命天下庆贺正妃妇妌加冕，命君民休朝三天同贺。"

妇妌手拍额头："我倒是把这事儿给忘记了。"稍后一想，妇妌又把子昭王从榻上拉起来："那也不成，我总不能在这个场合让你与我的母妃见面，即使你不在乎，我是新人我会尴尬的，你还是避避吧，回你自己的寝宫进早膳。"子昭王孩子似的不想走，妇妌在子昭王脸上吻了一口，撒娇道："听话，晚上我等你。"子昭王笑了，让侍从陪同他离开了妇妌的寝宫。

子昭王走后，妇妌让侍女为她简单地梳理了一下，速派人去妙妃处请母妃，她自己则在寝宫的门口处迎候母妃一行。妙妃把仪狄太正妃送来，还让人给妇妍带来了早膳，临别时悄悄地在妇妍的耳边说道："你也真行，折腾到什么时候了也不怕把子昭王累着。"妇妍在妙妃的胳膊上拧了一把，说道："少贫嘴。"妙妃喜盈盈地去了。

妇妍在寝宫内设宴招待母妃一行为其送行，席间难免落泪，母妃仪狄太正妃说道："此次你加冕大典普天同庆，荣耀海宇内外，大邑商国朝破例休朝三日与民同贺，如此殊荣母亲我深受感动，井方百姓也倍感荣光。我回去后，要去宗庙祭祀先祖向他们禀报此事，你的父王和我们的列祖列宗一定会含笑天堂的。"妇妍说："都是父王和列祖列宗给子英的福气，我感恩上天和先祖们，感恩母妃，只是远离家乡远离了母妃，以后再想母妃的时候又一时见不到，女儿心中难免痛苦。"

母妃抚摸着妇妍的手："母妃会老的，总归要离开你离开这个世界的，好在现在我的身子骨还结实，能做些事情，我身边有子平辅佐着，我们替你打理着井方封邑的事务，你尽管放心做大邑商王朝的大事。"

妇妍依偎着母妃说道："那我想你了咋办？"母妃动情地吻着妇妍的秀发不知如何回答。巫杏说道："想了好啊，想母妃时就回井方看看，那是你的封邑、你的家呀。"妇妍望着巫杏说道："做了我的兄嫂，到底有长进会说话了。"巫杏慌忙起身跪拜道："小臣不敢造次，承蒙正妃妇妍夸奖。"听了此话妇妍想起了什么，让侍从拿来两个礼盒，她打开礼盒拿起一块儿精美的玉佩，亲手挂在巫杏的胸前，说道："祝贺你与子平成婚，也感谢你陪我到大西北走了一遭，让你吃了不少的苦。"巫杏说："那是应该的，能参加西北之战是我的光荣。"母妃接过话头："是啊，没有西北之战她一个小巫史如何能获得大邑商王朝的爵位之封，让我都羡慕。"

巫杏去过西北，见过西域之玉，对胸前的玉佩爱不释手。巫杏获赐宝玉子平自然高兴，子平说道："母妃和井方的事情，妹妹放心就是，子平我虽然不才，但孝敬母妃帮助母妃打理好井方的事情，愚兄一定会尽力的。"

听子平如此说，仪狄太正妃想起了纳罕的事情，她说道："纳罕已在大邑商王朝任职再回井方做事已不可能，纳罕的司马之职是否另换他人？"

妇妍说："子昭王诏命允许我们井方国有自己的军队，说明白一些我们井方的军队就是大邑商王朝的后备军，这司马一职很重要，必须用心腹才行，母妃是否有打算了呢？"

母妃说道:"原来让纳罕任司马,让子平任司徒是因为当时战乱不久,方国刚刚平定,加之子贻被废你亚父刚死,是个权宜之计。现在纳罕来京都大邑商受命于国朝,我们井方国的司马之职空缺,既然井方之军又是国朝的后备之军,貔是纳罕的手下,为便于一统我想让貔回去任司马之职。"

妇妌笑道:"母妃是否考虑度娲的婚事?"

"也有这个想法。"仪狄太正妃说道。

"子平兄的意下如何?"妇妌问道。

"听从母妃定夺。"子平痛快道。

"兄嫂巫杏你呢?"

巫杏挥动手做出打妇妌的样子:"母妃呀,你看子英她在出我的丑,上有你母妃在左有夫君子平在,此时哪儿轮到我说话?"妇妌嘿嘿地乐:"你认为做我的兄嫂就这么容易。"

一直不说话的巫桃突然插言道:"子昭王允许我井方国拥有军队,一是说明我井方国是大邑商王朝的北方门户,事关大邑商北疆地区的安定;二是说明子昭王信任正妃妇妌想提高正妃妇妌在王室及方邦国的地位,这支军队名义上是我井方国的实际上是正妃妇妌的,正妃妇妌年纪轻在王室根基弱手中没有点武力自然不及那些京畿贵族和方邦伯侯说话的底气足,子昭王一方面把纳罕留在京都管理军事,另一方面让井方国拥有军队,这都是为正妃妇妌铺垫的一步棋。所以为了形成正妃妇妌、纳罕、井方国三点一线有机纵横,还是考虑让纳罕的手下貔做司马为好。"

巫桃一席话,说得仪狄太正妃心花怒放高兴不已,她指着巫桃自豪地向妇妌问道:"阿母的小军师儿不错吧?巫桃既是仙女又是大才之女,满腹韬略。"

妇妌称赞道:"巫杏的姊妹人长得貌美若仙,又身怀仙道之术,不曾想还善于观局天下,纵论国政大事,实为难得人才,巫杏的本事就让人刮目相看,不曾想巫桃更高一筹。母妃真的是好眼力。"

巫杏见妇妌在夸奖自己的姐姐巫桃,正中她不想留京都的意思,忙说道:"巫桃有福气正妃妇妌更有福气了,两个有福气的人携手事业,自然是福福大吉了。"子平很快理解了巫杏的意图,马上附和道:"就是、就是。"妇妌笑了,"你们夫妻俩夫唱妻和别跟我斗心眼儿了,我不会拆散你们。你们替我侍候好母妃就行。"闻听此言，巫杏马上拉起子平向妇妌叩拜谢恩，说道："决不辜负正妃妇妌妹妹的期望，一定会全心全意地照顾好母妃。"

仪狄太正妃让子平和巫杏起身，她想单独与女儿子英说些什么，侍仆突然来报，说是妙妃在外面急见。妇妌不知何事速速起身，一会儿工夫转身归来，望着巫桃笑意满满。她转脸问母妃说："母妃刚才想说什么？"仪狄太正妃说："我此次带巫桃来，就是想把她留在你的身边儿，让她代替我照顾你。"妇妌高兴道："刚刚妙妃来也是为了这事儿，但不知巫桃意下如何？"巫桃说："天遂人愿，我随人意。"

妇妌拿出一只玉佩，说道："原想把此物作为离别之物赠与你的，现在作为见面之礼，请求你留下来陪伴我。我知道你的造化很大，加冕那日为我祝福而现身示祥的神兽辣辣有你的缘分，虽然言语不得但我心中知情，让你留在京都可能会让你受委屈，也是一种情缘，请不要推托。"妇妌把玉佩交给巫桃。巫桃拿在手中向妇妌施礼敬意："主子客气，小的乐意留下。"妇妌说道："巫桃记住，你在我这儿是王朝的史臣，是伴我做事儿的臣子，你不是侍仆之人，故不要说小的如何。"巫桃答应着施礼相谢。

吃过午膳，仪狄太正妃借故休息把妇妌叫至内室，垂泪道："明日阿母就要回去了，虽然井方到殷都不过四五天的路程，毕竟相隔了百里山水之地，相思容易相见难，我这心里也是七上八下的。"妇妌安慰道："我会常回去看你的。"仪狄太正妃摇头："说是这样说，一旦你入了王室成为天下正妃，国事家事压在你身上就身不由己了。"

"我会的。"妇妌坚持。

"我知道你会但阿母不自私，从你加冕那一刻起，你就是天下的主子了，你属于天下臣民的人，不再单独是阿母的女儿，我为此不难过反而为此感到高兴。"

"那女儿想你的时候呢？"

"我来京都看你嘛。"仪狄太正妃拉着妇妌的手，她的手在微微地颤动。妇妌感受到了母妃的心情，心中五味杂陈，她说道："母妃有什么心里话就对女儿说，女儿好想听听母妃的教导。"

仪狄太正妃停了片刻，开始说道："你我明日一别你就要独行天下了。你的路不是常人的路，你的路虽然让天下人羡慕向往或是梦想，但它绝对是一条荆棘丛生的路艰难的路和长途跋涉的路，一条无人相伴相随的路。你的荣耀无人能比，你的痛苦也无人能替，你要事事靠自己，事事要经心走心，要用自己的心面对天下所有的人所有的事情。你走错了路做错了事，兴许能自知，即使不知，那走错路的后果的蒺藜会很快地扎你的脚，让你止步前行改弦易辙。相比较而言，一个普普通通的女人即使她一辈子走错路做错事，也不会有人指责她告诉她，直到她死去她都不知道自己错误了一生，或许她一直认为自己是对的，她一直活在自我的欣赏之中，这就是平民与王妃的差别。你的荣耀你永远不会知道，身边人的赞美是天边的云，有阳光的时候，云霓是彩色的，悦目的，吉祥的，和睦的也是欢乐的；若是没有了阳光，云霓是什么？云霓是夜里遮星的云，是让人郁闷的气，是暴风雨来临的魔，那时云霓的模样就成为黑色的、丑陋的、险恶的和令人不安的怪物。永远不要把赞美当荣耀，永远不要祈求荣耀降临，永远不要为了荣耀骗自己为荣耀而活着，活着的时候所有的荣耀都不是荣耀，惟有在你离开人世之后，或许百年千年之后荣耀才会实至名归，那才是真正的货真价实的荣耀。所以阿母希望你心底要大，气度要大，眼光要远，胸怀要宽，要不计小事小利，不拘小节小理，要容人之过，容人之错，容人之言，容人之礼少。你认为正确的事就要坚定地去做，不管别人说什么你做你的，你要为自己活着。记住，天下的路并非只有一条，越是走投无路的时候，选择的路口越多越是畅达，人生的所有路都是逼出来的。总之子英啊，你的一生是操劳的，奔波的，毁誉参半的，阿母我不期望你有多大的功劳，受何等的敬重，我担心的就怕你半途中趴下，再也站不起来。"

妇姘惊讶道："我这一生会是这样艰难吗？"

仪狄太正妃肯定道："是的，你走的路绝非是一条轻松之路。"

"女儿不解？"

"不是不解，你是不想看到或是还没有看到。"

"那你当初为什么期望我嫁给子昭王呢？"

仪狄太正妃反问道："不嫁给他，你能嫁给谁？"

妇姘满面委屈："女儿生气了，女儿不明白，让我嫁给子昭王的是你，说我跟着他受苦的也是你，你为什么不早给女儿指一条光明之路呢？"

仪狄太正妃大笑，眼泪迸出："我的傻女儿哎，你未嫁人的时候，你的眼中有人吗？你目光清澈，淡如溪水，方小邦国的公子哥们哪一个入得了你的眼睛？我和你的父王一直担心你，怕你傲世无物孤独一生，国师巫姆断定，说你理想广大志在高远，非井方这般的邦国小族所能容纳，建议让你向南面的中天大朝发展。所以我们一直在寻机让你探访大邑商王朝，在大邑商王室找到你的宿身之处，不曾想土方国发动的侵犯我井方国的战事，竟成全了你并通过你让井方获得了重生。我和你的父王一直相信国师巫姆说的话，大邑商王朝是你的用武之地终归之地，这是天意我们躲避不了，唯有屈从。"

"所以你通过已故正妃妇好促成了大邑商王室与井方的联姻？"妇妍问道。这也是妇妍长久以来隐于心中的一个疑虑，今日母妃仪狄太正妃说起此事，她便求解疑窦。

仪狄太正妃摇头："你与子昭王成婚不是阿母最早提出，是因为妇好大将军与你结拜金兰姊妹后无意中促成，你与妇好大将军结拜金兰，阿母我事先不知情，你的父王包括国师巫姆事先也不知情。在国家危难命悬一线之时，你一个弱女子受命出使，有缘与强者结盟为友，救国家百姓于水深火热之中，是你出使者的权力更是你一个出使者的魅力，也是我和你父王在危难之际求之不得的幸事。虽然我与你父王事后才得知你与妇好大将军缔结金兰之事，我们没有反对也无理由反对，我们是支持的赞成的，是为之自豪的。事实上正是你与妇好大将军的金兰之约，才让我们的井方国迅速地得以浴火重生，免遭了战争带来的生灵涂炭，但是你与妇好大将军金兰之约的影响并非到此为止，而是你与大邑商王朝、井方与大邑商王朝关系愈加紧密的开始。所有的事情都始料未及任由上天摆布，阿母我也无能为力。"

妇妍舒展眉头，侧卧榻上，托起下巴注视着母妃，倾听母妃讲述自己并不知情的关于自己的故事。

三年前妇好大将军率军北上灭除土方国后应邀巡访井方，仪狄太正妃在仪狄部落山寨举行盛大酒宴欢迎妇好大将军一行，宴毕仪狄太正妃和妇好大将军酒兴尤浓，仪狄太正妃辞了侍从在山寨前的台阶上亲自把盏，独自与妇好大将军对饮赏月共话山景美色。仲夏夜，山地清凉月大如盏，面对良辰美酒妇好褪去长衣短卦，仅留一件紧身的丝衣，自我解嘲道："夜深人静无人在侧，晚辈想吃个痛快，母妃千万不要痴笑。"仪狄太正妃也是爽快之人，她见妇好如此坦荡不拘小礼把山寨视为自己的家，心里格外喜欢，她也脱去了外衣长卦，和妇好一样的装束："都是女人何必约束自己，远祖女娲时代的女人，不就是在屁股上裹个兽皮嘛。"妇好伸出拇指："母妃这话妇好爱听，干！"端起酒碗一饮而尽。

仪狄太正妃真的不乐意让妇好大将军称呼她为母妃。一是妇好是大朝之妃，天下敬仰的大将军，仪狄太正妃作为小邦之国的王妃充其量不及大邑商王朝中的四品之官，与妇好的级别差距不是一职两职，位卑言轻受之有愧心中难免惶恐；二是妇好是救难的大恩之人，国之无难全凭妇好率军剿敌消除后患，让大恩之人尊其长辈并以母妃相称十分不忍。可妇好是正妃之尊武将出身说话由着性子来，说一不二，她认定的事儿别人又不得违之，仪狄太正妃受之不是不受之更是不是。

长夜苍穹，寂静无声，山色酒香环绕着仪狄太正妃和妇好俩人，她们推杯换盏海阔天空谈资正浓。突然妇好问起子英的婚事："母妃对我姊妹子英的婚事有何考虑吗？"

"正妃大将军，小女子英的婚事自然要由你来费心。"仪狄太正妃想借酒醉之机改正称呼。

"错矣，我与子英是金兰姊妹你是长辈，称呼我妇好最妥。"妇好坚持以晚辈儿相称。

有了妇好的告诫，仪狄太正妃不便再叫正妃大将军，但也不想直呼其名姓，于是省去称谓直接述事："子英小女的事仰仗你做姐的多费心思，就凭她的相貌才气，能在大邑商的王室中寻得一位公子就行，也算是我们井方小邦与大邑商攀上了亲缘，获受世间荣耀。"仪狄太正妃原想让子英配上一位王子，但出口时却有意把王子说成公子。

妇好把酒喝了一半还没有咽下肚，却喷了出来。她笑道："母妃简直是说天下笑话，让我子英妹妹嫁给王室的公子哥？笑话笑话，嫁给王子也不行啊！"

仪狄太正妃胆怯地问道："为何？"

妇好正襟危坐："我先说明，我有一个儿子叫孝己，年纪十三岁，比子英小三岁，他是子昭王的唯一嫡子当下大邑商王朝的世子。从年龄上讲，显然我儿与子英不配，即使我儿与子英年龄相当也不行。一是我不答应，二是天下人也不答应！"妇好说到她儿子孝己，话语中充满了自豪之气。仪狄太正妃迷茫地望着妇好，酒醒了一半。

妇好见仪狄太正妃不解，她指着自己的鼻子问道："我是谁？"

"正妃大将军哪。"仪狄太正妃回答。

"谁的正妃？"

仪狄太正妃笑了："当然是当今大邑商王朝的英主子昭王了。"妇好严肃道："你让子昭王的儿子，不，说白了你让子昭王的庶子们娶我子英妹妹，娶他们阿母的妹妹？是的，子昭王妻妾六十，庶子五十，庶子中有一半人年纪比我大，与子英年纪相当的也不在少数。试想一下，王室的庶子娶他们正妃阿母的妹妹这辈分怎么说？我同意子昭王同意吗？再说了哪个庶子敢有这个胆量？"

仪狄太正妃如五雷击顶昏倒在地。

对饮之后，仪狄太正妃安顿好妇好，回到自己的住所，一夜不眠。是啊，我怎么没有想到这一层呢？仪狄太正妃问自己，问窗外天上的繁星和浩瀚的银河，她心乱如麻。妇好说得对，子昭王的儿子们没有胆量敢娶他们父王正妃的妹妹。可是除了商王室之外，谁还能纳娶子英呢？小邦国的伯侯子弟尚不及子英的地位高，子英也看不上他们，而邻邦之国也没有这样合适的人物，即使有合适的人物，当他们知道了子英是大邑商正妃大将军的金兰姊妹，小邦之国也不敢贸然纳娶，除非是正妃大将军乐意亲自为子英赐婚。若是妇好把子英赐婚许配给一个远邦之地的小国，仪狄太正妃我又如何舍得让女儿远走高飞呢。

错错错，辗转难眠，竟有如此伤神事。

仪狄太正妃极尽脑筋地理着头绪，想法儿揣测着最后的结局，她想到了子昭王，想到了娶妻纳妹的习俗，她的心一下子提到了嗓子眼。子昭王六十岁了，子英才十六岁，子英会同意嫁给大她四十多岁的子昭王吗？子英不同意，子昭王执意纳娶又当如何呢？子昭王是天下明主旷世的英雄又是井方国的救主，他若想纳娶子英井方国没有不服从的道理，可他六十岁的年纪身体还行吗？毕竟子英青春年少正是孕育的年纪呢。

仪狄太正妃起身踏着月色在山寨的石板路上寻觅，寻觅利弊，寻觅最终的办法。她瞻前思后，最终确定做两件事儿：一是打探子昭王的身体是否硬朗，心里头有个明白，但是子昭王身体不好硬要纳娶子英，她，子英和子英的父王也没有办法，只能听天由命自认命苦；二是试探一下妇好的意思，若是妇好有意撮合，子英的事儿就十拿九稳有了结果，若是妇好避讳此事，不想让子昭王身边多一个争宠的人，子英的事儿就两说着，她及早做准备为子英早谋嫁主。

陪同妇好回到井方王城，休闲之时仪狄太正妃私下与妇好谈其子昭王的身体，妇好笑道："甭看子昭王六十岁了，仍然壮如猛狮，若是我姊妹子英嫁得子昭王，生几个小王子是不在话下的事情。母妃呀，你就等着做小王子的外王母吧。"言语之中，仪狄太正妃强烈地感受到子英婚事已成定局。

听了仪狄太正妃的述说，妇妌躺在榻上伸起懒腰，嘟囔道："想不到我的婚事竟然这样的曲折，竟然让我的仪狄太正妃费尽了心神。"

仪狄太正妃伤神道："是啊，想不到的事情太多了，当初谁能想到妇好极力撮合你与子昭王的婚事是在为你做嫁衣裳呢？你来了，她去了，把一个好端端的正妃之位留给了你。"妇妌爬起身，眼泪汪汪地望着仪狄太正妃："我感激她，一辈子也忘记不了这位好姐姐。"仪狄太正妃叹气道："人死不能复生只有怀念的份儿。你起来我给你说几句话。"

"明日回井方吗？"

"是的，所以走之前阿母叮嘱你几句。"

妇妌坐在仪狄太正妃面前听她说话，仪狄太正妃说道："国政大事阿母不懂也不想多说，我所要说的就是关于你如何管好家政的事儿。子昭王多帚①天下共知，王家位高权重也是家，不过就是人多了些，家大了些。正妃后宫之主，负有教管王室妻妾子嗣的职守。正妃如同民间的正妻，是所有子嗣的母亲，这包括王的庶子和嫡子孝己，商地中天人的习俗继任之母应当叫慈母。我不关心那些庶子们，我只关心妇好所生的孝己、子妥、子媚和子颂四个嫡生子女。妇好有恩于我们，又是大邑商的功臣已故正妃，不管任何时候，你都要像他们的亲生母亲一样体谅、宽容、关心、呵护他们，做他们的贴心人和知心人，即使你有了自己的孩子也不能外待他们，疏远他们，要像己出的孩子一样同等对待。还有一点我做阿母的必须指出，孝己是嫡长子是当今的世子明日的储君，不管你生养多少个王子永远不可取代孝己嫡长子的地位，这是做人的底线。"仪狄太正妃说着泪水长流，她一字一板的话语，深深地烙印在妇妌的心中。妇妌深情地说道："母妃放心，你的肺腑之言女儿铭记！"

仪狄太正妃继续说道："我说这些话，无非是告诉天上的正妃大将军，我

---

① 帚：指妇女，此指君王妻妾。

们井方国人是知恩图报，是讲信用守承诺的谦谦君子，不是忘恩负义的短见小人。你，我，还有天上的你的父王说到做到永远不会失信于人。"妇妍有生以来见母妃如此的严肃认真，深受感动，慌忙下榻跪在仪狄太正妃面前向母妃保证一定牢记母妃的教诲。

母女正说话间，外室传来了妙妃的说话声，妇妍替母妃擦干净脸上的泪痕，整理好衣饰，出来与妙妃相见。但不知妙妃有什么事情要说。

第四十五章　寝宫夜宴

妇妍与仪狄太正妃走出内室拜见妙妃，一阵寒暄过后妙妃说明来意。说是奉世子之命今晚在妙妃的寝宫设宴招待仪狄太正妃一行，以表世子、子妥、子媚和子颂兄妹四人对仪狄太正妃的孝敬之意，同时为仪狄太正妃一行人送行。

仪狄太正妃不了解大邑商宫内的规矩，不知道是否应允，拿眼睛看着妇妍。妇妍说："既然是世子兄妹之请没有不应之理，我替母妃应允了。"妙妃得了准信儿，向仪狄太正妃施礼道："多谢母妃赏脸，我替世子和小主们谢礼。"

仪狄太正妃客气说："世子乃明日之君，老妪哪儿敢受世子之礼，就是你妙妃的礼我也不敢收呢？"妙妃对妇妍说道："正妃妹妹听见没有，母妃如此客气，我可要生气了。"妇妍笑道："何必生气呢，你作为女儿大可以批评母妃呀。"妙妃一想："也是的，母女不隔心嘛。"

于是妙妃让仪狄太正妃坐下，拿出一副促膝长谈的架势，用眼睛勾着巫桃，意思是引起巫桃对她话语的重视，她说道："既然母妃说到了世子，我就把世子的事给母妃大人叙叨叙叨。别看世子孝己长得高高的模样清秀靓丽，活脱脱的天下数一数二的美男儿，可他年纪还小，刚进入舞象之年[①]。我打探过了巫桃虽然与世子年长三岁，但就出生的月份说，他们的年纪相差二年零几天。"妙妃目光流波在巫桃的粉面上，传送着友好的信息。巫桃却报以淡淡的微笑。妙妃继续着她的话题，"母妃说孝己是明日之君那是自然，世子天生聪

---

① 舞象之年：男子十五岁至二十岁之间称舞象之年。

慧，满腹经纶，治国论道不输祖上的先人，龙生龙凤生凤，有子昭王比较着，世子定是明日的天下明君。世子到及冠①之年辅佐王政尚还需三四载时间，辅政的事儿可以拖一拖，但谈婚论嫁的事儿是拖不得，按照大邑商王朝的习俗男女到了十五岁就要谈婚论嫁，世子正是谈婚论嫁的年纪。"妙妃说着话把目光停留在巫桃的脸上，观察着巫桃的反应，而巫桃平静如水。

仪狄太正妃问道："子昭王没有给世子寻一个良主儿？"妙妃摇头："世子以自己年纪小为由推辞了，世子年纪小但很有主意，他对男女之情看得特别认真，不瞒你们，世子他长到现在连女孩子的手都没有触摸过呢。"

仪狄太正妃笑了："这可不是咱们大邑商男人所崇尚的性格。"在妙妃与仪狄太正妃和巫桃说话的当儿，妇妍把子平和巫杏叫到内室托付俩人替她照顾母妃。妇妍心疼母妃，知道自己不在母妃身边母妃孤独心里苦，知道母妃怕在京城待久了传出外戚干政的闲话，故不愿久留京城。人不能分身，忠孝不能双全，子昭王年纪大了，妇妍身为正妃需要辅助国政，不能经常回去陪伴母妃，唯有可做的就是让子平和巫杏代她行孝尽其孝道之意。妇妍告诉子平，她已经告知了纳罕让貔明日与母妃一块回归井方国，与子平一起帮助母妃打理方国事务。妇妍说："子平兄你要理解母妃，自从胞兄子贻反叛之后，母妃老了孤独了，我很担心母妃。貔和度娲的婚事，你和巫杏要抓紧操办，度娲成婚后可相伴在母妃的身边，陪她说说话聊聊天，一可以减少母妃对我的思念，二有度娲陪伴着母妃也会减少你我的担心。"

子平人实在不会说别的，只是点头说"是"。巫杏口齿厉害话语跟得上，说道："正妃妹妹放心，我和子平一定听你的话，尽快让度娲成婚。"妇妍打断巫杏的话："你和我在一起不是一天两天了，干吗学油头滑脑，我是子平的妹妹你是子平的妻子，身为自己家的兄嫂有必要叫我'正妃妹妹'吗？直接叫妹妹更亲近。"

巫杏小声道："心里头与你很亲近，一直把你做妹妹，那天你在加冕大典上是如此的威风高贵，四方来朝八方叩拜，好伟大好高尚，所以我总觉得你是天我是地，你是人上人、贵人，我心里头有点畏惧你怕你了。"

妇妍说："我有什么好怕的，我还是我，我依然是你和子平的妹妹，一辈

---

① 及冠：男子二十岁称及冠、弱冠、加冠、冠年等。

子不变永远不变。"巫杏小鸟一样飞身扑过来:"那让我抱抱你,看你还是原来的子英主子不是?"妇妍任由巫杏拥抱,说道:"是不是原来的我?"巫杏说道:"是原来的主子,只是身子胖了,浑身肉肉的。"妇妍感叹:"在西北的时候打仗不说,每日操劳也没有什么好吃的东西,整个人儿像条瘦狼,现在心宽了自然体胖,你说我,你不也是……啊……"巫杏收回双臂,问道:"怎么了?"妇妍打量着巫杏,又把目光飘到子平的身上:"巫杏肚子里是否有小孩子了?"子平脸红,茫然。

巫杏坦然道:"肚子在我身上,有没有他如何知道,我听说贺兰儿有了。"妇妍知道贺兰儿有了孕身,自然不会惊奇:"贺兰儿有没有与我子平兄有何关系,我问你呢?"巫杏拍着自己的肚子:"什么都没有,怎么着子平大人今晚来一个?"巫杏眼睛盯着子平,子平羞得无地自容,妇妍和巫杏笑得前仰后合。妇妍捂着自己的肚子,指着巫杏道:"你呀,什么时候能有个大人模样儿?"

晚宴在妙妃的寝宫进行。参加晚宴的主人有妙妃、世子、子妥、子媚还有牙牙学语的子颂,客人有仪狄太正妃、子平、巫杏和巫桃。对于今晚妇妍的身份照妙妃的话说,妇妍是国之正妃王宫主人理所当然属于家主。妇妍不认可,她说:"你今日宴请母妃我来陪宴,自然是客人。"俩人你来我往纠葛不清,众人们借着气氛起哄看她俩的热闹,这时世子孝己站了出来,他先向妇妍鞠躬,说道:"请慈母受礼。"转身又向妙妃鞠躬,"请阿母受礼。"大家看着世子孝己等他的下文,世子孝己大大方方秀气满满地说道:"今日在寝宫宴请外王母[①]为外王母送行,是家宴也是亲戚宴,既然如此就应当忘去朝政身份以亲情辈分论之。我的意思,请外王母入主席。"寝宫内设宴地方受限整个宴席坐北朝南,是个东西向的。北为上南为下,北座的中间一席为主席之位。

反客为主,坐主席之位,仪狄太正妃十分为难。妇妍第一次见世子孝己如此满怀自信慷慨激昂说理论道侃侃而谈,她觉得既惊奇又受感动,便毫不犹豫地帮衬世子说话:"世子孝己所言极是,在家孝道为先。"妇妍搀住母妃让母妃坐在主席上,说道:"世子的话也是圣旨,母妃遵命便是。"妙妃更是欣喜:"世子说得头头是道,我心里感动得不得了,世子有旨我们遵行。"她让

---

① 外王母:古代朝内王子对外婆、外祖母的称呼。

妇妍坐在仪狄太正妃的左侧，她坐在右侧。

挨着妇妍左侧身边就座的依次是子妥、子媚，挨着妙妃右侧身边就座的侍仆抱着的子颂，子颂的边上才是世子孝己。妙妃怕仪狄太正妃和妇妍不理解，悄悄地给她们嘟囔了几语。仪狄太正妃这才发现，子平与子妥和子颂相对，巫杏与妙妃相对，世子孝己单独与巫桃相对。三人会意地笑了，也理解了刚才世子说那番话的用意。

其实席间最得意最清楚的还是子妥，整个晚宴的局是子妥设计的，她为了弟弟孝己尽快见到巫桃，与孝己进行了认真的谋划。妙妃仅是他们布局上的一枚棋子。

子昭王得知妙妃在寝宫举行夜宴招待妇妍的母妃，也想参加与大家同乐，年纪大了害怕寂寞是一个理由，更主要的理由是他半天了没有和妇妍在一块儿，有点新婚难离。妙妃与子妥商议，子妥说："寝宫之宴不是国宴，若是父王到了岂不叫国宴了，不行！"子媚一脸的惆怅："就是嘛，我们孩子们玩耍呢，他一个老翁儿来做什么？不喜欢！"妙妃纠正道："我的小主儿，千万不能当着你父王的面叫他老翁儿，他最忌讳别人说他老呢。"世子沉默了一会儿，说道："我姊妹说得对，父王他不应该参加，若是他参加我就走了。"

妙妃也不隐瞒，说道："这不行，你若走了举办夜宴还有什么意思？子妥她费尽心机鼓动我举办夜宴，就是让你与巫桃见面，好面对面地聊聊，让你们相互认识。你是夜宴的主角儿走不得的。"几个人商议后，子妥自告奋勇去找子昭王，见到子昭王后子妥开门见山，请求父王不要参加今晚的寝宫夜宴，子昭王纳闷儿感到好奇，问道："为何不让父王参加？"子妥想直白告诉父王但又想只是让孝己与巫桃认识一下，结果如何还是个没影儿的事，话到嘴边儿又咽了回去。子妥说道："是女儿的私事。"

子昭王一直关心子妥的婚事，一直为子妥的婚事犯愁，子妥与妇妍同岁，两年前妇妍就嫁给了他，而子妥一直闺中待字，正妃妇好死后子妥更是以守丧为名拒绝婚嫁，这让子昭王十分苦恼也不便多说。子昭王可以号令天下让天下臣服，但他自我觉得号令不了世子孝己和嫡长女子妥，他总觉得在这两个孩子身上在一股怨气和霸气。

怨气来自自己对他们关心少，没有给予他们应得的父爱，妇好常年在外打仗顾不上孩子，而自己事情多妻妾多无力照管他们，久之那些只顾吃喝混日子的妻妾们可以一门心思照顾自己的子女，让子女们时时地得到母爱，孝己姊妹们既靠不住常年在外打仗的母亲妇好，又指望不上忙碌的父亲子昭王，整个童年是在孤独中度过的，而妇好的死又让孩子们对他怨气丛生。霸气来自妇好的身体力行和潜移默化，妇好一生从来都是高调做人，不求人，不屈从人，更不献媚人，做事办事说一不二，爱憎分明宁折不弯，孝己、子妥从母亲妇好身上找到了自己，也塑造自己，学会了母亲的霸气。

子昭王一生中最敬畏的人是妇好，他对妇好的惧怕多于敬畏，所以他在妇好面前基本上没有脾气也不敢发脾气。妇好过世后他从孝己和子妥身上重新看到了妇好的影子，基于妇好的原因，他对世子孝己尽管不满意还是忍让着。子妥是女孩子又是嫡长女，平时懂事也善解人意，子昭王对子妥呵护有加，即使子妥有些霸气他也能宽容，今闻子妥说"女儿私事"，断定妇妌、妙妃借寝宫夜宴与妇妌的母妃商议子妥的婚事，心中不由大悦，满脸堆笑对子妥说道："父王国事缠身，哪儿有工夫参加你们的寝宫夜宴，依你所说父王在此公事，你们尽管饮乐。"

其实，妇妌也得到了子昭王要参加今晚夜宴的口信，妇妌担心子昭王在场母妃会有不便，再者子昭王在王城寝宫宴请外戚的事传扬出去，会在朝野产生非议遭人责难，所以她传信以与孝己、子妥、子媚等孩子们叙旧为由让他回避，后来又有了子妥的当面禀报，不甘寂寞的子昭王终于安下心来，打消了共乐的念想，他让膳人准备了几个他认为好吃的菜肴，差人送到妙妃的寝宫，以表同乐之意。他自己倒是吃了些清淡的食物，独自一人在自己的寝宫内阅览龟辞公文。

晚宴中妙妃根据子妥的建议，有意把世子与巫桃安排在一块儿对坐。世子孝己与巫桃俩人都不善言语，席间话语很少，巫桃不主动也不推辞，若是世子举杯巫桃也会跟上，谈不上推杯换盏，更多的是彬彬有礼。世子孝己想让巫桃多吃些酒，多些语言，多些交流，但当望见巫桃秀丽的脸颊醉美的容颜时他的心难以自已，几乎要跳出来，于是他手足无措不知何为，越是如此他越是紧张，越是不知所措。巫桃青春少女又比世子年长三岁，在男女之情上要比世子孝己知道得多，世子孝己的一言一行眼波心动也都印入眼中。世子聪慧、诚实、纯洁，有一个靓丽得能让天下少女为之发疯的纯少男的外表，她对他有一种发自心底的敬重或许还有一点儿无法释怀的怜悯之情。她想安抚他让他平静下来，让他从悲伤的笼子里解脱出来，她认为世子活得太累、太苦，世子的心事太重，世子生活在一个偌大的樊笼里，他身上有几道枷锁压着几座山，大山已经把世子压得变了形态走了模样儿，她想还世子一个自由身。但巫桃不知道拘禁世子的樊笼的门儿在哪儿，也不知道世子身上枷锁的锁头在哪儿。她对世子充满同情，她心静如水，她想做一个燃灯人，幻想着用仙师教导她的道理来点燃世子的内心世界，让世子的心界不再黑暗无光。

世子的激情，巫桃的平静，一个不和谐的场面，仪狄太正妃看得清楚。就世子和巫桃两个人的情感世界而言，一个在火中一个在水中隔着层次呢，不管世子如何做如何想，两人之间始终衔接不到一块儿，迸不出火花儿。仪狄太正妃经历多了也看得分明，她不想再看着世子痛苦，她想让世子换一种方式走入另一种场景，于是仪狄太正妃向妙妃提议道："既然世子和巫桃都不胜酒力，二人不妨寻个静室谈天论道，一块儿做做学问不知妙妃意下如何？"在一旁一直替世子焦急正不知如何设局摆布的妙妃，如同久旱逢甘霖高兴道："妙哉，母妃的主意甚好！世子快领着巫桃去子妥的寝室说话。"说着妙妃亲自搀扶起巫桃，引世子和巫桃进入子妥的寝室。

子颂安静地待在侍仆怀中，看着大家说话，襁褓中的子颂似乎了解她大哥哥和大姐姐的心情，从见到巫桃伊始就向巫桃投去微笑，表示了她的友好。她用眼神告诉巫桃，你很漂亮，我的哥哥特别喜欢你，我们的家人包括子颂我在内都欢迎你加入我们的大家庭，做我的嫂嫂我是很乐意的噢。她见妇妍坐位距离她比较远，有些不高兴，便闪动着她美丽的会说话的长长的睫毛眺望妇妍，向妇妍抛出她的乞求，她见妇妍向她回望，便不失时机地伸出小手让妇妍抱她，当妇妍把子颂抱在怀中时候，她给了妇妍一个深情的吻，场面温馨，众人唏嘘感动。妇妍投桃报李紧紧地抱住子颂，在额上亲了好几口。仪狄太正妃落泪称赞："想不到你抱孩子的架势满是一回事。"妇妍俯在母妃耳边说道："子颂是我的女儿，我做阿母的有什么不能做有什么学不成的。"

巫杏与巫桃的性格不同。巫杏不甘寂寞喜欢热闹，几杯酒下肚已是心情澎湃，她见妙妃心不在焉，神情在世子身上便与子平调换位次，来与子妥对饮。子妥说："咱们两人怎么吃酒都行，但不能连累我妹妹子媚，她年纪小不胜酒力。"子媚不甘："我都大了，有何不行？"子妥毫不客气拿眼睛瞪着子媚："姐说不行就不行。"子媚不敢在说什么，殷勤地给子妥斟酒。

巫杏与子妥对饮，还用出了女孩子们常玩的花拳，夜宴上的气氛立即被她们俩点燃起来，妙妃趁着兴致，向仪狄太正妃敬酒。妙妃赞叹道："走的路多见的事多经历了才得智慧，母妃慧眼识局，一句话让世子与巫桃解脱了尴尬，来，女儿我再敬母妃一杯。"商人饮酒习惯用碗，今日夜宴妙妃为了显示对妇姘母妃的一片诚意，专门让人从子昭王那儿取来了九个夜光玉石杯。用杯饮酒仪狄太正妃、子平、巫杏还是第一次，用夜光玉石杯饮酒更是闻所未闻。巫杏喝光夜光杯中的酒后，对着灯光辉映了一番，夜光玉石杯晶莹剔透，华光闪烁，巫杏说道："这东西真是天下珍宝一物难求，更甭说它能成双成对竟然有九只。可惜的是它盛酒少不及大碗过瘾。"

妙妃嬉笑道："我也这样认为，换上大碗如何？"妇姘制止道："还是这样好，杯小可多饮几次。"子妥年纪大些懂得礼数并有些腼腆，在征得妇姘的同意后，转身跪向仪狄太正妃，把酒杯举过眉间，她说道："外王母我们几个孩儿年少，不懂事理你多担待。"仪狄太正妃慌忙起身："小主这样使不得，你是天子的嫡长女身份高贵，照理说我可是你的臣民。"子妥落泪道："我生下来就没有外王母，已故母亲大人常年在外，照顾我们姊妹的就是妙阿母，现在我们的母亲去了，我们有了妇姘这个慈母，我和我的弟弟妹妹很高兴，我也真心希望有你这样一个慈爱的外王母，给我们关怀和教导。"

仪狄太正妃饮干杯中酒，动情地说道："感谢嫡长小主如此信任我这个老妪，虽然我不敢高攀但我爱你们，喜欢你们，看到你们我非常高兴，我会教导你们的慈母爱你们关心你们照顾好你们，无论现在和将来她都把你们当作自己的亲生孩子，母亲子敬不分亲疏，和和睦睦地生活在一起。"

子妥拉起子媚一块跪向仪狄太正妃："我们姊妹俩代替世子再次叩拜外王母，希望你促成世子和巫桃的事。"仪狄太正妃点头示意子妥姊妹坐下，对子妥说道："今日夜宴我看到了你做姐姐的用心和对世子弟弟的一片爱意，虽然你没有多说，但你的眼神无时无刻不在注视着你的世子弟弟。小主啊你的仁慈感动了我，我知道你的用心，我会和你一块成全你想成全的事情。"

子妥高兴道："叩谢外王母！"

巫杏突然问道："促成什么事啊？"

子平做出手势让巫杏不要多话，巫杏"哦"了一声不语。仪狄太正妃回礼的同时，给子妥递了个眼色，子妥心领神会，起身去寝室找孝己和巫桃。

仪狄太正妃很激动，拭泪对妙妃和妇妍说道："子妥这孩子有心机、贤惠又善良，她年纪不小了，你们也要多用心思，尽快给她寻觅一个与王室相配的主家。"妙妃说道："前段时日事情比较多，我和正妃妹妹忙得焦头烂额，啥事儿也顾及不上，以后事少了，正妃妹妹也有了工夫，我们抓紧运筹。至于世子与巫桃的事儿，母妃你得帮我们。"

"那个自然，就凭子妥对世子弟弟的那份儿亲情，我也不会袖手旁观。妙妃呀，我们井方地方不大，珍贵的好吃的东西不多，但你想要什么想吃什么，你要尽管给我说，我回去后让人给你送过来。"仪狄太正妃说道。

妙妃想了想："嗯，井方好吃的东西太多了，我想要……"

子媚插话道："要仪狄酒和酸枣叶茶呗。"

妇妍亲切地问子媚："你没有去过井方国怎么会晓得这些东西？"

子媚说："听我姐说的。"说话间，子妥领着巫桃和世子走了进来。仪狄太正妃对妙妃说道："甚好，我们井方有酒有茶还有山果等，我回去后备好了遣人送来，保准让你们高兴。"

宴毕夜色已晚，妇妍、世子、妙妃、子妥、子媚等将仪狄太正妃一行送到宫门外，纳罕、贺兰儿在宫门外迎候。回来路上，妙妃拉了妇妍一把悄声道："去主殿叫他去吧，他一定在等候你呢。"

"谁？"

"还能是谁，你的新郎君哪。"

妇妍追着妙妃要打，妙妃咯咯咯地笑着跑去了。

第四十六章　井田策

妇妌来到主殿，见到子昭王，客气道："今日委屈你了。"

主殿内灯火辉煌，静悄悄的，子昭王正在聚精会神阅读伊相傅说撰写的治国安邦的龟甲卜辞文书，他没有想到妇妌会来探望。天气开始炎热，子昭王脱去外衣，随意穿了身白色的丝麻内衣。子昭王身材高大魁梧，茂密的秀发青丝缕缕，方形的脸盘上五官清晰，目光炯炯，整个人儿威严而不失和气，尤其那张英俊的面孔不像六十多岁年纪的人。

国朝休假，文臣武将不来上朝，他一个人闲在殿内自然要放松自己，怎么舒坦就怎么来。他把长发青丝用一方丝巾紧紧地扎起，高高地向上翘着，似沙场上的战马一样驰骋飞翔，显得清闲、干练、洒脱、雄壮。妇妌第一次看见子昭王这种肆意而为的打扮，感到朴实而真实，潇洒而又英俊翩翩，她心中骤然升起绵绵的爱意。

子昭王见到妇妌，一阵惊喜，惊喜之后心中暖意融融，他见妇妌身后无人，紧走几步把妇妌揽入怀中："我的心肝儿，想煞我矣。"妇妌顺势倒在子昭王怀中："真这么想嘛，半日时间还不到呢。"子昭王说："好漫长的半日啊，如隔三秋。"

妇妌眼睛湿润心生感动。她与子昭王成婚三载不曾有今日的这般爱意。之前，妇妌对子昭王有一种说不出来的感受，虽然她已经做了他的妻子，在男女私情的欲望方面，妇妌从来没有想到过子昭王。因为一个妙龄少女不会期望比她大几十岁的老男人在男女私情方面能够给予她所需要的那种可能，所以她一直生活在风轻云淡的意境里，过着清心寡欲的日子，前日与子昭王步入洞房之后她变了，她开始有了期望有了欲望，感觉到自己这一生需要子昭王。今日晚宴后，若不是妙妃提醒她也会来的，她要来请子昭王到自己的寝宫去，她是新婚，她是大邑商王朝的正妃，她有这个权利也需要这个权利，她要在自己的寝宫筑一个爱巢，与子昭王共度良宵，不是将来而是当下。"你想这样抱我一辈子吗？"妇妍声若游丝。

"有甚不可？"

"是否想让我今晚在主殿内过夜？"

子昭王马上放下妇妍："不能！"他脸色恐慌地说，"绝对不能。"

妇妍让子昭王坐下来和颜悦色地望着子昭王："我只是说说而已，又不当真，你何必这般慌恐，脸色都变了。"子昭王站起来修整衣饰挺直腰板，大声在主殿内"嗨"了三声。之后沿着主殿的四周一边走一边击掌，说道："列祖列宗，先王祖宗，孝子贤孙子昭知错知罪，曾经与正妃妇好在此媾和做过玷污圣祖圣殿之事，愧对圣祖先人，先祖们已经降罪，惩罚了我与已故正妃妇好。此事已过数年教训深重刻骨铭心，晚辈小子子昭立誓不再重蹈覆辙，冒犯圣祖先人，永保王室殿堂洁静清明。"

得其事情原委，妇妍懊悔不已，她走到主殿中心，跪拜道："列祖列宗，先王圣祖，不孝不贤的愚妇子英愚昧无知，口出污浊之言冒犯先祖，玷污殿堂，实乃罪过。今立誓安告先祖，小妇知错改正永不再犯。"

子昭王走来搀扶妇妍："好了，不知者不为错，我都替你请罪安告了。"

妇妍说："你是你我是我，总要知些礼节。我想，当时的正妃妇好也许并不清楚殿堂的戒律。"

子昭王摇头："她知道的当时我提醒她了，可她吃酒后欲火难忍。"

"这话不公道，即使她有错，男女私情的事也不是她一个人的错。"

子昭王哀叹："毕竟先祖们惩罚了她，消了她的寿。"听了此言，妇妍也只有哀叹。

俩人坐回原处，子昭王把伊相傅说撰写的治国安邦的龟甲卜辞文书拿给妇妍看。妇妍胆怯："我能看吗？"子昭王笑了："不要因为刚才的那件事儿，你就草木皆兵无所适从。你是大邑商的正妃，我的王后，天下的主人，治国安邦之事，仍你正妃之责，有何不能知道治国方策治国大政呢？看吧。"

妇妍不再说什么，低头看龟甲卜辞，妇妍边看边说好："伊相傅说说的太好了，马戈打天下，耒耜①起太平，大邑商经过十七年的征伐已经国弱民穷，到了大兴农耕，以农安民，富裕天下的时候了。否则，如何才能实现你的中兴之梦。"

妇姘回头望着子昭王，子昭王暗藏微笑，妇姘以为自己说错了什么，问道："我说错了吗？"子昭王鼓励道："很好，继续说。"

"战争之后人口流失，方国及采邑之地土地荒芜过半多无收成，应当放开水泽山禁，减少贡赋，鼓励兴田，让民得以休养生息。"

子昭王突然问道："爱妃，你亲自耕作过？"

"当然了。两年前我获封井方伯侯时正值中秋农收，我的母妃给我三个月时间让我遍访邑田了解农事，亲自下田主持丰收祭祀，学了不少的东西。"

子昭王仰身榻上，眯着眼睛，若有所思地问道："你认为当下我们大邑商在农事方面，最应该做的是什么事情？"

"解放农人，鼓励农桑。"

"如何解放？如何鼓励？"子昭王突然坐起来，期待妇姘的妙计。

"说不好。"妇姘放下龟甲卜辞，与子昭王相对而坐。子昭王督促道："想说什么就说什么，任你说来本王都乐意入耳。"妇姘想了想，双手相扣放在胸前缓缓而语："目前农人短缺，无力耕作是要害之事，解决的法子不外乎有两条路：一者今后征伐少无须再供养大量士卒，可将年老体弱者解甲归田，赠予他们田亩让他们变为农人，留下精壮者继续从军，但要劈出田地实行屯田以屯养军；二者从王室开始带动公、侯、伯、子、男诸侯五爵，示范天下，勤劳耕作维护邑田，丰衣足食。"

子昭王称赞说："这样好，一来劳其筋骨养其仁善，促进君臣和朝野的和熙之风；二来消其惰性知民疾苦，善待百姓懂得节俭之要；三来以其行引领百姓，官民同心，助我大业中兴。此计甚好，可是如何让他们感受到利益呢？"

妇姘做了一个鬼脸儿，摇头道："不知道。"

子昭王抚摸着妇姘的头："妇好之勇天下无敌，妇姘智慧天下无双，快把你肚子里的锦囊妙计统统倒出来。"

"我若不呢？"妇姘撒娇。

---

① 耒耜：商周时期翻地的工具。

子昭王收起笑脸儿把腿盘在榻上，语重心长地说道："若论打仗征服四方，我子昭依然壮志不老；但若文治天下，我力不从心。打仗简单有胆量有力气懂兵法，就能攻城拔寨，战无不胜；治国不同，国事千头万绪，涉及诸侯百姓，农商九艺，田地税赋，邦交友善，方方面面的事情都得费心伤神。大邑商方国八十一，缔结的方邦之国遍布四海足有百余个，管理如此一个大的家庭，需要精力体力和高超的文治韬略。我子昭年纪大了，想安逸一些，你是大邑商国朝的正妃，又值青春之年，我惟有依靠你托付你了。"

妇妌深思着，知道子昭王是肺腑之言，但又恐自己担不起这副担子，脸上不免有为难之色，妇妌想说些别的话题，子昭王却盯着不放，于是妇妌敞开了心胸，谈起自己的想法儿。她说："发展农耕与打仗一样也得有奖有罚，也要论功行赏，无利不起早是人的共性，也是人的长处。以臣妃之言在农耕事上，不妨推行我们井方的井田制。"

"何为井田？你来说说，我久闻此事但不甚了了，或是知其一不知其二。"子昭王说道。

妇妌在榻上比画着，画出九个方块，说道："此方田地中一共有九块田地，四周八块，中间一块，如同一个井的模样，故称为井田，井田中每块田地为一百亩，共九百亩。四周八百亩为私田谁种是谁的，中间一百亩为公田由八百亩养中间一份公田，收成后这一百亩公田的粮食交给国库，这样一来谁种田多谁得到的粮食就多，同时向国库交纳的也多。这就是井田制。"

子昭王大手一拍茅塞顿开，高兴道："此计妙哉，明日召集众臣朝议此事，在大邑商王朝邑土之内全面推行井田之策，以厚民利丰足国资。"

"还有，"妇妌得到鼓励干脆一吐为快，她继续说，"夏禹之朝聚金铸造九鼎，分列天下象征九州，我汤祖开朝以来，倡导列鼎①而食以显尊贵。因鼎器多是陶鼎难以久长，故不显珍贵，西北之战俘获羌人之后，我大邑商冶炼之术将日新月异，铸造术更是如虎添翼突飞猛进，所铸铜器既有我中天之姿又融羌族之貌，会精美绝伦倍受国人喜爱。若是我们能按其诸侯五爵的等级铸造铜鼎礼器，用于奖赏井田有功者，不是正当其时吗？"

子昭王听后五脏沸腾，走下榻来二话不说，抱起妇妌奔出主殿直向妇妌的

---

① 列鼎：古代按身份而使用饮食之具。

寝宫走去。天上的月光照到妇妌娇美的脸上美若天仙，妇妌伸手揽住昭王的脖子亲昵无限，她问道："我所言合乎道理否？"

子昭王对着天上的月亮说道："你是天上的仙子人间的智者，所述之言，能羞月桂之容，让天下男女没了颜色，我子昭王自恃聪明很少认输服软，今日与你相比，愧做天下男儿。老天厚我子昭王把你赐到人间，助我中兴大商，重写我汤祖青史，感恩圣祖先人给予我福气。我意已定既然天下太平，万民归心，就得大力农耕商贸并举，强国富民，此事重大如天之命，非爱妃之身能够胜任。这大邑商中兴大业之事，本王就交给你妇妌了。"

妇妌笑道："夫君乃天下共主领袖四海八邦，你若歇息了天下人都要睡着不可？"

子昭王说："若天下人都睡了有何不好？起码是天下太平无忧百姓安居乐业，到了路不拾遗夜不闭户的盛世年代我还巴不得呢！此时的你，正好引导天下人做中兴大业之梦，让我子昭王朝前无古人后无来者，光耀千秋。"

"我引领着天下百姓做中兴大业梦，你呢，你做什么？"

子昭王悄声道："我也做梦啊，我曾经给你说过，我要养精蓄锐跟你生几个小王子，做娃娃梦，做小王子的梦。"妇妌闻言，羞得把头埋在子昭王的臂膀里，俩人回到妇妌的寝宫，子昭王让侍仆点亮宫中的所有灯盏，他说道："天明明地亮亮，良辰美景入洞房。"他把妇妌放在榻上，褪去他和妇妌的衣饰，俩人男欢女爱一夜缠绵。

次日天亮用过早膳，子昭王让妇妌给他精心梳妆过了，别了妇妌前去早朝。妇妌准备去纳罕府上为母妃、子平、巫杏他们送行。妇妌走出门来见妙妃、世子、子妥、子媚等在王宫院内等候，原来子昭王已经传命，让世子等代替他与妇妌的母妃道别。妇妌看到世子想说些什么欲言又止，便让世子与子妥姊妹乘坐一车，她与妙妃独坐一车。

在车上妇妌问妙妃道："今日朝堂议事为何未让世子到朝议事。"妙妃说："我问世子了他说已经向他的父王请假，他要代表他的父王去与仪狄太正妃道别。"妇妌笑了，说道："此举不妥，家事哪有国事重要，世子理应参加朝政，与他的父王和臣工们一块议事，从中学些治国之道。"妙妃为世子解脱道："送母妃也是国事。"妙妃说后自己又笑了，睨着妇妌小声说道："世子怕巫桃与母妃一块儿回井方去不放心呗。"妇妌说："巫桃不会走，既然已经说好了把巫桃留下来陪我，岂会言而无信。世子他也忒心急了些。"

妙妃解释道："世子性情孤僻难得与人相识，今时能与巫桃滋生恋情也是一桩好事。男孩儿到了他这样的岁数，一旦情窦初开坠入情河，如同飞蛾扑火节制不得，你我毕竟不是他的生母，得多多体谅便是。"妇妍苦笑道："世子热恋如同盛夏，可巫桃呢，秋水一池没有丝毫的动静，这事儿得慢慢来，要给巫桃一个回味的时间。"妙妃心疼世子但又无助，便有气无力地说道："若不让子昭王赐婚如何？"

妇妍一口回绝："使不得！让子昭王给自己的儿子赐婚怕成了天下的笑柄，当今环宇之内大邑商天马行空唯我独尊，天下绝色女子任由世子纳娶，何来赐婚之说？但若如此会适得其反也非你我所愿，有可能逼走巫桃害了世子。"

"为何？"妙妃问道。

妇妍说："世子自尊心强性情异于常人，即使他想与巫桃成婚，也不乐意让子昭王插手，若让子昭王硬是做主一定会伤及世子的自尊心，从此了断了他纳娶的念想。由此，你和我还有子昭王岂不是帮了倒忙吗？再说巫桃她内心清静，立志习练仙道。世子求婚她若不愿意，可以找个理由推托或是借故回避，看在我和子昭王的面儿上不至于离开我们，若是子昭王强迫将她赐婚给世子，以巫桃的秉性她会遁走隐世，我们岂不是害了世子吗？"

妙妃愁容满面伸了个懒腰打着哈欠，说道："真把我给愁死了，一个是世子的事，一个是子妥的事儿，正妃妇好在世的时候，我俩曾商议想把子妥嫁给禽的次子，让子昭王出面招亲，结果子昭王认为禽的次子不配子妥不肯出面，惹得子妥哭了好几日。"

"伊相傅说的儿子傅云策如何？"妇妍突然问道。

"好啊，傅小将军文武双全一表人才我见过的，与子妥很是般配，可是不知道他比子妥年长几岁？"妙妃问道。

"四岁。"妇妍回答。

"有妻室否？"

"你怎么这么问，我们王室的女儿能嫁有家室的吗？"妇妍反驳道。

妙妃说："那可不一定，子昭王妾妻的女儿中也有嫁给有家室的。"

"你呀妙妃姐姐，我们子妥是谁？子妥是子昭王的嫡长女，是他的掌上明珠，能与那些庶女比吗？我打探过伊相傅说的儿子傅云策，比我们子妥年长四岁，今时二十二岁，傅小将军人小志气大，从小立志今生不立战功不获封爵位誓不纳娶。"

妙妃拍手道："真是天遂人愿，前不久傅小将军不是立了战功获封爵位了吗？好事多磨，竟然这般巧合。"妇姌继续说道："还有呢，傅云策能骑善射百步穿杨有满身的武艺，同时他苦学阴阳钻研星学历法，懂得医道仙术，还是个学道之人呢。"妙妃疑惑起来一副陌生的神态望着妇姌："你为何对这位小将军如此了解？"

妇姌笑道："岂止对他一人？我对甘盘老将军之子甘墨琚小将军同样了解。"

"我知道了，在西北作战的时候了解的。"

妇姌回忆道："在西北时妇好大姐不止一次地向我提起子妥的婚事，我知道她放心不下女儿，一直为女儿的婚事操心，因此我开始注意傅云策和甘墨琚这两位小将军。"

"妇好大姐知道吗？"

"知道。"

"她怎么说？"

妇姌落泪，许久后说道："妇好大姐临终时已经不能言语，她紧紧地拉着我的手，我从她的眼神中知道她想说什么。我只提了一句话：'子妥的事我来办。'她才松开我的手。"

妙妃淌着泪水跪在车上："正妃妹妹此事拜托你了，你不知道这段时日，我整夜的睡不着，为世子的婚事，为子妥的婚事犯愁流泪。正妃妹妹我求你了，拜托你了……"

妇姌把妙妃推在一边，十分生气地说："你这是什么意思？你是已故正妃妇好的妹妹，难道我不是她的妹妹吗？我不但是她的妹妹，我还是她孩子世子孝己、子妥、子媚和子颂的慈母呢。你知道疼她的孩子我比你更知道疼，更知道如何疼！"

妙妃第一次见妇姌发怒，并且是怒气冲天慌了心神，妙妃不便再做解释，等妇姌消了气，小心翼翼地说道："下一步该如何办我听你的，我是一点儿主意都没有了。"

妇妌说:"世子的事儿不只是婚姻的事,你我要认真思量。孝己是嫡子是当下的世子,是明日的君王,得让他好好地跟着他父王习练习练,多学些治国安邦之术。以我看,他敬仰他的父王,但在内心深处更多的是惧怕他的父王,所以他一直躲着不乐意与他的父王见面,不乐意跟他的父王在一起讨论事情,长此以往会让他们父子产生隔阂,对王室,对朝廷,对你我都不是一件好事情。有一个建议我想了很久,想给你妙妃姐姐说一说,因为你是把世子和子妥姊妹带大的人,他们叫你阿母对你最亲,你也最疼他们。世子的事儿也只有咱俩说。"

妙妃打断妇妌:"你尽管说我从认识你那天起,我就知道你是一个公正讲理的人,是一个胸怀宽广的人。我坚信有你做世子、子妥姊妹的慈母,会比他们的生母想得周全,这一点儿不是恭维你,已故正妃妇好姐姐人好,疼孩子,但她不知道如何疼孩子,如何管孩子,更不知道如何安置孩子们的生活。她除了打仗就是打仗,没有别有心思。"

妇妌腼腆道:"我也是学着做他们的慈母,心里头也是没有谱。我的建议就是让子昭王在靠近我们王宫的东侧,给世子建造一个独立的宫城,让世子有一个自己的家,有一个自己的住所。世子十六岁,毕竟大了,他和我们住在一块儿,他不方便我们也不方便。世子毕竟是明日的君王,得有一个歇脚的地方、理政的地方、会友的地方。他是男人,总会有自己的秘密,这对他的性格的改变会大有好处。"

妙妃流泪泣不成声,她呜咽道:"正妃妇好姐姐真是慧眼识人选中了你,只有你妇妌想得到,说得到,也能做得到。我不再说客套话也不再说恭维你的话,免得再让你生气着急,此事彼事都仰仗你了,事事听你的,让我做什么我就做什么。"

"说了不说恭维话,这又是什么?"

妙妃破涕而笑,用手捶打着妇妌的后背:"我不说这话你让我说什么?我总得表达我心里的高兴不是。"两人笑了。

到了纳罕府上,众人相见,礼拜。妇妌、世子、妙妃、子妥、子媚、纳罕、贺兰儿、巫桃等在王室侍卫的陪同下,浩浩荡荡将仪狄太正妃以及子平、巫杏、貔等一行人由城内送至京都殷城东门外官道上。世子代表子昭王向仪狄太正妃赠送礼品,之后大家挥泪而别。分别时,仪狄太正妃特意把世子、子妥、子媢叫到身边邀请他们去井方做客,之后留下世子,叫来巫桃,有意无意地告诉巫桃要安心京都,听正妃妇姅和妙妃的话,要她尊敬世子与世子多多讨教学问等。冰清玉洁的巫桃自然不会让仪狄太正妃失望,笑吟吟地应允着。世子看着听着,自然是心花怒放。

子昭王朝政干净利落,不到两个时辰,就与臣工们议定了六件大事:一是诏命天下推行井田制;二是铸造诸侯五爵鼎奖赏井田有功者;三是任命正妃妇姅负责王朝司农之务;四是开放山泽鼓励农桑;五是命老弱病残的士卒解甲归田给予田亩;六是在边陲地区实行军屯。

半日工夫,消息传遍京都,朝野上下一致拥护,王室的人也兴奋不已。妙妃得到消息,从她的寝宫里跑出来向妇姅祝贺。妇姅说:"且不管那些公事你去把这事儿办了。"说着凑到妙妃的耳边,嘀嘀咕咕说了好一阵子。

妙妃离开的时候高兴得手舞足蹈,她一边走一边扳着手指头算计事情,顾心不顾路一头撞到子昭王身上,心急火燎的妙妃破天荒骂了一句:"瞎眼了吗?"妙妃抬头见是子昭王吓了一跳,身子失重倒向地面子昭王纵身一跃,把妙妃接到怀中。子昭王问道:"谁瞎眼了?"妙妃望着子昭王脸色绯红,犹豫片刻咬牙道:"你!"

子昭王瞋目叱之,妙妃闭上眼睛继续说:"就是你。"子昭王清楚妙妃的秉性,料定妙妃心中必定有好事大事,并且一定是世子或子妥的事情,否则妙妃不会如此地倔强。子昭王心中高兴,自然不会恼怒妙妃,他俯在妙妃的耳边悄悄地说道:"本王确实耳背眼花了。"

妙妃"啊"了一声,又心疼起来。

第四十七章　狩猎之夜

　　子昭王放下妙妃继续在她的耳边说道："吁，不管有什么好事喜事，得看着脚下的路才好。"妙妃按住自己的胸口望着子昭王的身影，自语道："跟着妇妌睡了几日倒是长本事学会咬耳朵了。"她想起妇妌交办的事项，妙妃心中又起波澜，兴颠颠地去了。回到自己的寝宫，妙妃把事情告诉了子妥、子媚。子妥闭上眼睛泪水冲出眼帘，默默说道："阿母在天之灵，女儿子妥想你感恩你，女儿感谢你为我们姊妹找了一个好慈母。"

　　子媚也很兴奋，她为世子哥哥将要有自己的宫殿高兴，她会有一个新的玩耍的地方；她为姐姐子妥很快会有自己的如意郎君高兴，到时她可以去探望姐姐走走转转；她为今晚的事情高兴，今晚她可以和哥哥、姐姐还有那些小有名气的小将军们到郊外狩猎游玩，寻觅苍穹遥望天河，听哥哥姐姐讲述天河两岸的故事，于是子媚向妙妃鞠躬致谢。子媚说道："妙阿母你真好，总是办些让我们高兴的事儿。"妙妃从子妥怀中接过子颂，轻轻地亲吻着子颂红红的脸蛋儿心情轻松地说道："为你们办个小事儿斗斗嘴儿弄些好吃好玩的行，若是办大事出大招儿做大事情，我可比不上你们的慈母妇妌。"子媚不服气："她凭着父王宠爱取代我的阿母，做了天下的正妃，其实她和我的子妥姐姐一般大，知道的事情不见得比我姐姐多，我子媚佩服的是我的姐姐子妥。"

　　妙妃走过来，在子媚的肩头轻轻地拍了一下，说道："这话可不能随便说的噢，你的慈母妇妌她有大本事还是一个好人，我佩服她，连你的阿母活着的时候也乐意见她。"子妥也说："妙阿母说的极是，我也佩服她。"

　　子媚眨着美丽的大眼睛："你们说她好就算她好吧，但我还是佩服子妥姐姐。好了，不和你们多说了，我去叫世子哥哥。"子媚转身走的时候，子妥牵住她的手："你在家我去。"子媚的眼睛像一双大蝴蝶飞翔了好一阵子，她问道："平时跑腿的事你都让我去，今儿怎么变了？"妙妃在一旁说道："你姐有事儿要与世子说。"

"我也能说呀。"

"你能说什么？"子妥微笑地问道。

"你们不告诉我，我怎么知道说什么。"子媚不服气。

"你在家歇息，我去叫世子，记住啊以后大人的事儿，你少掺和。"

"啊，你是大人？什么时候成为大人了。"子媚十分不满意。

妙妃说："你姐子妥她不是大人是什么？她与正妃妇姘一般大，正妃妇姘都是国朝之母了。"

"大人、大人，大人都生孩子做阿母，姐姐也会？"子媚怒气冲冲地喊了一声。

妙妃和子妥大惊失色，说道："这是什么话？"之后俩人捂嘴窃笑。子颂舞动着小手，比画着自己的小脸蛋儿，做出羞羞的样子。子媚继而喊道："没你三妮子的事儿，少给我凑热闹。"子颂受到子媚的指责情绪骤变，哇哇大哭。子妥生气了要教训子媚，妙妃说道："你去叫世子，别跟她一样，她还小呢。"尽管妙妃劝阻，子妥还是打了子媚，说道："这么大了，还这样不懂事理。"子媚也不求饶把身子递过来让子妥打。子妥没了主意，丢下子媚去找世子。

子昭王见到妇姘，讲述了朝议的六件事情，他说道："朝中所议之事都是你的建议，果然如我所料，臣子中没有异议者，一准的赞同。刚刚史臣来报，说是京城内外闻听朝议之事，臣民百姓奔走相告无不欢欣鼓舞，百姓们期盼盛世降临呢。"

妇姘洗耳恭听，听毕问道："朝议的第三件事也是我的建议？"子昭王想了想，笑了。他说道："那是伊相傅说的建议，傅认为当今天下的富庶之地非井方国莫属，并且引经据典讲了一堆大道理，他说七千年前井方古地就开始种粟，开始建造窖穴粮仓，开始兴酒酿之术，开始祭祀天帝，开始种植果品，开始饲养猪狗等等，总之你们的井方之地孕育了先祖文化，是中天文化的肇始之源。他说你来自井方，熟悉农耕时令，知道农耕之术，体贴农耕之苦，他奏请由你代行大邑商王朝的司农之职，督行天下大兴农桑。其实呢，先正妃妇好活着的时候，就曾提到让你做国朝的司农之官。"

"所以，你就同意了？"

子昭王担心妇妌不高兴，说话有些痴语："……不是，我……我开始并不同意，因为王室人多势众，让你总理王室，已经拖累你了，本王心疼你不想让你承担过多的事情……"

"既然如此你还诏命天下？"

"众臣议论了一圈儿找不到合适的人选，最后还是把担子压到了你的身上。"

"就这个理由？"

子昭王抬头挺胸："对，就这个理由，若是你不想做这个大司农，我可以……"

妇妌帮子昭王脱下衣饰，语气坚定地说："我想做，为什么不做呢。"她让侍仆准备午膳。

子昭王倒是糊涂了，问道："为何？"

妇妌一边拿湿巾给子昭王净手，一边说："有两个理由：一个是国朝百废待兴，亟待安抚民心，解决老百姓吃饱肚子是大事，对我们大邑商国朝来说，国库有粮百姓不慌，种粮劝耕充盈国库王室必须带头，我年轻自然我要一马当先，做天下百姓的表率；一个是已故正妃妇好打天下巩固江山，功盖天朝受世人敬仰，我妇妌没有赶上战争但我不能坐享其成，也要为国为民做出些事情来，不输正妃妇好大姐，在天下百姓和后人面前能说得起话。"

子昭王乐了眉飞色舞："妙哉妙哉，又是一位巾帼大英雄。"

午时用膳时，妇妌给子昭王说了为世子建造宫殿的事，子昭王听后放下食鼎心有城府地说："此事提得好。世子乃明日君王应当有自己的宫殿住所，孝己长大成人了，不能混在女嫔的宫内，时间久了不好也不雅。我曾经考虑过此事，后来事情多也给忘记了，今日你们提醒得及时，明日我就让伊相傅说勘察建造。世子宫的名字早就有了，世子乃明日之君犹如出生的太阳，冉冉东升，因其在东方名曰东宫，但要对王室的人讲清楚，东宫不是专门给孝己做的而是给世子们做的，谁受命了世子谁就居住在那里，在那里帮助君王操理朝政。"

妇妌说："果真好，东宫名字好听也大气吉利。时下的世子是孝己就说为孝己建造的。"子昭王按住妇妌的手，说道："我知道你对已故正妃妇好好，爱她的孩子,你是他们的慈母,想做些事情打动他们这我理解,但不能骄纵他们,让他们得寸进尺。还是要说明东宫是世子的居住办公之所,不针对任何人,这是大事必须讲清楚。"妇妌点头认可。

用完膳俩人坐下说话,妇妌谈起了世子孝己和子妥的婚事,子昭王听后很高兴,赞叹妇妌心细如丝思事周全。他说:"若是正妃妇好活着听到此事,她也会感激你呢。平心而论妇好疼孩子,爱孩子,但她不善经营家务,不理解孩子们的心情,她一直想为孩子做些事情,包括子妥的婚事,但仅仅是想做不知道如何做。当初她与禽在一块儿作战,说起儿女之事,想把子妥嫁给禽的次子。"

"有什么不可吗?"

子昭王挥手道:"不行不行,我见过禽的二公子,长得模样儿很俊俏,但是个油嘴滑舌的后生,要文无文要武不武空有一副好皮囊。妇好这个人是个不动脑子的粗人,她不考虑周全,就让子妥与禽的二公子见面。子妥呢只看其貌,一见钟情就喜欢上了,最后我做恶人硬把这事儿给搅黄,惹得妇好和子妥都不高兴。"

"哦,原来如此,那禽大将军呢?"

子昭王说:"禽功高盖世是大邑商王朝的重臣,我不能因此事让禽不高兴,就将我的一个庶女嫁给了禽的二公子。事久见人心,时候长了妇好和子妥对禽的次子有了耳闻,才知道禽的次子是个庸人,她们对我的做法有了理解。"

妇妌慌忙解释:"我要声明世子的事儿,是世子自己动的情,我和妙妃以及我的母妃只是看他可怜用心帮他,但能否能成还要看人家巫桃的。"

"巫桃?哦,我想起来了,那个长似天仙一样的修道女子,她与巫杏是双胞姊妹,可是这个女子比孝己大呀?"子昭王说。妇妌说:"大两三岁不是大事,就世子的性情脾气他需要一个比他大些的女子为伴。"

子昭王赞同道:"世子孝己性格孤僻爱走偏路,有一个懂事的女子管教着确实是个好事,我担心那个仙女看不上世子孝己。"

妇妌叹气道:"所以就苦了我和妙妃,为了世子我们只能用计智取巫桃了。"

子昭王感动:"我替我这个不争气的儿子感谢你和妙妃,但愿能够成功。子妥的事儿,是我心中最急的大事儿,她与你同岁,你都成婚三年了,她仍然闺字待嫁,天子的嫡长女十八岁了还老在家中脸上很是无趣,也怕天下人耻笑。子妥的婚事不能再拖，伊相傅说的儿子傅云策、甘盘的儿子甘墨琚，这俩小将本王都喜欢。让子妥嫁给哪个都行。"

妇妌笑道："心急也不能乱配鸳鸯，也不能一女嫁二男。傅云策大子妥四岁，男比女大比较好；甘墨琚比子妥小一岁，不合适，还是让子妥嫁给伊相傅说的儿子傅云策好。"子昭王开玩笑说："我对已故甘盘老将军十分敬重，一直想与甘府结门亲戚，甘盘的小儿子甘墨琚文武双全相貌堂堂，我真舍不得放手。"妇妌突然问道："你是否对两个小将军的婚事有过暗示？"子昭王笑了："我子昭明人不做暗事，我曾明确告诉过伊相傅说和甘盘老将，他们这对儿子的婚事得让本王拿捏①过了才可纳娶。"

妇妌说："你是什么君王啊，连人家儿子的婚事都管。"子昭王乐滋滋地说："本王能管他们的老子，还管不了这些小将？"妇妌伏在子昭王的后背，面贴着子昭王的背脊说道："若不这样，先把子妥与伊相傅说儿子的事说定，然后再把子媚与甘盘儿子的事说定。"

"子媚？哦子媚也快十四岁了，子媚与甘盘的小儿子小三岁使得的。你先说世子孝己和子妥的事，然后再说子媚的事儿。哎呀孩子们说大都大，开始成家立业了，我可是老了……"子昭王说话的时候有些伤感。

妇妌揉着子昭王的后背："干吗这样说，你不是说了，你能活一百岁吗？"

"一百岁也是老啊。"子昭王显然是怕自己老去。妇妌不再讲话，俩人沉默了一会儿。子昭王突然说："今晚我也要去。"

"你去干吗？孩子们谈情说爱，你去了不方便哪。"

"总之我得去。"

妇妌犯愁道："若去也行，得等我和妙妃把戏演得差不多时，有些眉目了你才出场。"子昭王思想了一会儿觉得妇妌说的有道理，戏言道："本王得令，听从爱妃调遣。"子昭王昨夜与妇妌缠绵累了有些疲惫，上榻午歇。妇妌前去妙妃那里商议晚上狩猎的事情。

世子孝己得到晚上与巫桃一块儿狩猎的信息，高兴得不得了，便跟随子妥一块儿来见妙妃，路上子妥给他谈及妇妌建议子昭王为他建造宫殿的事儿，他似乎并不感动。说道："只要本世子纳娶了巫桃住哪儿都行。"子妥生气道：

---

① 拿捏：做主的意思。

| 401 |

"你作为世子明日的君王,为何这般短视,仅仅为了一个红颜知己什么都不要了么?你可是天下唯一的储君呢。"

世子孝己说:"储君不储君我不在意,再说了除了我,也没有别人能做储君啊?"

子妥停下脚步,大怒:"弟弟我问你,你刚才说的是真心话吗?"

"当然是真心话。"

子妥跺着脚哭喊道:"你真的让我失望,你真的愧对我们已故的阿母,我作姐的真为有你这样不争气的弟弟深感伤心。"子妥擦去泪水,告诉世子孝己说:"你听好了,今晚参加狩猎活动的除了正妃妇妍、妙妃、我、子媚、巫桃外,还有傅云策、甘墨琚两位小将军。"

世子孝己直言道:"他们去干什么?我不喜欢他们。"

"你!"子妥怒视着世子孝己,不知如何再给世子解释。后来子妥咬牙说道:"那么今晚你就不要去了,免得你看到别人不顺眼,说些不中听的话,你自己生气也惹得别人不高兴。"世子孝己尴尬地站在那里,嘟囔了一句:"妇妍正妃和妙妃不是为我和巫桃特意筹备的狩猎之游吗?怎么也邀请了他们。"世子似乎很不理解。

子妥痛斥道:"孝己,你心中除了你自己还有别人没有?别的不说,你心中还有我这个姐姐还有子媚、子颂两个妹妹吗?如果没有,你就不配做我的弟弟,不配做子媚和子颂的哥哥,你更不配做大邑商王朝的世子。"子妥气愤之极,最后甩下一句话:"我的话已经说完,不想再多说,我建议今晚的狩猎你最好不要参加,若要参加你必须懂礼节学会敬重人,不得有失文雅!"子妥说完后丢下世子孝己去了。

世子孝己在原地踌躇了许久,疾步追上子妥,说道:"姐,我去,我听你的。"子妥不理睬世子孝己只顾自己前行。她心中,对世子孝己的姐弟之情已经灰死,她看到了世子孝己道路的尽头,她替她的阿母妇好感到悲哀,为妹妹子媚、子颂感到悲哀,她想早点儿出嫁尽快离开王室。为什么她也不清楚,她心中一团乱麻。

晚上的狩猎活动,在殷都城外的王室猎苑进行。王室的护卫士卒已经到达待命,猎场上扎了军帐点燃了篝火,所有参加狩猎的人都着了戎装。子媚是第二次参加狩猎,第一次是跟随阿母妇好,那时她还小,有印象但不深刻,今日着上戎装飒爽英姿，兴奋异常。妇妍到了之后把大家召集在一块，一一点了名册，傅云策、甘墨琚手牵战马戎装焕发，他们依次跪拜了正妃妇妍、世子孝己和妙妃，向子妥、子媚施鞠躬礼，向巫桃施平民礼。

正妃妇妍受礼后，说道："今日世子孝己和王室小主子妥、子媚，久闻两位小将军和仙女巫桃多才多艺身手不凡，想与大家游戏取乐。今日我和妙妃高兴，拿出五百枚贝用于奖励狩猎的赢家，并备美酒犒劳。"于是妙妃宣布分组和狩猎游戏规则："第一组为世子孝己和巫桃，第二组为子妥和傅云策，第三组为子媚和甘墨琚。"妙妃说："比赛以鸣金为号，半个时辰为限，半个时辰内最早打得猎物者为胜，奖励贝并赏美酒，超过半个时辰未打得猎物者，只赏茶水不得美酒与贝。但要注意，巫桃要保护好世子孝己，傅云策小将军要保护好小主子妥，甘墨琚小将军要保护好小主子媚。大家有信心吗？"

众人和参加围猎的王室护卫齐声高呼："有！"

这时妇妍让护卫把巫桃的马、傅云策和甘墨琚的马收了起来，说道："每组两个人只能骑一匹马，并且骑手与射手分开，骑手不能射猎，猎手不能驾骑。"几个人有些不好意思，但又不敢违背正妃妇妍的旨令。

为了安全起见，正妃妇妍让王室护卫提前把猎物赶到了指定的草丛中，四周围栏起来，还点上了松明，中间有一段路程需要世子他们骑马过去射杀一只就行。这段路是关键，路上行走慢了，会影响狩猎时间，行走快了需要后面的人抱住前面的人才可飞奔起来，此狩猎游戏是妙妃想出来的妙计，因有些不雅，所以只能放到夜里在别人看不到的情景下进行。妇妍开始不同意，妙妃说："深更半夜天知地知，他们搂在一块儿，只有他们自个儿知道，将来做了夫妻，这搂搂抱抱不是小事一桩。"妇妍想不出别的好法儿，只能认同妙妃的办法。

果然见效，三对人不到半个时辰陆续到来。第一个擒着鹿回来的是子媚和甘墨琚，第二个拎着鹿回来的是世子孝己和巫桃，最后驮着一只大羚羊回来的是子妥和傅云策。妇妍与妙妃交换眼色，会意地笑了。

她们知道子媚年纪小尚不知晓男女之爱，子媚会天真无邪地伏在甘墨琚怀中让甘墨琚飞马急驰，赢得了狩猎的时间；巫桃心中纯洁，一门心思狩猎，拥抱住世子孝己也不会有太多的想法儿；子妥年纪大有心事，又害羞不好意思让傅云策搂抱自己，耽搁了狩猎时间。

妇妍与妙妃商议后，决定让孩子们再加深感情重新比赛，为了找一个合理的借口，妇妘私下派人去请子昭王，让子昭王前来参加狩猎夜宴，于是妇妘向大家宣布："今晚狩猎比赛成功，子昭王闻知后决定前来祝贺，烧烤今晚的猎物一块儿举行夜宴。因为子昭王要来猎物有限，我与妙妃决定再进行一次比赛，多打些猎物以供夜宴之用。"妇妘讲完了，也不听取大家的意见。喊道："各组准备。"六个人慌忙上马，一对对地搂抱在一起，"开始！"

此次最早到来的是子妥和傅云策，妙妃走近他们，子妥用夜色藏起自己的羞涩，躲在傅云策的身后，妙妃还未说话傅云策叩礼道："妙妃，如若猎物不够，本将还去猎狩。"妙妃答非所问。"我们子妥人好吗？"傅云策这才反应过来，但仍不失直率："好，小主子妥好。"妙妃继续问："如何好？"傅云策吭哧了一会儿，子妥急了："妙妃你就别再问了。"傅云策说："小主子妥贤惠美丽。"子妥的心脏一阵狂跳。妙妃满意道："真有夫妻相。"

第二个到来的是子媚和甘墨琚，子媚听说姐姐子妥抢了第一十分失望，她对甘墨琚说："都赖你了，抱我紧一点儿跑快一点儿，我们准能得第一。"甘墨琚小声嘟囔一语，羞涩掩藏在夜幕中，到底说了一句什么话众人都未听清楚。子媚天真无邪拉住甘墨琚的衣袖："我说的不对吗？"甘墨琚一边退缩一边说："对对，是我的错。"

世子孝己和巫桃姗姗来迟名列最后。再次进行狩猎游戏，巫桃明白了其中的意图变得消极起来，世子孝己也觉察到巫桃的情绪，他告诉巫桃不要在意比赛，如果觉得没有意思可以放弃比赛。巫桃心地善良，见世子如此体谅自己又知世子性情孤独，生活得很是痛苦，便起了恻隐之心，她搂住世子快马加鞭，抓来了一只麋鹿，但毕竟晚了子妥、子媚一步。

妇妘评判比赛讲得含糊。三对人中除了世子孝己和子妥事前知道狩猎游戏的用意外，傅云策、甘墨琚、巫桃在游戏后也猜到了八九分，唯有子媚情窦未开，认为仅仅是游戏而已。

通过游戏交流，世子孝己和子妥有了情感的体验，心情如天上的银河流云暗涛汹涌。灯火阑珊处，忙碌的护卫们正在宰杀和烧烤猎物。

夏日风和，篝火正旺，烧烤之味，香气扑鼻。官道上，马蹄嘶鸣，松明飘飘而至，子昭王车辇未到已闻朗朗笑声，车队很快到了王室猎苑。

子昭王下了车，看着子妥满脸笑意，他凑到子妥的耳边小声问道："傅小将军行吗？"子妥用力点头，似乎很满意。

第四十八章　子昭王儿女的婚事

　　子昭王午后歇息很长时间，精神饱满，心情大好。声如洪钟的他步入王室猎苑后，一直在说些笑事，逗得身边的侍卫仆从喜笑颜开。阅历丰富的子昭王知道今晚的使命所在，有意放下身架与身边的人亲近攀谈，创造一个和睦融合喜喜乐乐的夜宴气氛。

　　在这方面，子昭王跟已故正妃妇好学了不少经验。妇好为人狂傲善于专断，在国民和士卒中是有名的冷面王妃，可在私下的场合，特别是在大战之后的消遣娱乐中，妇好完全把自己变成了一个喜乐无度的人。她可以与士卒行令饮酒，可以与士卒摔跤比剑，可以与士卒大块吃肉大碗吃酒，只要高兴她会无拘无束肆意而为，士卒们喜欢妇好，崇拜妇好，又惧怕妇好，在大邑商的军队中士卒很乐意跟随她追随她为她效力，有了这份情感士卒们打起仗来，没有一个孬种，都是提着人头向前冲的勇士。子昭王听多了也见惯了发生在妇好身上的这些事情，他有意无意当中跟着妇好学了不少笼络人心办法，妇好曾经给子昭王说过一句让子昭王刻骨铭心的话："做人不要装着，该放的时候一定要放，让自己变成自己，做天下之王也不要老是架在空中在云里雾里发号施令不见首尾，要脚踏实地，要有人情味要食人间烟火，因为敬你的是凡人，捧你的是凡人，连你身边为你驾驭车辇的侍仆都是食人间烟火的凡人，疏远了他们就等于疏远了自己。"

　　今夜之宴，妇妌、妙妃费尽心机撮合儿女的婚事，她们忠心可鉴，子昭王他自然要顺其情趣和乐为之，助妇妌和妙妃一臂之力。有了这些想法儿，子昭王尽量放下身价使出招数，乐意做一个友善和气的老者而不是君王。

子昭王见众小猎者一身戎装建议大家便装相聚,于是众人回到车上,更衣打扮,一会儿工夫全部改变了面貌,红颜粉面一袭的男白女青的装束,大家姗姗而至。子昭王在松明下观察着各位,十分羡慕:"还是年轻秀丽啊!"

侍卫拿来蒲团,大家席地而坐。子昭王见世子孝己有意躲避自己,晓得他肚量小心有胆怯也不为难他,亲自点将让傅云策坐在他的左侧,让甘墨琚坐在他的右侧,一老两少左膀右臂拱卫在他的身边,他高兴得不亦乐乎。

子昭王见子妥、子媚和巫桃挤在一块儿,说道:"我们大邑商以尊重女族为荣,倡导男恩女爱鼓励君子好逑,尔等与谦谦君子相隔这么远怎能交流谈话。"他指示子妥坐在傅云策身边,让子媚坐在甘墨琚的身边,让巫桃坐在世子孝己的身侧。

妇妍想让世子孝己坐在子昭王之侧,妙妃知道世子的心事,拉了妇妍一下小声说道:"这样也好,他能放松心情,可以与巫桃多多交流。"妇妍会意便让巫桃坐在世子孝己的身边。她们两人则坐在子昭王的对面。

猎物烘烤完成,侍卫们将食物分装在鼎内抬入席中。子昭王特意带来了羌人新近冶铸的青铜酒器樽,让大家用樽饮酒,樽器精巧而善用立即引来大家的赞叹。傅云策和甘墨琚新入朝政没有几日,虽然参与朝议与子昭王同殿议事但毕竟是新人晚辈儿,对子昭王如高山仰止敬畏十分,如此近距离坐在一起饮酒宴乐实为生平第一次,心中忐忑不安,俩人一直跪拜着不敢坐下。子妥眼睛有物看在心中,对子昭王说道:"父王威仪天下,儿女臣子当以敬重,然,出猎游戏郊外夜宴,是否可让你的臣子坐下为好呢?"

子昭王听了女儿子妥的话,发现傅云策和甘墨琚跪拜在蒲团上,于是说道:"女儿子妥所言极是。在座者除了正妃妇妍和妙妃外犹如我子,大家免礼坐下亲如一家人好好吃酒取乐,小仙女你说对否?"巫桃本来已经坐下,她见傅云策和甘墨琚跪拜着,也便学着他们的样子跪拜于蒲团之上,听子昭王叫她小仙女,于是谦谦说道:"子昭王亲近臣子视若王家子嗣,既然家宴之乐理应随意而为,我等遵命一块与圣王同乐。"

"就是嘛。"子妥附和道,她伸手拉住傅云策的手臂让他坐下,子媚学着姐姐的样子把甘墨琚按在蒲团上,世子孝己鼓起勇气起身扶巫桃坐下。

子昭王让侍仆斟上酒双手捧起酒樽,对妇妍说道:"今晚天高气朗酒甘肉香,本王获悉你们猎物丰盛,特带井方的仪狄酒为你们助兴,想沾点年轻人的福气。妇姘、妙妃你俩主持今夜之宴，我今晚的角色就是一个食客而已。"妇姘知道子昭王的用意，便与子昭王遥相呼应："大王说得对，老酒新樽夜宴新朋，我提议先饮它三樽不辜负了今晚的良辰美景。干！"众人同饮了三樽。

妙妃担心打猎久了饿着肚子，一个劲儿地鼓动着大家吃肉，新鲜的鹿肉烧烤之后，香气四溢，弥漫在空气中，香透了仲夏之夜。

酒过几巡，傅云策和甘墨琚有些不胜酒力变得面红耳赤，但两人坚持向子昭王、妇姘、世子孝己、妙妃敬酒。妙妃心疼两个小将劝说道："夜宴游乐本是游戏，吃酒上不必在意。"妇姘微笑道："妙妃的话在理，今夜我与妙妃的酒可以免去，你们且成双成对地孝敬子昭王，让子昭王高兴就行。"子昭王解开上衣的衣襟，举起酒樽说道："依正妃妇姘所言，老人儿笑纳你们的新识之礼，但有一点儿老人儿有言在先，今晚是家宴不是朝堂国宴，如何称呼老人儿你们可要想清楚？"

妇姘一听乐了，心想姜还是老的辣，子昭王毕竟见多识广藏着锦囊妙计，于是用胳膊碰着妙妃，问道："听懂子昭王的意思了吗？"妙妃机灵马上说道："家宴自然要遵循家规，用家中长幼辈分称呼敬酒，好法子使得耶。那么谁先敬酒呢？"妙妃拿眼睛望着世子孝己和巫桃。

妇姘了解巫桃有很深的仙道之缘，知道要燃起巫桃的情恋之心，不能急要慢慢地滋润才能种缘得缘。妇姘马上说道："晚辈儿人中傅云策年龄最长，应当长者为先。"傅云策酒醒了一半，一副诚惶诚恐模样儿，拿眼睛望着妇姘，问道："正妃大人，小子真的不敢随意称呼圣王。"

妇姘说："圣王已经有话在先，家宴依据家规，并且他已经以老人儿自居，你如此聪明难道不知道称呼什么吗？"妙妃灵机一动，点拨道："这好办，你呢随着子妥而行，子妥如何做你就如何做，子妥叫什么你就叫什么，跟人学舌总能会吧？"

傅云策面向子昭王揖手行礼，说道："圣王降罪小子知礼了。"子妥面如桃花，起身跪拜父王，手捧酒樽齐眉，虔诚万般声若莺啭，说道："请父王受礼。"傅云策学着子妥的样子说道："请父王受礼。"声音小口齿含糊，有点似是而非。子昭王也不计较，高兴道"免礼"，一饮而尽。

子媚觉得好玩，问子昭王道："父王，女儿我也可以吗？"子昭王不假思索地说："当然可以。"子媚慌忙起身也不管甘墨琚同意与否，对甘墨琚命令道：

"起来，跟我一块向父王敬酒！"甘墨琚不敢怠慢跟在子媚的身后，学着子媚的样子，叫道："请父王受礼。"甘墨琚的声音清脆入耳，子昭王笑得开怀。

世子孝己张望巫桃神色踌躇，邀请又怕巫桃拒绝，不邀请父王看着又难逃此劫，满脸的委屈和无奈。巫桃看在眼中理解世子的苦楚，主动起身拉起世子孝己，随意而又大方地说道："一家之人，父子亲情，快乐乃天下最大幸事，世子贵为天下储君，正当风华年少，大可放开胸怀风物长宜。来，你为父王敬酒我为仙翁敬酒。"巫桃巧妙地破了刚才的规矩，主动引领世子孝己敬酒。巫桃的一席话说到了子昭王的心坎上，让子昭王更加喜欢巫桃，认定巫桃是世子孝己最合适的世子妃，子昭王仰颈饮干了樽中的酒。巫桃说："天下受恩泽最多者，莫非身居世子的人；天下期盼心最重者，莫非父亲之心。孝己弟你身为大邑商王朝的世子，天下的少年储君，倍受父王的阳光雨露恩泽宠爱，如此这般，你我为何不多敬父王一樽呢？"

巫桃的几言启发让世子孝己心境大开，也许是巫桃的一句"孝己弟"，给了世子孝己无穷的勇气和力量，世子孝己心胸赫然，情感荡漾，他双手举樽谦卑而又真情地说道："父王在上，儿子愚昧，素日胸无大志不求上进，又我行我素多烦父王伤神，儿子无知多有过错，恳请父王见谅。从今之后，儿子定当向善努力求进。"子昭王耳闻其言感动于心，第一次见到世子孝己主动自责表述上进之志，感动的泪水盈眶，他一连说了三个"好"字，饮干樽中之酒。

子昭王说道："我与你们的阿母妇好，南征北战驰骋天下，经历大小战争百余，收回方国八十一个，十几载兵戈铁马风餐露宿争雄天下，很少有空闲与你们相聚、相诉、相亲，原想着天下太平了与你们长相守话亲情，补偿做父母的欠缺，谁能料得西北之战你们的阿母妇好与我们阴阳两隔再无相见相聚之日。子昭我心如刀绞痛不欲生啊！我做父王的愧对你们的阿母妇好和你们姊妹四人。"说毕落泪。众人触景生情纷纷拭泪，子妥和子媚更是哭得泪如雨下。妇妍和妙妃也不知说些什么了，跟着大家落泪。

子昭王继续说："子妥和世子的婚事一直是我的心病，每每夜深人静我辗转难眠，君王虽贵为天子但也是肉身之人，世子小主虽深居王宫也有平民百姓之欲，伊相傅家，老将军甘家与我子族浴血奋战生死与共，开创大邑商盛世，有君臣之别更有手足兄弟之情。今日家人夜宴非同国事，大家敞开心扉谈儿女情长，论辈分长幼回归家人之乐，这是我期盼很久的事情。包括两位小将军在内我把你们一直视为我最亲近的人视为儿女。我子昭老了，我需要儿女需要你们，我喜欢你们叫我父王，即使小仙女把我视为仙翁也是把我当成了一家人。好，今晚我非常高兴，非常……"

子媚起身跪到昭王身边替子昭王拭泪："好父王别落泪，今晚我们很高兴，你应当为我们高兴才是。"

子昭王拍着子媚的肩膀："我高兴非常高兴，可以告慰你们已故的阿母妇好，孩子们长大了快要成家立业了，她可以瞑目于天界。是的，我们有理由让你们的阿母瞑目安然了。"子昭王伸出双臂，雄鹰展翅般用双手同时安抚他身体两侧的傅云策和甘墨琚，说道："孩子们，你们明白了我的意思吗？"子妥带头说道："明白了父王。"

子昭王起身，抖擞精神："今晚我特别高兴专程来看看你们，你们继续玩耍，要尽情地玩，我要回去了。"临行时，他对妇妍和妙妃投来感激的目光。

子媚担心子昭王有什么事情，问道："妇妍慈母，我的父王不会有事吧？"妇妍说："不会有事，大家继续玩乐。"饮酒中，妙妃有意无意地提醒傅云策和甘墨琚两位小将军，说道："今夜回府之后，你们二位小将军可不要忘记了向你们的家父、家母禀报，你们与子妥、子媚一块儿称呼子昭王为父王那可非同儿戏。以我之言，告诉你们的家中长辈，正妃妇妍可是等着你们父母的回信儿呢？"傅云策和甘墨琚是极其聪明的少年郎，俩人跪拜道："小子谨记，回去速速禀报。"

夜宴结束时，妇妍命他们成双成对儿各坐各的车子返回，分别把子妥、子媚和巫桃送回王宫。同时妇妍告诉他们既然认识了，就要多多约见，她说道："我们大邑商传承古韵，民风淳朴，你们多多亲近方为风雅之道，大家可曾记得济水一带流行的那首古老的风雅之辞吗？"众人说记得，于是齐声诵颂道：

匏有苦叶，济有深涉。
深则厉，浅则揭。

有瀰济盈，有鷕①雉鸣。

---

① 鷕（yǎo）：母鸟的叫声。

济盈不濡轨，雉鸣求其牡。

雝雝①鸣雁，旭日始旦。
士如归妻，迨冰未泮。

招招舟子，人涉卬②否。
人涉卬否，卬须我友。

妙妃说："青春少年，男欢女爱，一首古老的《匏有苦叶》的风雅之辞，大有深意也。傅云策和甘墨琚两位小将军切莫让站在河边等待未婚夫的女子失望噢。"傅云策和甘墨琚鞠躬施礼："回禀妙妃，小子不敢。"

回归路上，妙妃在车上小声问妇妌："我如此提醒傅云策和甘墨琚两位小将军可以吗？"妇妌说："良策之举，妙妃姐姐不愧是经验之人，虽然我们与子昭王认定了他们的婚事，但子妥、子媚毕竟是君王的女儿国朝的小主，你及时加以提醒让他们家人前来求婚，方显出王室的尊严和我们二位小主的脸面，此提醒妙哉。"

妙妃犹有不满，说道："子妥和子媚的婚事有了眉目，世子孝己的婚事还是让我牵肠挂肚，不知道世子孝己与巫桃的婚事能否结成正果？"妇妌说："好事多磨，以我对巫桃的观察似乎近在咫尺曙光初现。"妙妃不认可妇妌的说辞，说道："若有奇迹，除非你再助世子孝己一臂之力。"妇妌不语，望着京都的夜色，陷入深思。

子昭王当朝以来已二十余载，整个国家像一个厮杀的巨人一直忙于战争，城池的建造未能很好地重视起来，以至于到今日成了号令天下大邑商王朝之后京都还是一片破旧的景象，从车辇上向外望去整个夜幕之下的京都，除了天上的星星之外，城内王城街坊见不到几处光亮，尚不及井方王城外的商贸驿站的夜色多姿多彩。妇妌心有感悟地说："心有多大形有多阔，都城宏伟方能统合万邦，看来大邑商的京都殷城要有一番大的建造了。"

---

① 雝雝：大雁的和鸣之声。

② 卬（áng）：妇人自称我也。

妙妃望着窗外，附和道："确实与我们现在大邑商的身份不符，但若重修建造可不是轻松之事，需要众多的工造之人，需要庞大的工费工料，归根到底需要的还是粮食，我现在最关心的还是你所说的世子孝己的居住之所，叫什么了？哦，叫东宫。"

"重修建造京都殷城与建造世子孝己的东宫是两回事儿，世子孝己的东宫三个月就可建成，而重修建造京都殷城没有十年八年的时间做不下来。"妇妌解释道。

妙妃说："重修京都殷城工程浩大，非说说而已，现在子昭王老了，世子呢不善担责，伊相傅说的身体又大不及从前，能依靠谁呢？"

妇妌一向佩服妙妃的料事能力，什么事情让她一说，准能说到事情的根结。妇妌故意问道："妙妃姐姐如此说，是否说明目前我们大邑商王朝正处于一个新老交替的时候？"妙妃知道妇妌是一个明白公道没有野心私欲之人，也是个敢做敢当的干事之人，因为信任所以坦率。她说："自从妇好姐姐去世子昭王为你举行加冕仪式之后，子昭王老了，不是他的身体老了而是他的心老了，他好像有一种急流勇退想坐享其成的想法儿，不知你感觉到没有，我感觉到了并且感觉十分明显。子昭王想急于交班，想急于过清闲的日子，可他又担心。一是担心世子孝己小，挑不动治理朝政这副担子，其实孝己他自己也无心挑这副担子；二是担心伊相傅说的身体支撑不住，毕竟伊相傅说年过五十身体一直病弱，他怕傅说隐退或是倒下了，仅靠傅云策、甘墨琚、纳罕等几个晚辈儿人难以辅佐他支撑国政。大邑商王朝新老交替已经开始，不是谁乐意不乐意的事，是迫不得已的抉择。今晚子昭王对傅云策、甘墨琚和世子婚事的重视和渴望可见一斑。"

妇妌笑道："妙妃姐姐料事如此透彻，干脆你来接替傅说做伊相好了。"妙妃并无笑意，说道："不是不行，若我有你一半儿的本事儿，我定当仁不让，因为我看着子昭王在苦苦地支撑，我心疼他；看着世子无能为力帮他理政，又体谅他。我这个人爱费闲心，心上想想，嘴上说说，都是私下功夫。让我上台面当众说教，或是让我去统领人指挥人，我就变成了傻子，骨子里头没有那样的胆魄。"

"你的意思让我去接替傅说做大邑商王朝的伊相？"妇妌问。

"不不不，绝对不能。你是国朝正妃国之王后，做伊相失你的身份，但在国朝人才青黄不接之时，你不能畏首畏尾瞻前顾后，你大可以走上前台以辅国重臣之职，为子昭王分忧，带一带世子孝己、傅云策、甘墨琚和纳罕等几个还有点儿嫩的晚辈儿，实现你刚才所说的重修建造宏大京都殷城的梦想，让大邑商王朝尽快中兴起来。"

妙妃的话出自肺腑，是真心之言，妇妍不得不认真地考虑。子昭王隐退的想法，妇妍她亲耳所闻并多有感受，但子昭王再想超脱，即使到了九十岁一百岁，只要他活着，大邑商的王位永远非他莫属，任何人都无法替代。现在就是替他分担事务，让他做一个清闲君王。

妙妃见妇妍不说话，劝说道："妇妍妹妹，咱姊妹俩说实话，你不要担心我，我能说出刚才的一番话，是我考虑再三才说出口的，我妙儿不会嫉妒你，也不敢嫉妒你，我真的没有理政的那种本事。你也不要担心世子孝己，他现在没有理政辅政的本事，他连我都不及怎敢去理政？即使世子能说出一二，子昭王也不会听他的，你知道现在世子孝己的心思都在巫桃身上而不在理政上。如此事态，王室中舍你其谁可担此大任？为了子昭王，为了世子，为了子妥、子媚、子颂，为了王室，也为了你和我，你就不要犹豫了，你要勇敢地担当起辅佐子昭王的重任，这个似乎已是天意。"

妇妍牵住妙妃的手："你的善意我理解，可我担心我没有那么大的能力，我不能保证让子昭王满意。"妙妃鼓励道："放心好了，事在人为，你身后有我呢。"

妇妍拥抱住妙妃："那我就全靠你了。"妙妃拍着妇妍的肩膀："别理解错了，我在背后管好孩子，将来你有了孩子，我也替你管着，不让孩子们的事分你的心。"

回到王宫，时至亥时①。子妥、子媚回到妙妃的寝宫，巫桃作为正妃妇妍属下的女史归至妇妍的寝宫居住。妇妍的寝宫有多个房间，为了巫桃生活和差事的便利，妇妍专门在自己的寝宫内为巫桃收拾了一个单独的居室。巫桃回到自己的居室，心绪很乱，沐浴更衣后无法进行仙道功课的修炼，便懒懒地躺在榻上，目光盯着屋顶，想着滚滚涌动的心事。

"我真的要嫁给世子吗？"她在叩问自己。

---

① 亥时：晚9点至11点。

第四十九章　巫桃的烦恼

沐浴之后，巫桃心潮无法平静，不得不放弃了每日的仙道功课，上榻歇息。巫桃脑海里游动着世子孝己的画面，走了一幕又辗转归来，让她摆脱不得。世子孝己心事重重，行走在人生的刀锋上，一个人孤独地在刀锋上跳舞，承受着心累和疲惫。本来已经走出烟波红尘的巫桃，受世子孝己情绪的影响，一步步地向红尘欲海中滑动，许久以来清静无为的空空世界变得混沌和烦恼。

巫桃可怜世子孝己，感觉到世子非常孤独，孤独到一个人站在一座渺无人烟的雪山之上，四面冰海，没有声响，没有热力，也没有呼吸，寂寂杳杳，无从求助，进而她开始心疼世子孝己。一个一人之下万人之上的明日君王，一个被红粉包围着的英俊翩翩的风华少年，为什么竟然不及一个民间的凡人俗子活着洒脱快活？为什么束缚自己要把自己包裹得严严实实刻意与人与世隔离？如此如此，一个自己都感觉不到平安的人，怎能担当起维世安民的天下重任，给世人一片平安祥和的天地？呜呼，红尘难，樊笼重，路漫漫，何将上下求索兮！

巫桃记得，妙妃说过世子孝己有生以来不曾近过女色，是个纯净男儿。仙道理学告诉巫桃，世间上从来不存在什么纯净男儿，越发纯净的越是不纯不净，因为在世子孝己的心中已经有了充满了人世间的红尘恋情，没有了再可容纳的空隙，所以他要拒绝人们习以为俗的看似红尘的红尘，貌似不近女色，貌似一个世间的纯男。仙师讲过，人是宇宙之尘，生于阴阳之合，人的体与魄，思与为，要么以男的体貌出现需求于女爱的滋养，要么以女的体貌出现需求于男心维护，男女相随，阴阳合和，天然浑成才有红尘世界，所谓的纯本为不纯，绝对的纯世间没有。由此说来，世子孝己心中早就有了女人，这个女人非同一般，她深深地扎在了世子孝己的心海之中，让世子孝己排除所有唯其所爱。可是，世子孝己心海中的女人是谁呢？

巫桃辗转身体，眺望窗外，远方的星在虫的低鸣中向她眨着眼睛，仿佛向她问候。她说："星波仙师，汝若知我，为何不解我烦恼？"星波回馈："若无烦恼，何必生在红尘？"巫桃无语，暗自笑道："汝若不知烦忧，何必暗送秋波？"星波回馈："秋波早生，不关你我。"巫桃不高兴了，恼怒道："你我既然无缘，踱我窗口何故？"星波无语，隐身而去。

巫桃的心又回到世子孝己身上，她在想，那个曾经充斥世子孝己情囊的红尘女色是谁呢？哦，不止一个，是两个，是两个红尘女色俘获了世子孝己的心。巫桃脑海中立即呈现出两个女人的模样儿，巫桃顿悟，心生感激，她把目光转向窗口，回望远方，夜空茫茫苍苍。巫桃说道："愚昧弟子感谢星波仙师指点迷津，弟子清醒了。"

世子孝己迷恋的第一个女人是他的母妃妇好。世子孝己从小生长在一个与母妃妇好聚少离多缺乏母爱渴望母爱的环境中，长期的分离，让他自然而然地产生出一种强烈的恋母情结，他对母妃既敬重又喜欢，母妃妇好深深地烙印在他的心中，有了母妃妇好，别的所有的女人在他的心中都黯然无色。世子孝己迷恋的第二个女人是与他姐姐子妥同岁的妇妌，世子孝己有强烈的恋母情结，他心目中的恋人一定要比他的年龄大，能够给予他足够的温暖和安全感的人。母妃妇好死后，世子孝己移情别恋，把恋母情结转移到比他大三岁的妇妌身上。妇妌青春靓丽活力四射，世子孝己通过西北之行对妇妌的接触，在妇妌身上发现了母妃妇好的影子，加之妇妌备受已故母妃妇好的推崇，妇妌的完美形象在世子孝己心中不断得以升华，母妃妇好离世后，妇妌取代母妃妇好填充了妇好的位置，成了世子孝己心中的偶像。

然而再美好的事物也有湮灭的时候，妇妌的加冕之礼，打破了世子孝己恋情的平衡。亲历的事情告诉他，妇妌是他父王的妻子，是母妃妇好一样的正妃王妻，是他今生今世永远也改变不了的一位慈母。迷茫中世子孝己开始寻觅，寻找他新的恋母情结的替代者，填充他精神上的真空，他很快找到了巫桃，认定比他大三岁的来自井方之地的美若天仙的冷面人巫桃，能够填充他心中恋人的位置，替代母妃妇好和妇妌。

"是我吗？"巫桃问自己，也问苍天。她不想面对这样的现实，由于这样的现实让她心中正在掀起一波前所未有的巨浪，巨浪溅起的浪花儿一次次地荡涤着她心灵的窗口，让她徘徊于歧路之途。她不知道自己是迎头面对还是悄然退却，她挣扎，她在激荡的心海中游弋；她忘记不了曾经要遵行仙道居守昆仑的承诺，不知道这样想或是这样做是不是有失仙道的信任；她有些惶恐，有些沉沦，像一株浮萍随波逐流。她听到了仙师的呼唤，看到了从空而降的金麒麟和金麒麟背上的仙师。

仙师驻足在巫桃面前，祥云环绕。巫桃施礼："徒儿有礼，叩拜师傅。"仙师挥动尘尾，洒下一路星辰："徒儿免礼，为何这般困顿？"巫桃愧言："徒儿此次来到京都殷城，陷入私情泥潭已摇摇欲坠欲拔不能，徒儿无比惶恐，故而求见师傅请授以解脱之法，解救徒儿。"仙师问道："徒儿情为何人，因何而困？"巫桃说："世子孝己困于恋母之情，孤独刚愎不入世俗，贻误诸多国事，徒儿怜其孤单，念其世子责任，有意相扶一程，让他回归正路，以利天下庶民。"仙师笑曰："徒儿行其正道，扶将为国，自然是功德之事。改其邪扶其正必然要付其情用情疏导，挖渠成河得风鼓帆，方可扬程万里。"巫桃担心道："徒儿就怕徒劳之后一场空。"仙师摇头："错错，空，也是果。没有空哪儿会有世界盛景，没有空哪儿能容下滚滚红尘。阴阳世界皆在空中，始于空，终于空，演化于空。其实，道法自然也是空。徒儿因情而动，何必困于情？只要用情做了任何结果都是仙缘，这就是我们的道德。"巫桃似有醒悟："徒儿明白了，拜谢师傅点拨。"恍惚间，天色大亮，巫桃睁开眼睛，见妇妍坐在她的榻旁。巫桃起身一脸的愧色，说道："昨夜乏了睡到现在。"

妇妍握着巫桃的小手，问道："请教你的仙师了？"

"正妃如何知晓？"

"当然知道了，因为你在梦中叫你的仙师。"

巫桃正言道："我乃仙道之徒，行则必问仙师。"

"仙师如何说？"

"道法自然，随遇而安。还是因为在你的身边得你的威严，仙师们果然看你的脸面，让我辅佐你呗。"巫桃开始变得满面春风。

妇妍抚摸着巫桃光滑白嫩的肩头，认真地说："你刚才的话，我信也不信，道法自然随遇而安这句话我信，说仙师们看我的脸面我不信，因为你的造化超越了我,你能自己决定自己的命运,而我一直是受人决定。我知道你做仙道有仙道的规矩,我也知道你有自己的仙师,可是你的道法在你心中,你的仙师也在你的心中,你需要他们时,不费尽周折他们就会出现你的心中,所以你就是仙师,你就是自己的主宰。"

巫桃叩拜道:"正妃言重了,小女子不像你说的那样富有主宰之力,我只是顺势而为罢了。若说仙道,我本远离红尘才是。"

妇妌抱拳回礼:"天道惠顾,有你有我,你替我解了世子孝己的大难题,助我立足大邑商正妃之位,妇妌我铭记于心。"巫桃笑盈盈地说:"都是你的儿媳了,还这般客气。"院内一阵响动传来妙妃的声音,妇妌松开巫桃的手按住自己的胸口,闭目叹气道:"哎呀呀,这个妙妃啊似催命一般。"

"什么事啊?"巫桃不解。

"还能有什么,就是你与世子孝己的婚事呗。"

巫桃问道:"妙妃为何这般热心?"

妇妌向窗外喊了一声:"等等。"回头说道:"已故正妃妇好的四个孩子都是妙妃一手带大的,情似生母,世子孝己急,她当然也急。加上子妥、子媚在后面扇风,她就如同火烧腚一般,不停地向我这里跑。你先歇着,我去逗逗她。"

妇妌回到自己屋内,见到妙妃,与妙妃一块来的还有子妥和子媚。妙妃问:"子昭王呢?"妇妌揉搓着眼睛,说道:"吃过早膳上朝去了。"子妥急性子,不等妙妃问完就说:"慈母,巫桃的事儿说得如何了?"妇妌望着妙妃,摇头不止:"从昨夜开始我就说服巫桃,可是巫桃一口咬定要去昆仑,我也没法子了。"

妙妃落泪叹气道:"那会害死世子孝己的,世子他从来没有这么专心过,今日一早他就来我的寝宫要见巫桃,他说'宁要巫桃,不要世子',妇妌妹妹呀,你看他迷恋到要美人不要江山的地步,你是他的慈母不能不管这事儿。"子妥站起来说道:"不行,我去见巫桃!"妙妃慌忙揽住子妥:"我的小主,我的大人,你就不要添乱了。这巫桃是仙道出身,惹急了她真的回昆仑山修仙,我们去哪儿找她去呀?"

子妥止住脚步,说道:"她是仙道之人,应该知道救人为人的道理,我弟弟世子,是君王之下万民之上的储君,身系天下福祉承担江山国运。巫桃既为仙道人，自应当以国道为先替万民虑之，岂可顾已私做虚名的仙人，以小失大忘记大道之本。"巫桃在榻上听得清楚，暗自敬佩子妥。妇妍也听得入神，妇妍心想子妥的话入木三分，很受教益，让居住里室的巫桃听一听也会多些感触。于是妇妍鼓励道："子妥讲得好，继续说。"

"没了，不讲了。"子妥沮丧地坐下来，生着闷气，子媚的小嘴嘟得很高。妇妍开玩笑道："二位小主嘴上可拴马了。"众人笑了。妇妍平静下来说道："只要心诚，必定功成；只要心善，天遂人愿。妙妃你们回去吧，后日我们去……"

妙妃打断妇妍的话："回去？不，回去后我给世子如何回答。不，我不回去，我就赖在你正妃宫内，让你给我想招儿。"

"你不回去？好，你不回去我就去了。"妇妍站起来。妙妃慌了手脚，"哎……你去哪儿？"

"我去你的寝宫。"

"去我那儿，干吗？"

妇妍瞪着妙妃："你呀只知道催我，催我，催我，就不知道改变一下走条新路，天下道路千万条，条条路径通昆仑。"妙妃还不理解妇妍的意思："通昆仑干吗？"

子妥接话道："昆仑乃华族之源，仙道之源，也是巫桃的信仰之源。可是慈母，我也弄不懂，如何走新路呢？"

"简单，请巫桃去你们的寝宫吃午宴，我也去。巫桃现在还未吃饭，常说'神仙也怕饿肚子'，一吃二熟，时光打磨岁月，不用别人就靠子妥、子媚这二位小主，也能让巫桃走出仙界，下凡人间。"

妙妃高兴起来："还有一位小主呢，别看我们的子颂咿咿呀呀刚学说话，她那双会说话的大眼睛，也会让巫桃动了凡心，做她的兄嫂。"

子妥突然想起妇妍说了一半儿的话，问道："慈母，你说后日我们做什么？"妇妍一脸的喜悦："此事午宴上说。"妙妃得到真经，督促着子妥、子媚回去准备午宴，一行人高高兴兴地去了。

午宴中，妇妍坐在主席，妙妃、子妥在她两侧，世子、巫桃、子媚坐在一起。大家说说笑笑，很是欢乐，妙妃特意抱来子颂，不曾想子颂见到巫桃翘起两只小手向巫桃伸去。巫桃高兴地抱住子颂，赞美道："天下竟有如此漂亮的人儿，啧啧，你看这眼睛，明亮如炬。美人眼中有世界，好可爱！"子颂高高地伸长手臂揽住巫桃，在她脸上亲了一口。之后转过小身子，把嘴凑近世子孝己，语言不清地说道："哥，亲……"巫桃贴近世子，让子颂亲孝己。亲之后，子颂把两只手分别架到世子和巫桃的肩头，向大家做着笑脸儿，众人十分感动，妙妃满面是泪。妇妍趁机问道："子颂你喜欢这位巫桃姐姐吗？"子颂无言表达轻轻在巫桃脸上亲了一口，表示乐意。妇妍问："让巫桃做你世子哥哥的妻子你乐意吗？子颂稍微思虑了一会儿，看看世子哥哥又看看抱着她的巫桃，用小手拍了拍，感到不尽人意，抱住巫桃猛地亲了一口。"赢得一片喝彩声。

巫桃流泪了，泪水顺着她美丽的脸颊一直往下淌，她泣不成声地说："真好，真美妙，我是第一次抱孩子，并且是抱着天下最美丽的小主子颂。童言无忌，童言难违，子颂妹妹，我十分喜欢你，我接受你的祝福。"

听了巫桃的话，子妥第一个跳起来拥抱巫桃和子颂。子媚一旁急了，嚷道："还有我呢。"上去抱住子妥和巫桃。妙妃捶着世子的肩膀，小声说："世子啊，你真是一个有福气的男人，你想要的女人已经吐口了。"世子回应道："巫桃只是答应了子颂的亲吻，并不代表同意嫁给我呀，我想让她亲口对我说她要嫁给我，我才放心。"妙妃一想，世子讲得有理，巫桃刚才的话语，是对子颂行为的一种赞赏和回馈，并不确定她心仪于世子。妙妃收起笑容，故意碰了妇妍一下，说道："早知道我们喝些酒，可你偏偏不准动酒。"妇妍知道妙妃想一口吃个胖子，马上搞定世子与巫桃的婚事。妇妍提醒道："妙妃姐姐应该满足了，世子认识巫桃才不过十日，见面不过四次，我们总得给巫桃一个思想的过程，急了不行的。"

"怎么不行，你不知道我的心有多累，心中担着多少事。世子的事，子妥的事儿，还有子媚的事儿，等把这些事儿都确定了有准了，我妙儿才能睡安稳觉。"

"干脆把子颂的婚事也确定了。"妇妍玩笑道。

"啊那不成，子颂现在小，等她长大了，我也不让她走，让她陪伴我说话儿。"

"为什么呀？"

"老了之后怕没人陪我。"

在世子、子妥、巫桃、子媚说话的当儿，妇妍抱过子颂逗着子颂说道：

"妙妃呀，事情要慢慢来，要按顺序办，不能急。急了，就预示着孩子们大了我们老了，这世上没有孩子长大我们不老的道理。春夏秋冬，日月星辰，递进轮回，这才是大道之理。"

"总是你有理，但你说服不了我。"妙妃说话的时候，脸上浮现了皱纹，妇妍仔细打量着妙妃脸部伴随着一颦一笑出现的皱纹，心生悲哀，三十二岁的年纪就红尘色衰，足见妙妃操劳之重。妙妃对已故妇好的四个孩子，费尽了心血，付出了青春年华，她一生没有目标，没有奢望之想，世子、子妥、子媚三个人想做的、想要的，就是她妙妃想做的、想要的，子颂小不会提什么要求，但子颂的衣食冷暖都在她的心上。她的一生，仿佛就是为了四个孩子来的，孩子的一切就是她的一切，孩子的喜怒哀乐就是她的悲欢离合。妇妍敬佩妙妃，尊重妙妃，妙妃的言行让妇妍找到了妻者、母者、亲情孝悌、家国和睦的真谛，由此明确了为人、为国、为天下的人生之路，明确了慈母、孝悌、母仪天下的三大做人目标。

妙妃见妇妍沉默不语，大声叫道："喂，正妃大人我和你说话，你想什么呢？"众人吓了一跳目光投向妙妃，子颂"哇"的一声吓得哭起来。妇妍哄着子颂，对大家说："说好了，这几日大家筹备筹备，十日后我们起程去丘商邑地省亲。"

"省什么亲？"子媚问道。

"我们一块儿去拜谒你已故阿母的先人先宗。我是新人，应当步你们阿母妇好的后尘，承前继后不忘先祖，替你们的阿母妇好尽其孝道，履行一个做女儿的责任。"

妙妃感动万分，说道："妇妍妹妹，这是你加冕后第一次出京都祭祀先祖，并且不是你井方的先祖，而是已故正妃妇好姐姐的先祖，我想不到，真的想不到你会这样做。说真的，我自己也从未想到过回归我的故乡丘商，尽管那里有我的父老乡亲，有我的列祖列宗。我感谢你，我代表已故的正妃妇好感谢你，代表丘商邑地子族先人先祖感谢你，代表丘商的子民感谢你。真的……感谢你……"妙妃激动得语无伦次。

妇妍安慰妙妃："这不是什么大事儿。你想已故妇好大姐如此器重我，托付给我许多的事情，我必须一件一件地替她做好，已故正妃妇好大姐的事情就是我的事情，她的故乡就是我的故乡，她的先祖也是我的先祖，我首当其冲替她而为无怨无悔。正妃妇好大姐功高盖世举国闻名，此次祭祖把她的故乡放在我井方之前也是名正言顺理所应当，但此次省亲祭祖还要办好另外三件大事。"

"什么事？"子妥激动地问道。

妇姅说："一、你和子媚的事儿，让傅云策、甘墨琚一块儿随行，以王室后辈人儿的身份到你们阿母的故土上结拜祭祖，确定你和子媚的婚事。"子媚不懂深意，说道："让他们跟着我们忒不方便。"子妥打断子媚的话，"不懂不要乱说。"显然子妥十分高兴。妙妃提醒道："两位小将军家还未来宫上提亲呢。"世子孝己插言道："慈母十日后走的意思，就是在等待他们。"妙妃点头道："哦，是这样。"

"二呢？"子妥追问道。

妇姅望着巫桃："希望巫桃到了丘商世子孝己母族的祖地上，给我们，给世子，给已故正妃妇好的先人先祖们一个明确的答复，有情人终成眷属，岂不皆大欢喜。"妙妃推了世子一把："你呀，好好地努力，要谢谢天底下你最好最伟大的慈母正妃妇姅阿母，要谢谢美丽的仙女巫桃。"世子情动如潮跪拜在妇姅面前，表示谢意。妇姅让子妥搀扶起世子。

"三呢？"巫桃有些激动，按捺不住好奇的心，问道。

"三呢……"妇姅刚开口，侍仆禀报说："禀报正妃，宫外伊相傅说夫妇、甘墨琚家母求见。"妇姅故意问子妥："子妥小主，你说见还是不见？"说话间将子颂递到妙妃怀中。

子妥鞠躬，一脸霞云："叩谢慈母多多费心。"妇姅说："费心是自然，只要小主舒心满意就好。好了，大家记住了，十日后启程直奔丘商邑城。"

"子颂去吗？"子媚突然问道。

妇姅看着一脸天真的子媚，说道："问问你的妙阿母？"

妙妃一脸的不高兴，说道："这话还用问吗？你可以不去我们子颂一定去！"子妥知道妙妃喜爱子颂，也批评妹妹道："子颂生下来还没有回过我们子族故土，能不让子颂去吗？"

子媚委屈道："……我也想让妹妹去，不想让她一个人留在宫里。你们，你们干吗对我发这么大的脾气……"子媚落泪。

妇姅走过来，在子媚耳边说了几句话，子媚破涕而笑。子媚转过脸儿冲着妙妃和子妥用力跺脚："哼……"与妇姅结伴而去。

第五十章　丘商省亲之行

妇妌回到寝宫，让侍仆收拾主室，她和子媚一块儿去宫门迎接伊相傅说一行。子媚不解，问道："慈母，他们是你的臣下，你作为朝国的正妃有必要亲自去迎接他们吗？"妇妌挽住子媚的胳膊，解释道："此次来访是家事，是事关子妥和你的婚姻大事，儿女婚事，双方商定，人家是求婚的客人，主客平等相处，不存在高低贵贱你尊我卑，客人专程来访，主家多走几步迎接客人事关礼尚往来。"

"我的父王为何从来不去迎接客人呢？"

"迎接过的，只是你没有看到而已。你的父王才继承王位时，离京三载行程千里遍访贤才，他不是迎客而是直接去访客了。你父王比我们做得好，所以朝中才有了伊相傅说、老将军甘盘和大将军禽这些忠心耿耿的臣子，你的阿母妇好就是他在这次长途的巡访中，认识、相识并成为夫妻的。那时你的父王已经是天下之王了，你的阿母妇好与我当初一样是一方伯侯，当初的主与客后来的夫与妻，你能说在你父王与你阿母妇好之间谁尊谁卑吗？成就源于互助，人类始于相聚，友情融自交往，理解在于沟通，朋友之间无有对错，若是计较了天下无友。至于朝中公事自然不能与家事私交相提并论，若是公事，你的父王理所当然不会去迎接他们。"

"为什么？"子媚望着妇妌。妇妌说："国朝不是你父王一个人的，而是天下所有人的，天下人拥戴你让你成为天下英主或是臣子，都是源自民心民愿，天子也好，臣子也好，都背负着万民之托，替万民理政。朝臣们享受着国朝给予的奉邑之田，乘坐着朝国的马骑，来朝议政是职责之事，来之应该，不来者失职也，罪过也。"

"哦，原来还有这番大道理呢，我懂了。以后我也要向慈母你学习，多知道一些做人为政的道理，少出丑少做傻事。"子媚直率而言。

妇姘亲自迎接，让伊相傅说夫妇和甘老夫人倍受感动。大家见过面施过礼，妇姘和子媚引领客人到达寝宫入座。坐定后伊相傅说夫妇先行叩拜大礼，礼拜正妃妇姘，说道："犬子傅云策不才，感恩吾王和正妃厚爱，今日臣子夫妇代替犬儿特向小主子妥求婚，以攀附王贵缔结良缘。"说毕，让随从献上聘礼。妇姘扶起伊相夫妇，示意侍仆接下傅家聘礼。伊相傅说之后，甘老夫人如此照做，替儿子甘墨琚向子媚求婚，妇姘亦然扶起甘老夫人收下聘礼。妇姘退了侍仆令子媚给大家斟茶，伊相傅说吃了一口，茶香清甜，说道："好茶。"甘老夫人尝了一口也说好吃。妇姘解释道："此茶乃酸枣叶茶产于我井方国深山之地，用的是仲春之后的酸枣树上的新生嫩芽，采于日出之前，经晒、凉、焙多个手段，方有这股的清香存在，既然贵亲们说好，每家送你们十个陶匏①的酸枣叶茶作为礼物回敬。"客人们慌忙起立谢礼，妇姘让侍仆取出二十个用精制陶匏封装的酸枣叶茶，交给两家客人。

妇姘吃着茶，与伊相傅说夫妇和甘老夫人说道："男大当婚女大出嫁，王家百姓同此一理，你们是王家贵臣国朝栋梁，前辈人功劳卓著后辈人出类拔萃，我朝人才济济新人辈出，子昭王看在眼中喜在心上，厚爱自不必说，王家嫡女中两位小主岁至待聘之年，我和妙妃喜欢贵府的两位小子，又疼爱两位小主，故鼓动子昭王议婚，于是便有狩猎夜宴的故事。实话讲，已故正妃妇好为国捐躯英年早逝，未能看到她自己的儿女们成家立业，实乃千古憾事，我作为她孩子们的慈母，唯有为孩子们着想才能完成她的遗愿告慰她在天之灵，所以我对贵亲们前来求婚十分高兴。你们两家的聘礼我代替子妥和子媚收下了，这两门婚事答应了。"妇姘以女方长辈之名向对方施礼致谢，男方两家慌忙还礼。

妇姘的话入情入理，实实在在，打动了伊相傅说夫妇和甘老夫人。他们说："正妃妇姘乃慈母典范，深明大义礼让仁和，是家之幸，国之幸，民之幸矣。我们两家能攀其王家受其恩泽，真的是受宠若惊。不知妇姘正妃还有何旨教？臣下一定遵行。"妇姘说："傅云策与子妥正适婚配年纪，傅府可择日纳

---

① 陶匏：古代一种陶质礼器。

娶，甘墨居与子媚稍可缓缓。一来甘盘老将军过世不久，正在丧期之内；二来子媚年纪尚小，等世子孝己大婚后，再行议定。贵亲们你们说可好？"

伊相傅说说："妇妍正妃考虑周全，依世子和小主们的年纪论，小主子妥在先，世子其后，小主子媚再后，这长幼有序符合天道年轮。"甘老夫人说："甘老将军过世了，我一个妇道人家也没有傅伊相的学问，说不出太多道理，正妃妇妍如何说我们甘家就如何办，保证圆圆满满不敢慢待小主子媚。"

坐在一旁的子媚听自己未来的婆母如此说，有些害羞起身想离开，妇妍叫住她，说道："各位贵亲，我一直跟大家说话忘记了引见，这位就是子昭王的二小主子媚。"伊相傅说夫人和甘老夫人惊讶道："嚯，如此美貌的小主。"子媚慌忙向大家施礼致谢："长辈们安好。"伊相傅说介绍说："二小主有已故正妃的浩然正气，我是见识过的。"大家说话的时候，侍从进来禀报，说是子昭王听说贵亲们来了十分高兴，有意与贵亲们叙叙，今晚在王宫举行宴席款待两家贵亲。来客听后自然感动谢恩，妇妍也很高兴，难得子昭王有这般细心。

宴席上，子昭王推杯换盏甚为高兴，确定中秋之后伊相傅家迎娶子妥，明春议定甘家与子媚的婚事。对于世子孝己的婚事，子昭王比较慎重，他想多给巫桃一些时间让巫桃回归凡心。基于几对新人的婚事，妇妍想到了一个去丘商省亲的办法，以图增进孩子们之间的了解认识。晚上趁子昭王来她寝宫歇息时，她给子昭王讲了这个意思，子昭王大为高兴，当即同意，并说明日让伊相傅说拟诏，告知丘商沿路邑城官吏待命迎接。

十日后，妇妍一行起身前往丘商省亲。子昭王诏命伊相傅说亲自安排行程，并派出自己的车辇侍卫护送妇妍前往，与妇妍一同随行的有世子、妙妃、傅云策、甘墨琚、巫桃、子妥、子媚、子颂等，车十余辆，侍卫马骑二百人。始初子昭王还想让纳罕和贺兰儿一同去，妇妍说："我以已故正妃妇好的名义省亲祭祖，是想替她实现回归故土的遗愿，让她魂归所依。傅云策、甘墨琚、巫桃三人与之同行前往，一是考虑已故正妃妇好的尊严和脸面，向她的丘商先祖告之，已故正妃妇好的儿女们都已成家立业成为国朝栋梁；二是借省亲祭祖之事，让孩子们彼此多些了解，除此之外不曾再有别的事情。若是兴师动众招摇过市，岂不辱没了我的一片初心。"

子昭王听了妇妍的话觉得在理，佩服妇妍心胸宽广做事光明磊落，感念妇妍年轻气盛做事周到。二十年前自己也曾像妇妍这样，雄心勃勃，锐气满满，然而现在人老了，不服天命不行。

战争结束，和平来临，一个文治的时代已经开始。如何做子昭王心中踌躇力不由心，伊相傅说有韬略有心策划，可体力难撑，也是心有余力不足。前不久国朝诏命推行井田制、铸造诸侯五爵鼎奖赏井田有功者、开放山泽鼓励农桑、命老弱病残的士卒解甲归田、边陲地区实行军屯等。国策虽好，能不能惠及天下被朝民遵行，就成为考验国朝能力的头等大事。所以新老交接，组建以子昭王为首的新的大邑商国朝班底已迫在眉睫。

妇妌千钧负重忧心忡忡，这些事埋在她心里没人可商量。妙妃人品善良，善于评议事情，长于宫闱的家长里短但论国事政事并不在行；贺兰儿公正敢言直率大方，舍得卖命花力气，但不谙政事也帮衬不上。纳罕、傅云策、甘墨琚三人少年心盛立功心切，满脑子想的是打仗。世子孝己心肠慈软，心事多无大志向，懒于问政理政。子媚尚小未涉世事眼下正是无忧无虑忙着游玩的年纪。只有子妥有胸怀有见的也有手段，但成婚之后成了傅家的人还好任用吗？妇妌说不准，也拿不定主意。

与子昭王商议自是必然。近日，子昭王做出的许多重大的国策都是与妇妌的参进有关，妇妌说什么子昭王就听什么决策什么，几乎是照买照卖，妇妌为此闷闷不乐。一个天下王朝的大事仅凭一个人主谋，绝对不是一件好事，大邑商广袤天下东西南北数千里，东西山不同，南北地有别，千人千面事有万因，偌大的一个王朝不能只是一个声音，一个面孔，需要有一个由精英智囊组成的朝政，才可众人拾柴火焰高。

近日，妇妌的身子乏乏的，有一种未曾有过的疲惫。加冕大典之后已有二十余日，二十日当中她与子昭王极尽缠绵之事。乐极生悲难免想念家乡，想念井方那些熟悉的地方和人们，想念严厉而疼爱她的阿母，想念已故的父王。昨夜妇妌梦到了父王，记不清楚父王给她说了些什么，她从梦中哭醒。她真想回家看看，但现实告诉她回家只是个梦，从加冕大典那天起，妇妌她不再是以前的子英，也不再是加冕前的井妃，而是与大邑商子昭王一起君临天下的正妃，大邑商天下的第一女人。她知道她不再属于自己，不再有随心所欲的自由，她所做的每一件事儿都与王室和国朝有关，都要考虑天下人的感受，所以她把回家的念想变成省亲之举，以已故正妃妇好之名，回妇好的故土代替已故妇好祭祀她的先祖，看望妇好的子方之民。她认为此举不仅仅昭示自己的胸怀与善良，更多的是以此凝聚王室和国人，让天下人团结起来，同舟共济，共举中兴大业。

此次省亲去的这些新人，都是今后国朝中所要依靠和重用的人。他们年纪小，身上的担子重，承担着国朝的未来，妇姘带上他们与他们同行除了省亲这个堂而皇之的理由之外，她内心有许多想法儿。一是通过此行让这三对新人相互间增加感情，为日后夫妻恩爱做些铺垫，特别是想以此促动巫桃让她尽快做出回归凡尘的决定，真心实意地答应世子孝己的求婚；二是借机想听听这些年轻后生的想法儿，说他们是年轻后生，妇姘自己都觉得有些不好意思，她与他们几乎是同龄人，只因为有了子昭王的正妃之名，她不得不把自己从他们中间分离出来以长辈人自居；三是走出京都看看京畿邑地的情况了解民情民意，为子昭王也为自己今后的朝国施政增加些见识；四是借机考察这几位新人，子昭王年纪大了，伊相傅说已有隐退之想，将来的朝政之事降临到这几位新人身上，他们各有什么想法儿，各有什么特长，能够担当何种职能，都需要了解和定位。

出发前妇姘提出要求，不让傅云策、甘墨琚带车马随行，不准他们穿将旅之服，车马随行均由王室提供。出行时傅云策与子妥同车在先，后为世子孝己和巫桃，再后是坐着子昭王车辇的妇姘、妙妃、子颂和侍仆等。车辇后面，是甘墨琚与子媚的车辆，再往后便是礼品车与王室侍卫的物品车。

走出京都东门，妇姘车队一路南行。前有幡兵，后有护卫，虽是王室队伍又有子昭王的车辇出行，但并不张扬与一般的臣子外视巡察无二。前行当中，队伍并不急进，而是跟随妇姘走走停停，探访沿路乡邑百姓。

仲夏之后，天气炎热，好在车盖遮阳，碧野清风，又有雨水之沐，旅途中还算舒适。妇姘、世子、妙妃、傅云策、甘墨琚等都是经过西北之战吃过苦过过艰难岁月的人，一点儿暑热，他们并不在意。丘商距离京都殷城四百里路，是京畿之地也叫甸服之地。商汤建立商朝之后，为了加强对地方的控制和管理，采用"五服"区划，以京都为轴心向四方延伸，每五百里为一服，由近及远分为甸服、侯服、绥服（宾服）、要服、荒服，合称五服。所谓"服"是指"服侍天子"之意。丘商在京都五百里之内，是王室甸服之地，自然属于王室的邑地。妙妃在王室待得久知道事情多，又遇上她这个心直口快之人，坐在车上无事时就向妇姘唠叨，妇姘从中了解一些未知之事，学到不少学问。

去丘商的道路比较顺达。已故正妃妇好活着的时候，为了方便来往于封邑丘商与京都殷城，子昭王诏命修筑了一条官道，每十里建造一亭，二十里一个驿站以方便妇妌往来。官道畅通，带动了京都殷城至丘商沿路的商贸邑城的发展，与井方商贸交易繁荣的情景相比，京都殷城之南地区，更多的是邑城林立城邑壮观的景象，一路上妇妌多有感慨。子昭王"六议"诏命之后，井田制遍地开花，地方官吏推行的热火朝天，所到之地满是农耕之人。部分山泽已经开禁，老弱病残士卒开始解甲归田，想不到短短数日时间乡邑竟有如此大的变化，妇妌深深地感动着，她为子昭王的诏命感动，更为天下的臣民感动。

世子孝己第三次与巫桃乘车同行。此次远行他得以每日与巫桃相守自然高兴，他感谢妇妌费尽心机为他与巫桃撮合，让他心想事成地与巫桃促膝相谈交流心迹。世子孝己对妇妌有一种矛盾的心理，初次见妇妌时他十三岁妇妌十六岁，朦胧中有似曾相识一见如故的感觉，他的心怦然而动，一下子就喜欢上了与他的姐姐子妥同龄的妇妌。那时的喜欢仅仅是喜欢是很纯情的一种，在与妇妌西北之行之后，他的心中产生了爱意，他喜欢妇妌的美貌，喜欢妇妌的言谈举止，喜欢妇妌身上的香气，他嫉妒他的父王，甚至有点记恨他的父王，恨父王不应该占有比他小四十多岁的妇妌，好似父王夺走了他的东西让他若有所失，但他没有办法改变现实只能暗恋妇妌，把对妇妌的爱藏在自己心底的深处。母妃妇好病逝之后，他对妇妌的暗恋渐渐变成了一种近似于母妃一样的依赖，许多心里话都想跟妇妌说，想向妇妌敞开心扉吐露心声，这其中的原因与母妃妇好辞世前把他和姊妹们托付给妇妌有关。妇妌加冕大典之后，世子孝己开始变得迷茫有些不知所措，妇妌不再是他心中的美梦而是一个残梦，在他的感觉里妇妌渐行渐远，一步步地向他的母妃妇好的位置靠拢，他开始像仰视父王那样仰视妇妌。爱恋失落了他的心空了，在他迷茫无措万念俱灰的时候巫桃来了，巫桃填补了妇妌的位置让他绝路逢生，找到了新的爱的天地，新的爱的希望。

他像一只受伤的小羊，企盼巫桃能走近他关爱他或许是保护他，他认为自己是这个世界上最孤单的一个人，过去有他的母妃妇好保护他，母妃妇好是他的全部，母妃妇好走后有妇妌保护他但时间很短，妇妌就成了父王的正妃，成了父王榻上的女人，他似乎被抛弃了。现在有了巫桃，他希望巫桃是他一个人的是他一生一世的，不再像母妃妇好和正妃妇妌那样离他而去，他特别害怕失去巫桃或是不被巫桃所爱，这种怕是恐怖的不可设想的，所以世子孝己特别自卑，特别没有自信，表现出来的是羞涩和胆怯。

巫桃比世子孝己大三岁，虽然心有仙道但女儿比男儿早知风情懂得心术，她从世子孝己的眼睛中已经读懂了世子孝己的内心。一路走来言语相和，身体相触，巫桃的心中升腾出男女之间才有的那种情愫，她认为她应该把世子孝己从惴惴不安孤苦伶仃中解救出来，应该接受世子孝己并保护他。巫桃的心似水柔情，外面包裹了一个硬壳，若是刚强的人与之相遇，结果会各不相让背道而驰，但若碰到软的弱的对手，刚强就会被软的弱的冲击和捕获，最终走到一起。巫桃就是这样的人。

南方多雨，川泽纵横，道路时有被洪水冲毁的事情。一日傍晚车队行至汴水，突遇洪水来袭，傅云策与子妥的车子刚刚过河，世子孝己和巫桃的车子却驻足不前，驭手紧张起来用力挥舞鞭子驱赶马匹，岂料马匹腾空跃起，车子的辐辏被桥上的一根木头卡住，舆摇摇欲坠。平时胆怯的世子孝己扑过来用身体保护巫桃，结果被弹出摔到河水中。车子的两个车轮四分五裂，巫桃幸亏被驭手救下。巫桃望着滚滚的河水，大声呼喊世子孝己，妇妌、妙妃、傅云策、甘墨琚、子妥等立即赶过来拦住要跳河救人的巫桃。

妇妌一时不知所措，命侍从和卫士们下河救人。

第五十一章　妇妌有了身孕

世子孝己被弹出落水，车子在马匹的拉扯下散了架，只剩下舆的部分。惊魂未定的巫桃不顾一切地要向河中跳去，想救世子孝己，嘴中喊道："世子是保护我才被抛入河中的，我要去救他，去救他……"子妥死死地抱着巫桃。妇妌吓出一身冷汗，两腿打颤心慌地坐在河堤上。妙妃拉着子媚沿河岸边跑边大声哭喊道："世子……你在哪儿，快出来呀，吓死我……啊，你在哪儿呀……"几个侍女过来照看妇妌，妇妌生气道："不要管我，你们看好子颂，快去。"

傅云策和甘墨琚毕竟是经过战争的人，表现冷静，傅云策留在原地照顾妇妌她们，防止发生新的不测，同时让身边的人下河寻找世子孝己。甘墨琚带着一百多名士卒向着水流的方向奔跑，一边跑一边指挥士卒分为三拨下到河水中拦截世子，以防洪水把世子冲到别的地方。

妇妌瘫坐在河堤上，欲哭无泪，呆呆地望着滚动的河水，一遍遍地嘟囔道："我为什么没有想到，怎么会出这样的事儿？"眼看着夜色降临，妇妌心急，呜呜地痛哭起来。突然有士卒跑了过来，喊道："世子找到了，世子没事。"世子孝己得救的消息，让妇妌不顾一切地向世子的方向跑去，她见众人围护着世子，冲过去望着世子孝己大声问道："你没事啊，伤着哪里没有？"世子孝己"嘿嘿"地笑："我没事很好的，巫桃呢？"众人告诉世子巫桃无恙。妇妌情不自禁地抱住浑身湿漉漉的世子，哭道："都什么时候了，你还在想着别人，你若有个闪失叫我如何向你的父王交代。你是要我的命，要我的命啊！"

世子孝己依旧笑哈哈地说:"我浑身湿漉漉的,把慈母你的衣饰都弄脏了。"听到慈母二字妇妌反应过来,脸面发热有些不好意思,她松开世子说道:"只要你无恙衣饰算什么,你是国朝世子天下储君,若有不测我妇妌如何担当得起。"

巫桃得知世子得救,一路飞奔而来,本想抱住世子痛哭一场,众目睽睽下她要保持女孩的矜持,她拉住世子的手,眼睛里泪水奔流,说道:"没事就好……"妙妃冲过来拥住世子:"谢天谢地,谢谢先正妃你们妇好阿母的神灵保佑,谢谢正妃……"妙儿说的正妃自然是指已故正妃妇好。子妥怕伤及一旁的妇妌,用手悄悄拉动妙妃的胳膊,妙妃怒道:"不要动我!"妙妃让侍仆拿来干净衣饰,由众侍卫围拢着让世子孝己换上了干净衣饰。

虚惊过后,夜色已重,大家回到车队。傅云策、甘墨琚向世子问了安,向妇妌禀报道:"刚才虚惊一场,天帝护佑世子平安,整个车队只是毁了一辆车子无人员伤亡,奏请正妃妇妌是否下榻前面的驿站?"妇妌怒气冲冲地问道:"护卫世子的那几个侍从如何处置?"傅云策回答:"连驭手在内一共十二人都绑了,等候正妃妇妌和世子下令处置。"妇妌还未回话,妙妃插言道:"世子差点丢了性命,护驾失职,如此大罪岂能轻饶他们。"众人面面相觑,顿时无言。妙妃知道自己刚才之言是越位冒犯之举,吐着舌头低首不语。好在妇妌不多计较,解围道:"此地不是说话之地,大家先去前方驿站,换了干净的衣饰,吃些温暖的东西,平静了我们再议事情。"世子孝己接话道:"慈母所言极是,我孝己大难不死也该庆贺庆贺,为我和慈母、妙阿母、巫桃、两位将军及众士卒们压压惊。"他回头见子妥站在他的身后,伸手去拉子妥,说道:"对对对,还有我的姐姐子妥。"子妥故意躲开孝己,子媚忍无可忍地大声抗议道:"孝己这般短视,人都说成了家忘记了家人,你没有成家就把姊妹们给忘记了。我生气,我不满,我不去吃你的压惊酒!"众人被子媚生气的模样逗笑了。

世子孝己不去理睬子媚,对妇妌及傅云策、甘墨琚说道:"此次丘商省亲,护卫车队的都是跟随我父王身经百战的有功侍从,我们岂能随意处置父王身边的兵卒呢?即使要处置也应当有我父王亲自做出决定。"闻听此话,傅云策、甘墨琚没有了主意,认为世子说的极是,他们有些惶恐地望着正妃妇妌。妇妌倒是轻松,她为世子的长进高兴,用手拍着巫桃的肩膀说:"行啊,一路走来你与世子沟通交流不少,有功有功。"巫桃说:"世子心地善良仁义慈爱,他说这番话不就是找个理由保护这些勤劳无私的士卒免受杀身之祸嘛。"傅云策问正妃妇妍:"如何办?"

妇妍说:"世子仁义天下爱护士卒,听世子的马上放人。"

甘墨琚说道:"国有国法军有军律,总不能不了了之。"世子走过来安慰甘墨琚,说道:"甘将军此事好办,明日派出差使回京都禀报父王由我父王定夺,就不会违犯军律了,但有一点,差使走前一定要与我见面。"

子媚年纪小不懂军事,她问道:"放了他们,他们跑了怎么办哪?"

妇妍让大家上车赶路,她本想让世子和巫桃上她们乘坐的车辇。世子孝己不同意,他说道:"我是世子不能坐父王的车辇,这是规矩。傅云策将军把他的车子给我乘用,他和甘墨琚将军乘坐一车,我和巫桃乘坐傅将军的车。"

傅云策和甘墨琚同乘一车,子妥与子媚上到妇妍的车上坐父王的车辇,子昭王的车辇宽大也豪华,能坐能卧喜欢玩的子媚自然高兴。到了车上子媚仍不忘记刚才的话题,爬到妇妍身边问妇妍道:"正妃阿母,刚才孝己叫你慈母,今后我也如此叫如何?"妇妍问道:"我怕承受不起。"妙妃一旁说道:"有何承受不起的,你就是他们的慈母。"妇妍高兴道:"我一定做你们信任的称职的好慈母。"子媚拥抱妇妍说:"我太高兴了。"妇妍严肃道:"子媚小主,你起身我告诉你,既然我做你的慈母,我就要像你的已故阿母妇好那样教导你和要求你,刚才你不称呼世子也不称呼兄长,直呼其孝己之名,你是妹他是兄他又居世子之位,是天下敬重的储君,你直呼其名实为大不敬,我不同意也不能容忍。你必须向我保证,今生今世仅此一次,记住啊!"

子媚低首道:"他不尊重我和姐姐所以我才直呼其名,我知道了慈母,我以后绝对不这样了。"妙妃安慰道:"慈母说得对,尊老爱幼敬重天子世子是人之常情,家国礼制不得不守,我们小主子媚是个通情达理的人,会记住。"在一旁沉默不语的子妥突然说道:"家国礼常,礼为之绳,仁为之本,和为之贵,德为明身。若无德,难为和;若不仁,何存礼?"妙妃听后不解:"子妥小主,你说的这是什么呀,糊糊涂涂不知所云?"子妥笑道:"你不是讲家国礼制吗?我讲得也是家国礼制。"妇妍知道子妥在表达对世子孝己的不满,借说道而说理,句句中肯,既大明又大义,充满了睿智和雅量。妇妍认为子妥非凡人女子,要留意观察,将来提携子妥辅佐自己管理王室和国朝事务。

子媚仍然纠缠道:"慈母,你们还没有答应我的问题呢?"

"你又想问什么?"妙妃说。

子媚想说,子妥抢先道:"你别说了,我来回答你。你不是担心士卒释放后会逃跑吗?我来告诉你他们不会,他们这些人是与父王同生死共患难的人,经历过许多生与死的考验,他们把荣誉看得比自己的生命还珍贵,宁愿牺牲也不会玷污自己的名声。妹妹放心好了,他们不会逃跑。"

"可是……如果父王惩罚他们,让他们死也太可惜了。"子媚惋惜道。

子妥说:"士为知己者死,真正的士者仰不愧于天俯不怍于人,视死如归,我敬佩他们这些人。所以今晚我要向他们敬酒,让他们放宽心,士者相知,有难同当。"

子媚说:"那就不必差使回京都向父王禀报此事了。"

妇妍说:"你呀,小小年纪,想这么多事情干什么?一会儿担心他们跑了,一会儿担心他们受罚,你不想想世子孝己差点儿丢了性命。如此大事我们不向你的父王禀报,王室的护卫们回去后也要禀报,滋事重大隐瞒不得,必须禀报。"

妙妃接过话茬儿:"你就不担心你的兄长世子吗?"

"他?"松明的光亮辉映到子媚的脸上,子媚神情莫测,她突然一笑,说道:"当然了,不过我还是为那十二个士卒担心。"

妇妍抚摸着子媚的头说:"放心吧,有你兄长世子呢,他既然释放了他们,一定会向你的父王求情从轻发落他们。你说呢,子妥?"

子妥肯定道:"会,一定会,我相信爱的力量,巫桃在他身边儿他心中充满爱意,有了爱的滋润,他自然会对别人多出一份的关怀。"子妥话中有话。

妙妃听后不高兴了:"你做姐姐的尽量容忍他一些不好吗?他今日大难无恙,心情又这么好,已经很不易也很难得了。我想啊有了巫桃陪伴,世子他的心胸会变得开阔一些。"

"但如我们所愿。"子妥心中郁闷。近日子妥对世子怨气多多。

由于发生世子掉入河水的事情侍卫们变得格外小心,跟随车子的士卒一律放弃马骑,步行跟随在车子四周,两车之间还安排了两个马骑盯守,以防万一。士卒们手持松明一路随行,黑夜中宛如蜿蜒的火龙。

世子坐在车上,打着喷嚏,受寒着凉的病症愈发明显,巫桃深知其因满心感激，她尽心地照顾着世子替他推拿，疏通脉络，驱赶侵入身体的寒气。经过这次生死之险巫桃的心彻底地被世子征服了。巫桃仙道出身，身上有些武功，在车子遇险的时候，巫桃已经心有准备，预料到了可能要发生的事情。她在等待时机一旦灾祸来临，她会挺身而出保护世子，不让世子遭受伤害。巫桃的想法不是因为她对世子有了好感或是世子正在向她求爱，更重要的是她自幼修炼仙道，仙师们教导她的大道之道就是扶国安民修善立德，她必须遵行仙道之规。世子乃国之储君天下脊梁，不能有丝毫闪失，何况她与世子同乘一车，一路相陪，若是出现闪失她会颜面丧尽，被天下人耻骂被仙道人唾弃。巫桃想得很好也做了准备，谁知身无功夫而又心急的世子倒有了保护她的心思，车子刚刚跳起的时候世子突然起身要保护巫桃，在巫桃措手不及之时世子被车弹向空中摔到河里。巫桃眼看着世子摔到河里，想出手已经来不及，无计可施的她懊悔得都想死去，被人拦下之后她暗使法力，祈求师祖保佑世子。世子平安回归她感恩师祖，默默告诉自己今生今世要与世子相守不再分离。

巫桃用心给世子疏理经脉，消除寒气，然而世子体弱，侵入的寒气太重，巫桃的疏理无法奏效。世子脸色绯红肌肤灼热，一副痛苦的神态。巫桃想让人告诉正妃妇妍，世子说道："慈母不懂医术，告诉她只会增加大家的担心减轻不了我的病痛，我这病是寒气激的，把寒气排出来就好了，到了驿站找些祛寒之物，熬做水以阳化阴，吃下去退去寒气就能好。"

巫桃说："想不到世子还有这般的学问，懂得阴阳之道。"

世子笑道："阴阳乃万物之本，生也阴阳，败也阴阳，聚散吉凶皆阴阳。东天日升，西天日落，春风化雨，秋气结霜，人与物有别，然物与人同行，别而不离乃大道之理。这病就是我们所说的物，作为人甩不开病这个物。"

巫桃听了世子这番大彻大悟之言，感慨道："世子若是遁入仙道，早就该是我的仙师了。"

世子视巫桃为心腹知己，甘愿掏尽心语，他直言道："愚子早有仙道之心，世尘纷纷，打打杀杀，你争我抢，是是非非，那儿有仙道清净。其实做一个不问世事的隐者也是蛮好的。可怜我生在这王族之家，备受无尽的劳累，我不喜欢也不乐意。"

巫桃试探道："难道现在也不乐意吗？"世子是敏感之人，知道巫桃说话的用意，说道："不、不，今非昔比，今非昔比了。有你在我身边，我想要的都有了，你是我的全部。"巫桃的心咚咚地跳着，仿佛要跳出自己的胸膛，她撒娇道："我当你现在还不乐意呢。"世子拉住巫桃的手动情地说："别生气，我非常幸福，我觉得我现在是天底下最幸福的人。"

巫桃纠正道："你不是天底下最幸福的人，你是天底下最幸福的男人，天底下最幸福的人是我，在我这儿。"她指着自己的胸口。巫桃的心化了，化归到尘世，化归到多彩的少女之心，少女的那种与生俱来的恋情之火在熄灭了许久之后重新在她的身体内燃烧、升腾，她品尝到了恋情的甜蜜，触到了人情温暖的幸福之舟。

到了驿站，安顿好住处，巫桃把世子发热的事情告诉了妇妍，妇妍知道是河水寒气所致，发些汗排出寒气就会好的，吩咐人去为世子准备热水热汤。妙妃放心不下，看望世子后找到妇妍说："可不得了，世子整个人滚烫滚烫的像个火人一般，那不行，今晚我去他那儿照顾他……"说着心疼地哭泣起来。妇妍知道妙妃像心疼儿子一样心疼世子，悄悄地问道："世子同意你陪他吗？"妙妃摇头，"不同意。"妇妍继续问道："为什么不同意？"妙妃说："这连瞎子都清楚，有了巫桃他就不用我了，他想让巫桃陪他呗。"妇妍批评道："你是明白人装糊涂，世子已经是个大男人了，有了心上人，有病时自然愿意让心上人陪伴他，有病也能好三分。你是谁？你是把他带大养大的一个阿母，虽然他跟你亲，但再亲，比他的心上人还差一大截儿呢。"妙妃生气道："她，她巫桃会照顾世子吗？"

"放心好了，巫桃是谁？巫桃是修炼仙道的人，她有的功夫你我没有。"

"她那功夫能治病？"妙妃怀疑。

妇妍解释道："仙道之术，功夫在内，只要巫桃发些功，打通了世子的脉络，就能将体内的寒气逼出来，这对仙道之人来说都是些小功夫。"妙妃小声说："你是说在夜深人静的时候，把世子的衣饰扒光由巫桃单独给世子发功排除寒气浊症。"

妇妍不高兴了："多此一问，不单独难道由你去陪？你呀妙妃姐姐，什么事情不要想太多。我们大邑商王朝自建朝以来一直秉持着母系社会的规矩和习俗，除了祭祀之外，没有那么多的禁忌。巫桃出身于仙道有的是道行，在我加冕大典的时候她能把我们井方的山兽辣辣请来，你能吗？辣辣是太行山的神兽，有仙兽之称。仙道人既能看懂事情也会透视事物，其实你穿不穿衣饰，她若乐意照样能透视你身体。"

妙妃闻言有些惊呆,指着自己的胸口,问道:"我穿着衣饰,巫桃她也可看到我的肉体,那不成仙了吗?对对,我忽视了,我一直认为她快成世子妃是个凡间女子了,倒忘记了她还是个仙道之人……得得,我得回室内去了,子颂在等我呢……"妙妃步履匆匆地去了。

望着妙妃的背影,妇妌有说不出的惆怅。一个辛勤的女人,一个生活在别人世界的女人,像这样的女人大邑商王朝有,今后的世道里肯定会有,并且会有很多。

一路风尘,走了二十余日,路途中大家说说笑笑,不曾感到岁月漫长。今日世子孝已落水大难无恙,让大家噩梦惊魂,方才感觉到离开京都的时间久了。妇妌盘算了一下,三日后到达丘商,在丘商停留四五日,祭祀已故正妃妇好的先祖访问已故正妃妇好的遗老故亲,事毕之后借路西行,由丘商行走亳①地。亳地在丘商西面偏北,同样是京畿之地的甸服之地。妇妌想既然国朝让自己兼管司农之职,有必要多走些地方,多考察些京畿甸服里的事情,把国朝推行井田制和劝民农耕情况摸清楚,如此下去回到京城至少还要有一个多月的时间。旅途久了,士卒们容易烦躁,加之今日世子落水大家心神不定,有必要安抚大家让大家歇息。所以进驻驿站之后,妇妌见过迎接她的甸服伯侯之后,下旨在此休息两日,晚上赐酒款待连日来跟随她的所有随行士卒。命傅云策、子妥、甘墨琚、子媚代替她和世子、妙妃向随行士卒们敬酒,感谢他们一路的辛勤侍候。傅云策、子妥、甘墨琚、子媚走前,妇妌特意叮嘱,要好好地款待侍候世子车辆的那十二个侍从,告诉他们世子已经发话,要向子昭王求情,不再追究他们的过错,让他们放宽心该吃该喝的尽情吃喝。

妇妌回到自己住所,见酒菜已经备好,妙妃抱着子颂在等待她一块儿进膳。妇妌抱过子颂,亲着子颂的小脸蛋儿,此时的小主子颂已经学会了叫"阿母"。妇妌问妙妃说:"你教学的?"妙妃笑嘻嘻地说:"子妥教学的,一天教子颂好几遍。"妇妌感动道:"这个子妥既善良又聪慧,可惜嫁给傅家成了人家的人。"

妙妃说:"嫁给傅家好啊。"

---

① 亳:郑州古地。

"再好我也舍不得。"

妙妃听出妇妌的弦外之音，坐在妇妌的身边，问道："有什么想法？说出来听听。"妇妌让侍仆去叫世子和巫桃过来一块进膳，对妙妃说道："子妥心善聪慧，明事理敢于担当，我想让她做我的女史①帮我料理朝国大事。"

"这个不好吧？她若出嫁了就是一个外人，让外人管理王室事务，朝野会论说是非。你不是让巫桃做你的女史了吗？"妙妃分析道。

妇妌说："我想把子妥和巫桃俩人都用起来，子妥出嫁了自然是外人，不便管理宫内事务可以让她帮我管理朝国的事情，比如司农、接见邦使一类。巫桃成了世子妃之后，自然不能参与国事干预世子的国政，但可以帮我料理王室事务，比如祭祀、贡赋和宫内庆典等。"

妙妃赞成，说道："子昭王年纪大了管事也少，让子妥、巫桃俩人做你的助手帮衬你，你也好省些心事。自从加冕大典之后，子昭王他有点变了，我看他现在的心情是怎么省心怎么来，怎么清闲怎么过，巴不得把整个国朝都推给你呢。他身边儿的那些股肱之臣都走了，就剩下了伊相傅说也是病恹恹的一个人，我看傅说也支撑不了多久。世子呢，人不错，就是无心问政，有时我也生气，恨他不争气但也无办法。你呀身上的担子太重，宫内宫外，都需要你去打点，你这身子骨支撑着千钧重担。妙儿我呢没那个才也没那个心，心都在孩子身上，帮不上你只能替你犯愁。"

妇妌叹气道："现在的大邑商王朝表面上看天下太平风光无限，实际上是个百废待兴的时代，要做的事情太多，我也感到心累。"

妙妃说："大邑商那么大的天下，光累你一个人不行，得把世子这帮年轻人用上，子昭王坐朝年轻人干活，你指点他们，等历练了一段时间世子这帮年轻人有了长进，成为国家的栋梁，你就省心了。"说话中妙妃见妇妌面色蜡黄脸上冒汗，嘴唇发白。她慌忙接过子颂，问道："怎么了你？"妇妌托住自己的脑袋，声若游丝地说："心慌。"

妙妃抱着子颂向外走："我去叫人？"妇妌拉住妙妃，"妙妃甭闹了，还嫌不够乱吗？世子出事，我再有事，整个出行的队伍乱糟糟的如何是好？"这时巫桃走了进来，见状马上用身体拥住妇妌："别急，我来看看。"巫桃屏住

---

① 女史：商代时朝中女官，多是王妃的助手。

呼吸眼睛微闭，用神光观测妇妌的身体，巫桃突然睁开眼睛说道："祝贺正妃恭贺正妃，正妃有喜了。"

妇妌似乎早有觉察，用手按住自己的小腹，落下两行热泪。妙妃异常兴奋问巫桃说："准吗？"巫桃"嗯"道："正妃身上有两个心动，肯定是有了胎儿。"妙妃懵懂道："我怎么感觉不到？"妇妌缓过气来，脸色好看了许多，说道："巫桃是仙道人自然非同常人，此事不准声张。世子孝己呢？"

妙妃望着巫桃也问道："世子孝己呢？"

第五十二章　子央之死

妇妌缓过气来，告诉妙妃和巫桃，她有身孕的事不要说。妙妃说道："先不提说不说的事情，我问你和巫桃，你们能确定真的有身孕吗？"

妇妌说："我都一个月没来，四十多天了，浑身懒懒的一点劲儿都没有，不想吃有想吐的感觉，你问我我又没经过这事儿，我只能说好像是有了。"巫桃说："我能肯定正妃身上有两个心动，一个是正妃的声音，另一个当然是小孩子的，声音小弱弱的，真的是有了。"

妙妃在屋内转圈，一只胳膊揽着子颂，另一只手揉搓着手背，自语道："这不行，此事牵涉国朝大事事关王室社稷，我妙儿担不起这个责任。你……"她转身面对妇妌，继续说道，"你虽然是国朝的正妃，但你无权隐瞒此事，要么我们中止去丘商的省亲马上回归京都；要么马上差人回京都向子昭王禀报此事。"

"不能晚几日禀报吗？"妇妌祈求道。

"为什么？"

"等几日，弄准了再说。"

"哎呀，我可不敢犯欺君之罪，说好了我胆量小担不起这个过，你说吧我们是调头回归京都，还是马上差使禀报给子昭王。"妙妃咄咄逼人。妇妌望着妙妃无助也无语。巫桃不解："你们俩到底谁是正妃，谁听谁的呀？"妙妃不高兴了："她是正妃她管教我，但在这件事儿上我妙妃说了算。"妙妃进一步督促妇妌，"你说呀！"妇妌没了主意，说道："听你的，差人回京都禀报子昭王，但丘商省亲的事儿不能半途而废，我们继续南下。"

"只要禀报了子昭王，我们晚点回京都也行。"妙妃露出了笑容。

"世子孝己怎样了？"妇姘坐在凳上问巫桃，巫桃说："世子喝酒去了。"

"啊！"妇姘、妙妃惊讶地望着巫桃。巫桃笑道："两位大人别急，你们的宝贝世子，已经安然无恙了。"妇姘问："你给他发功治病了？"巫桃点头："是，我趁大家进膳的空当，给世子发了功，将他身上的寒气逼出来了，他现在安好如初。"

"既然身体无恙，叫世子来进膳。"妙妃督促巫桃。

"不用了，世子担心那十二个士卒心事重吃不好饭，专门去前面给他们赐酒吃，让他们放宽心，免得士卒们心神不定怕再出什么事情，影响我们南下丘商。"巫桃解释道。

妙妃晃动着怀中的子颂，说道："这是世子说的？"

"对呀，不是他还是谁？就是当今的国朝世子说的。"巫桃自信地说道。

妙妃感叹不已："世子懂事了。巫桃啊，从今后我就把世子孝己交给你了，只有你能救他能管他，只有你在他的身边我才放心。"

"桃……"子颂伸出小手，让巫桃抱她，并在巫桃脸上亲了一口。妙妃拍手道："看看，就连我们的小主子颂也知道谢你。"

用过晚膳，准备歇息时，世子、子妥和子媚仨人高高兴兴地回来了。子颂见到子妥舞动着两只小手，"姐，姐"一股劲儿叫着，子妥从巫桃怀里接过来说道："你就不能让我清闲一会儿，小淘气。"子颂害羞地把脸埋在子妥怀里。妙妃不满意地轻轻打了子妥一下，之后问他们："傅云策、甘墨琚两位将军呢？"子妥说："他们和士卒们一块商议继续南下的事情，傅将军建议士卒趁着明日歇息，派出几个人先行一步探察路线，防止再发生不测。"子妥说到傅云策的时候笑上挂满了喜悦。妇姘说："吃一堑长一智，多亏他们想得周到。"

子媚汇报说："你们不知道，世子哥哥做得更好哩，他怕护卫他的那些士卒想不开，给他们讲了好多宽心的话，还亲自给他们斟酒，承诺他会向父王请求不会责罚他们。士卒们感动极了，特别是那个叫子央的驭手，痛哭流涕长跪不起，好感动好感动。"子媚眼中滚动着泪花，讲述得有声有色。

妇姘望着世子，赞扬道："还是世子想得周到细致，比我和妙妃想得周全。"世子很得意，把目光投向巫桃。妇妌站起来，疲惫地伸了个懒腰，一旁的妙妃张大嘴巴担心得不得了，生怕妇妌的肚子有什么闪失。子妥心细望着妇妌问道："妌阿母你是不是病了？"妇妌微笑道："没有啊，坐了二十天的车子有些疲惫，浑身上下散了架一样就想好好歇歇。住的地方已经安置好了，子妥和子媚、巫桃以及随行的侍仆们住西厢房，世子单独住东厢房。傅云策、甘墨琚他们住外院与士卒们在一起，士卒们吃点酒加上这段时日比较疲惫，免得惹出是非，由他们两位守着这些士卒我们也放心些。这个驿站小，不似咱们宫中住的地方宽绰，大家将就些。"

子媚口无遮拦："我听说京畿里甸侯的城邑不次我们的宫殿，若是住他们的城邑就好了，特别是父王的大庶长子子襄的城邑，称得上天下第一城邑。"

妙妃打断子媚的话："别胡乱说！"

"我怎么胡乱说，天下人谁不知道大庶长子子襄富甲一方呢。"子媚不服气。妙妃见室内都是自己人，对妇妌说道："子襄是他们父王的第一个孩子，世人称他为大庶长子，此人你见过，加冕大典时他来了。"

"哦，那个长着长胡须个子高高的，有四十岁年纪的人？"妇妌回忆道。

妙妃补充道："四十七岁，子昭王十四岁时生得他，此人有学问脑子活，擅长星象术懂得祭祀之法，深得子昭王器重。已故正妃妇好大姐嫌他心术不正，不待见他，出征西北时子昭王曾有心让大庶长子子襄出征同行，妇好姐姐一口拒绝。"子妥抱着子颂，子颂调皮地拨弄着姐姐的长发，并不时地向妇妌露出笑脸儿。妇妌说："今日累了不说这事儿，都回去歇息。"

妙妃突然问道："世子病刚好又吃了酒，总得让人照顾才行。"世子孝己说："不用照顾我，有仆人照料就行。"世子孝己说这话的意思，体谅巫桃不想给巫桃增加麻烦，毕竟他与巫桃还没有成婚。巫桃倒是虚怀若谷坦荡磊落，说道："世子身上的寒气出来了，元气尚未恢复，我懂些仙道医术，可以再给世子送些功力，让他把元气修复，妙妃不用担心今晚由我来照顾世子。"

世子心生感动，不想给巫桃添麻烦，执意不让巫桃照顾。妇妌考虑今日惊吓之后，世子大难无恙也是多亏了巫桃的仙道之术，世子体质弱胆量小，受此惊吓元气仍未恢复，免得晚上再有什么事端，让巫桃照顾着可以免去许多的担忧。世子下午的事儿，把妇妌吓怕了，到现在她心有余悸，现在有了身孕更不能再受惊吓，巫桃是自己身边的人，也是一个洁净守律的孩子，让巫桃照顾世子一夜没有什么不妥。于是妇姘说道："世子的身体要紧，晚上总得有人照顾，仆人们照顾那是自然，但她们不懂仙道医术，妙妃不放心我也不放心，还是让巫桃陪世子好。世子你呢就不要推辞了，毕竟一路上都是巫桃陪伴你，你们俩相互熟悉，彼此了解了晚上也可聊聊天，说些故事什么的。"

世子见妇姘如此说不再言语，只是问道："今日之事还要禀报父王吗？"妇姘说："我与妙妃商量了，兹事重大还是要禀报的，当然要尽量请求你父王不要再责罚那些士卒。"妙妃口快，说道："还责罚什么呢，你们父王高兴还来不及，你们的慈母妇姘已经有了身孕，怀上了你们父王的血脉。把此消息一块儿禀报给他，他肯定会宽恕那些士卒。"

众人闻听妇姘有了身孕，欢呼起来，子媚神秘兮兮地跑到妇姘身边，把头贴在妇姘的肚子上，说道："我听听，是小主还是小王子。"妇姘脸色绯红不好意思，她对大家说："我累了，大家散了吧，回到你们住室早点歇息，明日我们不走，大家可以睡个懒觉。世子早点起，和妙妃咱们三人有事情要商议。"

"商议好事吗？"子媚总是好奇。妙妃说："你这个小主什么事儿都想问个明白，我告诉你明日商议回京都向你父王禀报的事，放心了吧快睡去。"子媚不高兴地说："我当是去什么好玩的地方呢！"

大家离开时，妇姘叫住子妥，让她稍留一会儿。

回到住室，世子拉住巫桃的手，感激地说："委屈你了让你来陪我。"巫桃调皮道："你若是想让别人陪你我马上回去。"世子认真起来，说道："除了你任何人都不让她们陪，我这一生只有你来陪。"世子说得真切，巫桃心里暖暖的，一股暖流在身上游动。巫桃让世子洗漱过，让他盘坐在一个蒲团上，脱去上衣双手相叩，闭目入静。巫桃盘坐在世子对面三尺远的蒲团上，她气沉丹田闭目运气，慢慢地送向世子推入世子的丹田，之后又引导着阴阳球，沿着世子体内的脉络行走，恢复世子身体的元气。

子妥留下后，将怀中的子颂交给妙妃，与妇姘坐在榻上。妇姘说："我与妙妃商量过，我事情太多精力有限，想让你帮我做些事情。"子妥轻松地说："应该的，你是我们的慈母，我们是你的孩子，孩子替自己的阿母做些事情应该的。"

妇姘摇头："你没有理解我的意思，我自己有事儿不管你乐意不乐意我都会找你，因为我们有缘分，我是正妃，你是嫡长女，有慈母这层关系，我们就是母女，我不客气，你也不会见外。我现在需要你帮我做的事情是国朝之事。"

"啊，那不成。我虽然是嫡长女但毕竟要出嫁，女儿出嫁后不管是君王之女还是百姓之女，就是外姓家的人了，就不能再回来干涉娘家事，这是规矩。"

"我没有让你管娘家事，包括王宫内部的事儿也不会让你管，那样对你不好，会害你，会让你陷入宫内是非的漩涡。国朝的事儿是国家的事儿，涉及的是天下百姓的福祉和大邑商王朝的脸面，你怎么管与宫内关联不大。比如贡赋、邦交、农耕、战事等，辅佐我减轻些我的负担。"

子妥说："巫桃也行啊？我看巫桃这个人很有学问，为人又正直。"

"子妥呀你不想想，若是巫桃与世子成婚，她就是世子妃了。让她管理宫内的事务倒是可行，国朝的事她就不能参与。我指使你可以，你出嫁了不再是王室的人，别人也说不出什么，即使说也只是说我们母女关系好有情义，但我就不能指使世子妃呀？世子是明日的君王，世子妃是明日的正妃，我指使多了世子怎么想？那样会产生误会。"妇妦解释道。

"好，慈母如此信任我抬举我，我子妥乐意辅佐你。"

"别一口一个慈母，我们俩同岁。"

"同岁也是慈母，你是我父王的正妃，论辈儿论礼制都得叫慈母，当然我也佩服你。"

妙妃坐在一旁，听得清楚。这些事情妇妦尊重她，事先都给她商议过，现在当着她的面与子妥谈，妇妦说得情真意切无私无弊。妙妃有些感动，妙妃说："要说的正妃妇妦都说了，她抬举你重用你说明她喜欢你，认为你是个能造福国朝的人才。现在国朝新老交替青黄不接，你的父王虽然老骥伏枥但终是烈士暮年，接下来担当天下重任的还是正妃妇妦、世子、你、傅云策、甘墨琚等这些年轻人。现在正妃有孕在身正是需要你的时候，你就从明日起做正妃妇妦的女史，把省亲路上的这些大事小情管起来。"

妇妦说："还是妙妃心疼我。好，明日我就向大家宣告，省亲路上的所有大事小情，都向子妥禀报，子妥办不了的推给我来办。"子妥担心道："这事要不要给世子孝己说一下，他这个人心量小，我怕他胡思乱想。"妙妃说：

"他现在的心思都在巫桃身上,没有心思想这些事儿。子妥你别管这么多,你就按正妃妇姸说的办,大胆去做事,现在先练习着,回到京都后跟着正妃妇姸干大事。"

妇姸纠正道:"现在就是大事,我们除了省亲不是一直在巡察井田、农耕以及士卒解甲归田的国事吗?子昭王诏命天下的事,地方邑人是否遵命了,我们巡察后心中有了底,好向子昭王禀报,这次省亲之旅也是替朝廷巡察办事,当然也是国政大事。对于子妥的官职,回京都后我向子昭王奏请,给子妥一个名正言顺的官位,让子妥好好地辅佐我办事。"

子妥高兴地说:"我从来不认为女儿不如男,我的阿母和慈母正妃一直是我学习的楷模,我也一直梦想着为国朝建功立业做个女英雄,今日果真如愿了。子妥我找到了知音,在此叩拜慈母。"妇姸还礼,俩人客气了一番。

次日清晨,驿站内外莺歌燕舞。子媚起床早,在外面跑了一圈儿,这才发现他们所住的这个驿站,正处在一个山麓环抱之中,山林层叠郁郁葱葱,青山绿水中莺歌燕舞浓。回到驿站,她直奔傅云策、甘墨琚的住所,用力敲他们的门。甘墨琚从屋内探出头来,光着背,虎背熊腰,眼睛蒙眬地问子媚:"小主子有事吗?"

"有,没有。"子媚的小辫子扎在脑后,像一个冲锋陷阵的将军,她继续说,"日上三竿,太阳都晒到屁股了,你们还在睡懒觉,开门让我进去。"甘墨琚用身体堵着门口:"不行不行,傅将军还在睡觉。"

子媚用自己的额头顶着甘墨琚的额头,说道:"他睡觉我就不能进屋了吗?我才不管呢。"甘墨琚坚持着不让子媚进来,最后坚持不下去了,说道:"傅将军他光着屁股睡呢。"子媚无语,头仍然顶着甘墨琚,说道:"光着屁股有啥?哼,没劲。"起身走了。

世子睡醒一觉,天已大亮,他感觉到浑身轻松精神很好,知道是巫桃给他发功让他恢复元气所致。他下榻后寻找巫桃,见巫桃和衣躺在另一个榻床上,她脸面发黄仍在睡觉,世子担心巫桃因为他发功伤了元气,伸手抚摸巫桃的额头,巫桃喃喃地说了一句:"累了。"

之后睁开眼睛,问世子说:"好些了吗?"世子落泪握着巫桃的小手说:"为了我,把自己元气伤了,叫我如何心安?"巫桃抚摸着世子的长发:"去洗洗,把自己收拾干净,像个世子的模样。"

世子刚刚洗漱完毕，侍仆通报，傅云策、甘墨琚两位将军求见。巫桃马上爬起来迎接二位，问道："出什么事了？"傅云策、甘墨琚说："驭手子央不见了。"巫桃不知道子央是谁，问道："谁是子央？"收拾整齐的世子从里室里走出来："就是昨日给我驾车的那个士卒。"巫桃问世子说："你不是给他们解释清楚，要请求子昭王不再责罚他们？"

傅云策说："这个子央是子昭王身边最受宠的一个驭手，多次得到子昭王的奖赏，出这么大的事，他心里不好受，肯定是……"世子让大家坐在蒲团上，他说："子央肯定不会逃跑，我相信他一百个相信。"

"巫桃，你说子央他会去哪儿？"世子望着巫桃。傅云策、甘墨琚也把目光投向巫桃。巫桃坐在蒲团上，闭目静思神光内照，她说道："为他准备后事吧，他去天帝那里了。子央不在这里，也不会去附近，他怕给大家添乱，他去了昨天出事的桥上，在那里了断了自己，以此表明他要为昨天的车祸受罚。"

巫桃说完，三人沉默不语，巫桃对世子说："既然今日差使回京都禀报此事，就应该把子央的尸体运回京都，请求昭王免其罪责给予厚葬，子央也算是一个忠烈之士。"世子问傅云策、甘墨琚："巫桃此意如何？"俩人回应："善！"

世子让傅云策命人马上去寻找子央尸体，商定后四人一块儿来到妇妌居住的北屋正房向正妃妇妌、妙妃请安，一起用膳。禀报并商议派遣使者回京都事宜。妇妌、妙妃、子妥听说驭手子央谢罪自杀深为悲痛。大家商议后，派出差使和十个士卒将子央尸体运回京都。商议中妇妌宣告了一个事情，以她之命任命子妥为她的女史官，与巫桃一起辅佐她处理国朝和宫中事务，妇妌表示回京都后她会向子昭王奏请由子昭王正式诏命子妥之职，此次省亲事务均可向子妥禀报，若子妥处置不及的由巫桃帮助，再有大事者由世子和妇妌她一块决断。说毕，傅云策、甘墨琚、巫桃三人向子妥行叩拜之礼表示祝贺。妇妌话音刚落，妙妃向大家解释："让子妥辅佐正妃妇妌是个非常之举，傅云策、甘墨琚两位将军可能不知道，我们的正妃妇妌已经怀上了子昭王的血脉，她需要多歇息不能过度操劳，所以需要子妥给予帮衬，替她多做些事情。"

傅云策、甘墨琚闻听此讯，十分高兴，马上叩拜妇妌，向妇妌恭贺。

差使一行人载着子央的尸体，连夜兼程，快马加鞭，不足五日到达了京都殷都。子昭王得知妇妌有了身孕高兴得手舞足蹈，命卜者占卜吉凶。对于车祸一事十分恼火，幸亏世子无恙，他才放下心来。因有正妃和世子求情，又因驭手子央饮罪自杀，念其子央忠诚诏命为其厚葬，其他士卒免责不再追究。但此事重大要引以为戒，子昭王命史官卜者记录于龟甲之上，流传于后世。

次日，子昭王诏大庶长子子襄陪同，专程到宗庙祭祀先祖，祈求先祖保佑正妃妇妌路途吉畅母子平安。到了晚上，子昭王更是思念妇妌，他寤寐思服辗转反侧，担心妇妌有什么意外，几度起身亲自占卜问卦，询问妇妌的安危。

子襄是子昭王的庶长子，自称为大庶长子。子襄小时候深得子昭王喜欢，那个时候的子昭王只是王室中的一个弟子，连王子都不是。现在子昭王年纪大了，他多到子昭王身边走走，尽些孝道之礼，子昭王喜欢，别人也说不出什么。他对子昭王给予的赏赐其实并不稀罕，因为他本身就有许多的田地和城邑，他想要的是物之外的东西，因为他知道现在的世子孝己，并不是子昭王特别中意的那种人。也许会有那么一天，天上给他子襄掉一个大馅饼，那大邑商不就是他的天下了。

他想，他一直再想……子襄是个喜欢做梦的人。

可是他发现，老天并不眷顾他子襄。父王六十多岁了，竟然与他小四十多岁的正妃妇妌有孕生子，若是再生下个嫡亲王子，他子襄十几年的梦就白做了。看着父王高兴若狂的样子，他心里满是泪。

第五十三章　子昭王夜访京畿地

丘商省亲历时两个多月，有孕在身的妇妌受了不少苦楚，这让居守京都的子昭王如坐针毡万火焚心，每日占卜问讯，每隔一旬就派出一队差使为妇妌送去美味食物，极尽关怀。

初秋的夜晚，子昭王坐在殿前台阶上遥望星河，任由思绪在银河中荡舟游弋随波逐流。天际茫茫，儿时的壮志未酬，曾披星戴月追逐星辰，转眼间，暮年已至残阳如血，孤独寂寞像条毛毛虫愀然爬上了子昭王的心头。子昭王收回目光，任由孤独之感在身心内游动，撬开他心窗的栅栏。他一声叹息，闭上眼睛感到百无聊赖，侧耳细听，宫内树丛中曾经鼓噪的蝉儿，已经偃旗息鼓，偶尔的蝉鸣送来秋的悲歌和阵阵寒意。老了，老了啊！子昭王身心乏力地自叹道。他向远处的侍卫哼了一声，让侍卫搬来榻床放在殿前的地上，他盖了一件丝麻薄被仰卧在夜幕之下，愤懑地望着头顶之上让他心生不悦的星辰。

望着星辰，他想起了自己六十多个妻妾，妻妾们如星辰一般，散布在京畿之地或是更远的地方。有的老了，有的凋谢了，有的变得模糊不清，有的只存在记忆里，或是没有了印象，或许从最初开始压根儿就没有印象。他在想，他在问自己，明明不爱她们为什么还要纳娶这么多的妻妾呢？祖制的规矩、朝政的需要、弱者的祈求、王者的自尊等等，理由应有尽有，都是理由，也都不是理由。从王者自身来讲，自私和贪婪是最根本的原因，做王子时听任先王的摆布身不由己，不该娶的纳娶了，做了婚姻上的冤大头，但那毕竟是有数的几位。做王后放荡不羁，拈花惹草，有了一拨妻妾的队伍。子昭王辗转身子回顾往事，对于荒唐的自己和荒唐的过去，他不知道该笑还是该哭，不知道该如何评判自己。在没有一统天下的时候，他从来不担心有人恨自己骂自己或是杀害自己，因为刀光剑影之中的仇恨和谩骂永远是争斗和厮杀的动力源泉，情在那个时候显得奢侈和多余；天下一统后，子昭王开始回顾过去检讨自己，恨消情长，心中有了不情愿被恨不乐意被骂甚至怕死怕被伤害的念头，滋生了情，有了情的需要。他急迫地想有一个亲情的空间把自己包裹起来拱卫起来，享受爱人和被人爱的温情乐趣。

两年多来，随着年龄的增长、大英雄气概的锐减以及妇姘走进他的生活，子昭王开始感受到亲情和爱的力量，开始学会用亲情弥补心中的惆怅。他对妇姘日益弥深的爱，让他愈加迷恋和依赖妇姘。

妇好在世的时候，子昭王没有如此强烈的爱的感受。子昭王比妇好年长二十几岁，从阅事的资历和外观形象上子昭王绝对强势于妇好。但在子昭王的意识中，他总觉得妇好的气场和气势要比自己强大许多，妇好在他心中的地位比他自己高，妇好自以为是任性妄为的霸道之气更是让他对妇好恭而敬之犹如敬重长辈人一般，他的情感一直被压抑着，找不到爱的味道和爱的诗情画意，所以妇好死后他把妇好许配给自己的三个先王为"妃"，这一举措在商王朝历史上并不多见，说明子昭王内心世界中对妇好具有强烈的惧怕和敬畏之情。

对于妇姘，子昭王的最初印象是个可爱可心之人。妇姘的可爱与可心，一是缘于妇姘温柔贤淑小鸟依人的漂亮外表，二是缘于老年男性对年轻漂亮女性的羡慕，三是缘于年老者对年幼者的怜悯，四是缘于对于妇好一类霸道女性的反衬。总之，子昭王对妇姘当初的爱意仅限于表象。随着时间的推移，妇姘的完美形象深深地吸引并打动着子昭王，让他重新审视自己身边的妇姘，重新定位妇姘在自己心中的地位。一个初入世事与自己嫡长女儿子妥相同年纪的少女，能够荣辱不惊，处事果断，既有男人处事的胸怀和胆量，又有女人处事的细致入微，有老者的成熟与睿智，有年轻者的活泼与靓丽，有王族的高贵又有平民的质朴，把漂亮、优雅、大气、仁慈、宽厚、勤奋、勇敢、睿智融于一身，超然于众人之上，无形中让子昭王忘记了他与妇姘年纪的差别，对妇姘仰目而视。他告诫自己，他一生中真正需要真正所爱的女人就是妇姘，他要用自己的后半生钟爱她，为妇姘而活。

想到此，坠入情网的子昭王再也坐不住了。他不再遥望星空，也不再听蝉的悲戚，他突然跳起身，快步向妙妃的寝宫走去。妙妃寝宫内安静如许，一盏孤灯，若明若暗，一位老仆在孤灯下打着瞌睡，她见子昭王到来，慌忙爬起来叩拜，老仆的举动让子昭王突然梦醒，他才想起妙妃和孩儿们跟随妇姘去了丘商。子昭王哑然失笑，摇着自己的脑袋，笑自己老来糊涂，回到殿内他又感到寂寞难耐。他从殿内踱到殿外，又从殿外踱回殿内，他有些生气，生自己的气还是生别人的气，他自己也不清楚，他有一种莫名其妙的感受。子昭王仰卧在榻上，闭着眼睛思虑了好一阵子，眼前突然一亮，他叫道"侍卫！"侍卫跑进内室恭恭敬敬地站在他的身边，等待诏命。子昭王犹豫着仿佛睡着了一般，待深思熟虑下定决心之后，他说道："派人诏命伊相傅说和纳罕将军，让他们速来见我。"

"现在？"侍卫刚闻得鸡人报了戌时之时，知道夜色已晚。子昭王怒道："速来见我不是现在又是何时？糊涂了你！"侍卫应了一声，跑去通知差使。

伊相傅说和纳罕将军得诏后气喘吁吁地赶到殿内，等他们坐定了，子昭王说道："正妃妇姘差使来报，自国朝颁布'六议'以来，国朝上下农耕事炽，臣邑百姓摩拳擦掌形势喜人，本王有心到京畿之地走走转转，探其究竟。"

纳罕不解事因，说道："我王关心农事，体恤百姓，恩威天下，王恩浩荡。正妃妇姘仍在路途之上，是否等正妃归来之后再……"伊相傅说跟随子昭王多年，知道此时子昭王出巡京畿的用意，他见纳罕初出茅庐不解圣王心思，心中有些好笑，加之来的路上着了些风气，鼻子痒痒的，不断揉搓鼻子，脸上露出诡秘的微笑。子昭王做贼心虚，不好意思地说道："你这个傅说，有话直说有屁就放，不必做些怪怪模样。你不是想说本王离不开妇姘，想找个理由与妇姘私会。也好，本王明人不做暗事，开诚布公地告诉你，本王就是想正妃妇姘了，特别想，想得七窍冒烟，一天一刻也拖不得了。本王马上要去见她。"

伊相傅说按住自己的鼻子叩拜道："……我王……我这鼻子受了风寒……是……臣有罪……"说着连续打了几个喷嚏，"罪臣愿陪同我王一同前往。"

子昭王笑道："你这个糟老头儿陪本王做甚，不怕坏了本王的好事？你在京城蹲着替本王看家，让纳罕将军随同我去，今夜就走。"傅说捂着鼻子连连应诺。纳罕措手不及，说道："我去通知王室车骑。"子昭王挥手制止道："用你的车子就行。"

纳罕结巴道："臣的车子太简陋了……"伊相傅说提醒纳罕："纳罕将军，我王是要微服私访，不会坐他的车辇……"子昭王说："想坐也不成。"

| 447 |

伊相傅说恍然大悟:"对对,我王的车辇已经载着正妃妇姘出行了。"

子昭王对纳罕说道:"你小子少啰唆,快去快去。"纳罕不敢怠慢,回到家中告别了妻子贺兰儿,带上车子和一队士卒,赶到王宫门口等候子昭王。亥时,子昭王等离开了京都。

丘商省亲,子方之族倍感荣耀,已故正妃妇好的近族亲友,对正妃妇姘代替已故正妃妇好省亲祭祖感恩戴德,为表示对正妃妇姘的敬重和爱戴,子族人倾族而动十里相迎,像迎接远方归来的女儿一样酒祭天神,花瓣铺路。妇姘一行居住丘商后,子方部落首领亲自为正妃妇姘守夜以防有何不周,出游时妇姘所到之处人们顶礼膜拜,舞之蹈之尊其为国母。世子、子妥、子媚以及小主子颂对慈母妇姘的一言一行倍受其子族人关注,人们看到世子等姊妹将慈母妇姘视如生母,尊敬关爱,毫无生分之虞,羡慕赞叹之下方知慈母之伟大,孝悌之仁义。傅云策、甘墨琚和巫桃的到来更是让丘商的省亲之行锦上添花,才子佳人名门贵族,国朝将军,小主的乘龙快婿,世子的美妃等,让子族人眼花缭乱大开眼界。丘商之行所有人都高兴都有收获,而收获最大者当是妇姘。妇姘收获的不仅仅是丘商部落的民心,而是整个大邑商王朝的民心。妇姘离开时百姓倾城相送泪水沾襟,主客无不动容。

丘商迎接妇姘一行的消息传到了亳邑,亳邑的百姓也被丘商子族人的热情之火点燃起来,妇姘未到亳邑,沿路已有官吏百姓迎接。一路上最辛苦也最风光的当是子妥,妇姘身体不好,子妥自然要挑起重担铺排所有事情,小到吃喝住行大到拜访地方伯侯,料理得得心应手倍受大家好评。各路官吏也争相结识大权在握的嫡长女子妥,以求安排见到正妃妇姘或是拜请正妃妇姘到他们的城邑巡视。妇姘对子妥很信任,完全听从子妥的安排,同时也见识了子妥的才能。有了大家的鼓励和料理事务的成就,子妥更加上心,傅云策看到眼中喜在心头,也时常鼓励子妥或为其出谋划策,心甘情愿受命于子妥,俩人恩爱之情溢于言表。

最高兴舒心的人是妙妃。她回到故土见到了多年不见的近亲故友,听到人们对世子、子妥、子媚和子颂四个孩子的赞颂和人们对子妥才干的认可,她心里如糖似蜜一般甘甜。更让她意想不到的是子颂学会说话了,还学会了丘商的地方话,逗乐了丘商的乡亲也逗乐了她那颗不辞辛劳的心。妙妃一直在想,若是正妃妇好活着能看到这一切多好。

省心的人是世子孝己，只要有巫桃在他的身边他什么都不需要，什么也无所求，一天天跟着大家一块行走安然自得，无所事事。车祸影响了大家的心情，人们至今心有余悸谈桥色变，而他反倒认为是件千载难逢的好事。他从车上被抛落水中只是天地间的一瞬，整个人儿像气囊一般在河水中漂泊，当被救出的时候他依然在思恋巫桃的甜蜜的梦中徜徉。世子孝己的这种表现符合他的心性，因为十几年来他一直生活在噩梦中，唯有这次是个甜蜜吉祥的梦。

　　子媚玩心大只要有好玩的她绝对不会放过。一个人烦闷了她就把甘墨琚叫出来，俩人骑马沿着丘商的洨水一路信马由缰纵横驰骋，没有目的直奔天涯，累了就歇脚，歇脚就是目的。树林里绿荫遮天，蝉鸣声脆，他们把马拴在树上信步漫游，偶见树林深处隐匿着一座神秘小屋，子媚好奇地叩开屋门，见屋内有位鹤发童颜的老者盘于蒲团之上。子媚尚未说话，老者说道："稀客稀客，欢迎两位。"老者声若洪钟。子媚问道："师者不曾抬首怎知道是两位来客？"老者笑曰："我乃失目之人抬头又有何用？两位请自行找座是了。"子媚故意坐在老者的身边，问道："可知我是谁吗？"老者说："不知你但知他姓甘。"子媚惊奇不语起身跪拜道："小的是已故正妃妇好次女子媚，恕小的冒昧请师者见谅，若师者需要小的做的事情吩咐便是。"老者说："小老儿无所求但送几句话，也算是相见一次的缘分。小主多福喜逢甘门，将来多子多福，一生无忧矣。"子媚和甘墨琚拜谢老者，关上屋门悄悄离去。路上喜鹊喳喳相送相随，子媚春心初动偷偷地看着甘墨琚，问道："你怎么不说话？"甘墨琚坦然笑道："刚才的老者已经说了，那正是我想要的，你若忘记了我再给你述说一遍……"子媚羞涩道："你给自己说吧。"她快马加鞭飞驰而去。路边的花絮迎风飞起，爱慕的种子在子媚心中萌动。

　　妇妌身体不适呕吐不止，但一直坚持到乡邑田野巡察，了解井田农耕事宜。妙妃和子妥劝她早点儿回京都，子昭王也派差使督促妇妌回京。妇妌考虑孕身越来越重，将来出京巡察更是难事，趁着现在还能走动尽可能地走走转转，听听百姓声音，了解些乡邑事情，于是妇妌带着日益不便的身子走了不少地方。这一天妇妌一行到达了距离京都二十里路的子昭王季父的邑城。

　　子昭王季父姓子名晌，是子昭王已故父王年纪最小的弟弟。子晌与子昭王同龄，虽为叔侄之辈，俩人自幼一块儿长大关系甚密。子晌得知正妃妇妌巡视京畿之地，便带着子孙五十余人南下数十里迎接正妃妇妌，请求妇妌到他的邑城巡视。妇妍从妙妃口中了解到子响与子昭王的关系后，欣然接受邀请到子响的邑城拜访季父长辈。正妃妇妍的到来，让子响一族感动不已，他们腾出最好的住处用最好的饭菜盛情款待正妃妇妍一行。

夜宴之后，妇妍兴致正浓，召来世子孝己、傅云策、甘墨琚、子妥等，告诉大家明日回归京都想听听大家省亲一路的见闻，以便归京后向子昭王禀报。

大家年龄相差不多，都是意气风发的年轻人，说话直抒胸怀畅所欲言，对巡视京畿之地的所见所闻进行了认真商议。妇妍从中发现每个人的特长才干记在心中。妇妍告诉大家，大邑商人特别是京畿之地的王族人，经历战争多年，习惯了打仗的生活，猛不丁停顿下来从事桑农生产，不习惯也不适应。有农耕经验勤快些的乡邑伯侯，真的动起来了，他们真做真干；没有农耕经验懒惰一些的乡邑伯侯，看到别人在农耕不好意思闲着，他们只是做个样子，还没有真正动起来。

子妥悄悄地说道："慈母说的极是，我们父王的这位季父，虽然对待我们很好，也真的喜欢我们欢迎我们，可他们一族就没有真正地动起来。拥有大片良田，竟然荒芜着实在不应该。"

甘墨琚说："我询问了他的下人，这位子响大人也真想弄好，下了不少的本钱，因为没有农耕的经验，忙不到点子上，不知道如何管理自己的邑地。"

傅云策说："子响大人是朝中最忠心的臣子，天下人都知道他与子昭王亲近，是子昭王的心腹之人。此地距离京都近，又是肥田沃土，按照近水楼台先得月的习俗，我们应该多帮帮他，让他先富裕起来。如此也好让他让子昭王在国朝中说得起话。"

一直不言语的世子孝己道："傅将军这句话在理。国朝忠臣，理应是执行国政的楷模，是富甲一地的带头人。"

说者无意，听者有心，妇妍把傅云策和世子孝己的话记在了心上。原定明日回归京都，妇妍决定拖延两日，两日内她要与季父子响好好地交谈一下，亲自帮助季父如何从事稼穑之事。妇妍说道："从事农耕劝说家桑，看似是一家一户一城一邑的小事情，但它事关大邑商的国朝大事，事关百姓的生计和臣民的信心，事关国朝的风气。所以我们要躬身而为，深入到田野农户，传授农耕经验，主张务农兴桑，因势利导，大兴稼穑之风。京畿甸服，天子脚下，都是丰田沃土，有天下粮仓之誉，我们应该把目光聚集到这个地方，下功夫经营好每一邑每一寨，甚至每一户王族之家。"议到亥时，大家意犹未尽，妇妍累了，打着哈欠。在另外一室歇息的妙妃见夜色已晚，担心累着了妇妍，跑过来训斥大家，指责大家不懂得体谅正妃妇妍，连喊再骂，搅了大家的场子，督促大家散去。

天亮时分妇妍被妙妃叫醒。妇妍一脸懵懂望着妙妃，懒懒的不想动身也不想说话。妇妍闭上眼睛，又眯了一会儿，她再次睁开眼睛时发现了站在妙妃身边的子昭王。她不知何故，眼泪夺眶而出，想起身坐起被子昭王按在榻上，子昭王的眼睛也湿润了。妙妃见状抽身想走，被子昭王叫住。子昭王望着妇妍深情地说道："爱妃受累了，我来接你咱们一块儿回京城。"妇妍一边擦着泪水，一边点头，之后又摇头道："我想再待两日，给季父讲讲农桑的事情。"

"十分要紧吗？"子昭王问道。

"是。"

子昭王也不问缘由，说道："好，我陪你，你乐意在这儿待多久，我就陪你多久。"妙妃在一旁，听了子昭王的话如同吃了山楂果一样心里头酸酸的，妙妃对妇妍说道："这里哪儿有京城好呢？"

子昭王说道："季父的乡邑也是好地方，我许久不来了，也想在这里多住几日。"妙妃心想，那才不是呢，若不是为了妇妍你子昭肯在这个小地方待着？鬼才相信你的话。啊呀，世道真的变了，一个风流成性的老男人，年过六十浪子回头找到了一生的挚爱，被不到二十岁的小女子迷了心窍，深更半夜从京城王宫跑出来探望心上人不说，还要在这乡邑之地与心上人长相守。天下之大无奇不有，情海之中老少无别，妙妃感慨万千也真的佩服子昭王这个人。既然如此，妇妍有人照顾了，她和这拨孩子们就不要在此添乱，于是妙妃问道："那我和孩子们怎么办？"

妇妍躺在被窝里望着子昭王，子昭王嘻嘻地笑，殷勤地问妇妍说："爱妃你说。"妇妍想了想说道："乡邑之地毕竟不及京城，出京巡游两个多月了，孩子们都疲惫不堪，应当让他们尽快回京城歇息歇息才是。"子昭王见妇妍如此说，十分高兴地吩咐道："妙妃你今日带着孩子们回京城去，我来陪伴正妃妇妍。哦记住了，不要声张，不要说我在这里，你们怎么来的就怎么走，车子马骑原班人马一块回去。"

妙妃心中纠结，说道："你说得轻松，妇妍是一个大活人，孩子们见不到她肯定要问她干什么去了，我如何回答？"子昭王说："你就说纳罕将军来了，由纳罕将军陪正妃妇姸继续巡视，其他的都不要说。"妙妃想了想，如此回复也行，便走过来拍着妇姸的手与妇姸道别。转脸儿警告子昭王说道："你是过来人，什么事情都知道，妇姸妹妹正值坐胎保胎的时候，你断不得由着性子来。若是滑了胎落下病根儿，妇姸妹妹就一辈子不能生育了，到那时你的罪孽就大了。"子昭王嘿嘿地笑。

妇姸害羞地说："他不会的。"妙妃睁大眼睛："你信他？他是下山的老虎惹事的儿狼，什么事情都做得出来。"子昭王不让妙妃说下去，把妙妃推送到门口。

妙妃走后，子昭王亲着妇姸，喃喃地说："想死我了！"之后，把妇姸赤裸着抱在怀中，在室内转了几个圈儿，然后才轻轻地放在榻上。

第五十四章　大邑商新政

妇妌望着子昭王，泪水流满脸颊。怀孕的喜悦，妊娠的痛苦，两个月来的思念，路途中的惊吓，巡视中的喜与忧，五味杂陈涌上心头，她不知道如何说从何说起，只有在呜咽中任泪水长流。子昭王坐在榻旁紧握着妇妌的手，满脸微笑着安慰道："不要急我的宝贝，你很好很坚强。你行走一路，体恤百姓，孝道仁慈，宽厚爱人，礼贤下士，躬身农桑，赢得了天下赞誉和国民的爱戴，我为你高兴。"

妇妌噘起小嘴，说道："我不需要你的夸奖，我要你喜欢我，爱我。"

"我当然喜欢你爱你了，不然我怎会连夜而来呢？"子昭王说着指着自己胸口，"你在我这里面，我真的喜欢你，我恨不得把心掏出来让你看看。"

许久不见难免生些矫情，妇妌故意把脸转向一侧："你这些话不知给多少个女人说过了，我才不信呢。"

子昭王扯开自己的衣饰，露出宽厚的胸膛："我把心拿出来给你看看？"妇妌避而不见，也不说话。子昭王把妇妌的头扳过来，可怜兮兮地望着妇妌，期盼妇妌能够相信自己。妇妌直视着子昭王，不急不躁，心平气和地说道："你坐下来，我想问你个问题，你这一生到底有多少个妻妾多少个子女，还能记得清楚吗？"

子昭王诚恳地说道："真的记不清楚了。做王子时，已故先王为了迎合天下共荣的虚荣让王子们大兴和亲，我奉命行事，纳娶过一些妻妾，后来国朝分崩离析，妻妾们有的不知所终，有的另攀新贵，国弱无外交，以姻缘缔结的外交何尝不是如此。做王后，为了征伐的需要，我纳娶过不少的战时妻妾，但那些都不是我的心仪之人。"

"如此说来，我也是你的战时妻妾呀？"

"说是也不是。"

"如何讲？"妇妌问道。

"战时妻妾多半是在战时状态下由妻妾的方国提出，你我的婚姻，虽然发生在战争状态之下，但它是由大邑商王朝主动提出，自然与她们那些不同。"

"这些事情，我从已故正妃妇好那里听说过，说冤枉也不冤枉你。但是我想知道，已故正妃妇好是不是你心仪的女人呢？"

子昭王深思了一会儿，没有马上回答，他望着妇妌那双能够穿透他肺腑的目光，下定决心说道："妇好在我心中的位置是个说不清楚的位置，我尊重她，喜欢她，需要她，她是我心中的英雄，是我称霸中天的左膀右臂，可以这样说，没有妇好就没有大邑商一统天下的今天。但若说我对妇好的爱意，真的是一言难尽，说我不爱她，那是昧着良心说话，说我爱她，那也是言不由衷，这种听起来可笑的说法，只有我自己清楚。从个人情感上说，妇好、禽和甘盘如同我的兄弟姐妹，都是我的亲人，受我敬重。"

妇妌说："你说的这些我信，你们是生死之交的兄弟，用鲜血凝结的情谊其他人代替不了。我想知道，我在你心中的位置与妇好姐姐一样吗？"

"不一样。我子昭活了六十余年，谁轻谁重还是分得清。你在我的心中占据了所有，征服我的除了你的美貌之外更多的是你的胸怀、你的仁慈、你的果敢和睿智，你不但征服了我也征服了天下的臣民。你在我心中像太阳一样，让我兴奋，让我依恋，让我欲罢不能寝食难安，这种感觉妇好在世的时候没有。虽然你的年纪比妇好小，但在我的心中你与我是同心人、同路人、同行人更是同志人，你所想的和你所做的事情总能超出我的意外，让我在惊奇中发现，让我在幸福中接纳，时时地给我意外的惊喜。"

妇妌笑了，笑得迷人。她说："妇好姐姐也是这样啊。"子昭王摇头："不，妇好的所作所为都在我的预料之中，尽管她我行我素，刚愎自用，或是咆哮如雷，但她始终是我棋盘的一粒棋子。而你一直在我的棋盘外下棋，让我无法把握而又惊喜不断，让我感受着不曾有过的生活和事业的甜蜜。我离不开你，你是我一生中的挚爱……"

子昭王的话，不是甜言蜜语胜似甜言蜜语，妇妌陶醉了，陶醉得无法自已。她闭上眼睛微启嫩唇伸向子昭王，迎接着子昭王的亲吻。在子昭王吻她的刹那间，她浑身抖栗，张开白嫩丰满的长臂搂住了子昭王，喃喃地说："我爱你。"子昭王的激情很快被妇姘点燃，他的手开始不安分起来，妇姘马上在子昭王耳边提醒道："记住妙妃的话，不得冒犯我。"子昭王拥着妇姘，咬着妇姘的耳朵说："记住了。"

早膳后，妙妃、世子孝己、傅云策、甘墨琚、子妥、巫桃、子媚等及王室的随从告别季父家人回归京城。纳罕受命代表正妃妇姘向大家辞别，许是回京心切的缘故，众人们都不曾过多地关注正妃妇姘，也未问正妃妇姘为什么突然留下。走在路上子妥悄悄地询问妙妃，妙妃给子妥讲了实情。子妥说道："难怪行程突然有变呢？"

季父子晌见纳罕将军突然而至有些纳闷，为世子孝己、妙妃等送行时又不见正妃妇姘的身影，更感到蹊跷。季父有心到正妃妇姘住处慰问，却被纳罕委婉回绝，眺望正妃妇姘居住的地方，发现住所多了许多侍卫，心中"咯噔"一下明白发生了什么，他马上回到自己的住所，下令族人行动起来，收拾邑城准备吃喝用的物什。

子昭王在妇姘室内歇息了一会儿，巳时起床打扮停当，让纳罕诏命季父夫妇来见。早有准备的季父得诏后，马上携正妻前来晋见子昭王，礼拜后子昭王赐坐，指着妇姘说道："正妃妇姘此次巡视你处，受到你夫妇的热情款待，本王在此致谢。"季父子晌说道："臣下小土之地能迎来正妃妇姘的恩宠深感荣幸之至，我乡邑之地虽然近在天子脚下，近五十年来不曾有正妃光顾，正妃妇姘的到来乃我乡邑的百年盛事，我子晌一族感恩不尽。"

子昭王听后，笑吟吟地对妇姘说道："爱妃听到没有，季父如此的偏心，本王专程来探望他，他连句感恩的话都不说，一味地感恩你，让本王心里头酸楚楚的。"妇姘笑言，"你与季父一块儿长大，俩人心心相印、友谊地久天长，臣妃是一个外来者，礼不恭内而敬外是情理之事。"季父慌忙说道："错矣错矣，我与子昭王心心相印、友谊地久天长这是事实，更主要的是正妃妇姘慈母天下，躬身为民，与我王圣德仁厚伉俪情深，共举我大邑商中兴大业，感动天地万民，身为王室子民自然为之自豪并感恩戴德，礼敬是自然之事。"

子昭王仰面大笑，说道："一个素来笨嘴笨舌的季父，竟然也学会了赞美之辞，看来我的正妃妇姘真的是母仪天下的大德之人。"

季父和妻子叩拜道:"我王所言极是,正妃妇妌是国朝的慈母楷模,有母仪圣德之尊,我等如何称赞皆不为过。"子昭王说:"你夫妇所言,正对本王心思,本王一生的钟爱也就是正妃妇妌了。今时诏见已过,算是有了国礼之数,接下来我和正妃妇妌要以王室家族之礼,前去你的府上拜访你们二位长辈儿。请你们速速回去,把好吃好喝准备着,午时时分我与正妃妇妌赶往你们的府第。"季父闻言自然是喜出望外,与正妻别了子昭王和妇妌匆匆回府筹备。

午时,季父子响与正妻大摆宴席,迎接子昭王夫妇驾临。子昭王与正妃妇妌行晚辈见面之礼,然后入席吃宴。席间,子昭王向季父子响问道:"季父可知正妃妇妌为何要在你的乡邑多逗留几日吗?"季父说:"正妃妇妌慈爱为怀,自然是厚爱我子响一族了。"

子昭王说:"厚爱是必然的,但正妃妇妌的初心并非如你所言。你近在王城之下,拥有数千亩良田,可是现在阡不见稼穑陌不见桑麻,一片荒芜之景,正妃妇妌为之痛心哪!"季父子响与正妻闻听此言,慌忙跪地请罪。正妃妇妌起身搀扶起季父子响和其正妻,说道:"季父大人不必恐慌,子昭念你与他亲密无间才口出此言,绝对责备之意。季父你十几年不辞辛苦不图功名利禄跟随着子昭王南征北战浴血沙场,辅佐子昭王实现了大邑商王朝的天下一统,论功你是国之功臣,论情你是王族子姓中的大义者。国朝颁布'六议'之后,你不二话不说,动员族人农耕兴桑,我听说还购买了从事农耕的家奴,想通过自己的劳作贡献国朝,促进大邑商王朝的中兴事业。"

季父子响夫妇见正妃妇妌对自己家族的事情了如指掌,十分感动,子响的正妻满脸是泪,感动道:"正妃妇妌明察秋毫,说的事情确确实实。"

妇妌说:"季父忠心国朝一片好意,但季父毕竟是征战惯了的战将,不善稼穑这些小事情,晚辈人妇妌念你与子昭王之间的爷们儿之情,想多逗留几日在稼穑之事上为你族传授一番,不知长辈人意下如何?"季父子响夫妇十分感动,说道:"感谢正妃妇妌。"

妇妌说道:"长辈人不要言谢。此事看起来是一家一族的私事,其实是国朝的大事,农桑不兴国朝不富,国朝不富何来中兴?我想通过你族的示范,带动京畿,带动王族,推动国朝农桑事业的发展。"

季父子响大喜,对子昭王说:"正妃妇妌胸怀国朝,着眼中兴,眼光和韬略不次于你呀。"子昭王端起酒碗说道:"别人说,我不见得服气,你说我服。真心讲，打仗我子昭顶天立地天下第一，可论农桑经贸之事，我不及正妃妇妍你更是不及。所以我决定跟随正妃妇妍在你的乡邑之地劳作一阵，学些稼穑之事，长些吃饭的本事。你呀也得学哩。"

"当然当然，稼穑之事事关天下，也是你做王理政的基本招数，你学我也要学呀。"季父子晌说道。次日，子昭王、季父子晌等换上了平民的服饰，跟随正妃妇妍一块到田地中，将季父子晌的土地以井田制的方式，分配给季父子晌的十几个儿子耕作，明示丰收了归自己所有，多耕多得。剩下的部分土地，同样以井田制的方式划分季父子晌乡邑中的大夫卿属。划分之后，季父的子嗣和大夫卿属们热情高潮，时在初秋，他们自发地昼夜农耕抢种，不再用季父子晌费心督促，这让季父子晌和子昭王兴奋不已，感慨正妃妇妍的办法灵验。

播种之时，正妃妇妍亲自到田地指导。阳光下和风习习，阡陌绿茵，鸟声啁啾，头戴斗笠挎着篮子下播种子的季父望着同样装束的子昭王，感慨万千，曾经驰骋天下的中天之王和农人一样细心地耕云田地，算得上世间奇闻，若不是为了他的爱妃妇妍，就子昭王的性情断不会如此的本分和情愿。

子昭王跟随在正妃妇妍身后点种着粮种，饶有兴趣地接受着正妃妇妍的指点和纠正，体验着农人们粒粒皆辛苦的艰难。正妃妇妍疼爱地望着子昭王，帮他擦去额上的汗水，说道："委屈你了，你何曾干过这样的活计？"子昭王望着正妃妇妍说道："我教我种，夫唱妻和，只要你大司农同意，我倒是乐意做一辈子的农夫。"妇妍笑了笑，说道："你乐意我不乐意。"

"为什么？"子昭王摘下斗笠，望着西天的落日。

妇妍说："你是王，你的土地并不是脚底下的这一丁点儿，做君王统帅天下才是你的正道。"这时阡陌之上传来了男子的歌声。

> 蒹葭苍苍，白露为霜。
> 所谓伊人，在水一方。
> 溯洄从之，道阻且长。
> 溯游从之，宛在水中央⋯⋯

子昭王停下脚步，听得全神贯注，之后唏嘘起来，泪水盈眶。他对妇妍说道："多么痴情的男子啊，思念在水一方的恋人呢。"妇妍知其心意，依偎在子昭王身旁，说道："你不用溯洄从之，我会永远在你身旁……"

子昭王和正妃妇妌回到京都已近中秋时节。

子昭王见到妙妃和四个孩子，听他们诉说丘商省亲之事，大家对正妃妇妌不吝赞美之辞，这让子昭王更坚定了重建大邑商王朝新政的决心。一日夜晚，子昭王与妇妌谈其国朝之事，他说道："国朝中原先那些旧臣们都走了，伊相傅说也快干不动了，世子孝己有待进一步观察。你重用子妥这件事做得很好，我从内心里感激你。实话讲，我喜欢子妥这个孩子，她若是个男儿我早就用她替代了孝己，我从前只是喜欢子妥，没有想到重用她。你的想法很好，子妥出嫁后就是外家人，管宫内事不合适，让她辅佐你管理朝政事务。"

妇妌听子昭王之言，知道妙妃和子妥已经给子昭王禀报过了。她心里高兴，说道："我喜欢子妥的才干和她的诚实，若能用于国朝最好不过。"

子昭王按住妇妌的手，说道："四季更替大地方能复春，人到暮年必然要倚仗新人，大邑商战后复活百业待兴，国朝新老更替已箭在弦上。王者之位，驭手而已，拉车的卖力的跑腿儿使劲的就得靠以你为首的这拨年轻人。我想把世子、傅云策、纳罕、甘墨琚、子妥都重用起来，由你带着他们同心协力，共商大邑商王朝的中兴之业。只是巫桃这个人，我不知如何任用她。"

妇妌说："巫桃纯洁无欲，等她与世子孝己成婚做了名正言顺的世子妃之后，我就把王宫内的事务交给她让她管理，世子妃管王宫事务名正言顺。"

子昭王摇头道："我不知如何说你，你这个人总是谦让，总是为别人着想。"妇妌笑道："为别人着想就是为我自己着想，大邑商国朝事无巨细，头绪繁杂，仅凭一个人几个人的努力终归势单力薄，我希望人多一些方可众志成城。"

妇妌归来不久，伊相傅说以病体难以支持为由向子昭王提出隐退之请。子昭王与妇妌商议后，带着世子、子妥专程去傅府探望傅说劝说傅说留任。傅说由傅云策和老妻搀扶着，拖着病体叩见子昭王和正妃妇妌等人，说话间气喘吁吁汗如雨下，子昭王、妇妌等甚为怜悯。子昭王见伊相傅说病体弱不经风，不忍心再劳累傅说，当面答应了傅说的隐退之请，并告知傅说，他要尽快安排傅云策与子妥的大婚之喜，以此为傅说冲喜减轻病难。傅说夫妇千恩万谢并让傅云策叩拜子昭王。说毕傅云策与子妥的婚事，子昭王留下傅说和正妃妇妌俩人，令其他人退去，与傅说商议朝廷内官任用之事。子昭王说："我四十二岁继任王位，你、甘盘、禽、正妃妇好等与本王浴血奋战前仆后继近二十载，大邑商终归天下大统万邦和平，在实现我们梦想的同时我们也结束了一个时代。时至今日，立基创业的忠臣们，战死的战死了，走的走了，老的老了，一个个的像花儿一样凋谢了，就剩下了我一个人，我独自支撑着大邑商的这片崭新的天地。我想啊，我要以此画个杠杠，用一帮子新人建立一个新的朝政，开辟一个新的时代，前面的是打仗的时代，后面是富民兴业的时代，所以我想听听你的想法？"

傅说咳嗽了几声，欣慰地说道："好啊，我王圣明能够一生中开创两个时代，乃创世之举，超越了先王之功，后来者也难比肩，可谓是一个人独创了文武两个盛世。此番功业，唯我王事成，实乃旷世圣王。眼下大邑商疆土辽阔，邦国簇拥万民来朝，若举中兴之事，非一日二日之功，新人新政，国策长久，天下方可长治久安。愚臣赞同我王之见，在我王健壮之年用一批晚辈之人，由我王言传身教身体力行历练他们十年八载，一批国朝栋梁之材就会崛起于东方，到那时我大邑商王朝就可千秋无虞了。"他喘着口气继续说道，"不是愚臣当着正妃妇姘的面奉承她，今后的国朝之事应当倚重正妃妇姘，她可是上天赐给我王的智慧之臣，是我大邑商王朝不可多得的奇女子。将来正妃妇姘的功德不在已故正妃妇好之下，我对此深信不疑。"

子昭王说："伊相说出了我的心里话。在新的朝臣的设置上我想让傅云策为伊相，甘墨琚为冢宰①，纳罕为有亚②，子妥和我的庶长子子襄为大卿事③，由他们辅佐我和正妃妇姘、世子孝己共治朝政。不知伊相意下如何？"傅说说："子昭王之恩傅说领了，我儿傅云策德薄才疏不是伊相之才，是否另择优者。"子昭王按着傅说的手臂："此事就这样决定，年轻人不愁岁月风霜，有的是时间摔打他们，摔打多了也就成熟了。当初的你，还不是从劳作的犯人堆中磨炼出来的吗？"

傅说苦笑，笑得很勉强。他说道："今非昔比了，现在是盛世之春，他们比我们幸福。不过我想问一句，我王为何让子襄入阁做大卿事呢？"子昭王说："我有子五十余，除了嫡王子世子孝己外，我最中意的孩儿就是大庶长子子襄，他是长子年纪近五十了，有学问又听话，我甚是喜欢。"傅说摇头，

---

① 冢宰：商代三公之官。
② 有亚：商代统帅军队的将帅之官。
③ 大卿事：商代朝廷中的高级官员。

"喜欢不是入阁的理由，他是大长子也是庶子，他之下庶子有几十位，若为子襄网开一面，别的庶子又如何打发？会有后患的，我王应当慎之又慎。"子昭王点头道："你说的有道理，但弃而可惜，我还是想用他。"傅说说："愚臣讲过就是了，终归由我王定夺，此事可征询了正妃妇姘的意见？"子昭王目光转向妇姘，妇姘马上说道："伊相直谏，令妇姘钦佩，我对子襄知之甚少不好讲些什么。"

　　傅说正言道："国朝之事非同儿戏，正妃妇姘年轻有为岁月正长，当竭力辅佐我王实现中兴大业。自盘庚迁殷以来历经四王，唯我王疆土辽阔霸业大成，创业不易守业更难，朝政之内一定要刚直不阿公私分明，如此示范于朝野表率于国人，国朝才可清明天下，方可大治。"妇姘含泪致谢。子昭王流泪道："伊相跟随我二十载忠心耿耿勤劳无怨，以至于积劳成疾，病入膏肓。伊相啊，你的话好啊，我要告诉新朝的新人们，要他们以你为楷模，为朝为民鞠躬尽瘁。"

　　妇姘归来后的第四日，子昭王在王宫主殿诏命新政：傅云策为大邑商王朝伊相，甘墨琚为冢宰，纳罕为有亚，子妥和子襄为大卿事，上述新臣辅佐子昭王、正妃妇姘、世子孝己共治朝政。此诏遣特使传布天下。

　　十日后，时至中秋，子昭王将嫡长女子妥嫁于傅说之子当朝伊相傅云策。商时嫁女仪式简短，双方洽妥后，占卜吉日，于黄昏前迎娶到男家。女儿到了男家后，祭祀先祖叩拜父母，之后一家人夜宴庆贺或作篝火歌而舞之，亲来礼往的故事尚不多见。王家嫁女稍复杂一些，多是门当户对，礼节仪式简而为雅。出嫁前，妇姘为子妥做了精心的筹备，身上戴的平时用的，件件齐全，这让子妥很是感动。

　　妙妃有些恋恋不舍，两眼哭得泪肿，妇姘和妙妃的眼泪打动了子昭王，子昭王想起了已故的妇好不由得泪流满面，这是他在众多女儿出嫁时第一次流泪。黄昏时分子昭王在子妥离家前赶到妙妃的寝宫与子妥拥别后，没有过多停留就去了主殿，在主殿内号啕了几声，以舒心中的痛苦。

　　子妥出嫁后的第三天，回来走亲拜见父王和慈母妇姘、阿母妙妃等，给子媚、子颂还有巫桃带来了不少好吃的食物。妇姘小腹微起脸色红润，身子开始发福，除了子昭王外，妙妃一日几次前来探望嘘寒问暖，妇姘倍感亲切。子妥归来妙妃设宴招待，妇姘却把子妥叫到一边儿，嘀嘀咕咕地说话，妙妃原以为俩人谈些女人的私事，走近一听有些不高兴了，说道："此乃寝宫密室不是议政殿堂，你们二位朝臣把我寝宫当成什么了？什么雷始收声，蛰虫坯户，候水始涸，不就是秋天到了没有了雷声，小虫子开始钻土避寒，雨水季节已经过去秋收就要开始的意思，三句话不离你们司农的事儿，烦不烦哪？"

俩人不理睬妙妃依旧故我，话语正浓，等她们说定了，子妥才来到妙妃的跟前，对妙妃说："妙阿母要过节了，你做个什么舞哇？"

"舞？"妙妃莫名其妙。

妇姘坐在妙妃的面前，说道："在丘商夜宴的时候，你做的舞最好，所以这一次你要代替我做舞。"

"什么时候在哪儿？"妙妃问。

这时子昭王和世子、巫桃一块来了。子妥马上向父王行叩拜之礼，子昭王挥手道："哪儿来的这繁文缛节。"子妥说："我的婆母傅云策的阿母教导的。"子昭王笑道："那个老婆子能教出你什么好。"说过了左右看了看悄声问道："小伊相没来？"子妥说："我们这儿是王宫外部男子是禁足的，没有你的允许他敢来吗？"子昭王点头说："你说的对，你来就行父王就想你，你那个夫婿不愁见。"

子妥说："他是你的伊相当然不愁见了。"子昭王又问及老伊相傅说的身体，子妥说："许是婚事冲喜的缘故，老伊相大人身体好多了，现在是既能吃又能睡。"子昭王十分不高兴。对着妙妃嚷嚷道："妙妃你听听，子妥在我面前居然叫傅说大人，他是我女儿子妥的大人，我是谁？"子昭王一屁股坐在蒲团上。

正妃妇姘见状，走过来坐在子昭王的身边，她说道："你是国朝君王，得讲天下道理，我问你平民百姓的女儿嫁到男人家叫男人的父母不叫大人叫什么？这是孝道之礼和睦之尊。子妥出身王家，王家的女儿到了夫家应该遵行尊卑有别长幼有序的家族规矩，以身作则模范天下，若带头违命家规，又怎好让臣民百姓去遵行国朝之规，又何以敬重你君王呢？"

子昭王自知理亏，"你看你，当着孩子们的面这般说教我，也不顾及我这个父王的脸面。几日不见子妥我也想啊，见了面想逗逗她，不就是一句玩笑耳？"听了子昭王的表白，众人笑了。子颂见到父王高兴地跑过来一个劲儿地往父王身上钻，嘴里嚷着，"要过节啰……要过节啰……"子昭王不解，问妇姘等人，"过什么节呀？"

妇姘故意不说，问道："你真的忘记了吗？"

第五十五章　秋社

妇妌见子昭王忘记了秋社①之事，笑言："在疆场上驰骋的人，往往忽略这些稼穑小事。"她对子妥说道："你是管农事的大卿事，给你父王提个醒，禀报一声。"子妥坐在父王身边做出一副认真的神态，她说道："女儿给父王禀报，大邑商中兴盛世百业待举农事才为根本，根本不兴貌合神离百业难举，农事之要一年之计在于春，人们为了不违农时起春社②祭之，祈求土地神保佑风调雨顺。到了秋日收获季节，人们要感恩土地神给带来的丰收果实，以秋社祭之。古人云，社，所以神之道也，地载万物，天垂象，取材于地，取法于天，是以尊天而亲地也；又云，社者，五土之总神。土地广博，不可遍敬，而封土为社而祀之，以报功也。这就是所谓的'春祈秋报'。今年国事昌运，五谷丰登家和事兴，国朝和百姓最应该重视的就是秋社的丰收之祭了。"

子昭王说："我活了六十多岁自然知晓何为丰收之祭，父王继任大位前曾在乡邑之野体验稼穑之苦深知民之意愿，初入大位后又曾巡游三载，行走于阡陌宿食于乡里，吃过百家饭穿过百家衣，也曾为百姓的丰收之祭舞之蹈之。"子昭王述说的时候，沉浸于往事之中，表情沉静。

"后来呢？"子妥不动声色。

"后来嘛，除了打仗就是打仗。"

"铁马金戈，驰骋疆场，父王横扫残敌如卷席，一鼓作气收复八十一方

---

① 秋社：在立秋后的第五个戊日祭祀土地神，祝贺丰收，故为秋社。

② 春社：在立春后的第五个戊日祭祀土地神，祈求一年好收成，故为春社。

国，实现四海归心八方朝拜，我大邑商巍然屹立于东方之林与日月同辉。"子妥高山流水似歌如诵。子昭王睁大眼睛高兴异常，他注视着子妥："我的女儿，你与傅云策小伊相成婚才几日就有了这般文采，竟然把老父描述得如此体贴恰当。你可以做大史官了。"

子妥不服气地说："女儿在父王的身边自然是跟着父王学的，小伊相虽然是女儿的夫君，尚不及女儿的才学呢？"

子媚也说："我姐虽是女儿身但不输他们男儿。"

子昭王见女儿子妥有如此才学，知道与正妃妇妍和妙妃的日常教导提携鼓励有关，内心里高兴，想借此时试探子妥，于是说道："父王平定天下让四海归心，这些功劳父王足可以名垂史册光耀千秋。"

子妥不客气地说："错矣父王，你本可以更加伟岸，本可以创造前无古人后无来者的人间奇迹，可是……"子昭王听得高兴，见子妥话说半句欲说又止，他示意子妥继续说下去。子妥问道："父王不会责怪女儿说话无礼吧？"子昭王把小女儿子颂放在他的膝上，坦然道："不会。"子妥鼓起勇气说道："父王有三个忘记，一忘记了登基大位之前我的祖父让你下乡时所体验的稼穑之苦；二忘记了登基大位之后游历三载宿食乡里行走阡陌路的壮志初心；三忘记了食百家饭穿百家衣时听到的百姓之声。"

"继续说。"子昭王饶有兴趣。

"女儿认为，父王的伟业只是完成了一半。"

"何讲？"

"百姓想平安天下要太平，父王你做到了并且做到了前无古人让祖宗们荣耀；百姓想富有国家要富强，父王尚未做到。"

子昭王竖起拇指夸奖道："说得好，说得入木三分直击父王要害，父王确实忘记了事关国家富强的稼穑之事，战争年代没有时间考虑，和平年代考虑迟了，子妥的尖锐之言，在已故正妃妇好过世后很少听到了。老夫想听这样的话也乐意听，难得子妥能继承你们阿母妇好行事的衣钵，知无不言言无不尽，尽其心情一吐为快。父王准你，以后你大可直言无忌，想说什么就说什么，父王决不责怪于你。"子昭王说后，又补充道，"对于稼穑之事，由于你们慈母妇妍的提醒父王开始重视了。"

子媚学着姐姐子妥的口吻，在一旁说道："你嘴上说重视有何用？若重视就不至于忘记天下的丰收之祭了，连两岁妹妹子颂都知道，你却不知道，还自谓天下圣明呢。"

父女之间的对话，感动着巫桃，她认为子昭王的伟大之处，不是功高盖世而是虚怀若谷，所以她在不动声色中品尝着父女的对话，感受着家与国的情怀。

子颂用小手拨弄着子昭王长长的胡须，在子昭王怀中刻意地撒娇淘气；世子和巫桃开心的笑容，让子昭王在祥和、亲情、欢乐的氛围中有了一种久违的家的感觉。他对子媚说道："子媚错矣，父王一生争强好胜霸主天下，从来不敢也没有以圣明自居。父王告诉你，活着的人是不可以用圣明装饰自己的，若硬要装饰那也是个假圣明，做假圣明的人别人不会敬重，即使敬重也不会长久，父王要的是真实，宁做霸主不做圣明。"子昭王见巫桃看着他若有所思，问道："巫桃你是仙道出身，本王所言对否？"巫桃笑曰："我王所言圣明。自言圣明者不圣明，自言不圣明者圣明，天下之事阴阳相生此长彼消，万物都在在与不在之中。"众人拍手叫好。世子一旁说道："此言绝妙，惊世绝伦！"子媚酸意大发批评世子道："世子兄，最好不要在父王面前炫耀你的心上人，拍巫桃姐的马屁。"子妥"扑哧"笑了："子媚言语不妥。"

子昭王笑吟吟地说："世子孝己说得对，巫桃之言极妙，妙就妙在她的话语之中充满了仙道的玄机和哲理。子媚呀，你也大了，得向你的姐姐、哥哥们学习，多些做人的学问和洞察大千世界的能力。人是灵性动物，总要多些灵性才好。"

"当然是了，谁叫我小呢，得向世子哥哥学习，得向大卿事姐姐学习，得向仙道姐姐学心，还要向子颂妹妹学习，还有……"子媚一副玩世不恭的口吻。

妙妃过来在子媚的肩头重重地拍了一下，制止道："总是没大没小口无遮拦，竟然在你父王和哥哥姐姐面前摆弄，不要再说没用的话，到此为止。现在我宣布，子妥的走亲宴现在开始，请我们的大王入座。"妇好活着的时候，喜欢称呼子昭王为大王，妙妃习惯了也称呼他为大王。

妙妃从子昭王怀中抱出子颂放在地上，让她自己走路。妙妃要搀扶子昭王，子昭王拒绝，他轻松地站起来对妙妃说："我还不到老的起不来的时候。"妙妃说："你不会老你是老顽童，你和孩子们玩在一块儿变成了年轻人。"子昭王更正道:"什么变得了年轻人,本王就不老。"妙妃马上改口道:"对对你不老,你活到一百岁时也年轻。"子昭王信心十足地说:"对我子昭来讲一百岁不是坎儿。"

在大家说话的时候,妇妌一直侧身倾听,作为慈母,作为后宫的一家之主,她所要的,她所希望的,就是家庭和睦,其乐融融,为天下的臣民、百姓做出榜样。她在为自己的努力感到欣慰。家宴备好,她和妙妃一块儿招呼大家入席吃宴。

几樽酒下肚,子昭王脸色红润心清气爽,向妇妌问道:"世子孝己和巫桃的婚事可以确定了吗?"妇妌知道子昭王是想借机试探巫桃。巫桃低首不语。

世子孝己反应很快,端起酒樽邀请巫桃说:"我们一块儿给父王敬酒。"巫桃看了世子一眼没有推辞,顺从地端起酒樽与世子一块说道:"敬父王。"妇妌见机行事马上招呼大家说:"大家一块儿端起酒樽,敬你们的父王也祝贺世子孝己与巫桃攀亲结缘好不好?"子昭王带头响应,双手持樽一饮而尽,并与大家一块儿击掌高歌。"陌之上,燕双飞,天之涯,夜入林……"子媚甚是激动,别人不唱了,她依然唱道:"林之上,月之云,星星语,昵昵心;花之露,夜之吻,苍穹远,我之近。"子媚声音粗狂沙哑如犬狼之嚎,把子昭王笑得扯着自己的胡须大叫受不了。

妙妃制止子媚道:"求你了我的小主,你从哪儿学到的这些男女挑逗的淫淫之辞,让我们云中雾里难辨东西,好生肉麻。"

子昭王解释道:"非也,此为南地风雅故事,多为民间男女互诉衷肠所诵,在我们商之先古大行其道。风为好风,辞为好辞,只是子媚喉咙不好,诵出来的败了大家的心情。若是在战场之上,子媚的这一喉咙足可退兵三千。"子媚也不生气,转过脸儿问妙妃道:"听着点儿妙阿母,本小主这一喉咙也是有来头的,起码在我们大邑商的先祖圣贤那儿也是哼过诵过的,即使不说先祖如刚才父王谬我的一样,说我这喉咙可御敌三千,相当于亚服将军了。"本来大家笑得肚子疼,见子昭王引经据典的解释和子媚毫不在意的自吹自擂,大家便收起笑容,对子媚刮目相看。

世子借着好心情,与巫桃一起向子妥敬酒。世子说道:"谢谢姐姐多年教导和体贴,人出嫁了心别走,别忘记了我们这个家,多回来看看。"说这话的时候,鼻子一酸泪水流了下来,巫桃忙给世子孝己递去丝巾让他拭泪。子媚说:"世子哥哥净说些不能让人细思的话,人的身子都出嫁了心能不走嘛,若是子妥姐姐的心不走,她的夫婿傅云策会同意吗?让我都不会同意哩。"

世子孝己听了子媚的话有些啼笑皆非,但在父王面前也不好责怪子媚,干咳两声以表示做兄长的不满。巫桃知其意不想让世子孝己受妹妹的挟胁,失去兄长和世子的脸面尊严。巫桃说道:"子媚妹妹错矣,女儿生身于娘家其心自然要留在娘家,不管走到哪儿就是走到天涯海角,也要心系娘家不忘记父母娘家之根本。如果心也走了,忘记了父母娘家之根本,岂不成了忘恩负义的白眼狼。"子昭王听了巫桃的话大加赞赏:"巫桃说的好,说得是大道之理人伦理常,王家之女不管何时何地都必须心系王家,忠于王家维系王家。"子媚摇摇头,知道了巫桃的厉害,自认理亏不再说话。妙妃指点着子媚说道:"天外有天人外有人,知道人外人的厉害了吧。今日让巫桃教训教训你,你也懂些规矩,免得整日的信口开河目无尊卑长幼。"子媚服气了不敢再说话。巫桃说:"我只是说说而已,并非教训子媚妹妹,其实子媚妹妹我行我素的性格我是蛮喜欢的。"

妇姘本想借机说说世子与巫桃的婚事,中间让子媚插上一杠子转移了话题,现在巫桃主动站出来批评子媚为世子挽回脸面,维护了世子孝己的尊严,妇姘认为巫桃做得很好,说话的时机掌握得恰到好处,心里头暗自为巫桃叫好。大家冷静之时,妇姘寻机说道:"子妥大婚已过,我们完成了一件大事,接下来就是世子与巫桃的大婚。子妥是王家嫡女,嫁入将相之家虽然仪式简朴,但也比平民百姓家风光无限。至于世子之婚要与子妥不同,世子是储君,所纳之妻是世子妃,属于朝国中的大事,此事一需要君王钦定,二需要诏告天下,三需要举行加冕之典。子昭王你既是君又是父,现在万事俱备只欠你一锤定音。"

子昭王就等着妇姘的这句话。"人都说春风送暖不曾想秋日得喜,本王就盼着这一天哩。明日我让子襄占卜一番问卦先祖,定下良辰吉日后,诏告天下让世子迎娶巫桃,举行世子妃加冕之典。"众人拍手赞成。妙妃疑惑道:"怎么又是子襄,世子大婚与子襄何干?"

子昭王没有说话,妇姘解释道:"子襄毕竟是世子的兄长,王室的长子。"妙妃回语道:"他是庶长子,嫡长子在这儿呢?"

子媚说道:"妙阿母错,嫡子就一个何来嫡长子?"

妙妃急了:"子媚你懂什么怎么嫡子就一个?你们慈母肚子里怀的你能说不是嫡子。"子昭王把目光放到妇妌的肚子上,心中暗自高兴。子妥说道:"妙阿母此言有理,慈母肚子里没准就是一个小王子呢?"巫桃兴趣道:"子妥姐姐,正妃妇妌怀的就是一个小王子。"子昭王追问巫桃说:"小仙女,你说的可为真?"

"晚辈不敢戏言,以巫桃的功力测定正妃妇妌所怀之身,就是一个男儿。"说着她手拉世子孝己,"世子、子妥姐姐、子媚妹妹咱们一块儿祝贺父王再次喜得嫡子。"妙妃为自己无意中的一句话能正中吉言窃窃感动,也为巫桃的神功妙力所折服,她激动地说:"还有我,咱们一块儿给子昭王和正妃妇妌祝贺,祝贺他们为大邑商王朝喜怀嫡王子,祝贺世子孝己终于有了自己的嫡亲兄弟。"子昭王和妇妌为之感动。

对于子襄,妙妃早有印象,记得在妇好活着的时候,妇好不止一次地责备大庶长子子襄,以为子襄心存不良油头滑脑是个有心机的人。逐鹿天下平叛众方国时,子襄只喊不战,在收复的八十一个方国中,没有一个是子襄独立收复的。已故老臣甘盘不止一次当面指责子襄,说子襄只说不练滑头一个。禽不善言语,但禽对子襄心里有数,作战中故意躲避着从不与子襄同行为伍。伊相傅说与子襄表面上和和气气,不曾红过脸,但私底下伊相傅说从不与子襄来往结交。出征西北之战时子襄突然向子昭王提出要与正妃妇好一同挂帅出征,子昭王答应了,妇好不许。妇好对妙妃说过,若是子昭王让大庶长子子襄跟我去了西北战场,向我背后射箭的说不清楚是外部之敌还是内部之敌,她告诉妙妃任何时候不能放松对子襄的抵防,子襄是一条冬眠的蛇,不知道什么时候会苏醒,一旦他苏醒了,那将是大邑商王朝的一场噩梦。此话,妙妃记忆犹新,终生不忘。

出征西北前,妇好竭力主张让子昭王纳娶妇妌,也是妇好为防备子襄介入王室朝政所采取的一步妙棋。她担心在她离开京都之后,子襄会乘虚接近子昭王作乱王室,她想让年轻漂亮的妇妌粘住子昭王,减少子襄与子昭王见面的机会,以此拖延到她从西北归来。妇好是个粗人,但在防备子襄的事情上妇好想得很细做得认真,可谓是步步设防。这些事情一直埋在妇好心里,除了妙妃之外,直到她离开人世都不曾告诉任何人,包括妇妌。

次日,子昭王诏命天下,为重视国朝农事重申大邑商王朝的春秋社祭之事，明确春社祭商历三月三，秋社祭商历十月十，由京都开始各伯郡之地自行举行。秋社为丰收之后的大祭之礼涉及天下万民，鉴于农忙时节已经结束，准许官社、民社分祭，为带动天下人重视秋收时节的社祭活动以及庆贺世子大婚，子昭王诏命京畿之地五百里内的郡邑伯侯要如期参加今年的京都王室的秋社之祭。把世子孝己与巫桃的大婚及世子妃的加冕之典定在秋社期间举行，是借丰收之祭寓意为世子多子多孙。

井方之国，在京畿五百里内，又是子昭王诏命的王室贵客和巫桃的娘家之人，自然很早就得到了消息。仪狄太正妃专门让差使向妇妍送信儿，说母妃她将和巫桃的大姨母巫氏之族的大首领巫娅一块儿赴京都殷城，参加巫桃的大婚和加冕大典。妇妍得知母妃要来自然十分高兴，巫桃得知大姨母巫娅亲自来京都参加她的大婚和加冕大典，一向不流泪的巫桃泪水磅礴，她对妇妍说道："由于我的大姨母巫娅是个失目之人，她从不离开我们的巫族部落，这是她第一次离开部落离开井方国到这么远的地方来，我很感动。自从我阿母去世后，我和妹妹巫杏一直由大姨母巫娅和二姨母巫姆抚养长大，可惜二姨母巫姆去世了，若是她活着，她一定会来的。"

提起国师巫姆，妇妍也是泪水婆娑。

商历十月八日，世子孝己大婚，世子孝己与巫桃正式入住子昭王为其新建的东宫。次日举行了世子妃巫桃的加冕大典。

商历十月十日，京都的秋社之祭在京城东郊进行，国朝文武之臣与京畿之地的伯侯贵族一同参加了这场声势浩大的秋社之祭。由此，大邑商秋社之风风靡天下，百姓视其为一年中最红火的一个节日。

第五十六章　月食之夜

商历十月十日京都秋社之祭，盛大红火，受到京城臣民以及京畿之地伯侯贵族的欢迎，纷纷向子昭王恭贺，赞扬子昭王办了一件深受国民喜欢的几十年难得一见的大好事。

京畿之地的伯侯贵族们向子昭王表示，一定要遵行诏命，比照京都秋社之祭的礼节，把秋社之祭作为百姓庆丰的节日推行到邑郡乡里年年延续，弘彰民风雅俗鼓动农事。子昭王见朝臣百姓如此兴奋，喜从心生默默感激妇姘、子妥、巫桃、妙妃等为他出此良策。

久不露面的老伊相傅说参加秋社之祭后难掩心中喜悦，特意到宫殿上拜见子昭王，向子昭王祝贺。子昭王见傅说气色红润话声朗朗，抓住傅说的手："你这个老东西，辞官隐身颐养天年，把我这个儿女亲家忘记了，也不知道来宫内看看本王。你看你这腰板儿，你这气色，与从前判若云泥令本王羡慕。无官一身轻啊，比我有福气。"

傅说叩拜道："大邑商千秋大业倚仗我圣明之君，我王既能开天辟地一统八方又能安民乐业庆丰有余，让天下人尽开颜，实乃亘古盛世之兆。今日愚下按捺不住这颗激动之心，特来殿上向我王道贺。"

子昭王把傅说引入内室坐在榻上，让侍仆上了茶水。子昭王满面春风地问道："你是为这秋社之祭而感动吧？"傅说饮了一口茶，在口内咂了一会儿，赞道："果然是井方的酸枣叶茶清爽宜口。"傅说饮完一碗，一副解渴的样子，他说道："正因此事愚下澎湃不已，愚下退隐之后曾寝食不安，担心我王国事烦冗无闲歇息，为我王上愁啊。俗话说江山易得社稷难维，当初我王颁布朝政六议，我曾担心风声大雨点小变现不到位呢，岂知几个月工夫大邑商举国上下一派升腾景象。从京畿之辅到五服外的蛮荒之地，井田林立晨耕暮暮，山泽阡陌，农事热火朝天，大河南北，春华秋实。此时此刻京都王室又带头举行秋社之祭，名曰普天同庆祭祀土地之神，让臣民载歌载舞放松一年之累，实则是火上加薪意在褒奖农人的辛勤劳作，为来年的农耕事壮行助力鼓舞民心，子昭王真的是老当益壮走了一着治国妙棋。照此下去不出三年五载，我大邑商就可甲富一方昌盛天下，成为无敌之国。我王的中兴之梦很快就要降临人间了。"

子昭王会心地听着傅说的感慨陈辞，不住地点头表示认同，等傅说讲完，子昭王问道："爱臣，你可曾想到其中的原因了吗？"

傅说思虑了一会儿，说道："愚下估摸着有两点，一是我王颁布的朝政六议，顺民意得人心，在国人迷茫之际我王当断即断，英明裁定及时为国人描绘了一幅中兴大业的路线图；二是重用正妃妇妍这些年轻实干之人，用人得当啊。愚下说一句愧疚许久的心里话，愚下能想到的事情但做不到，正妃妇妍他们既能想到又能做到，他们有胆有识。"

子昭王说："你这句话说得好，说到了本王的心坎上，本王年纪大了，晚上躺在榻上睡得少想事多，断不得想一些如同你所想得这些事情。妇妍胆大心细之外，更重要的是她能以慈母之心国母之位，尊重和爱护王室子嗣以及天下臣民百姓，敬德保民，躬身践行，深得民心哪。傅说你说说，我可不可以把朝政之权交给正妃妇妍和世子孝己他们呢？当然还有你儿傅云策和你的儿媳子妥。"

傅说慌忙躬身下拜，说道："我王高抬傅说一族了。子妥乃我王的爱女国朝的小主，她文静大气多才而善谋，源于龙凤之脉，有龙凤之风骨，我儿傅云策岂可望之项背与小主子妥相提并论？"子昭王用脚踢在傅说屁股上："起来起来，几日不见你竟然学会狗舔屁股的本事了。子妥是我的女儿也是你的儿媳，如你所说，子妥与傅云策存在天壤之别，他们两人的姻缘岂不是配错了吗？"

傅说惶恐道："愚下不是那个意思，愚下知错。"

子昭王笑吟吟地说:"少啰唣①,起来吧,你我是孩子的父亲一起共朝二十年,我们又是在内室里说话,没有必要说些虚套之话做些虚套之礼。我六十多岁了,已经过了爱虚荣的年纪,现在我心中想的就是怎么省心怎么来,把要费的心要干的事尽量地推给他们,多歇息歇息,活个长寿之身。不过呀,现在美中不足的就是世子孝己这孩子,他总是让我不开心,我不知道为什么他的心思总不在世子的位上,脑子里少一根筋,不与人交往,也不思虑国事,如此下去我很是不安。"

坐在子昭王一侧的傅说笑了,笑得浑身颤抖。子昭王一拳打在傅说的身上:"你笑什么,难道你希望我不高兴?"傅说止住笑,挥手道:"我王还是知足吧,事无全美人无完人,人的手指也长短不齐。你武力打天下时,有我们那一代人辅佐你;和平兴国时,又有正妃妇妌这一帮年轻人辅佐你,你是一朝天下两代人的圣君。世子孝己弱一些也在情理之中,谁叫你是韬略无双的世上圣君,谁让你拥有妇好与妇妌一代双娇女杰呢?不能责备求全,不能祈求十全十美,现如今我王正是舒心的时候,应当放松身子享受这份福气。"

子昭王侧目傅说,用手指点着傅说,说道:"你呀老奸巨猾,不想触及我说的话题。"

傅说认真起来,凑近子昭王小声说道:"我王年过花甲身壮如虎,与正妃妇妌圆房才几个月,就结果有子,如此猛虎体魄岂不长寿百岁。由此算来在未来的四五十年中都是你子昭王统治的王朝,正妃妇妌生下的嫡亲王子也有足够的调教时间,你何愁江山无继?"

子昭王听傅说此言,心情豁然开朗,他说道:"老伊相一语中的点破天机,化解了我心中的忧愁,我终于放下心了。"

妇妌为了搞好这次秋社之祭,带着五个多月的身孕,与伊相傅云策、子妥、巫桃、子媚等进行认真筹划,始初妇妌想把贺兰儿叫来,但看到贺兰儿七月怀胎的样子也就放弃了。所有的事情赶到了一块儿,大家忙乱得不可开交,最辛苦的一是子妥二是巫桃,一个新婚不久,一个正在大婚,妇妌对她俩人说道:"本慈母要霸道一次,不管你俩新婚或是大婚,秋社之祭的事情你们俩再忙也要帮我办得红红火火。"

---

① 啰唣:说废话。

已经婚嫁的子妥，深知正妃妇姅重视此次秋社之祭的迫切心情，说道："慈母大人，我子妥定当全力以赴。"依偎在妇姅身旁的子媚冷眼道："你自然要全力以赴了，慈母是大邑商的司农之官肩负着天下司农之事，况且今年是她受命后的第一个秋收之年，秋社之祭事关天下农人的信心意义非常。慈母有孕在身，你身为大卿事自然要为她多担当，就是我这个平时不走心的人，近日也忙得手忙脚乱呢。"子妥瞪大眼睛望着子媚，似乎不太相信。

　　巫桃举手道："此事我来证明，近日王室喜事连台，办的圆圆满满，小妹子媚功不可没。"子媚抱拳感谢，说道："多谢世子妃褒奖。"

　　妇姅揽住子媚的肩膀，亲热地说道："巫桃此话不假，在你们俩大婚的这段时日，子媚真的帮了我的大忙。"妇姅骄傲地说："我们的小子媚终于长大成人了。"子妥听后为妹妹子媚高兴。

　　子媚自从在丘商神秘木屋见到老者之后，情窦初开懂得了儿女恋情，开始享受青春少女所拥有的爱情甜蜜，近日子妥、巫桃先后大婚完成了一个少女到妇人的转变，这些眼见的事实让子媚有了一种长大成人的感受。她话儿少了，文静了，心事也多了起来。从前她有事爱向妙妃倾诉，现在却觉得把心事倾诉给妇姅更为合适，与妙妃相比妇姅与她的年龄更接近一些，又是自己的慈母。从操办子妥和世子的婚事中，子媚进一步印证了自己的感知，她看到了妇姅那颗善良宽厚的心以及追求家国和睦王室团结的意愿，她愈加佩服妇姅，敬重妇姅。她想，她和甘墨琚的将来也要依仗着妇姅靠妇姅给予关照和提携，所以子媚从子妥出嫁那天起，就默默地接替起子妥的角色，关心妇姅为妇姅着想，想方设法儿替妇姅做些事情，让妇姅有时间有心情多歇息一会儿，保养身上的胎儿。子媚的这种变化，妇姅有明显的感受，她十分乐意接受子媚的帮助并主动与子媚商议事情，听取子媚的意见和建议。

　　子媚建议：秋社之事兴事在官家，参与在百姓，受惠在朝国。既然参与者是百姓，理应形式多种，除了官社外还要办民社，官民同行并举让每个农人充分感受丰收的快乐和喜悦。子媚怕妇姅不理解她的意思，她解释道："我的意思是允许百姓私下举行秋社之祭，把农人自己做的食糕呀、酒酿呀，瓜果梨枣呀，通过开社饭走亲串友实物馈赠等，进行交易和交流，各显其能共享丰收果实。农人辛苦了一年，丰收了富有了，为什么不能自行欢乐一场呢？"此事提醒了妇姅，妇姅说："子媚主意甚好，秋社不是一日之祭，可以十天或是一旬，农闲了多做几日更方便农人娱乐。"于是从京畿之地开始，放宽了民间秋社活动时间，由乡邑自行决定。

在官社之祭中，子媚提出要君民同乐，王室要示范天下百姓。王室主祭的秋社，一要大气，二要隆重。何为大气？子媚还做了解释，她认为所有的秋社中要有颂，要多舞，要有民乐。颂为雅，舞为俗，民乐为风，风雅颂一同出炉，整个秋社才会雅俗共赏。京都举行秋社前，子昭王听取众臣的禀报时，正妃妇妌专门提到子媚的主意，子昭王及众臣对子媚的建议大加赞赏。

妙妃顾家，把全部心思放在了子妥和世子孝己的大婚上，忙得焦头烂额，嘴上也长出了水泡。妙妃如此劳累子媚还不想放过她，她亲自找妙妃动员她参加秋社的祭祀之舞。妙妃捂着自己的嘴巴，说道："你看看我的嘴都成什么样子了，还能作舞吗？子媚你就饶了我吧，今年子妥和世子大婚的事情赶到了一块儿，把我忙乱的魂儿都丢了，你容我歇息一下，等明年，等明年秋社时我一定参加秋社的作舞。"子媚见说不通妙妃，就给妙妃摊牌道："京都秋社之祭，王室贵族须带头方是，既然你不想参加，那我去找慈母妇妌和纳罕将军的妻子贺兰儿，让她们两个代表王室做祭祀之舞。"

"什么？让妇妌和贺兰儿作舞。"妙妃大笑。她继续说道："亏你想得出来，两个大肚子的人如何作舞，若是出了意外我如何向你的父王交代？不行不行。"

子媚坚持道："不行也没办法，否则王室里长辈中没人作舞，显得王室人不重视似的，让臣属百姓咋说我们。"

"贺兰儿不是王室的人，她哪有资格代表王室作舞，那世子妃巫桃呢？"妙妃问道。

"巫桃与我姐子妥，还有我当然要作舞了，但是我们不能代表你们阿母这一辈儿啊。"

妙妃心肠软，见子媚说到这种地步，她说道："此事不要再给正妃妇妌说了，我与你们一块儿作舞是了。"子媚窃窃得意。其实在秋社之祭中，子昭王与正妃妇妌做完祭告礼之后，整个社祭之礼就交给大卿事子妥主持，巫桃、子媚等身兼献官并参加最后的献舞。

京都秋社之祭，点燃了朝臣和京畿之地伯侯贵族的热情，带动了整个大邑商社会对秋社之祭的重视，由此对商代及后世的农事生产起到了重大作用。

秋社之祭后，妇妌抽出时间由世子、巫桃、妙妃、子妥、子媚等人作陪，将来自井方家乡的母妃和巫桃的大姨母巫氏之族大首领巫娅等一行十人请到自己的寝宫内款待叙旧，妇妌孕身做事不方便，全由妙妃和子妥张罗，来客中除了妇妌的母妃和巫桃大姨母巫娅的族人外，还有貔和度娲夫妇。半年不见大家都变化许多，度娲胖了，母妃明显地老了，庶兄子平因在家陪伴巫杏待产没能前来。母妃见女儿妇妌有了身孕，能为子昭王传宗接代，心里高兴，泪水一直在眼中打转儿。妇妌知道母妃心疼自己，一直坐在母妃身边握着母妃的手。母妃从妇妌紧握的手中感受到了女儿对她的爱和对她的关心，同时从妇妌的手力中感受到了女儿变得坚强、勇敢，变得成熟了。

在场的人中，最高兴的当是巫桃的大姨母巫娅。巫娅身体微胖面色白嫩，与妇妌的母妃相比完全不像一个年近五十岁的人。巫娅着黑色巫士之服，胸前坠昆仑玉龙石，额头正中点有朱痣，她发髻高耸，上插凤鸟羽翎，整个人儿高贵而又神秘十足。她用巫氏之族大首领的特有礼节向正妃妇妌和妙妃致意，感谢她们俩人对巫桃的关爱和器重，让巫桃成为大邑商的世子妃。

妇妌歉意道："巫桃与世子的婚事时间仓促，事先未与大首领仔细沟通，是我与妙妃俩人失礼，请大首领多多见谅。"妙妃补充道："世子喜欢巫桃，子昭王也乐意成全世子与巫桃的婚事，俩人你亲我爱，可谓前世姻缘天合之美，由于安排仓促了些，难免多有不周，不知是否有违巫氏之族的规矩？"

大首领巫娅虽然目不能视，心里明亮。她说："依照我巫氏之族的习俗，倡导走婚并不排斥嫁婚，我妹妹巫媸生前曾遗言在先，婚姻上要依从她两个女儿的意愿，族内人不予干涉，如今天遂人愿，我作为巫氏之族的大首领和巫桃的大姨母企盼不得。如今我的外甥女荣为大邑商王朝的世子妃，这是井方国的荣耀，也是我巫氏之族的荣耀，我代表巫氏之族向正妃妇妌和妙妃表示谢意了。"

妇妌的母妃讲道："巫娅大首领不曾离开过巫氏部落之地，今因巫桃与世子大婚，才与我迢迢数百里亲临京都，足见大首领对大邑商王朝的敬重以及对她外甥女巫桃的喜爱。巫桃应当高兴是吗？"巫桃点头悄悄落泪，把头依偎在大姨母巫娅的怀中，说道："谢谢姨母多年的关爱……真的，女儿谢谢你了……"巫娅闻言情不自禁，泪水飘落下来，她深情地揽着巫桃，声音低沉地说："你与巫杏都成婚了，并且都是嫁婚，符合你们早逝的母亲的遗愿，这也了却我的一桩心事。大姨母祝福你。"

酒宴后，子昭王在宫殿内接见了妇妌的母妃一行，向来客赠送了礼品。之后，由妇妌陪同母妃等回到京都国朝的驿馆歇息。次日，妇妌的母妃一行告别妇妌等离开京都回井方之国。

商历十月十六日晚，圆月当空，晴空万里，清澈如水的圆月照耀着大邑商的山河大地。天下各地邑侯百姓纷纷集社庆丰，民风花样纷呈，尽显歌舞升平之景。戌时①将尽亥时②刚至，天空圆月突然少去半边，天色渐渐阴暗，半个时辰后整个圆月成为一个黑色的窟窿，大地漆黑无光。这是子昭王继任王位之后出现的第二次"天狗吞月"之象，上一次出现则是他继任王位的第二年。天狗一出百姓恐慌，京都内一片哀叫声，子昭王、正妃妇妌、世子、世子妃巫桃、妙妃以及子媚、子颂等闻讯跑出室外观望这一天象奇观，大家心情不安，一直等到月亮复圆后才回室内歇息。

子昭王回到妇妌的寝宫，担心妇妌受到惊吓说了几句宽慰的话，让妇妌上榻歇息。妇妌入眠后，子昭王辗转难眠，他想起十八年前的"天狗吞月"，那时先王去世不到一年，他刚刚继任王位，整个大邑商王朝正处于四分五裂的混乱景象。今晚旧景重现，他惶恐不已，他怀疑自己冒犯了天神，天神要惩罚他，或是天神在告诉他寿限已尽，或是提示他的国朝将会面临大的动荡，或是预示着孕身的正妃妇妌会有什么不测之灾。他心乱如麻，翻过身看看妇妌，妇妌平静无恙睡眠正酣，他不忍心打扰妇妌悄悄披上衣饰下了榻来。深秋天气生寒，有些凉意，他让侍仆给他加了件厚衣，陪伴他离开妇妌的寝宫，步行到王宫的主殿。离开妇妌的寝宫前他叫醒所有侍仆，再三叮嘱她们要照顾好正妃妇妌，不得有半点儿的差池。行走在路上他停下脚步，仰望天际，目不转睛地观察着天空中已经完好如初的圆月。他祈祷道："上天啊，你依然洁净如洗，丝毫没有了刚才的那般残缺之象，你难道是在警示我子昭做错了什么吗？"

落足殿内，他让侍仆点亮所有灯火，取来蓍草亲自占辞问卜。第一次占卜是妇妌的孕事，得卜为吉，子昭王心中喜悦；第二次占卜是国朝之事，得卜也为吉。子昭王放下蓍草，在殿内走来走去，对今晚出现的"天狗吞月"天象百

---

① 戌时：晚上7时至9时。
② 亥时：晚上9时到11时。

思不解。他想到了居住在京都内的傅说,傅说多才博学能够给他破解迷津,他便让人去请傅说。傅说来后听说子昭王是因为今晚的月食之事而愁,宽心道:"月食,乃天之自然之象,非人为之事。古时候先古之人已不把月食作为异象之说,月食如同日出日落一样周而复始,不同的是它不像日出日落那般频繁而已。"

"无大碍?"子昭王小心问道。

"愚下以为,我王大业喷薄欲出之势,阳气蒸蒸日上,厚积薄发已势不可当,月食之象无妨大局,可以不虑耳。"子昭王还是不放心,说道:"我总觉得会发生什么事情。"傅说乐观道:"我王自管宽心,吉人自有天象,此象并非大恶之象,若是我王疑虑可占卜一番,愚下敢保证,都是大吉之卜。"

听了傅说的说辞,子昭王放心许多,送走傅说他诏来卜史之官,将此次月食之事记录在龟甲卜辞中。之后,便在殿内侧室歇息。

天刚亮,侍卫禀报说是大卿事子襄求见。子昭王听说大庶长子子襄求见,担心王室内有何不测,慌忙起床宣诏进来。大庶长子子襄见到子昭王匍匐于地,哭诉道:"父王不好啊,昨夜天狗吞月儿一夜未眠,占卜求问先祖,先祖们极为沮丧啊……"子昭王紧张起来,问道:"先祖们为何沮丧?"

子襄吞吞吐吐半日方才说道:"先祖们意为国朝中阴气太重,故此遮天蔽日,圆月无光。"子昭王纳闷道:"之前已故正妃妇好在世的时候,她手握着半壁兵权,先祖们也不曾为此沮丧,时下正妃妇姘入朝执事,就惹祖上沮丧了吗?"

子襄解释道:"已故正妃妇好在世时,正值国朝平乱时期,国朝需要她,祖上也认可她,现在天下太平此一时彼一时非同往日……或许是国朝中女官太多的缘故……让我们的祖上不高兴。总之,儿臣为父王忧虑。"

子昭王细思,觉得有道理。问道:"我儿有何解法可让祖上安心,不妨说来。"子襄见时机成熟,煞费苦心地说道:"儿臣查阅了卜辞记典,从祖上的规矩来看,最妥当的办法就是举行一次'尸祭①',把事情的原委禀报给先祖先人,让他们来评判。"

子昭王为了消灾去祸思虑再三,说道:"此议甚好,我儿真的用心了。不

---

① 尸祭:古代用活人充当先祖,接受祭礼的一种仪式。

过谁来做尸呢？"子襄马上说道："儿在兄弟们中年纪最大，理应担当起这份责任，为父王分忧。"子昭王说："也好，你来占卜一个祭祀的时日，我马上诏命朝臣们准备举行尸祭之典。"子襄得命后，欣喜而归。

午膳时，子昭王和妙妃一块儿到妇妌的寝宫用膳，席间子昭王提及尸祭之事，当谈及子襄要做尸祭之尸时，妙妃坚决反对。子昭王生气道："你一个位卑的妾妃，为何与本王做对，难道本王连祭祀之事都与你商议不成？"妙妃平和道："我知道我是个仆人之命，我从来也不曾想干涉你朝政之事，你可以把我赶走贬为奴仆，你可以随时诏命赐死我，我本来就是一个多余的人，若不是为了照顾已故正妃妇好的孩子，我早就随妇好去了。"

妇妌见妙妃说得如此严肃，劝解道："我们三个人好容易静下来在一块儿吃顿饭，有必要相互冶气斗嘴吗？"妙妃说："妹妹你不懂尸祭的事，这里面的学问可大了。"子昭王放下箸，生气道："就你懂！"妙妃高声道："我不懂，但我知道谁是毒蛇！"

妇妌不解，问道："谁是毒蛇？"

子昭王一时语塞，站起来，气呼呼地离去。

第五十七章　王室的尸祭之争

子昭王赌气离开后，妇妌对妙妃有些不满，她批评道："上了年纪的人都爱面子讲究尊严，你直言不讳地数落他谁能受得了？他毕竟是称雄天下的霸主，大邑商百姓的君王。"

妙妃流泪道："霸主怎么样，君王又怎么样？不就是手中有军队有打打杀杀的本事。我这株小草本来就不起眼，在他眼里也许还算不上一株小草，他乐意拔了去割了去任凭他罢了，反正我把他和妇好的三个大一些的孩子都拉扯成人了，小的子颂也可以找别人看护，没有了孩子这等事他也根本用不着我。天下的君王都是一个德行，谁和谁也好不到哪儿去，需要你时你就是座上宾称你是爱臣，不需要你时你是闲臣，惹恼了他，功过全无就是罪人。会讨好他的会奉承他的是忠臣才俊，不会讨好他顶撞他的是逆臣贼子，我这个人做逆臣贼子习惯了，也活腻了，任凭他作弄我好了……"

妇妌好言相劝，说道："别不知足了，天下人当中有几人敢顶撞他吼叫他的，只有你妙妃，性急了不管不顾说发火就发火，发起火来如惊天雷一般吓人，平日里看你温柔和气不似一个发脾气的人。在子昭王众多的妻妾当中，你是最有骨气最刺儿人的一位，子昭王也怕你几分，为什么呢？因为你对已故正妃妇好大姐忠诚，因为你无私无畏甘愿为他们的孩子奉献自己，你在子昭王最困难的时候默默无闻地帮他照顾妇好的四个遗孤，这可是了不起的大功劳。子昭王领你的情，感激你也敬重你，他心里头是有你的。"

"心里头有我？哼，我从来没感觉到他的心在哪儿，直白地说他心头是他的四个孩子。我算什么？我只是一个侍仆，在他心中没有我，更甭说惦记我疼我。"妙妃擦拭泪水。

"你还有脸说这话,人家找你睡觉,你把人家赶出来,若是换上别人磕头跪着他都不肯去呢。别忘记了他是天下之君,妻妾成群呢。"

"喊,什么天下之君?不就是一个喜欢女色的老男人嘛,我真不稀罕。他妻妾再多,我妙儿也不会为他争风吃醋,我为什么拒绝与他睡觉,就是怕和他生孩子,因为我生不起不想生也不敢生。一是妇好大姐的四个孩子把我累住了,我从十一岁起就给他们看孩子,名义说我是王的妾妃,实际上就是一个仆人,我一口气看了十九年看了四个孩子,到现在还不能清闲,我累了不想再累;二是我是谁?我是一个陪嫁女,陪嫁女生的孩子他子昭王看得上吗?甭说看不上只怕孩子叫什么名字他都记不住,现在他有数十个孩子,每个孩子叫什么名字,只怕是一多半他都不清楚,我再生三个二个连名字他都记不住的不耐见的孩子,给自己添堵不是,所以我不想生;三是生孩子是女人的鬼门关,已故正妃妇好伤在了生孩子上,许多女人都伤在这上面,我妙儿从来不怕死但我怕受罪,所以我不敢生。"妙妃崩豆似的说得清楚,她的话倒把妇姌给吓住了。

妇姌担心道:"照你这么一说,我也不想生不敢生了。"

"哎呀……你看我这嘴……该打……"妙妃突然明白自己失言,用手打着自己的嘴巴,"对不起妹妹,我说多了,这个……但你和我不一样,你是正妃必须生养的,不生养的正妃到老了之后哪儿有地位呀?你为了自己的地位也得生。你放心,有我在,我一定会好好照顾你。"

妇姌笑了:"看看你这张嘴,一会儿不让生一会儿让放心生,好坏都被你说了。你的嘴呀,能吞天装地。"

"啊,不懂什么叫吞天装地?"

妇姌解释:"子昭王是天,本人是地,你上说天下说地,岂不是吞了天又装了地。"妇姌的话把妙妃逗乐了,妙妃说:"照妹妹这么说,我倒成天狗吞月了。"

"这可是你自己说的。"妇姌笑嘻嘻地站起来,抚摸着自己的肚子,她问道:"天狗吞月后,子昭王心中有忌讳,想用尸祭之典祭拜先人求个吉祥,也没有什么不妥。子襄这人固然不好,他是大庶长子,作尸祭祀祖上情理上也说得过去。"

"不行，他绝对不能！"妙妃又激动起来。

妇妌说："此事我不懂，我们井方那里没有尸祭的习俗。妙妃你说说，这尸祭到底是怎么回事，你为什么坚决反对大庶长子子襄作尸祭？"妙妃坐下道："我反对大庶长子子襄作尸祭，不是为我是为了世子孝己和你肚子里的孩子，是为了王室的和睦和安定。"妇妌见妙妃把事情说得如此重大，便坐在妙妃的身边听她讲述尸祭的事情。

尸祭习俗，最早产生自夏朝。夏朝人认为先人死后其魂不散，重大节日和重大事件时，应当向先人报告并向先人求教未知的或是议而未决的事情，这时就需要祭祀先人把先人请回来与大家见面。先人死后肉体已经腐烂，为了真实再现与先人生前对话的场面，需要找一个活着的人来扮演先人，用活人充当先人接受大家的礼拜，必要时用活人的声音传达先人的旨意，夏朝人称扮演先人者为尸，称用尸祭祀先人的活动为尸祭。后来因为对尸的扮演者的身份多有争议，一度中断。汤建立商朝后曾恢复尸祭之祭，但九王之乱后尸祭不再流行。

丘商是子族的祖籍地。丘商部落人沿袭旧制一直坚持尸祭之俗。妇好小时候人长得魁梧聪明，为人勇猛好斗性格顽强，受到部落大首领的赏识，很小的时候就被部落大首领选为尸祭之尸。她穿先人的衣饰，接受族人的朝拜，吃祭祀时的贡品，她平时与大首领相处，一起陪伴左右，不劳而食还受人敬仰，久而久之妇好的名望隆升，除了祭祀之日在平素之日也倍受部落臣民的尊重。部落大首领逝世后，几个小部落首领想抢占大首领的位置，他们分裂族群挑起内斗，干了许多见不得人的事儿，在部落面临分裂时妇好挺身而出，举行了一次盛大的尸祭大典。在尸祭大典中妇好假借先祖之命，处死闹事者三十余人，平息了内乱，轻而易举地赢得了大首领之位。妙妃从小长在妇好的身边对尸祭之事十分清楚，晓得尸者的厉害。妇好活着的时候，曾直言不讳地告诉妙妃，尸祭不仅仅是个仪式更重要的是个手段，好人作尸，利天利民，坏人作尸，天下大乱。在平叛八十一方国的时候，为了鼓舞士气，打出正义之师的旗号，妇好亲自作尸假借天命灭了八十一个方国。妇好对于尸祭特别重视，一般情景下她不让用尸祭祀，即使非用不可，她都亲自作尸，决不让别人介入。

听了妙妃的讲述，妇妌背上阵阵发凉，对尸祭之事心惊肉跳不寒而栗。她握住妙妃的手："好姐姐，妹妹我误解你了，我没有经过尸祭的事儿，也不清楚尸祭中藏着如此多的秘密，我自己的事儿不重要，重要的是世子孝己的事。

我和你一样什么事都可以商量，什么事都可以忍让，但在世子孝己的事情上，一分一毫都不能让也不能忍，要全力以赴维护世子保护世子的利益。你呀，真是个智慧之人，难得了我今后得向你讨教。"

妙妃面带笑意："不要夸奖我，我有什么呢？我上无老，中无姊妹，下无儿女，生来死去光棍儿一条。但我活着就要做一条看门的狗，替你和世子看好王室的门，不让坏人掺和进来。"妇妍笑了，笑得特别开心："好，我也和你一样做一条看门的狗，为王室的子孙后代看好门。下一步我们怎么办？"

妙妃胸有成竹地说："你是正妃又是国朝的大司农，公开与大庶长子子襄对仗传扬出去影响不好，发坏的事儿由我来做，等会儿我去世子孝己的东宫，去跟世子和世子妃谈，然后把傅云策、子妥和甘墨琚叫过去。你呢最后去，听我摆布就行。"

"你的意思是不让举行尸祭大典？"

妙妃说："怎么不举行？举行啊，让世子孝己做尸不就成了。"

妇妍恍然大悟，赞叹道："这是一步好棋。"

世子孝己与巫桃大婚之后，搬居到世子宫，也称东宫。世子孝己在二人的世界里，幸福难以言表。新婚蜜月，卿卿我我，缠缠绵绵，俩人做尽了云雨之事。巫桃自幼遁入仙道，无人传授男女之事，婚后由世子孝己调教，知道了男欢女爱的事情，有世子孝己的体贴疼爱，让巫桃品尝到了爱之人人之爱的甜蜜，她越发喜爱世子，有时俩人躺在榻上，四目相视也不言语，足足半个时辰相互对望。他们的目光中，有无限的情和爱。

巫桃说："我们俩什么都好，唯一一样不好。"

"什么不好，你说。只要你说出来，我孝己马上改正。"世子孝己信誓旦旦。

"你改不了。"巫桃深情地望着世子孝己。

"怎么会？为了你我什么都乐意做。"

"你也做不了。"巫桃微笑着，脸上两个大大的酒窝儿。

世子孝己急了，赤裸着身子跳到巫桃的被窝内："你说，到底是什么事情？"

"我的年龄。"

"啊，什么你的年龄？"

"我比你大三岁，我不想这样，我想比你小，你能改吗？"

世子孝己丧气地回到自己的被窝："这个我怎么能改呀。"

自从与世子孝己成婚之后，巫桃开始把世子孝己视为自己生命的一部分，真心情愿与世子白头偕老恩爱一生。情到深处总是忧，巫桃在想女人如花儿，花不长开，自己比世子大三岁，若是再过几年自己老了世子却还年轻，世子还能像现在这样爱自己吗？孝己现在是世子，几年之后或是十几年之后，孝己继任了王位成为天下君王，他会否像他的父王子昭王一样拥有几十位妻子，或是像他的父王一样六十岁了再找一个与巫桃她一样岁数的妇妍那样的人做他的心上人？巫桃开始怕老，开始怕人老珠黄，乐极生悲的她有些惴惴不安。她在叩问自己，也在不放心地追问世子孝己，尽管世子孝己一再向她发誓，他今生今世只爱她一人，并且誓言除了她不会再纳娶第二人。巫桃她担心会变，她不相信男人的承诺，因为有子昭王的例子比照，自古王者多妻妾，世子孝己能例外吗？她坚信世子孝己不会例外，所以她不放心，她忧愁满满空虚无比。

从巫桃与世子孝己成为夫妻居住到一起的这段时间的亲近中，巫桃发现世子孝己对于王政的事儿不是一般的不热心而是真正的不热心，甚至抵触回避。才成婚不便过问太多，但从世子的言谈话语中，巫桃已经揣测到一些事情。一是世子有强烈的自卑感，担心自己没有能力承担起国朝这副重担，所以他自暴自弃有意躲避；二是子昭王雄才大略功绩盖世，胆略无人比肩，相比之下世子孝己才气小胆量弱，无心问鼎天下，对于朝政既无志向也无信心，忧愁羁绊了他的人生，他在选择躲避。对于此事巫桃闷在心中，不知道如何向世子孝己启口，是鼓励他参政还是任由他自暴自弃，她一直在矛盾的纠结中。身在世子之位，又是祖制中的顺位储君，辅佐父王问政理政勤勉政事应该是其本分，躲避、自暴自弃总是有违礼制，也不光明正大。但是世子孝己除了能力不及之外更重要的是他内心深处就不想拥有这份儿至高无上的权力，他想像平民百姓一样过一个太平的生活，这对她巫桃来说也并非是一件坏事，起码她能与世子孝己生死一同相依相随，出现不了子昭王妻妾成群的局面，如此这般巫桃她倒是喜欢眼下世子不问政事自甘清闲的心境。巫桃和巫杏一样，从骨子里继承了她们母亲巫嫫敢爱敢恨的秉性，她与妹妹巫杏始初的路不同，但当她们进入社会之后，她们很快发现她们母本中的那种追求自由的本质是如此的强大而不可抗拒，爱是她们的天性，她们不苛求荣华富贵，但求爱得真真切切。

自从巫桃的母亲巫嫫在井方国王宫的拘禁中无声无息地消失之后，巫桃的大姨母巫娅以大首领之谕，宣称其妹巫媒暴病身亡，并找来一个仆人的尸体火化焚之，九个多月大的巫桃、巫杏两姊妹就由大姨母巫娅和二姨母巫姆收养。十二岁时巫桃跟随一位仙道学艺，在外巡游了五年，妹妹巫杏一直跟随大姨母巫娅学习巫士之术，俩姊妹的童年生活单纯中还算充实。她们初懂世事时，曾经问过自己的生父，大姨母巫娅告诉她们："我们巫氏之族是走婚之族，不必惦记父辈的事情。"确实也是如此，比她们大几岁的大姨母巫娅的女儿，也不知道自己的生父是谁。部落的风俗，习惯了也就正常，远古人就是这样走过来的，我们何必刨根问底自寻烦恼呢？大首领巫娅如此说，其他的部落长辈也如此说。但巫桃和妹妹巫杏相信，大姨母巫娅一定知道她们这些后辈人的父辈是谁。她是大首领，大首领掌握着部落的秘密。

小时候妹妹巫杏曾经问过她，"我们的阿母真的死了吗？"她去问她们的大姨母巫娅，巫娅沉默许久，最后说："死了。"大姨母巫娅是个瞽者没有眼睛，所以巫桃无法从大姨母的眼睛中发现些什么。过了一段时日，她对妹妹巫杏说："阿母死了，是真的。"巫杏告诉她："她从别人那里听说，阿母没有死，阿母叫巫媒长得美若天仙。"巫桃没有反驳妹妹巫杏，她知道死与不死都不影响她俩的生活，至于美不美更是无关紧要，她们从水池中照照自己的模样，感觉中阿母不会丑，并且一定漂亮。

巫桃正在床上遐想，侍仆突然来报，说是妙妃来了。巫桃急得脸红督促世子穿衣起床，谁知话音未落妙妃闯了进来："哈哈……夜上抱对儿白天也抱对儿，申时未到正是日过午后农人下地干活的时辰……大白天你们就这么心急……"世子孝己是妙妃从小带大的，妙妃从不忌讳世子的隐私，直接进了世子孝己的寝室。巫桃被突如其来的妙妃搞得手忙脚乱，一直在寻找自己的衣饰，裸露着白嫩的胸脯。世子孝己习惯了妙妃的毛病，从榻上爬起来用被子裹着屁股跑进了另外的房间，妙妃见世子跑了，喊叫道："快穿上衣饰，有急事商议！"

巫桃用被子裹着身子，求饶道："妙阿母，你先到堂厅去，随后我和世子孝己就到。"妙妃这才意识到自己冒犯了世子妃巫桃，歉意道："好好，你们快点儿啊。"

按照妙妃的安排，傅云策、子妥、甘墨琚三人申时时刻一块到达了世子孝己的东宫。

傅云策、甘墨琚第一次到东宫，见东宫宽大敞亮，有议事的堂厅有内室寝室等，赞叹不已。傅云策、甘墨琚拜见过世子和世子妃贡献了礼物，世子孝己与巫桃自然高兴，说了些礼节之类的话，表示欢迎大家。

坐定后，妙妃开门见山，说道："今日是家事，你们是孩子，我是长辈，年长为尊我就实话直说，你们说行不行？"众人异口同声："小的听话，但晚上妙阿母得宴请我们。"

妙妃直言："宴请个屁，这个东宫过了今日到明日就不知道谁来住，我还有心思宴请你们，甭想好事了。"众人惊呆不知何意，子妥小声问道："妙阿母到底出什么事了？你可别吓唬我们。"妙妃说："你们听说过尸祭的事吗？"甘墨琚摇头，子妥和傅云策说："听说过的。"妙妃说："伊相既然听说过，我问你，按照祖制习俗尸祭的尸应当由谁来充当？"子妥望着傅云策，亲切地说："知道你就快说，你看把妙阿母急成什么样子了。"

傅云策仔细地想了一会儿，告诉大家。尸祭这回事最早发生在夏朝，入商后也存在过，后来中断了，为什么中断了？因为尸祭时作尸者会假借祖上之名蛊惑人心混淆是非谋取私利，甚至干涉朝政弑君篡位，所以历朝历代人要么不举行尸祭，要么对尸祭的作尸者进行严格限制。习惯上，一是君王本人作尸，接受臣民祭拜，这样的例子少；二是君王和先祖的嫡亲作尸，最恰当者是由世子储君一类作尸，这样比较多见。

妙妃听了傅云策的话，拍手道："就是嘛，啧啧啧，别看我们的伊相年纪轻，真有大学问，引经据典句句说在理上。子妥你找了一位好夫婿。"子妥脸红道："妙阿母我们都是你的孩子，别叫他伊相。"

"什么鬼话，有志不在年高，有才人人敬之，你别打扰我让我先叩拜一下小伊相。"说着叩拜于地。傅云策、子妥马上跪地搀扶起妙妃。世子孝己一脸懵懂，问道："这尸祭与我们有什么关系吗？"众人望着妙妃。巫桃似乎料到了一些事情，她对妙妃说："妙阿母，是不是有人想顶替世子作尸祭之尸？"

"正是，就是那个大庶长子子襄。"

"啊，这是世子孝己的角色，他子襄想干什么？"傅云策、子妥、甘墨琚同时问道。世子孝己却漫不经心地说："这有啥，他乐意作尸就让给他好了，这也不是什么好事情，穿着先祖的衣饰学着先祖的样子，怪怪的，吓人啊。"

妙妃气得两眼冒火怒视着世子孝己，若不是巫桃在场，妙妃肯定会给孝己一巴掌。子妥生气道："你这是什么话,你是世子你不知道世子的身份和地位?我们现在辅佐父王,将来辅佐你,你这般不争气让我作姐的说你什么好……"子妥落泪。

巫桃见状马上说道："孝己呢说话简单了些,妙阿母,姐,他是没有把话说透你们甭生气,孝己的意思是想让大庶长子子襄先好好地表演表演,看看他到底想干什么,最终世子绝对不会让子襄他作尸的。孝己是国朝世子天下储君,当下的唯一的嫡王子,你们想想世子不会傻到把自己的地位拱手让给别人的,世子孝己他不会,我作为世子妃也不会,我相信慈母妇妍她更不会。退一步讲即使世子不作,还有我们慈母,还有我世子妃巫桃呢?"

"对,世子妃讲得好。"妇妍说着话而来。

世子孝己见巫桃为他挡牌、解围,说道："世子妃巫桃说了,我不会让任何人顶替我侵犯我的权力的。"众人这才松了一口气。晚上,自然是世子孝己和巫桃宴请大家。席间,妙妃悄悄地对妇妍说："一物降一物,真亏了世子妃巫桃管得住他,这个孝己越长越不成材,气死人了。"

次日朝政,子昭王提及尸祭之事,让大家商议。伊相傅云策首先赞扬大庶长子子襄学问博深,亲祖爱民经验丰富,及时给子昭王提出了一个善计良策,表示尊其为师。大庶长子子襄听后自然高兴。傅云策话锋一转,向世子孝己恭贺道："我王圣明,世子荣光,依照先人祖制,世子当为国朝作尸,臣下向世子祝贺了。"伊相傅云策起身向子昭王叩礼之后又向世子孝己叩礼,冢宰甘墨琚、有亚纳罕、大卿事子妥也不迟疑叩拜了子昭王又叩拜世子孝己。正妃妇妍见大事已就,心中高兴也不再言语。世子孝己想起了巫桃教授他的话,说道："世道鼎盛,先祖厚德载福,臣世子牢记父王之恩,不忘万民所盼,愿洁心沐浴作尸祭祖。"

子昭王见世子孝己浪子回心并有真知灼见,十分高兴。笑曰："大卿事子襄啊,既然你弟弟诚心受命作尸,你就谦让于你弟弟如何?"

大庶长子子襄心中不悦,又不好说些什么,低声道："知晓了。"自此之后子襄以身体不适为由,回自己的封邑居住永不上朝。

第五十八章　王子出世

尸祭风波之后，大庶长子子襄见国朝中以正妃妇妌为首的少壮势力已经确立，想趁火打劫插足朝政事务，实现擅权的希望已经破灭，便采取以退为守的策略保护自己。子襄为兄弟之长，有才博学善于交友，在众多王子中他是最有才华的一个人，只因出身庶子无法继任王位，这让他心生愤怨，但他识时务懂进退善量力而行，知道有些事情可以坚持有些事情不能坚持。掂量再三，他认为此生不得缘分，再做也是枉然，决心请辞隐退远离朝政，回自己封地颐养天年。

子昭王闻听大庶长子子襄请辞，感到惊愕，不予准许。子昭王说："我年事已高，世子尚为成年，新朝中清一色的娃娃们惟你年纪大见识多，又是长兄，做个榜样带头为我为你弟弟孝己躬身尽力共商国是，这也算是父王对你的一个请求。"子襄当面答应痛快，表示遵从父王之命继续留任朝政，回府后子襄却让人给子昭王送来一龟甲辞书，书云："儿不孝早有隐退之意，近日身体多有不适，决意回乡邑静养。"

子昭王阅后怒火中烧，派人私下查访，得知大庶长子子襄在乡邑狩猎、饮酒取乐无所不至，抱病退隐只是个托辞，目的就是不想再为国朝效力。原本对大庶长子子襄抱有好感的子昭王，突然有一种被欺骗被愚弄的伤感，他清楚地认识到长久以来大庶长子子襄在他面前的所作所为都是在虚情假意包藏祸心，目的是博取他的好感利用他的信任插足朝政，擅权王室事务。父子亲情、父子信任变为了被人欺骗的手段，子昭王伤心郁闷，父子之间的事儿又不便向外人诉说，这让他十分不爽。整个午后，他把自己关在宫殿内不见任何人。

天夕时分，子昭王步出宫殿站在冬日残阳下，但见夕阳在干枯的树杈间摇曳，寒风习习中落日余晖把整个京都殷城涂满血色，几只乌鸦朔风而行歪歪斜斜飘落在王宫屋顶的茅草上，发出粗哑的哀叫声。心情不爽的子昭王心生怒气，从侍卫的手中拿过弓箭，让众侍卫大声呼叫，他趁着乌鸦受惊起飞的当儿搭弓射箭，一箭射中两只，子昭王怒道："本王居住之地岂容你们这些贼鸟滋扰。"话毕，手起箭落又有两只乌鸦命丧箭下。

步行到妇妌寝宫的门阙，子昭王辞了侍卫独自入宫。寒风吹来，脚下枯草飞舞，他放缓脚步仰望长天不禁悲绪丛生。霜降过后，立冬将至，忙忙碌碌一年间一个新的商历年就要到来，回想往事，风风雨雨一年中，经历了几多的生死别离忧愁喜乐。迎接西北大军凯旋，举行国葬安葬正妃妇好和禽大将军，甘老将军辞世，伊相傅说退隐，正妃妇妌加冕，世子和女儿子妥大婚，组阁国朝新政，妇妌有孕，大庶长子子襄避居乡野等等。桩桩件件世事如梦，悲欢离合，苦衷难言，十几年几十年的事都在这一年当中相聚相生，该走的走了，该来的来了，整个世界在时光如梭在春夏秋冬的轮回中全部改变了模样儿。原来的朝臣班底之中，已经七零八落，唯有剩下他这个六十多岁的人在坚守，在支撑。

蔚蓝长空挂出一轮圆月，天际间皎洁如洗。子昭王望着圆月端详了一会儿，和天狗吞月之前比较，月儿大小并无异样，他告诉自己这可是世子孝己尸祭之后与圆月再次相逢的第一个圆月。子昭王感叹，"月有阴晴圆缺，人生悲欢离合，蹉跎不易啊。"

妇妌身怀六甲行走有些迟缓，见子昭王到来慌忙迎接，子昭王进屋后揉搓手，待手暖和之后轻轻扳住妇妌的肩头，嘘寒问暖一番，低首在妇妌的肚子上听了听动静，他对着妇妌的肚子说道："好小子别急，再待四个月，父王给你摆宴接风迎接你到人世。"妇妌听后欢喜，故意道："也许到不了四个月就生了呢。"子昭王挥手道："这个我懂，我认真卜算过了，从昨日算起，你的生产期还有四个月零三天。"

妇妌玩笑道："你又没生过，如何知晓得这般清楚？"

子昭王坐在蒲团上吃茶："当然清楚，我在殿上没事的时候不是让史者占卜，就是我自己占卜，一天好几次呢。我现在所有的精气神都在你的肚子里了，那里面有我日想夜盼的小王子，你说我能不清楚嘛。"尽管子昭王说说笑笑，细心的妇姘还是从子昭王的面色中看出了子昭王心中的不爽，她猜测一定是因庶长子子襄托病归隐的事儿。于是她命侍仆去叫妙妃，让妙妃来陪子昭王饮上几樽，热闹热闹，为子昭王消愁。

世子孝己作尸祭祀先祖，一步妙棋打乱了大庶长子子襄插足朝政事务的梦想，让子襄彻底败退，同时世子孝己出色的尸祭、朝野的广泛赞誉让世子名声大振，这件完美之事让妙妃心情大好。近日又闻无法插足朝政的子襄正式托病归隐乡邑永不参政，更是让妙妃喜出望外。今日一整天妙妃把自己关在寝宫内又歌又舞，独自娱乐庆贺胜利。接近酉时天色已暗宫内空空荡荡，子媚出宫找甘墨琚玩耍还未归回，小子颂正缠着侍仆游戏撒娇，百无聊赖的妙妃在寝宫内正愁不知如何消遣时光，见妇姘来邀，听说与子昭王一块儿饮酒不由心花怒放。她精心打扮一番，在铜镜前仔细映像后飞蝶般转了一圈儿，转出宫门儿，转到路上，很快飘落到妇姘的寝宫。

"大王好。"妙妃见到子昭王喜笑颜开。子昭王睨了妙妃一眼，冷冷地说："打扮得不错。"

"当然了，高兴嘛。"此时的妙妃确实妩媚动人。

"是不是在偷着乐呢？"子昭王问道。

"嗯呐，偷着乐呢，你作为父王不为世子孝己所作尸祭的成功感到高兴？"

"我高兴还是你高兴或是大庶长子子襄高兴？"

"都高兴呗。"说话的当儿妙儿手脚麻利，摆好了酒菜。妇姘坐在一侧，观看俩人斗嘴。

子昭王冷笑："都高兴？不会吧，大庶长子子襄的眼睛都快哭瞎了。"

妙妃不痛不痒地说："好啊，能把眼睛哭瞎可是个本事儿，说明他五脏六腑里有毒，哭出来的是毒水。"妇姘"噗嗤"笑了，她心想这妙妃真不简单，说出的话儿都能出彩。

妙妃斟上酒，双膝下跪手捧酒樽敬献到子昭王面前："感谢大王，你终于给世子孝己一次露脸的机会，世子孝己在这次尸祭当中表现得大方得体，温文尔雅，活灵活现，犹如先祖再现人世，真的把祖宗们作神了。现在的京城内外莫不赞许世子孝己。"

子昭王说："我怎么不知道？"

"你足不出户……不对……错了。"妙妃语塞。子昭王微笑道:"是你足不出户还是我足不出户?"

"我足不出户。"妙妃认错。子昭王说:"你足不出户如何知晓京城人对世子孝己的赞辞?"妙妃说:"别看我足不出户,我有千里眼顺风耳,比如正妃妇姘,比如子妥,比如巫桃,比如子媚……"

"还比如谁,是不是子颂也算一个?"

"她不算,两岁的孩子说话都不清楚,她不懂这些。"

子昭王瞪着妙妃,接过酒樽:"你来说说,你是如何干涉朝政的?"

"没有啊,她们……他们都是命官,我一个小妃子怎么会……游说他们。大王啊这事儿可不能乱说哩,我妙儿没那能耐。"

子昭王笑了,笑得开心,他仰首饮干妙妃给他斟满的酒。他拿起酒壶,给妙妃斟酒,命令道:"吃了!"妙妃捧起酒樽一饮而尽。昭王又斟一樽,"吃!"妙妃犹豫片刻饮干酒樽。昭王再斟,说:"再吃一樽!"妙妃不干了,问道:"为什么?"妇姘观看不语。

"你吃了这樽我告诉你为什么?"

妙妃遵命,捧樽饮干。子昭王拿起妙妃的空樽,晃动着说道:"你吃的第一樽是你自己的酒叫智慧酒,由于你的智慧挫败了子襄的野心,维护了世子孝己的权力,能想到并能做到的人才是智慧之人,你是智慧之人想到也做到了;你吃的第二樽酒是正妃妇姘的酒,叫姊妹同心酒,大事面前姊妹同心协力,竭尽全力维护世子的权力,不让王室滋生后患,你们俩做得好也做得及时,正妃妇姘不能饮酒,你替她吃下了这尊姊妹同心酒;你吃的第三樽酒是已故正妃妇好的酒,叫忠诚酒,人死情不断你不忘旧主忠心护孤,为了世子的地位和荣誉,刚直不阿顶撞本王,设计挤走想插足王室事务的大庶长子子襄,可谓忠心耿耿可敬可嘉。"

妙妃闻言,俯膝痛哭。她哽咽道:"我顶撞你做无礼之事也叫忠诚?"

"你不是为自己而是为了你的旧主子倡导正义,让我避免了做错事,理当是忠诚之举,我不怪罪你,也没有理由怪罪你。"

"可是让你丢了面子啊?"

"丢个面子事小丢了江山社稷事大,你搅了大庶长子子襄的局,没让他的野心得逞,还把他逼得乡野隐居,国朝中少了一个内患。这个价值比我的面子值钱，好吧陪我吃酒！"子昭王命令道。

"是！妙儿听命。"妙妃含泪吃酒。酒后，妙妃含情脉脉目光如火似灼，主动邀子昭王到她的寝宫留宿，子昭王欣然同意，俩人牵起手借着醉意丢下妇妍一股烟儿地溜了。妇妍在后面喊道："妙妃你可要慢点，子昭王可是六十多岁的人了。"

冬日多雪，雪大于往年，从昆仑山脉到东海之滨，从蛮南之乡到渤北之湾，大雪飘飘洒洒一连下了几日，大地洁白，银装素裹。乡邑百姓衣食无忧安居乐业，丰年好大雪，天下一派太平景象。最为热闹者还是京都殷城，大街小巷雪堆如山，在春节的灯红酒绿中，人们走亲访友且饮且乐，尽情地享受冬日安逸的生活，由此落下商人好饮之风。

子昭王与民心相同，为出现的瑞祥之兆高兴，他辗转在妇妍与妙妃的两宫之间，享受着少有的天伦之乐。商历正月贺兰儿为纳罕生下一个小女，起名塔娜意为珍珠。子昭王专程到纳罕府上讨喜酒吃，妙妃听说后，找妇妍唠叨，说是子昭王太没有尊严了，竟然到一个臣子府上讨喜酒吃，若是让百姓知道后岂不嘀咕我们的子昭王。

妇妍问道："为何嘀咕？嘀咕什么，百姓们说好还是说不好？"

"当然是说不好了。"

"我看恰恰相反。"妇妍反驳说。

"不会吧？"

妇妍说："贺兰儿与你一样曾经侍候过已故正妃妇好，又曾是禽将军的妾室，贺兰儿生产了子昭王亲自贺喜，说明他不忘记旧人之恩怀念故人；纳罕将军曾经跟随我出征西北，历经千难万险立有战功，爱将得女，君王前去恭贺方显子昭王爱将如子，亲民亲臣，君臣同心，这都是好事啊。"听了妇妍的话，妙妃自觉理亏。

妇妍把妙妃拉到身边，说道："今冬多雪，子昭王没有去处，在宫内待久了也是心烦。人老了和小孩无异都喜欢热闹，为什么说老年人是老顽童呢？子昭王他南征北战厮杀了半辈子，猛不丁闲下来做一个闲客会很不适应的，这个时候我们就得适应他顺从他，他喜欢自由自在我们就让他自在着，怎么高兴怎么来，顺其自然快乐快哉，他高兴了就是我们大家的福气。今日他借贺兰儿和纳罕生女一事，走走转转放松心情是件好事，否则没有个借口理由，他一个君王怎好觍着脸去人家的府上玩上一遭。"

俩人说话间，子昭王高兴归来，喜形于色，他对妇妍和妙妃说道："我把纳罕的女儿征用了。"妙妃瞪大眼睛质问子昭王："你说什么，征用他们府上的女儿干吗？"

子昭王指着妇妍的肚子说："为我儿征用一个王子妃，免得我儿长大后没人陪伴。"妙妃恍然大悟，说道："还是正妃妇妍了解你，原来你闲着无事，为你未出世的小王子征婚去了，亏你想得出……"妙妃如此说，还是向正妃妇妍叩拜道喜，祝贺她还未出生的小王子有了小王妃。妇妍问道："贺兰儿的女儿如何？"子昭王说："小孩儿长得白白胖胖，看起来比我还有力气，是个吉祥的孩儿。"妇妍闻言高兴异常，她说道："还是我王想得周到，把贺兰儿的吉祥小女儿与我腹中的孩儿指婚，寓意着我会平平安安顺顺利利地生下小王子，并且也是一个健康吉祥的孩子。"

子昭王吃酒中点了一句让纳罕的新生女儿做他未出世小王子的王子妃，归来后随意一说，却让正妃妇妍有如此多的收获和感想，这让子昭王意想不到。他自然为自己的举动感到高兴。

不几日，喜事频传。先是小主子妥有了身孕，后是世子妃巫桃正在害口①，添人增口是商王族中的大事，妙妃马上向子昭王和正妃妇妍禀报，子昭王听后高兴得手舞足蹈，诏命王室上下酒宴庆贺。妇妍临盆在即，自顾不暇，让人给子妥和巫桃送去礼物以示祝贺，并托付妙妃费心照顾。妙妃开始忙碌起来，一会儿去照顾世子妃巫桃，一会儿去傅家探望小主子妥，忙得不可开交。

子昭王闲来无事，与他的小女儿子颂对仗风雅。子颂说："种瓜得瓜，种豆得豆。"子昭王接话道："要风得风，要雨得雨。"子颂说："普天之下，皆是王土。"子昭王说："五服之内，皆是王孙。"妇妍听后笑道："不可不可，五服方圆万里不可能都是你的子孙。"子颂说："就是嘛，应该是……"妇妍接话道："应该是京畿之内，皆是王孙。"子颂说道："京畿之内才五百里，那哪儿够啊。"子昭王批评道："小小年纪就这么贪心，京畿之内方圆千里。总会有你子颂一方封邑。"

子颂突然歪着脑袋问妇妍："慈母大人，我听说井方那个地方水草丰美粟

---

① 害口：妊娠反应。

米飘香,将来我要去井方继承你的封邑如何?"妇妌惊讶道:"你如何晓得的?"子颂晃动着脑后的小辫子:"当然知道了,因为我吃的许多好吃的东西都是井方贡献的,既然井方能贡献,说明井方就有呗,所以我喜欢你的封邑之地。"妇妌说:"我女儿子颂喜欢,慈母就拱手相送。"

阳春三月,草长莺飞,正妃妇妌顺利诞下一子,子昭王喜欢得不得了,起名为跃,称之为子跃。妇妌生育时正赶上子媚与甘墨琚大婚,妇妌行走不便,世子妃巫桃和子妥有孕,全仗着妙妃主事,世子孝己和傅云策跑腿费心,好在一切顺利。子媚婚后省亲时,妇妌专门在自己的寝宫内大摆酒宴,以示祝福和祝贺。

两年后,妇妌又诞下一子,取名载,称之为载。子昭王老当益壮,连生两子,嫡王子中除了世子孝己外,增加了子跃、子载俩兄弟。面对子孙满堂,子昭王尚不满足,扬言七十岁前要再生一子。结果被他言中,妇妌果然又为他诞下一个,但不是男孩是个女孩。子昭王同样高兴,取名子云,小名云朵。

转眼间,世子孝己也有了自己的儿子。他的儿子比子跃小,比子载大,姓子名洪。闲暇无事,妇妌就召集巫桃、子妥、子媚等带着自己的孩子在宫中相聚,一家人和睦相处,其乐融融。子昭王看在眼中喜在心中,对王室一家人甚为满意。每次相聚时,子昭王都乐意参加,吃吃酒,聊聊天,酒后有了兴致也会张弓射箭,与年轻人比试比试。但时间长了,难免坐在一旁眯一会儿眼睛,睡上一个儿小觉,孩子们习惯了也不去打搅他,任由他梦在小酣。

子昭王年纪大了,朝政之事理应由世子孝己替他的父王承担一些,无奈世子孝己不善理政,也无心理政,朝政重担就落在了妇妌肩上。为此妇妌几次找世子孝己面谈,让他多费心思管理朝政。妇妌说:"世子就是储君,储君在君王年老体弱时就应当担当起君王的责任,以君王之身行事。"并鼓励世子大胆而为,出了差错由她妇妌承担,但世子孝己依旧我行我素,当伊相傅云策,冢宰甘墨琚,有亚纳罕,大卿事子妥有事情找他禀报时,他亦把大事小情全部推给正妃妇妌。

妇妌生气了,先后把妙妃、子妥、子媚找来,让她们劝说世子躬身朝政,结果她们都失望而归,没有办法了妇妌只好找世子妃巫桃。巫桃来自井方,原是妇妌的史官,所以妇妌说话不客气,把世子妃巫桃劈头盖脸痛骂了一顿,让巫桃回去劝说世子孝己。两天后世子妃巫桃哭着来找妇妌,巫桃说:"孝己说了他自己挑不动这副担子，若是硬逼他就离宫出走，连世子也不做了。"闻听此话，妇奸也没有了办法，她不敢把世子孝己的话告诉给子昭王，一怕把子昭王气病，二怕传扬出去让国人笑话。忧愁无助中妇奸把妙妃、世子妃巫桃、子妥、子媚等叫到自己的寝宫，一块儿商议对策，妇奸告诉大家她想把王室的事务全部交给世子妃巫桃，她抽出精力全力辅佐子昭王和世子孝己打理朝政，为此想听听大家的看法儿。

妙妃说："自家人不说外家话，世子孝己狗屎一堆恨他骂他不管用，说出去丢人不怕，就怕大庶长子子襄那些不怀好意的人又生祸心，我们是世子孝己的亲人，说一千道一万牙掉了还要咽到肚子里，尽量维系他的脸面，因为陪他丢人的除王子妃巫桃还有他们的儿子子洪。"妙妃对巫桃说，"你的慈母把王室的事务全部交给你，一个是你慈母事情太多你替她分忧一些，二是这么多年来你管理王室管理得不错，大家信任你，你也有这个本事，能把事情做好。"

子妥说："事已至此只能如此，那就辛苦世子妃妹妹了，好在巫桃妹妹一直管着王室事务有了经历，今后无非事情更多一些。我和子媚是出嫁人，不好插手王室内部的事，但我们要辅佐慈母管理好国朝的事情。"

子媚说："父王年纪大，国朝千头万绪，许多国朝的大事儿都要依仗慈母费心支撑着，我们确实心疼她。我呢听子妥姐姐的话，姐姐辅佐慈母做事，我辅佐姐姐做事，有多大力气就用多大力气。"

妙妃说道："子妥、子媚说得感人，我妙儿这个人没有大本事就会看管孩子，从明日起妇奸妹妹的孩子和世子妃巫桃的孩子放心交给我，我替你们照看着，我不会生孩子但我会照管孩子，这样就可以让妇奸妹妹和世子妃腾出工夫和精力做大事。只要大家同心协力，共助正妃妇奸，朝政大事掉不到地上。"

子媚小声说："妙阿母说得很好，我们的孩子是否你也照管着？"

众人笑了。

妙妃一听焦急起来："我不糊涂呢，你的孩子姓甘，子妥的孩子姓傅，姓谁家的姓谁家看，我只管姓子的孩子。"子媚乐哈哈地说："别着急呀妙阿母，谁都知道你会照管孩子。"

妙妃撩开自己的长发："你看看我才三十八岁两鬓就斑白了，都是让你们气的。我对世子孝己最亲，他呢狗屁不当，最让我伤心的是他，算我命苦不说他了……"

世子妃巫桃流泪道："别说了妙阿母，都是世子孝己不争气，让慈母和大家替他操心费神，我巫桃是个爱面子的人可偏偏碰上他，让我说不起话也抬不起头，我很抱歉很愧疚也很无奈。"子妥慌忙过来安慰巫桃，子媚也替巫桃拭泪。

大家正说话间，七岁的子颂带着弟弟子跃、子载跑了进来，子颂跑到妇妍跟前，在妇妍耳边嘀咕了一会儿。妇妍的脸色变了，说道："这个孝己呀，竟然不敬他的父王。"

众人问："何事？"

妇妍摆摆手，无奈地说："忙你们的事儿去吧，我去看看。"

第五十九章 大会友邦之客

听说世子孝己不敬父王,子媚腿快,跑去父王的宫殿打探消息。回来后子媚告诉大家,说是世子孝己私自做主,要伊相傅云策将前来朝贡和庆贺父王七十大寿的众邦方国的特使拒辞,惹得父王大动肝火。

妙妃问:"为什么这样,孝己他疯了吗?"

"不为啥,他怕麻烦,不乐意见那些方国使臣。"子媚说。

妙妃、世子妃巫桃、子妥等人听后十分气愤。子妥身为长姐,觉得自己有义务去教训世子弟弟,起身要去找世子孝己理论,被妇妌拦住。子妥哭诉道:"父王能有几个七十岁,祝寿事小,若是把父王气出病来,我等如何担当和面对先祖列宗。"妇妌说:"你去了又有何用,世子他听你的吗?若当着你父王的面你与世子争吵起来,岂不让你父王更加生气吗?"妇妌劝大家冷静。

等大家散去后,妇妌匆匆赶往宫殿看望子昭王。

到宫殿后,妇妌见子昭王坐在榻上垂泪。卜史官①告诉正妃妇妌,世子刚刚被伊相劝走。妇妌坐在子昭王身边,斟上茶放到他手上,子昭王落泪道:"我子昭英雄一世,自谓天下无敌无人所怕,现如今连自己的儿子都管束不住,无颜面对天下,无颜面对祖宗。"他突然大声哭道:"妇好啊,你一生英勇无畏横刀立马,出生入死浴血奋战,自诩为昆仑王母手下的第一魔女,可你为什么为什么生出一个弱弱无能心胸狭窄事事无成的孽子?他害惨了我,害惨了我大邑商王朝,也害惨了你的一生英名。谁之罪谁之过谁能知晓我这个七十

---

① 卜史官:商代记录历史、负责占卜的官员。

岁老翁的心在滴血在流泪，谁能知晓我心中的疼啊！我……巴不得以死向先祖列宗们谢罪……"妇妌陪着子昭王落泪，她不知道从何劝说子昭王。

停息了一会儿，子昭王收住泪水，妇妌给子昭王重新斟上茶水，示意卜史官和侍仆们全部退下，让子昭王慢慢倾诉心中的委屈。

近几年大邑商对外不修武功，对边邻友好，对内集中民力促耕井田，南北商贸互通有无，百姓安居天下太平，众小邦国感恩子昭王的英明向往京都殷城，他们相互联络准备在秋高气爽之季，一块儿来京都朝拜，为子昭王祝贺七十大寿。为此众小邦国纷纷派出信使，奏请大邑商子昭王准许他们于商历九月欢聚京都，接受万邦使臣的朝拜。

妇妌说："方国敬重万邦朝拜，忠心可嘉，既增友谊又壮我大邑商王朝之威，乃亘古盛事，为何拒辞人家啊？"

"连几岁孩子都知道的道理，可孝己这个孽子不这样认为，伊相向他禀报，他命伊相一律拒辞。伊相傅云策知道事情重大向我禀报，我把世子叫来论说此事，他竟然当着我的面斥责伊相小题大做，还污蔑来使是无事生非虚情假意为大邑商粉饰太平，你说世子说的这是人话吗？简直混账透顶！我很伤心，不是看在已故正妃妇好的分儿上，我就诏命天下废他的世子位。"妇妌捂住子昭王的嘴，惊骇道："此话不可乱说。"

子昭王哀叹："说与不说又怎样？其实我早就看他不顺眼，原来嫡王子只是他一人，我拿他没法子，现在我有了子跃、子载两个嫡王子，我还怕他什么呢？废他是早晚的事，不信你走着瞧。"

妇妌安慰道："说气话可以，真正走到废世子那一步不可取。废世子是大事，一旦成事必然惊动王室波及朝野，劝君万万不可。"

"若是到了那一步，不可也要为之。"子昭王坚持道。

"别生气了，你是王你说了算行不？"妇妌见子昭王脸色紫红火气正旺，怕气出病来极力安慰。为了让子昭王消去怒气，妇妌把与妙妃、世子妃、子妥和子媚等人议论国朝的事情给子昭王学说了一遍。

大邑商如日中天万邦臣服，正是爬坡上进之时，国朝中青壮之臣茁壮成长后继有人，伊相傅云策，冢宰甘墨琚，有亚纳罕，大卿事子妥等经历了几年磨练，做事得心应手越发稳重成熟。世子孝己虽然不求上进，但孝己绝非是阴谋多事之人，他只是自私颓废而已。妙妃为了让妇妌更好地辅佐朝政，答应承担起照管子跃、子载和小主云朵之事，为了让世子妃全面管好王室事务，妙妃也答应照顾世子的孩子子洪，妙妃如此牺牲自己就是让众多的亲人同心协力治理朝政，为子昭王一朝尽力壮威，为天下人留下一个精诚团结生龙活虎的盛世之象。特别是世子妃巫桃，当妇姸和妙妃把掌管王室事务的全部担子交给她时，二话不说就应允了，谁都知道王室的事情事无巨细，出力不讨好，按照世子妃巫桃的性格并不是爱费心爱管事的人，她之所以欣然受命这个苦差事，就是因世子孝己不争气让她做妻的愧疚，想以此博取大家的谅解，向大家表示歉意。因为子妥身居大卿事是朝中命官，子媚怕姊妹俩都在朝中做事遭朝野非议，其实子媚一直在帮姐姐子妥出谋划策为国朝出力。傅云策、甘墨琚、子妥、子媚他们不是一姓但是一家，都是王族家的子女骨肉、夫婿姻亲，都是王的孩子和亲人，还有有亚纳罕，也是子昭王和妇姸手把手栽培出来的人。有这样一拨忠实可靠睿智聪慧的贴心孩子担当朝中大任，子昭王尽可无忧无虑，安享晚年。

听了妇姸的述说，子昭王心情大有好转，细思之后感觉妇姸说的都是实情。

子昭王悦色扑面："你呀你，话如春风荡千愁，一阵工夫就让我心境大开，好了我想开了，如此年纪经历无数岂会让世子把我气住？你们说得对，千好万好不如人好，家兴国兴不如人兴，有了人才才是天下巨富，对于王族国运来讲，有了人才就有了千秋大业。我要感谢你，没有你的建言，没有你牵针引线，我如何能把傅云策、甘墨琚这两个青年才俊收入囊中，做我的乘龙快婿和股肱之臣。"

子昭王情绪大好，妇姸也高兴，她说道："登高远望心如明镜，我王不愧是圣明之君。臣妃愿听我王教诲。"

得到夸奖，子昭王龙飞色舞，他捻着花白的胡须，说道："眼下国朝内外无忧，邦交之事最显重要，常言说四海无风，中天无浪，天上无雷，大地不惊，只要四方邦国平稳了，我大邑商就平安无虞。现在有你帮衬我很高兴，其他几位小臣都是年轻的才俊人物，说话做事不逊当年我们那帮老人儿。世子孝己已经定型，实难再造，更不用说担当重任了。你身为国朝正妃大可以放手作为，这不是你我夫妇之间的私事，而是国朝的公事。我身体无恙看似强壮，有心做事毕竟心力不足，甭说别的一日下来，午前尚有精神，午后便昏昏欲睡，如同一盏灯，灯亮着，灯油过半底气不足了。所以你我之间要有个约定，国朝的事儿你大胆去做，该做主时自管做主。大邑商王朝是一辆大车，我可以掌舵，但需要一个好的驾辕人，从目前看只有你能胜任这个驾辕人，你真诚能干多有智慧，别人都不及你，我也不信任他们。我掌舵，你来驾辕，大邑商这架马车我们俩驾驭着，从大处说为天下子民，从小处说为我们的子跃和子载两个小王子，世子孝己指望不上，我唯有的希望全部寄托在子跃和子载身上，我们俩先替他们打拼着，将来把大邑商这驾马车顺顺利利地交给他们兄弟俩。"子昭王说着又开始激动。妇妍握住他的手，批评道："原本是好事，让你说着说着就凄惨起来，不至于这样啊……"

子昭王用手掌抹去泪水："日月相交新老更替这是规矩，早想才能早安生。朝中的事你多费心，放开胆子不要怕别人说三道四。孩子的事妙儿能照管，我也能照管，你尽可放心做好朝政。"妇妍伸长脖子歪着头，笑嘻嘻地问道："你能照管好孩子？"

"能啊，就是和孩子们一块儿玩呗，人老了喜欢新生命这是人的天性。没事的时候与孩子们玩耍一会儿，就会不累了也不愁了，能吃了也能喝了，这就是天伦之乐。哈哈……"子昭王笑道。妇妍望着子昭王："我对你说呀，不止三个孩子，还有世子孝己的儿子子洪呢。"子昭王高兴道："子洪好，子洪比世子孝己强，我喜欢子洪。"

商历九月初，众小邦国伯侯、首领和特使陆续云集京都殷城，近年来经过重修的大邑商殷城规模气势恢宏，盛装打扮，俨然一个万国之都。来宾中有方邦国的伯侯，部落首领，特使中有伯侯和首领的大子①或嫡女，他们服饰各异不辞辛苦或骑马或坐车辇从四面八方迢迢而来，盛会空前。

宾客到来，子昭王逐一接见，接受朝拜和贡献，亲自在王城广场上举行盛宴，款待宾客，接下来的祭祀、巡游活动均由正妃妇妍主持进行。来宾中有为数众多的女宾，有的是部落的女首领，方邦之国的女伯侯，或是女首领女伯侯未来的接任者她们的嫡女们。来客中也有子昭王的妻妾和妻妾的子女，子昭王的妻妾多数居住在京城外的封地内，平时不在京都，来京都的机会也不多，有的多年不来往，有的已经过世。此次子昭王大寿，能来的借此机会与子昭王见上一面，不能来不想来的就托付子女代劳，已经病逝的由继承她们封邑的子女

---

① 大子：类似世子或太子，是伯侯国君的嫡兄弟或嫡子女。

充任。妻妾子女多年不与子昭王相见，见面后难免勾起当年的回忆，不由得洒些泪水唏嘘一番。正妃妇妌年二十有七，正值风姿绰约姿容秀美之年，场面中举止得体，靓丽抢眼，让子昭王的旧时妻妾和子女们好生羡慕，为子昭王赢得不少赞誉。子昭王劳累了几日，晚上把妇妌叫到殿内，对妇妌说道："本王累了不能再陪他们游戏，你是国朝正妃，年轻力壮，可代表本王和几位小臣一起款待客人，万不可失礼于宾客。"妇妌受命，召集伊相傅云策，冢宰甘墨琚，有亚纳罕，大卿事子妥等在世子孝己的东宫议事，传达子昭王诏命

妇妌想，众小邦国伯侯、首领，特使不辞辛苦迢迢而来，他们车马载物，莅临京都，贡献珍宝，极力表达出对子昭王和大邑商王室的敬重；他们游弋京都在此推杯换盏，广交朋友，不失时机地展现出各自的邦国外交的友好和善意。情感是真实的，但情感之下有着他们的目的，邦交之间没有无缘无故的恨也没有无缘无故的爱，邦交取决于国情，不管邦交中表现出来的情绪是真是假，都与各自的需要密切相关。在到达的所有的宾客中，他们内心深处至少维系着两件事情：一是畏惧子昭王的霸气，不想冒犯和得罪这个一口气能灭掉八十一个方国并举全国之力拼搏三年击退西北羌敌的东方巨人，怕着不如敬着，敬重是上上之策；二是借力丰富自己的民生财富，大邑商地大物博物华天宝，百姓富有丰衣足食，加之商道畅通，邦方之国若脱离了大邑商这个食邑之仓，就等于自断财富之路，所以他们想借大邑商的中兴之势让自己从中受益得到好处。至于想与大邑商王室攀亲结缘者也非一二。敬重根源于强大，强者自然为大，大有众者为王，但若大者不善必失民心，失民众者强势必弱，面对众邦弱小要善待之，讲究义、祥、仁三德。义利于阜，祥降于福，仁则民至。所以妇妌在世子孝己的东宫中，要求伊相傅云策等众小臣们，要用仁政善待宾客，不论邦国大小一视同仁，不欺弱小，做到忠、信、敬、刚、柔、和、固、贞、顺九字邦交之经。她说："这样做，名则敬人，实则敬己，维护我子昭王和大邑商的尊严。"

妇妌来东宫召集议政，基于两点考虑。一是提高世子孝己东宫的地位；二是避免闲话，因为妇妌召集议政既不能占用子昭王的宫殿，也不能在自己的寝宫举行，移驾东宫凑近世子孝己是最好的选择。世子妃巫桃深解其意，在妇妌没有到来之前，巫桃就给世子孝己讲明了，要他尊重正妃妇妌，理解正妃妇妌此举的用意，支持正妃妇妌议政理政。世子孝己笑道："爱妃莫要提醒，我知

道慈母是给我孝己脸面，抬高我们东宫的地位。说实话我对正妃妇妍一直很尊重。"巫桃说："知道就好，不要弄得我里外讲不起话。"世子孝己"咯咯"地笑，说道："不会、不会。"

世子孝己虽然不谙人情世故，不善政事，行为上孤僻多怪，但他对世子妃巫桃和他的儿子子洪格外上心，其关心程度远超于对他的父王和对他的姊妹，他把世子妃和儿子子洪真正地疼在了心上，为保护巫桃母子他甘愿丢掉自己的性命。在商王朝中，君王、贵族妻妾成群是习俗也是祖制，他作为国朝的世子纳娶几房妻妾也属正常，但孝己他没有并且一直拒绝纳娶妾妃。这正是巫桃喜欢他的一个重要原因。

议政中，众人听了正妃妇妍的议论，深受启迪。正妃妇妍的话也正对世子孝己一贯的想法，他有些激动有些语无伦次，他说："慈母正妃所言极是，众宾客迢迢而来朝拜我王和大邑商王室，情感是一方面，但真正让他们来朝的原因，是基于我王三十年立马横刀的威严，他们惹不起我王，恐惧我王长剑出鞘刀下无情。但是朝拜之后呢？他们发现我王已经衰老，威风不及当年，久之恐惧心没有了，也就不会来朝拜了。邦交源自利益，永远没有无利益的邦交，所以我同意慈母正妃所说的以仁义兴邦交，坚持方邦无大小一视同仁，坚持礼尚往来互通有无，不能让贡献者空手而归。"

冢宰甘墨琚是管理王室、国朝税务和贡赋的官吏，他对大邑商的家底最清楚，他赞成正妃妇妍和世子孝己的议政，他认为世子孝己把话讲到了根儿上，子昭王总有千秋的时候，凭子昭王的威严治邦交可以管一时但不可管长久，可以管一代人不可能管几代人。要改变策略建立仁义邦交。甘墨琚说："我是冢宰，掌管着国朝的财务，知道我们的家底，礼尚往来赠送宾客一些礼物，对我们大邑商来讲是九牛一毛。"

听了甘墨琚的话，有亚纳罕表示赞成。

伊相傅云策看着世子孝己脸上满是笑。妇妍问他不说些什么，傅云策回头对子妥说："我相信大卿事子妥与我的政见一样，由她说是了。"

子妥说道："许久不见世子说话了，平时不开口，开口就是金玉良言。孝己说得很好，请慈母正妃定夺。"

议政后，众臣在正妃妇妍引导下，准备回赠礼物，举行京都聚宴，陪同宾客巡游京畿邑城。于是宾客所到之处，臣民欢歌笑语，人们馈赠礼物，表现得彬彬有礼尽显大朝风范。酒宴之上，正妃妇妌把壶为宾客斟酒，鼓乐中她还亲自为宾客献舞助兴，所有这些让宾客们宾至如归，感动万千。回国之后，方邦之国都把大邑商正妃妇妌舞蹈助兴的事迹书刻龟甲，永载史册。

此次井方来客是由庶兄子平和巫杏作为母妃的特使到京都朝拜，因为忙乱妇妌没有细问母妃的事情，只知道母妃身体欠安未能前来。巫杏是世子妃巫桃的妹妹，接待子平和巫杏的事自然由世子妃巫桃操办，省了妇妌的心思。

送走宾客后，妇妌久不见孩儿，想与孩儿们好好聚聚。伊相傅云策前来禀报，说是昨夜酒后受寒，渤方国[①]大子成重病无法起身归国。妇妌得知后，顾不得回宫便与伊相带着国朝的巫医赶至国朝的驿馆，看望大子成。

成是渤方国君的嫡长子，年方二十岁，因渤方国君重病，受父命以特使身份前来京都殷城朝拜。成来自偏僻的渤海之地不曾见过内地的繁荣，此次到京都殷城如同进入仙界一般，从城到物，从人到事，样样新奇。特别是京都殷城广大无边，城内城外人山人海，年轻人喜酒但不及商人好饮，宴席中醉过几次，昨夜吃酒过量中了风寒，发起病来。

妇妌让巫医看后，以砭术祛寒，两日后病体好转。走时妇妌专程相送，赠送了井方的酸枣叶茶，以备路途中饮食。此次患病，大子成深得正妃妇妌的关照心中十分感激，分手时跪拜正妃妇妌，千恩万谢洒泪而别。

---

① 渤方国：在今河北省沧州一带。

第六十章　东宫风波

商人迷信"七"数，把"七"数视为大吉。子昭王三十五年，七十七岁的子昭王诏命王族子孙为他做七十七岁大寿。

子昭王善杀伐迷信鬼神。一日夜间，子昭王梦见一仙道从紫微[①]骑白驹飘然而下，身后斗星相伴遥相生辉，子昭王认为天有七曜星[②]地有七曜日，北斗七星驾临必是大吉之象，时年七十有七，正合七曜之梦。而商代民间流传女娲造物正月一日为鸡，二日为狗，三日为猪，四日为羊，五日为牛，六日为马，七日为人，有"正月七日，厥日为人"之说。七日是人生的开始，是生命之源，正好贴合长寿之兆，于是子昭王喜上眉梢，诏命王室庆贺。

子昭王有心贺寿，正妃妇妌便让世子妃巫桃告知京畿之地的王族子孙，让大家紧锣密鼓筹备。事忙添乱，在此期间发生了两件事情：一件是子妥的儿子傅聪打伤了世子孝己的儿子子洪；一件是大庶长子子襄的子孙结伙互殴，造成三死二伤。两起事件惊动了京城，王室上下被闹得乌烟瘴气，妇妌担心子昭王知道后坏了他贺寿的好心情，不让人告诉子昭王，然而子昭王还是知道了。

子昭王把妇妌和妙妃叫到殿内，他说道："世子孝己找我来了，他要找子妥讨个说法，不然他将下令将子妥的儿子傅聪赶出京城。我想问问你们俩，小孩子们打架有必要大动干戈吗？这是一件事情。第二件事情，大庶长子子襄的子孙结伙互殴，造成三死五伤，不是什么大不了的事情。这些事你们不要担心我，也不

[①] 紫微：北极星。
[②] 七曜：又称七政、七纬、七耀，是七大行星的一种总称。

要瞒我，兄弟之间打打杀杀的事儿我经历过也亲自干过，王族之内除了那点儿血脉是真的其他的都是假的，什么父子啊兄弟啊夫妻啊，没有真情亲情可言。"妙妃吃惊地看着子昭王："你老人家是不是吃错了东西说胡话呢？"

子昭王认真道："我没有吃错东西，我现在比任何时候都清楚，你们俩坐下，我给你们俩说说这些事。"妇妌拉妙妃坐下，她手里拿着一方丝巾，用力拧着拧成了一股绳。

子昭王目视着宫殿的门口，语重心长地说道："我朝自第十任君王仲丁开始，相继出现了仲丁、外壬、河亶甲、祖乙、祖辛、沃甲、祖丁、南庚、阳甲等九世之乱，王族之间打斗的打斗，毒杀的毒杀，迁都的迁都，延续了一百多年。他们之间的是是非非情仇恩怨说不清楚，一直延续到我祖盘庚迁都殷地之后才最终结束。正妃啊你可能知道，祖乙迁都之地就是你们的井方之国，大邑商国曾在你们的井方之地经三世五王历时八十五年，你们现在的井方王城就是祖乙迁都时的故都之城。你们俩可能会问，王族兄弟之间为何要同室操戈血刃相见，因为是王位之争。根儿在哪儿？根儿出在了'父子相传'还是'兄终弟及'上，当时祖制不明才引发大乱。我祖盘庚迁都殷地后汲取教训，明确'兄终弟及'才保证了商殷王朝的稳定。"

妙妃悄悄对妇妌说："怪吓人的。"妇妌没有言语，继续听子昭王讲述。

子昭王说："'兄终弟及'也不是一个完好的法子，大人无德儿孙造反，我小时候我的父王偏袒子孙，一碗水端不平，十几个兄弟拉帮结伙相互争斗，我性子急喜欢打架下手又狠，差一点把长兄打死。父王害怕了，把我打发到乡下，说是拜师学艺，言外之意是怕我闯祸。我走到乡下躲过一劫，还落下一个父王培养我让我在乡邑锻炼了解民情的传世美名。我离开京城后，在京城的兄长们仍不善罢甘休，他们继续打斗，最终死的死伤的伤都没有熬到父王的年纪，在父王之前过世了。我因祸得福才捡到这个王位。"

妇妌说："你老人家说这话的意思是啥？是不是给王室的每个人发一把长剑让他们决斗厮杀，你还嫌我们王室乱得不够？"子昭王闻听此话，笑了起来。一旁的妙妃嘟囔道："还笑？真是老糊涂了。"

子昭王用力伸了个懒腰，他说道："大庶长子子襄家的事儿，你们不用管，正妃妇妌你也不要急着出面，子襄一贯自以为是耍小聪明，让他品尝一下亲子相杀的血腥味道，体悟什么叫羞耻，什么叫不自量力，什么尊严脸面，什么叫子不教父之过。"

"那我做正妃的充耳不闻不失礼节吗?"妇妍问道。

"失礼?人在做天在看,只因你们不让他作尸祭坏了他的计谋,他礼遇过你们吗?不但如此,躲在乡邑连我这个老父亲都不礼遇了。你呀要学会心狠,心软了难能理政。"子昭王说完话,便旁若无人地在屋内练起功来。妙妃见妇妍愁容满面,问子昭王道:"我和正妃妇妍见过世子孝己,他气很大,执意要把傅聪赶出京城,你说如何处置?"

"世子妃如何说?"

妇妍回答:"巫桃说得实在,她说小孩子打闹很正常,也没有伤及皮肉,不必闹得满城风雨让外人笑话。"

"这话说得在理,世子妃是个大明白人。那子妥又是如何说的?"

妙妃回答:"子妥很着急,想把儿子傅聪绑起来送到东宫向世子和子洪认错,赔礼道歉。"

"子妥做了吗?"子昭王依旧练功。妙妃说:"老伊相傅说阻拦着不让子妥这样做。傅说说了,他孙儿有错爷爷担着,即使到东宫认错也是他做爷爷的事儿。"子昭王看了妇妍一眼,见妇妍一脸无助的样子,子昭王问道:"正妃,你说老伊相傅说为什么这样做?"妇妍心不在焉地说:"不知道。"

"哈哈,老伊相傅说不愧是天下第一智者,孩子嘛没有点虎气是不行的,刚刚有点虎气你就把他绑起来,还招摇过市去给别人赔礼道歉,这样做杀了孩子的锐气让孩子丢尽了脸面,如此之后锐气没了,虎气没了,才气也没了,就成为一个废人了。所以说,傅说这个老亲家做得对做得好,换上我也一样,宁愿当爷爷的去丢人也不能抹杀了孩子的锐气。"子昭王收起功,轻拍着胸脯放松筋骨。他对傅说推崇备至。

妇妍不满意道:"你是练功呢还是把我们叫来上课呢?说一些不着边际的话。"

子昭王面对妇妍说道:"你既然认为我说一些不着边际的话,那我就告诉你着边际的话,此次出谋划策打子洪的人不是傅聪而是你的儿子子载。"

妇妍、妙妃睁大眼睛看着子昭王,妙妃说:"老人家没有吃酒吧?"妙妃伸手去摸子昭王的额头,子昭王躲开道:"你们想不到吧?"

妇妍认为子昭王仍在拿她们取乐,生气道:"孩子们当中子载年纪最小,才十二岁，你为什么不说子载的哥哥子跃却说子载呢？你干脆说我是主谋好了。"

子昭王高兴地说："别看其他几个男孩子都比子载大，我们的子载比他所有的哥哥们心眼多，办法多，鬼点子多。这小子是天上的智多星下凡，胆儿大心细遇事不慌，最像本王小时候的性格，本王喜欢子载。"

原来几孩子在一块儿玩的时候，子载的哥哥子跃身体弱，做什么事情都被弟弟子载抢上风，子跃嫉妒弟弟但又不敢跟弟弟交手打架，于是子跃开始讨好子洪，通过子洪让孩子们疏远子载，不跟子载玩耍。子载生气了，想报复他的哥哥子跃，但他又怕母妃妇妍知道后训斥他，子载灵机一动计上心来，他找到子妥的儿子傅聪，以三个贝壳的价钱让傅聪先教训子洪，再教训子跃，等教训完了子跃他再付给傅聪三个贝壳，现在只是走完了计划的第一步。子昭王洋洋自得地说："看到没有，我儿子载只动动嘴，花费六个贝壳，就能把子洪和子跃全部收拾了。他特别聪明的一点就是始终不露面，一直藏在幕后，这叫隔空打牛非常一招，连本王都自叹不如。"妇妍听后哭笑不得，问道："你在编故事吗？"

"编故事？我亲耳听子载说的。"

"那你为什么不阻拦他？"妇妍责备道。

"为什么要阻拦？"子昭王反驳道。

"你……你……"妇妍气得跺脚。妇妍转身对妙妃说："走，跟我一块儿去找子载这个坏小子去。"妇妍刚要起身，子载从父王的内室走了出来，大声说道："我在这儿！"

妇妍站住脚步看着子载，之后盯着子昭王，她怒气冲冲地说："他怎么在这？啊……"

子昭王双手摊开理直气壮地说道："他是我的儿子，我是他的父王，儿子跟父亲在一块儿还有错？我曾说过人老还童，我喜欢和孩子们在一块儿玩耍。"

妇妍喊叫："你就这样管教孩子让他不懂孝道，不懂孝悌，不懂事理……你还是个父亲还是个君王吗？"子载冲到妇妍跟前摆出一副大义凛然的样子："请你不要侮辱我的父王，我子载做的事我子载承担……"妇妍伸手要打子载。子昭王吼道："休得无礼！这是主殿，要打要罚由我子昭说了算。"妙妃一怔上前拉住妇妍，小声说道："主殿内可不是你动手打人的地方。"说着把

| 505 |

妇妌举着的手扳下来。

妙妃凑到子昭王跟前，说道："事情到了这个份儿上了你快拿个主意，别让王室乱成一锅粥。"妇妌也没有了主意，对子载喝道："到殿外跪着去！"

妙妃望着妇妌，也不知道说什么好，突然间笑出声来，并且笑得不能自已，本来正在流泪的妇妌见妙妃笑得开怀，渐渐地也笑了起来。妇妌说道："整个王室闹得天翻地覆，原来想着自己最公正，自己的孩子最懂事，谁会想到最不公正的是自己，最不懂事的是自己的孩子，而背后闹鬼的竟然是王室中最小的一个小人儿，说出来真的是好笑。这事……真的把我给难住不知道怎么办好了！"泪水又从妇妌眼中流出。

妙妃开始向子昭王求救："大王啊你老人家是大智多星，是孩子王，我和正妃妇妌求求你快给想个办法，让我们把这一劫过去。"

"求我了？"子昭王望着妇妌。妇妌眼含泪水，委屈中带着柔情，子昭王见到妇妌的眼神心也化了。他说："那好我就出个主意，本王七十七岁大寿从明日开始举办第一场庆典活动，你们诏命王族众人，明日午后在王宫南广场举行射箭比赛，比赛男女分列，十六岁以下男女子孙均可报名参加。射中虎皮者为第一名，奖励虎皮一张，铸金虎一只；射中豹皮者为第二名，奖励豹皮一张，铸银豹一只；射中鹿皮者为第三名，奖励鹿皮一张，玉镯一只。男女组分别奖励。"妇妌没好气地说："若是都射中了呢？"

"不可能，这次比赛不比箭法主要比眼力神，在靶上同时挂几张虎皮或是鹿皮，一张是真其他是假，若不仔细分辨很难辨别真假。"

妇妌又问："子妥和子媚的孩子不是王族子孙能否参加？"

子昭王说："子妥和子媚是我的嫡女小主，她们的孩子跟王室的孩子无异，本王特准许她们的孩子参加。"妇妌高兴道："这还算合理，若是亏待了子妥和子媚的孩子我就不干。"

"我也不干。"妙妃跟随道。之后妙妃问道："大王说了半日的射箭比赛，这与世子孝己的儿子子洪被打有何关系？"

子昭王用手点着妙妃的脑门儿："你呀你就是不如正妃妇妌聪明，以后多长些脑筋。世子孝己为什么揪着子妥的儿子不放，不单纯是他儿子被打的原因，而是因为他是东宫的世子，国朝的储君，他丢了东宫和世子的脸面，想把面子捡回来，他既然想要个面子，我子昭王就替我儿子载给他一个。"

妇妍说:"什么给人家一个面子还不是袒护你儿子子载。"子昭王大笑一声:"为了保护我儿子载,本王高兴。好了你们去吧。"妇妍、妙妃转身刚走两步,子昭王叫住她们,他说道:"此事到此为止,你们俩谁也不能把我儿子载的事儿说出去,人家傅说舍身保护他的孙子傅聪,我要保护我儿子载。人老了就是护犊情深,去吧,把我儿子载带回去吃饭去,别饿坏了我儿。"

妇妍说:"我见他头疼,他甭想回我家去。"子昭王笑道:"自作多情,我让他跟妙妃走,不让他跟你走,我怕你再打我儿子。"妇妍和妙妃离开时,子昭王叫住妇妍,叮嘱妇妍让子跃去东宫世子处,叫子洪马上来见他。妙妃冷言道:"人老了会巴结人了,整日和孩子们搅和在一块儿。"

射箭比赛后,子洪在王族一百个未成年的子孙中获取了第一名,子昭王赐予虎皮一张,铸金虎一只,外加一条玉腰带;子昭王的女儿子颂在王族八十个未成年的女孩子中获取第一名,赐予同样礼品。所有参加比赛的第一、第二、第三名均有子昭王亲自赐予物品。整个比赛气氛热络,晚上由正妃妇妍和妙妃提议,子妥、子媚带着夫君和孩子,妙妃带着子颂、子跃、子载和云朵一块儿去东宫世子家赴宴祝贺子洪和子颂分别获取射箭第一名。

儿子子洪获取第一名,世子孝己自感门第荣耀喜不胜收,为儿子子洪高兴,听说正妃妇妍等特意到东宫为儿子子洪祝贺更是喜上眉梢,命侍仆准备酒宴招待来客。

出发时,子载拒绝赴东宫祝贺,声言父王不公偏向了子洪。妙妃心知肚明,问道:"你的父王有何不公?"子载吭吭叽叽也说不出个理由,妙妃怕子载再惹祸端找妇妍商议,妇妍担心一波未平一波再起,决定不让子载去东宫赴宴,但又怕子载事后乱说,正在发愁之际子昭王来了。子昭王把子载叫到跟前,问道:"什么叫君子?"

"正直无私。"子载回答。

"什么叫谋士?"

"韬略于胸之人。"

"你呢?"

子载顿时醒悟跪拜于地:"儿臣错了。"子昭王搀扶起子载:"是君子就要坦荡荡,走,跟随父王去东宫一块祝贺子洪去。"眼前一幕,让妙妃、妇妍看呆了。妙妃悄悄告诉妇妍:"老奸巨猾带出一个小滑头。"妇妍捂嘴笑道:

"亏你会说。"云朵年纪小没有参加射箭，她见姐姐子颂得了第一名，很是高兴，偷偷把子颂姐姐的玉腰带拿来扎在自己身上。

子妥、傅云策带着儿子傅聪，子媚、甘墨琚带着两个儿子早早到了东宫世子孝己家，送上礼物表示祝贺，此时的世子孝己完全忘记了儿子被打的事情笑脸相迎。子昭王的到来更是让东宫的气氛高涨，世子孝己、世子妃巫桃、儿子子洪以及子妥一家、子媚一家专门在宫门外迎候子昭王、正妃妇姘、妙妃等人，场面热烈。

在众人频频举樽吃酒的时候，子昭王突然问道："听说前几日我们的子洪被打了？"众人惊诧，把心提到了嗓子眼上。世子孝己马上说道："没有的事啊，大家说是不是啊？"

"是。"众人不约而同，而后又不约而同地笑了。子昭王盯住不放，继续说："听说是傅聪动手打的？"世子孝己有了几分的醉意，对子昭王说道："父王啊，小孩子打架的事儿不见怪，小时候谁没打过架呀，你别管这事，咱们宫内和气着呢。来来来，傅聪你到世子舅父这儿来。"世子孝己亲切地揽着傅聪的肩膀，"你给外王父说，没那事儿。"子洪马上跑过来拉住傅聪的手，"傅聪哥，我们俩一块儿敬老圣君一樽酒好不好？"孩子们欢呼雀跃，齐声响应，齐刷刷站好一排。

子昭王用指头点着数了数，生怕漏掉了谁家的孩子，除了子颂是他与妇好生的外，妇姘生的有三个，世子孝己和巫桃生的一个，子妥与傅云策生的二个，子媚与甘墨琚生的二个。子昭王高兴道："一共是九个。"子颂年满十六岁长得羞花闭月丰满富态，子昭王、妇姘、妙妃等人一直把她当孩子看待算在孩子行列中，子颂抗议道："敬父王酒可以，但我大了，不能与他们小孩子们为伍。"子跃、傅聪、子洪、子载等齐声喊道："不行，射箭比赛得第一名的时候为什么不说？"

云朵噘着小嘴儿，替子颂姐姐辩护："姐姐是大人，不是小孩子了。"

子昭王和稀泥，说道："子颂今日算与你们一伍，明日可以不算，来吧孩子们，都得喝酒啊。"他转身见子媚的二子也端着一大樽酒，吓得他马上接过来，"不行，不行，你还小不到五岁呢，外王父①替你吃。"说着一饮而尽。

---

① 外王父：母亲的父亲、外祖父。

看着大家其乐融融，亲亲热热在一块儿的场面，妇姘、妙妃、巫桃、子妥、子媚、子颂等感动得热泪盈眶。妇姘感激子昭王，敬佩他如此年纪竟然能明察秋毫，于无声处化险为夷。

两日后，世子妃巫桃来见正妃妇姘，说是大庶长子子襄在东宫内要求见正妃妇姘。

大庶长子子襄曾去子昭王那里求见，被子昭王拒之门外，他想找正妃妇姘又不能进内宫来，所以去了东宫找世子孝己。世子孝己对大庶长子子襄本无好感，见到之后非但不安慰还冷嘲热讽，对大庶长子子襄极不尊重。世子妃巫桃见状很是不悦，她批评了世子孝己，认为大庶长子子襄纵有千万个错毕竟是求到家门儿了，毕竟同为一父，他家中遭受大难到了走投无路的地步，人在难处绝对不可以牙还牙冤冤相报，于是世子妃巫桃便速速跑来向正妃妇姘禀报。

妇姘听后十分生气，她说道："子昭王身为父王拒子于门外，老人生孩子的气不想见无可非议，作为弟弟有什么资格对自己的长兄冷若冰霜甚至冷嘲热讽？这可是失德失礼失孝之大过呀。杀人不过头点地，一个六十余岁的人，尽管做过亏理的事情，现在家中遭了厄难向你求救，萍水相逢的人也应当伸手相救，更何况是同父之兄呢。退一步讲，你可以不救但绝对不可投井下石，再欲加害……气……气死我了。走吧巫桃，我们去见他。"

妇姘走出自己的寝宫来到妙妃的寝宫，把事情给妙妃说一声，妙妃满脸兴奋，幸灾乐祸地连说了三声"好"。巫桃看着正妃妇姘，困惑道："慈母啊，宫里的人干吗都这样啊？"

"都怎样了，你不是宫里的人？"妇姘一边走一边穿衣饰，匆匆地赶往东宫。在路上妇姘语重心长地对巫桃说："不要管他们，也不要管以前的王室如何，这种情景在我们手里不能再延续下去，要改变沿袭下来的这种不念亲情、不尊长幼、结党营私、好强斗勇的歪风邪气。这不是救别人是救我们自己，倘若有一天你的儿子，我的儿子，同室操戈，最后毁掉的是谁？还不是我们自己。"

巫桃点头道："是，慈母。"

第六十一章　整治京畿王族

妇妌到达东宫见到大庶长子子襄，谦逊地说道："大庶长子你受惊了，不要着急，有什么事情我们慢慢商议。"一句话让大庶长子子襄老泪横流。子襄污头垢面，破衣烂衫，瘦得弱不禁风，看起来要比他的父王子昭王还老。

子襄匍匐于地，痛哭道："罪臣孽子如何敢承受正妃你的问候。"妇妌让巫桃递上茶水，好言道："你身遭不幸，我理应问候。"

"是……小人拜谢正妃了。"子襄头磕在地上，发出咚咚的声响。妇妌同情子襄将子襄扶起来让他坐下说话，妇妌见子襄骨瘦如柴疲惫不堪，知道没有进食，示意巫桃去准备吃的，她又让身边的侍仆，回去找几件子昭王不用的旧衣。世子孝己一旁说道："不用他们去，看他瘦成这副模样儿，我的衣饰他可以穿的。"世子孝己起身亲自去找衣饰，一会工夫抱来一大包衣饰放到子襄面前，不冷不热地说道："等会儿吃些食物把这衣饰拿走，回你的邑城穿用。你看你，王室的大庶长子曾经风流倜傥威名天下，如今混成什么样子。"

子襄听世子说让他回自己的邑城去，哭道："世子兄弟我哪儿还有自己的邑城，都被他们抢占了。"世子孝己问道："谁？"

"我的不孝儿孙哪。"

世子孝己来气了："你一个大活人，大邑商的庶长子，竟然会让你的子孙把祖上册封你的城邑土地抢走让你无居住之所，简直是天下奇闻，你把王族的脸面都丢尽了。这是奇耻大辱，甭说父王无颜面于天下，我做世子的也愧对国人。慈母，这件事儿孝己我能管吗？"妇妌十分高兴地说："兄长受辱，世子弟弟主张正义合乎天理人情，也是众人所盼之事，为何不管？"

这时巫桃让仆人端来饭菜放到子襄面前，子襄用粗黑的手指指着饭菜问妇妌："这个……"妇妌接话道："为你做的不要急慢慢吃，不够还有。"子襄"哎"了一声，狼吞虎咽往嘴里扒食，那模样儿如同饿狼一般，巫桃看得心疼流泪。世子孝己摇头叹息，叹息之余心中不免有几分的得意。

　　想当初大庶长子子襄仗着自己是商王室的长子又得子昭王喜欢，在王室内肆无忌惮为所欲为，占良田纳妻妾贪贡赋傲气十足，因人长得慈眉善目英俊魁梧，又善结交朋友，人送外号"友善真人"。子昭王与妇好成婚后，大庶长子子襄见妇好比他年纪小十几岁，不曾把妇好放在眼中多次冒犯，还在大庭广众之下挑战妇好的正妃权威。妇好初嫁为妇一忍再忍，恳求子昭王对大庶长子子襄多加管教让他懂些规矩，知道些长幼有别。子昭王喜欢大庶长子不忍心责备，即使责备也是轻描淡写应付一番，大庶长子子襄由此认为正妃妇好软弱可欺便得寸进尺，借一次春坛祭祀之机，他故意把正妃妇好的位置留在侧位用此羞辱妇好。祭祀之后妇好十分生气，让当时的禽大将军秘密调查大庶长子子襄私占田邑的事情，事情查实后正妃妇好一不做二不休也不向子昭王禀报，带着她的一干女将到了子襄的府上，借故稽查私占公田侵吞军粮之名，将大庶长子子襄的幕僚、侍卫、仆从四十余人全部斩杀。子襄由此知道了妇好的厉害收敛许多，但也与妇好结下仇恨。孝己被立世子后，大庶长子子襄和其子孙怕将来没有翻身之日，一直想方设法诋毁世子。妇好生前最担心的也是这事，不止一次地告诉世子孝己，一定要防备大庶长子子襄和他的子孙，她语重心长地告诉孝己，大庶长子子襄一族是一窝六亲不认的狼，他们时时想吃了你世子，你若寻得机会绝对不可手软，必须赶尽杀绝不留后患，切记切记。妇好还提醒妙妃要她时刻注意大庶长子子襄的动静，防止子襄和其子孙加害世子孝己。对此事世子孝己铭记于心，等待着报仇的机会。

　　世子孝己主动要求为大庶长子子襄主持公道摆平家事。巫桃自然高兴，她说道："你一不敢动手抓人，二不敢斩杀无赖，若是碰着一些混账的东西给你作乱怎么办？"巫桃想借此激将世子孝己让他变得强悍一些像个男人样子，谁知此话正中世子孝己的下怀，他冷笑道："天降大任于斯你怎知我的筋骨心志？"世子孝己转问正妃妇妌："慈母大人，我去为长兄申冤，是否还要经过父王的授权？"

　　妇妌想即使授予你杀伐之权，就凭你世子孝己的胆量又能做到哪儿去呢？

此时此事正好锻炼你世子让你经些风雨长些见识，也多些威风和自信，于是说道："拨乱反正，严肃王室纲纪，是我与世子妃巫桃的职守所在，本正妃授予你杀伐之权，但有一条得让有亚纳罕陪你一块去。"

"为什么？"孝己似乎不乐意。巫桃不耐烦了，说道："慈母是对你好，让纳罕将军保护你呢。"

"好咪，我马上行动！"世子站起来想走。妇妍和巫桃叫住他："别急呀，你得听听长兄的诉说，没有真凭实据不清楚事情的来龙去脉，你如何决断是非曲直？"世子孝己耐下性子坐回原处，听子襄讲述。

大庶长子子襄妻妾多儿女成群，有儿子二十余个，孙男弟女一百五十余人。大庶长子子襄行为不端在儿孙中名声不好，有的儿孙多年不与其往来。前不久，十三子讨他喜欢给他送来一个美姬，子襄高兴之余把原来分封给长子和四子的两座邑城又许给了十三子。十三子去收邑城时与子襄的长子和四子发生打斗，十三子一怒之下杀了长子的两个儿子，杀了四子的一个儿子还连伤多人。长子和四子来找父亲大庶长子子襄，子襄自知理亏躲着不见，长子和四子一气之下将子襄赶出子襄居住的封邑之城据为己有，子襄由此在外流落。他找过其他子孙，子孙们鄙视他将他拒之门外，他去找友客故朋和往日的吃客，吃客们听说了他府上的事情怕引火烧身，没有一个敢收留他，饥寒交迫走投无路的子襄只好求助他的父王。子昭王对子襄不顾大局弃官归隐一事一直耿耿于怀，今日听说大庶长子子襄求见，子昭王火气难消命人关闭殿门，避而不见。在父王处碰了钉子又无处安身，子襄想到了正妃妇妍，才来东宫通过世子孝己求见。

世子孝己听了庶长子子襄的诉说，大怒道："你空长六十余岁，儿子给你送美姬你也敢收？真是不知廉耻！不知廉耻！"

妇妍问道："十三子自己没有封地吗？"

"有，他不干正事也不事田邑，他去西地倒卖美姬时赔了，把自己的封邑赌给了十五子，十五子又赌给了长子和四子。"

世子孝己对妇妍和巫桃说："大梁不正二梁歪，这一家人都不是好东西。"

巫桃说："不说这些，关键是坏了京畿的风气，坏了王室的纲纪，京畿王室之族如此作乱，该如何示范天下让百姓敬重？我现在担心这股歪风会传染到宫内影响我们的孩子。慈母你可得拿个主意才是！"

妇妍考虑了一会儿，对世子孝己说："你先把长兄安排到京城驿馆住下，吃喝住由我们王室担着，回来时把纳罕叫来我们一块儿商议。"

世子孝己和庶长子子襄走后，巫桃问妇妍道："慈母，你看世子孝己他行吗？他从来不曾干过这么大的事情。"妇妍说："什么事儿总有个开始，不让他试试怎么知道他行与不行。"

三天之后，世子孝己和纳罕一行人到达了大庶长子子襄的邑城。邑城大门紧闭不让通行，世子孝己报了自己的名姓，城门上的士卒嬉笑道："刚才我们的大子和四公子说了，我们这个地方不知道谁叫孝己，也不知道狗屁世子是谁？"纳罕急了对身边的侍卫说道："射杀他。"侍卫问："几个？"世子孝己插言道："一个不留。"箭声飞起城门上十几个士卒应声摔到城下。世子孝己问纳罕："怎么办？"纳罕说："没有别的路了只有攻城。"他手一挥，几十个士卒通过云梯攀墙而上很快打开了邑城之门。进城不久，士卒们捉了子襄的长子和四子。世子孝己看着跪在自己面前的两个仇人心中如怒火烈焰一般，命令士卒架火将他们烧死。一旁的纳罕感到不妥，认为这两个人毕竟是子昭王的血脉后人，即使杀他们也要在审问后定了罪名才可开刀问斩，他走到世子孝己身后悄悄地说道："何不等到抓住了十三子与其对质，搞清楚事情原委然后把大庶长子的子孙们召集到一块儿，当着众人的面杀他们几个以儆效尤，这对确立世子你的权威不是更好吗？"

世子孝己不曾想有多大的抱负，也从不考虑什么权威呀地位的事情，他对纳罕说道："我孝己心量不大也没什么大的理想，是个锱铢必较睚眦必报的人，他们欠我几分我就报他们几分。你说的不错，但现在我的心情不允许我再忍耐，我不想让他们再活一日，烧！一个不留。"纳罕不好再说些什么，心中憋着气，任由世子孝己烧死了子襄的长子和四子。

见父辈被烧死，子襄长子和四子的子孙们跪倒一片鬼哭狼嚎，向世子孝己求饶。纳罕担心世子孝己再动杀机，命令士卒绑了几个为首的押解着他们向十三子抢占的邑城进发。十三子得到长兄和四兄城邑被攻，人被烧成灰的消息后料知自身难保，丢下妻儿弃城而逃。纳罕亲自率人追捕，半路上把十三子抓获，等纳罕赶回十三子占领的邑城时，整个邑城血流成河，世子孝己下令杀了十三子的妻儿六十余人，还将绑来的子襄长子和四子的几个儿子也杀了。

王室一脉，同为手足，如此大开杀戒，岂不是天下罪人？纳罕气得捶胸顿足，命令士卒将十三子交给世子孝己，留下部分士卒保护世子外，便由几个侍卫陪同他连夜回到京都，向正妃妇妍禀报此事。

妇妍听后气得半死，不知道如何向子昭王禀报。妇妍命纳罕通知傅云策、甘墨琚、子妥连夜到东宫议事，并让世子妃巫桃参加。巫桃听说此事半日不语，犹豫道："慈母，不可能这样吧……"妇妍急了："有亚纳罕的为人你还不清楚？他做事稳当从来不会骗人！"巫桃还是不解，问道："孝己他可是没有杀人的胆量啊！"妇妍说："狗急了也跳墙，那是他没有碰到仇人，没有得到报仇的机会。"妇妍这话提醒了巫桃，巫桃用力敲着自己的脑袋："怨我了，我倒忘记了孝己曾经说过一句话，说一旦得到机会鸡也会杀人……我真傻，为什么没想到这一层呢？"

纳罕把事情经过给大家说了之后，大家一片寂静。伊相傅云策说："人死了不能复生，事已至此，说什么都无用处，眼下最要紧的是三件事：一是告诉不告诉子昭王？二是如何告诉大庶长子子襄，子襄会不会找子昭王去？三是下一步怎么办？"子妥说："世子杀大庶长子子襄一族的事儿，不要专门给父王禀报，父王耳目很灵过不了多久他就会知道了，可他知道了又会怎么样？生米做成了熟饭父王只能认账。父王比我们的心胸大，他清楚怎么回事，等拖上了一段时间也就不了了之。大庶长子子襄混得穷途末路，恨孩子也好疼死去的孩子也好，毕竟他受过孩子们的气，没有得到过孩子的福济，我们多照顾他一段时日，把他的邑城修缮好，一切准备妥当了送他回去，让他安度晚年。"

甘墨琚说："大庶长子子襄会不会找世子孝己报仇？"

巫桃生气道："报仇也没法儿！种瓜得瓜种豆得豆，总会冤冤相报，只要不报复我儿子洪就行。"妇妍安慰道："不至于这样。刚才大家都说了，按子妥说的办，我来跟大庶长子子襄谈，让他尽量少添乱。此事是我的错，好心让世子管一件事让他露露脸儿提高一下他在国朝中的威信地位，可他弄巧成拙，倒把他自己也给毁了，这怨我考虑不周。但此事也是一件好事，现在京畿王族内有两千余人，存在的事情很多，长辈不像长辈，儿女不像儿女，兄不像兄弟不像弟，无孝、无德、无量、无雅，风气已经大坏，世子滥杀伤及无辜但毕竟有一个子占父巢为长兄伸张正义的借口，毕竟震惊了京畿，让京畿的王孙们如坐针毡担惊受怕。我们现在要利用这件事儿整治京畿王族恢复孝道之风、孝悌之风和礼让仁义之俗，由此带动整个大邑商大兴礼让推动中兴大业。"

纳罕说："世子这件事儿让我很犯愁，刚才听正妃妇妌这么一开导心里头亮堂了。"

子妥说："我慈母是谁呀？比不上西天王母但赶上了九天玄女，恭行天律，部领雷兵，满是锦囊妙计。"众人笑了。

妇妌拍着子妥的后背："自己人吹捧自己人有用吗？明日起，你和伊相傅云策给我制定一个整治京畿王族的律条，明确王族中目无尊长为老不尊嫌弃幼小的怎么办，兄长不亲近弟弟、弟弟不敬重兄长的怎么办，明确什么人要剥夺封地，什么人要剔除王族，什么人要以律处死，你们俩能吗？"伊相傅云策和子妥异口同声："能！"

甘墨琚说："我是冢宰，掌管国朝财钱，近几年京畿王族既无税赋也无贡献，有悖国律人情，此次整治京畿王族时，请正妃妇妌考虑追缴国库。"

子妥问道："让他们都补上所欠的贡献？"

傅云策不同意，他认为沉积已久的事情不要再翻旧账，过去的就过去了，但贡献一事必须规矩起来，小敬老幼敬长，不但体现在行为上也要体现在贡献上。京畿之土也是王土，孝顺者受封不孝顺者不受封，受封者理所当然要礼贡，他说："既往可以不咎，由整顿京畿开始严格贡献则可。"

子夜时，妇妌一身疲惫回到自己寝宫，入了宫门但见宫内灯火通明，原来妙妃在宫内等她。妇妌撒娇道："我的妙妃姐姐，有事咱等明日说行不？我的身子都快散架了。"

"什么事情这般紧急？"妙妃问。

"我们的宝贝世子杀人了。"

"好啊，世子敢杀人是好事啊，不用说杀的一定是坏人，并且是大庶长子子襄家里的人。"

妇妌哭笑不得："你说的对，杀的是坏人是子襄家里的人，可他连女人和孩子都杀了呀！"

"啊……"

妇妌述说了世子杀人的事情，妙妃气得咬牙切齿，她低声说："他完了，他彻底完了……"妙妃憎恨大庶长子子襄一族，主要憎恨子襄和他几个仗势欺人的儿子，并不憎恨他们家的女人和孩子，世子孝己如此大开杀戒，连人品、人格、人性都不要了，必然成为国朝唾弃之人，大位上不去只怕连世子位也保不住了。妙妃落了一把泪后，喃喃地说："不说他了，说他我扎心，我也替已故的正妃妇好蒙辱丢人，白疼他了。"

妇妍见宫内除了侍仆没有别人，问妙妃："我的孩子呢？"

妙妃说："你忙得手脚都不着地，管过孩子吗？今日来了一位小哥哥，他们跟小哥哥在我那边闹得正欢，他们早把你忘到九天云外了。"

"谁呀？"妇妍漫不经心地问道。

"你庶兄子平的儿子来了。"

"啊，巫桃知道吗？这是巫桃妹妹巫杏的儿子子明，子明可是我母妃的心肝宝贝，母妃怎舍得让他出来呢？"妇妍激动道。妙妃见妇妍激动得疲惫全消，似是吃了几樽酒下肚，她说道："他是奉母妃之命给子昭王送贡品来的，专门给你我带来了仪狄酒和酸枣叶茶，给孩子们带来了许多好吃的东西。"妇妍想到子明就想到了母妃，她坐不住说道："走，看我侄儿去。"妙妃把妇妍按到榻上："你坐下，我有话说。"

"快说！"

"子颂病了。"

"什么病？"妇妍焦急道。

"你侄儿子明长得面如冠玉目若朗星，说话温文尔雅，丰神俊秀，整个人飘逸大方的模样一下子把子颂给迷住了，勾了她的魂儿，整个午后子颂唉声叹气，茶饭也不沾了，我说什么她也不吭声。"

"不对吧，若是子颂喜欢上子明应该高兴才是，不至于唉声叹气。"

"你懂啥，子明他明日就要回去。"

"明日？"

"子明说，从井方国到京都来回需要六七日，他担心时间长了祖母不放心惦记他。他也知道你忙，不想打扰你，明日就想回去，为这，子颂不高兴了。"

妇妍仰望头上的宫灯嘴里嘟囔着，慢条斯理地说道："金童玉女一见钟情，也是缘分所至。子颂比子明大一岁，年纪也相当。"

"怎么可能大一岁？我们从西北回来之后过了许久，巫杏才与你庶兄子平成婚的。"

"你不知道巫杏性子急吗？没成婚前就怀上了子明。"

"我不管那事你得想办法，子颂的事怎么办？"妙妃心急火燎。

妇妍静下心来，说道："一会儿我去你那儿我会告诉子明，明日你、我还有巫桃一块请他吃饭让他后日回去。并告诉他你要带着子颂、子跃、子载、云朵还有子洪一块回井方国去，替我探望母妃，目的是借机让子颂和子明俩人多些了解。如果子颂真的愿意，我们俩人就跟子昭王说，成全了子颂。"

"子颂嫁到你们井方国有什么好处？"妙妃动起小心眼儿。

"放心吧，井方不比京都差，那儿是我的封地，我可以转给子颂啊。"

俩人说话间子颂来了，妙妃问子颂："半夜了你来做甚？"

子颂身心疲惫地说："烦，烦，烦得睡不着。"

"子跃他们几个呢？"妙妃又问。

"他们围着子明说话呢，哪儿轮到我呢？气死人了。"

妇妍和妙妃偷偷乐。子颂生气道："人家心烦死了你们俩还有心笑。"妇妍说："后日你妙阿母要去井方国。"子颂瞪大眼睛："跟谁？"妇妍若无其事地说："跟子明一块儿回去。"子颂跳起来："真的呀！"她搂抱住妙妃问道："妙阿母跟谁跟谁跟谁？"

妙妃说："你慈母不是说了吗，跟子明一块走？"

"不可能就你一个人跟子明走，好吧，我不管你跟谁一块儿走，我一定去。记住啊！"子颂说着站起来，向妇妍和妙妃施了一礼，拔腿跑去了。

时隔不久，子颂与子明在井方举行了成婚大典。正妃妇妍、妙妃、世子孝己、世子妃巫桃、子妥、子媚以及他们的孩子们亲自送亲到井方国，如此大张旗鼓地嫁女在大邑商国朝的历史上空前绝后，子昭王为此专门就子颂的婚事讲过几句话。他说："孤女诞于西陲战火，泣于亡人襁褓，长于亡者遗愿之中，若无当时妇好挂帅出征用负孕之身战于西北以死御敌，哪儿有今日的天下太平繁华盛世，妇好理应享受到的一切荣华富贵，都应该给予今日的子颂。缅怀过去安抚英烈，我当尽其心力而不负苍天矣。"成婚大典的仪式上，正妃妇妍代表子昭王宣诏王命，封井方为子颂邑地另赐邯山以北五邑作为子颂嫁礼。

妇妍的母妃得此孙媳又获五邑，高兴非常。

子颂成婚后的三年时间里，妇妍带领世子妃巫桃完成了京畿之地的整治。王室贵族之间形成了尊孝道、讲孝悌、勤稼穑、懂俭朴之风，人心思爱，和睦友善。王孙之间，饮酒必谈耕作，论功比较井田。大家见面和气，遇事礼让，夜不闭户已是常事。京畿的善风良俗波及外服，正气风靡天下，仁义惠及八方。大邑商国民百姓，交口礼赞。

八十岁的子昭王感于民风日渐淳朴，京畿王族惠风和畅，多次夸奖妇妌，诏命妇妌为天下慈母楷模家国之母，赞其有母仪天下之尊。他还诏喻王室子孙要敬重正妃妇妌，遵行王室律戒，从善如流，做正人君子。

世子孝己滥杀王室无辜之事，最终还是由大庶长子子襄向子昭王告发，子昭王听后一时气厥过去，非要斩杀世子孝己不可。子襄的生活刚刚安稳下来，心中感念正妃妇妌不想给正妃妇妌再添什么乱事，他苦苦哀求父王，最终把事化了。

子昭王忍住了悲痛，但在心中下定决心废换世子。

第六十二章　世子孝己被贬

整治京畿，震惊朝野，鼓舞了天下百姓，极大地促进了大邑商王朝的粮食生产和人口生产。粮食的囤积，井田劳动力的过剩，为制陶业、酿造业、编织业、冶炼业，以及畜牧业、捕捞业提供了发展基础，而物贸流通就成了大邑商面前的大问题。

一日大卿事子妥向妇妍禀报，说是有亚纳罕的士卒在西部洛水阪夷关隘抓住了两拨私自购买玉器刀器的人，经盘查背后的货主来自京畿王族。妇妍问："世子孝己知道吗？"

"他知道了，他已经放出风声要以叛逆罪处置。"

"怎么叫叛逆？"

"私自购买刀器涉及军资之用啊。"

"小题大做，现在人们富裕了谁家不用两三把刀器，天下百姓都知道西域的刀器比我们中天的好。这世子孝己也真会想……"妇妍嘟囔道。正在此时，王子子跃与新婚妻子塔娜一块来向母妃妇妍请安。塔娜是纳罕和贺兰儿的长女，人俊秀，不善言语，每逢开口总是面带笑容，深得妇妍喜欢。

妇妍端坐榻上接受礼拜。两位新人又向子妥施礼，子妥慌忙还礼。子妥说道："按京畿王族的礼仪戒律，同辈人之间不行请安礼的。"

妇妍说："长姐为大应当受礼，正好碰面收个礼也应该。"妇妍问子跃，"你们去父王那里了吗？"子跃说道："去了父王未见，他侍仆说父王有旨说是免了。"子妥心想，王子子跃成婚不到三日，父王应当接见并受礼，此为父王不妥。妇妍踌躇了一会儿，对子跃夫妇说道："你们父王八十岁高龄了，人老了行动迟缓腿脚不便，你们不必介意，告辞歇息去吧。"子跃夫妇退去。

子妥为子跃夫妇鸣不平，她说道："子跃新婚问安，父王不见实在欠礼。"妇妍知道子昭王偏心子载不耐见子跃，父子间的事说不清楚，她有意错开话题，问道："傅聪小夫妻如何？"子妥脸上挂满笑意："有孕了。"妇妍乐了："这么快呀？"子妥说："还有更快得呢，世子孝己儿子子洪的妻子马上要生。"

"好事，好事，我们终于熬成婆了，巫桃呢？她还在吐吗？"妇妍关心道。

"不吐了，气色很差，我真担心她……"子妥一阵悲伤。妇妍宽慰道："我想不会有太大的事情，她生过子洪经历过生育的事，你对巫桃多费些心思，有事告诉我。孝己不会关心人，也关心不了人。"子妥嘟囔道："天底下最自私的人就是我这个弟弟孝己，他只考虑自己不考虑别人，他不想想巫桃身体不好长年有病，已经是做了婆母马上做祖母的人了。他想要孩子，也不管巫桃的死活，就得让巫桃生，有时候想想孝己做的那些事，我这个做姐姐的都感到羞耻，脸红。"

"甭说那些没有用的话，他再不好也是你的亲弟弟。子媚跟他和好了吗？"

"没呢，就因为子媚批评他滥杀无辜心太狠到现在不跟子媚说话，子媚曾找过他几次，向他赔礼也被他回绝了，其实该赔礼道歉的是他自己。"

妇妍不高兴地说："这就是世子孝己的不对了，自己闯了大祸，姊妹们直面批评是好意，总比背后说他坏话好吧。算了还是说巫桃的事，你，我，巫桃我们三个都是同年生人，虽然我是你们的慈母有辈分之别，但论感情，我们仨与姊妹们无别，我们俩一定要照顾好巫桃，多体贴她，在京城除了我们俩她没有知己。"子妥说："知道了，说句不该说的话，想起我已故的妇好阿母我真替巫桃担心。"

妇妍说："甭胡说，巫桃没事儿啊。"其实妇妍也在担心，她亲历了妇好的死，深知女人年纪大了生育危险，她也无时无刻不在担心巫桃。最初巫桃告诉她孝己想让她再生育一个孩子，妇妍不同意。妇妍说："你已经有儿媳了，儿媳生你也生，情面上不好看。关键是你的身体不允许，危险太大。"巫桃心肠软，怕拒绝了世子孝己不高兴，最终还是依从了孝己。想到这些清官难断的家务事，妇妍头大只好挥手说道："不谈他们，说正事，你说私购玉器刀具的事怎么办？"

子妥笑道:"慈母,你也糊涂了,是我来问你呢?"

妇妌笑了:"你一提巫桃把我整个心思都打乱了,私购玉器刀具这件事谨慎些好,弄不好影响京畿王族的人心稳定,若是闹出个乱子来,我们近四年的整治成果就会付之东流,还是向你的父王禀报吧。"子妥不解:"父王平时不管事的,为什么向他禀报?"妇妌解释说:"近日你的父王对我不满,经常给我治气,最近一次还骂了我骂得特别难听,这是我们成婚以来的第一次。"

"别跟他一样,父王年纪大了,是个老糊涂。这十几年来名义上是父王当政,但谁都知道是慈母你在支撑着,没有你哪儿会有今日大邑商的中兴和大商王朝的繁荣鼎盛?你是大邑商中兴的第一功者。"

妇妌摇头:"真正的功者是你的生母妇好和你父王等老一辈人,他们用鲜血和生命打得了天下,没有他们哪儿有今日,这大功之臣归属他们。"

"可是建设大邑商的是你呀?"

"也不对,建设大邑商的大功臣是你的父王,你父王大度睿智眼界开阔,想得开放得下,敢把一朝之政交给我们这一帮年轻人,没有魄力和胸怀的君王做不到,也没有那个胆量儿。"妇妌说道。

子妥不解,问道:"现在他为什么变了?"

"我也想不到,兴许你说得对,人老了心志脆弱怕出事,怕事就会胆小,胆小就会生疑。说到底与人的年纪有关,兴许我们俩老了跟他一样,也会想一出是一出,生性多疑朝令夕改。"妇妌说出自己的心里话。

"我才不向他学呢。"

"甭嘴硬,到时候我们尚且不如他。"妇妌说着话,督促子妥一块儿去主殿朝见子昭王。

子昭王话声朗朗但已白发苍苍,他见到妇妌和子妥后懒懒地说了一句,"来了。"妇妌移身到子昭王的身边,禀报了洛水阪夷关隘查获玉器刀器一事,子昭王听后也不问前因后果,直接说道:"你们想到没有,人们为什么这样做?"子妥不敢胡乱猜测,注视着妇妌。妇妌说:"眼下国人重视井田、牧业、饲养业和手工业,生活富有了都不想闲着,想多做些事情,让吃的用的更好一些。现在京畿王族中一些王公子孙特别是年轻人,都想通过自己的努力创些事业,他们外出交易得些异地的物品一是自用,二是从中获些利处,用于井田稼穑养殖手工之类,并无恶意。"

子昭王冷冷地说："算你明白事理,没有像孝己那样用小人之心揣摩别人,把京畿王族的人想象得那么坏。现在国民富裕了,耕田、砍柴、放牧、杀猪宰羊都离不开刀器,从外服之地易货交易些有用的急需的东西,运至到内服之地或自用或互通,这本是民间乐事,乃盛世之兆怎会与叛逆混为一谈。亏你们能想得出来。"

妇妌心细,她从子昭王的话中听得出来,子昭王已经知道了事情的来龙去脉,或许也知道了世子所说出的以罪处罚的事情。妇妌想,会是谁告诉子昭王的呢,莫非是大庶长子子襄?自从大庶长子子襄得到妇妌的救济之后,子襄对妇妌感恩戴德。世子孝己杀害子襄的子孙时,妇妌曾以罪人之身向大庶长子子襄跪拜谢罪,临时居住在驿馆的子襄愣是眼含泪水没有说一句责备妇妌的话,回到自己的邑城居住后子襄多次以卜辞书信形式,感谢妇妌,表示自己的敬重之情。京畿大治后,大庶长子子襄又以卜辞书信形式提出许多中肯的建议,就凭子襄平日对她妇妌的敬重,子襄不会隔过妇妌向子昭王先行禀报,妇妌对此坚信。那么除了大庶长子子襄又会是谁向子昭王禀报的呢?

子昭王喜欢独居议政殿内,整治京畿开始后,妇妌无暇顾及子昭王但又担心子昭王一人独居身边没有自己人,就让妙妃搬到议政殿内室照顾子昭王起居。妙妃正直心诚,平时对朝政不闻不问,她对世子孝己有很深的感情,向子昭王禀报此事的人也不会是妙妃。

原来京畿王族的人们,听说世子孝己想借查办交易玉器刀器的事情要惩罚王族的人,担心世子孝己再次借故滥杀无辜,于是人们委托子昭王的几个儿子亲自出面向子昭王陈情,说明原因。子昭王见儿子们说得真切,满口答应。一是让王族的子孙们放心,他子昭王不会处罚人更不会处罚王族的子孙们,过去的悲剧绝对不会重演;二是允许京畿王族开展贸易,做互通有无的事业,不但允许京畿王族的子孙们做也允许大邑商的天下百姓做。通过与几个儿子的会面交谈,子昭王有两个不高兴:一个是对世子孝己不高兴,他没有想到京畿王族的人们对世子孝己会如此的惧怕和憎恨,简直到了无法容忍的地步;二是对正妃妇妌不高兴,或者说对正妃妇妌非常嫉妒,子昭王儿子们张口闭口说正妃妇妌如何如何好,如何如何得人心,仿佛他子昭王没有一点儿的功劳,这让他很不快乐。这两日他在殿内正生世子和妇妌的气。

照顾子昭王的妙妃看出了子昭王的心思,妙妃劝导子昭王说:"你生世子孝己的气我能理解,他毕竟滥杀了你的子孙,但你生正妃妇妌的气就不应该,妇妌没白天没黑夜地操劳国事都是为了你子昭王,让你少费心力多些清闲。你呀年轻时能理解妇妌,怎么岁数大了就不能理解了?你儿子们夸奖妇妌赞扬妇妌说妇妌好,是因为妇妌是你的正妃是你的妻子,还不是拐着弯儿赞扬你夸奖你子昭王吗?别不懂事犯糊涂了。"妙妃说的是实话,子昭王心里清楚,但嗓子眼中总感觉到有一口气憋着,他心不甘。

子妥听了方才父王讲的一席话心中高兴,她说道:"哎呀,父王坐在殿中洞察千里之外明察天下秋毫,是非曲直泾渭分明,真乃圣明之至,令儿臣感动啊。还有吗,儿臣愿听教诲。"

子昭王受到儿女的赞扬,自然高兴,不由得来了兴致,他继续说道:"我们大邑商祖上相土驯马开了骑马之先,王亥服牛开了车载贸易之先,最先到易水做物贸的是我们大邑商人,故有商人和交易之说。交易是我大邑商的传统,从前我们穷无物可交,现在我们富了有了许多粮食,可粮食这东西不能久放,放久了会烂掉,京畿王族中许多优秀的王子王孙他们闲着无事,想出去跑跑做些交易,这物贸天下互通有无有什么不好?我的主意统统放开,商贸、商贸,只有大商才能大贸。"

听了子昭王这席话,妇妌深受感动,妇妌叩拜道:"愚妃年轻孤陋寡闻,今日聆听夫君一席话深得教诲,愚妃要与众臣们商议,马上开物贸之禁并制定贸易税赋,丰盈国库。"

子妥拍手赞道:"五服之贸商通天下,真是件大吉大利之事。洛水阪夷查办的那件事呢……"妇妌递了一个眼色:"子昭王已经明示,告诉有亚纳罕马上放行。告诉他,人、物都不得扣留。"

"好咧。"子妥起身向父王和正妃妇妌叩拜告辞。子妥走后,子昭王把妙妃叫过来,他开门见山地对妇妌、妙妃说:"我已决定废除孝己的世子位,你们俩意下如何?"

妙妃怔怔地说:"孝己做世子这么久了,如果被废他受得了吗?"子昭王说:"他受得了我京畿王族的人可受不了。现在不能只考虑他的感受,你说呢妌妃?"妇妌说:"孝己有毛病可子跃也有毛病啊,再容孝己一个改过的机会不行吗?"子昭王见妇妌提及子跃,气急败坏地说:"你以为我要立子跃为世子吗?子跃胆小如鼠体弱多病又胸无大志,他根本无法胜任世子位,我不可能废除了一个坏世子再封立一个无能的世子。我告诉你，我要封立子载，我要让子载做世子！"

妇姘急了："这绝对不可能！三个嫡王子中，第一个你废除，第二个你不用，非要择取最年幼的一个。如此炮制有违祖规，有背孝道之礼、长幼之尊和兄亲弟敬的孝悌之法。这将会在王族的世袭传承上开一个不端之兆，引发族内混乱，我妇姘坚决不同意！"

妙妃见正妃妇姘说不同意，她也说："我不同意。"三人陷入僵局，谁也不再说话。突然，子妥急匆匆地跑过来，说道："不好了，世子妃不行了……"妇姘和妙妃起身手忙脚乱地向东宫跑去。

妇姘和妙妃赶到东宫，世子一家哭作一团，妇姘侧坐榻上把巫桃揽在怀中，一声声地叫着巫桃的小名"桃儿"。巫桃恍惚中似乎回到了自幼生长的部落之地，看到了山寨、草蓬还有飘扬在山寨堂厅前的七星旗；似乎听到了二姨母巫姆来自天穹的声音，在轻轻地呼唤她回家；似乎看到了她的仙师，仙师站在道仙洞的松柏树下手执尘尾，捻着长须，声若洪钟地说道："徒儿，游荡够了归来吧。"似乎看到了她的生母，那是一副迷糊的面孔仿佛在笑，笑的样子很是难看，她一直在躲避她……

巫桃终于睁开了眼睛，她见到了她盼望见到的妇姘和妙妃，她在找子妥和子媚。子妥、子媚马上凑到她身边，她笑了，似乎很开心。她神志异常清楚没有痛苦，说话轻柔，话语似从天上飘下的雨润物有声，她说："我一直在等你们，等了好久，我要去了，不要再为我担心了。世子妃这条路本来不是我的，这是一个插曲一个过渡，因为你们的爱我才上了这条船。也好，陪你们走了一程，这一程不枉我一生，我要下船了……照理曲终人散了无牵挂，但我尘缘未了，心中挂念着孝己。世子这条路不是他的，他支撑得很累，我心疼他想替他担着，结果成了水中之影，兴许他很快也会解脱……听，辣辣来了，是仙师派它来的……"巫桃静静地闭上了眼睛。天空寂寂似有鹿鸣，大行山的神兽辣辣应声而到落在东宫厅前，须臾腾空而去。

妇姘、妙妃泪水磅礴，痛不欲生。见到世子孝己，妇姘恨的眼红，完全忘记了巫桃临终的叮嘱，她凶狠地抓住孝己的衣领怒视着他，狠狠地说道："把巫桃留下来让她嫁给你，是我妇姘一生的错，一生的错啊！"妇姘回到寝宫就病倒了。

妇妊病体好转，已是半月之后，她听说安葬世子妃巫桃时，世子孝己把子载打了一顿，扬言要杀了子载。妇妊不明事因找来子妥询问，子妥说："因为你病原本不想告诉你，其实王室的人都知道，父王要废除孝己的世子位，册封子载为世子。孝己为此恼怒子载，扬言他做不成世子谁也做不成，大不了他要与子载同归于尽。"妇妊害怕了，问道："你父王知道吗？"

　　子妥说："孝己扬言与子载拼命，如此重大的事谁敢给父王说啊？"

　　妇妊穿上衣饰，对子妥说："不行，你跟我一块儿找你父王去，马上去。巫桃已死，孝己无所顾忌，他真的会跟子载拼命的，快啊！"

　　子昭王听了妇妊的讲述，下令马上把东宫围禁起来，不准孝己外出。同时诏命有亚纳罕保护王子子跃和子载，妇妊泪水长流哀求子昭王，请求子昭王看在他们十几年夫妻的分儿上，立长不立幼，给身体多病的子跃一份尊严，让子跃健康地活着，立子跃为世子。

　　子昭三十八年商历十月，子昭王诏命天下：孝己不仁、不义。积怨甚多，难以继任。废世子位，贬出京城。立，嫡王子子跃为世子，即日，押孝己出京城。

　　子昭王担心孙子子洪和孙媳受到惊吓，特意安排在宫内单独收拾了一处寝宫，让子洪夫妻搬到宫内和他一起居住在妙妃的寝宫。这让妇妊、子妥、子媚既感动又欣慰。

　　新世子子跃择日搬入东宫开始行政，消息一出，京畿王族大宴三日以示庆贺。

　　孝己被废世子后贬出京城，妇妊担心京畿王族的人加害他，让子妥夫妇和孝己的儿子子洪亲自护送安置至距离井方较近的邯山乡邑一带。孝己离京孤独一人，形影相吊，子妥心疼弟弟特意选了四个奴隶跟随而行以便照顾孝己的衣食住行。出发那天妇妊、妙妃和子媚夫妇一行人送到城外。城门下，妙妃哭哭啼啼犹如生死离别，孝己面无表情，目光呆滞。妇妊眼睛红红的，对孝己说道："记住，不管走到哪里不要忘记我们，我们永远是你的亲人，我永远是你的慈母。子洪一家不用担心，你的父王已经让子洪搬到宫内与他一块居住，我们会去看你的，离京之前你还有什么话要跟我们说吗？"

　　孝己沉默不语，想了一会儿说道："事已至此，我没有什么好埋怨的，想告诉大家的就是一句话，孝己我给大家添乱了，现在我唯一想的就是巫桃，我想去她的墓地看看。"说这话的时候，泪水在他的眼眶中打转儿。妇姘呜咽道："好，我们陪你去，一块儿看看巫桃。"妇姘命车队去巫桃的墓地。到了墓地，众人祭拜过巫桃，孝己叫来子洪夫妇，一块儿跪在巫桃墓前，孝己哭泣道："后悔没听你的话，应验了你生前所说的结局。你在天界过得好吗？孝己我特别想你，我累了，我想请你一块儿陪伴我，远离京城去一个没有烦恼的地方，你在我的身边我或许还能坚持一段时间。"说着痛哭起来。子洪夫妇更是泣不成声。听到子洪的哭声，孝己擦去泪水，说道："儿啊不要哭，你们要坚强起来，不要像阿父这般窝囊不堪。有什么事情，多多奏请你们的妇姘祖母大人，她人好不会错待你们的。"说毕，他从巫桃墓地上抓起两把土包在丝巾中放在自己的衣袋里。然后由子妥夫妇和子洪陪同，走上邯山乡邑的路途。

两个月后，子洪拜见妇姘，哭诉道："父亲到达住所后，每日借酒浇愁泪水洗面，已经病入膏肓，恐怕凶多吉少，求妇姘祖母救救吾父……"妇姘听后十分心疼，安慰子洪回去后，找来子妥和子媚商议解决办法。子妥说："想起孝己从前做的种种事情，心里头恨他，想到他今日的处境，又同情他，毕竟是一母同胞。这样吧，我去看看他。"子媚说："看看管什么用，现在是救命要紧，如果不顾忌国朝的禁律，我们就把他弄回京城调养治病。"子妥犹豫道："世子被废贬出京城，是父王的诏命，我们私自将被废之人接回京城是大不敬之罪，不是一般的罪孽，谁敢担这样的罪名。"

"总不能见死不救，眼睁睁地看着他死去呀。"子媚落泪道。

"京城有隐蔽的地方住吗？"妇姘问。

子妥吃惊地看着妇姘，问道："慈母你想干什么？"

子媚说："我们家有地方，我婆母是个事少之人，家仆们也都听话，能够守住秘密。"

妇姘咬着自己的嘴唇，决定道："子媚你去准备一下，用你家的车子把孝己接回京城养病，今晚出发直奔邯山乡邑。我们俩骑马先行一步。"

"你去？"子妥和子媚望着妇姘问道。

妇姘说："我不去谁去，我是你们的慈母，我不能看着孝己毁了。"

子妥和子媚跪在地上说道："你身为正妃带头违抗父王的诏命和国朝的禁律，传扬出去如何是好，你会因此获罪的。慈母三思啊，使不得！如若你同意接孝己回京城养病，我们姊妹俩可办妥此事，不出事罢了，出了事情儿我们姊妹俩顶着，绝对不给慈母你惹事端。"

妇妌生气道："净说些不仁不义的话，出了事你们姊妹俩顶着，那还要我这个慈母做什么。我问你们，若你们的生母正妃妇好活着她会如何，她会袖手旁观让你们姊妹俩去担风险吗？你们说这样的话就是不信任我，没有把我当亲人看待，太让我生气了，你们被治罪，我还能脱得了干系吗？与其让我躲在一边儿，不如由我亲自出面接回孝己，出了事由我做慈母的担当！子妥留在京都照管国朝的事务，我与子媚速去速回，其他人谁也不要说，就这样定了，子媚你去准备。"妇妌口气坚决不容迟疑，子妥和子媚既感动又钦佩，当晚妇妌和子媚趁着夜色骑马去了邯山乡邑。

第二天午后，妇妌和子媚见到了卧榻而眠的孝己，看着孝己瘦弱憔悴胡须满面的模样儿，她们的心都碎了。妇妌和子媚来不及进膳，亲自为孝己梳洗乱发剪理胡须，孝己得知妇妌的来意后，感动道："慈母长途跋涉，挽救不孝之子，孝己我十分感动，也心满意足。回归京城有悖诏命，私自隐归更是大逆不道之罪，我孝己不想担此罪名，更不想让我的慈母大人和我的同胞姊妹受其连累。"孝己坐起来跪拜妇妌，流泪道："慈母在上，受儿一拜，自你嫁得京都所作所为，点点滴滴，我等备受感动。我自幼叛逆，特立独行，是你把巫桃送到我的身边，让我感受到人之爱爱之人的幸福，度过了我一生中最美好的时光。每当我想起巫桃，我就想起了你，你是天底下最有爱心的慈母，我这一生感激你。"妇妌握着孝己的手，流着泪不让他再说这些事情。

子媚说道："你既然知道感恩慈母，你就看在慈母大人亲自接你的分儿上，和我们一块儿回归京城。"

孝己说："从前我糊涂，心里只有自己没有别人，总认为别人都欠我的，为此犯下了许多罪孽。比如父王想让三弟子载接任世子位，父王为国朝虑事择优而选是很正常的事情，而我意气用事口出恶言，伤了父子和兄弟之情；再有为报私怨，我滥杀王族宗亲图一时之快成为天下仇者，现在想想真的懊悔。今时慈母和姊妹特来解我之难，冒着欺君的罪名让我回归京城养病，我感动但我不能从命，我不能为我的一己之命给慈母和姊妹带来污名，玷污王族的名声。若是那样，我宁愿现在死去。真的慈母，看在我生母妇好大将军和我爱妻巫桃的颜面上，给儿子一个尊严，让儿子继续留在这里。"

孝己把话说到这个份儿上，妇妌无言以对，她看着子媚摇摇头，意思是到此为止。她对孝己说："好，我答应你，还有什么要求？"孝己盯着妇妌轻松地说道："你们留住一夜，陪我吃一顿酒吧。"妇妌知道这一顿酒的含意，她毫不迟疑地对子媚说道："子媚备菜，我们与孝己吃酒。"子媚落着眼泪去备酒菜。

事隔三月，噩耗传来，废世子孝己身亡于邙山乡邑。

听到消息，妙妃与子昭王大闹一场，指责子昭王害死了孝己，妙妃哭得死去活来，一会儿念叨孝己，一会儿念叨已故正妃妇好，连续几日不能消停。妇妌得知孝己突然毙命，很是伤心，一面命子妥和甘墨琚等亲去乡下安葬处置；一面命傅云策、纳罕秘密查访孝己的死是否与京畿王族子孙的报复有关。他们回来后禀报说，孝己居住乡下后，大庶长子子襄多次去孝己居处，但无证据证明大庶长子子襄杀害了孝己。傅云策想再去秘查，子媚听说后，找到正妃妇妌，子媚说道："事已至此是自残也罢不是也罢死者不能复生，再杀一个大庶长子子襄又有何用？都是一个生父的儿子谁伤谁死都伤父王的心，孝己的一条命扯平了王族的恩怨，换来个平安，这不是我们希望的但也是最好的结局。我求求你们不要再折腾了。"子媚的话，收了大家的心，孝己的事也就放了下来。

妙妃吵吵闹闹，让子昭王寝食难安，一日夜晚刚刚入梦，妇好愀然而来。妇好坐在子昭王的床头，面色憔悴一阵呜咽后，妇好说道："我与你出生入死，大战方国九死一生，后又出征西北保家卫国，为你为国朝命丧西域。我与你成婚十八载纵有千难万险，我妇好从无怨恨，祈求的就是你能让我儿孝己平平安安。我儿虽然懦弱但我一生的功德足可以让我儿孝己身居世子之位。今时你废他世子位又逼其命断阳路，你让我妇好情以何堪！"说完用剑敲击榻头愤愤离去。

子昭王梦中惊醒着衣下榻，时在三更，宫内灯光幽冥，走廊里窸窣作响。子昭王走到窗前望着洒地的月光，梦境依然在目。回到榻前叫醒妙妃诉说其梦，妙妃心情不好，随意说道："不做亏心事何惧神仙找，已故正妃妇好是几位先祖的冥妻，她来找你想必是先祖的意思，都是你和妇妌作弄的，害死了我的孝己。"妙妃随意说说并非真意，但子昭王信以为真，自以为真的惹怒了先人，整日神魂颠倒，唠唠叨叨，把所有的怨气集中在妇妌身上，时时找妇妌的毛病。

妇妌谅其子昭王年纪大了，事事迁就刻意避让，尽量不招惹他。子昭王见妇妌躲着自己，怀疑妇妌又背着自己做事情越发恼火，他找不到妇妌的短处，就开始把怒气发泄到世子子跃身上。子跃体弱多病，经受不住子昭王暴风雨般的责备和怒骂，卧榻不起。听说世子子跃病了无法朝政，子昭王高兴起来，就把子载带到身边让子载代替他处理朝政，会见使者。他还放出风去说要废除子跃的世子位，册立子载为世子。

子昭王的举动，让妇妌非常痛苦，她甚至担心多病的子跃会死去，她借酒浇愁有时酩酊大醉。十五岁的女儿云朵看在眼里疼在心上，她去找子妥、子媚两位姐姐，让她们来劝说阿母。子妥对妇妌说："你既是慈母又是我们学事做人的榜样，大小事情我们都看着你，你若如此不堪一击，叫我们以后何为？"子媚说："慈母你若是再以酒度日我依你楷模，天天大醉，让京城说我们有其母必有其女，把人丢到甘家丢到朝野去。"妇妌笑了，笑得很苦。子妥说："哭、醉酒、自我折磨都不是办法，办法就是斗智，要想办法把这个糊涂老爷子斗住，那才叫本事。"

子媚闻听此言，说道："这好办，我有办法能斗糊涂的父王。"子媚给大家说了一遍。妇妌也觉得可行，于是让云朵去叫子载。

第六十三章 妇妌归隐

云朵奉命去叫子载。

子妥、子媚劝说妇妌到内室歇息,子妥说道:"我们姊妹俩教训子载,戏由我们俩演,你在内室听好吧。"妇妌说:"为姐的教训弟弟,比阿母更有说服力。"子媚说:"我头一次听这样的话。"子妥抚摸着子媚的发辫,说道:"好了伤疤忘了疼,小时候我教训你时,扯着你的辫子打你,把已故的阿母心疼了好几天。所以……"

"所以……再跟你吵架的时候,你一捋袖子,吓得我就跑。"子媚回忆道。妇妌睨了姊妹俩一眼:"坏事当好事讲,姊妹俩还挺美。"说话间,子载跟随云朵进了宫内,十八岁的子载长得人高马大气宇轩昂,子载进来后对子妥和子媚视而不见,他左顾右盼寻找妇妌,问云朵道:"阿母呢?"

坐在厅内正座之位的子妥,小声对子媚说:"子载目中无人,被咱父王宠得不是模样,好好教训他。妹妹话头子快你先给他一个下马威,把他震住。"子媚点头:"姐,你就看好吧。"子媚说着,大喝了一声:"不懂规矩的东西,子载你给我站住!"

子载吓了一跳,转身踱到子妥和子媚跟前,嬉皮笑脸地说:"怎的啦,两个小主,本王子哪儿得罪两位亲戚了?"子妥气坏了站起来用足力气甩给子载一巴掌:"给我跪下!"子妥气势如虎咄咄逼人,子妥是嫡子女中的老大,平时说一不二,连孝己活着的时候都不敢招惹。子载平时畏惧子妥,不曾见过子妥发火,刚才的一巴掌,让他清醒过来,他乖乖地跪在子妥和子媚面前,用带有冤屈而又胆怯的口吻说道:"让跪下就跪下,何必打人呢。"

子妥说:"打人不打脸,我刚才打你的是什么地方?"

"这么明摆着吗?"

"我让你自己说!"

"脸,我的脸。"

"为什么打你的脸?"

"对两位姐姐无礼。"

"不是!"

"姐……我,我不知道……"

"你不知道,我来告诉你,你一不懂孝道,二不懂孝悌,三忘记了廉耻。"

"这个不对吧姐,我每天跟着父王……"子载不服气。

子媚说:"别以为你每天跟在父王后面人五人六地吆喝人,传个差旨接见个邦国使臣,就以为懂廉耻懂孝道孝悌了。别忘记了孝己做了三十多年的世子还人理不懂,招世人唾骂。你给我回答,咱们嫡子女中你是老几?"

"除了云朵就数我小。"子载回答。

"你承认我和子妥姐比你大是不?"

"是。"

"我和大姐坐在正厅之上你视而不见,是不是目无尊长?"

"是。"

"我再问你,你是不是国朝的命官?"子媚步步紧逼。

"不是。"

"我们大姐子妥是不是?"

"是,大姐是国朝的大卿事。"

"你见了国朝的大卿事,连个礼节连个问候都没有,这叫什么?这叫蔑视国朝命官。所以你子载既不懂家规又不懂国律……"

子载感觉到事情远非像云朵所说的阿母有事找那样的轻松,一种不祥之兆在他的脑海中降临,子载远比他的哥哥子跃聪明。他身体健壮头脑敏捷,性情直率,无论长相身材以及行为风格都与子昭王无异,这也是子昭王喜欢子载的原因。子载感觉处境不妙,头磕地面发出声响,哭道:"姐啊,子载错了……子载真的错了……"

子妥在流泪，子媚一把把子妥拽在座位上，依然穷追不舍地向子载发起进攻："子载我警告你，我的慈母你的阿母病了几日你问都不问；我的弟弟你的胞兄当今的世子子跃卧榻已久，你看也不看并且投井下石，趁机巴结父王想从你兄长手里夺一个世子位。你没人性、不懂事理，你忘记了这几年慈母大人谆谆告诫我们的兄亲弟敬、仁义仁爱、长幼有序的道理了？我告诉你，不遵行孝道孝悌，不讲仁义，为私利而害人的终究会害了自己。孝己是怎么死的我清楚你更清楚，我们王族当中除了三岁的孩子不清楚之外，多数人心中都有本底账，这就是人在做天在看多行不义必自毙，杀人偿命冤债自有讨债人。聪明的弟弟你为什么尽做些不聪明的事呢？"

"好了，你们姊妹不要给他讲了，就当我没有生养过这个儿子。"妇妌从内室了走出来。子妥把妇妌让到正座上。子载抬头看了一眼妇妌，连滚带爬匍匐到妇妌膝前，双手按住妇妌的手，痛哭道："……阿母，子载错了……真的错了……"

妇妌垂泪。子媚说道："知道错了就完了吗？你准备怎么办？"

子载思虑了一会儿，心志坚定地说道："我想好了，为了恕罪痛改前非，今夜我就离开京城，像当年父王那样到乡下去，找个地方隐居下来认真悔过。请转告世子子跃兄长，弟弟子载错了，我真心地向他道歉。"

云朵急了："哥哥你不会……"

"放心吧妹妹，哥哥傻但会珍惜自己，我会好好活着。两位姐姐，弟弟子载错了，感谢你们的教诲。还有妹妹，请你们替我照顾好父王、阿母和世子哥哥。"子载说得真切，感动了所有人，妇妌抚摸着子载的头，愧疚地说："有些事也不全怪你，是阿母教导不够。你大了能够自立了，要学会自己照顾自己，阿母事情多顾不上你，你自己多小心保重就是，你的婚事我和你姐姐们一直用心着，听说你身边有人跟着你，你要好好待她。"说毕，大家泪别。

子载告别母妃妇妌，回到自己住处，与一块居住的女子和侍仆们悄悄收拾东西。傍晚时，子妥、子媚和云朵悄悄赶来，子妥流着泪拥抱子载，她说："虽然我是姐姐，但我一直把你当儿子看待，因为你比我儿子傅聪还小，今日我与你子媚姐姐说了许多气话，是望你成龙将来担当大任。希望你不要记恨我和子媚。在你们嫡子三人当中，你是最好最棒的。父王看好你我们更看好你，但还是要讲祖制，你要先让一步迟一时将来大邑商的王位还是你的，姐等你回来。"子媚、云朵也要拥抱子载，子载说："先说好谁也不准流泪。"话没说完，他自己已经是泪水扑面了。临别时，他跪拜了两位姐姐，请大姐子妥交给父王一封卜辞书信，意思是他巡游天下去了，让父王善待世子子跃。子载由此京城一别，二十余年。

子载突然离去，让子昭王无比恼怒，他隔三差五到妇姘的寝宫与妇姘吵闹。吵闹到火头上，子昭王明确提出要废除妇姘的正妃之位。

妇姘考虑再三，知道如此下去，一影响王室安定，二影响朝政，对患病的世子子跃很不利。于是她书写卜辞历数自己在王室、朝政中的种种缺憾、不足，向子昭王请求辞去正妃之位回故乡井方隐居。子昭王见到正妃妇姘的请辞，更是火冒三丈。子昭王心想："我没废你你倒请辞了，给我子昭王较什么劲儿呢？别看我子昭老了，我离开你妇姘照样活得自在。"子昭王当场准了妇姘的请辞废其正妃之位。为了与妇姘治气，数日后他让朝中之臣，举行了一个朝内的加冕之典，册封妙妃为大邑商王朝的正妃，并诏命天下。

妙妃得知子昭王要加冕她为国朝正妃，与子昭王大吵了一架。妙妃哭诉道："我五十岁的人了，人老珠黄不说，身后又无子女，我这一生除了管教孩子就是陪孩子们玩耍。你与妇姘治气拿我作偶，岂不害我？我一不善国事，二不善与邦人结交，你把我放在正妃之位，我哪儿有那番的精气神。"子昭王解释道："妇姘与我治气，请辞正妃之位；妇好与我治气，梦中夜夜来访。我八十多岁了，如何受得起这般折磨？天不可无日月国朝不可以无乾坤，乾之君王坤则王妃。我知道你无所求，但毕竟你跟我久了知我秉性，又是已故妇好的姊妹，有你为正妃，已故妇好和世子孝己在天界里会得到宽慰，他们不会夜夜再来我梦中哭诉，好让我平安些，你权当是在帮我，为我消灾还不行吗？你去告诉妇姘，就说我子昭记着她的好处，我会好好地对待世子子跃的。"

妙妃无奈来找妇姘，妇姘说："子昭王说的都是实话，孝己死后他心中有愧，感到愧对已故正妃妇好，所以会噩梦来袭。在他看来加冕你为正妃，实为对已故正妃妇好的安慰。神也好鬼也好都在心境之中，为了子昭王能安稳下来健健康康活着，你就做这个正妃，你是在帮他也是在帮我，更重要的是在帮多病的世子子跃。"妇姘哭道，"世子中已经走了一个了不能再走一位，这个正妃只是个名号而已，你我都是一样，为了子跃和子载，我叩拜你了。"妇姘说着跪地叩拜妙妃。

| 533 |

子妥得知父王要废除妇妌的正妃之位，十分生气，与傅云策、甘墨琚联系想罢朝以示抗议。妇妌得知消息后速速赶到子妥家中，把子妥训斥了一通，她告诉子妥，辞去正妃之位是妇妌她先做出的决定，并非子昭王所逼。子妥哭诉道："你提出辞呈是迫不得已，父王他应该挽留才是，他应该知道此时此刻整个国朝离不开你，朝野百姓需要你。父王年纪大了力不从心，决断事情大不及从前，有时还犯些糊涂，若是你离开了，没有人制约着父王，父王就会朝令夕改，好多事情就会半途而废，国朝要出大事的哩！"

　　妇妌说："孝己死后你父王心情不悦，夜夜噩梦，加之子载不辞而别，更让他怒火中烧。他与我吵架甚至骂我，我都能容忍，但我不能容忍他借故羞辱你的弟弟子跃。子跃身体有病肚量又小受不了打击，我怕他因此丢了性命。所以我想以退为守，让你父王的不满和怒气都发泄到我的身上，从而保护世子子跃，让子跃的日子好过一点儿。子妥啊，我主动退出正妃之位是唯一的一条路。这件事儿或许是我自私，但不赖你父王，希望你起个带头，辅佐你的父王，同心协力把国朝的事情做好，算我这个做慈母的求你了。"

　　子妥说："不用求我，我担心的是你的面子不好受，父王他不应该用废除正妃位的办法对待你。"妇妌笑了："在我与你父王之间，你父王永远是对的，他必须用这种办法来维护他的天子地位以及国朝的权威，这是大邑商国朝尊严的需要，我的尊严与脸面与之相比则显得微不足道。"子妥盯着妇妌问道："你不生气不恨我父王？"妇妌摇头，"想恨，恨不起来。"子妥望着窗外的蓝天一声叹息后拥抱住妇妌，说道："大邑商王朝因为有了你这样的人，才有了希望有了光明。放心吧，我听你的。"

　　妇妌归隐井方的事不胫而走，京城人惊讶惋惜之余欲想送别妇妌，几经打探得知，妇妌已经离开京城。京畿王族中听说妇妌归隐，一片哗然，请求大庶长子子襄进京向子昭王陈情。大庶长子子襄火速赶往京都，但到了京城得知父王已经加冕妙妃为正妃。大庶长子子襄对妇妌的归隐十分悲伤，为大邑商王朝失去正妃妇妌痛心疾首，回到邑城闭门谢客，三日后悬梁自尽。

　　伊相傅云策回到家中，对妇妌的归隐痛心不已，向父亲傅说诉说其苦。傅说告诉儿子傅云策和儿媳子妥，人世无常，越是困难时刻越要保持镇静。不仅如此，身为国朝老臣的傅说，分别到有亚纳罕、冢宰甘墨琚府上拜访，勉励他们非常时期国事为大，要振作精神躬身国事，替子昭王担好担子。

贺兰儿听说妦姘的事情后求见妙妃，对妙妃说了许多怨怨的话，回到府上告诉纳罕一声，便带着两个家仆去追赶妦姘。

妦姘离开京都之前，与子妥、子媚商议，把云朵留在京都，由子妥和子媚照顾云朵。云朵不同意，云朵说："阿母到哪儿，我就到哪儿。"云朵坚持要跟妦姘一块儿回井方。

妦姘归隐故乡，只带了四五个仆从，与女儿云朵等骑马悄悄离开京城。他们一路北行走了不到半日，贺兰儿追了上来，又过了半日路上碰到两个差使，说是奉京畿王族人的委托，专程为井妃送行。王族人担心人多嘴杂惹生是非不便出面招摇，委托他们二人在邯邑①定了五车物资，贡献姘妃日常备用，送货人已在邯邑的路口恭候。贺兰儿笑曰："井方乃丰邑之地，物华天宝岂可缺少物品？"妦姘打断说："要的要的，回去后告知京畿的王族，就说妦姘感恩不尽。"

从邯邑北行，山路崎岖加之多了五辆货物之车，行走脚步放慢。贺兰儿仰首天空，见山头一侧乌云密布雷鸣不断，告诉众人将有山雨欲来，话语未落大雨飘泼而至，一会儿工夫山洪滚动而下，阻断了前行之路。妦姘和贺兰儿知道山地雨水的厉害，便引导车辆走入一山户人家寻求避雨。山户人家见有客人到来，慌忙迎入宅内，送些熟食热水让客人食用，主家是位妇人年近六旬，虽然隐居山泽，衣着打扮讲究，面目气色保养甚好。妦姘见惯了仙道之人，料定此人非常，悄悄告诉贺兰儿要谨言慎语。

妇人的丈夫有七十岁，说话谨小慎微时时看妇人眼色行事。妦姘问妇人道："不曾见你的子女？"妇人说："有一儿一女，女儿出嫁，儿子跟儿媳去儿媳家送秋祭之礼去了。"妦姘这才想起一年一度的秋收乡祭已经开始。妇人说："按照京都的习俗乡里百姓也开始举办秋祭之节，节日里亲朋好友要相互走动，馈赠酒酿瓜果之类求得共享丰收。"妦姘闻言，向妇人恭贺秋祭之节。妇人以为妦姘为商贸之人，说道："你们好啊，出身王贵之族，走南闯北能见不少世面。"贺兰儿好奇，问道："你如何知晓我们是王贵之族？"妇人笑道："天下经商者非王即贵，除了王族的商贸车队就是伯侯的，平常百姓家做不起的。"妇人说着让丈夫安排家仆准备饭菜，问道："你们的饭菜有定

---

① 邯邑：在今河北邯郸一带。

数吗？"贺兰儿不知何意。妇妌听出了妇人的话意，说道："最好的。"妇人听后很高兴，亲自安排去了。贺兰儿问妇妌："她说这话什么意思？"妇妌解释："这就是乡里的小驿馆，专门招待过往商贸之客，人家不会让你白吃饭的。"

贺兰儿恍然大悟："在京城蹲了十几年没有出过城，想不到偏僻乡里也懂商贸也会营生了？"她小声对妇妌说："都是你妇妌治理朝政的功劳，天下人富有过上了太平日子，还懂得了生意之事，子昭王不懂好歹逼着你离开京城，总有他后悔的那一天。"

妇妌制止道："少说一句吧，不要责怪子昭王，是我自己先提出请辞正妃之位的，我也有错。人啊千万不可意气用事，不离开京都不知道，离开了才知道什么叫后悔，为自己那点儿面子赌一口气，把国朝大事丢下不管归隐乡野兴许是个大错。"

"后悔了？"贺兰儿问。

"后悔。"

"如果后悔，咱们再回京都。"

妇妌摇头："大错已铸难以挽回，受累吃亏的将是大邑商国朝和天下的这些百姓。"贺兰儿疑惑道："会有这样严重？"妇妌不再说话，云朵走过来在妇妌耳边嘟囔道："阿母你发现没有，这个妇人与世子妃巫桃长得一模一样儿。"贺兰儿听后兴奋道："经云朵这么一说，我也觉得她与巫桃、巫杏长得特别像。"妇妌心中"咯噔"一下，想起了已故亚父子灰与巫桃母亲巫嫫私会的事情，妇人的模样儿年纪都能对上。于是妇妌告诉贺兰儿，她等会儿再试探一下，若真是巫桃和巫杏的母亲，吃饭结清账后让贺兰儿借故找个理由给她家留下两车货物。

"白送？"

"当然白送，算是替巫桃、巫杏孝敬她的。"妇妌说道。吃饭时妇妌借故与妇人聊天，确定妇人就是巫桃和巫杏的母亲巫嫫，并且得知妇人的儿子是亚父子灰的遗孤。妇人生下儿子后为纪念孩子的生父，让儿子继承了妇妌亚父子灰的子姓，姓子名昌。妇妌很激动但又不想暴露自己的身份，她悄悄地给贺兰儿说道："再多留一车货物。"贺兰儿说："为什么留三车？干脆把五车全部留下。"妇妌用手捶在贺兰儿背上，说道："全部留下没理由，那样显得我们太假不真实，留下三车你就说驭手摔着或是病了，过段时间来取，等我们走远后差人送信儿说是送给他们家的，妇人也不知道我们到底是谁。"贺兰儿嘿嘿地笑："还是做过正妃的人心里有套路，好我去办。"妇妌拦住："别急，今日天色已晚我们在此留宿，我想见见妇人的儿子子昌，子昌毕竟是我亚父的遗孤，是我们子族的后人。"

当晚住下，妇妌借故见到了妇人的儿子子昌和儿媳。贺兰子问道："长得像你亚父吗？"妇妌落泪，说道："和模子里刻的一样，看起来比我的亚父诚实也大气，委屈他了让他在这山野之中浪费自己的一生，可惜了这个弟弟。"次日离开时，贺兰儿照计行事。子昌家人并不多想，很痛快地答应。子昌告诉贺兰儿，让贺兰儿别着急，什么时候驭手病好了就让驭手来取，保证无损无失。听子昌如此说，贺兰儿只想落泪。她见车上放了一袋子贝。贝是王族中易货的宝贝，能换取东西，便私自做主，留给子昌一家。

距离井方王城还有七十里路的时候，沿路上已经有乡邑的人在迎接妇妌。贺兰儿问道："这么早就有人迎接了？"妇妌也觉得纳闷儿，经乡邑人说明，靠近邯邑之地的五个乡邑是子昭王在子颂出嫁时赐予子颂的嫁礼，此地属于井方的邑地。

距离井方王城三十里子平、巫杏已在路边等候，众人想见十分高兴。贺兰儿抱住巫杏不松手，说道："你的儿子娶了子昭王小主子颂，只管自己乐也不请我吃酒。"巫杏反唇相讥，"你的女儿嫁给子昭王的嫡孙，也不请我吃茶。"俩人嬉笑了一番。

子平、巫杏虽然是长辈儿，但儿媳子颂是井方伯侯王，子平和巫杏自然要以臣子的身份在三十里路处迎接妇妌，他们的儿子子明和儿媳子颂则以主人的身份在二十里路处迎接，妇妌的母妃则以大邑商臣子的身份在十里路的地方迎接。这种迎接的礼节，仍是依照妇妌为大邑商国朝正妃之尊。妇妌理解母妃的用意，即感动又心疼母妃。当妇妌见到母妃的那一刻，冤屈、感慨、思念之情涌上心头，她叫了一声"阿母"扑到母妃的怀中泪水如注。仪狄太正妃轻按着女儿妇妌的后背亲切地说："回来好，回来阿母高兴。"云朵也扎到外王母的怀中，叫着"外王母"。

到达井方王城，王城外人山人海臣民们倾城而动，聚集于王城东门外。一个戎装帅气的年轻人走到妇妌跟前，施以军礼，禀报道："井方国司马赤豹子受我王子颂之命,率领井方王城臣民欢迎妞妃回归故里,请接受井方王城臣民的叩拜。"众民叩拜,声呼:"欢迎妞妃回归故里!"妇妞带着对故乡百姓的深深感激,施礼回敬。

回到王城内,妇妞、云朵、贺兰儿再次叩拜仪狄太正妃。当晚子颂以井方伯侯王身份举行酒宴欢迎妇妞一行。

宴毕,妇妞和云朵回到仪狄太正妃的宫内,仨人话起家常,妇妞问到度娲与貔。仪狄太正妃垂泪道:"去年雨季,度娲与貔巡防边关时遭遇山洪,夫妇双双遇难。"妇妞听说度娲和貔已经离开人世,不由得心酸落泪。妇妞问母妃仪狄太正妃道:"度娲和貔有无后人?"

仪狄太正妃说:"有一女一男,女儿承袭了仪狄部落大首领之位,男儿承袭了貔的司马之位,哦对了,今日迎接你归来的那位帅气的小司马爷就是度娲和貔的儿子,他叫赤豹子,比我们的云朵年长两岁。"妇妞说:"原来那个小司马是度娲和貔的儿子,我觉得怎么有些眼熟呢,小司马很英俊很有才气的。"

仪狄太正妃说道:"确实不错,我有心……哎,以后说吧。"

第六十四章　受命出使

妇姘隐居井方，回到母妃身边，心情好了许多。

母妃也因女儿妇姘的到来心情变得愉悦。一日晚间，母妃与妇姘、贺兰儿、云朵四人饮酒，饮到高兴时，母妃突然洒泪。她说道："自从子英南嫁大邑商王室已有二十多年时间，二十多年中我时时想念女儿但又不敢去看女儿，生怕打扰了她，影响她的正事，女儿身居正妃之位心系大邑商天下百姓，事无巨细日理万机，相比之下我这思女之情毕竟微小许多。当时我想我这后半生对女儿子英只有想的份儿难能再有朝夕相伴的份儿，心中惆怅梦中多有思念。老天有眼，未能想到老天竟然还会眷顾我这个孤老婆子，让我在有生之年能与女儿子英相伴厮守，所以我特别高兴，特别开心……"

贺兰儿说："人有九等地有八方，纵然天下人君也离不开情的雨露，姘妃妹妹因故归隐，是你们母女相互思念的情缘所致。"仪狄太正妃赞许道："将军夫人极会说话，夫人不辞辛苦迢迢相送，让我母女相逢也是一种情缘。"

听母妃如此说又见母妃激动之情，妇姘心潮涌动，她突然觉得自己似一只受伤的孤雁，在漂泊了许多年之后，终于落地回家，同时她又有一种愧疚之感。

十六岁离开母妃先是忙于朝政，后是累于生养，生养孩子后又开始忙于朝政，一直在忙碌在忙忙碌碌，转眼间忙碌了二十九年。若问想不想自己的母妃，嘴上心上都会说一个想字，但在已经过去的生活中所有的想仅仅是挂在嘴上的说辞。生活顺意时想不到母妃，即使想也只是闪念而已；生活劳累时想不到母妃，事情堆积如山忙里偷闲总想歇息一会儿；生活不如意时也想不到母妃，孩子拖累着，大小事情纠缠着，还要变着法儿与事与人计较着如何解脱自己的不如意。只有今时全部解脱收心之后，才知道自己还有一位孤独的老阿母在故乡的角落里想着念着自己，期盼着自己回归。妇妍哭了，哭得很伤心，很委屈也很愧疚。她跪在地上，双手托起酒碗，齐于眉上泣不成声地说道："女儿不孝，让母妃挂念，此碗酒女儿敬献母妃，请母妃宽恕女儿多年的失礼……"

云朵想劝说阿母，担心经过这么多天的忧愁和劳顿，怕阿母身体不支。贺兰儿拦住云朵说道："莫担心，你阿母的心事压抑久矣，无人所能诉说，今日见了她自己的阿母，让她倾诉一番泄泄心底的怨气。"云朵说："我怕我的外王母吃酒多了。"贺兰儿笑道："别看你外王母白发苍苍，她身体好着呢，论吃酒我和你阿母都不是你外王母的个儿。"

仪狄太正妃接过女儿的酒一饮而尽，她说道："别在意我的唠叨，人老了私心重说说而已，既然你能归来陪我，有这份儿天缘，我就享受着。你呢，也就安下心来住一段时日，歇息静养。"妇妍坐回蒲团，语气肯定地说："女儿归来就不走了，要陪你到老。"仪狄太正妃淡淡一笑："这话我可不信。"

"真的阿母，我现在是一介百姓就在这扎根儿了，我要在这家乡走走转转，看看故地，寻访故友，吃些小时候常吃的果子，如果有机会了去一次黄帝的干言城和尧帝故都。"

仪狄太正妃笑了："我没有说错吧，你呀身心不在一块儿，身子在井方心在京都。"云朵好奇道："外王母，何以见得？"仪狄太正妃说："干言在咱们王城东北大泽的西岸，是黄帝大战蚩尤屯兵备战之城，古城外有黄帝训练军队的奇门兵阵，有好多的大学问哩。尧帝故都在干言城之北的尧山脚下，尧帝在此执政五十年颁布了许多政令，农耕时令呀、诽谤木①呀、任命皋陶②为理官鲧③为治水之臣哪，还有尧舜二帝禅让等。"云朵说："这些我知道，阿母经常讲这些故事很好听的。"

"小宝贝不光是故事，那是治国理朝中必须学习的大道之理。"

---

① 诽谤木：产生于尧舜时代，为华表的前身。
② 皋陶：尧舜时代断案的理官，李姓之祖。
③ 鲧：大禹父亲，尧舜时代治理黄河的大臣。

云朵醒悟了:"原来阿母还在想着国事,想着大邑商国朝的事情。"

妇妧对她的阿母撒娇道:"我赖在井方不走,你还能赶我走吗?"仪狄太正妃望着夜空脸上露出笑意:"随你怎么说吧。"之后老人家开始与贺兰儿吃酒,并督促贺兰儿说:"用大碗。"云朵睁大眼睛:"外王母你六十多岁了,不可的。"贺兰儿伸出大拇指指着外王母,表示不用担心。

秋中之夜,清风习习,大家坐在王宫室外的台阶上饮酒,享受着月夜的风景。云朵眼尖,见圆月之外有一个大大的光环呈现在天空之上,云朵问道:"外王母,天上这是什么?"外王母头也未抬,回答道:"毛月[①]。"

这是连续两个月出现毛月了。第一次出现毛月时,仪狄太正妃就告诉她的孙儿媳井方伯侯子颂,让子颂诏命国人储粮节约做好饥荒年的防备,子颂不解何意,老人家告诉孙儿媳子颂,毛月出现晕光偏红必有大雨,晕光偏蓝必有大风,今时晕光偏蓝是大风之象,若连续出现将预示明年大旱田地歉收。

贺兰儿早年跟随妇好,懂些天象,她对云朵说道:"你阿母贵为正妃,来自天上紫微,天人一体,异动必有祸端,这毛月呀不是什么好兆头。"云朵嘟囔道:"能会有什么呢?"贺兰儿欲言又止,她又饮下一碗酒。贺兰儿对仪狄太正妃说道:"老人家我贺兰儿看望了你,又把你一大一小的两个女儿安全地送到了家,明日我要回京城去,后会有期了。"仪狄太正妃揖手感谢。妇妧说道:"感激的话不说了,贺姐姐安心回去,何时想我时可来井方。"

"你还真的长期居住不走了?"贺兰儿问。

"自然了,这儿是我的家呀。"

贺兰儿说:"我相信刚才老人家说的话,久不了。"云朵问:"贺阿母,为什么久不了?"贺兰儿抚摸着云朵的长发,"问你的外王母。"次日,贺兰儿南下回京都。

送走贺兰儿回到宫中,云朵问阿母妇妧:"昨夜,贺阿母为何说给外王母送回了两个女儿?"妇妧说:"我是外王母的女儿,你是外王母隔辈的女儿,一大一小不正是两个女儿吗?"云朵高兴地抱住妇妧:"好,终于能与你做姊妹了。"云朵高高身材秀丽若仙,妇妧望着女儿,想起了二十多年前的自己。

[①] 毛月:月晕,俗称毛月亮。

妇妍离开井方之后，兄长子贻反叛被除，井方作为妇妍的封邑一直由母妃管理着，母妃年纪大了，让庶子子平代管方国王政。子昭王嫡女小主子颂嫁给子平儿子子明后，作为子颂慈母的妇妍主动将自己的封邑承袭给了子颂，由此子颂就成了井方的伯侯王。子颂感恩慈母妇妍，孝敬妇妍的母妃仪狄太正妃，将其视为自己的亲祖母看待，称其为王祖母。子颂行事低调仁义理政，重视稼穑，爱民如子，深受井方国臣民百姓的敬爱，被尊敬为王祖母的仪狄太正妃十分喜欢子颂。她一直告诉自己，走了一个大女儿子英来了一个小女儿子颂。子颂听说后，对王祖母说："对子明来讲，你就是祖母，虽然子明是庶孙但与你亲生无异，子明一直倍受王祖母你的疼爱；对我子颂而言，正妃妇妍是我的慈母她养育了我，还把她的封邑之地承袭予我，她与我生母无异，你呢又是我的外王母，所以从哪个支脉上讲，我是你的孙女儿也好孙儿媳也好，你都是当之无愧的王祖母。"

子昭王废除妇妍正妃位的消息传到井方后，子颂十分惊讶和悲伤，她知道父王老了生性多疑，吵嘴斗气喜欢挑剔符合父王的性格，但她绝对没有想到父王会走到废慈母正妃妇妍这一步。有妙阿母照顾着，她不担心父王的身体，而是担心大邑商王朝离开了慈母妇妍会出乱子，子颂心里忧愁不敢与慈母妇妍细说，每每暗自落泪。

云朵自幼与子颂一块儿长大，俩人之间无话不谈，才来时云朵真的看不上井方这个小王城，论大小论气派井方王城绝对不能与京都殷城同日而语。她悄悄地问子颂："姐，你住在这个小地方不抱屈？"子颂告诉云朵："你想听什么？如果听官话我只能说这里是我的封邑我必须在这里，如果说心里话我爱的人在这里我喜欢这里，如果说风景如画清静清闲，这里要比京都景色美。"听了子颂的话云朵半信半疑，半年过后云朵对井方王城真的有了子颂所说的那种山水泉城清静若仙境的感觉，更重要的是这里有了云朵牵肠挂肚的人。

云朵与母妃妇妍和外王母居住在王宫的西宫。子颂获封井方伯侯王后，出于对王祖母的敬重，她参照京都王宫的样子，将整个王宫一分为二，东部由她和子平居住，相当于京都的东宫；西部由王祖母居住，相当于京都她父王居住的西宫之地。

妇妍来后见到这样的布局，深为子颂的细心和孝道所感动。

一日王祖母来找子颂，子颂听说后马上迎接出来。子颂说道："王祖母，你有什么事情招呼孙儿媳去你宫内就行。”王祖母严肃道：“我辈分再大也是你的子民。”子颂嘻嘻道：“咱们祖孙之间不说那个。”王祖母眼睛扫了一圈儿，小声说：“云朵不在你这儿？”子颂神秘道：“来了，跟着司马赤豹子出去了。”子颂见王祖母不说话，不知道王祖母什么意思。子颂为人实在说话直白，她说：“若王祖母不乐意他们两个在一块儿……”王祖母摆手道：“我乐意，就想让你多操些心思，促成他们的婚事。”

商历三月过后，一冬无雨雪，河池干枯天下大旱，从京城之地到北部边陲田野之上不见草禾，连阡陌上的树木也枯死了大半。六月喜降甘霖，百姓抢种阡陌染绿，眼看着会有好的收成，岂料又遭蝗灾，蝗虫遮天蔽日声响如雷，飞过之后田野光秃无物。九月，中天之地饥民遍野，北疆众方国为求自保，拥兵自立北疆告急。边使纷纷差报京都。

子昭王年纪大了，魄力不及从前，面对天灾人祸英雄气短难免手脚忙乱，说话也颠三倒四，时而清楚时而糊涂，弄得朝臣们莫衷一是。伊相傅云策火急之下找世子子跃商议，意思是让子跃代政挽救危局。子跃犹豫半日，说道：“本世子体弱多病，承担不起如此大任，父王再糊涂也比我子跃清楚，还是找我的父王吧。”借故推托。

妙妃是聪明人，她知道身为国朝正妃的责任，也知道自己力不能及，她召集伊相傅云策、冢宰甘墨琚、有亚纳罕、大卿事子妥紧急议事，命伊相傅云策派出差使北上井方恳求妇妌归来理政。

妇妌见到差使后，犹豫再三。国难当头应当义不容辞回归国朝，可她心想自己是被废之人，此时贸然回归，岂不让国人心生疑窦怀疑自己回归的目的。如果落个借机揽政包藏祸心，到那时纵有口舌也会百口莫辩。差使等着妇妌回话一直住在井方王城，妇妌心急如焚，不知如何抉择。

云朵知道后，气昂昂地对母妃妇妌说：“他们想赶你就赶你，想用你就用你，把你当成什么了？阿母哇，我们也是有血肉有气节的人，不能任由他们摆布。”

妇妌说：“伊相傅云策、冢宰甘墨琚、有亚纳罕、大卿事子妥这些人都是亲人，曾经与母妃我生死与共，有心心相印之情。他们有难，我岂能置之不理？”

云朵说：“生死与共又何？心心相印又何？当初父王赶你出宫时，他们无力相助；若你回归后再遭不测，他们同样无力相助。我知道你心疼世子子跃哥哥，担心大邑商王朝会倾于一旦，但子跃哥哥手中无权左右不了朝政，他能给你什么权力？再说了，如果没有我父王的授权，你回去又有何用？"外王母听了云朵的话，感慨道："不愧是君王之嫡女，说话好是厉害。"

一旁的子颂说："不是云朵妹妹说话厉害，而是王室的人忒不会做事，慈母被废根在父王，若让慈母回归必须由父王点头，他应该向慈母认个错，若不认错也得有个诏命，让世人清楚国朝离不开我的慈母，是国朝让慈母回归的。这样光明正大也能让慈母扳回一些脸面，如果不明不白地回去，岂不是辱我慈母的脸面？我与云朵妹妹一样，不同意慈母回去。"

王祖母听了云朵和子颂的话，她拍着女儿子英的手落泪道："女儿值啊，看看你亲生和不是亲生的女儿都一样的敬重你疼爱你护着你，生怕让你受委屈，一个个地为你支招儿，你应当满足，你这一辈子没有白活。"

仪狄太正妃的话说到了妇妌的心上，她之所以想着回去就是认为子妥、子媚、子颂包括已故的废世子孝己都对她敬重，她这个慈母没有白当。朝臣中伊相傅云策是子妥的夫婿，冢宰甘墨琚是子媚的夫婿，有亚纳罕是好姊妹贺兰儿的夫婿，更不说世子子跃是自己的儿子了，他们都是自己的亲人。危难之时他们需要一个主心骨，需要一个敢于拍板定夺的人，妇妌真的不想让他们像热锅上的蚂蚁惶恐不安。但云朵和子颂的话也是对的，她在认真掂量。

子颂见慈母妇妌仍在犹豫，便对大家说："就这样定了，我去告诉差使就说是我子颂的主意，若让慈母回归京都，必须有父王的诏命方可。"说毕，子颂去见差使。

妙妃得到差使回信，时间紧急，她来不及与伊相傅云策和世子子跃商议，便叫来子妥，趁子昭王头脑清楚不糊涂的时候，一块儿奏请子昭王，建议子昭王以大卿事之职诏命妇妌回归京都，并以大邑商王朝的特使身份出使北疆，平息北疆之乱，稳定大邑商天下。

子昭王闻听要请妇妌回归如梦方醒，责备妙妃和子妥道："本王年纪大了，常常丢三落四记不清事情，你们年纪轻轻头脑灵便，为何不及早提醒本王诏妇妌回归呢？平息北疆之乱是一场文武大戏，非井妃难当此大任，你们俩作为我的特使速速北上井方，向她道歉也罢求情也罢，请她看在世子子跃的分儿上，看在与我子昭夫妻一场的分儿上，回朝复职力挽狂澜。"

正妃妙儿和子妥受命后带着子昭王的诏旨，连夜北上，去请妇妍。妇妍见子昭王派正妃妙儿和女儿子妥来请自己，心中的冤屈消了一半儿。她二话不说留下云朵独自一人与正妃妙儿和子妥一起赶回京都，路过已故世子妃巫桃阿母巫嫫的家时，妇妍向正妃妙儿和子妥谈起巫嫫的事情，俩人感动之余，建议在巫嫫家借宿一夜见见已故世子妃巫桃的阿母，顺便给她留些钱财，以表示对已故世子妃巫桃的敬重。当妇妍带着她们进入巫嫫的宅院时，只见整个宅院破落不堪，人去房空。妇妍纳闷道："仅一年光景就败落如此，当时我留下的货物也足够她一家吃喝十年八载的。"

子妥看了四周地势，说道："天下大饥，盗贼四起，居住在交通要道之侧，不招劫也会招盗，八成是躲到深山老林去了。"三个人一番惆怅后，继续南下赶路。

到了京都见到子昭王，子昭王老泪横流，虽然有些唠叨，但子昭王依旧记得自己的过错。正妃妙儿对妇妍说道："你我亲如姊妹有话直说，正妃之位对我来讲毫无用处，我想把正妃之位还给你。"妇妍说："你没有用处难道我有用处？再说了你是诏告天下加冕的正妃，不是想要就要不想要就不要的事情，如果你把正妃的名号给了我，好像我妇妍从井方归来就是奔着正妃的位置来的，天下人会怎么看我？此时此刻你就应该在正妃的位上。"

正妃妙儿不高兴了，说道："你怕别人闲话暂且不接正妃之位我能理解，但你不该就此取笑我，说我应该在正妃的位上，你什么意思？"

妇妍说："你我姊妹绝无外意，一你年纪比我大，你是姐；二所有的孩子包括我生育的三个孩子都是你带大的，你功劳最大；三你在子昭王的身边时间最长，付出的最多。就凭这三项你就应该。"正妃妙儿笑了："去去去，如此说来天下的侍仆都可以做正妃了。"

是夜，妇妍在东宫世子子跃处召集伊相傅云策等一干人商议国事。商定妇妍以子昭王特使之名带领有亚纳罕、大卿事子妥以及一千名士卒出使镇抚北疆，朝中的事由世子子跃、伊相傅云策、冢宰甘墨琚等留守料理。

选好良辰吉日，妇妍与子昭王、正妃妙儿等告别出征，为避免误传为征战北伐，影响天下安定，妇妍一行出征前并未举行隆重的誓师仪式。只是由子昭王、正妃妙儿、世子子跃和妇妍、子妥等在宗庙祭祀一番，算作誓师。

商历十月，天气渐冷。妇妍、纳罕、子妥及千名士卒朔风北行，妇妍和子妥乘坐子昭王的车辇，她们过降水①，至于大陆②，涉足九河③，上行逆河④，直抵渤海之湾。一路蹉跎，顶风冒雪，最终抵达了渤方之国。

行进中，纳罕在车外禀报，说是小主云朵来了。妇姘笑道："纳罕将军不必拿我女儿云朵安慰我，此番苦楚本官经历多了。"妇姘话语未落，听得一声"阿母"，叫得格外亲切熟悉。妇姘和子妥慌忙将身子探出车外，惊讶道："果然是云朵！"

---

① 降水：在今河北境内。
② 大陆：大陆泽。
③ 九河：汇入大陆泽的九条河。
④ 逆河：古代黄河入海处的一段河流。

第六十五章　降服北疆之地

妇妍话语未落，听得有人叫"阿母"，思想着这声音怎么这般熟悉，莫非小女儿云朵来了？妇妍和子妥将身子探出车辇外，果然是云朵。子妥高兴道："你这个小妮子怎么会在这儿？"妇妍也好奇地问："是啊，你怎么到这儿来了？"

云朵说："我怕阿母出使北疆路途劳累想与阿母同行并照顾阿母，子颂姐姐听说后专门派出百名士卒一同前来为阿母护驾出行。"云朵着红色斗篷，斗篷里面穿一件羊羔皮的夹袄，骑一匹白马，脚蹬西域长靴，她脸色红润艳如桃花，茫茫雪域中红袍白衣人，犹如从天而降的仙子。云朵指着她身后一支百十人的队伍："他们在那儿。"云朵写满自信的脸上流露出兴奋和骄傲。

子妥喊叫道："愣着干什么？外面的风如刀子似的快到车辇上来。"说着一手扯开车辇上厚重的帘幕，迎接云朵。妇妍坐回车辇偷偷地抹了一把泪，见到女儿心中暖洋洋的。小女儿千里奔驰跃马北疆，是为了护佑阿母保阿母平安，天地大爱母女真情，妇妍无以言表，所以她兴奋、激动又不知所措。

云朵跨上车辇与子妥拥抱到一起。子妥紧搂着云朵，说道："你这个小妮子，一年多也不给姐捎个口信，让姐想死你了，快说说你是如何找到我们的？"

"哭了？"云朵见子妥满脸泪水，慌忙给子妥擦泪。云朵惊叫道："不行的不行的，在这儿不能流泪，泪水粘到脸上会冻伤的，弄不好还会把眼珠子冻住呢。"子妥破涕而笑："冻伤脸倒有可能，没听说过冻伤眼珠子。"

"怎么没有？"云朵仔细地给子妥擦着脸，连子妥长长的睫毛也不放过，擦完后云朵端详一会儿，"大长姐你真漂亮。"说着在子妥的脸上亲了一口。子妥的脸上洋溢着幸福，她对妇妌说道："我最疼这小妹妹，虽然你是她的生母，我感觉就跟我生的一样。"

"去，守着云朵竟敢胡说八道，我与你同岁，但我是你的慈母，云朵是你的妹妹。"

子妥说："着急吃醋嫉妒了吧，我又没说你不是我的慈母，我只是说我喜欢云朵。好了慈母大人，我也喜欢你好吧？"子妥的一席话，让妇妌没有了脾气。

子昭王有七个嫡子女，四个由已故正妃妇好所生，三个是正妃妇妌所生，子妥是七个嫡子女当中年纪最大的一个。嫡亲弟弟妹妹中年纪大的比她小三岁，年纪小的就是云朵比她的小儿子还小，子妥把弟弟妹妹们疼在心上视为自己的孩子，不娇惯也不纵容，时常关怀、体贴、教育、教导，裁判是非，惩戒过错，在弟弟妹妹眼中子妥的形象比父王、正妃妇妌还高大，子妥的话比父王、正妃管用。弟弟妹妹敬重子妥，把她当成神，有什么冤屈有什么心里话都愿意给她诉说，即使最不讲理的已故废世子孝己也惧怕子妥几分。子妥之所以这样做，源于她敬重妇妌，知道与她同龄的妇妌做慈母不易，知道妇妌是个讲仁义孝道，主张兄亲弟敬以孝悌治家的人，所以她一直助力妇妌，躬身孝悌，弘扬孝道，从王室做起示范天下。

妇妌被父王废去正妃位后，子妥一度想与父王大闹一场，代表嫡子女向子昭王表示抗议，子妥的举动被妙妃制止了。妙妃说："虽然你父王加冕我为正妃我并不感激他，我五十岁了，一没有生养过，二也不可能再生养，祖制里有子为母贵的规矩，可谁为我贵？即使为我贵者，你弟弟孝己已经过世，剩下子跃和子载两个嫡王子都是井妃妹妹所生，这样一来大邑商王室就出现了母为子贵的局面。你的慈母妇妌虽然废去正妃之位，但她是事实上的正妃，我不过是为她挂名而已。子妥呀不要再闹，你的父王将近九十岁，已经是个糊涂人。我妙儿不计较正妃这个位置，妇妌她也不计较这个，若是你的慈母妇妌计较她会主动请辞吗？她是担心两个嫡王子受影响，担心世子子跃多病经受不住朝廷中的折腾，她是担心你们嫡姊妹们因她与你们父王之间的隔阂相互之间产生猜忌破坏了王室的和睦，归根到底她是为了整个大邑商王朝的安定团结而辞了正妃之位的。"

听了妙妃的劝说，子妥才收住心不再与父王纠缠。北疆生乱后子妥忧愁不已，担心妇姘记恨父王不肯出使，不曾想妇姘二话不说，赶往京都受命，马不停蹄就出征北疆。子妥感动、敬佩妇姘的品德，敬佩妇姘的大义，敬佩妇姘的家国情怀，她坚信就凭妇姘这种勇于担当的宽怀大义定能母仪天下制止北疆之乱收复北疆之土，所以她告诉她的夫君伊相傅云策，要他支持她与慈母妇姘结伴而行出使北疆。

云朵见阿母与大长姐斗嘴，调皮道："既然你们为我斗嘴，我下去好了。"

妇姘说："大人说话别添乱，坐在阿母身边来，让阿母看看你。嗯，不错，我的小主也学得坚强了。"妇姘用手梳理着云朵额头上的乱发深情无限，她不曾想到能在千里之外见到小女儿云朵，同时也为小女儿的千里之行感到后怕。她拍打着云朵的后背，说道："你一个女孩子冒险而行真的让母妃替你担心，我不知道是该赞你还是该责备你。"

原来，云朵听说母妃妇姘要出使北疆，便与外王母商议想与阿母同行。外王母思虑再三，不予同意，她告诉云朵北疆地域辽阔，方邦众多，有曼方①、幽地②、鬼方③、渤方和渤北国④等。这些方邦之国山高水远，路途漫漫，冬季寒冷，渤方和渤北方一带滴水成冰，连大海都会结成冰窟窿，更让人担忧的是北疆地区族群混杂，蛮民聚集常有械斗事件，危险非人料想。听了外王母的诉说，云朵想，既然北疆之途艰难多险，女儿更应该跟随阿母同生死共患难，为母妃保驾护航与其同行。她拿定主意后去找赤豹子，见到赤豹子直言道："你爱我吗？"赤豹子一脸质朴："当然。"云朵说："我要走了。"赤豹子顿时色变，问道："去哪儿，为什么？"云朵观察着赤豹子的神色："要问我去哪儿，你想如何？"赤豹子说："你到哪儿我到哪儿。"云朵笑了心甜如蜜。"好吧，你速去与我姐子颂禀报，就说你要跟我去天涯海角。"赤豹子毫不迟疑："好，我马上向伯侯王子颂禀报。"

赤豹子到了子颂那里，子颂问他："你知道我妹妹要去哪儿？"

---

① 曼方：在今河北省鹿泉一带。
② 幽地：在今北京一带。
③ 鬼方：在今张家口一带。
④ 渤北国：在今大连一带。

"不知道。"赤豹子叩拜道。

"知道她去干什么吗？"

"不知道。"

"你为什么不问清楚？"

赤豹子羞涩地说："她清楚就行，我跟她走。"

子颂让赤豹子坐下，转脸儿向内室喊道："出来吧，别偷听了。"云朵从宫殿的内室走出来脸上挂着笑容，坐在子颂对面。子颂问云朵，"对赤豹子的回答满意吗？"云朵点头羞涩不语。子颂这才把云朵要陪妡妃出使北疆的事告诉给赤豹子。子颂说："国朝危难，君臣有责，我的慈母不顾年老奉命出使北疆，一路上将困难重重凶险难料。我妹云朵执意随行为母保驾护航尽子女之孝和朝民之忠，妹妹的决策符合我意也让我感动，因我有孕在身无法与妹妹同行深感遗憾。妹妹云朵想伴母随行自然想到了你，以此借机试探你也是一番考验，希望司马能够谅解。"

赤豹子叩礼道："伯侯王多虑了，小臣身为井方司马，为伯侯王分忧效力是我的分内之事。井方国拱卫京都北地与北疆众方国毗邻，我们熟悉地物了解风俗行走便利。大邑商特使出使北疆，我井方国理应做其先锋效犬马之劳。小主云朵念其母妃辛苦，感于家国情怀，主动请缨千里护驾，我赤豹子身为堂堂男儿，应躬身前往不辞赴汤蹈火天涯海角。"赤豹子话语真诚发自肺腑。

子颂微笑道："妹妹看，考验得如何？"

云朵不好意思，眼睛望着宫外摇曳的树木，轻语道："尚可。"

子颂收起笑容，严肃道："本王有诏，请司马赤豹子受命。"赤豹子跪拜于地："小臣领命。"子颂说："司马赤豹子率精兵百人，于明日启程陪同小主云朵前去渤方跟随大邑商王朝特使妡妃出使北疆，路上要恪尽职守尽心尽力，保证我慈母和妹妹小主平安无虞。"

"是！"赤豹子领命，之后与云朵告别。他说道："我准备去了，明日前来接小主一块儿起程。"云朵领首，目送赤豹子离去。

回到寝宫，子颂把自己存放的羔羊貂皮等御寒的衣饰全部拿出来，让云朵挑选试用，云朵不好意思，子颂告诉云朵："别给姐姐客气，我认你是我妹妹，老天爷可不管你是谁，冻你不商量，转眼工夫就能把你变成冰人儿。"子颂尽心地把云朵打扮好，然而两人一块儿去王祖母的寝宫向王祖母解释，王祖母免不得掉些眼泪。

次日出发时，原野素裹山舞银蛇，阳光普照中寒风拂面微动，天气还不甚太冷，但往北走了一百里路，便走进一个白雪茫茫千里冰封的世界，天上人间唯有风在怒吼风在号令。云朵生平第一次晓得了北方寒冬的厉害，也体感到了子颂姐姐赠予她的羔羊貂皮的好处。

赤豹子对云朵关怀备至。白日行军赤豹子要探路，要与路过的方国交涉礼节，还要寻访大邑商特使车队的行踪。晚上赤豹子要关照云朵，骑马行军久了，赤豹子担心云朵会冻坏双足，亲自安排侍仆为其暖足，有时他把云朵的双足置在自己的怀中温暖。云朵感动，记在心中，她见赤豹子累得消瘦也是心疼不已，经过一个多月的风餐露宿艰难跋涉，云朵一行终于追赶上了出使北疆的特使车队。

坐在车辇内，妇妌望着云朵红扑扑的脸蛋，心疼道："一个月的时间里你在雪地里滚打马背上游荡，可是吃了不少的苦楚。甭说别的你的双足一定是冻坏了，你看我用两张羊皮裹着还是把双足给伤了。你子妥姐姐的一只足也被冻伤。"

"我没事，我很好的。"云朵伸出脚上的长靴，让妇妌和子妥察看。云朵说道："西域的长靴保暖还有这羔羊貂皮，这些物什都是子颂姐姐的，她把她的家底都贡献给我了。"子妥说："你子颂姐姐的长靴再好骑在马上在冰天雪地里游荡了一个月，再暖和的长靴也似在脚上裹了一层薄纱不管用的。来来，让姐姐看看你的脚。"妇妌也担心云朵想看看冻伤没有。云朵说："真的没有，不瞒阿母和大长姐，每日行军后，赤豹子总是安排侍仆为我烧水浴足，有时他还放在怀中给我暖足呢，他小时候经常跟随他的父亲外出冬猎，知道如何防冻。"妇妌说："此话我倒相信，赤豹子的生父貔早年就是一个猎者。"

"什么？赤豹子是貔和度娲的儿子？"子妥问道。

"是。"

"貔和度娲现在可好？"

妇妌悲痛道："已经过世了。"子妥听后不语。云朵对子妥说："赤豹子正是承袭了他父亲的爵位做了井方国子颂姐姐的属臣司马。"子妥把云朵拽到自己身边，神秘兮兮地说道："看着我的眼睛，你是不是喜欢上这个小司马爷了？"云朵也不隐瞒："是，否则让他来干吗？"子妥赞扬道："姐就喜欢你的坦诚。"云朵说："这不是坦诚不坦诚的事儿,你是大长姐谁敢对你隐瞒?你说,是不是让我把他叫到车上来,让你审一审。"

子妥高兴道："大长姐就是这个意思,叫他来,让大长姐给你审一审。"

"好嘞。"云朵答应着,把身子探出车外,吩咐人去叫赤豹子。妇妌一旁高兴,说道："有什么姐姐就有什么妹妹,这是在出使行军,不是在宫内游戏玩乐。"

说话间有亚纳罕将军来报,说是冰雪融化道路泥泞车马难行,士卒们疲惫不堪,是否早点宿营歇息。妇妌准报,命队伍就地驻营歇息。纳罕得命传令下去,士卒们开始安营扎寨造饭饮食。千名士卒加上跟随云朵来的百人,计一千一百人,在渺无人烟的渤方之地显得数量庞大浩浩荡荡。当地乡里人见如此大的队伍到来惶恐不安,以为大邑商出兵平叛,纷纷逃离家园。

妇妌、子妥和云朵宿住在一个乡邑内,邑内除了盐场之外并无几处田地,所有的几处茅房草社也是破破烂烂。春日过后,冰雪融化,盐池之地吃用的水也是苦涩难咽,纳罕十分歉意怕妇妌吃不下此水,命人寻找水源。寻了几处,却找来几个盐奴。

盐奴们身无钱财,又无盐田农舍,唯有的命也是主人的。他们见惯了战乱,知道军卒们不会伤及他们,所以他们见到妇妌也不甚害怕。妇妌让人给他们赠送食物,听取他们的叙述。得知此地是大河入海之地,因海水倒灌土地多盐而闻名,又因河水入海犹如人的咽喉形似脖子之状,名曰"渤",得"渤海""渤方"之名。盐奴们告诉妇妌,渤方国自古靠盐业交易换取中天之地的粮食为生,近几年中天富裕天下太平,粮食充足促进了渤方盐业的兴隆,渤方人放弃耕作致力盐业,仅有的田地也多数荒芜。去年中天大饥断了渤人的粮源,渤人开始贫困潦倒失去了生计。送走盐奴妇妌告诉纳罕,渤方国不向我大邑商朝贡,是粮荒之故非反叛之心。她要求出使的士卒们要严明军律,不得扰民伤民。

是夜,盐奴们给妇妌送来了渤海之鱼和淡水之饮。

有亚纳罕将军得知赤豹子是度娲和貔的儿子后格外疼爱,他对赤豹子说："当初你父就是我手下的一名干将,他走了你来了,你我有缘,今后我将把你当儿子看待好好地磨练,让你成为大邑商王朝的有用之才。"赤豹子从父亲貔嘴中久闻纳罕将军的大名,今日得见欢喜万分,跪地叩拜要认纳罕做自己的义父。子妥把纳罕叫到一边嘀咕了一阵，纳罕回来向赤豹子慌忙还礼，说道："方才本将说话急了，收义子之事只是玩笑耳，冒昧冒昧。"

妇妌批评子妥道："看来你是多嘴了。即使赤豹子与云朵成为夫妻，这与纳罕认赤豹子为义子又有何干？"纳罕解释道："云朵贵为我王的小主，我怎敢认子昭王女儿的夫婿为义子，此事不合礼数，权当大风吹去，不提了。"此事过后为了培养造就赤豹子，妇妌还是同意将赤豹子纳入王室的军队予以锻造。

妇妌等一路北行，见惯了赤地荒凉，一月后到达渤方王城。渤方国百姓见大邑商大军到达惊惶失措，渤方国君闻讯率众臣城外请罪。妇妌还礼时见是旧识，原来渤方国的大子成已经做了渤方国君。妇妌命纳罕将军率卒在城外驻扎，一不准入城，二不准惊吓百姓。妇妌便带子妥、云朵和几位侍从跟随渤王成入城。

入城后双方坐定，渤王成再次叩礼，垂泪道："渤方多盐田地荒芜，粮食歉收百姓生计不保，故无脸面去大邑商朝贡实在欠礼。我做大子时曾赴大邑商京都朝贡，其间因病受到正妃你的精心照顾，小臣终生难忘正妃的救护之事，属臣继任渤方伯侯王后一直想着感恩之事，想单独去京都殷城朝拜子昭王和正妃，无奈天不遂人愿无法成行，望仁慈的大邑商王朝国君恕小臣之罪。"

妇妌说："我受大邑商国朝子昭王之命出使北地，主要是巡视方邦慰问大家，去年以来大邑商中天之地遭大饥之灾，患难之时同为国朝，前来慰问以示关怀，子昭王并无问罪之意。"渤王闻言叩谢王恩。妇妌问道："眼下仲春已过为何不做耕种？"渤王说："渤方为盐业之地，重盐轻耕久矣田地大都荒芜，百姓不知何为？"

次日，妇妌与渤王成亲临田地指导百姓耕作，渤王还接受妇妌的建议下达农耕令，推行井田鼓励农耕。不几日消息传遍了渤方，流民大量回归，整个渤方国开始生产自救。月余后妇妌离开渤方国，渤方君臣百姓倾国相送。渤王成说："邦小贫穷无礼以敬。"妇好指着满车的龟甲，"这些东西在京都找都找不到，可是最好的礼贡！"

妇妌由渤王成陪同继续北上，历经两个月，过焉地①进入渤北国，渤北人

---

① 焉地：在今北京燕山一带。

生性强悍行事鲁莽，在王城外抓捕了随行的渤王成和大邑商纳罕的几十个士卒。有亚纳罕将军和众将士，认为渤北人蔑视大邑商王朝，随意抓捕随行的国朝特使，定要武力征伐，灭其国以报受辱之仇，妇妌不准。妇妌说："一不可武力征伐，武力征伐必然给渤王成带来生命危险；二不可灭其国，渤北国距离京都千里之遥，路途迢迢鞭长莫及，灭国容易守国难，谁能在此守国？再者一旦诉诸武力，必然引发大乱，整个北疆分崩离析，再无统合的希望。"最后妇妌决定孤身入城找渤北王求和。子妥、云朵和纳罕担心妇妌的安全，不同意妇妌去求和。

妇妌见说服不了大家，便留下子妥和云朵让众人散去。云朵扑在妇妌怀中哭泣道："渤北国敢抓来使无理扣压邻国王君，说明他们根本不懂礼义也不讲友情，他们若是把你扣留了我们怎么办？我云朵不能没有阿母啊……"子妥也流泪说："云朵妹妹说的对，此去吉凶各半，险恶重重，不能让你冒这个风险。若是非要讲和，我子妥是子昭王的嫡长女，由我出面也算是给足了渤北国面子。"云朵说："是啊，你命我和嫡长姐去也行啊！"

听了子妥和云朵的话，妇妌落泪了。她说：正因为有危险她才决定独自去求和，若是你们姊妹俩去了，出了危险我又如何向子昭王和大邑商的国民交代呢？"于是，她解释道，"我与你们不同，我是大邑商的特使又有过正妃的身份，他们可以伤害特使但绝对不敢加害大邑商王朝的王妃正妻。另外渤方王为我而来因我而受冤屈，我必须亲自出面解救方不失大邑商特使之礼。此事我已决定，再劝无益，请把纳罕将军叫来。"子妥和云朵见妇妌阿母去意坚定，再无他计，只得含泪去叫纳罕。纳罕来后，妇妌私下叮嘱纳罕，让纳罕做好最坏的准备，告诉他不到万不得已不得动用军队。

妇妌亲自前往，吓坏了渤北王，渤北王知道来者不善，亲自率朝中文武大臣到城门外迎接拜见。

见到渤北王后，妇妌说："大邑商军队万众倍于汝国，灭之轻如弹灰，我等奉子昭王之命前来慰抚，汝怎可武力相挟？"渤北王见妇妌一人前来不曾带一兵一卒，料定大邑商兵力雄厚胜券在握，害怕起来，向妇妌跪拜谢罪，当场放了渤王成还盛情款待妇妌一行。渤北王得知子昭王和井妃的小主云朵及夫婿同行还未举办成婚大典，为了表示渤北国对大邑商王朝的忠心和敬意，他执意要为妇妌的小主云朵举办成婚大典。

妇妌认为可行，这正好体现大邑商王朝与邦国之间的信任与真诚，她便与子妥、纳罕将军以及云朵商议此事。纳罕表示反对，他认为云朵贵为子昭王的嫡女小主，在偏远的北方之地举行成婚大典有失王室身份不说，也对不住小主云朵。云朵却鼓动妇妌说："我们大邑商历来主张婚事简朴不事铺张，若让渤北国为女儿举办成婚大典，能够彰显大邑商国朝对邦国伯侯王的信任，增进了解促进北疆和平统一，女儿我乐意做这个贡献。"子妥一直沉默不语，云朵督促道："大长姐，我是你的妹妹你总得拿个主意呀？"子妥说："我赞成慈母的想法，在家事与国事之间家事服从国事，让渤北国为我妹妹云朵举办成婚大典，非但不失我王室的身份，反而让我们王室在众邦国中的地位更崇高更有影响力，只是不知道如何与京都父王联系。"

有亚纳罕将军军卒出身说话坦率，他认为渤北之地距离京都千里之遥，向子昭王禀报已不可能，再说子昭王年老糊涂商议也只是个说辞，将在外君命有所不受，这是兵家规矩。

见大家说过了，妇妌说道："多秋时刻最见真情，既然渤北王真情而为之，我们必须真情而待之，这为其一。其二呢，北地方国众多我们路途漫漫，回归京都仍需一年两载，云朵十九岁了婚事不可能再拖，成婚大典之后，也了却了我和子昭王的一桩心事。"

几经商议，又争取了赤豹子的想法，妇妌告诉渤北王同意由渤北王代表大邑商王室为云朵和赤豹子举行成婚大典。渤北王获此殊荣，自然是倾其国力举办此事。他亲自差使，通知附近的鬼方等方邦之国前来聚宴，借此与妇妌引见。聚宴期间，渤北王以东道主之尊，率领众邦国通过大邑商王朝特使妇妌向远在京都殷城的子昭王表示礼敬，声称世代臣服大邑商王朝，做大邑商北疆的忠实臣民。妇妌借此大会伯侯，声明大邑商王朝与众方邦王国的和睦友好之策。妇妌带领女儿云朵夫妇逐一向来宾敬酒致意，表示友好，因有伯侯王在京都见过正妃妇妌的祭舞之姿，请求妇妌舞蹈。妇妌应邀而舞惊艳四座，一时间妇妌的美名传遍北疆，凝聚了北疆方国的人心。

妇妌一行离别南行时，渤北等北地众方邦国长途相送，场面热烈感人。

到达易水之地已经是来年的商历九月，妇妌一行进入曼方之国。曼方伯侯王自恃山地无险，躲入王城避而不见。妇妌一连三日拜访，始终城门紧闭。

子妥、纳罕也束手无策。

第六十六章　后母戊鼎

　　长途跋涉，风雨无阻，无以计量的劳累和忧虑堆积起来的皱纹爬上了妇妌的额头，白发染去了妇妌的青丝，在北疆风的吹拂下她变得苍老了。

　　风霜与岁月同行，两年多的奔波，子妥变成另外一副模样儿，成为一个瘦弱的乱发披肩的老者，就连天生丽质的云朵也被风霜和岁月涂黑了肌肤。看着变了颜色的脸颊，子妥安慰云朵："小妹别看我们脸黑，可我们的心不黑。"云朵爱美不喜欢别人说她肌肤变黑了，生气道："大长姐怎么这样说话呢，我们才不黑，不过是不及从前白嫩了些。"云朵依然认为自己是白嫩丽人，但云朵看到阿母衰老的样子，她又确确实实觉得游走北疆两年多的岁月是如此的艰辛和痛苦，付出的是如此巨大，与阿母同行的大邑商国朝的一千一百名士卒，能活着跟随她们从北疆回归的不足六百人，有五百余人被严寒疾病和劳累夺去了生命，永久地留在了北疆的异国他乡。

　　云朵是出于母女之情跟随妇妌来的，始初只是觉得好玩，觉得能借故此行与自己心爱的人在一起，通过一起北行考验自己心上人，也让阿母观察自己的心上人，滋润一些母女之情爱恋之情，除此之外她没有更高尚更伟大的想法儿。时到今日，天真不在，云朵才知道任何的想法儿都是要付出代价的，对大邑商王朝来讲出使北疆就是拿着国朝王妃妇妌的生命做赌注，死了是生命的付出，活下来是生命的煎熬，远不是北疆地区所展现出的边境和平百姓安居乐业那样的美好和美妙。路是人走出来的，在没有走出之前，谁能知晓它是一条路呢？走过了才知道，天下的任何一条路都是血泪之路，回望北疆本该是血流成河相互厮杀的战争之地却被和平的欢歌笑语莺歌燕舞所代替。云朵醒悟到，她与阿母的北疆之行，非常值！不过，云朵还是觉得应该祈求老天爷让她的肌肤尽量白嫩一些，一个新婚妇，一个正在与夫婿品尝爱情甜蜜的女人，爱美是天性。

看着云朵的神态，妇妍评判道："人不大还特别爱面子，肌肤黑点有啥？你们已故的阿母妇好，南征北战驰骋疆场十几年，从来没有在意过肌肤黑不黑。我们出征西北与羌人作战的时候，每时每刻想到的不是脸面而是命能不能保住。"

云朵不服气："战争年代怎好与今日相比。"

子妥更正道："小妹错了，我们今日的出行远比过去的战争年代复杂，北疆战与和，这把钥匙一直在我们阿母妇妍的手里攥着，若不是她掌控着，北疆之地早就是烽火四起刀光剑影了，哪儿会有今日的朗朗日月。"云朵细想，感觉大长姐子妥说得有理，一路上跟随他们的士卒没动一刀一箭，平平和和地走了一圈儿，他们带得这班虎狼之兵，哪儿是吃素的，灭几个小邦之国也只是眨眼工夫。果真那样，北疆之地就不是现在的模样儿了。

"阿母在想什么呢？"云朵看着心不在焉的妇妍问道。妇妍疲惫地"啊"了一声，仍在沉思。三次拜访三次被拒，曼方国王的傲慢，气坏了子妥和有亚纳罕将军，也让妇妍一筹莫展。云朵见阿母仍在发愁曼方国之事，她开导说："北疆的白山黑水我们都过来了，难道到了我们的家门口曼方国这个小阴沟里要翻船吗？不会的阿母，我有办法治他们。"

妇妍仰卧榻上，闭着眼睛说："你的办法不说我也知道，就是动刀动枪呗？"

"不不不，阿母错了。我们一路上高举和平大旗，用仁义赢得了北疆地区的安定，此时再动武，岂不是一招不慎前功尽弃输掉你老人家的所有努力吗？动武这活划不来，我们绝对不干。我的意思是借力打力釜底抽薪，废除这个不懂礼节的旧王换个懂事的新王。"云朵用手比画着，说着自己的意图。

妇妍拿目光瞄着云朵的夫婿赤豹子，问道："我儿，你清楚云朵的意思吗？"赤豹子回答："儿清楚。"子妥和纳罕将军来了兴趣，看着云朵。子妥说："妹妹添了本事学会用慈母的手段与北疆人打交道了，你说说如何釜底抽薪？"

"是啊，你快说说，让阿母我也长些见识。"妇妍坐起来。

云朵说："曼方王城凭借天险四周屏蔽，是个山中之城，又因城中有山，俗称中山之城。曼方王城的位置虽好但也有不足，就是它距离百姓远，是个独立的孤城。曼方的百姓耕作在山下远离王城，曼方的伯侯王再牛气，他也离不开山下百姓的拥护，俗话说得民心者得天下。眼下正是秋收时节，百姓们正忙于收获，我们不妨让我们的士卒们发挥屯田的劲头，到百姓家中帮助收获，阿母呢借机走访百姓为百姓主持秋祭之礼。谁都知道阿母曾是大邑商王朝的正妃，大邑商王朝的正妃亲自为一个小国之民主祭秋收之礼岂不感动百姓？我们借机宣布曼方伯侯王的种种不礼之事，百姓们定会如干柴烈焰一般攻占王城，逼迫伯侯王退位。到时，我们重新册立新主。这样一来我们既不动武又不动手，岂不善哉？"

纳罕拍着大腿叫好，称其"锦囊妙计"。子妥赞道："小妮子真是长了大本事，让大长姐刮目相看，行啊慈母别再发愁了，听小妮子的准能大功告成。"

妇妌自然高兴，目光盯着赤豹子，问道："你们俩谁的主意？"

赤豹子说："回阿母话，是小主云朵的主意。"

"真的？"妇妌审视云朵。

云朵依然镇静："我们是夫妻分不得你我，他的主意我说出来有何不可？"

"非也，是你的阿母高兴，不是你的是赤豹子的主意阿母更高兴。"

"阿母这般偏心吗？"

"阿母不是偏心而是发现人才，若是赤豹子的主意，说明我们大邑商王朝后继有人，又多了一个多智多谋的将军。"妇妌解释道。

云朵马上高兴起来："是的，是赤豹子的主意，他怕说出来你们不认可，所以让我说，可是我也有功劳啊。"

子妥打趣道："当然了，都是我妹妹教导得好，决策得好，若不是我妹妹让赤豹子一块儿来北疆，慈母怎会发现赤豹子这个人才呢？"

"对呀，小主功不可没。"纳罕赞叹道。

妇妌走下榻来踌躇满志，命纳罕立即调集参加过屯田的士卒，帮助曼方国百姓收获。当日妇妌则由子妥、云朵、赤豹子陪伴，遍访百姓安抚邑民。一个月后，百姓得知了实情，他们痛恨曼方伯侯王傲慢无礼，慢待大邑商王朝的使臣，百姓们自发地联合起来群起而攻围困王城，迫使曼方伯侯王退位。考虑到曼方之地是商朝的北方咽喉，军事要地，妇妌代表大邑商子昭王将子昭王的季父子响册立为曼方国新君，让贞人刻制甲骨之上，载入史册。新君初立要益于百姓，妇妌宣布免除曼方国三年的贡赋，曼方君民山呼千岁。

离开曼方国南下，十日后进入井方之地，妇妌本想回去探望自己的母妃，虑其离开京都近三载，不知年至九旬的子昭王如何，也不知京都的局面如何，国事大于家事，妇妌咬了咬牙，从井方国王城的东侧擦肩而过，思想着回京都禀报完国事后再回井方陪伴母妃，妇妌派出差使向母妃和井方伯侯王子颂送信安慰。妇妌到达邯邑后，差使归来向妇妌禀报说仪狄太正妃已于两年前在小主云朵离开井方的次日无疾而终，临终前仪狄太正妃要求井方伯侯王子颂不要把她去世的消息告诉给赴北疆的特使妇妌，以免影响妇妌北疆之行。

妇妌得知母妃仪狄太正妃已于两年前去世，面北而跪捶胸大哭，不知如何言表对母妃的思念和愧疚，之后妇妌决定让云朵夫妇代她返回井方祭拜母妃。子妥说："既然云朵妹妹回去祭拜外王母，我随她一块儿去更好。"妇妌说："你离家两年多了，应该尽快回京城家中看看。"子妥拒绝道："京城家中有傅云策照管着不会有什么大事。"说着与云朵夫妇叩拜母妃妇妌，奔向井方王城。

子昭王得知妇妌凯旋，心情难以平静，当初他为心中一口怨气，废去了妇妌的正妃之位，让妇妌受尽了委屈。北疆滋事国难临头时，他以大卿事和特使的命诏把妇妌请回来，连一句道歉的话都未来得及说，妇妌就无怨无悔地去了北疆。北疆的情景子昭王比谁都清楚，那是一块相当于大半个大邑商国土的是非之地和战乱之地，妇妌的北疆之行危机四伏是一条九死一生的死亡之路，要比他平叛八十一个方国艰难也困苦。他坐在家中每天为妇妌祈福，祈求天帝和先祖们护佑妇妌一路平安。他让伊相傅云策为他读着妇妌从前方为他送来的龟甲卜辞，他是那样的激动而难以自已，有时候他激动地号啕大哭，为妇妌的机智勇敢大获完胜击案叫绝泪水飞扬。有时候他让正妃妙儿重读战报与他分享妇妌出使北疆的喜悦，他按捺不住心中的兴奋质问妙儿："你说说，妇妌一个妇者的心胸、韬略、勇敢和内心的强大事事都超出国人的想象，让我们男人汗颜，自夏朝以来的史迹上有过这样的妇人吗？我承认你的好姐姐先正妃妇好是位女英雄，但在治国论政、教化百姓、邦交和睦等方面她比妇妌差距很大。我呀，恨我自己糊涂，一气之下废了她的正妃之位，差一点儿误了国朝的大事，回首往事，悔不当初，我一生中最对不住的人就是妇妌。"

正妃妙儿说道："终于知道后悔了吧，当初我劝你冷静不要废妇妌的正妃之位，你着魔似的不听劝阻，还把我推到正妃位上，让我左右为难。"

说话间，子昭王突然想起了妇妌归京后居住的地方，问道："妇妌的寝宫收拾好了吗?"妙妃说道:"你都问了十几遍,我和子媚亲自安排进行了装饰,收拾得干干净净,和新的寝宫无异。"子昭王坐起来:"那不行,我得亲自看看才能放心。"说着让妙妃陪他去看妇妌的寝宫。

妇妌历经两年多岁月,呕心沥血,游走北疆,用和平手段促进了大邑商王朝北疆地区的民族团结统一。妇妌回归的消息传到京都殷城,京都臣民百姓夹道迎接,当人们看到两鬓斑白的妇妌疲惫地向人们招手致意的时候,国人心疼,恸哭不已。

子昭王听说妇妌荣归,急着诏见妇妌,妇妌叩拜子昭王说:"北疆全境臣服,回归大邑商一统,明春时节北疆所有方邦之国将来京都殷城朝拜大邑商子昭王,以示谢恩。"子昭王感动得老泪横流,赞誉妇妌宽厚博爱恩慈黎民,用母仪天下之尊让大邑商王朝完整统一。子昭王虑其出使北疆将士功绩显赫,在伊相傅云策的提议下全部封官晋爵,其中诏命小主云朵为大卿事,参议朝事。

回到宫中,说起京都的事情,妙儿告诉妇妌老伊相傅说去世了,去世前一直在念叨妇妌,说妇妌仁德天下,一人出使可抵千军万马,定能凯旋。妙儿还说,贺兰儿也走了,走时一直在呼唤纳罕将军,呼唤之声令人心肺欲裂。妇妌生气道:"为什么不派差使告知我们?"正妃妙儿说:"老伊相傅说临终前叮咛了,不让家人告知儿媳子妥怕影响你们北疆之行,即使贺兰儿如此思念纳罕将军,她断气前也告诉女儿和儿子,不让告诉北疆的纳罕将军。其实你的母妃仪狄太正妃也不是如此吗?"妇妌欲哭无泪,跪在王宫外的坪地上,仰望长天,声嘶力竭地喊道:"亲人啊,妇妌跪拜你们啦,我归来啦,北疆和平统一啦……"之后匍匐大哭。

正妃妙儿膝下无子,不善理政,一直想把正妃之位还给妇妌。妇妌说:"你我姊妹无别,若你认我是你的妹妹就不准再提此事,这种事多提无益,也不是你我所能决定的。"自此,妇妌以国礼相称敬重正妃妙儿。

妇妌归来之后,子昭王有心与妇妌好好地聊一聊,向妇妌表达歉意,承认错误。但见妇妌为贺兰儿、老伊相傅说以及仪狄太正妃过世的事儿,一直情绪低落伤心不已,不忍心打扰。这天夜里子时过后,子昭王躺在榻上辗转难眠,叹气吁吁,一旁的妙妃知其原因,说道:"既然有话想对妇妌讲,你就大大方方地去妇妌那儿向妇妌直叙心声,该认错的认错,该赔礼的赔礼,把心里话说出来,卸下你几年来对妇妌的愧疚之情,年纪大了没有必要担着这份情债,跟自己过不去，虽说妇妍不再是国朝的正妃，但她还是你的妻子啊。"有了正妃妙儿的鼓励，子昭王起身后由妙妃提灯引路护送到妇妍的寝宫，见过侍仆，由侍仆将子昭王悄悄带入妇妍的内室。

子昭王坐在妇妍的榻侧，借着灯光看着熟睡中面色苍老的妇妍，长久的愧疚和思念之情涌上心头。他泪眼模糊，思绪如潮，想起了初次见面时妇妍纯真无邪楚楚可爱的情景，想起了妇妍带着世子孝己千里西行救母无私无畏勇往直前的情景，想起了成婚之后俩人花前月下卿卿我我的情景，想起了妇妍风餐露宿一路北行让北疆地区化干戈与玉帛的情景，禁不住握住妇妍的手呜呜地痛哭起来。

妇妍从梦中惊醒，见子昭王在自己的榻旁，想起身被子昭王按下。子昭王喃喃地说："我……一直等你等了三年，三年中我一直在愧疚不安和自责中生活，天天盼你等你归来，想向你说一声我子昭对不住你，让你受委屈了。"

妇妍转身面对子昭王，轻轻地说了声："是吗？"本想掩饰自己情绪的妇妍再也阻挡不住澎湃而来的心绪之潮，她掩面痛哭起来，多日的冤屈、劳累、不尽的惊险和对已故亲人的思念全部化作泪水，汹涌而出。子昭王拥着妇妍任由妇妍哭泣，他说道："都是我的错，你可以骂我、打我……我都认了。"妇妍说："打你骂你有什么用，恨你倒是有的……"妇妍真得在子昭王的手臂上咬了一口。

妇妍归来后，见世子子跃身体健壮了许多。她从子跃嘴中得知，自从妇妍奉命出使北疆之后，子昭王对子跃的态度大变，多次探望患病的子跃，嘘寒问暖，关怀备至，不曾再责怪过子跃，他还时时地给子跃讲述理国治政的道理，鼓励子跃大胆理政，这让妇妍感动于心。妇妍认为，儿子子跃心情愉悦，能得到安慰并体会到父亲的温情，有一个欢快的生活，她这几年的冤屈和付出值了。妇妍无形中对子昭王生出几分的敬重。

妇妍挪出位置，让子昭王上在榻上。她心疼道："我也走不了，刚才你这些话什么时候都能说，干吗非要在深更半夜里偷偷摸摸地说？"子昭王说："我早就想说，一直找不到时候，今夜一吐为快，我这心病也没有了。"子昭王说着把妇妍拥在怀中。

自此，子昭王、妙妃、妇妍三人相敬如宾。子昭王九十多岁了，无法料理朝政，国朝中的事情依托给妇妍操持。

子昭王五十九年，子昭王病逝享年一百零二岁，谥号武，因生丁年史称

"武丁"，庙号高宗。世子子跃继任王位。

子跃继位史称"祖庚"，是为商第二十四位王。子跃登基加冕之日，不忘胞弟子载的相让之情，诏告天下，封妇妌为妇妌太正妃，命胞弟子载为储君。

六十岁的太正妃妇妌在失去了子昭王之后，开始颐养天年过太平日子。但子跃王身体多病才气不足，执政软弱无力，京畿之地祸乱不断，一些京畿王族不守本分，甚至公开叫板子跃王，要否定已故子昭王开创的"武丁中兴"大业。

祖庚二年，大卿事子妥，以大长姐的身份密会子跃王，告诉子跃王要以大邑商国朝之名，请太正妃妇妌出山辅佐朝政。她语重心长地对子跃说："国政劳顿京畿滋乱，王弟身体不支，为重震朝纲拨乱反正捍卫我们父王开创的中兴大业，应当尽快请我们的太正妃妇妌参与国朝之事。太正妃妇妌功高盖世威震四野，是父王中兴大业的开拓者，她若重新参与朝政定能遏制朝野对父王的非议，辅佐王弟整治京畿清明朝野，永固大邑商社稷。"同时建议将云朵的夫婿赤豹子诏命为国朝的有亚将军。

子跃王听从大长姐子妥的话，与正妃塔娜商议。塔娜说："自你继任王之大位，我父纳罕为避讳外戚干政之嫌，早有意辞去有亚将军之职。论功论才此职早应诏命给赤豹子，而你迟迟不做决断，为此惹得太正妃妇妌不悦，实为你的不对。今日大长姐子妥所说非她个人之想，乃天下人心所盼，你身体多病无力与恶势斗强，眼下人心不古国朝举步维艰，若请你的弟弟子载帮你，他隐居多年怕不肯出山，唯有请太正妃妇妌出山正当其时。"子跃与塔娜青梅竹马意笃情深，塔娜的话他听得入心，次日议政后商王子跃带着伊相傅云策，冢宰甘墨瑶，大卿事子妥等赶往太正妃妇妌寝宫，向太正妃妇妌禀报国事，恳请太正妃妇妌出山辅政。

子跃能继任王位，全仗太正妃妇妌对他的保护，否则子昭王早就废掉他的世子位将王位传给三子子载了，子跃对此心知肚明。子跃世子位时受父王的压抑和责难比较多，继任王位后产生出一种乖戾之气，时常暴躁无度独断专行，无故辱骂朝臣。太正妃妇妌考虑，子跃王是和平之王不同于子昭王的征战之王，征战之王威仪天下，诏命谁为臣子，天下不敢异议也不敢不从；和平之王则要顾忌许多，所选臣子要服众天下。子昭王时代过去了，子妥和云朵姊妹俩同时在朝中担任大卿事不利朝野和谐，相比之下子妥要比云朵更有方邦根基和国民威望，她便让云朵请辞了大卿事之职，同时建议让云朵的夫婿赤豹子接任纳罕的有亚将军之职，替子跃把握军权稳定国基。云朵的夫婿赤豹子年轻有为，足智多谋，北疆之行功勋卓著，国民期盼能有重任，赤豹子接任纳罕的有亚将军之职本是顺理成章之事，然而子跃王一直推托不纳。太正妃妇姘由此恼怒，不再朝理子跃。

今日子跃王率众臣拜访，禀报国事，自然让太正妃妇姘挽回了脸面，听说子跃王已诏命赤豹子接任纳罕有亚将军的空缺之职，太正妃妇姘更是高兴。说也凑巧，几日后子跃王染疾大病由此卧榻不起。朝政之事，便全部落在了太正妃妇姘身上。

国朝大事耽误不得，眼见儿子子跃无法理政，太正妃妇姘便放下顾忌，开始替子跃王打点朝政。太正妃妇姘审时度势，诏命伊相傅云策、冢宰甘墨琚、有亚赤豹子率士卒巡察京畿，对京畿王族进行祖庚朝以来的第一次大整治。她下旨，对公开非议先王中兴大业的王族邑臣，一律剥夺爵号，为首者剥夺爵号收回封邑，剔除王族之册。对王族中故意拖欠贡赋者罚徒一年，剥夺爵号。太正妃妇姘雷厉风行的铁腕手段让京畿之地很快实现大治，天下又归太平，重新恢复到了子昭王武丁时期的繁荣盛世。

太正妃妇姘辅佐子跃王治政期间，代行儿王视察农耕牧桑，鼓励冶炼铸造，访问接待友邦，举行农贸祭礼，处理朝贡事宜，闲暇之余她还抽出时间走访子妥、子媚、子颂和嫡长孙子洪一家，将她们视如己出亲如母女，以言传身教传授孝道孝悌之礼。

祖庚七年，子跃王病逝。病逝前太正妃妇姘从乡下把子载找来，让子载听取兄长子跃王的遗嘱，记住兄长教导，感受兄弟之情。祖甲元年子载继任王位，是为商朝第二十五位王，史称"祖甲"。子载继任王位后，太正妃妇姘正式隐退。子载王为了纪念父王武丁以及太正妃妇姘辅佐子跃王创立的大邑商中兴盛世，将父王执政的五十九年和祖庚执政的七年，共计六十六年，统称为"武庚中兴"。

祖甲二年戊日，太正妃妇姘病逝，终年七十一岁。子载王破例将太正妃妇姘安葬在王陵墓区，修建宗庙，庙号"母戊宗"。

太正妃妇姘去世后，国人悲痛，为纪念追悼对国家中兴事业做出重大贡献的大邑商民族之母，商王子载遵循国民意愿，调集数百工匠聚集京都殷城，铸造了一尊重达一千六百余斤的青铜礼器"后母戊鼎"。

每当祭祀之日，万人聚集诵《殷武》之颂，怀念大邑商先王武丁和国母妇妌。诵曰：

挞彼殷武，奋伐荆楚。
罙入其阻，裒荆之旅。
有截其所，汤孙之绪。

维女荆楚，居国南乡。
昔有成汤：自彼氐羌，
莫敢不来享，莫敢不来王。
曰商是常！

天命多辟，设都于禹之绩。
岁事来辟。
勿予祸适，稼穑匪解。

天命降监，下民有严。
不僭不滥，不敢怠遑。
命于下国，封建厥福。

商邑翼翼，四方之极。
赫赫厥声，濯濯厥灵。
寿考且宁，以保我后生。

陟彼景山，松伯丸丸。
是断是迁，方斫是虔。
松桷有梴，旅楹有闲，
寝成孔安。